Nina Blazon

Der Winter der schwarzen Rosen

Nina Blazon

Der Winter der schwarzen Rosen

cbt

Kinder- und Jugendbuch-Verlag
in der Verlagsgruppe Random House

MIX
Papier aus verantwortungsvollen Quellen
FSC® C014496

Verlagsgruppe Random House FSC® N001967

3. Auflage

Umschlaggestaltung: Geviert, Grafik & Typografie
Umschlagmotive: Shutterstock (Anastasiia Golovkova,
anmo, JJ-Whic, Gizele)
mi · Herstellung: kw
Satz: Uhl + Massopust, Aalen
Druck: GGP Media GmbH, Pößneck
ISBN: 978-3-570-16364-1
Printed in Germany

www.cbt-buecher.de

Teil I

Holz und Marmor

Feenlicht

Meine Schwester Tajann war schon immer ein Kind der Feen. Solange ich mich erinnern kann, sah ich jedes Mal, wenn ich nachts aufwachte, die geisterhaften Frauen an ihrem Bett sitzen. In diesem Land nennt man sie »Wilen«. Sie flüsterten miteinander und ließen dabei behutsam, um Tajann nicht zu wecken, eine ihrer Haarsträhnen durch die Finger gleiten. Tajanns dunkle Locken glänzten im fahlen Leuchten, das von den Feenfrauen ausging. Tajann lächelte im Schlaf, aber sie erwachte niemals. Wispernd unterhielten sich die Wilen darüber, dass meiner Schwester eine große Zukunft bevorstand. Reichtum und Macht auf jeden Fall! Dazu die Liebe eines Mannes mit Samthänden und ein Leben in Leichtigkeit, fernab der grauen frostkalten Morgen auf den Hirschweiden und noch weiter entfernt vom Fleischgeruch in der Werkstatt unseres Vaters, in der wir unsere Tage verbrachten. Nein, für Tajann hatten die Wilen andere Pläne: Sänger sollten Lieder über sie schreiben, Männer ruhelos von ihrer Schönheit träumen und Rosen in den Gärten mächtiger Lords und Ladys ihren Namen tragen.

Heute weiß ich, dass auch die weißen Frauen nicht die ganze Zukunft sehen können. Hätten sie sonst diese unvorsichtigen Wünsche ausgesprochen?

Schon als kleines Mädchen beobachtete ich nachts die Erscheinungen durch den Spalt meiner beinahe geschlossenen Lider und wünschte mir voller Neid, sie würden mich mit derselben Zärtlichkeit betrachten wie meine Schwester. Doch mich nahmen sie kaum wahr. Oder vielleicht ignorierten sie mich mit Absicht.

Meine Schwester hörte die geflüsterten Gespräche nicht und regte sich nie, wenn eine Wile nach der anderen aufstand, sich über sie beugte und sie federleicht auf beide Augenlider küsste. Dann gingen sie lautlos davon. Noch heute staune ich über ihre Fähigkeit, durch die Wände zu gleiten wie durch Wasser, plaudernd und ohne einen Gedanken daran zu verschwenden, ob ihnen Steine oder Bannworte den Weg versperren. Für meine heimliche Gabe sind sie unempfänglich. Ich konnte seit jeher so viele unsichtbare Grenzen weben, wie ich wollte: Was die Raubtiere zurückhielt und auch die Menschen mit verwirrtem Stirnrunzeln an der von mir bestimmten Linie innehalten und umkehren ließ – die Wilen ließen sich von meinem Schwellenzauber weder verwirren noch fesseln. Achtlos traten sie in meinem Vaterhaus über meine magischen Grenzen hinweg, als würden sie über meine Gabe spotten.

Wenige Augenblicke, nachdem die Frauen sie verlassen hatten, erwachte meine Schwester stets und lächelte mir zu – glücklich über einen Traum, den sie mir nie erzählen wollte. »Ach, *Mirabar*«, murmelte sie und streckte sich gähnend. »*Mirabar*, wir werden alt und grau und nichts passiert in dieser Einöde. Lass uns zusammen weglaufen! Noch heute!«

Ich lächelte nur, Tajann erwartete sowieso keine Antwort. Nicht von mir, der schweigsamen Schwester, die das Verborgene und die Kammern mehr liebte als die gestohlenen Tänze mit den Grenzsoldaten unter freiem Himmel und die heimlichen Küsse, für die meine Schwester so leicht entflammte.

Ich heiße nicht *Mirabar*. In der Sprache der Einheimischen bedeutet das Wort »Schwesterchen«. Wahrscheinlich war dieser Spitzname Tajanns Art, über mich zu spotten – über meine Neigung zu den Wildländern und ihrer Sprache, für die mein Vater nur Verachtung übrighat. Sie klingt so weich und doch so scharf, sie kann verletzen und streicheln – ganz anders als unsere nüchterne Muttersprache, die unserem Namen ein Siegel von Fremdheit aufdrückt: VanTorra.

Wir waren noch nicht geboren, als unsere Eltern im Gefolge der Lady von Caila in diese Gegend kamen, in das neue, fremde Land am Fuße der steilen Granitberge, das die Lady in einem blutigen Krieg erobert hatte und nun in Besitz nahm. Einfach war dieser Eroberungskrieg nicht gewesen. Die Schluchten hier sind schmal und tief und die Wälder dicht und undurchdringlich. Die Flechten und Ranken, die die ältesten Bäume einspinnen, raunen den Vorübergehenden Geschichten zu und die Flüsse und Seen haben Augen und oft genug auch Zähne. Mein Vater hasst dieses Land mit all seinen Geheimnissen, doch meine Mutter liebte es von dem Moment an, als sie, bereits mit uns schwanger, den Fuß auf den Boden ihrer neuen Heimat setzte. Die Wilen, deren Herzen den Glücklichen gehören, empfingen sie mit offenen Armen. Für sie war meine Mutter die Frau, die ihnen Tajann brachte. Von mir redeten sie nie.

Ich glaube sogar, die Feenfrauen haben unsere Eltern bei unserer Geburt in die Irre geführt. Tajann und ich wurden im Abstand von wenigen Augenblicken geboren. Die Hebamme schwor, ich sei die Ältere von uns, aber ich habe die Wilen in Verdacht, uns vertauscht zu haben, damals, als wir beide noch blaue Augen hatten wie alle Säuglinge. Es ist klar, warum sie es taten: Das Zweitgeborene ist das Kind der Freiheit. Es ist nicht dazu bestimmt, die Eltern mit spätestens siebzehn Jahren zu verlassen, den Namen der Familie in die Welt zu tragen und neue Welten zu erobern. Dieses Privileg gebührt nur dem Erstgeborenen. Niemals darf das Erste in das Haus der Kindheit zurückkehren, das wäre wider jedes Gesetz und die Natur. »Ein Fluss fließt nie zurück zur Quelle«, so sagt das Sprichwort. Das Schicksal der Ersten ist also vorbestimmt. Den Zweitlingen bleibt weniger Ehre, aber dafür die Wahl. Sie können bleiben oder gehen. Der Vater mustert eine Zweitgeborene nicht während des Essens mit berechnendem Blick, als würde er abschätzen, wann er sie freisprechen und ihr damit für immer die Tür weisen muss. Die Jüngere muss also lediglich ausharren, bis sie frei ist zu tun, was immer sie will.

Und so – vielleicht nach dem Willen der Wilen – wurde ausgerechnet ich nach der stolzen weißen Blume der Mutigen und der Eroberer benannt: Liljann. Und meine Schwester, deren Haut zu leuchten scheint, die spöttisch und stolz ist, trägt seitdem den Namen der züchtigen und sanften Heiligen Tajann.

Unter den Soldaten, die ab und zu in der Nähe unseres Jagdhauses Quartier machten, gab es keinen, der sich nicht in Gedanken ausmalte, wie meine Schwester früh am Morgen aussah – mit roten Lippen und offenem Haar, die Locken noch zerzaust von der Nacht. Und seit unser siebzehnter Geburtstag näher rückte, gab es auch keinen Jungen im Walddorf, der mich nicht angestarrt hätte, wenn ich zum Brunnen ging. Sie betrachteten mein Gesicht, in dem nicht viel Verträumtes war, die Augen grün – nicht blau wie die meiner Mutter –, das Haar dagegen so hell wie das meines Vaters, glatt und dick, kaum dazu geeignet, die lockigen, juwelengeschmückten Frisuren daraus zu machen, die bei den Adeligen so beliebt waren. Nichts an mir verleitete zum Träumen. Aber das war nicht der Grund, weshalb die Männer mich so finster anstarrten. Nein, sie sahen in mir nur die Todgeweihte. Oft weinte ich nachts vor Angst, dass mein Vater mich am nächsten Morgen doch fortschicken würde. In unserem Heimatland wäre ich vielleicht ohne Angst fortgegangen, aber hier in der Wildnis war es etwas anderes. In die Stadt konnte ich nicht. Die Tradition sieht vor, dass das erste Kind mindestens zehn Tagesritte entfernt in sein neues Leben geht. In welche Himmelsrichtung das Erste aufbrechen wird, bestimmt es selbst: mit der Richtung des ersten Striches, das es mit seinem mit Kohle geschwärzten Finger auf einem Papier zieht, lange bevor es sprechen und verstehen kann.

In meinem Fall hieß das, mein Weg sollte mich ins Grauland führen, ein Niemandsland weit hinter dem Wilden Wald. Und schon in den wagten sich nicht einmal die Soldaten. Die Einheimischen setzten keinen Fuß in das Grauland, weil dort das Totenwesen umging. Mila wagte nur, im Flüsterton von ihm zu sprechen. Sie nannte ihn den »Corent« und machte mit dem Zeigefinger sofort ein Bannzeichen über ihren Lippen, wenn sie diesen Namen ausgesprochen hatte. Es war ein Dämon, der Mensch und Tier verschlang, mit Haut und Seele, und nur den Schmerz zurückließ.

Aber noch hatte ich eine Galgenfrist. Mein Vater sprach mich auch in diesem Sommer nicht frei und ich war weiterhin das Schloss vor Tajanns Tür.

Die Gerüchte über die unglückliche Tajann waren wohl so laut geworden, dass sie bis in die Zitadelle hallten. Jedenfalls schickte die Lady in diesem Jahr überraschenderweise einen Kurier in unsere Einöde und wünschte ausdrücklich, die Zwillingstöchter des Hirschjägers zu ihrem Fest einzuladen.

Auch an dem Tag, an dem meine Schwester und ich zur Stadt reiten sollten, erwachte Tajann bei Sonnenaufgang, nannte mich *Mirabar* und trat ans Fenster, um einen Blick auf die stählerne Zitadelle der Lady Jamala von Caila zu werfen. Hoch oben auf dem Berg wartete sie auf Gäste oder Feinde. Im orangefarbenen Morgenlicht sah das Bauwerk immer aus wie vergoldet.

Sooft ich an Tajann denke, sehe ich sie an diesem Frühsommermorgen an unserem Fenster stehen – mit diesem neuen, wachen Blick voller Sehnsucht und Hoffnung. Sie trägt ihr Nachthemd, hat zerzaustes Haar und schaut lächelnd in die Ferne.

Nur in meinen Albträumen sehe ich sie auch so, wie ich sie vor zehn Tagen verlassen habe: am Fenster einer anderen Festung stehend, die Hände zu Fäusten geballt. Sie trägt ein prächtiges blaues Kleid mit Silberstickereien und ist ganz und gar eine Herrscherin. Mit schmalen Augen blickt sie in ein nebelgefülltes Tal. Blutleer sind ihre zusammengepressten Lippen. Schnee weht durch ein zerbrochenes Fenstermosaik und fängt sich wie fedriger Schmuck in ihrem Haar. Das gleißende Licht des Wintertages lässt die Rubine an ihrem Hals funkeln wie einen Kranz von Blutstropfen. Die Feen drücken sich an sie, jammern lauthals und flehen sie an zu fliehen.

Im Totenhaus

Meine Schwester Liljann sieht Gespenster. Zumindest glaube ich das. Oder vielleicht ist sie doch nur verrückt, wie unser Vater glaubt? Jedenfalls scheint sie ständig auf Worte zu lauschen, die nur sie in der Stille hört. Manchmal schreckt sie plötzlich zusammen, und wenn sie mit mir spricht, wandern ihre Blicke von links nach rechts, irren herum, als würden sie einem fremden Tanz folgen. Wenn ich mich umschaue, ist da nie jemand. Natürlich nicht. Zwillinge sollten sich nahe sein, aber Liljann ist mir fremd, so sehr ich sie auch liebe. Natürlich liebe ich sie! Alles andere wäre seltsam, oder nicht? Schließlich sind wir ja Schwestern! Aber manchmal frage ich mich trotzdem insgeheim, ob sie vielleicht ein Wechselbalg aus dem Wald ist. Warum sonst sollte sie so an diesem grässlichen, primitiven Volk hängen? Sie sieht den Frauen unserer Familie nicht besonders ähnlich. Sie hat wassergrüne, fast durchsichtige Augen wie eine Flussnixe. Und dann ihre Schüchternheit fremden Menschen gegenüber und die seltsame Art, sich in alles zu versenken, schweigend, mit unendlichem Ernst! Mache ich einen Scherz, runzelt sie die Stirn und denkt darüber nach. Nun, darin ähnelt sie zumindest unserem mürrischen, maulfaulen Vater. Nur unsere Gehilfin Mila lacht über meine Witze (wobei ich nicht glaube, dass sie wirklich viel versteht). Mila hat mausbraune, zum Nest gesteckte Haare und schwarze lichtlose Augen, wie so viele Wildländer. Sie versucht sich in unserer Heimatsprache mit mir zu verständigen, aber ihr Gestammel zerrt an meinen Nerven. Sie ist plump und schnauft bei jeder Treppenstufe, und sie fürchtet sich wie alle Barbaren vor finsteren Mächten, die uns angeblich immer bedrohen. Mit Liljann redet sie in ihrer Eingeborenensprache. Es ist beschämend, dass eine Tochter des Hauses VanTorra die Sprache der Besiegten lernt. Aber Liljann liebt dieses Volk und findet ihre Spukgeschichten interessant. Sie mag sogar die grässlichen Zeichnungen von Totenschädeln und Monstern an den Türschwellen, die Mila für Bannzeichen hält. Ich bin sicher, Liljann glaubt an die Gruselgeschichten. Oft ertappe ich sie dabei, wie sie verstohlen magische Fingerzeichen über den erlegten Hirschen macht. Und ich habe gesehen, wie sie ihren Haarkamm gegen die hässliche Holzfigur irgendeiner Hirschkreatur mit Menschenkörper eingetauscht hat. Einen wertvollen Kamm aus Silber, der aus unserer Heimat stammt!

Als wir fünf Jahre alt waren, wollte Liljann mir einmal weismachen, dass mich ständig weiße Geisterfrauen belauern, aber unser Vater trieb ihr den Unsinn sofort aus. »Reicht es nicht, dass wir hier unter Barbaren leben müssen?«, hatte er sie damals angeschrien. »Muss meine Tochter auch noch von Hexen herumfaseln? Du weißt, wo das endet, wenn die Lady davon hört!« Er hat Liljann verprügelt und gesagt, dass die Feuer der Scheiterhaufen viel heißer brennen als die Striemen auf ihrer Haut. Liljann lernt schnell. Nie wieder hat sie seitdem versucht, mir Angst einzujagen. Aber das Schlimme ist: In letzter Zeit zucke ich selbst schon zusammen, wenn ich allein bin. Seit einigen Monaten bilde ich mir ein, Geräusche zu hören und beim Aufwachen Lippen zu spüren, die meine Lider streifen. Aber nie ist jemand im Raum. Vielleicht werde ich schon verrückt vor Einsamkeit. Oder vor Angst, dass unser Vater Liljann niemals gehen lässt. Seit drei Jahren schon lässt er mich nicht mehr in die Stadt reiten. Sogar die Hirschfelle liefert er dort nur noch allein ab. Er bringt uns Geschenke und Bücher mit und die neuesten Gerüchte, aber es ist ein Leben aus zweiter Hand. Manchmal denke ich mir, er füttert uns wie Hunde, die ohne ihn an der Kette verhungern würden. Unser Jagdhaus steht zwar in Sichtweite der Zitadelle, aber der Weg dorthin und in die weiße Stadt am Fuß des Berges ist einen Halbtagesritt entfernt. Wir sind hier im Ödland auf uns selbst gestellt wie Aussätzige, im Grenzgebiet zum Wilden Wald, wo unser Vater und ich die schwarzen Hirsche für die Lady jagen. Ihre Felle machen unverwundbar und sind so kostbar, dass Liljann und ich pures Gold gerben. Aber leider ist Blut auch hier nur Blut und eine Schmeißfliege kein Schmetterling. Ich liebe die Jagd, sie ist Abwechslung und die Kunst unseres Standes, aber ich hasse es, die schwarzen Felle zu gerben, weil unser Vater keinen Einheimischen diese Kostbarkeit berühren lässt. Ich schäme mich, weil ich von der niederen Arbeit schwielige Hände habe wie eine Dienerin. Liljann macht es nichts aus. Sie arbeitet gern in der Werkstatt. Sogar jetzt, während wir die letzte Ladung Felle für den Transport verschnüren, ist sie so gut gelaunt, dass sie vor sich hin summt. Ich erkenne das schaurige Lied, das die alten Holzsucher-Frauen an der Waldquelle gern singen:

Frau Tod hat dünne Knochenbein'
Wohin sie geht, weiß Styx allein
Tralali Tralala
Wohin sie geht, weiß Styx allein.

Wohin sie kommt, ist Klag und Pein
Und niemand kann mehr fröhlich sein
Tralali Tralala
Und niemand kann mehr fröhlich sein

Du liebe Güte. Ich sitze mit zwei morbiden Langweilern und einer stammelnden, plappernden Wilden in diesem Totenhaus fest!

Meine Mutter war ganz anders als Liljann und mein Vater. Sie war schön, lebhaft und sie lachte gern. Als ich ein Kind war, erzählte sie mir davon, wie sie in unserer Heimat die Gesellschafterin der damals noch jungen Lady war und mit ihr die Nächte durchtanzte. Es heißt, unsere Lady trauerte sehr um unsere Mutter. Dieser Freundschaft ist es zu verdanken, dass unser Vater auch nach Mutters Tod in den Diensten der Lady bleiben durfte. In der Stadt wohnen darf er seitdem keine einzige Nacht mehr, aber sie gab ihm den Posten des Hirschjägers und dieses Jagdhaus. Ich kann die Lady verstehen. Niemand eignet sich weniger für das Leben am Hof als mein Vater. Er war nie, wie unsere Mutter, ein Meister der Netzwerke. Sie dagegen war bekannt für ihren scharfen Witz und Verstand. Die Söhne von Lords und Ladys schlugen sich auf Turnieren die Schädel ein, um ihr zu imponieren. Es ist schwer zu verstehen, warum sie sich ausgerechnet in unseren Vater verliebt hat. Sein verstaubter Adelstitel, der nur noch auf dem Papier existiert, kann es nicht gewesen sein. Ihn zu heiraten, war ihr freier Entschluss, sie war in ihrer Familie die Zweitgeborene. Ob sie diese Wahl manchmal bereut hat? Manchmal denke ich, sie ist gar nicht von dem Bär in diesem Wald getötet worden, als wir neun Jahre alt waren, sondern davongelaufen, weil sie hier an der Langeweile erstickte und zugrunde ging. Wie gut ich das verstehen könnte!

Ich schaue verstohlen zu Liljann. In der Zimmerecke fällt das Nachmittagslicht auf sie, während sie ein schwarzes Fell zusammenrollt. Ihre unglaublich langen Wimpern werfen Schatten auf ihre Wangen. Sie ist auf eine stille Art hübsch, viele Männer wären sicher froh, sie heiraten zu dürfen. Aber ich habe sie noch nie verliebt gesehen. Im Gegenteil. In ihrer Schüchternheit wird sie einfach unsichtbar und fürchtet sich lieber allein in unserer Kammer vor den Hirngespinsten, die Mila ihr in den Kopf setzt. Aber selbst wenn Liljann sich verlieben würde – ich traue Vater zu, dass er sie nicht einmal mit einem Mann davonziehen lassen würde. Denn ihm ist völlig klar, dass auch ich ihn dann noch am selben Tag verlassen würde. Der Blick, mit dem er mich verstohlen betrachtet, verrät ihn schon lange. Und seit meine Mädchenkleider mir nicht mehr passen, ruht dieser Blick oft viel zu lange auf mir. Umso mehr muss ich hier weg, koste es, was es wolle! *Heute Abend,* denke ich. *Die Lady hat mich gehört und wird mir helfen. Sie muss es!* Beim Gedanken, wie es wäre, endlich frei zu sein, beginnt mein Herz zu rasen.

»Woran denkst du?«

Liljanns Frage schreckt mich auf. »Warum fragst du?«

»Du hast gelächelt.«

»Ich denke an das Fest. Freust du dich schon?«

Natürlich verzieht sie den Mund nur zu einem halben, scheuen Lächeln. »Ich bin neugierig auf den alten Teil der Zitadelle. Vater sagt, dass die Rote Nacht immer in König Jars altem Festsaal gefeiert wird.«

Typisch. Fast hätte ich aufgestöhnt. »Wen interessieren die Ruinen – Hauptsache, es gibt Musik!«, rufe ich. »Und die Lady hat bestimmt auch wieder Gäste von außerhalb eingeladen. Vielleicht verliebt sich ja heute Abend ein schöner Fremder in dich?«

Ihre Nixenaugen werden schmal. »Dann musst du dir aber eine Maske aufsetzen«, erwidert sie kühl. »Sonst habe ich keine Chance.«

»Ich locke die Kerle an und werfe sie in deine Arme. Einen nach dem anderen. Und am Ende des Abends entscheidest du dich für den, der am besten tanzt und küsst und dein Herz zum Flattern und Schmelzen bringt. Und hoffentlich nicht nur dein Herz.«

Das wäre der Moment, um miteinander zu lachen, aber meine Schwester senkt nur den Blick wieder auf das Hirschfell, das sie gerade mit den roten Bändern verschnürt.

»Komm schon, *Mirahar*«, sage ich unwillig. »Das war ein Witz. Und du musst den Tänzer ja nicht sofort küssen, aber versprich mir wenigstens, dass du nicht nur in der Ecke sitzt und unsichtbar wirst.«

»Du hoffst wohl, dass mich ein Abenteurer findet, der ins Grauland will?«, sagt sie trocken. »Ich kann verstehen, dass du mich loswerden willst. Aber ich gehe nicht mit dem Erstbesten weg, nur damit du frei sein kannst.«

Das ist das Schlimme an Liljann. Man kann ihr nichts vormachen. Da ist sie ein härterer Brocken als unser Vater.

»Ich will doch nur, dass du glücklich bist«, erwidere ich. *Aber was würde dich glücklich machen?*, denke ich dabei. *Wirklich glücklich?* Ich weiß es nicht.

»Was würdest du tun, wenn du frei wärst?«, fragt sie plötzlich.

Als ob du das nicht wüsstest!, denke ich grimmig. Aber als sie lächelt und sich unsere Blicke kreuzen, sind wir uns für einen Moment doch so nah wie selten. Ich muss schlucken und senke die Stimme für den Fall, dass unser Vater in der Nähe ist und lauscht. »Sofort mein Pferd satteln und fortreiten«, flüstere ich. »In die Stadt! Mich in die Dienste der Lady stellen. Mir meinen eigenen Stand erobern, am Hof reich und mächtig werden. Vielleicht auch einen Mann finden, der mir gefällt. Jedenfalls würde ich nie, niemals wieder auf einer Holzpritsche schlafen oder ein Hirschfell gerben.«

Wieder schaut Liljann an mir vorbei, betrachtet irgendetwas neben mir. Und ich fröstle und sehe unwillkürlich über die Schulter. Aber da hängen nur unsere zwei neuen Kleider, die unser Vater wohl oder übel auf Befehl der Lady für uns besorgen musste. Ich habe auf azurblauem Samt bestanden – in derselben Farbe wie meine Augen. Natürlich hat mein Vater das weiteste und matronenhafteste Kleid gekauft, das er finden konnte. Es muss einer dicken, langweiligen alten Dame gehört haben. Aber ich habe nicht umsonst gelernt, mit Ledernadeln und Garn umzugehen. Ich habe die Ärmel und den hochgeschlossenen Kragen abgetrennt und die Schultern nach unten gerafft, das Kleid enger genäht und den Rock auf meine Figur zugeschnitten. Wenn ich tanze, wird man jede Bewegung meiner Beine sehen.

Als Zeichen eines besonderes Privilegs, das die Lady ihren Hirschjägern gewährt, ist der Ausschnitt gesäumt mit einem schmalen Streifen des kostbaren schwarzen Hirschfells. Auch Liljanns glockenförmiges Seidenkleid hat diesen Pelzbesatz. Er hebt sich sehr dunkel gegen das helle Lindgrün des Stoffes ab. Ich habe das Fell selbst angenäht und den Ausschnitt dabei ein Stück aufgetrennt und so gerafft, dass man mehr von Liljanns hübschen, sehr runden Brüsten sieht. Mal sehen, ob sie protestieren wird, wenn wir uns nachher umziehen.

Im Moment allerdings bewegen sich die leeren Kleider im Windzug des offenen Fensters und sehen so aus, als würden zwei Gespenstermädchen vor dem Schrank stehen, sich zu einer unhörbaren Melodie leicht wiegen und mich dabei lauernd beobachten.

Liljann lächelt in sich hinein, als hinter mir plötzlich ein Gerbeisen vom Tisch fällt. »Oh, ich habe es wohl zu nah am Rand liegen lassen«, murmelt sie und beugt sich wieder über die Felle.

Ich wünschte damals, Tajann hätte die Wilen sehen können. Sie waren außer sich vor Aufregung, sie zupften an unseren aufgehängten Kleidern, hüpften herum und drehten sich im Zimmer, als hätte das Fest schon begonnen. Eine fegte in ihrem Übermut das Gerbeisen vom Tisch und die ganze Bande flüchtete lachend und übermütig aus dem Fenster und ließ uns in der Werkstatt zurück. Tajann schaute sicher zum hundertsten Mal an diesem Morgen hinaus zur Zitadelle. Der Berg in der Ferne sah aus, als wäre es über Nacht Herbst geworden, aber es waren nur die roten Bänder und Wimpel, die bereits in den Baumkronen flatterten. Am Abend würden die Stadt und der ganze Bergwald von Lampions erleuchtet sein. Bisher hatten wir dieses Fest jedes Jahr nur aus der Ferne betrachten können, und nicht nur

Tajann zählte die Stunden, bis wir endlich das eiserne Tor zur Zitadelle passieren durften. Ja, auch ich freute mich – den berühmten Saal des Hirschkönigs zu sehen.

Es gibt viele Märchen und Geschichten über den letzten König der Burg. Als ich nach dem Tod unserer Mutter keinen Abend mehr einschlafen konnte, erzählte Mila mir von ihm. Sein Wappen zeigte einen weißen Hirsch, der den Vollmond im Geweih über den Himmel trägt. Und so hell wie dessen Fell war auch das lange Haar des Hirschkönigs. Es war schon in seiner Jugend weiß geworden. Ein Geschenk der Geister, wie Mila sagte. Angeblich war König Jar nämlich in beiden Welten zu Hause – in der der Menschen und der magischen Welt der Wälder. In seiner Hirschgestalt jagte er in den Nächten durch die lichtlosen Schluchten seines Landes und besuchte die Untertanen, die keine Menschenworte sprachen. Seine Feinde nannten ihn deshalb verächtlich Menschtier, aber die Wildländer verehren ihn immer noch heimlich als den Mann, der den Mond und die Nacht beherrscht. Viele glauben, unsere Lady hätte ihn gar nicht getötet, er hätte sich in einen weißen Adler verwandelt und sich von den Zinnen seiner Burg in den Wind gestürzt. Seitdem herrscht er nur noch über den Teil seines Volkes, der Schuppen, Fell und Federn hat, und wartet darauf, sich seinen Thron zurückzuholen. *Wenn du ihn bei Vollmond darum bittest, spricht er im Schlaf auch zu dir*, so hatte Mila mir damals erzählt. *Stell ihm eine Frage und im Traum wirst du die Antwort hören*. Damals beschäftigten mich nur zwei Fragen: Wohin die Toten wandern und ob ich meine arme Mutter jemals wiedersehen werde. Der Hirschkönig gab mir keine Antworten darauf. Das Einzige, was ich in den Träumen sah, war immer wieder und wieder der Morgen in unserem damaligen Stadthaus. Die Stunde, in der unsere Mutter allein zu einem Ausritt aufgebrochen war und sich noch einmal lachend nach mir umgesehen hatte. Doch in den Träumen ritt sie nicht auf ihrer Falbstute, sondern auf dem

Rücken eines weißen Hirsches und ihre Stirn leuchtete wie der Mond. Auch Mila konnte mir nicht sagen, was diese Antwort bedeutete. Sie vermutete, dass es ein gutes Zeichen war und dass meine Mutter ihren Frieden gefunden hatte und nicht als schreiendes, in blutige Fetzen gehülltes Gespenst durch die Wälder spuken musste.

Aber natürlich waren zumindest das nur Geschichten.

Der Hirschkönig war nämlich kein magisches Menschtier gewesen, er war sehr sterblich. Als Clanführer hatte er seinen Titel von seinen Vorfahren geerbt und herrschte mehr als dreißig Jahre. Er war ein guter Stratege und Kämpfer, aber nicht stark genug, um dem Eroberungsfeldzug unserer Lady etwas entgegenzusetzen. Sein Land hatte das Glück und das Pech, reich an Erzen und Diamanten zu sein. Und Lady Jamala von Caila ist eine Erstgeborene. Mit sechzehn Jahren wurde sie freigesprochen und sammelte eine Armee von Erstgeborenen, Vertrauten, Söldnern und Abenteurern um sich. Sie versprach ihnen reiche Beute, schickte Späher in die Himmelsrichtung, die sie als Kind vorgezeichnet hatte, und entschied sich, noch weiter zu gehen, als die Tradition es befahl. Sie plante den Vorstoß über die Bergkette, die bis dahin als unüberwindliche Grenze zum Barbarenland gegolten hatte. Die Waffen des Hirschkönigs waren veraltet, archaisch. Schwerter hielten den Gewehrkugeln nicht stand und Pfeile nicht den Feuerwerfern, die sich durch den Bergwald fraßen und die weißen Mauern seiner Burg schwärzten.

In unserem Heimatland nannte man die Lady von Caila nur die Wölfin, gut zu den Ihren, gnadenlos zu den Feinden. Man sagt, noch in der Nacht der Eroberung der weißen Burg habe sie zur Feier ihres Sieges ein Fest feiern lassen und ihren Offizieren Krüge voller Diamanten aus den Schatzkammern geschenkt. Und mit eigener Hand habe sie König Jar den Dolch in den Hals gestoßen und seine Stimmbänder durchtrennt. Das Fest fand ihm zu Ehren statt, der an den Thron gefesselt war und stumm mitansehen musste, wie jeder seiner Gefolgsleute, der sich weigerte, seiner neuen Herrin die Treue zu schwören und zu tanzen, im geschmückten Festsaal erdolcht wurde. Blutige Tanzspuren färbten den weißen Marmor und gaben dem Fest, das wir heute feiern würden, seinen Namen: die Rote Nacht. Bei der Erstürmung der Burg hatte die Lady ihr rechtes Auge verloren, aber sie tanzte dennoch, einen versilberten Schleier über die Wunde gebunden. Schlag zwölf Uhr endete das Fest, die Musik hörte auf zu spielen und unsere Lady trat zum König, zückte ihren Dolch und tötete den Besiegten mit eigener Hand. Dann ließ sie sich einen Kristallbecher geben, schöpfte das Blut des Sterbenden und trank vor aller Augen einen Schluck davon, bevor sie das Glas auf dem Boden zerschmetterte – genau in dem Moment, in dem der König seinen letzten Atemzug tat. Ja, Lady Jamala von Caila hatte schon immer einen Sinn für große Gesten. Mila und die anderen Wildländer sind davon überzeugt, dass ihr Elfenbeinharnisch in Wirklichkeit aus den Knochen der Besiegten gemacht wurde und ihr Kronendiadem aus deren Zähnen.

Ich traue es ihr durchaus zu, sich mit ihren Feinden zu schmücken.

Für die Ureinwohner ist die Rote Nacht jedes Jahr ein Grund zur heimlichen Trauer. Obwohl es streng verboten ist, erblühen dort, wo sie heimlich die Körper ihrer Helden bestattet haben, wie von Zauberhand Blumen, und aus dem Wald erklingen Gesänge ohne Worte. Auch Mila hatte sich unter einem Vorwand geweigert, unsere roten Haarbänder auch nur anzufassen, und hatte sich schon am Mittag davongestohlen. Ich vermutete, sie würde irgendwo mit ihren Leuten ein anderes Fest feiern – eines, das sie den Kopf kosten könnte, falls ein Späher der Lady sie ertappen würde.

»Gut, dass sie weg ist«, sagte Tajann nur. »Dann vermiest sie uns den Festtag nicht mit ihrer tragischen Miene.«

Alle Felle waren inzwischen zusammengebunden und warteten darauf, auf das Packpferd geladen zu werden. Tajann hatte die Tür zu unserer Schlafkammer verriegelt und auch die Fensterläden geschlossen. Obwohl es draußen erst Mittag war, zogen wir bei Kerzenlicht die Arbeitshosen und Lederhemden aus, holten Mutters Spiegel aus dem Schrank und stellten ihn auf. Er stammte noch aus unserer Heimat und wirkte mit seinen versilberten Blumenornamenten in dem schlichten Jagdhaus seltsam fehl am Platz. Ungeduldig zog mir meine Schwester nun die Bürste durch das Haar. Wieder einmal versuchte sie es zu einer kunstvollen Frisur hochzustecken, aber bald gab sie es auf und flocht mir nur ein paar rote Bänder und Sternblumen ins Haar.

»Oh je, es ist hoffnungslos mit dir«, sagte sie und seufzte. »Egal, was ich mache, du siehst immer aus wie eines der Wildmädchen.«

Aber sie lächelte und strich mir zärtlich eine Strähne hinter das Ohr. Es war schön, ihre Hände auf meiner Haut zu spüren. Und wie so oft dachte ich auch heute, wie sehr ich ihre Nähe vermissen würde, wenn ich fortgehen müsste. »Hinstellen!«, befahl sie. »Ich helfe dir mit dem Kleid. Atme tief aus, wenn ich es zuschnüre.« Es sollte mir eine Lehre sein, meiner Schwester das Nähen zu überlassen! Das Mieder schnürte mich ein, als wäre ich im Würgegriff einer seidenen Schlange. Und Tajann zurrte es gnadenlos noch fester um meine Taille. »Na also!«, sagte sie zu meinem Spiegelbild. »Ich wusste doch, dass sich irgendwo hinter dem Dornengestrüpp eine Rose verbirgt.«

»In dem Kleid kann ich unmöglich reiten«, ächzte ich. »Und ich bin halbnackt. Wenn ich zu tief einatme, stehe ich oben ohne da!«

»Dann halt die Luft an, bis wir da sind«, erwiderte Tajann unbarmherzig. »Und der Ausschnitt ist überhaupt nicht zu tief. Du läufst ansonsten nur viel zu zugeknöpft herum. Jetzt hilf mir!«

Ihr Kleid ließ sogar die Schultern frei. Tajann lachte und drehte sich so schnell, dass der Rock um ihre Beine hochwirbelte. Neben dem Samtblau wirkte ihre Haut kühl und noch weißer als sonst, Schnee im Mondlicht. Ihre Lippen waren so rot wie der Schleier, den sie sich als Zeichen der Roten Nacht ins Haar gesteckt hatte. Er flirrte bei ihrer Drehung vor ihrem lachenden Mund. Sie legte mir den Arm um die Taille und zog mich an sich. »Wie heißt du, Schöne aus dem grünen Fluss?«, raunte sie im samtig-tiefen Tonfall eines Verführers. Es war selten, dass meine Schwester so fröhlich war, und heute konnte ich nicht widerstehen. Ich lachte und tanzte mit ihr im Zimmer, während die Wilen sie stolz betrachteten. Mein Seidenrock streifte den Spiegel, verfing sich an einer Silberlilie und brachte mich zum Stolpern und den Spiegel zum Kippen. Er polterte gegen den Türrahmen, bevor ich ihn abfangen konnte. Und fast im selben Moment hämmerte schon die Faust unseres Vaters an die Tür.

»Was treibt ihr da drin?«, herrschte er uns an. »Und wie oft soll ich euch noch verbieten, euch einzuschließen?«

»Wir kommen gleich!«, rief ich. Ich tat so, als würde ich mir einen Faden vom Rock zupfen und ihn mit einer zwirbelnden Bewegung von den Fingern streifen, damit er an der Türschwelle zu Boden fiel. Tajann spürte nicht, wie der feine Zauber sich wieder einmal als unsichtbares Band zwischen uns und Vater auf den Boden legte. Doch draußen vor der Tür verharrte unser Vater, als hätte er vergessen, dass er noch einmal klopfen wollte, dann hörten wir ihn wortlos davonschlurfen.

Aber es war zu spät. Der schöne Moment war verflogen. Ernst betrachteten wir nun die zwei Fremden auf der anderen Seite des Spiegels. Das heißt, fremd war nur das blonde Mädchen mit den Blumen im Haar und den umschatteten Augen. Die Tajann im Spiegel kannte ich nur zu gut. Heute war ihre Schönheit nur noch schneidender und klarer. Sogar die Wilen waren sprachlos. Im Spiegel waren ihre durchsichtigen Gestalten unsichtbar, aber als ich mich meiner Schwester zuwandte, sah ich sie von ihnen umringt. Eine zarte Nebelstreifhand befreite eine störrische Locke, die sich in Tajanns Schleier verfangen hatte. Meine Schwester zog mich plötzlich wieder an sich, ungestüm, zu fest, sie umarmte mich und küsste mich auf die Wange. »Versprich mir eines, *Mirahar*«, flüsterte sie mir ins Ohr. »Wenn Vater dich freispricht, geh nicht so weit weg, dass wir uns nicht eines Tages wiedersehen könnten.«

Auch das war meine Schwester: Ich bin sicher, sie hasste mich für meine Feigheit und Angst, und sie betete an jedem einzelnen Tag darum, dass ich endlich aus ihrem Leben verschwand. Aber in manchen, kostbaren Augenblicken liebte sie mich auch so sehr, dass sie mich nicht loslassen wollte.

Rote Nacht

Unser Vater nahm nicht den Weg durch das Tal und die geschmückte Stadt, sondern den Hochweg, der gefährlich nah am Rand der Schluchten direkt zum Fuß der Zitadelle führte. Als wir endlich den letzten Steilweg hinter uns gebracht hatten, war ich froh, vom Pferderücken rutschen und mich in dem engen Mieder wenigstens etwas strecken und durchatmen zu können. Die Sonne versank schon in roten Schleiern und verwandelte die Metallbrücke über der schmalen Schlucht in einen gleißenden Bogen. Unzählige Echos von Hufschlägen hallten von den Bergwänden wider. Alle Reiter mussten auf dem Felsplateau absteigen und einer nach dem anderen zu Fuß über die Eisenbrücke zum Eingang der Zitadelle balancieren. »Ihr sprecht auf der anderen Seite mit niemandem und rührt euch nicht, bis ich euch hole«, befahl unser Vater und sprang vom Pferd. »Los, bewegt euch. Und bildet euch nur nicht ein, dass ihr heute tun und lassen könnt, was ihr wollt.« Ein paar Gäste, die mit uns angekommen waren, runzelten die Stirnen. Der ungehobelte, harsche Tonfall passte zu dem Jäger, aber nicht zu dem Edelmann, in den unser Vater sich heute verwandelt hatte. Ich fand es immer noch seltsam, ihn rasiert und mit geschnittenem Haar zu sehen. Und er roch nicht wie sonst nach Hirschtalg und Schweiß, sondern nach einem Zedernparfüm.

»Worauf wartet ihr?«, knurrte er. Ich wusste, was er wirklich dachte: *Bringen wir es hinter uns und kehren so schnell wie möglich nach Hause zurück.*

Diener führten unsere Pferde über den Steilpfad zurück zu einem Unterstand unter freiem Himmel. Soldaten warteten an der Brücke, um die ängstlichsten Gäste auf die andere Seite zu begleiten, aber ich winkte ab. Ich wollte nicht, dass irgendein Fremder mich berührte, die vielen Menschen machten mich jetzt schon nervös. Es tat gut zu laufen, unter mir nur der Steg aus Metall und hundert Meter Luft. Der Abendwind zerrte an meinen Haarbändern und dem Jagdmantel, der mein Kleid bisher verborgen hatte. Nun flatterte mein grüner Rock wie ein Seidenbanner über dem Abgrund. Die Wächter, die mich auf der anderen Seite erwarteten, taten so, als würden sie höflich wegschauen. Aber mir entging nicht, wie sie verstohlen meine Beine betrachteten. Dann fiel ihr Blick auf meine Schwester, die nun hinter mir die Brücke passierte. Sie war ebenso schwindelfrei und trittsicher wie ich, aber natürlich ließ sie sich trotzdem von einem jungen Soldaten tragen, der kaum verbergen konnte, wie sehr er sich mit ihr in seinen Armen auf seine Schritte konzentrieren musste.

Von außen betrachtet war die Burg der Herrscherin ein Monolith, der aus der Bruchkante des Berges wuchs wie ein einzelner scharfer Zahn. Aber als wir noch in der Stadt wohnten, hatte unsere Mutter mir erzählt, dass das Metall nur eine Hülle war, um eine ganze Festungsanlage dahinter zu verbergen. Die

Lady legte Wert darauf, eine Gegnerin zu sein, die man nicht mit dem Fernglas einschätzen und studieren konnte. Und als ich mich durch das schmale Stahltor schob, das wie ein Nadelöhr war und nur höchstens zwei Menschen oder einem dürren Pferd Platz bot, stockte mir der Atem. Hinter dem Stahl erhob sich eine Wehrstadt. Es gab Aussichtstürme mit Gängen zur Stahlmauer, die schlichte Residenz der Lady und ebenso schlichte Kasernen. Direkt daneben fanden sich aber auch Wohngebäude mit prächtigen Balustraden und Bogengängen. Außerdem entdeckte ich offene Stallungen, Brunnen und polierte Marmorstufen unter freiem Himmel, breit und flach genug, damit auch Pferde darauf laufen konnten. Alles strömte bereits bergauf, ein Meer von roten Schleiern wogte auf den Stufen. Einige der Gäste waren ganz in Rot gekleidet. Ich sah Masken aus gefärbten Federn und blutrote Seidenmieder. Banner und Lampions überspannten an Leinen gebunden die Plätze und bewegten sich im Wind. Und darüber, ein Stück hangaufwärts – stand das weiße Schloss!

Tajann kam zu mir, aufgeregt und außer Atem.

»Sieh dir das an!«, rief sie. »Die Lady muss ja wirklich ein Faible für die Kunst der Wilden haben. Schade, dass wir in dieser hässlichen Ruine feiern müssen.«

Ich konnte nicht antworten, so sehr zog mich die Schönheit von König Jars altem Schloss in seinen Bann. Früher hatte es allein den ganzen Berg beherrscht, aber nun war es ein Gefangener der Residenz unserer Lady. Milas Märchen erzählten die Wahrheit. Es war tatsächlich ein Marmorpalast, umso trauriger fand ich es, dass er nur noch als Kriegstrophäe und Museum eines untergegangenen Volkes diente. Die Mauern waren durchlöchert von Kugeln und Explosionen. Glas und Stahl waren die Narben, die die Verwüstungen bedeckten und dem Ganzen eine Anmutung eines Mosaiks gaben. Weiße Frauenfiguren aus Marmor stützten die Fenster und Erker, die meisten von ihnen waren zerstört, aber einige wenige hatten sogar noch ihre dunklen Augen aus geschliffenem Onyx. Hinter allen Fenstern und verglasten Scharten flackerte Festbeleuchtung. Schatten huschten hin und her, Diener, die bereits die Kerzen entzündeten.

Tajann packte mich am Handgelenk. »Komm mit.«

»Wo willst du hin?«

»Mich umschauen! Da hinten soll irgendwo das Patrizierhaus für Gäste sein.«

»Wir sollen doch auf Vater warten.«

»Hast du es so eilig, den alten Griesgram wiederzusehen? Los, sei einmal im Leben nicht so schüchtern! Halte das Kinn hoch und tu so, als würden wir hierhergehören und hätten ein Ziel.«

Bei diesen Worten zog sie mich bereits nach rechts. Na ja, ziehen musste sie mich nicht, ich folgte ihr, denn ehrlich gesagt war ich genauso neugierig. Und außerdem konnte ich dem Gefühl nicht widerstehen, dass wir in diesem Moment einfach zwei Schwestern waren, die sich verstanden und zusammen lachten – ohne all das, was uns sonst trennte. Die Wilen huschten über den polierten Boden voraus zu den Gebäuden, die für Gäste oder Edelleute bestimmt waren. Hufgeklapper echote zwischen Gebäuden. Mein Herz schlug bis zum Hals, sobald uns jemand begegnete, aber es hielt uns tatsächlich niemand auf. Wir stahlen uns durch einen schmalen Durchgang zwischen zwei Häusern – und entdeckten in einem Innenhof eine Gruppe von teuer gekleideten Gästen. Diener zogen Körbe und Gepäck an Seilwinden zu Fenstern und Balkonen hoch.

»Fremdländer!«, hauchte Tajann. »Sie müssen aus der Küstengegend stammen. Siehst du die Perlen? Es sind also tatsächlich Gäste aus dem Norden, wie der Soldat an der Brücke vorhin gesagt hat.«

Ich musste lächeln. Es sah Tajann ähnlich, dass sie sogar einen Mann, der sie gerade in seinen Armen über einen Abgrund trug, sofort zum Reden brachte. Ich dagegen hatte in den vergangenen Wochen im Dorf am Wald nur Gerüchte über einen schwelenden Konflikt gehört, der nur auf einen Luftstoß wartete, um zum Krieg um die Rechte am Nordhafen zu werden.

»Dann will die Lady bestimmt ein Friedensabkommen schließen«, flüsterte ich Tajann zu.

Meine Schwester nickte mit glänzenden Augen. »Oder zumindest um die Nutzungsrechte des Hafens verhandeln«, gab sie ebenso leise zurück.

Es war eine große Delegation – mehr als zwanzig Gäste, die nun in das Patrizierhaus gingen. Die Männer hatten langes Haar, in das Muschelschalen und Metalldornen eingeflochten waren. Silberfuchsfell schmückte weißes Leder. Die Frauen trugen dieselbe Kriegertracht und Hosen wie die Männer. Nur eine junge Frau in ihrer Mitte trug ein weißes Kleid, dessen fedriger Saum leicht über den Boden strich. Sie war keine Schönheit, aber ich musste sie einfach anstarren. Ihr Haar war so blass, dass es nicht blond wirkte, sondern so, als hätte es einfach seine Farbe verloren. Auch ihre Haut war hell, aber ohne Strahlen. Sogar das viele Silber und die Perlen, mit denen sie geschmückt war, wirkten an ihr matt. Sie erinnerte eher an eine Wile als an eine Frau aus Fleisch und Blut. Sie war die Einzige, die an der Schwelle zögerte und noch einmal zurückblickte, bevor sie hinter einer schweren Flügeltür verschwand. Für einen Moment fanden sich unsere Blicke und ich zuckte zusammen. Nicht, weil ich mich ertappt fühlte. Sondern, weil ich noch nie ein traurigeres Mädchen gesehen hatte.

Hörner riefen die Gäste zum weißen Schloss. »Sie werden gleich die Tore schließen«, flüsterte ich Tajann zu. »Wir müssen zurück!«

Wir wollten beide losrennen, aber als wir durch den Ausgang schlüpften, streifte Fell meine Wange, eine Pferdeschulter rammte mich und warf mich zur Seite. Ich wäre gestürzt, wenn Tajann mich nicht abgefangen hätte.

»He!«, rief sie über meinen Kopf hinweg. »Kannst du nicht aufpassen?«

»Könnt ihr nicht aufpassen?«, kam die unwillige Antwort. »Ihr habt hier nichts verloren.«

Hufgetrappel auf Marmor hallte mir in den Ohren. Wir waren in eine Soldatentruppe geraten, vielleicht die Eskorte, die die Gäste zur Burg gebracht hatte. Die Kerle zügelten ihre Pferde und musterten uns. Die meisten betrachteten Tajann, aber ein junger Soldat mit honigfarbenem Haar schaute nur mich an. Er war bärenhaft groß und kräftig. Sein Gesicht konnte ich nicht erkennen, es war halb hinter einem hochgestellten Soldatenkragen verborgen, aber als ich verlegen meinen Mantel zurechtzog, erkannte ich an seinen Augen, dass er lächelte.

»Ihr steht den Reitern im Weg«, herrschte uns der Kerl an, der mich fast zu Fall gebracht hätte. Er ragte weit über uns auf, sein Pferd war schwanenweiß und riesig, mit einem blauen und einem dunklen Auge und einem rosagrau gefleckten Maul. Und der Kerl selbst war kaum älter als wir. Ein Soldat im schlichten grauen Mantel der niederen Garde. Er hatte blondes Haar, das ihm schräg in die Stirn fiel, und ein ernstes, schmales Gesicht. Außerdem vor Zorn blitzende blaue Augen und einen arroganten Mund, wie ich fand. Zu breit, zu geschwungen, und als er nun meine Schwester spöttisch musterte, enthüllte sein Wolfslächeln einen zu spitzen Eckzahn.

»Unterwegs zu deinem Geliebten, Wildmädchen?«, fragte er mit einem Blick auf Tajanns einfachen Jagdmantel. »Wer ist der Glückliche, einer von uns?«

Ich schloss meine Hand fester um Tajanns Handgelenk, aber natürlich ließ sie sich nicht bremsen. »Sehe ich aus, als hätte ich es nötig, einen Soldaten zu küssen?«, gab sie ebenso arrogant zurück. »Das würde einem wie dir wohl gefallen.«

Seine Augen wurden schmal. »Wer bist du?«

»Wer bist *du*, dass ich mich dir vorstellen müsste?«

»Hör auf«, flüsterte ich ihr zu. Im Gegensatz zu ihr hatte ich bemerkt, dass seine Stiefel Beschläge aus Silber am Absatz hatten. Und darin eingeprägt das Flammenzeichen der Lady. Er war also möglicherweise einer ihrer direkten Gefolgsleute, vielleicht sogar einer ihrer Augenmänner. Ich hatte gehört, sie kleideten sich gern wie einfache Soldaten.

»Aus dem Weg«, sagte er gefährlich ruhig, aber mit einer schneidenden Arroganz, die mich zurückweichen ließ. Tajann dagegen hob nur ihr Kinn. Ihre Augen funkelten.

»Mach du doch Platz«, erwiderte sie im selben Tonfall. »Wir sind Gäste der Lady. Sie erwartet uns bereits.«

»Sie wird sehr lange warten, wenn ihr nicht sofort zur Seite geht«, erwiderte er drohend.

»Dann lassen wir doch dein Pferd entscheiden«, gab Tajann zurück. »Ich wette, es ist höflicher als du.«

Tajann war schon als Kind eine Reiterin gewesen, ein Zentaurenmädchen. Sie war die beste Jägerin weit und breit, und sie wusste genau, wo jedes Tier die empfindliche, verletzliche Stelle hatte. Bevor ich sie daran hindern konnte, hatte sie schon ihren Fächer aus dem Gürtel gezogen und drückte ihn blitzschnell gegen einen Punkt am Vorderbein des Schimmels. Der Gaul quiekte, machte einen Riesensatz zur Seite und stieg auf die Hinterbeine. So schnell, dass der Reiter den Bügel verlor und um ein Haar aus dem Sattel gerutscht wäre. Spätestens jetzt hätte ich gewusst, dass er kein gewöhnlicher Soldat war, denn keiner seiner Kameraden wagte zu lachen. Nur in den Augen des Braunhaarigen sah ich ein amüsiertes Blitzen, das jedoch sofort der Sorge Platz machte. Offenbar galt sie uns, denn er hob die Brauen und bedeutete mir mit einem warnenden Kopfschütteln: *Besser ihr geht.* Aber ich hatte längst verstanden.

»Es reicht!«, zischte ich Tajann zu. Sie wehrte sich nicht, als ich sie grob davonzerrte. Aber sie lachte noch, als wir längst schon bei den anderen Gästen standen.

»Spinnst du?«, flüsterte ich. »Du kannst doch am Hof der Lady nicht mit den Soldaten reden, als wären es irgendwelche Kerle von der Grenzpatrouille! Hast du nicht bemerkt, dass die anderen ihm gehorchen? Was, wenn er zu den Spähern gehört?«

»Und wenn schon!«, erwiderte Tajann leichthin. »Dann hat der arrogante Kerl jetzt wenigstens eine Lektion über sein Pferd gelernt.« Manchmal wusste ich wirklich nicht, ob ich mit Tajann lachen oder sie schlagen sollte. »Keine Angst, Duckmäuschen«, sagte sie nun. »Wenn er einer der Augenmänner ist, umso besser. Der wird den Teufel tun und vor der Lady zugeben, dass ein Mädchen ihn mit einem Fächer fast vom Pferd befördert hätte.«

Liljann ist natürlich immer noch nervös, als wir am Eingang der alten Burg darauf warten, dass die Gäste vor uns die Mäntel ablegen und auf Waffen durchsucht werden. Sie schaut sich immer wieder verstohlen um und hält Ausschau nach dem blonden Soldaten, vor dem sie sich fürchtet. Sie bemerkt nicht, dass ich ihn ebenfalls suche. Ich bin aufgeregt und seltsam gereizt, als würden unsere zornigen Worte noch zwischen uns schwingen, als wären wir noch nicht miteinander fertig. Und dann, als Liljann vor mir in die Burg geht und ich mich an der Schwelle ein letztes Mal umwende, finde ich ihn tatsächlich! Er springt am Fuß der Marmortreppen vom Pferd und schaut zu uns hoch. Mein Herz macht einen Satz, als ich begreife, dass er uns tatsächlich hinterhergeritten ist und nach mir sucht. Wenn er wirklich zu den Augen der Lady gehört, sollte ich jetzt Angst um mein Leben haben, aber seltsamerweise fürchte ich mich nicht so sehr, wie ich müsste. Unsere Blicke finden sich, als hätten wir einander gerufen. Seine blauen Augen funkeln immer noch vor Wut. Ich sollte diese Wut nicht noch mehr anfachen, aber gegen alle Vernunft hoffe ich sogar, er sieht mein kühles Lächeln, zumindest kann er den Blick nicht abwenden, als ich meinen Jagdmantel betont langsam von den Schultern gleiten lasse. Die Abendsonne lässt den Samt glänzen, aber er betrachtet nicht mein Kleid. Ich kann seinen Blick auf meinem Hals und meinen bloßen Schultern spüren, eine kalte und doch sengende Berührung auf der Haut, die nicht nur der Wind sein kann. Ich fühle seinen Blick noch, als ich mich brüsk abwende und meiner Schwester und meinem Vater in das Mausoleum des toten Barbarenkönigs folge. Mein Lächeln verlischt, als ich im Burghof fast gegen meinen Vater stoße. Er ist stehen geblieben und starrt mich fassungslos an, dann wird er mit einem Mal totenblass und schnappt nach Luft. Erst bin ich irritiert, aber dann wird mir klar, dass er Liljann und mich ja noch nie in den Ballkleidern gesehen hat, die er für uns gekauft hat. Als wir heute aufgebrochen sind, trugen wir aus gutem Grund bereits die Jagdmäntel, aber jetzt sieht er mich, geschmückt wie eine Frau, nicht wie das Mädchen, das auf der Lichtung kniet und den erlegten Hirschen die Läufe zusammenbindet. Und ihm wird klar, dass ich mein Kleid verändert habe, obwohl er es mir verboten hat. Wie betrogen er sich fühlen muss! Und gleichzeitig steht meine Mutter vor ihm, so, wie er sie kannte, als sie sich in ihn verliebte. Dieser neue Blick von ihm gefällt mir nicht. Heute schimmert der alte Schmerz so deutlich in ihm auf, dass es auch mir wehtut, an meine Mutter zu denken. Ich weiß, dass ich heute ihr Ebenbild bin, darauf habe ich sorgfältig geachtet. Denn alles hängt davon ab, dass auch die Lady es bemerkt.

Ich hoffte, Tajann würde nicht auffallen, dass ich nach dem braunhaarigen großen Soldaten suchte, aber sie beachtete mich gar nicht. Ich entdeckte den Soldaten nicht in der Menge am

Fuß der Treppen – und auch nicht bei den Gebäuden. Keine Ahnung, warum ich hoffte, ihn noch einmal zu sehen. Aber natürlich war er längst in der Kaserne bei den anderen Soldaten, und es war unwahrscheinlich, dass wir uns jemals wieder begegnen würden. Ich wusste nicht, warum es mich traurig machte, einen Fremden zu verlieren. Ich ließ es zu, dass ein Diener mir an der Schwelle den Mantel abnahm und dass eine Frau mich vorsichtig auf Waffen abtastete. Dann trieben wir mit dem Strom der Gäste über den Burghof und dann über gewundene Treppen und labyrinthartige Flure ins Herz der alten Burg. Die Wilen huschten vor uns in den Festsaal. Von außen hatte die Burg eher klein gewirkt. Ich hatte mich gefragt, wie all die Gäste darin Platz finden sollten, aber jetzt staunte ich, wie groß der Festsaal war. Und kein Märchen konnte beschreiben, wie schön er in Wirklichkeit war, ein Ort wie aus Schnee und Eis. Der Marmor trug keine Spuren von Blutvergießen, er strahlte spiegelblank poliert wie ein vereister See. Die Lüster glichen Trauben aus Bergkristall und im Raum stand auch ein silberner Brunnen. Aus geschmiedeten Lilienkelchen floss roter Wein ins Becken. Die Wilen hatten sich sofort auf die Kronleuchter geflüchtet, niemandem fiel auf, wie die Kristallgehänge leicht klirrten und schaukelten. Lichtflecken huschten über die Wandzeichnungen von Hirschen, Bären und Fabelwesen und spielten mit den Schatten der hellbraunen Geweihe gewöhnlicher Hirsche, die an der Wand hinter dem Thron aufgereiht waren.

»Eine richtige Barbarenhöhle«, flüsterte mir Tajann zu und deutete zum Thron des Hirschkönigs. Er erhob sich auf einem Holzpodest aus schwarzer Mooreiche und bestand aus verzahnten Geweihen. Ein Bärenfell auf der Sitzfläche war der einzige Schmuck. Es hieß, die Lady hatte seit der Nacht ihrer Eroberung nichts am Saal verändert. Neben dem Thron wirkte die Reihe goldener Prunksessel im Stil unseres Heimatlandes wie Fremdkörper. *Aber dasselbe gilt ja auch für uns*, dachte ich. Nur die

Gäste aus dem Norden, die gerade in den Saal kamen, passten zu diesem archaischen Prunk. Die traurige Prinzessin war nicht dabei, nur ihre Gefolgsleute reihten sich links und rechts von den Türen auf. Tuscheln füllte den Raum, doch sie erwiderten keinen Blick.

Die Musik und jedes Flüstern verstummten, als die Lady den Raum betrat. Kleider raschelten und breiteten sich wie Blüten auf dem Stein aus, als wir Frauen in einem tiefen Knicks zu Boden sanken. Ich wagte den Blick nicht zu heben, aber wie alle anderen schielte ich zumindest nach dem Rocksaum der Lady. Das Schlagen ihrer Absätze näherte sich wie Peitschenschlag. Die Lady schritt nicht, sie ging wie eine Soldatin, entschlossen und zielstrebig. Ich hätte mich nicht gewundert, wenn sie unter dem Kleid ihre mit Metall beschlagenen Reiterstiefel getragen hätte. Mein Herz schlug im Takt mit den schnellen Schritten – und stolperte, als sie abrupt innehielten. Lilienduft schlug mir entgegen, und ich sah aus dem Augenwinkel, wie Tajann neben mir den Kopf senkte. Vor mir schwang der Saum eines roten Kleides, verziert mit weißen Elementen, die auf den ersten Blick wie Elfenbein wirkten. Und sich auf den zweiten Blick als winzige, polierte Knochenstücke entpuppten. Ich schluckte. *Es stimmt also doch, was man über die Lady sagt.*

Jetzt hörte ich nur noch das Flüstern der Wilen und das Plätschern des Weinbrunnens. Der ganze Raum hatte den Atem angehalten.

»Steh auf«, sagte eine leise, scharfe Stimme.

Mir wurde heiß. *Meint sie mich?* Aber da schleifte schon Samt über Marmor und meine Schwester stand neben mir auf.

»Tajann VanTorra«, sagte sie. Offenbar ihre Antwort auf die stumme Frage der Lady.

»Du bist also die Erstgeborene, die mein Jäger vor mir und der Welt in seinem Waldhaus versteckt«, sagte die Lady.

»Tajann ist meine Zweitgeborene, Mylady«, erwiderte unser

Vater an Tajanns Stelle. »Meine ältere Tochter ist diese hier, sie heißt Liljann.«

»Dich habe ich nicht gefragt, Velender.« Es klang zwar freundlich, aber ich konnte spüren, wie alle Gäste im Raum angespannt verharrten. »Liljann!«

Das war ein Befehl. Meine Wangen glühten und als ich aufstand, zitterten meine Knie. Nicht nur wegen der Lady, es war auch eine Qual, dass alle mich neugierig musterten. In dem weit ausgeschnittenen Kleid fühlte ich mich entblößter denn je, obwohl ich mir einen Schleier wie ein Schaltuch umgelegt hatte. Die Lady überragte mich um einen ganzen Kopf. Ihr fuchsblondes Haar fiel ihr offen über die Schultern. Und ihre Augenklappe war mit einem Rubinauge geschmückt, das mich anzustarren schien.

»Wie alt bist du?«

»Sechzehn, Herrin.«

»Und du lebst immer noch in deinem Elternhaus? Was hast du vor, Velender? Deine Töchter für dich zu behalten wie ein Geizhals, der sein Geld vergräbt?«

Vorsichtiges Lachen wurde in den Reihen laut und verebbte wieder. Die Lady wartete auf eine Antwort.

»Mylady«, sagte Vater leise, aber mit fester Stimme. »Liljanns Weg würde ins Grauland führen. Und es will gut überlegt sein, ob es nicht ein Todesurteil wäre, sie allein und schutzlos den Raubtieren zu überlassen.«

Die Lady runzelte verständnislos die Stirn. »Aber den Weg hat sie doch selbst gewählt. Und du willst ihr das eigene Schicksal vorenthalten?«

Unser Vater straffte die Schultern. »Bei allem Respekt«, sagte er sehr höflich. »Als Vater halte ich meine Hand über meine Töchter.«

Mein Herz stolperte vor Angst. Die Lady mochte es nicht, wenn man ihr widersprach. Aber sie nickte.

»Natürlich ist es dein gutes Recht als liebender Vater, deine Kinder auch bis zu deinem Tod an dein Haus zu binden, wenn du es für richtig hältst.« Aus dem Augenwinkel sah ich, wie Tajann die Hände fester um den Fächer krampfte. »Es gab solche Fälle, zumindest wird das erzählt. Aber bedenke, dass du dich damit an deinen Kindern versündigst – und an deiner Heimat und deinem Volk. Es ist nicht nur eine Tradition, die man mit Füßen treten kann, wenn es einem beliebt. Es ist der Grundstein unserer Ordnung. Wir sind Eroberer, Velender. Ein stolzes Volk, das nur stark und mächtig sein kann, wenn es wächst und neue Gebiete einnimmt. Unsere Ordnung und unsere Stärke gründen darauf, dass wir unsere erste Generation in den Dienst unserer Zukunft stellen. Das gilt für uns Hochgeborene – aber auch für den Niedersten von uns.«

Vaters Kiefermuskeln spannten sich an, aber er sagte nichts.

«Die Erstgeborenen haben die Ehre, vorangehen zu dürfen«, fuhr die Lady fort. »Hätten meine Eltern mich aus falsch verstandener, selbstsüchtiger Liebe an ihr Haus gekettet, wo wäre ich dann heute? Sicher nicht die Herrin eines eigenen Landes. Junge Menschen brauchen Gefahren, nur daraus allein kann Neues entstehen, alles andere führt zu Verweichlichung und schließlich zum Untergang aller. Adler werfen ihre Jungen aus dem Nest, damit sie fliegen, wenn die Zeit dafür gekommen ist. Ein Fluss bahnt sich den Weg stets nach vorne. Stehende Gewässer werden nur zu Sümpfen und bringen Fäulnis und Tod. Und ein Feuer erstickt an seiner eigenen Asche, wenn es sich nicht ausbreiten darf.« Sie machte eine kunstvolle Pause, in der die Stille zu dröhnen schien. »Aber ich verstehe dich natürlich, Velender«, sagte sie dann freundlicher. »Du fürchtest um deine Tochter. Doch wenn das Grauland wirklich stärker ist als Liljann, dann ist ihr früher Tod nun einmal ihr Schicksal. Denn dann hast du sie nicht gut genug gelehrt, wie man kämpft, sich wehrt und überlebt. Nur die Schwachen sind dem

Untergang geweiht und das ist richtig und gut so. Ein Rudel schützt keinen dreibeinigen Wolf und wir keine Erstgeborenen, die unfähig sind, sich einen neuen Platz in der Welt zu erobern.«

Ich versuchte mir nicht anmerken zu lassen, dass mir bei diesen Worten kalt und elend geworden war. Die ganze Freude über das Fest war verweht. Denn noch nie war mir so bewusst geworden, wie wenig mein Leben zählte. Ich sah zu meiner Schwester, hoffte auf einen tröstlichen Blick, aber Tajann sah betont weg und tat so, als würde sie es nicht bemerken. *Heuchlerin*, dachte ich.

Ohne Eile musterte Lady Jamala nun mich. Manche behaupteten, sie hätte immer noch zwei Augen. Seit jeher hätte sie nämlich ein drittes, unsichtbares Auge auf ihrer Stirn. Damit blicke sie uns in die Seele und erkenne Verrat. Vielleicht senkte ich deshalb sofort den Blick. Weil ich an die Scheiterhaufen dachte, die sie für Menschen errichten ließ, die sich an Hexerei versuchten – oder Gespenster sahen, so wie ich.

Heute weiß ich es besser. Könnte Lady Jamala nämlich wirklich Verrat sehen, dann hätte sie meine Schwester noch an diesem Abend töten müssen. Und nicht nur sie.

Andererseits: In Bezug auf die, die wir lieben, sind wir immer blind.

»Jedenfalls freue ich mich, endlich die Töchter meiner mutigen Lida kennenzulernen«, fuhr die Lady fort. »Ich kannte eure Mutter gut – sie liebte genau dieses Blau, das du trägst, Tajann. Als ich dich eben sah, dachte ich, sie wäre von den Toten zurückgekehrt, so ähnlich bist du ihr!«

»Danke, Herrin«, antwortete Tajann mit ungewohnt sanfter Stimme. »Es ist eine Ehre, es aus Eurem Mund zu hören.«

Die Lady lachte. Es war ein raues, gewöhnliches Lachen. *Soldatenschritte, Soldatenlachen*, dachte ich voller Unbehagen.

»So sittsam und leise, Lidastochter?«, sagte die Lady spöttisch. »Täusch mich nicht, Tajann, ich sehe das Feuer in deinen Augen. Und ich will nicht, dass du dich bei mir verstellst. Lügner habe ich genug um mich.«

Sie streifte mich mit einem strengen Seitenblick, und ich fürchtete schon, dass sie mich durchschaut hatte. Ich wünschte, die Wilen wären wenigstens heute einfach verschwunden, aber sie taten mir den Gefallen nicht. Im Gegenteil: Sie waren von den Leuchtern geklettert und umringten die Herrscherin, betrachteten die weißen Zierplättchen, die an ihren Prunkharnisch genäht waren. *Nicht hinsehen*, befahl ich mir. *Lass dir nicht anmerken, dass du etwas wahrnimmst.* Also starrte ich auf den Harnisch der Lady, als würde er mich wirklich interessieren. Ich hatte lange genug mit Hirschknochen zu tun, um zu erkennen, dass auch diese Zierelemente kein Elfenbein waren. Zum Glück war wenigstens das Diadem in ihrem Haar nicht mit Knochen und Zähnen geschmückt, wie Mila behauptete. Es waren Perlen aus Bergkristall und drei große Diamanten – einer für jedes ihrer Kinder, so hatte es mir meine Mutter erzählt.

Die Lady lächelte Tajann wohlwollend zu. »Komm beim siebten Tanz zu mir, ich will mich mit dir unterhalten.«

»Gerne, Herrin!«

Das Lächeln der Lady wurde merklich kühler, als sie sich an unseren Vater wandte. »Du bist doch damit einverstanden, dass deine Töchter bis zum Ende des Festes meine Gäste sind?«

Das bedeutete, wir würden bis morgen in der Burg bleiben müssen.

Unser Vater war blass geworden. Tuscheln und Raunen rauschte im Saal auf, weil er zögerte. Tajanns Knöchel waren ganz weiß, und ich ertappte mich dabei, wie ich insgeheim hoffte, dass unser Vater Nein sagen würde. Aber natürlich nickte er. Er musste es.

»Es ist uns eine Ehre«, murmelte er.

Die Herrscherin schenkte ihm ein frostiges Lächeln.

»Wie schön. Dann seid willkommen, Mädchen. Und du, Velender, verlässt diesen Festsaal. Jetzt.«

Diesmal wagte niemand zu tuscheln. Sogar die Wilen erstarrten.

»Aber … Mylady«, begann unser Vater. Ein strenger Wink ließ ihn sofort verstummen.

»Warum so erstaunt, Velender? Hast du meine Einladung nicht genau genug gelesen? Sie richtete sich ausschließlich an deine Mädchen, es war ein Zugeständnis meinerseits, dass du als ihre Begleitung überhaupt in die Zitadelle durftest. Aber ich verstehe deine Sorge natürlich. Und es ehrt dich, dass du aus deinen Fehlern gelernt hast und deine Töchter besser beschützen willst, als du es einst bei deiner Frau getan hast. Doch bei mir sind sie in Sicherheit. Oder hältst du mich für ein blutgieriges Untier mit Reißzähnen und Krallen?«

»Natürlich nicht«, sagte unser Vater tonlos. Jetzt war ich es, die kaum zu atmen wagte. Plötzlich verstand ich, warum mein Vater ein Ausgestoßener war und nach dem Tod unserer Mutter aus der Stadt verbannt worden war. Ich hatte nie gewusst, dass die Lady ihm die Schuld am Tod unserer Mutter gab.

»Dann sind wir uns ja einig, Hirschjäger. Aber die Mädchen werden jemanden brauchen, der sie nach dem Fest wieder nach Hause begleitet, deshalb gestatte ich dir ausnahmsweise, in der Zitadelle zu bleiben. Du kannst draußen unter freiem Himmel mit meinen Soldaten feiern. Es wird dir sicher gefallen: Man sagte mir, es gibt Bärenfleisch am Feuer.«

Es tat mir fast körperlich weh zu sehen, was für ein Schlag dieser Satz für unseren armen Vater war. Auch Tajann biss sich auf die Unterlippe und wir dachten wohl beide an dasselbe: die blutige Jagdkleidung unserer Mutter, zerfetzt von Bärenklauen.

»Worauf wartest du?«, fragte die Lady gefährlich leise.

Vater warf uns einen Blick zu, in dem seine ganze Demütigung glomm, dann verbeugte er sich und verließ den Saal. Auch die Wilen blickten ihm ernst nach, bis die Tür sich hinter ihm schloss. Dann begannen sie sich schamlos darüber zu freuen, dass Tajann frei war.

»Deine Mutter war eine wunderbare Tänzerin«, wandte sich die Herrscherin an Tajann – freundlich diesmal, mit echter Wärme. Damals lernte ich zum ersten Mal, dass sie ein Schwert mit zwei Schneiden ist – die eine rettet dich, aber die andere tötet ohne Gnade. Freundschaft und Feindschaft – dazwischen gibt es bei ihr nichts.

»Ich will, dass du und auch deine Schwester wenigstens heute so glücklich und unbeschwert seid wie eure Mutter einst«, fügte sie – wieder nur an Tajann gewandt – hinzu. »Und dass ihr tanzt – bis zum Ende der Roten Nacht.«

Den letzten Satz sagte sie eine Nuance lauter. Ich konnte fühlen, wie er sich einer Welle gleich durch den Thronsaal fortsetzte. Jeder Mann im Raum hatte verstanden. Mindestens zweihundert Augenpaare richteten sich auf uns. Mir wurde siedend heiß, und ich zog den Schleier enger um Hals und Schultern, als könnte ich mich dahinter verstecken. Aber Tajann, die vorhin meinem Blick so geschickt ausgewichen war, lächelte mir jetzt von der Seite strahlend zu, ohne einen Gedanken an unseren armen Vater zu verschwenden. Vielleicht begriff ich damals schon, welches Spiel sie an diesem Abend spielte, anders kann ich es mir nicht erklären, dass ich plötzlich so wütend auf sie war.

Alle erhoben sich, sobald die Lady mit einem Glas in der Hand vor dem Hirschthron stand. Im Kristalllicht glühte der rote Wein dunkel wie Blut. »Heute ist ein Festtag«, sagte sie in den Raum. »Wir feiern den Jahrestag unserer Dynastie.« Sie hob das Glas an die Lippen und trank einen Schluck. »Auf Ende und Neubeginn«, rief sie dann und schmetterte das Glas auf den Boden. Wein spritzte über den makellosen Marmor wie das Blut des Hirschkönigs.

»Auf Ende und Neubeginn!«, riefen die Gäste. Ich hoffte, niemand würde bemerken, dass ich nicht mitjubelte. Noch nie hatte ich mich so einsam und verloren gefühlt. *Und da bin ich nicht die Einzige.* Ich bezweifelte, dass unser Vater mit den Soldaten feiern würde. Wie ich ihn kannte, hatte er die Zitadelle längst verbittert und fluchend verlassen und würde jenseits der Schlucht bei den Pferden auf uns warten. Wenn es sein musste, die ganze Nacht.

Die Wilen dagegen freuten sich ebenso wie meine Schwester über die Musik und begannen als Erste zwischen den Glasscherben zu tanzen und sich mit wehendem Geisterhaar zu drehen.

Der siebte Tanz

Tajann und ich wurden getrennt wie zwei Stücke Treibholz in gegenläufigen Strömungen. Kaum hatte die Musik eingesetzt, lag ich schon in den Armen eines jungen Höflings, der nach Parfüm duftete und mich im Kreis herumwirbelte. Er gab sich viel Mühe, mich zum Lachen zu bringen, und sein Lächeln war so aufrichtig und warm, dass ich es trotz allem irgendwann flüchtig erwiderte. Manchmal knirschten Glassplitter unter meinen Sohlen, aber meist glitt ich atemlos dahin. Und ja, an einem anderen Tag hätte es mir vielleicht gefallen, in seinen Armen zu liegen und die Musik wie einen zweiten Puls in meinen Adern zu spüren. Aber heute konnte ich nur an mein Schicksal denken. Verstohlen betrachtete ich die Fresken, die König Jar zeigten – in seiner Menschengestalt und auch in anderen Gestalten, als Hirsch, als Adler, als Bär. Ich wurde traurig beim Gedanken an sein würdeloses Ende in diesem Saal.

Immer wieder tanzte Tajann an uns vorbei, strahlend und glücklich, umwirbelt von den Wilen, die sich überhaupt nicht entscheiden konnten, welcher Mann besser zu ihr passte.

Die Lady beobachtete ihre Festgesellschaft, aber mit den Gedanken schien sie weit fort zu sein. Nur wenn sie Tajann entdeckte, hellte sich ihre Miene auf. Und jedes Mal versetzte es mir einen Stich und erinnerte mich daran, dass meine Zeit unaufhaltsam ablief. »Schenk mir auch den siebten Tanz, Waldfee«, sagte mein Tänzer. Ich wusste inzwischen, dass er Kaeled hieß, erst seit vier Wochen in der Zitadelle diente und der Sekretär irgendeines Beamten war, und dass es auch sein erstes großes Fest bei Hofe war. Ich mochte ihn, aber als er meine Hand nahm und mich auf die Tanzfläche zog, ertappte ich mich kurz beim Gedanken, ob die Soldaten draußen auch tanzten und ob an irgendeinem dieser Feuer vielleicht auch einer mit honigbraunem Haar und sprechenden Augen saß.

Die Musik setzte ein, Geigen und Trommeln, eine überraschend wilde, raue Melodie. Wir mussten uns gegenseitig festhalten, um bei den schnellen Drehungen nicht aus der Balance zu kommen. Trotz allem musste ich lächeln, als ich sah, wie Kaeled die Unterlippe zwischen die Zähne zog und offenbar konzentriert den Takt mitzählte. Röcke streiften meine Beine, Ellenbogen trafen mich in den Rücken, und Kaeled konnte nicht verhindern, dass wir einmal das Gleichgewicht verloren.

Es war nur ein kurzes Stolpern, und ich hatte mich schon längst wieder gefangen, als ich plötzlich jeden Halt verlor, obwohl Kaeled mich festhielt. *Nur eine Täuschung*, beruhigte ich mich. *Es war nur die Figur auf einem Wandbild.* Aber ich sah schon lange genug Gespenster, um es besser zu wissen.

»Geht es dir nicht gut?« Ich hörte Kaeleds besorgte Stimme wie aus weiter Ferne. Jetzt erst merkte ich, dass ich ins Nichts starrte. Die Gestalt, die ich eben noch gesehen hatte, war verschwunden. »Alles in Ordnung. Ich … brauche nur eine Pause.«

Kaeled atmete auf. »Ich auch!«, sagte er aus vollem Herzen. »Soll ich ehrlich sein? Tanzen ist nichts für mich. Unterhalten wir uns lieber. Ich weiß ohnehin noch viel zu wenig von dir.«

»Nein, ich … ich muss erst an die Luft.«

»Dann komme ich mit.«

»Danke, das ist nicht nötig. Ich gehe allein.«

»Bedaure, aber das kann ich nicht zulassen. Unsere Lady würde es mir nie verzeihen, wenn ich ihren Gast allein lassen würde.«

Er lächelte bei diesen Worten, aber ich hörte die Sorge dahinter nur zu gut heraus. Befehl war Befehl. Gemeinsam schauten wir zum Thron. Das war für mich die nächste Ernüchterung. Umgeben von den Wilen saß meine Schwester direkt neben der Lady, auf einem der goldenen Stühle, der auf das Podest neben den Hirschthron gestellt worden war. Natürlich, es war der siebte Tanz. Ich hatte selbst gehört, wie die Lady meine Schwester zu sich befohlen hatte. Aber die beiden Frauen unterhielten sich so vertraut, als würden sie sich schon lange kennen. Jetzt begriff ich endgültig, worauf Tajann schon die ganze Zeit über hingearbeitet hatte. Das Kleid, die Frisur unserer Mutter – all das war Teil des Plans, der Lady zu gefallen. *Sie ebnet sich jetzt schon den Weg*, dachte ich bitter. *Ich zu den Ungeheuern im Grauland, sie zu den Höflingen.* Und da war noch etwas, was mich verstörte. Diesmal war ich ganz sicher, mich nicht zu täuschen. Es war ein Krieger in einem Umhang aus Bärenfell. Beziehungsweise die Erscheinung eines Kriegers. Er stand nicht weit vom Thron. Seine Totenaugen waren ausgewaschen und farblos und seine Haut und sein Haar wirkten wie Nebel. Umso roter leuchtete die Wunde an seinem Hals. Er stand nur da, inmitten der lachenden Menschen, und starrte hasserfüllt die Lady an. Die Wilen drängten sich um meine Schwester, als wollten sie sie vor der Erscheinung beschützen. *König Jar?*, dachte ich benommen.

Die Tänzer drängten uns rücksichtslos an den Rand des Saales, und ich war froh, dass ich den Thron aus dem Blick verlor. Stattdessen waren wir nun bei den großen Wandbildern neben der Flügeltür angelangt. Diese Fresken waren mir bisher noch nicht aufgefallen. Sie zeigten Bäume, deren Zweigspitzen zu Händen wurden und in deren knorriger, faltigen Rinde Augen blinzelten. Und in den Zweigen dieser Äste entdeckte ich … sitzende Wilen! Erst dachte ich, die Geisterfrauen spielen mir einen Streich, aber auch sie können nicht in Gemälde klettern. Die Zeichnungen waren nur so echt, dass ich Abbild und Wirklichkeit verwechselte. *König Jar und sein Volk sahen sie also auch*, dachte ich. Bei dem Gedanken bekam ich eine Gänsehaut. »Du bist ja ganz blass geworden«, sagte Kaeled. »Machen die Zeichnungen dir Angst?«

»Unsinn«, log ich und zwang mich zu einem Lächeln.

Kaeled grinste. »Dann fürchtest du dich vor den Nordländern?«

Jetzt erst fiel mir auf, dass nicht weit von der Tür einige der Gefolgsleute der traurigen Prinzessin standen. Komisch, dass sie immer noch nicht von der Lady begrüßt worden waren.

Kaeled nutzte die Gelegenheit, um sich unter dem Vorwand, mir ins Ohr zu flüstern, dicht zu mir zu beugen. »Starr die fremden Männer nicht so an. Oder willst du mich nur eifersüchtig machen?« Sein Atem kitzelte an meinem Ohr und jetzt legte er mir auch noch den Arm um die Taille und zog mich an sich. *Zu nah.*

»Lass mich los!« Mit einem Schritt entwand ich mich ihm.

Die Bestürzung in seiner Miene war echt. »Das … das sollte nur ein Scherz sein! Verzeih mir, ich wollte nicht aufdringlich sein.«

Natürlich war es nur ein Spiel gewesen. Und Tajann hätte gewusst, was die richtige Antwort gewesen wäre. Sie hätte Kaeled zum Lachen gebracht und ihn danach mit dem nächsten Tänzer eifersüchtig gemacht. Kaeled seufzte. »Da siehst du es«, sagt er mit einem zerknirschten Lächeln. »Die Hofsprache ist auch nichts für mich. Ich sollte das nicht sagen, aber ehrlich gesagt wäre ich lieber in meinem Schreibzimmer als hier.« Er biss sich auf die Unterlippe. »Ich meine … das soll natürlich nicht heißen, dass ich mich nicht gerne mit dir unterhalte …«

»Ist schon gut, ich verstehe, was du meinst.«

Er atmete auf. »Und jetzt? Wir müssen wenigstens so tun, als würden wir uns amüsieren.«

Und ich muss aufpassen, mich nicht zu verraten.

»Ich hätte gerne einen Wein«, sagte ich.

Kaeled war sichtlich erleichtert. »Sofort, Mylady. Aber lauf mir nicht weg!«

Zum Glück wandte er sich schnell genug ab und schob sich durch die Menge. Ich bin nämlich eine schlechte Lügnerin. Aber ich musste hier raus, allein und unbeobachtet sein, wenigstens für eine Minute. Kaum war Kaeled in der Menge verschwunden, raffte ich meinen Rock und eilte an den Nordleuten vorbei zu einer Seitentür. Ich wollte losrennen, aber dann fiel mein Blick auf etwas, das mir von einer anderen Wand entgegensprang. Mein Aufschrei ging in Trommelschlägen und dem Stampfen der Tänzer unter. Ich merkte kaum, wie ich einen Satz zur Seite machte. »Nicht so schnell, Mädchen«, sagte eine Frau mit einem harten Akzent. Sie hatte mich am Arm gepackt und als ich über die Schulter schaute, erkannte ich eine der Nordländerinnen. Sie ließ mich los, nicht ohne ein ironisches Lächeln – natürlich hatte sie gesehen, wovor ich so sehr erschrocken war. Mir dagegen war nicht zum Lachen zumute. Ich musste meinen ganzen Mut zusammennehmen, um mich wieder dem Fresko zuzuwenden, dessen Anblick mein Blut kalt werden ließ.

Ich habe atemlos jeden Schritt mitgezählt. Es sind Ewigkeiten, aber endlich kommt der siebte Tanz und ich löse mich aus den Armen meines Partners und gehe allein zum Thron der Lady. Mir wird heiß vor Freude, als ich sehe, dass einer der goldenen Stühle schon auf mich wartet.

»Setz dich zu mir, Tajann.« Ich gehorche nur zu gerne.

Und als ich auf das Podest steige, da fühlt es sich so richtig und schön an, dass es mir die Kehle zuschnürt. So nah war ich noch keiner Mächtigen. Von hier aus kann ich den ganzen Saal überblicken, das Meer der Tanzenden und alle Türen. Ein wenig ist es so, als könnte ich mit dem herben Wein, den mir ein Diener jetzt reicht, die Macht schmecken, die dieser Platz mit sich bringt. So schaut also eine Lady auf ihre Untertanen, sieht immer mehr und weiter als der Einzelne in der Menge. Es fühlt sich gut an, schwebend und auf angenehme Weise schwer.

»Woher wusstest du es?«, fragt die Lady. Sie ist keine Freundin von Geplänkel, das habe ich bereits gelernt. Beinahe hätte ich gelächelt, so nah ist sie mir in diesem Moment.

»In der Wildnis lernt man schnell, Herrin. Unter anderem, dass kein Tier unverwundbar ist. Man muss nur die richtige Waffe finden. Oder die richtige Stelle. Dann kann man einen Bären auch mit einer Nadel erlegen.«

Die Lady sieht mich nicht an, aber ihre Mundwinkel heben sich kaum wahrnehmbar.

»Gute Jäger sind schwer zu finden«, bemerkt sie und nippt am Wein. »Ebenso wie vertrauenswürdige Leute am Hof.«

Mir wird ein wenig schwindelig. Die Prüfung hat begonnen. Lady Jamala verliert wirklich keine Zeit.

»Du wusstest, dass ich ein beschädigtes Hirschfell persönlich begutachten würde, Tajann. Woher?«

Ich schlucke und frage mich, ob ich vielleicht doch zu viel gewagt habe.

»Ich habe nur versucht, mit den Augen eines Herrschers zu sehen. Würde ich kostbare Felle für meine Leibgarde bestellen, ich würde sie immer persönlich inspizieren – besonders dann, wenn sie dafür sorgen sollen, dass meine Wächter nicht getötet werden können. Und wenn mir gemeldet würde, dass das Fell eines Unverwundbaren beschädigt ist, würde ich mich niemals auf die Aussagen eines anderen verlassen, sondern das Fell selbst prüfen.«

Die Lady nickt, ohne den Blick von den Tänzern zu wenden. »Und woher wusstest du, dass ich das Zeichen auf dem Leder richtig deuten würde?«

Ich lecke mir nervös über die Lippen. »Das konnte ich nur vermuten. Ihr und meine Mutter hattet als junge Mädchen Tarnnamen, die niemand sonst kannte. Natürlich hat meine Mutter mir Euren niemals verraten, aber Ihr habt sie früher wegen ihrer blauen Augen Azur genannt, nach den Wildkatzen unserer Heimat. Und ich dachte mir … das einzige Raubtier, das stärker ist als der Azur, ist ein Nalan-Wolf. Sein Fell hat dieselbe goldrote Farbe wie Euer Haar. Und das Zeichen für ihn auf Wappenschildern ist eine gebogene Doppelkralle.«

»Du bist wirklich Lidas Tochter«, sagt sie anerkennend. »Ja, sie nannte mich Nalan. Und wie ist es dir gelungen, mir die Doppelkralle als Botschaft in das unzerstörbare Leder zu kratzen?«

Zum ersten Mal wendet sie den Kopf und schaut mich an, ernst nun, hoch konzentriert. Ich atme tief durch. Die Lady mag keine Wissenden, auch das hat meine Mutter mir über sie erzählt.

»Über die Jahre habe ich die Hirsche beobachtet. Ihr einziger verwundbarer Punkt ist das Auge. Man muss sehr gut zielen und genau treffen. Und wenn man ihr Fell zerteilen will, geht das nur vom Auge aus, von der Innenseite her an bestimmten Faserlinien entlang, und auch nur, solange das Fell noch nass von Blut ist. Trotzdem werden zwei Messer stumpf, bis man ein Lederstück zertrennt hat. Aber beim Gerben der Felle fielen mir einige Male kleine Narben auf, an Kehle und Nacken. Die Wunden mussten dem Tier von außen zugefügt worden sein. Und so verstand ich, dass auch ein unverwundbares Wesen zumindest einen Feind haben muss. Ich habe viel Zeit damit zugebracht, die Hirsche genau zu studieren. Und vor einigen Wochen … fand ich ihren einzigen Feind.« Ich hole das kleine Ledersäckchen hervor, das ich mir an den Gürtel gebunden habe. Vorsichtig, um mich nicht zu ritzen, berge ich die kleine Spitze in meiner Hand. »Eine Fledermaus. Die Wildländerin, die uns beim Gerben hilft, nennt diese Art Mondzahn. Die Eingeborenen fürchten sie und gehen auch wegen ihr nicht in den Wilden Wald. Sie saugt Blut und wer von ihr gebissen wird, der findet keinen Schlaf mehr und stirbt im Wahnsinn.« Ich erzähle ihr nicht von Milas Überzeugung, dass der Mondzahn als Strafe der Geister zu den Menschen geschickt wird. Und auch nicht davon, dass manche das Gift für Zaubertränke verwenden. Ich weiß, wie schnell man im Kerker landen kann, wenn man sich verdächtig macht. »Die Narben an den Fellen waren gut verheilt. Die Fledermaus trinkt das Blut der Hirsche – und ihr Zahn sondert ein zersetzendes Gift ab und dringt so durch das Fell, an dem sogar eine Gewehrkugel abprallt.«

Ich öffne die Hand und zeige der Lady den langen, scharfen Zahn, gebogen wie der einer Viper, mit einer Sägekante, so scharf, dass es gefährlich wäre, die Hand zu fest darum zu schließen.

Wenn die Herrscherin beeindruckt ist, verbirgt sie es gut. »Interessant. Wer weiß davon?«

»Nur Ihr. Und … ich.«

Jetzt rast mein Herz. Das könnte ein Todesurteil sein, aber die Lady wirkt nicht so, als wollte sie die Wachen rufen. *Was nichts heißt*, denke ich. *Wenn sie mich töten will, gibt es hundert unauffälligere Möglichkeiten.* Und mit einem Mal fällt mir ein, dass es vielleicht sogar der Blonde sein könnte, dem sie befehlen würde, mir das Herz zu durchbohren. Jetzt habe ich plötzlich Angst.

»Also hast du mit diesem Zahn das Zeichen in ein Lederstück der letzten Lieferung geritzt«, sagt die Lady ruhig. »Um mich an Lida zu erinnern und daran, dass sie zwei Töchter hat. Nun, dein Plan ist aufgegangen. Du hast mich neugierig gemacht und ich habe euch eine Einladung geschickt. Und nun hoffst du, dass ich eurem Vater befehlen kann, deine Schwester endlich freizusprechen?«

Reiß dich zusammen, Tajann, befehle ich mir. *Hör auf, an Dolche zu denken.*

»Ja, Mylady. Ihr seid meine letzte Hoffnung. Es sind nur noch wenige Monate bis zu unserem Geburtstag. Aber mein Vater … ich fürchte, er wird Liljann nicht gehen lassen. Und zwar wegen mir.«

Trotz allem fühlt es sich an wie Verrat. Lady Jamala nickt. »Er betet in dir eine Tote an. Du hast das Temperament deiner Mutter, ihr Lachen, ihre Schönheit, ihre Farben und ihr Gesicht. Kein Wunder, dass er deine Schwester ans Haus kettet, um dich zu halten. Manche Männer verfallen dieser kranken Art der Trauer. Du bist eine Gefangene seines Kummers.«

Ihr Mitgefühl schnürt mir die Kehle zu. Es tut so gut, endlich mit jemandem zu sprechen, der mich versteht. *Sollte es so nicht bei Schwestern sein?*, denke ich. Aber Liljann ist mir so fern wie noch nie zuvor.

»Tja, ich würde dich gerne von deinem Los befreien«, sagt Lady Jamala. »Aber ich kann es nicht. Unsere Gesetze sind eindeutig. Elternrecht vor Burgrecht. Und Erstgeborene vor den Zweiten. Selbst ich könnte das Gesetz nicht ändern. So wenig, wie ich den Lauf der Sonne ändern lassen oder die Nacht zum Tag erklären kann. Denn auf unserem Gesetzeskodex gründet alles, was wir sind und jemals sein werden. So leid es mir tut, Tajann. Aber du wirst erst frei sein, wenn er Liljann aus eigener Entscheidung fortschickt.«

Ich hasse mich dafür, dass mir die Tränen in die Augen steigen, aber zum Glück sieht die Lady mich nicht an.

»Wenn dein Vater nicht mehr leben würde, wäre das natürlich etwas anderes«, fährt sie ruhig fort. »Da ihr keine Verwandten mehr habt, wäre ich euer Vormund und könnte über Liljann entscheiden. Aber dein Vater ist gesund und wird noch lange leben und …«

Sie verstummt und runzelt die Stirn. Ich folge ihrem Blick. Oh nein. Liljann. Sie tanzt nicht, sie steht wie erstarrt in der Nähe einer Tür und betrachtet ein Bild an der Wand. Ihr Gesicht ist weiß und ihre Augen weit aufgerissen. Man sieht ihr die Angst an – vor einer lächerlichen Höhlenmalerei. Ich glaube mich zu erinnern, dass Mila eine ähnliche geflügelte Missgeburt als Bannzeichen an die Stalltür gemalt hat. Wahrscheinlich ist es das Totenwesen aus dem Grauland, vor dem sich die Wildländer fürchten wie kleine Kinder. Ich gebe es nicht gerne zu, aber in diesem Moment schäme ich mich für Liljann und ihre Unfähigkeit, ihre Gefühle wenigstens jetzt zu verbergen.

»Ist sie auch so eine gute Jägerin wie du, Tajann?«.

»Sie … jagt nicht, Herrin. Sie arbeitet in der Werkstatt. Sie ist sehr geschickt beim Gerben und Verarbeiten der Felle.«

Warum habe ich nur immer das Gefühl, Liljann entschuldigen zu müssen?

»Ist sie feige?« Es klingt nüchtern, aufrichtig interessiert, als würde die Lady fragen, ob ein Hund nicht zum Jagen taugt. Mein Mund wird schlagartig trocken. Aber ich werde nicht lügen. Nicht diesmal. Und auch nicht für Liljann.

»Sie ist nicht gerne draußen. Vor den Wäldern fürchtet sie sich. Und sie … hasst es zu töten«, sage ich. Ich sage nicht: *Sie weiß zu viel über den Hexenzauber der Eingeborenen,* denn das könnte Liljann in Gefahr bringen.

»Also: ja«, stellt die Lady trocken fest. »Da kommt sie wohl nach eurem Vater. Deine Mutter hat nicht einmal als Zweitgeborene gezögert, sich auf das Abenteuer einzulassen und neues Land zu erobern. Und ihre Leidenschaft für das Jagen war legendär. Es ist mir bis heute ein Rätsel, wie ein Bär sie vom Pferd holen konnte. Ein Jammer jedenfalls, dass Liljann diesen Mut nicht geerbt hat.«

Es tut weh, es zu hören, aber insgeheim weiß ich, dass Lady Jamala recht hat. Es ist seltsam – seit meine Mutter starb, habe ich mich nicht mehr so ruhig und klar gefühlt wie jetzt.

»Ich würde dir wirklich gerne helfen, Tajann. Ich brauche Vertraute mit Mut, Verstand und ehrlichem Herzen, gerade jetzt. Große Veränderungen stehen in der Zitadelle an. Aber du … bist nicht frei.«

Ich senke den Kopf. »Nein.«

Die Lady schenkt mir ein warmes Lächeln. »Du bist ehrlich zu dir selbst, das gefällt mir. Alles, was ich dir anbieten kann: Sieh es als Prüfung und erste Lektion in den Regeln der Macht. Du weißt, wie man seine Ziele erreicht, und du schreckst auch vor ungewöhnlichen Wegen nicht zurück. Du hast Willensstärke, Ehrgeiz und Intelligenz. Diese drei Eigenschaften haben dich zu mir geführt. Wende sie richtig an und du wirst frei sein.« Sie beugt sich zu mir und senkt die Stimme, bis nicht einmal die Diener sie noch hören. »Werde deine Schwester los. Du wirst wissen, wie. Ich gebe dir vier Wochen, keinen Tag länger. Wenn du bis dahin frei bist, steht das Tor meiner Zitadelle dir offen.«

Das Versprechen durchglüht mich und verglimmt sofort wieder zu Ascheflocken. Vier Wochen? Und was meint sie mit: *Werde deine Schwester los?* Eine wie Lady Jamala wählt solche Worte nicht ohne Absicht. *Aber sie wird doch nicht erwarten … ?*

Doch ihr Blick gibt mir keine Antwort, sie sieht mit versteinertem Gesicht den Tänzern zu.

»Danke, Mylady«, sage ich mit rauer Stimme. Der Dank schmeckt wie Galle und meine Hände zittern, als ich den Mondzahn wieder in den Beutel fallen lasse.

»Lass dir das Fest nicht von Sorgen verderben«, sagt sie gut gelaunt. »Der Abend ist jung. Und das Leben voller Überraschungen. Geh und tanze! Du sollst doch heute glücklich sein.«

Ich weiß nicht, wann die Lady dem Diener das Zeichen gegeben hat, aber er steht bereit und ich nehme seine Hand und lasse mir vom Podest herunterhelfen. Und während ich den Boden betrete, der mir härter erscheint denn je, entdecke ich Liljanns hübschen Tänzer. Er sucht sie, mit zwei vollen Weingläsern in den

Händen, aber im Gegensatz zu ihm sehe ich gerade noch das Aufleuchten eines hellgrünen Rockes in einer Seitentür, bevor Liljann ganz hinausschlüpft und einfach verschwindet.

Blaues Feuer

Ich lief durch gewundene Flure mit verrußten Wänden, weg von Tajann und den anderen Gästen im Festsaal. Fackeln brannten hier, aber manche Gänge waren dunkel. Die Treppen flogen dennoch unter meinen Füßen dahin. Ich rannte, als könnte ich wirklich einen Abstand zwischen mich und das Wesen bringen. Erst als ich eine Tür fand, durch die gerade ein Soldat trat, blieb ich stehen und drückte mich in eine Nische. Aus dem Schatten heraus beobachtete ich, wie der Mann den Flur entlangging und hinter der nächsten Biegung verschwand. Aber für einen Moment hatte ich durch die Tür den Nachthimmel gesehen. Trotzdem stürzte ich nicht sofort hinaus, sondern lehnte mich an die Wand und versuchte ruhig zu atmen. *Was ist los mit dir?*, dachte ich. *Mila hat dir doch oft genug erzählt, dass es den Seelenverschlinger gibt*. Aber mir wurde klar, dass ich bis zu diesem Augenblick gehofft hatte, dass der *Corent* doch ein Märchen war. Mila hatte ihn niemals gesehen und auch die anderen Waldleute waren ihm nie begegnet. Doch das Fresko hatte mir die Wahrheit gezeigt. Die Wilen waren auf dem Bild genauso dargestellt, wie ich sie kannte. Folglich war das Totenwesen … genauso naturgetreu abgebildet. Nur, dass ich es mir nicht einmal in den schlimmsten Albträumen so schrecklich vorgestellt hatte. *Und es wartet im Grauland auf mich*.

Jetzt musste ich an die Luft. Irgendwo hörte ich Schritte, aber ich löste mich trotzdem aus dem Schatten und rannte zur Tür.

»Liljann!« Der Ruf ließ mich innehalten, die Hand auf der Klinke.

Die Wilen erreichten mich zuerst, umringten mich. Und dann war auch Tajann bei mir und packte mich bei den Schultern. Ihre Augen blitzten vor Wut. »Was soll das?«, fuhr sie mich an. »Warum läufst du einfach weg?«

»Warum rennst du mir nach?«, gab ich ebenso unfreundlich zurück.

»Weil ich nicht will, dass du uns Ärger machst! Was sollen die Leute denken? Hat die Lady dir erlaubt, den Saal zu verlassen?«

Beinahe hätte ich gelacht. »Sie hat mir sogar erlaubt, das Land zu verlassen, schon vergessen? Und wie man sieht, würdest du sogar deine Seele verkaufen, um mich ins Grauland zu jagen.«

Ich musste mich nicht aus ihrem Griff winden, sie ließ mich los, als hätte sie sich an mir verbrannt. Dann seufzte sie. »Ach Liljann …«, sagte sie gequält.

»Tu nicht so betroffen!«, schleuderte ich ihr entgegen. »Sieh dich doch an! Wie lange planst du schon, dich der Lady als neue Lida zu präsentieren? ›*Wir werden tanzen, Mirabar*‹? Ja, natürlich! Nur dass es niemals um mich und dich und ein Fest ging. Es hätte nicht viel gefehlt und du wärst der Lady auf den Schoß gekrochen.«

Ich hatte gut getroffen. Aber es war ein schwacher Trost, dass Tajann rot wurde und schwer schluckte.

»Es ist nicht meine Schuld, dass du als Erste geboren wurdest«, sagte sie leise. »Und ist es denn so verwerflich, sich zu wünschen, frei zu sein?«

»Würdest du wenigstens um mich weinen?«, erwiderte ich. »Oder wäre auch das schon Schwäche, die im Land der Starken so verachtet wird?«

Tajann zog scharf die Luft ein und die Wilen schauten mich strafend an. »Wann wirst du endlich aufhören, dir selbst leidzutun?«, sagte sie mit zitternder Stimme. »Ich kann nichts für unsere Gesetze. Sie existieren nun mal und du und ich werden nichts daran ändern können. Und ich weiß, wovor du dich fürchtest, aber dieses Monster, das an die Wand gemalt ist, existiert nicht! Oh, wenn du nur nicht immer so …«

… feige wärst.

Tajann brach ab und biss sich auf die Unterlippe. Aber die Worte hallten im Raum, obwohl kein Mund sie ausgesprochen hatte. Und ihren Blick konnte sie nicht verbergen. Vor mir stand eine Adelige, die mich so angewidert betrachtete, als sei ich ein jämmerliches Hasenherz. Und das Schlimme war: Genauso fühlte ich mich auch. Nie war mir Tajann so fremd erschienen wie jetzt. Ich bin nicht stolz darauf, aber damals hasste ich meine Schwester. Und ich bin sicher, ihr ging es genauso.

Aber dann senkte Tajann hastig den Blick, als hätten ihre eigenen Gedanken sie erschreckt. Ein Schatten fiel auf ihr Gesicht. Ich war überrascht, dass es Schmerz war.

»Es tut mir leid, Liljann. Ich wollte dir nicht wehtun. Aber wir sitzen beide in der Falle, das weißt du so gut wie ich. Der Unterschied ist nur: Dein Kerker ist nur die Angst und daraus kannst du dich befreien …«

»… und dein Kerker bin ich?«

Ihre Hände lösten sich, waren nicht länger Fäuste, und plötzlich war auch ich nur noch müde und traurig.

»Lass uns wieder in den Festsaal gehen«, murmelte Tajann. »Hier am Hof gelten andere Gesetze. Es kann gefährlich sein, sie zu missachten.«

»Gefährlicher, als ihnen zu folgen?«

Wieder wich sie ertappt meinem Blick aus. *Zumindest das.*

»Warum willst du in den Burghof gehen?«, fragte sie.

»Ich will … nur nach unserem Vater sehen.«

Ich bin noch heute überrascht, dass sie mir diese Lüge glaubte. Als ich unseren Vater erwähnte, schien sich eine Last auf ihre Schultern zu senken. Ich nutzte die Pause und drückte die Klinke herunter. Frischer Nachtwind fuhr mir durch das Haar.

»Warte!«, rief Tajann. »Ich komme mit.«

Ich drehte mich zu ihr um. »Nein«, flüsterte ich. »Das wirst du nicht.«

Bei diesen Worten öffnete ich meine Linke, die ich bisher zur Faust geballt hatte, und zwirbelte die Luft. Noch nie hatte ich es bei meiner Schwester getan. Es war erstaunlich leicht. Viel leichter als bei unserem Vater. Ich spürte, wie der Bann von meiner Hand glitt, als würde ich ein Seidenband loslassen. Und sobald das unsichtbare Tuch die Schwelle berührte, blinzelte meine Schwester verwirrt. Sie blieb stehen und sah sich um, als würde sie darüber nachdenken, wie sie hierhergekommen war. Dann drehte sie sich um und ging zurück zum Festsaal. Ich wartete darauf, dass die Wilen ihr folgten. Aber heute überraschten mich die weißen Frauen. Sie zupften zwar noch einmal Tajanns Schleier zurecht, aber dann jagten sie zu mir zurück und schlüpften an mir vorbei nach draußen, zu den Feuern der Soldaten.

Ich weiß nicht, was ich hier mache, weit entfernt vom Festsaal, in einem rußigen Flur.

Ach ja – jetzt fällt mir wieder ein, dass ich Liljann hinterhergegangen bin und versucht habe, sie zur Vernunft zu bringen. Wir haben uns gestritten. Es tut mir leid, was ich alles zu ihr gesagt habe. Dabei hat sie es richtig erkannt – mir ging es bei diesem Fest nicht um uns. Nur um mich. Es schneidet mir ins Herz, sie so enttäuscht zu haben. Und war es richtig, meine Schwester mit ihrem Kummer einfach allein zu lassen? Sie hat mich gefragt, ob ich sie in den Burghof begleite und unseren Vater suche, aber ich habe es nicht über mich gebracht. Vater ist der letzte Mensch, den ich jetzt ertragen kann. *Vier Wochen.* Diese Frist schwebt wie ein Fallbeil über mir. *Wie?*, denke ich. *Wie soll mir das gelingen?*

Es ist ungewohnt, meine Schuhe so laut auf dem Boden schlagen zu hören. Als Jäger muss man es beherrschen, lautlos zu sein, und unsichtbar. Aber hier gelten wirklich andere Gesetze, und das beunruhigt mich mehr, als ich zugeben will. Immer noch hallt mir das Angebot der Lady in den Ohren – vor allem aber ihre Bedingung. *»Werde deine Schwester los. Du wirst wissen, wie.«*

Nein, sage ich mir. So meinte sie es nicht. Die Zeiten, in denen Giftmorde und ungeklärte Unfälle über Geschwisterfolgen und Schicksale entschieden, sind seit vielen Jahrhunderten vorbei. Schon der Gedanke daran, dass meiner Schwester etwas zustoßen könnte, ist für mich wie körperlicher Schmerz.

Meine Schritte verhallen, ich bin stehen geblieben und weiß nicht, warum. Plötzlich habe ich eine Gänsehaut. Aber nicht, weil ich mir wieder einbilde, Liljanns Gespenster zu hören. Nein, es ist das genaue Gegenteil: Noch nie in meinem Leben habe ich mich so allein gefühlt. Verlassen. *Aber von wem?* Die Angst kriecht an meiner Wirbelsäule zu meinem Nacken hoch, und in der Stille klingen Gedanken, die es nicht geben darf. Ich schließe die Augen und schüttle den Kopf, schüttle die Worte gewaltsam ab. *Geh weiter,* befehle ich mir. *Denk an die Musik. Sei glücklich, wenigstens heute Nacht, vielleicht musst du dein ganzes Leben davon zehren.*

An der nächsten Biegung zweigen mehrere Gänge ab, Nischen voller Schatten. Fackelschein lässt den Stein pulsierend atmen. Der Wein ist mir wohl zu Kopf gestiegen. Ich verliere sonst nie einen Weg oder eine Fährte, aber für einen Moment weiß ich nicht mehr, wo ich hergekommen bin. Es muss der Bogengang rechts gewesen sein, zumindest kommt von dort aus der Ferne die Musik. Aber ich lande nur vor einem Rundbogen, der mit Totenschädeln aus Marmor verziert ist.

»Du hast auch hier nichts verloren«, sagt eine ernste Stimme.

Ich friere mitten im Schritt ein. Mein Herz schlägt bis zum Hals. Ich sehe ihn nicht und trotzdem weiß ich, dass er im Dunkel hinter dem Bogen wartet, bereit, mir in den Weg zu treten, sobald ich mich auch nur bewege. *Der Dolch,* schießt es mir durch den Kopf. *Was, wenn die Lady mich mit ihrer Zuneigung nur getäuscht hat und mir ihren Mörder schickt, um das Geheimnis der Hirsche mit mir zu begraben?*

Aber seltsamerweise ist es nicht nur Angst, die ich spüre.

»Und du willst mich wieder aufhalten?« Ich lüge gut, meine Stimme hallt selbstsicher und spöttisch von den alten Mauern wider.

Ich stehe im Licht, er dagegen ist nur die Ahnung eines Mannes, ein Schatten im Schatten. *Vielleicht mein Mörder.* Aber manchmal ist auch Schönheit eine Waffe. Also lächle ich. Ich weiß, dass er das sieht, und ich kann fast spüren, wie er den Atem anhält. Die Luft scheint zu knistern. Ich nehme meinen ganzen Mut zusammen, mache den nächsten Schritt – und er tritt vor mich ins Licht, lässig an den Mauerbogen gelehnt. Die Angst fällt von mir ab. Beinahe hätte ich über mich selbst gelacht.

Er hat keinen Dolch, sondern nur ein volles Glas Wein in der Hand. Er hält es nicht am Stiel, sondern in der Handfläche, wie eine Schale aus Glas. Er hat schöne Hände, kräftig, mit langen Fingern. Aber meine Schwester hat ihn richtig eingeschätzt. Unter dem grauen Soldatenmantel trägt er die strenge schwarze Tracht der Augenmänner. Das Lederwams und die Schutzstreifen an seinen Hosen wurden aus unserem Hirschleder gemacht. Die Vorstellung, dass ich das Tier, dessen Haut ihn vor dem Tod schützt, erlegt habe, bringt mich zum Lächeln.

»Im Ernst, was suchst du hier draußen?« In seiner Stimme schwingt eine träge Arroganz. *Die Pfote einer Katze, die noch ihre Krallen verbirgt,* denke ich.

»Dasselbe könnte ich dich fragen.«

Er schnaubt nur ein verächtliches Lachen und nimmt einen Schluck Wein. »Wonach sieht es denn aus? Ich hasse es zu tanzen.«

»Ich liebe es zu tanzen.«

»Ach ja?« Er verzieht den Mund zu einem herablassenden Lächeln. »Eine ziemlich plumpe Art, mir zu sagen, dass du aufgefordert werden willst, Wildmädchen.«

»Mach dir keine Hoffnungen, Soldat. Ich tanze nicht mit jedem. Und jetzt lass mich vorbei. Mein Tänzer wartet.«

Das ist keine Lüge. Er weiß nur nicht, dass ich ihn damit meine. Denn es ist bereits wie ein Tanz, als ich nun loslaufe und er sofort einen weiteren Schritt in meinen Weg tritt – und auch, dass ich tatsächlich anhalte. Jetzt bin ich ihm so nah, dass ich den Duft von Hirschleder und Wein wahrnehmen kann. Ich muss den Blick senken. Und da bemerke ich die Stelle in Höhe seines Knies. Ein hellerer Fleck im Leder, eine sichelförmige, zweimal unterbrochene Narbe, die ich nur zu gut kenne.

»Du hast also einen Tänzer. Hast du ihn schon geküsst, Wildmädchen?«

»Nenn mich nicht so. Du weißt genau, wer ich bin.«

Zeit genug, es herauszufinden, hast du jedenfalls gehabt.

Er nickt langsam. »Tajann. Velender VanTorras Tochter. Der Lady beste Jägerin.«

Seine blauen Augen sind kühl, aber dennoch glimmt etwas darin. Eis und Feuer zugleich und ich weiß nicht, warum, aber es entzündet irgendetwas in mir. Etwas Gefährliches und zugleich Funkelndes, dem ich nicht widerstehen kann.

»Und deshalb solltest du freundlicher zu mir sein«, sage ich. »Ohne mich wärst du nämlich verwundbar.«

Ich deute auf die Narbe des Mondzahns. »Der Hirsch, von dem dieses Leder stammt, war zu schlau, um sich aus dem Hinterhalt schießen zu lassen, und durchschaute unsere Jagdstrategie. Er ließ mich herankommen, aber bevor ich abdrücken konnte, griff er an und verwundete mein Pferd so schwer, dass es fast gestorben wäre und heute noch scheut, sobald es Wild wittert. Ich stürzte und fast hätte er mich getötet. Die Hirsche haben Geweihe, schärfer und härter als Klingen, die sogar Bärenfell zerschneiden wie ein Rasiermesser Seide. So können sie sich auch im dichtesten Rankenwald bewegen. Und sie sind schlau und wissen, was ein Gewehr ist. Ich hatte Glück, dass meine Waffe unter dem Jagdmantel verborgen lag. So stieß er nicht sofort zu.« Ich lege den Kopf schief und tippe mir mit dem Zeigefinger auf die pulsierende Stelle unterhalb des Kinnbogens. Dort sitzt meine Narbe, klein und nur sichtbar, wenn das Licht darauf fällt. »Manchmal muss man dem Gegner die verwundbare Stelle zeigen, um ihn in die Falle zu locken«, sage ich sanft. »Und als der Hirsch mich angriff, schoss ich im Liegen – und tötete ihn.«

Er schluckt und starrt meinen Hals an. Wieder kann ich das Flirren zwischen uns fühlen. Ich weiß, dass meine Haut im Halbdunkel leuchtet und dass er nicht anders kann, als sich vorzustellen, wie es wäre, die pulsierende Stelle zu berühren. Er blinzelt und tritt einen Schritt zurück. Es ist wie ein kleiner, kühler Triumph.

»Tja, du weißt nun, wer ich bin«, sage ich. »Aber wer bist du?«

Seine Miene verdüstert sich.

»Firan«, sagt er heiser und kippt den Rest des Weines hinunter.

Das ist wie eine Beleidigung. Jeder Idiot weiß, dass *Firan* nichts anderes als Fuchs bedeutet. Und zwar in der Sprache der Barbaren. Will er mich damit verspotten?

»Du weichst mir aus.«

»Natürlich«, sagt er mit rauer Stimme. »Ich gehöre zu den Augen der Lady. Meine Aufgabe ist es zu sehen, nicht zu reden. Schon gar nicht über mich.«

»Schön. Dann muss ich ja keine Zeit mehr mit dir verschwenden.«

Ich will an ihm vorbei, aber natürlich hindert er mich wieder daran. Diesmal, indem er die Hand gegen den Bogen stemmt. Ich müsste unter seinem Arm hindurchtauchen. Er hat mich gut eingeschätzt, denn um nichts in der Welt würde ich mich vor ihm ducken. Stattdessen hebe ich das Kinn und halte seinem Blick stand.

»Du bist die Zweitgeborene«, raunt er mir zu. »Die Lady mag dich, sehr sogar. Und die Männer da drin sind schon jetzt verrückt nach dir. Die ganze Welt könnte dir gehören.« Sein schiefes Lächeln blitzt auf. Und obwohl es mir gefällt, viel zu sehr sogar, habe ich ein ungutes Gefühl. Er zuckt bedauernd mit den Schultern und nimmt den Arm herunter. »Was für ein Pech, dass du eine Gefangene bist.«

Hat er Liljann und mich belauscht? Ich könnte an ihm vorbeilaufen, aber ich tue es nicht. *Warum tue ich es nicht?*

»Was für ein Jammer«, flüstert er. »Ein Mädchen mit solchen Augen und solchen Lippen sitzt zwischen Eulen und Hasen fest. Du siehst dein Leben schwinden, Jahr für Jahr, weil ein hässlicher, grober Troll sich an deinen schönen Körper klammert und eine kleine, struppige Barbarin dich an den Wald fesselt.«

»Rede nicht so von meiner Familie!«, fauche ich.

Ich versetze ihm einen Stoß gegen die Schulter und stürme an ihm vorbei. Blauer Samt streift das Hirschfell, verfängt sich, dann bin ich frei. Aber kaum bin ich aus dem Schatten in den nächsten Streifen Fackelschein getaucht, höre ich das Splittern von Glas. Eine Hand packt mich am Arm und reißt mich zurück. Ich werde mit Hirschen und Bären fertig und kann Menschen mit einem Lächeln zähmen. Aber jetzt geben meine Beine einfach nach. Kalter Mauerstein drückt gegen meinen Rücken, aber ich friere nicht, obwohl mein ganzer Körper flirrt und sich mit einer Gänsehaut gegen Firans Nähe zu sträuben scheint. Seine

Arme umschließen meine Taille, pressen mich an sich und sein Mund ist so nah, dass mir schwindelig wird. Feuerschein zuckt in seinen Augen und ich kann mich nicht rühren. Und das Erschreckendste ist – ich will es auch nicht. Sein Weinatem zerschellt weich und süß auf meinen Lippen. »Du bist gefangen, Tajann«, flüstert er. »Manchmal bist du so verzweifelt, dass du dir sogar wünschst, dein Vater würde sterben. Ein falscher Schritt an der Schlucht vielleicht, ein Unfall – und niemand kann etwas dafür. Es ist Unrecht, sich so etwas zu wünschen. Aber trotzdem stellst du es dir manchmal vor – und du lächelst dabei, obwohl du dich schuldig fühlst.«

Jetzt würde ich zu Boden sinken, wenn er mich nicht halten würde. Es ist, als wäre zwischen uns nichts mehr. Keine Worte, kein Zorn, nicht einmal das Spiel, das wir beide spielen, seit wir uns vorhin zum ersten Mal begegnet sind. Noch nie habe ich mich so gesehen gefühlt. Und gleichzeitig so ertappt und nackt bis auf den Grund meiner Seele. Und als er mich küsst, leidenschaftlich und so stürmisch, dass es wehtut, ist es, als würde ich Feuer fangen. Ein kaltes, verzehrendes Feuer, das ich noch nie gefühlt habe. Ich stoße ihn zurück und winde mich aus seiner Umarmung. Und als er mich noch einmal an sich reißen und küssen will, hole ich aus. Meine Hand brennt noch von dem Schlag, während ich den Flur entlangrenne, so schnell, dass meine Schritte wie Schüsse klingen. Erst als ich vor der Tür zum Festsaal stehe, bekomme ich wieder Luft. Die Diener schauen mich verwundert an, während ich mir mit zitternden Fingern den Schleier richte. Ich reiße mich zusammen und betrete den Festsaal mit glühenden Wangen und einem Lächeln, das offiziell nur meinem nächsten Tänzer gilt.

Aber in meiner Brust brennt immer noch das blaue, verzehrende Feuer.

Funken

Die Sommernacht war erstaunlich kühl und jedes Geräusch klang wie ein eigenes Instrument: Metallbecher, die gegeneinanderstießen. Das Prasseln von berstendem Harz im Feuer. Soldatenlachen und auch ein paar Frauenstimmen. Eine Trommel wurde geschlagen und irgendjemand spielte auf einer Gitarre. Der Weg zu den Klängen führte durch den Burghof zu einem Loch, das in der hinteren Mauer klaffte. Es war nicht mit Stahl oder Glas geschlossen worden und diente als Durchgang. Dahinter ging es steil bergauf. Hier gab es keinen Marmor mehr, nur Gras und Granit. Wenn ich mich umsah, konnte ich hinter den Glasflicken der Burg die Silhouetten der Tanzenden im Festsaal erkennen. Sicher war Tajann wieder zu einem dieser wirbelnden Schatten geworden. Ich dagegen folgte dem Feuerschein und den Funken, die in den Nachthimmel wehten. Und plötzlich, kurz bevor ich die Inseln aus Flammen erreichte, fiel mein Blick auf ein kleines Plateau ganz oben am Berg. Fünf von Ruß geschwärzte Granitpflöcke ragten in den Himmel. Ketten baumelten von eisernen Ringen herunter. Jeder wusste, warum der Richtplatz der höchste Punkt der Festung war. Die Lady legte Wert darauf, dass die Feuer auf große Entfernungen gesehen werden konnten, als brennende Krone der Zitadelle. Im Jagdhaus sahen wir vor allem die Rauchsäulen, wenn die Scheiterhaufen brannten. Zum Glück lebten wir zu weit fort, um an den Gerichtstagen auch die Schreie der Verurteilten zu hören. Mit einem Schaudern wandte ich mich ab und flüchtete nach links zu den Feiernden. Ich fürchtete mich vor den Geistern der Hingerichteten. Nach der Begegnung mit dem Totenwesen im Festsaal hielt ich alles für möglich. Aber hier waren zum Glück nur Tajanns Feen. Eine von ihnen hing am Hals eines tanzenden Soldaten, eine andere drehte sich mitten im Feuer, warf mit beiden Händen den Bündel von knisternden Funken in die Luft und lachte. Am Feuer saßen Bedienstete aus den Ställen, ein paar Diener, die noch ihre Uniformen trugen, Mägde und Kinder in einfachen Kleidern. Alle sahen mich feindselig an – den Eindringling aus der Burg. Drinnen im Festsaal war ich zu wenig Hofdame, hier draußen dagegen zu wenig Gewöhnliche. Und niemand ahnte hier, dass die feine Dame Schwielen an den Händen hatte, die ebenso hart waren wie die eines Stallknechts, weil sie jeden Morgen das Trinkwasser von einer Quelle zum Jagdhaus schleppte.

Ich umrundete die Feuer in weitem Bogen, möglichst in den Schatten. Dabei hielt ich Ausschau nach unserem Vater. Wie ich schon vermutet hatte, war er nicht hier und insgeheim war ich darüber erleichtert. Aber leider entdeckte ich auch den Soldaten mit dem honigbraunen Haar nirgendwo. Also setzte ich mich auf ein Stück Felsen und betrachtete aus der Ferne die Tänze – ohne zu ahnen, was in diesem Moment mit meiner Schwester geschah.

Man sagt, dass Zwillinge das Glück oder den Kummer des anderen fühlen. Hätte ich es also spüren müssen? Eine Verschiebung in der Atmosphäre, einen Missklang vielleicht, einen Riss im Gefüge alter Regeln und Ordnungen, die in Stein gemeißelt schienen? Aber ich nahm nichts wahr. Gar nichts! Hätten die Wilen es verhindern können, wenn sie bei Tajann geblieben wären und ihr als warnende Stimmen beigestanden hätten? Auch das frage ich mich noch heute. Und vielleicht, das denke ich mir in den schlimmen Stunden – war es auch meine Schuld, dass Tajann dem Mann, der sich Firan nannte, in die Arme lief. Schließlich hatte sie den Festsaal nur verlassen, um mir zu folgen.

Aber an dem Schicksalsabend war ich tatsächlich nur damit beschäftigt, mir leidzutun. Mein Hasenherz wurde schwer, während ich in das Feuer starrte und kaum zu zwinkern wagte.

Denn sobald ich die Augen schloss, sah ich wieder das Totenwesen vor mir, den Corent. Sein Rabenhaar und die entblößten Fänge, schwarzgraue Haut wie verdorrte Rinde und glühende Augen. Seine Hautflügel spannten sich wie an spitzen Knochendornen aufgehängt vor dem Himmel und verdunkelten den Mond. Ein Monster, das Menschenfleisch in kleine Fetzen riss und nichts zurückließ außer Knochen und eine gehäutete Seele, die dazu verdammt war, immer und immer wieder den Schmerz zu durchleiden.

»Ist dir nicht kalt ohne deinen Jagdmantel?«

Die Härchen an meinen Armen sträubten sich wie bei einem kühlen Hauch. Ich hatte seine Stimme noch nie gehört und trotzdem wusste ich, dass *er* es war. Er sprach rauer und tiefer, als ich es mir vorgestellt hatte.

»Ich bin Kälte gewöhnt«, erwiderte ich, ohne mich umzusehen. »Im Jagdhaus leben wir wie Wildländer.«

»Die laufen aber nicht in dünnen Seidenkleidern herum. Schon gar nicht in Sommernächten, wenn die Giftmücken auf frisches Blut aus sind.«

Ich erwartete, er würde vor mich treten, aber ich hörte nur ein Schleifen von Stoff und dann legte sich ein schwerer Mantel auf meine Schultern. Das Leder war noch warm von seinem Körper. Der hohe Kragen strich über meinen Hals und meine Wange und ich erschauderte, als wäre es eine Berührung. Es tat gut, unter dem Mantel wieder weniger sichtbar zu werden.

Der Soldat setzte sich neben mich, aber ich blickte weiter ins Feuer. *Jetzt könnte ich sein Gesicht sehen*, dachte ich. Aber aus irgendeinem Grund hob ich mir diesen Moment noch auf.

»So schweigsam, Prinzessin?«

»Ich bin keine Prinzessin – ebenso wie der Mann auf dem weißen Pferd kein einfacher Soldat ist. Er ist dein Kommandant. Und zwar mehr als ein gewöhnlicher Kommandant.«

»Falkenaugen hast du also auch.«

Diese Worte brachten mich zum Lächeln. Jetzt wagte ich vorsichtig einen Blick zur Seite. Für ein paar Herzschläge verschlug es mir den Atem. Auf dem Pferd hatte er bereits groß gewirkt, aber jetzt sah ich, wie riesenhaft er tatsächlich war. Und trotzdem wirkte er nicht grob. Im Gegenteil: Er hatte die langen, muskulösen Beine eines Läufers und ein sehr ebenmäßiges Gesicht mit gerader Nase, einem kräftigen Kinn und einem geschwungenen Mund. Aber seine Arme und sein Nacken machten den Eindruck, als könnte er ein Pferd mit bloßen Händen zu Boden ringen, um einen feindlichen Reiter zur Strecke zu bringen. Und mit einem Schaudern dachte ich daran, dass er vielleicht tatsächlich schon getötet hatte.

»Wie heißt du?«, fragte er.

»Wenn du zu den Augenmännern gehörst, weißt du das längst.«

Er verkniff sich ein Lächeln, aber seine Augen verrieten ihn. Ich mochte die Sanftheit darin. »Wenn ich einer von ihnen wäre, hätte ich in der Roten Nacht Besseres zu tun, als hier draußen mit dem Gesinde zu tanzen. Antwort gegen Antwort?«

Ich nickte langsam. »Liljann VanTorra. Und wer bist du?«

»Volok. Einen Nachnamen habe ich nicht. Ich bin nämlich einer der *Barbaren*, wie ihr Höflinge uns nennt. Was habt ihr zwei vorhin bei den Quartieren gesucht?«

»Wir wollten die Gäste aus dem Norden sehen. Und ich bin kein Höfling.« Das sagte ich in der Sprache der Wildländer und Volok hob überrascht die Brauen.

»Woher kommst du genau?«, stellte ich meine Frage.

Ein Schulterzucken. »Von hier und dort, genau weiß ich es nicht. Meine Leute wurden von den Leuten der Lady getötet, als sie das Land eroberte – und so kam ich als Kind zu anderen Leuten – und schließlich zu den Söldnern an der Grenze. Sie brachten mir alles bei, was ich wissen musste. Und alles andere lernte ich von den Wölfen.«

Jetzt fröstelte ich doch. »Dann musst du die Lady doch hassen. Warum dienst du ihr?«

Sogar seine Augen wurden ernst. »Ich *diene* nicht, Liljann. Die Lady schätzt mein Wissen, weil ich die Waldgebiete kenne wie kein anderer. Aber wenn ich gehen will, wird niemand mich aufhalten. Auch die Lady nicht.«

Das sagte er in Sichtweite der Scheiterhaufen! Ich wusste nicht, ob ich ihn für verrückt halten oder ihn auslachen sollte. Aber in dieser seltsamen Nacht voller Funken glaubte ich ihm.

»Und jetzt begleitest du den Augenmann auf dem weißen Pferd?«

»Du hast meine Frage nicht abgewartet«, sagte er sanft.

Ich schwieg und wartete, aber er betrachtete mich nur so genau, dass ich mir verlegen das Haar hinter das Ohr strich. Mich irritierte die Art, wie er mich ansah, ohne zu zwinkern. Ein wenig war es so, als würde mich dieser Blick in Besitz nehmen.

»Passt du immer auf deine Schwester auf?«

»Tue ich das?«

»Ohne dich hätte sie sich bei meinem Kommandanten um Kopf und Kragen geredet.«

»Wir sind Schwestern! Wir … passen beide aufeinander auf.« Ich wünschte es mir so sehr, dass es sich anfühlte wie die Wahrheit. Aber er nickte und lächelte.

»Ja«, beantwortete er meine Frage. »Ich gehöre zurzeit zu der Truppe des Augenmannes mit dem weißen Pferd. Er ist der engste Vertraute der Lady. Magst du den Wald oder fürchtest du dich vor ihm?«

Ich schluckte und versuchte, nicht an das Bild des Corent zu denken.

»Kommt darauf an, welcher Wald es ist«, sagte ich ausweichend. »Habt ihr die Nordländer als Eskorte hierher begleitet?«

»Ja. Den Auftrag habe ich angenommen, weil ich noch nie

am Meer war. Aber meine Heimat gefällt mir besser. Wo würdest du am liebsten sein, Liljann?«

Dort, wo ich nicht sterben muss, dachte ich. Mein Herz wurde wieder schwer.

Erst jetzt fiel mir auf, dass wir so nah zusammensaßen, dass ich die Wärme seines Körpers durch den Mantel hindurch zu spüren glaubte. Verlegen rückte ich von ihm ab. Die Wilen hatten aufgehört zu tanzen, tuschelten miteinander und musterten mit großen, besorgten Augen Voloks Hände, die groß wie Pranken waren und auf seinen Knien ruhten.

»Ich kann mir nicht aussuchen, wo ich sein darf«, beantwortete ich leise Voloks Frage. »Du hast Glück, die Wahl zu haben. Aber ich bin ein Erstling. Also muss ich dem Willen meines Vaters gehorchen – und dem der Lady …«

Ich konnte nicht umhin, zu den Scheiterhaufen zu blicken. Der Wind bewegte die Ketten und Handschellen. Trotz des Lärms glaubte ich das mahnende Klirren wahrzunehmen.

»Eine Wahl zu haben ist keine Frage von Glück«, sagte Volok ernst. »Sondern von Mut.«

»Das heißt, du hältst mich für einen Feigling?«

»Ist das deine nächste Frage?« Er beugte sich zu mir, so nah, dass ich seinen Atem über meine Haut streifen fühlte. »Nein, Liljann, das tue ich nicht. Sonst hättest du vorhin nicht so klug gehandelt. Du und ich, wir wissen es – so, wie jedes Tier und jedes wilde Geschöpf es weiß: Manchmal ist es mutiger, nachzugeben und sich zurückzuziehen. Oder … sich ganz zu verbergen und zu warten, bis der Tod sich umgesehen hat und weiterzieht. Mut hat nämlich nichts damit zu tun, sich blind in den Kampf zu stürzen. Sondern damit, genau hinzusehen. Und im Gegensatz zu deiner Schwester bist du ein Mädchen, das mehr und weiter sieht als andere.« Vielleicht war es dieser Satz, der mich entwaffnete. Zum ersten Mal an diesem Abend fühlte ich mich nicht mehr hoffnungslos und feige.

»Andererseits …«, Voloks Lächeln verwandelte sich in ein Grinsen, »… erfordert Tanzen bestimmt viel mehr Mut, als du zu haben scheinst.« Ich schrak zusammen, als er aufsprang. Die Wilen huschten aufgescheucht davon.

Volok streckte mir die Hand hin. Hatte ich eben wirklich noch gedacht, kein Feigling zu sein? Jetzt wäre ich am liebsten weggelaufen. Mein Gesicht glühte und jeder sah es. Die Mädchen musterten mich feindselig und die Kinder kicherten.

Aber ich streifte den Mantel ab und fasste Voloks Hand. Er lachte und zog mich so schwungvoll zu sich heran, dass ich ihm entgegenfiel – und ich ließ es zu, dass er mich auffing. Und plötzlich war es, als würde ich mit meinem Körper eine vertraute Melodie singen. Ganz von selbst trugen mich meine Beine zum Feuer. Weg von den Schatten der Scheiterhaufen, mitten hinein in die Musik. Es war ganz anders, als mit Kaeled zu tanzen, geschmeidiger und wilder. Ich musste den Kopf zurücklegen, wenn ich Volok in die Augen sehen wollte. Sie waren im Feuer bernsteingelb, mit goldenen Funken. Das Feuer schien um uns herumzuwirbeln, so schnell drehten wir uns, viel zu nah an den Flammen. In meiner Nase fing sich der Duft nach Rauch und Harz. Ich hatte nie verstanden, was Tajann an diesen wilden Soldatentänzen fand, aber heute trank ich die Nacht und die Musik. Und Volok flüsterte mir Geschichten zu, in seiner Sprache, die mich so gefangen nahm, dass ich sogar die gaffenden Leute um mich herum vergaß. Volok erzählte mir von einem Steinbock, der größer war als jedes andere Tier seiner Art und unsterblich. Jedes Mal, wenn ein Jäger ihn verwundete, wuchs aus jedem Tropfen seines Blutes in wenigen Augenblicken eine weiße Rose. Der Steinbock fraß sie und sofort verheilte auch die tiefste Wunde – für den Jäger das sichere Todesurteil. »Da, wo ich lebe, nennt man ihn *Tassad*«, flüsterte Volok mir zu. »Man sagt, er bewacht die Gefilde der weißen Wesen, der Feen und der Geister. Dieses Felsplateau nennt man den Garten der Feen.

Viele Blutrosen wachsen dort. Deshalb wagen sich immer wieder junge Männer dorthin und versuchen eine Rose aus Tassads Blut als Liebesbeweis für ihre Mädchen zu pflücken. Aber bisher hat keiner den Versuch überlebt, eine Rose zu stehlen.« Beim Tanzen zog er mich so eng an sich, bis ich den Duft nach Leder und seiner Haut wahrnehmen konnte. Er hatte etwas Wildes an sich, und seine sanften Bernsteinaugen hatten im Feuer Raubtierglanz, der mich faszinierte und gleichzeitig erschreckte. »Für dich würde ich die Rose holen. Ein Wort von dir genügt.«

Ein Schauer lief mir über den Rücken. *Zu nah*, dachte ich. *Zu schnell.*

Ich beugte mich zurück, vergrößerte den Abstand zwischen uns. »Sagst du das zu jeder?«

Diesmal lachten seine Augen nicht. Ärger irrlichterte darin. »Du hältst mich für einen Aufschneider?«

»Nein, aber ein toter Tänzer nützt mir nichts«, erwiderte ich und überspielte das seltsame Gefühl mit einem Lachen. Es klang viel zu laut und erst jetzt fiel mir auf, dass es still geworden war und wir die Einzigen waren, die überhaupt noch tanzten. Die Musik hatte aufgehört und die anderen Feiernden starrten an uns vorbei bergauf zum Richtplatz.

»Ist das ein Geist?«, flüsterte ein Kind voller Angst.

In ihrem weißen Kleid wirkte die Nordprinzessin tatsächlich so. Sie hatte den Rock fast bis zu den Knien gerafft und stand bei einem der Granitpfähle, wanderte mit gemessenen, seltsam verhaltenen Schritten auf dem Podest herum, auf dem sich sonst Holz und Reisig türmten. Ganz allein, ohne ihre Gefolgsleute und ohne Wachen. Ein Attentäter hätte jetzt leichtes Spiel gehabt. Tajanns Wilen huschten sofort zu ihr. Die Prinzessin blieb kurz stehen, als eine Wile ihr in den Weg trat, und für einen Moment hatte ich das Gefühl, dass sie die Feenfrauen sah. Aber es konnte auch Zufall sein. »Was macht sie denn ohne Geleitschutz hier draußen?« Volok ließ mich los. »Warte hier.«

Mit federnden Schritten lief er bergauf zu der Fremden. Sie berührte gerade die geschwärzte Säule und verrieb den Ruß zwischen den Fingern. Als Volok sich verbeugte und sie ansprach, zeigte sie kaum eine Reaktion, sie ging an ihm vorbei, sprang vom Podest und kam zu uns herunter. Ihr Kleid war wie aus Spinnennetzen gewebt und ebenso leicht, das sah man nun, als es sich bei jedem Schritt bauschte. Perlen glänzten in ihrem farblosen Haar. Die Leute begannen nervös zu tuscheln. Niemand wusste, was zu tun war. Die meisten verbeugten sich schließlich ungelenk und ich tat es ihnen nach. Die Prinzessin ging mit ihren seltsam beherrschten, langsamen Schritten um das Feuer und musterte jeden von uns.

Als sie mich erkannte, blieb sie stehen. »Schon wieder treffe ich dich.« Sie sprach in ihrer Sprache, als käme sie gar nicht auf den Gedanken, dass ich sie nicht verstehen könnte. Ihre Stimme war so sanft, dass es kaum mehr als ein Flüstern war. »Komm her.« Über ihre Schulter hinweg suchte ich Voloks Blick und er nickte mir auffordernd zu. Also löste ich mich aus der Gruppe. Aus der Nähe fiel mir auf, dass sie gar nicht mehr so jung war, wie sie aus der Ferne wirkte. Sie war kein Mädchen mehr, sie hatte feine Fältchen um die Augen und einen bitteren Zug um den Mund.

»Sag mir, wer da oben vor Kurzem hingerichtet wurde.«

»Das weiß ich nicht ...« *Sollte ich sie Herrin nennen?* »Ich ... lebe nicht am Hof. Es ist das erste Mal in meinem Leben, dass ich in der Zitadelle zu Gast bin.«

»Dann haben wir ja etwas gemeinsam.« Ihre Augen waren von einem dichten Lichtgrau und wirkten hart, ohne Tiefe. Sie wandte sich den anderen zu. »Sagt ihr es mir! Wer wurde dort als Letztes verbrannt?«

Flüstern und Tuscheln setzten ein, aber nur Volok, der herangetreten war, antwortete.

»Eine Frau namens Gila.«

»Gila«, wiederholte die Prinzessin leise. »Was war ihr Vergehen?«

Volok räusperte sich. »Sie war eine der Vertrauten der Lady. Aber sie hat einen Verrat begangen.«

»Dazu gehört bei der Lady ja nicht viel«, hörte ich hinter mir jemanden flüstern, niedergezischt von warnenden »Pssst!«-Lauten.

Eben hatte mein Gesicht noch geglüht, aber jetzt spürte ich, wie kalt der Nachtwind war. Wie alt mochte Gila gewesen sein?

»Da, wo ich herkomme, werden Verräter ertränkt«, bemerkte die Prinzessin mit dieser sanften, tonlosen Stimme. »So hat jedes Land seinen Henker. Ihr das Feuer, wir das Meer.«

Getuschel rauschte wieder auf. Hinter mir kam Bewegung in die Gruppe und als ich über die Schulter blickte, entdeckte ich zwei Nordleute, die schnell bergauf schritten.

»Antija!«, rief einer der Prinzessin schon von Weitem zu. »Man sucht Euch bereits.«

Es war verstörend, dass er seine Herrin einfach beim Vornamen anredete und in einem Ton, als sei sie ein ungehorsames Kind, das sich heimlich davongestohlen hatte. Jetzt bemerkte ich, dass im Festsaal in König Jars Burg niemand mehr tanzte. An den verglasten Scharten drängten sich reglose Silhouetten. Die Festgesellschaft schaute zu uns hinaus. *Und sicher ist Tajann unter ihnen*, dachte ich. Der Mond stand schon hoch am Himmel und mit siedend heißem Schreck wurde mir klar, dass ich die Zeit völlig vergessen hatte.

»Ich entscheide selbst, wann ich mein Quartier verlasse«, antwortete die Prinzessin. »Geht voraus. Ich folge euch – und dem Willen meines Landes.«

Es klang freundlich, aber dennoch glaubte ich eine bittere Ironie zu hören. Die beiden Wächter sahen sich unschlüssig an, aber dann verbeugten sie sich und gingen den Weg, den sie

gekommen waren, langsam zurück. Volok trat zu der Prinzessin. »Erlaubt, dass ich Euch zur Burg begleite, Herrin.«

»Danke, aber diesmal finde ich den Weg allein, Volok.« Auf ihren Wink hin wich er zurück, nicht ohne mir die Andeutung eines Lächelns zu schenken. Die Prinzessin hob eine Augenbraue. Sie hatte scharfe Augen für Vernetzungen, das wurde mir in diesem Moment bewusst.

»Bist du hier nicht am falschen Platz, Mädchen?«, sagte sie so leise, dass nur ich es hören konnte.

Ich senkte hastig den Blick. »Ja … Herrin.«

»Bin ich das? Deine Herrin?« Sie lachte leise. »Wir werden sehen. Aber bis dahin gebe ich dir einen guten Rat: Man kann mit dem Feuer spielen. Aber man darf sich niemals einbilden, es beherrschen und zähmen zu können.« Damals verstand ich nicht, was sie damit meinte. Und ich war ohnehin viel zu sehr damit beschäftigt, die aufdringlichen Wilen zu übersehen, die jetzt um die Fremde herumstrichen wie Katzen um einen Krug Milch. Obwohl es Unsinn war, schämte ich mich für die Wesen, die sich wie aufdringliche Elstern benahmen. Eine war so frech und streckte die Hand aus, um die Silberkette zu berühren, die auf Antijas Busen auflag. Und dann verschlug es mir die Sprache. Die Prinzessin bewegte sich nicht, nur ihre Augen fanden die Wile, und dieser scharfe, schnelle Seitenblick war wie ein Peitschenhieb, der die Geisterfrau wie ein ertapptes Kind zurückzucken ließ. Mir klappte der Mund auf. *Antija sieht die Wilen tatsächlich!* Aber sie war viel besser darin als ich, es sich nicht anmerken zu lassen.

»Es wird Zeit für uns beide, grünes Mädchen«, bemerkte die Prinzessin. »Jedem sein Richtplatz, nicht wahr?«

Damit ging sie an mir vorbei und holte zu den Gefolgsleuten auf. Erst jetzt bemerkte ich, dass niemand mehr im Festsaal zu sein schien. Nur der Schattenriss eines Dieners wanderte hinter dem Glas entlang und löschte Lichter.

»Liljann?« Volok beugte sich zu mir herunter. »Du bist eben ganz blass geworden. Hat sie etwas Gemeines zu dir gesagt? Sie hat eine scharfe Zunge.«

»Nein. Aber ich muss sofort zurück zu meiner Schwester.«

Er seufzte und nickte. »Das war zu befürchten«, sagte er mit einem schiefen Lächeln. »Darf ich dich wenigstens noch bis in den Burghof begleiten?«

Verträge

Weißes Licht schimmerte durch den Spalt in der Mauer, als wäre der Burghof plötzlich grell erleuchtet. Stimmengewirr drang bis zu uns. Volok musste sich tief ducken, um den Durchgang zu passieren. Ich raffte meinen Rock und ließ mich von ihm durch den Spalt in der Mauer ziehen. Meine Hand verschwand in seiner Pranke, es war ein fester, warmer Halt, und Volok ließ mich auch dann nicht los, als ich mich im Burghof wiederfand. Erstaunt sah ich mich um. Alle Festbesucher drängten sich hier draußen! Im ersten Moment erschien es mir, als hätte ich das rote Fest nur geträumt, denn alle roten Bänder und Schleier waren verschwunden. Die Damen, die rote Kleider trugen, verhüllten diese nun hastig mit dünnen weißen Umhängen, die von Dienern verteilt wurden. Weitere Diener waren gerade dabei, die letzten roten Lampions abzunehmen und durch weiße zu ersetzen. Keiner der Gäste schien darauf vorbereitet gewesen zu sein. In manchen Gesichtern sah ich Furcht.

»Was ist hier los?«, fragte ich Volok. »Das Rote Fest endet doch nie vor Mitternacht.«

»Ab heute schon«, erwiderte er ruhig. *Also weiß er genau, was vor sich geht.*

»Weiß statt Rot?«, fragte ich. »Zu Ehren der Gäste aus dem Norden?«

Volok nickte anerkennend.

»Und ich nehme an, du darfst mir nicht sagen, worum es geht?«

»Um Feuer und Wasser.« Bei diesen Worten umschloss er meine Hand fester und ich wehrte mich nicht dagegen. Es war seltsam, die Berührung erschien mir immer noch zu nah, aber an seiner Seite fühlte ich mich sicher. Ich reckte den Hals und hielt nach meiner Schwester Ausschau. Ich musste nur den Wilen folgen, um sie zu entdecken. Sie stand ganz am Rand und blickte sich suchend um. Aber es war Kaeled, der mich vor ihr fand.

»Liljann! Ich suche dich seit einer Stunde!«, rief er mir schon von Weitem zu. »Du hast mir doch versprochen, nicht wegzugehen!«

Es musste eine schlimme Stunde gewesen sein, er war blass und verstört, und zum ersten Mal dämmerte mir, dass ihm vielleicht Schlimmeres drohte als nur ein Tadel, wenn er mich aus den Augen ließ.

»Es tut mir leid«, sagte ich. »Ich habe die Zeit vergessen, als ich …«

»Was fällt dir ein, Barbar?«, herrschte Kaeled Volok an. »Lass deine Finger von der Dame!«

Volok holte gefährlich langsam Luft.

»Ist schon in Ordnung«, beeilte ich mich zu sagen. »Er hat mich begleitet, Kaeled. Und dafür gesorgt, dass er mich in der Menge nicht verliert.« Ich versuchte, Volok meine Hand zu entziehen, aber er ließ mich nicht los.

»Wie hast du mich eben genannt, Milchgesicht?«, sagte er bedrohlich leise zu Kaeled. Zum ersten Mal fiel mir auf, wie fremdartig er hier zwischen Seide und Samt wirkte. Er überragte alle Höflinge und trotz des gleißenden Lichts schien ein Schatten auf ihn zu fallen.

»Du hast mich schon verstanden«, erwiderte Kaeled mit fester Stimme.

Die beiden Männer starrten einander feindselig in die Augen. Kaeled wich keinen Schritt, obwohl er Volok gerade mal bis zum Schlüsselbein reichte. So viel Zorn und Mut hätte ich dem jungen Höfling nicht zugetraut. In diesem Moment hatte ich Angst um ihn.

»Lass ihn«, raunte ich Volok zu. »Bitte.« Zu meiner Überraschung entspannte er sich sofort und wandte sich mir zu, als hätte Kaeled sich in Luft aufgelöst. »Wie Ihr wünscht, Liljann VanTorra.« Ehe ich mich sträuben konnte, zog er meine Hand zu sich und küsste meinen Handrücken. Und so leise, dass nur ich es hörte, raunte er mir im Weggehen zu: »Ich finde dich wieder.«

Die Leute machten ihm scheu Platz, als er davonging.

»Was sollte das?«, hörte ich Kaeled empört ausrufen. »Was hast du mit einem Söldner zu schaffen?«

Aber ich hörte ihn nur wie aus weiter Ferne. Mein ganzer Nacken war Gänsehaut, und ich wusste nicht, ob ich Unbehagen oder Freude fühlte.

»Nichts«, hörte ich mich sagen. »Ich hatte bei den Lagerfeuern nach meinem Vater gesucht, und er hat dafür gesorgt, dass mir niemand zu nahe kommt.«

»Da bist du ja!« Tajann schob sich gegen den Strom von Leuten zu mir. Ich machte mich auf das nächste Verhör gefasst, aber meine Schwester ging mit keinem Wort auf Volok ein. Stattdessen stieß sie beim Blick auf mein Kleid einen kleinen Entsetzensschrei aus. »Hast du dich im Funkenfang einer Schmiede gewälzt? So kannst du doch nicht vor die Lady treten!«

Ich blickte an mir herunter und erschrak. Volok und ich hatten wirklich zu nahe am Feuer getanzt. Die Funken hatten kleine Brandlöcher in die Seide gesengt und der Saum hatte Erdflecken und Ruß abbekommen. Tajann wandte sich an Kaeled, der mich immer noch anstarrte. Er war blass und seine Miene eine einzige vorwurfsvolle Frage.

»Bitte hilf uns«, sagte Tajann zu ihm. »Hol ihr einen der weißen Umhänge.« Ich war erleichtert, als er davonging. Und noch erleichterter, weil mir klar wurde, dass Tajann nicht gesehen hatte, wie Volok und ich gemeinsam in den Hof gekommen waren. Unwirsch zupfte sie mir ein paar Ascheflocken vom Kleid. »Nimm die roten Bänder und Blumen aus dem Haar. Du meine Güte, was hast du nur gemacht? Du riechst nach Holzrauch wie ein Köhler!«

»Warum hat die Lady die Rote Nacht vorzeitig beendet?«

Tajann bekam harte Augen. »Die Gäste aus dem Norden wollten aus Respekt vor dem toten Barbarenkönig nicht im Festsaal tanzen. Er war wohl zu Lebzeiten ein Verbündeter. Sie betrachten die Burg als Grabstätte und halten es für ein schlechtes Omen, Verträge in einer Gruft zu schließen. Deshalb findet die offizielle Begrüßung hier im Hof statt. Und sofort danach endet die Nacht für Gäste, die nicht zum inneren Zirkel gehören. Das heißt: Wir müssen gehen.« Sie seufzte. »Einmal im Leben dürfen wir auf ein Fest gehen – und dann endet es schon nach zwei Stunden.« Und voller Bitterkeit fügte sie hinzu: »Zumindest Vater wird sich freuen.« Ich zuckte zusammen, als sie mir ein rotes Band zu grob aus dem Haar riss. »Steh nicht nur herum, hilf mir!«, fuhr sie mich an. »Wer beim Trommelschlag noch etwas Rotes trägt, verbringt drei Nächte im Felskerker!«

Jetzt zupfte ich mir alles aus den Haaren, was noch rot an mir war. Die letzte Blume fiel zu Boden. Keine Sekunde zu früh, denn schon setzten Trommelschläge ein. Im Burghof verstummte alles. Ich entdeckte Kaeled ein paar Reihen weiter, aber eine Wache verwehrte ihm weiterzugehen. Meine Schwester zog mich zu sich heran. »Bete, dass dich niemand nach vorne ruft«, flüsterte sie mir zu. Dann wagte sich niemand mehr zu rühren. Die Torflügel, die zur Marmortreppe führten, wurden geöffnet und gaben den Blick frei auf die weiße Prozession, die sich treppaufwärts zum Burghof bewegte. Es waren mehr Nordländer, als ich bei den Quartieren gesehen hatte, sicher fünfzig. Viele von ihnen trugen Kisten. An ihrer Spitze ging die Prinzessin mit stolz erhobenem Kopf – am Arm der Lady.

Vorsichtiges Tuscheln wisperte hinter vorgehaltenen Händen. Ich stellte mich auf die Zehenspitzen, um mehr zu sehen.

Unsere Herrscherin hatte ebenfalls alles Rot abgelegt und trug nun eine helle Uniform und einen goldenen Mantel, der nur über eine Schulter hing. Sie führte die Prinzessin durch den ganzen Burghof bis zu einem Tisch. Ein Dolch lag darauf, auf weißen Samt gebettet.

Jetzt war ich froh, dass wir ganz hinten standen.

»Bürger von Taris!«, rief Lady Jamala. »Wir haben die große Ehre, einen Gast aus dem Norden willkommen zu heißen. Prinzessin Antija, siebte Tochter von König Gislan und Königin Antala. Und sie wird nicht nur ein Gast meines Landes sein.« Bei diesen Worten ließ sie den Mantel von ihrer Schulter gleiten und legte ihn der Nordprinzessin um. »Ich nehme dich unter meinen Schutz, Antija. Du sollst hier an meinem Hof eine neue Heimat finden. Von nun an bist du ein Kind von Taris. Und jeder, der dir Böses will, wird brennen, das schwöre ich als Herrin des Feuers.«

Heimat? Auch Tajann hob überrascht die Brauen. »Dann ist sie also eine Geisel«, sprach sie meine Gedanken aus. Ich nickte. Es war üblich, dass Herrscher ihre Kinder an die Höfe anderer Lords und Ladys schickten, als Garantie, dass ein Friedensvertrag eingehalten wurde. Oft genug kam es aber auch vor, dass Herrscher ihre Kinder opferten, wenn der Sieg lohnenswerter schien als das Stillhalten. *»Jedem sein Richtplatz.«* Ich musste an die Worte der Prinzessin denken. Nun tat sie mir leid. Sie zeigte keine Regung, ihr Gesicht war leer wie das einer lächelnden Puppe. Und ich fragte mich, wie viel Kraft dieses Lächeln sie kosten mochte.

»Ich danke Euch, Mutter des Feuers«, sagte sie in ihrer sanften Art. »Und um sich Eurer Großzügigkeit als würdig zu erweisen, schenkt mein Vater Euch das hier.«

Die Nordleute traten vor. Kisten wurden geöffnet. Der fremde Hauch von Meer drang bis zu uns in die hinteren Reihen. Perlen schimmerten im Licht der Laternen auf. Leuchtende, farbige Stoffe, Perlmuttschmuck und polierte Muscheln. »Außerdem bringe ich Euch das Kostbarste, was ein König verschenken kann. Vielleicht noch kostbarer als seine Tochter selbst.« Auf ihr Nicken hin trat einer ihrer Gefolgsleute vor und legte ein Bündel neben den Dolch. Auf den ersten Blick wirkte es wie weißes Leder, dicht an dicht mit Diamanten bestickt.

»Die Haut eines Eisenhais«, erklärte die Prinzessin. »Das letzte Relikt eines Wesens, das seit langer Zeit ausgestorben ist.«

»Fischleder?«, flüsterte Tajann fasziniert neben mir. Ich musste lächeln. Meine Schwester mochte sich als Adelige fühlen, aber so wie ich war sie auch ein Gerbermädchen.

»Man sagt, diese Haihaut ist die einzige ihrer Art, die auf der ganzen Welt noch existiert«, fuhr die Prinzessin fort. »Sie ist ebenso unzerstörbar wie das Leder eurer schwarzen Hirsche – und so soll unser Friedenspakt sein: unzerstörbar – weder durch Wasser noch durch Feuer. Und auch nicht durch das Eisen von Kugeln oder Klingen.«

Die Lady nickte knapp, und ich bildete mir ein, einen unwilligen Zug um ihren Mund wahrzunehmen. »Eine schöne Geste.«

»Mylady«, sagte die Prinzessin. »Ein Pakt wird in meiner Heimat nicht mit Gesten geschlossen und dieses Geschenk ist nur eine Hülle. Erlaubt Ihr?«

Mit leichter Hand schlug sie die Haihaut zurück. Zum Vorschein kam ein Schiff mit vier Masten. Es war aus einem sehr hellen Material gemacht, vielleicht Elfenbein.

»Ein solches Schiff wartet im Hafen auf Euch. Mein Vater

stellt die Mannschaft«, fuhr die Prinzessin fort. »Habt Teil an dem Reichtum unseres Meeres. Ohne Grenzen zu Land oder zu Wasser.«

Die Lady lächelte wieder, diesmal weitaus zufriedener. Als sie das Modell des Schiffes über den Kopf hob, um es allen zu zeigen, jubelten und klatschten die Festgäste wie auf ein geheimes Zeichen. Längst hatte ich das Gefühl, Zeugin einer Aufführung zu sein, bei der jeder seine Rolle kannte. Ich fragte mich, wie viel Volok von dem ganzen Handel wusste und ob er die Prinzessin ebenfalls bedauerte. Verstohlen sah ich mich nach dem Spalt in der Mauer um. Aber Volok war fort.

»Das ist kein Friedensvertrag, sondern ein Waffenstillstand. Und unsere Lady sitzt am längeren Hebel«, flüsterte mir Tajann ins Ohr. »Der Vater dieses bleichen Gespenstes muss sich sehr vor ihr fürchten. Das Schiff ist sicher nur der Bruchteil einer Tributzahlung.«

Auf ein Zeichen der Lady verstummte der Applaus wieder abrupt.

»Auch in unserem Land zählen Taten mehr als Worte«, sagte die Lady. »Doch bei uns gelten Verträge nur dann, wenn sie … mit Blut besiegelt werden.«

Bei diesen Worten hob sie den Dolch vom Tisch auf.

Tajann und ich hielten den Atem an. Einige Gäste zuckten zusammen, manche wichen einen Schritt zurück. Im Bruchteil einer Sekunde schien tatsächlich alles eine zwingende Logik zu bekommen: die Art, alle Gäste im Hof zusammenzupferchen. Augenmänner, die sich am Rand des Hofes postiert hatten, fast unsichtbar in den Schatten. Hände an Dolchgriffen und das Tor, das wieder geschlossen war. *Sie wird tatsächlich jemanden hinrichten*. All das Weiß schien nur darauf zu warten, sich blutrot zu färben.

Es wurde noch stiller, als jenseits des Tores Hufgeklapper auf Marmor erklang. Ein Reiter, den man noch nicht sah, lenkte sein Pferd zur Burg. Es war bizarr, wie nun alle versuchten, sich die aufkeimende Angst nicht anmerken zu lassen. In diesem Moment fragten sich wohl alle Höflinge, ob sie einen Fehler gemacht oder ein falsches Wort gesagt hatten. Aber auch Tajann und ich rückten noch enger zusammen. Ich sah mich wieder nach dem Spalt in der Mauer um, aber zu meinem Schrecken hatte sich dort ein Soldat postiert, als würde er den Fluchtweg versperren.

Die Lady kostete den Moment der Ungewissheit sichtlich aus. »Öffnet das Tor«, befahl sie dann.

Es war, als würde der Reiter aus dem Nichts erscheinen. Im Galopp nahm sein Schimmel mühelos die letzten Marmorstufen und preschte in die Mitte des Hofes. Aus dem Stand kam das Pferd zum Stehen. Tajanns Hand krallte sich schmerzhaft fest in meine Taille, und auch ich hatte das Gefühl, dass der Boden unter mir wegsackte. Diesmal trug der Reiter keine einfache Soldatenuniform, sondern die schwarze Henkerstracht der Augenmänner.

Wir haben nichts zu befürchten, versuchte ich mich zu beruhigen. *Wir haben gegen kein Gesetz verstoßen.*

Aber meine Schwester schien sich nicht so sicher zu sein. Sie war so weiß im Gesicht, dass sie mit den Wilen, die sich schützend um sie drängten, zu verschmelzen schien.

Der Augenmann stieg ab und beugte vor der Lady das Knie. »Mylady«, sagte er mit gesenktem Kopf. Doch die Lady beachtete ihn nicht.

»Ich habe drei tapfere Söhne geboren«, sagte sie zu Antija. »Mein Erster, Jumal, macht unserem Namen alle Ehre. Ich ließ ihn mit vierzehn Jahren gehen, nun ist er neunzehn und hat die Herrschaft über die Militärgrenze nach Westen errungen. Mein dritter Sohn, Joras, war neun Jahre alt, als er auf der Jagd an einer Verwundung starb. Tapfer wie alle unseres Blutes und ohne zu klagen.« Sie ließ die Worte in der Totenstille wirken und wandte sich dann wieder an uns alle. »Mein Zweitgeborener, Janeik, ging mit zehn Jahren fort. Er hat meinen Schutz verlassen, um das Handwerk des Krieges und des Regierens bei einem meiner Brüder in unserer alten Heimat zu erlernen. Ihr kennt Janeik von Caila – und ihr kennt ihn nicht. Seit Wintereinbruch ist er bereits wieder hier. Auf eigenen Entschluss, um an meiner Seite zu regieren. Er diente mir unter anderem Namen in meiner Garde, aber heute kehrt er vor aller Augen zurück an seinen rechtmäßigen Platz. Steh auf, Janeik!«

Der kniende Mann erhob sich. Im Licht der Laternen glänzte sein blondes Haar auf. Ein Diener sprang herbei und legte ihm einen goldenen Mantel um. Niemand wagte sich zu rühren und die Lady ließ sich Zeit damit, ihren Sohn stolz zu betrachten. *Ihren Sohn.* Es hörte sich seltsam an. Meine Mutter hatte stets nur von den Kindern der Lady gesprochen, und ich bemerkte nun, dass ich sie immer noch so nannte. Aber das war vor fast zehn Jahren gewesen, natürlich waren die zwei Älteren erwachsen geworden, während der arme Joras längst nur noch Staub und Knochen in der Familiengruft im Herzen des Berges war. *Und wir haben das Pech, ausgerechnet dem Junglord in die Arme zu laufen*, dachte ich voller Unbehagen.

»Janeik«, murmelte auch meine Schwester fassungslos.

»Mach dir keine Sorgen. Er hat dich sicher schon längst vergessen«, raunte ich ihr zu. An jedem anderen Tag hätte meine Schwester mich für diesen kläglichen Versuch, sie zu beruhigen, ausgelacht. Aber jetzt beobachtete sie nur stumm, wie die Lady ihrem Zweitgeborenen den Dolch überreichte.

»Willkommen an meiner Seite, Junglord.«

»Ich werde mich unserer Geschichte und Ahnen als würdig erweisen, Mylady«, erwiderte er.

Lady Jamala lächelte. »Das hast du schon, mein Sohn. Mit deinem Wunsch, den Pakt, der uns den Weg zum Meer öffnet, mit der Verbindung zweier Blutlinien zu besiegeln.« Sie hob ihre Stimme. »Die alte Zeit ist vorbei. Von heute an werden wir diese Nacht im Jahr als Weißes Fest feiern, den Beginn einer neuen Dynastie.« Sie wandte sich an Antija. »Drei gute Söhne hat mir das Schicksal geschenkt. Wie glücklich bin ich, dass ich jetzt noch eine Tochter bekomme.« Die Nordprinzessin beugte den Kopf in der Andeutung einer Verbeugung und die Lady küsste sie auf die Stirn. Ich fragte mich, ob Antija dabei erschauerte. *Hochzeit oder Geiselnahme?*, dachte ich. *Oder macht es keinen Unterschied?*

»Es leben Lord Janeik und Lady Antija!«, rief ein Höfling, und erleichtert darüber, dass sie nun die richtigen Worte kannten, stimmten die anderen mit ein. Weiße Bänder und Tücher wurden in die Luft geworfen. Die Wilen huschten in die Mitte dieser Arena und pflückten wehende Bänder aus der Luft, warfen sie wieder hoch, ohne dass es jemandem auffiel. Aber Janeiks Schimmel scheute vor ihnen und versuchte sich loszureißen.

»Wir gehen!«, stieß Tajann hervor. Als ich nicht sofort reagierte, packte sie mich am Ärmel. In diesem Moment erschrak ich vor ihr, so fremd erschien sie mir. Als würde sie glühen, aber auf eine dunkle, verzehrende Art, so, wie man im Fieber glüht.

Natürlich stemmt meine immer ängstliche Liljann sich gegen meinen Griff. »Warte!«, ruft sie. Erst als eine Naht an ihrem Ärmel reißt, bemerke ich, wie fest ich zugepackt habe. »Wir dürfen erst gehen, wenn die Lady es sagt«, setzt sie hinzu. Ich weiß, dass sie recht hat. Aber ich halte keinen Moment mehr hier aus. *Janeik, der Junglord.* Bevor ich wusste, wer er ist, hatte ich wirklich befürchtet, dass die Lady ihm befehlen würde, mich für das Geheimnis des Mondzahns zu töten. Aber jetzt fühle ich mich trotzdem, als hätte ein Dolch mich getroffen – mitten in meinen

Stolz. Ich kann es kaum ertragen, zu dem Mann, der sich Fuchs nennt, hinüberzusehen. Wie er nun die Hand seiner farblosen, hässlichen Braut nimmt und sie küsst. Betrüger. Noch jetzt kann ich die Wärme seines Atems an meinen Lippen spüren, seinen Körper so nah an meinem. Habe ich Angst? Nein. So seltsam das auch klingt. Ich wünsche mir im Moment nur, ich hätte nach seinem Kuss fester zugeschlagen.

Die Lady erlöst mich. »Führt die Gäste der Roten Nacht aus der Zitadelle!«, ruft sie den Wachen zu. Wie von selbst trennt sich die Menge und strömt in zwei Richtungen: die Höflinge zu den Jungverlobten, wir einfachen Gäste drängen zum Tor. Diener warten an den Marmorstufen mit unseren Reisemänteln. Es sieht aus wie auf einem Markt. In dem Getümmel verliere ich Liljann. Die Menge wogt treppab und nimmt mir die Luft. Manche Gäste können auf den Schreck hin die Zitadelle wohl nicht schnell genug verlassen. Ellenbogen treffen mich und mitten auf der Treppe strauchle ich – und werde aufgefangen. In der Menge ist der bärenhafte Soldat mir vorhin schon kurz aufgefallen, und ich glaube mich zu erinnern, dass er vor dem Fest bei Janeiks Reitern gewesen war. Er überragt mich um zwei Köpfe und seine Augen scheinen im Schatten zu glimmen. Ich fröstle und ich weiß nicht, warum.

»Ich soll dir etwas geben.« Harte Soldatenhände streifen meine Finger und plötzlich umschließe ich einen zusammengefalteten Zettel. »Verlier ihn nicht und lies ihn so schnell wie möglich.«

»Von wem ist die Nachricht?«

Ich folge der Richtung seines Blicks und erstarre. Die weiße Gesellschaft verlässt den Burghof. Ihr Weg führt auf die andere Seite der Wehrstadt – in den neuen Teil, die Residenz der Lady. Die Lady führt mit Janeik den Zug an und alle machen ihnen ehrfurchtsvoll Platz. Janeik ist der Einzige, der reitet und damit über allen anderen aufragt. Seine Braut hat er vor sich auf das Pferd genommen. Ihr Rock, der aussieht, als hätte sie ihn aus einem übergroßen Spinnenkokon geschneidert, bauscht sich im Nachtwind. Meine Finger krampfen sich um die Nachricht, als Janeiks Blick mich findet. Auch diesmal hat er mich gesucht.

»Tajann?« Ich fahre herum. Der Riese ist verschwunden, dafür steht nun der junge Höfling vor mir, der Liljanns Begleitung war. Er hat unsere Jagdmäntel über dem Arm und ist völlig außer Atem. »Wo ist deine Schwester?«, fragt er besorgt.

»Wahrscheinlich ist sie schon bei der Brücke. Ich nehme ihren Mantel mit.«

Er wirkt enttäuscht. »Würdest du ihr dann etwas von mir … von Kaeled ausrichten?«

»Natürlich.«

»Ich … würde mich freuen, wenn sie mir beim nächsten Fest wieder einen Tanz schenken würde.«

Es rührt mich, dass er rot wird. Und gleichzeitig schmecke ich wieder die Bitterkeit. Es wird keinen nächsten Tanz geben für die Schwestern VanTorra.

»Ich sage es ihr.«

Nervös beißt er sich auf die Unterlippe. »Und … darf ich dir einen Rat geben, Tajann?« Er sieht sich um, als fürchte er belauscht zu werden, und tritt näher zu mir. »Ich habe gesehen, dass du eben mit diesem … Söldner gesprochen hast. Sei vorsichtig. Er gehört nicht zum Hof. Die Lady duldet ihn niemals länger als wenige Stunden in ihrer Nähe. Und sogar das Gesinde meidet ihn. Sie nennen ihn Schattenhand. Niemand weiß, woher er stammt und wofür er wirklich bezahlt wird. Ihm ist nicht zu trauen.«

Nun, Janeik scheint ihm zu trauen. Hinter mir höre ich die Hufschläge überlaut aus dem Lärm heraus. Es ist verrückt, aber ich spüre genau, dass Janeik mich immer noch ansieht. Und ich kann nicht gehen, ohne ihm ebenfalls eine Botschaft zu hinterlassen.

»Danke für den Rat, Kaeled.« Und dann lege ich die Arme um Kaeleds Hals und küsse den völlig überraschten Höfling auf die Wange, nahe an seinem Mundwinkel. Es ist nur ein harmloser Dank, aber ich weiß sehr wohl, dass es von Janeiks Position so aussehen muss, als wäre der Kuss etwas ganz anderes.

Liljann stößt an der Brücke wieder zu mir. Ich weiß nicht, wie sie es macht, aber sie findet mich immer mit der schlafwandlerischen Sicherheit eines Hundes, der meine Fährte wittert. An der Schlucht ist es windig, Liljann friert und nimmt dankbar ihren Mantel an sich. Trauben von Menschen drängen sich vor der Brücke, manche gefährlich nah am Abgrund. Der Nachtwind heult in der schwarzen Schlucht, bildet Wirbel und einen Sog und macht die Rückkehr zu den Pferden zu einem gefährlichen Balanceakt. Alles zieht mich zurück in die Zitadelle, aber das stählerne Tor hat sich hinter uns bereits geschlossen. Nur die Nachricht in meiner Hand erinnert mich noch daran, dass alles Wirklichkeit war. Seine Nachricht. Ich trete in die Nähe einer Fackel, deren Feuer faucht und sich im Wind duckt. Dort entfalte ich von meinem Mantel geschützt unauffällig den Brief. Der Wind zupft und zerrt an Mantel und Papier, als würden unsichtbare Hände versuchen, es mir aus den Händen zu reißen. Mein Herz setzt einen Schlag aus. Das Schreiben ist gar nicht von Janeik. Meine vernünftige Stimme lacht mich aus. *Natürlich nicht.* Ich komme mir dumm vor, daran gedacht zu haben. Und noch dümmer, weil ich so enttäuscht bin. Eigentlich müsste ich jubeln, denn die elegante Schrift in silberner Tinte wurde von derselben Hand verfasst, die auch die Einladung zum Fest unterzeichnet hat.

Meine Schwiegertochter wird
eine Freundin und Vertraute bei Hof brauchen.
Und ich brauche jemanden, der bei ihr mein Auge ist.
Also verlier keine Zeit, Lidastochter.

Die Tinte ist präpariert. Noch während ich lese, verblasst die Schrift und verschwindet schließlich ganz. Aber die Worte haben sich bereits in mir eingebrannt. Ich müsste mich freuen über das Vertrauen der Lady, aber mir ist nur elend zumute. Im Laternenschein auf der anderen Seite der Schlucht wartet unser Vater, eine gebeugte, hagere Gestalt. Bei seinem Anblick bekomme ich einen bitteren Kloß in der Kehle. Noch nie schien mir die Zitadelle ferner und unerreichbarer als jetzt.

»Von wem ist der Brief?« Liljann ist unbemerkt an mich herangetreten.

Obwohl die Schrift verschwunden ist, falte ich das Papier ertappt zusammen und weiche ihrem Blick aus. »Von ... einem der Tänzer.« Ich schäme mich dafür, wie leicht mir diese Lüge über die Lippen kommt.

»Oh! Und was will er?«

»Mich wiedersehen.« *Nun, zumindest das ist die Wahrheit.* Ich halte das Papier in die Fackel, und es steigt auf und zerfällt in brennende Fetzen, die im Wind zu Ascheflocken werden.

Liljann missversteht meine Geste. Sie beißt sich schuldbewusst auf die Unterlippe und schaut ebenfalls zu Vater. Es ist offensichtlich, was ihr dabei durch den Kopf geht: *Tajann darf niemanden wiedersehen, solange ich noch im Vaterhaus lebe.* Es tut mir leid, ich wollte sie nicht daran erinnern und in Verlegenheit bringen.

Diesmal nicht.

Jäger und Gejagte

Schon in der ersten Nacht nach dem Fest träumte ich von Volok. Wir waren wieder am Feuer, er drängte sich an mich und ich bemerkte, dass ich statt des Lederwamses seine Haut spürte. Wir tanzten nackt! Im Traum küsste er mich und die Berührung seiner Lippen sandte kleine warme Wellen über meinen Körper. Ich erwachte im Verlangen, ihn zu umarmen, und war zum ersten Mal froh, dass die Wilen mich nicht beachteten. Seltsamerweise waren sie ganz ernst und still. Tajann stand barfuß am Fenster und blickte zur Zitadelle. Ihre Fingerknöchel waren weiß, so fest krallte sie sich an das Fenstergitter. Ich musste an einen Vogel denken, der sich festhalten muss, um nicht davonzufliegen.

Von da an teilte sich unsere gemeinsame Zeit: vor dem Fest und die Zeit danach. Ich musste keinen Bannzauber mehr auf die Schwellen legen, um Vater von unserem Zimmer fernzuhalten. Die Kränkung, die ihm die Lady zugefügt hatte, saß tief. Er trank zu viel und zog sich lange vor Sonnenuntergang in seine Kammer zurück. Nachts hörte ich ihn im Schlaf gequält murmeln und rufen.

Volok besuchte mich jede einzelne Nacht im Traum. *»Ich finde dich wieder«*, flüsterte er mir sanft ins Ohr. Dann sehnte ich mich nach seinen lächelnden Augen und hoffte, ihn wiederzusehen. Aber manchmal, wenn ich mich nachts im Traum an ihn schmiegte, verwandelte sich sein freundliches Gesicht in eine Fratze und seine Arme hielten mich so fest, dass ich erstickte. Ich wollte fliehen und konnte nicht. Wenn ich nach einem solchen Albtraum keuchend hochschreckte, hallten seine Abschiedsworte mir im Ohr wie eine Drohung. So gerne hätte ich mich Tajann anvertraut. Aber seit dem Fest war alles anders, als hätte sich ein Schatten auf uns gelegt. Mila nahm es ebenfalls wahr. Sie schlich plötzlich nur noch auf Zehenspitzen durch das Haus, murmelte Beschwörungen und blieb keine Nacht mehr bei uns im Haus. Sobald die Sonne unterging, verschwand sie in Richtung Walddorf und kehrte erst am nächsten Morgen zurück. Die Wilen verständigten sich nur noch mit verschwörerischen Blicken, sobald ich in der Nähe war. Und Tajann war kaum noch bei mir, sondern brach schon vor Sonnenaufgang zur Jagd auf. War sie doch einmal im Haus, lief sie wie ein Tier im Käfig in den Zimmern auf und ab. Sie war ungeduldig und gereizt, stritt sich oft mit Vater und wich mir aus. Als ich sie fragte, warum sie nachts heimlich weinte, nahm sie ihr Bettzeug und schlief nur noch in der Werkstatt, als wollte sie mich endgültig aus ihrem Leben aussperren. Ich fragte mich, ob meine Schwester mir die Schuld dafür gab, dass sie den Tänzer, der ihr den Brief geschrieben hatte, nicht wiedersehen konnte. Warum sonst sollte sie mich so feindselig anstarren, als wäre ich allein der Schlüssel zu ihrem ganzen Unglück? Sie glaubte, ich merke es nicht, aber natürlich sah ich es, gespiegelt in Fensterscheiben, und mein Herz wurde noch schwerer.

Es gibt Jäger und Gejagte – aber der Dritte im Bunde ist immer der Zufall. Vor der Jagd gibt es deshalb eine Zeit des Schweifens und des Suchens, um ihn einzuladen. Ich brauche keinen Hund dafür, mir reicht mein Pferd, das ich am langen Zügel gehen lasse, wohin es will. Pferde können den dunklen Hirschen so wenig widerstehen wie eine Katze dem Duft von frischer Milch. Meine Rappstute taugt nicht mehr für die Suche, seit sie fast aufgespießt wurde, also reite ich heute unseren jungen, noch wilden Wallach. Er ist rot wie Glut und unberechenbar wie Feuer. Aber sobald ein Hirsch in der Nähe auftaucht, wird er vergessen, dass er mich abwerfen wollte, und lautlos und leicht loslaufen. Allerdings scheinen wir heute kein Glück zu haben. Mein Vater gibt mir vom anderen Ende der Lichtung ein Handzeichen und duckt sich über den Hals seines Pferdes, damit die tief hängenden Ranken ihn nicht abstreifen. Die Ranken sind das Zeichen, dass wir schon fast im Grauland sind. Von Jahr zu Jahr müssen wir tiefer in den Wald vordringen, um noch genug Hirsche zu finden. Auch ich und mein trabendes Feuer wagen uns nun weiter in das Unterholz vor – allerdings in eine andere Richtung als mein Vater. Der Klang der Stille verändert sich sofort, wird dumpfer, samtiger, als die Hufe erst über Moos federn und dann über Polster von Sternblumen. Ranken streifen meine Schultern. Ich bilde mir ein, dass ich Raunen und Flüstern höre, aber es sind nur meine eigenen Gedanken. *Du bist gefangen, Tajann.* Es ist wieder seine Stimme und wie immer, wenn ich an Janeik denke, ist es wie ein scharfer, kurzer Schmerz. Mein Pferd galoppiert von selbst los, und ich merke, dass ich seit dem Fest eine schlechte Jägerin bin. Mein Wallach hat längst eine Fährte und ich habe es nicht bemerkt. Mit gespitzten Ohren und aufgeregt schnaubend bricht er zwischen den Bäumen auf eine schmale Lichtung. Dort im Baumschatten wartet irgendwo der Hirsch, verschmolzen mit dem Dunkel. Ich lasse mich sofort nach rechts fallen, ins Riemengeschirr, das nicht einmal entfernt einem Sattel ähnelt. Jetzt halten mich nur noch eine Steigbügelschlaufe und meine linke Hand am Schultergurt. So bin ich unsichtbar, völlig hinter meinem Pferd verborgen. Das ist meine Jagdstrategie: Einen Menschen greifen die Hirsche an, Pferde dagegen lassen sie kampflos nahe an sich herankommen. Und solange die beiden Tiere Seite an Seite galoppieren, kann ich unter dem Hals meines Pferdes hindurch zielen und treffe genau die verletzliche Stelle, noch bevor meine Beute reagieren kann. Aber seltsamerweise höre ich keinen Hirsch in der Nähe, nur schwereren Hufschlag. Mein Wallach scheut und stemmt so plötzlich die Vorderbeine in den Boden, dass der Gurt hart in mein Handgelenk schneidet. Und da weiß ich es. Ich weiß es so sicher, wie ich vor der Burg Janeiks Blick auf mir gespürt habe. Mir wird klar, dass ich genau aus diesem Grund so oft auf die Jagd reite, wie ich nur kann. Ich sitze wieder aufrecht, das Gewehr bereit, obwohl ich weiß, dass ich es nicht gebrauchen darf und werde. Plötzlich habe ich Angst und ich weiß nicht, wovor. Janeik wiederzusehen? Davon träume ich nachts, seit wir uns in der Zitadelle begegnet sind. Fürchte ich mich davor, ihn mit seiner Verlobten zu sehen? Aber er ist allein. Und alles, was zwischen uns schwingt, ist wieder da, als hätten wir uns nie getrennt.

Ich hebe das Kinn. »Wer bist du heute, Soldat?«

»Immer noch Firan«, antwortet er. »Der Fuchs, der deine Spur findet, wo immer du auch bist.«

»Warum hast du mich gesucht?«

»Du schuldest mir noch einen Kuss.« Sein arrogantes Wolfslächeln kehrt zurück, und ich weiß nicht, ob ich ihn küssen oder schlagen will. *Ob er vor seinen Kameraden damit angegeben hat, der Jägerstochter einen Kuss abgejagt zu haben?* »Ich schulde dir höchstens noch eine Ohrfeige.«

Janeik lacht leise auf. »Auf der Treppe warst du nicht so geizig, als der junge Tölpel dir den Mantel brachte. Gefällt dir der Kerl wirklich?«

Jetzt ist es an mir zu lächeln. »Prinzessin Antijas Verlobter ist also eifersüchtig?«

Mein Wallach buckelt und tänzelt, aber ich halte ihn zurück und lasse es zu, dass Janeik so nah an mich heranreitet, bis unsere Knie sich fast berühren.

»Kuss oder Schlag«, sagt er leise. »Mir ist beides recht. Solange es nur deine Lippen sind, Tajann, und deine Hand.«

Das Seltsame ist, schon der Anblick seines Mundes weckt das blaue Feuer.

»Was würde deine Verlobte dazu sagen, Junglord?«

Seine Miene verdüstert sich sofort, als hätte ich ihn wirklich geschlagen. »Hör auf, von ihr zu sprechen.«

»Warum? Du hast sie dir doch ausgesucht. Also muss sie dir doch gefallen.«

»Ich habe sie mir nicht ausgesucht.«

Jetzt lache ich, obwohl mir überhaupt nicht zum Lachen zumute ist. »Wer könnte einen Zweitgeborenen dazu zwingen, eine Frau zu nehmen, die er nicht will?«

»Ich bin der Zweitgeborene einer Lady«, erwidert er ernst.

»Das ändert alles. In der Zitadelle herrschen andere Gesetze. Hier geht es nur um Bündnisse und Macht. Hast du das wirklich noch nicht bemerkt?« Ich bin überrascht, wie bitter er klingt. Aber ich schüttle verärgert den Kopf. »Schon wieder eine Soldatengeschichte, um das Wildmädchen herumzukriegen? Spar dir die Mühe, darauf falle ich nicht herein.«

»Du glaubst mir also nicht.«

Darauf brauche ich ihm keine Antwort zu geben. Jeder weiß, wie sehr Lady Jamala auf die Einhaltung der Ordnung pocht. Sonst würde sie mir helfen. Aber meine Sanduhr rinnt, ohne dass ich einen Ausweg finde.

In der Stille kann ich ferne Rufe hören und den dumpfen Schlag von Hufen auf Moos. »Du bist nicht allein hier?«

Janeik schüttelt den Kopf. »Wir kampieren im Soldatenlager. Ein Junglord muss die Männer kennen, die die Grenzen seines Reiches bewachen. Und die künftige Lady muss ihr Land erkunden.« Es gibt mir einen Stich, als er die Barbarin so nennt. Und Janeik ist es nicht entgangen. Aber diesmal sehe ich kein spöttisches Lächeln.

»Ob du mir glaubst oder nicht – es ist wahr«, sagt er leise. »Als wir uns in der Burg begegnet sind, habe ich auch von mir gesprochen, Tajann. Ich weiß genau, wie es ist, gefangen zu sein. Die Heirat war die einzige Bedingung für den Vertrag über die Hafenrechte. Dieser Küstenkönig hat viele Töchter und schließt seine Bündnisse nur mit Hochzeiten. Blut schlägt Tinte, das hat er ebenso gut erkannt wie meine Mutter. Und ja, offiziell wird es mein freier Wille sein, Antija einen Ring an den Finger zu stecken. So wird es in der Familienchronik stehen. Sänger werden sentimentale Balladen über den jungen Feuerlord schreiben, der sich in die Meeresprinzessin verliebte. Klingt besser als: Lady Jamalas Sohn war eine Spielfigur auf dem Schachbrett der Macht, nicht wahr?«

Für einen Moment bin ich verunsichert. Aber dann denke ich

an das, was Lady Jamala mir am Festabend gesagt hatte: »*Ich kann das Gesetz nicht ändern, selbst wenn ich es wollte. So wenig, wie ich den Lauf der Sonne ändern lassen oder die Nacht zum Tag erklären kann.*«

»Selbst eine Lady kann ihren Zweitgeborenen zu nichts zwingen«, erwidere ich ruhig.

Janeik lacht bitter auf. »Gerade du musst es ja wissen.« Aber dann beugt er sich näher zu mir. »Kennst du den Leitspruch der Lords und Ladys? *Wer etwas wirklich will, findet Wege.*«

Das klingt wie Hohn. Weiß er von meiner Frist? Und dennoch rast mein Herz. Wenn wirklich stimmt, was er sagt, dann dürfte Janeik mir auf keinen Fall erzählen, dass die Lady das fundamentalste Gesetz verletzt. Wir kennen einander nicht, und er weiß nicht, ob er mir vertrauen kann. Aber vielleicht ist es ihm gleichgültig, denke ich. Denn in seinen Augen finde ich etwas, das ich nur zu gut kenne: Hirsche, die wissen, dass sie der Kugel nicht mehr entkommen können, haben denselben Ausdruck. Etwas Seltsames geschieht in diesem Moment: Wir sind nicht mehr Junglord und Jägerstochter. Hier auf der Lichtung sind wir nur Firan und Tajann.

»Im Grunde spielt das Schicksal uns denselben Streich«, sagt Janeik. »Wir sind beide etwas, das jeder Ordnung widerspricht: Zweitgeborene in Fesseln.«

»Tajann?« Der Ruf meines Vaters lässt mich zusammenzucken.

»Janeik ...«, flüstere ich. »*Ich muss gehen.*« Das will ich sagen, aber da hat er sich schon zu mir gebeugt und mich einfach um die Taille gefasst. Ich wehre mich nicht, als er mich vom Rücken meines Pferdes zieht. Janeik versetzt dem Wallach einen kleinen Schlag auf den Hals und während das Tier zurück zur Lichtung prescht, fliehen wir auf seinem Pferd tiefer in den Wald – dorthin, wo das Grauland schon längst begonnen hat. Ranken, so dicht wie Vorhänge, streifen uns. Und unsere Lippen finden sich, noch bevor der Schimmel wieder zum Stehen kommt. Ich spüre kaum, wie wir vom Pferd gleiten und auf ein Polster aus Farnen und Moos fallen. Alles, was ich wahrnehme, sind Janeiks Arme, sein Körper an meinem und sein Mund, der meinen Hals küsst und endlich meine Lippen findet. Es ist wie fallen und verloren gehen. Die Rufe sind weit weg wie Echos aus einer anderen Zeit.

Das darfst du nicht! Ich weiß nicht, wer es mir zuflüstert. Aber erst als ich in der Ferne einen Schuss höre, komme ich wieder zur Besinnung.

Janeik verharrt, immer noch halb über mich gebeugt. Sonnenlicht fällt durch Ranken, lässt sein blondes Haar leuchten und malt Sonnenstreifen auf seine Wange.

»Tajann«, sagt er mit rauer Stimme. »Ich muss dich wiedersehen.«

Ein zweiter Schuss ertönt, Hundegebell und Rufe. »Wir müssen zurück«, sage ich. »Beide.«

Janeik hindert mich nicht daran, aufzuspringen. Schließlich setzt er sich auf und nickt mit einem Seufzen. »Du hast recht.«

Er streckt mir die Hand entgegen und ich ergreife sie, um ihm aufzuhelfen. Ich bin dumm, zumindest in dieser Hinsicht sollte ich ihn schon besser kennen. Mit einem Ruck hebelt er mich aus dem Gleichgewicht und zieht mich noch einmal in seine Arme. Ich bin völlig durcheinander. Ich will davonlaufen und ihn wieder umarmen – und all das wünsche ich mir in derselben Sekunde.

»Wir müssen vorsichtig sein«, flüstert er mir zwischen zwei Küssen zu. »Niemand darf es wissen. Ich lasse einen meiner Männer bei den Grenzsoldaten zurück. Er wird dich ansprechen. Ihm kannst du Nachrichten an mich anvertrauen.«

Diese Worte sind wie ein Rettungsseil, das mich vor dem endgültigen Fall bewahrt. Fast bin ich ihm dankbar für die Ernüchterung. Im Bruchteil einer Sekunde sehe ich mein Leben vor mir, wenn ich diesen Weg gehe. Es fällt mir nicht leicht, mich loszureißen, aber ich muss es. Wenn ich einen Funken Stolz behalten will, muss ich es tun. »Ich soll die heimliche Mätresse eines Junglords werden? Versteckt im Wald?«, sage ich und hebe mein Gewehr auf. Dieser vertraute Handgriff gibt mir den Halt zurück. »Wird dein Vertrauter mich nachts in dein Zelt schmuggeln, während deine rechtmäßige Braut zu Hause in eurem Bett auf dich wartet?«

»Tajann, warte! So ist es nicht …«

»Oh doch, genauso würde es sein! Du bist nicht Firan. Du bist Junglord Janeik und du … hast eine Braut. Und ich muss meinen eigenen Weg gehen. Also versuche nicht mehr, mich wiederzusehen.«

Janeiks Augen bekommen wieder den gefährlichen Glanz, der mir bereits vertraut ist. Aber er steht ruhig auf und klopft sich Farnstaub vom Ärmel. »Verzeih mir. Ich wollte dich nicht beleidigen.«

»Tajann!« In der gellenden Stimme meines Vaters schwingt Panik. Er hat offenbar mein Pferd gefunden und sucht mich. Ich müsste rufen und ihn beruhigen, aber ich bringe es nicht über mich. Ich könnte weinen beim Gedanken, dass ich zurückkehren muss.

Janeik betrachtet mich nachdenklich. »Dein eigener Weg, Tajann? Viel Zeit lässt dir meine Mutter nicht dafür. Aber das tut sie nie.«

Ich schlucke schwer. Er weiß also von der Frist.

»Soll ich deinen Vater für dich töten?«, fragt er plötzlich.

Mir wird kalt vor Schreck. »Bist du wahnsinnig?«

»Vielleicht bin ich das«, sagt er ernst. »Aber dann wäre wenigstens einer von uns beiden frei.«

»Wage es nicht, meinem Vater etwas anzutun!« Ich muss mich beherrschen, um nicht zu schreien.

Janeik lächelt traurig und schüttelt den Kopf. »Ich bin nicht wie meine Mutter, Tajann. Ich wollte nur sehen, wie du reagierst. Ich habe mich in dir nicht getäuscht. Verbotene Gedanken sind das eine, aber in deinem Herzen sieht es ganz anders aus. Du hältst zu denen, die du liebst.«

Er hat recht. Trotz allem liebe ich meinen Vater. So wie ich auch Liljann liebe. Nur war es mir seltsamerweise nie so bewusst wie in diesem Moment.

»Tajann, wenn ich dir helfen kann, dann schicke mir über meinen Vertrauensmann eine Nachricht.«

»Danke, aber ich mache keine Schulden«, erwidere ich. »Versprich mir nur, dass du nicht einmal daran denkst, meinem Vater zu schaden. Schwöre es bei allem, was dir heilig ist. Und ... versprich mir auch, dass du dich von mir fernhältst.«

Janeik zieht sich auf sein Pferd. »Das Erste kann ich dir versprechen, Tajann«, sagt er dann ernst. »Alles andere ... nicht.«

Ich habe Vater erzählt, dass mein Fuchswallach mich abgeworfen hat. Aber noch beim Abendessen zittern seine Hände, und sein Blick schweift immer wieder zu mir, als sei ich im letzten Moment dem Tod entronnen. Normalerweise bin ich gut darin, mich zu verstellen, aber heute kann ich nicht verbergen, dass ich völlig durcheinander bin. Mir fällt alles aus der Hand, sogar den Wein verschütte ich. Liljann schaut mich immer wieder mit gerunzelter Stirn an und auch Mila betrachtet mich aus schmalen Augen. Draußen regnet es, Tropfen schlagen laut gegen die Fensterläden. Der Wind lässt sie klappern, und Liljann schaut sich wieder um, als würde sie auf etwas lauschen, das nur sie draußen hört. Es ist beunruhigend, dass auch Mila aufhorcht.

»Janeik von Caila ist im Grenzlager«, sage ich, um das Schweigen zu brechen – aber ich ertappe mich dabei, dass ich einfach Janeiks Namen aussprechen will.

Vater schnaubt verächtlich. »Ja. Und sogar Hunde hat er dabei. Es ist so schon schwierig genug, noch genug Hirsche zu finden, da brauche ich keinen Junglord, der mir das Wild zurück ins Grauland treibt.«

Ich spare mir die Bemerkung, dass sich schwarze Hirsche ganz sicher nicht von Hunden vertreiben lassen. Wir finden einfach weniger von ihnen, weil wir schon so viele gejagt haben.

Draußen rumpelt etwas, vielleicht hat der Wind ein paar Schindeln vom Dach gerissen. Mila springt erschrocken von ihrem Stuhl am Fenster auf und hastet hinaus. Ich erwische sie an diesem Abend, wie sie auf die Schwelle unseres Hauses ein Bannzeichen aus weißer Kreide malt. Ein Monster, das ich noch nicht kenne. Bärenhaft und mit so langen Fängen, dass sie wie die Hauer eines Ebers wirken. »Ich hab dir schon hundertmal gesagt, du sollst das lassen!«, rufe ich Mila hinterher. »Dafür kannst du in den Felskerker kommen.«

Aber an diesem Abend überrascht mich die Wildländerin. Sie fährt herum und funkelt mich zornig an. »Das, was hier herumschleicht, ist schlimmer als jeder Kerker! Merkst du nicht, was seit dem Fest im Haus vor sich geht? Ihr habt das Böse hereingelassen, und wenn ihr mit ihm untergehen wollt, dann ohne mich!« Sie stampft im Regen davon, und ich schaue ihr sprachlos nach, bis der Wald sie verschluckt. Noch nie hat sie so mit einem von uns gesprochen. Liljann schaut besorgt zu, wie ich die Zeichnung mit dem Fuß wegwische, bevor ich die Tür schließe.

»Sie sagt, dass nachts etwas um das Haus herumläuft«, antwortet sie leise. »Manchmal wache ich auch auf und denke, da ist etwas.«

»Ja, die Waschbären, die an unsere Vorräte wollen«, gebe ich unwillig zurück. »Die höre ich auch!«

»Was ist heute bei der Jagd passiert?«, fragt Liljann. »Du bist noch abweisender als in den letzten Tagen. Und du fällst sonst nie vom Pferd.«

»Gar nichts ist passiert! Und jeder fällt einmal aus dem Sattel.« Ich weiß nicht, ob sie mir glaubt. Und wann habe ich begonnen, mich so sehr von ihr zu entfernen, dass mir die Lügen so erschreckend leicht über die Lippen kommen?

Ich verriegle die Haustür und will in meine Kammer gehen, aber Liljann verstellt mir den Weg und schaut mich aus großen, waidwunden Augen an. »Tajann?« In dieser bangen Frage liegt alles – das Schweigen der letzten Tage und das, was mir jetzt das Herz schwer werden lässt.

»Du hasst mich, nicht wahr?«, bricht es aus ihr heraus. »Weil du seit dem Fest weißt, wie sehr ich dir im Weg stehe.«

Mit einem Mal brennen Tränen in meinen Augen. »Ich hasse dich doch nicht!« Im Gegenteil, in diesem Moment liebe ich sie so sehr, dass es schmerzt. Liljann ist völlig überrascht, als ich sie umarme, aber dann schlingt sie erleichtert die Arme um mich und legt den Kopf an meine Schulter. Ihr Haar riecht nach wilden Veilchen und ich vergrabe mein Gesicht darin und schließe die Augen so fest, dass sogar Janeiks Bild ausgelöscht ist.

Unsere Jagden sind erfolglos, die Pritsche, auf der wir unser Leder stapeln, ist leer. Und als ich mich darauf zusammenrolle, wird mir klar, warum ich seit Tagen genau hier schlafe: Die Pritsche riecht nach Hirschleder und bringt mir Janeik zurück. Ich sehne mich so sehr nach seinen Küssen, dass ich weinen könnte. Was ist nur mit mir passiert?

In dieser Nacht träume ich von Milas Ungeheuer. Es streicht ums Haus und starrt durch das Fenster zu mir herein, aus Augen, die wie die eines Wolfes glühen. Fänge glänzen im Mondlicht. Und dann formt das Knurren plötzlich Worte. *Wer etwas will, findet Wege.* Klauen schließen sich um die Fenstergitter. Es knirscht und knackt, als das Ungeheuer das Metall aus dem Stein hebelt. Und mir wird klar, dass es Liljann und Vater töten wird.

»Nein!« Der Schrei hallt nur in meinem Traum. In der Wirklichkeit schrecke ich schweißgebadet mit einem entsetzten Wimmern hoch. Immer noch glaube ich die Augen am Fenster zu sehen. Noch halb im Schlaf greife ich im Liegen nach meinem Gewehr, lade durch und ziele. Aber niemand ist da draußen. Der Wind hat in der Nacht die Fensterflügel aufgerissen, aber der Sturm hat sich inzwischen gelegt und das Gitter ist natürlich unversehrt.

Auf Zehenspitzen tappe ich aus dem Haus zur Regentonne. Das kalte Wasser auf meinem Gesicht spült den Albtraum fort. Hier unten im Tal ist es noch dämmrig, aber die Zitadelle glänzt schon im Morgenlicht, grausilbern wie die Tinte auf dem Brief. *Janeiks Heimat.* Ich kann kaum atmen, so heiß schäumt die Verzweiflung in mir hoch. Mein Leben wartet dort oben auf mich – und ist trotzdem weiter entfernt als die Sterne. Ich kann nichts dagegen tun, dass mir die Tränen in die Augen steigen. Als ich ausatme und ohne Atem verharre, vier, fünf Sekunden, merke ich mit einem Mal, dass hier draußen etwas nicht stimmt. Kein Vogel singt. Auf der Jagd heißt das, dass ein Raubtier in der Nähe ist. *Und ich habe mein Gewehr nicht mitgenommen!* Es knackt im Unterholz, aber ich bin nicht so dumm, davonzulaufen. Raubtiere greifen nie von vorne an. Also schnappe ich mir einen Holzscheit vom Stapel mit Feuerholz und wirbele herum. Auf den ersten Blick entdecke ich nichts. Aber dann fallen mir die Spuren im Tau auf. *Sie führen hinter das Haus.* Siedend heiß fällt mir ein, dass ich die Tür nur angelehnt habe. Ich spähe um die Ecke, den Scheit zum Schlag bereit, auf alles gefasst. Dann atme ich auf.

Die Gestalt, die im Schatten der Hauswand lehnt, ist riesig, aber kein Raubtier.

»Hey!«, rufe ich. »Gibt es einen besonderen Grund, warum du hier ums Haus schleichst?«

Statt einer Antwort stößt der Mann sich mit einer federnden Bewegung von der Wand ab und kommt mir entgegen. Ich weiche unwillkürlich einen Schritt zurück und ziehe den Jagdmantel, den ich über das Nachthemd gezogen habe, enger um meine Schultern. Ich kenne ihn – es ist der Soldat, der mir im Burghof den Brief der Lady zugesteckt hat. Aber sein Gesicht ist erschreckend verändert. Es ist aufgeschürft und verschwollen. Zwei verkrustete Risse ziehen sich quer über seine Wange, und auch sein Mantel ist an einer Seite zerfetzt, als hätte er sich mit einer Martiskatze angelegt. Doch das Erschreckendste ist seine grimmige Miene. In der Morgendämmerung wirkt er wie Milas Albtraum. Und für einen bizarren Moment denke sogar ich darüber nach, ob er vorhin am Fenster stand. Auf ein Zeichen von mir bleibt der Soldat stehen. »Wie lange bist du schon hier?«, frage ich.

»Eben aus dem Grenzlager gekommen.« Er deutet über die Schulter. Sein Pferd weidet in einiger Entfernung. Es ist schweißbedeckt wie nach einem langen Ritt. *Grenzlager,* denke ich. *Janeiks Vertrauensmann?*

»Du … begleitest den Junglord?«

Er nickt. Als er nun einen Brief unter seinem Mantel hervorzieht, beginnt mein Herz schneller zu schlagen. Sobald es um Janeik geht, bestehe ich aus zwei Frauen. Die eine, die vernünftig ist und auf die warnenden Flüsterstimmen in ihrem Inneren hört. Und die andere, die vor Sehnsucht völlig kopflos ist.

Aber diesmal gewinnt die Vernünftige. »Richte deinem Herrn aus, ich bleibe bei meinem Entschluss. Und deshalb nehme ich seinen Brief nicht an.«

Seine Brauen heben sich. »Der Brief ist für deinen Vater.«

Licht fällt auf das Gras, als die Tür aufgerissen wird. »Volok?«, sagt eine leise Stimme.

Jetzt bin ich noch irritierter. Meine Schwester steht dort, die Klinke fest umklammert. Sie hat mich noch nicht entdeckt und ich ziehe mich sofort noch weiter aus ihrem Sichtfeld zurück.

»Was … was willst du hier?«, höre ich sie flüstern.

Sogar von hier aus kann ich erkennen, wie sich die Miene des

Kerls verdüstert. Er scheint eine andere Begrüßung erwartet zu haben.

»Ich löse mein Versprechen ein.« Er zieht etwas unter dem Mantel hervor. Es sieht aus wie ein handgroßer, kaum behauener Holzklotz, aber ich erkenne, dass er aus zwei Hälften besteht. Als der Soldat ins Licht tritt, stößt meine Schwester einen leisen Entsetzensruf aus. »Was ist mit deinem Gesicht passiert?« Barfuß läuft sie zu ihm. Und endlich dämmert mir, dass Liljann auf dem Fest viel zu lange auf der Suche nach Vater war. *Meine schüchterne Schwester!*, denke ich fassungslos.

»Schau dir mein Geschenk an, dann weißt du es.« Seine Stimme klingt nun sanft, ein seltsamer Gegensatz zu seiner groben Gestalt. Meine Schwester nimmt das Geschenk, aber sie öffnet es nicht. Sie steht nur da, frierend, die bloßen Füße vom Tau benetzt, und betrachtet besorgt seine Wunden. Neben ihm wirkt sie wie eine zarte Blume neben einem Troll. »Schau hinein!«, drängt der Mann, den sie Volok nennt. Es klingt nicht mehr zärtlich, sondern ungeduldig, fast ein Befehl. Ich fürchte schon, das wird meine scheue Schwester vertreiben, aber sie senkt zögernd den Blick und hebt die obere Hälfte der Kiste an. Mit einem Schlag weicht alle Farbe aus ihrem Gesicht. Ich kann nicht erkennen, was in der Kiste liegt, so schnell schließt sie diese wieder. »Ist das …«

»Ja«, erwidert Volok. »Ich sagte dir doch, ich meine es ernst.«

Sie geht zurück, einen Schritt, zwei. »Volok, ich …« Ihr Blick schweift wieder auf diese Art, die so typisch für sie ist. *Als würde etwas Unsichtbares sie ablenken.* Dann findet sie mich mit einem einzigen Blick. Sie beißt sich ertappt auf die Unterlippe und flüchtet zurück auf die Schwelle.

Zeit für mich, aus der Deckung zu treten.

»Gib mir den Brief«, sage ich zu Volok. »Ich bringe ihn gleich zu unserem Vater.«

Im selben Moment wird mir bewusst, dass ich soeben einen

stummen Pakt mit diesem Fremden geschlossen habe: ihm Zeit mit Liljann zu geben. Volok händigt mir den Brief aus. Aber als ich an Liljann vorbei ins Haus gehen will, ruft sie: »Das mache ich!« und schnappt mir den Brief aus der Hand. Die Tür klappt vor meiner Nase zu und ich bleibe mit dem Soldaten allein zurück.

Er kann nicht verbergen, dass er maßlos enttäuscht und gekränkt ist. Sein Gesicht ist hart geworden und seine Hände sind zu Fäusten geballt. Hinter ihm glüht die Zitadelle am Berghorizont nun im Morgenrot.

»Liljanns Kleid war versengt«, sage ich in die Stille. Und ins Blaue hinein füge ich hinzu: »Ihr habt auf dem Fest zu nah am Feuer getanzt.«

»Man weiß nie, wie weit Funken fliegen«, antwortet er ruhig.

Mir läuft ein Schauer über den Rücken. *Entweder ist er sehr dumm oder er wählt seine Worte sehr klug.*

»Weiß Liljann, dass man dich Schattenhand nennt?«, taste ich mich vorsichtig weiter vor.

»Woher weißt *du* es?«

»Man hört so einiges am Hof.«

Sein Schweigen ist auch eine Antwort. Ich betrachte seine Wunden. Der Schorf ist noch ganz frisch.

»Hast du dich mit einem Bären geprügelt?«

Volok zeigt ein schmales, müdes Lächeln, als hätte er diese Frage schon zu oft gehört. »Wenn du nicht mutig genug nach dem Grauland greifst, greift es nach dir.«

Jetzt bin ich hellwach. »Du warst im Grauland? Um Liljann ein Geschenk zu bringen?«

Eine Chance?, schießt es mir durch den Kopf. *Vielleicht eine Chance!*

Poltern erklingt im Haus, dann fliegt die Tür auf. Unser Vater stürmt nach draußen, unrasiert, mit tiefen Schatten unter den Augen, das Haar zerwühlt von einer schlimmen Nacht. In der Hand hält er den Brief, halb zerknüllt.

»Die Lady fordert was von mir?«, herrscht er Volok an. »Noch sieben Felle in diesem Monat? Wie stellt sie sich das vor?«

»Ich bin nur der Bote, Velender«, sagt Volok sehr respektvoll. Aber er schaut dabei nicht Vater in die Augen, sondern Liljann, die in der Tür steht.

Vater flucht und will ins Haus zurückstürzen.

»Wäre es nicht höflich, einen Boten der Lady auf ein Glas Wein hereinzubitten?«, rufe ich. »Er hat einen langen Ritt hinter sich.«

Vater sieht aus, als würde er Volok lieber zum Henker jagen. »Mach, was du willst«, knurrt er. »Ich habe zu tun.«

Mit diesen Worten verschwindet er im Haus. Liljann bleibt hinter der Schwelle stehen.

Der Soldat zögert, wartet offenbar auf Liljanns Einladung. Aber meine Schwester schweigt an den Türstock gedrückt, als würde sie Schutz suchen, wovor auch immer. Sie ist blass geworden und starrt ihn nur an. *Meine Güte!*, denke ich. *Wie ein Kaninchen, das vor einer Schlange sitzt!* Also gehe ich an ihr vorbei ins Haus und rufe über die Schulter: »Worauf wartest du, Volok?«

»Nein!«, höre ich meine Schwester flüstern. Hektisch zupft sie sich einen Faden von ihrem Kleid, zwirbelt ihn zwischen den Fingern, wie sie es so oft macht, wenn sie nervös ist.

Volok zieht die Brauen zusammen und tritt einen Schritt zurück, als wäre Liljanns Nein eine Ohrfeige. Und ehe ich es mich versehe, schließt Liljann die Tür – nein, sie schlägt sie zu – und witscht ohne ein Wort davon.

Jetzt könnte ich sie schütteln. Was ist los mit ihr? Aber mir bleibt keine Zeit, nachzudenken. Als ich die Tür aufreiße, sitzt Volok schon im Sattel.

»Warte!« Ich erreiche ihn gerade noch rechtzeitig, bevor sein Pferd losgaloppiert, und falle ihm in die Zügel.

»Lass los.« Volok sagt es leise, aber so drohend, dass ich

fröstle. Das Pferd zuckt zurück, es verdreht die Augen, bis man das Weiße sieht, aber ich halte es fest.

»Nimm es Liljann nicht übel. Sie war nur überrascht. Aber sie mag dich!«

»Ach ja? Offenbar will sie mich nicht einmal in der Nähe haben.« *Er ist leicht zu kränken,* denke ich.

»Meine Schwester ist nur schüchtern. Hast du das wirklich noch nicht bemerkt?«

»Und deshalb läuft sie vor mir davon, als wäre ich ein Ungeheuer?«

Ich lächle und lasse die Zügel los. »Überleg doch mal: Wärst du ihr gleichgültig, würde sie bleiben.«

Das nimmt seinem Zorn den Wind aus den Segeln. Er sieht zum Haus hinüber und in diesem Blick blühen Möglichkeiten auf. Ich kenne diesen Blick: halb Hingabe, halb Besessenheit. Jetzt fühle ich mich, als hätte das Schicksal mir ein Geschenk gemacht. *Er ist in meine Schwester verliebt. Und er kennt das Grauland.*

»Glaub mir«, sage ich leise. »Ich kenne Liljann. Also komm morgen wieder.«

Vater sitzt in der Küche und starrt den Brief an. Liljann steht neben ihm, die Hand auf seiner Schulter. »Sieben Hirsche«, murmelt er. »Und wenn wir es nicht schaffen, fordert sie Straftribut. Straftribut! Für jedes Fell, das wir nicht liefern, zahlen wir zwanzig Silberjamare.« Jetzt ist sogar mir kalt. Für fünf Jamare bekommt man ein gutes Pferd. Selbst wenn wir alles verkaufen, was wir haben, können wir nicht einmal für ein nicht geliefertes Fell bezahlen.

»Und für jeden Jamar, den wir nicht haben«, fährt Vater fort, »muss ich einen Tag lang in den Felskerker.«

Liljanns entsetzter Blick trifft meinen. Die lichtlosen Kerker im Inneren des Zitadellenberges sind berüchtigt. *Was bezweckt die Lady damit? Mich unter Druck zu setzen?*

»Dreieinhalb Wochen noch«, sagt Vater und reibt sich müde die Augen. »Sieben Stück! Das ist unmöglich.«

»Nein, ist es nicht!«, erwidere ich mit fester Stimme. »Wir werden sieben Tiere finden.«

Vater verzieht den Mund zu einem Lächeln, das Liljann sichtlich das Herz bricht. »Und wie?« Er sagt es nur zu mir, als wäre Liljann unsichtbar. Dabei ist sie es, die ihn stützt.

»Indem wir gleichzeitig jagen«, erkläre ich. »Tag und Nacht, in verschiedenen Gebieten.«

Aber unser Vater seufzt schwer und stemmt sich am Tisch hoch, als läge auf seinem Rücken eine tonnenschwere Last. Zum ersten Mal fällt mir auf, wie müde und alt er geworden ist.

»Nein«, murmelt er. »Es muss ein Ende haben. Ich reite zur Zitadelle und spreche bei der Lady vor.«

»Glaubst du, sie wird dich anhören?«, ruft Liljann. »Du verlierst nur Zeit, die du zum Jagen brauchst.«

Vater schnaubt verächtlich. »Ich habe nichts mehr zu verlieren.«

Natürlich versucht Liljann, Vater davon abzubringen. Noch nie habe ich die beiden so laut streiten gehört, ihre Stimmen hallen sogar durch die geschlossenen Fenster.

Aber es wäre das erste Mal, dass Vater auf Liljann hört. Der Hufschlag verklingt in der Ferne und meine Schwester kommt niedergeschlagen zurück in die Küche.

»Mach dir keine Sorgen«, versuche ich sie aufzumuntern. »Wir schaffen es. Ich reite sofort los. Die Felle …«

»Glaubst du, es geht um die Felle?«, unterbricht sie mich harsch. Ich stutze, so zornig ist ihr Blick. »Die Lady will ihn doch nur bestrafen. Dein Anblick auf dem Fest hat sie an den Tod unserer Mutter erinnert. Und jetzt will sie ihn dafür büßen lassen.«

»Soll das heißen, du gibst mir die Schuld daran? Weil ich unserer Mutter ähnlich sehe? Dafür kann ich nichts!«

»Du kannst nie etwas dafür, nicht wahr?«, schreit sie. Ihre grünen Augen bekommen eine Härte, die ich an ihr nicht kenne. »Auch nicht für das blaue Kleid und die Frisur? Ein schöner Plan, als Wiederauferstandene auf das Fest zu gehen! Nur wird er Vater das Leben kosten!«

Als sie hinausstürzt, bleibe ich fassungslos zurück. Aber der Vorwurf ist nicht das Einzige, was mich wie ein Hieb getroffen hat. Viel schlimmer war Liljanns hasserfüllter Blick. Ich dachte immer, nur ich sei diejenige, die manchmal zwischen Liebe und Hass hin- und hergerissen ist. Aber offenbar kenne ich meine Schwester nicht so gut, wie ich glaubte. *Bis gestern hätte ich auch geschworen, sie tanzt nicht – und schon gar nicht mit Fremden.*

Ich erwische sie gerade noch, bevor sie mir die Tür unserer Kammer vor der Nase zuschlagen kann. Ich schiebe mich mit Gewalt durch den Spalt an ihr vorbei und verriegle die Tür hinter uns beiden, obwohl Vater längst fortgeritten ist.

»Was war *dein* schöner Plan?«, frage ich. »Die Besorgte zu spielen, die sich um Vater kümmern will – um dann fröhlich mit Soldaten zu tanzen, was du angeblich so sehr verachtest?«

Sie schluckt und wird rot.

»Und was ist das für ein Versprechen? Sieht der arme Kerl wegen dir so schlimm zugerichtet aus? Hast du ihn zu einer Mutprobe losgeschickt?«

Jetzt funkelt sie mich an. »Es gab kein Versprechen!«

Ich lache. »Natürlich nicht. Und auch kein Geschenk.« Ich deute zu dem grob behauenen Behälter, den sie auf ihr Bett gelegt hat. »Darf ich wenigstens sehen, was er dir nicht geschenkt hat?«

Sie zögert, aber dann weicht die Spannung aus ihrem Körper und sie nickt. Auf irgendeine Weise bin ich erleichtert. *Wir sind trotz allem Schwestern,* denke ich. Liljann rührt sich nicht, also hebe ich selbst den Deckel ab. Und stutze.

»Eine Rose?«

»Es ist nicht irgendeine Rose«, sagt sie tonlos. »Er musste mit einem Tier kämpfen, um sie zu bekommen. Einem … sehr gefährlichen Tier.«

Im Grauland. Jetzt ist mein Mund ganz trocken.

»Dann nimmt er ja so einiges auf sich, um dich zu beeindrucken.«

Aber Liljann verschränkt die Arme und starrt an mir vorbei aus dem Fenster. Und plötzlich habe ich Angst, dass ich mich doch irre.

»Magst du ihn denn gar nicht?«

Sie scheint aus weiter Ferne zurückzukehren und lässt sich auf das Bett sinken. »Ich … nein, doch … das ist es nicht.«

»Was ist es dann?«

»Diese Rose – ich hatte ihm schon beim Tanzen gesagt, ich will sie nicht.«

»Hast du dir denn nicht gewünscht, ihn wiederzusehen?«

Es bringt mich zum Lächeln, wie rot sie wird. »Doch! Und ich … träume von ihm, Tajann.«

Sie hebt den Kopf und schaut mir direkt in die Augen. »So wie du von deinem Tänzer, nicht wahr?«

Ich muss schlucken, aber dann nicke ich.

»Wie heißt er?«, fragt Liljann. Jetzt bin ich es, die am liebsten hinausstürmen würde. Aber dann sage ich: »Firan. Und er hat wirklich etwas von einem Fuchs. Aber sag niemandem etwas von ihm. Versprichst du mir das?«

Liljann lächelt und etwas Nahes, Schönes blüht zwischen uns auf. Mit einem Mal sind wir zwei Schwestern, die Geheimnisse austauschen und einander ihr Herz öffnen. Ich bin verwundert, wie leicht es sein kann.

»Ich habe mir so sehr gewünscht, Volok wiederzusehen«, fährt sie flüsternd fort. »Jeden Tag habe ich es mir ausgemalt. Aber als er heute plötzlich hier war, mit dieser Rose, da wollte ich einfach nur, dass er wieder geht. Auf dem Fest war er so sanft und plötzlich wirkte er so roh. Ich habe … Angst bekommen. Verrückt, oder?«

Ich streiche ihr zärtlich das Haar hinter das Ohr. »Manchmal hat man Angst, wenn man sein Herz verliert, Mirahar.«

Der nahe Moment zwischen uns zerfällt in einem Wimpernschlag. Liljann springt auf und reißt das Kästchen mit der Rose an sich. »Du irrst dich«, sagt sie leise, aber scharf. »Ich habe mein Herz noch.«

Vielleicht beobachtete mich Tajann vom Fenster aus, aber das war mir egal. Ohne mich umzusehen, tauchte ich in das Unterholz, die Kiste fest an mich gedrückt. Farne streiften meine nackten Beine und unter meinen Sohlen federte nasses Moos. Milas Altar war leicht zu finden – für den, der wusste, was die drei übereinandergestapelten Steine bedeuteten. Mila nannte es die Wiege der Wünsche, und heute war ich hier, um etwas auf die Steine zu legen und die Geister des Waldes um ein Gegengeschenk zu bitten. Vaters verzweifeltes Lächeln schnitt mir immer noch ins Herz, aber da war auch Volok, so nah und wirklich, als wäre er nicht fortgeritten. Auch jetzt schauderte ich noch bei der Erinnerung an seine Hände. Unter seinen Fingernägeln war getrocknetes Blut gewesen und in seinen Augen noch die Wildheit eines Kampfes. Diesen Volok kannte ich nicht und seine Art, mir seine Zuneigung zu zeigen, machte mir Angst. *Wer riskiert sein Leben, um seine Liebe zu beweisen?*

Alle Männer, denen es wirklich ernst ist, hätte Tajann mit einem Lachen darauf geantwortet.

Und wie ist es ihm gelungen, den gehörnten Hüter im Garten der Feen zu besiegen?, fragte ich mich. Auch jetzt würde Tajann abwinken und mir erklären, dass die Geschichte vom Steinbock und den

Blutrosen nur Aufschneiderei war, um mich mit Heldentaten zu beeindrucken. Aber ich wusste, dass Volok nicht log. Mit dem Zeigefinger malte ich ein verbotenes Zeichen auf den Stein und nahm die Rose vorsichtig aus dem Holzschrein. Sie war zart und erstaunlich leicht, wie aus Papier, und ebenso weiß, mit Blütenblättern, deren Ränder ausgefranst waren wie ein feiner Frostrand. »Nehmt mein Geschenk an«, flüsterte ich. »Und bewahrt dafür meinen Vater vor dem Felskerker.«

So, wie die Blüte nun auf dem Stein lag, konnte man sie für eine ungewöhnliche Rosenart halten, aber die Wilen hatten mir ihre wahre Natur gezeigt. Empört waren sie davor zurückgewichen und hatten Volok zornig angefunkelt. Aber das deutlichste Zeichen, dass Volok die Wahrheit sagte, war die Rose selbst: Ihre Dornen wirkten wie aus Horn geschnitzt und wenn man sie gegen das Licht hielt, entdeckte man in den Blättern zarte Adern, die zu pulsen schienen. Außerdem roch die Blüte nicht nach Rosen. Sie verströmte einen zarten metallischen Kupferduft. Ähnlich wie frisches Blut.

Grauland

Mein Wallach schwitzt bereits, aber ich lasse ihm heute keine Pause. *Es kann nicht funktionieren, die Zeit ist zu knapp,* das sage ich mir bei jedem zweiten Galoppsprung. *Und selbst wenn Liljann sich schnell entscheidet, müssen wir noch Vater überzeugen.* Aber jede Jagd ist ein Spiel mit dem Unmöglichen. Immerhin weiß ich, wohin der Pfeil fliegen muss. *Und wer die Richtung kennt, hat auch die Chance, das Ziel zu treffen.*

Es wird bereits hell, Liljann wird inzwischen gemerkt haben, dass ich wieder einmal mitten in der Nacht fortgeritten bin. Diesmal war ich besonders leise und hatte den Wallach am Abend zuvor am Waldrand angebunden, damit Liljann nicht von Hufschlag aufwacht. In den letzten zwei Tagen konnte ich sie kaum noch abschütteln, so fest entschlossen war sie, mit mir auf die Jagd zu gehen. Sehr tapfer von ihr, sich für Vater aufzuopfern, aber sie hätte mehr Schaden angerichtet als mir geholfen. Vater ist immer noch nicht zurückgekehrt, und ich habe den Verdacht, die Lady wird ihn warten lassen. *Drei Wochen noch.* Es ist sicher kein Zufall, dass meine Frist mit der unseres Vaters übereinstimmt. Lady Jamala ist bekannt für diese Art von Humor. Habe ich ein Recht, so wütend auf sie zu sein? Meine Mutter würde mir erklären, dass es die Art der Mächtigen ist, ihre Vertrauten zu prüfen. Und Lady Jamala hat aus dieser Absicht kein Geheimnis gemacht. Jetzt ist es an mir, mich zu beweisen. Und vielleicht – hoffentlich! – ist Volok der Schlüssel dazu. Aber der Kerl lässt sich seit zwei Tagen nicht blicken.

Der Weg ist neblig und für jemanden, der die Strecke nicht kennt, gefährlich, aber ich treibe den Wallach mit schlafwandlerischer Sicherheit über knotige Äste und umgestürzte Baumstämme. Das Lager ist immer noch bewohnt. Rauch steigt zwischen den Bäumen auf und schon von Weitem nehme ich den Duft von Harzlaternen wahr. Sie vertreiben die Giftmücken aus den Zelten. Sie sind durch einen Dornenwall geschützt. Eisenspitzen ragen wie der gezackte Rücken eines Drachens zwischen den Bäumen auf.

Ich kenne die Regeln, also steige ich schon weit entfernt vom Tor ab, lege den Jagdmantel ab und lasse das Gewehr gut sichtbar und gesichert am Sattelgeschirr hängen. So entwaffnet, führe ich den Wallach am langen Zügel auf den Wachtposten zu. Das Tor ist bereits offen und im Inneren sehe ich die Zelte, hell wie der Nebel, eine Soldatenstadt im Wald. Jetzt schlägt mein Herz bis zum Hals. Die Schlaflosigkeit der letzten Tage und die anstrengende Suche nach Jagdwild hatten auch etwas Gutes: Sie lenkten mich von Janeik ab. Aber jetzt holt mich unser Augenblick auf der Lichtung wieder ein. Ich halte nach ihm Ausschau, bei den

Feuern, zwischen Zelten. Aber ich entdecke nicht einmal sein weißes Pferd.

»Wohin, Tajann?«

Es ist selten, dass man mich im Wald überraschen kann. Aber die Augenmänner tauchen immer wie aus dem Nichts auf, lautlos wie Mörder. Langsam drehe ich mich um. Diesen Mann hier kenne ich nicht, seinen kahlrasierten Schädel sehe ich zum ersten Mal. Über seinem Ohr ist ein Flammenbogen eintätowiert. Der Kerl ist schon recht alt, aber immer noch hart und hellwach. Dass er meinen Namen kennt, zeigt mir, dass es der Kontaktmann ist, von dem Janeik gesprochen hat. Wartet er auf eine Nachricht von mir für seinen Herrn? Nun, da muss ich ihn enttäuschen.

»Ich suche einen Soldaten. Er heißt Volok. *Ich muss mit ihm sprechen.*«

Seine Augen werden schmal. »Was willst du von ihm?«

»Er weiß, worum es geht. Er kennt mich.«

»Wenn du ihn kennst, müsstest du wissen, dass er kein Soldat ist – und dass er das Lager verlassen hat.«

Ich muss tief durchatmen. »Wo ist er jetzt?«

Der Kerl umfasst mit einer unbestimmten Geste das ganze Grenzgebiet.

»Wann kommt er wieder?«

»Das weiß nur er selbst. Das letzte Mal war er vier Monate weg.«

Ich hoffe, er sieht mir meine Bestürzung nicht an. *Warum habe ich so lange gewartet?* »Wann ist er aufgebrochen?«

»Vor einer halben Stunde.«

Immerhin, eine Chance.

»Und in welche Richtung?« Bei diesen Worten greife ich schon in die Mähne meines Fuchses und ziehe mich mit einem Satz auf seinen Rücken.

Der Mann sieht mich an, als hätte ich vor, in ein Feuer zu springen. »Das ist keine Gegend für Mädchen.«

»Lass das meine Entscheidung sein.«

Er spuckt verächtlich aus. »Dann viel Glück.«

»He!«, rufe ich ihm nach. »Welche Richtung ist es genau?«

»Frag doch die Lady«, sagt er über die Schulter. »Sie ist die Einzige, die weiß, wo er hingeht – und warum.«

Mein Wallach holt den Mann mit zwei Galoppsprüngen ein. Ich verstelle ihm den Weg. »Du musst doch gesehen haben, welchen Weg er eingeschlagen hat.«

»Wer behauptet hier, den Söldner zu kennen?«, gibt er höhnisch zurück. »Du oder ich? Wenn er es dir nicht gesagt hat, will er nicht, dass du es weißt, so einfach ist es.«

Ich wollte Janeiks Angebot nicht annehmen, aber jetzt läuft mir die Zeit davon. Also beuge ich mich zu dem Mann hinunter. »Ich habe zwar keine Nachricht für deinen Herrn«, sage ich leise. »Aber dafür eine für dich. Wie du sicher weißt, hat der Junglord mir Hilfe und Unterstützung zugesichert. Und wenn du mir nicht sagst, wohin ich reiten muss, um Volok zu finden, heißt das, du brichst das Versprechen deines Herrn. Willst du das?«

Ich mache mir keine Freunde, das weiß ich, der Kerl ist nun so wütend, dass die Flammentätowierung an seinem Schädel zu glühen scheint. Und als er endlich antwortet, bin ich sicher, er tut es nicht aus Angst, sondern nur, um mich zum Teufel zu jagen.

»Tu, was du nicht lassen kannst, Großmaul«, sagt er und spuckt noch einmal aus. »Links vom Lager, den Pfad zum Weideplatz entlang und von dort aus Richtung Südosten. Und halte dein Gewehr bereit.«

Ich finde die Spur, sobald ich das Umfeld des Lagers verlassen habe und der Boden nicht mehr zertrampelt und festgestampft ist. Sobald ich zum Rankenwald komme, lasse ich im Galopp die Zügel los und fasse das Gewehr mit beiden Händen. Tief über den Hals meines Pferdes gebeugt, halte ich Ausschau. Voloks Pferd ist ein Kaltblut. Kräftig genug, um einen so großen Mann zu tragen, aber es galoppiert langsam und hinterlässt im lockeren Waldboden eine gut sichtbare Spur wie von einem Pflug. Ich entdecke sogar noch eine zweite Spur, von einem leichteren Pferd mit viel schmaleren Hufen, vielleicht ein Packpferd. Schon nach einer Meile sind die Tiere langsamer geworden, die Spuren zeigen nur noch einen schleppenden Trab.

Voloks Weg führt überraschenderweise nicht nach Südosten, sondern im scharfen Bogen nach rechts, dann parallel etwa eine Meile hinter der Grenzlinie entlang. Es ist schon der Saum von Grauland, der Wald riecht anders hier, harzig und ein wenig faulig. Lederflügel rauschen in den Baumkronen, sobald ich die Ranken streife und Fledermäuse damit aufstöre. Mein Wallach keucht bereits, erschöpft von den vielen Stunden Laufen in den vergangenen Tagen. Bald habe ich keine Wahl, als ihn langsamer gehen zu lassen. Und dann, ganz plötzlich, verliert sich Voloks Spur. Ich kann mir einen Fluch nicht verkneifen und springe vom Pferd. Der Untergrund ist härter geworden, ich finde abgeschabtes Moos auf felsigem Grund, ein Hinweis, dass Voloks Pferde hier weitergelaufen sind. Man sagt, hinter dem Wilden Wald beginnt ein Gebiet voller Schluchten und Höhlen. Aber auf dem felsigen Boden müsste ich doch Hufschläge hören? Doch um mich herum ist es gespenstisch still, nicht einmal ein Vogel singt, das schnaubende Atmen meines Pferdes ist das einzige Geräusch. Mein Nacken kribbelt, als würde ich beobachtet. Sofort schlüpfe ich in meine Jägerhaut: Ich atme aus wie vor einem Schuss. Mein Herz wird langsamer, jetzt nehme ich alles doppelt so scharf und deutlich wahr. Ein verräterisches Knacken lässt meinen Wallach die Ohren spitzen. Das Raubtier, vor dem sich sogar die Vögel fürchten, ist also ganz in der Nähe. Die Handgriffe sitzen ganz von selbst: der Satz zurück auf mein Pferd, die Waffe nah am Körper gehalten, der Sucherblick. Und dann finde ich es, auf

Augenhöhe: etwas Schweres, Großes zwischen den Ranken, perfekt getarnt im Licht- und Schattenwald. Ich bilde mir ein, das Schimmern von dunkel gestromtem Fell zu erkennen, das sofort wieder mit Schatten verschmilzt. Dann explodiert ein Rankennest in einem geschmeidigen grauschwarzen Blitz. Im Sprung sehe ich die Augen der Raubkatze aufleuchten und den Glanz schwarzer Krallen. Zu nah, um noch zu schießen. Ich greife blitzschnell um und packe den Lauf des Gewehrs – als mein Pferd zur Seite springt und auf dem Fels abrutscht. Ich rieche Fleischatem und Fell, noch bevor der Kolben meines Gewehrs trifft – harter dumpfer Aufprall, das Davonschleudern des Körpers, der sich im Fallen zur Seite dreht. Die Katze überschlägt sich mit einem heiseren Schrei und schlittert über Moos. Sie setzt wieder zum Sprung an, genau in dem Moment, als ich vom stürzenden Pferd springe und mich abrolle. Durch wirbelnde Hufe, die in die Luft schlagen, ziele ich bereits. Aber bevor ich abdrücken kann, löst sich ein anderer Schuss. Eine ganze Baumkrone scheint sich in erschreckten Flügelschlag aufzulösen, Ranken tanzen – und die Katze flieht als huschender Schatten senkrecht an einem Baumstamm hoch, springt in die Schatten und wird unsichtbar.

»Das nächste Mal schießt du besser gleich«, sagt Volok hinter mir. »Lärm ist das Einzige, was die Biester wirklich erschreckt.«

Er tritt aus dem Schatten, sein Gewehr lässig über die Schulter gelegt. Mein Pferd kommt zeitgleich mit mir auf die Beine und schüttelt Moos und Blätter aus der Mähne.

»Das war kein Martis«, stoße ich hervor.

»Nein, ein *Loman*. Das heißt so viel wie *Krallen mit Zähnen*. Schneller als eine Martiskatze, besser getarnt und weit weniger scheu, wie du siehst.«

Allerdings. Ich gebe es nicht gerne zu, aber mir sitzt der Schreck doch in den Knochen. »So eine Katze habe ich noch nie gesehen. Gibt es hier noch mehr von dieser Sorte?«

»Was suchst du hier, Tajann?«

Er verschwendet wirklich keine Zeit. Und in diesem Moment frage ich mich, was Liljann an ihm findet. Hier, im schattigen Wald, wirkt er einfach nur fremd und finster. Er trägt nicht einmal einen Soldatenmantel, sondern etwas, was wie ein Flickwerk aus verschiedenen Pelzen aussieht. *Als hätte er alles abgestreift, was einen zivilisierten Untertan der Lady aus ihm gemacht hat.*

»Warum bist du nicht wiedergekommen?«, frage ich.

»Du verfolgst mich bis ins Grauland, um mich das zu fragen?«

»Ja. Liljann wird es nämlich nicht tun. Aber sie wartet auf dich. Und du schenkst ihr erst eine Rose und reitest dann fort, ohne dich wenigstens zu verabschieden?«

Als ich Liljann erwähne, sehe ich doch eine Regung. Etwas Weiches in seiner Miene. Jetzt erscheint er mir plötzlich nicht mehr so hässlich und grob. Er kann sich ebenso schlecht verstellen wie meine Schwester. *Vielleicht passen sie ja wirklich gut zusammen.*

»Wer sagt, dass ich fortreite?«

»Die Lady hat dich doch weggeschickt.«

Sein Lachen ist rau. »Niemand *schickt mich*. Ich gehe. Ich kehre zurück. Oder ich bleibe.«

Er mustert mein Gesicht. Ich weiß, wie ich aussehe: erschöpft und schlaflos, die Ringe unter meinen Augen sind so dunkel wie Schatten. »Obwohl du zur Jagd müsstest, nimmst du den langen Weg zum Grenzlager auf dich. Du musst deine Schwester wirklich sehr lieben, wenn dir ihr Glück so am Herzen liegt.«

Auch diesmal weiß ich nicht, ob er sehr schlau ist oder nur zufällig genau den empfindlichen Punkt trifft. »Liegt es dir am Herzen?«, gebe ich die Frage zurück. »Liljanns Glück?«

Er antwortet nicht. Und plötzlich … wendet er sich einfach ab und geht!

Hufschlag ertönt, Ranken schaukeln, dann taucht sein Pferd vor ihm auf, als hätte er es gerufen. Das zweite Pferd ist am Sattelknauf des Reittiers festgebunden und folgt nur widerwillig und mit langem Hals. Beim Blick auf das Gepäck sinkt mir der Mut. Volok ist für eine lange Reise gerüstet. Das Packpferd trägt ebenfalls einen Sattel und Proviant, eine zusammengerollte Zeltplane, Decken. *Und Seile,* denke ich verwundert. *So viele Seile, Haken und Netze?*

»Warst du schon oft im Grauland?«

Er zuckt mit den Schultern. »Von Zeit zu Zeit.«

»Was machst du diesmal hier?«

»Suchen.«

Für die Lady? Ich kann nur vermuten, was das bedeutet. Vielleicht schickt sie ihn als Späher vor. Geht es um Bodenschätze? Märchen und Sagen haben einen wahren Kern. Und die Wildländer erzählen gerne von Gold und Diamanten in den Bergen von Grauland. Das könnte die Haken und Seile erklären.

Er steigt mit Schwung auf. Das Packpferd ist noch jung und schreckhaft. Es schwitzt und scheut vor Volok zurück, aber der Strick hält es.

»Willst du Liljann wirklich nicht wiedersehen oder bist du nur zu stolz dazu?«, sage ich herausfordernd.

Es funktioniert nicht. Er lässt sich nicht provozieren. »Stolz?«, sagt er nur. Es klingt amüsiert.

Er rückt einen Steigbügel zurecht und nimmt die Zügel auf.

»Wenn du jetzt gehst, wird es zu spät sein, Volok. Liljann wird nicht auf dich warten. Glaub nicht, dass du der Einzige bist, dem sie gefällt.«

Das ist eine Lüge, aber die letzte Karte, die ich ausspielen kann. Und diesmal habe ich offenbar die richtige Stelle getroffen. Mein Pferd weicht von selbst einen Schritt zurück, als Volok heranreitet. So nah, dass ich seinen Jägergeruch nach Fell und frischem Moos wahrnehmen kann.

»Wer?«, fragt er gefährlich leise.

»Noch keiner«, erwidere ich. »Aber wenn Liljann einen Mann will, muss sie sich bald entscheiden. Du willst sie doch?«

»Ob ich Liljann will? Mehr als du ahnst!« Ich fröstle, so ernst und entschlossen hört er sich an. Im Schatten der Ranken scheinen seine Augen einen seltsamen Glanz zu bekommen. Wie ein Glimmen von honigfarbenem Licht. Noch nie habe ich solche Augen gesehen, nicht einmal bei den Wildländern. Jetzt zögere ich doch. Kann Liljann für einen solchen Barbaren wirklich Zuneigung empfinden? *Ja, warum auch immer.* Nicht umsonst ist sie seit zwei Nächten noch ruheloser als ich, schreckt hoffnungsvoll bei jedem Geräusch hoch und schleicht zum Fenster, hin- und hergerissen von der Sehnsucht nach Volok und ihrer Unsicherheit.

Und außerdem vertraut die Lady Volok, denke ich. *So sehr, dass sie ihm Narrenfreiheit gibt.*

»Dann verlier keine Zeit«, sage ich. »Du kennst unsere Traditionen. Liljann kann nicht mehr lange warten.«

»Wie lange?«

Die richtige Antwort würde lauten: bis zum Herbstfest, unserem siebzehnten Geburtstag. Aber ich antworte: »Drei Wochen.«

Volok hebt spöttisch die Brauen. »Das ist die Frist, die dir noch bleibt.«

Er weiß also genau, was in den Briefen der Lady steht.

»Ich finde einen Weg, mit oder ohne dich«, erwidere ich kühl. »Aber ich gebe dir einen guten Rat: Leg dich nicht mehr mit Raubtieren an, wenn du meine Schwester für dich gewinnen willst. Spiel nicht den Draufgänger, komm ihr nicht zu schnell zu nahe, das mag sie nicht, und Blut kann sie nicht ertragen. Nicht umsonst hat sie so gerne mit dem sanften, netten Kaeled getanzt.« Dieser kleine Hieb hat offenbar gesessen. Seine Hände schließen sich fester um die Zügel. »Aber ich könnte ein gutes Wort bei unserem Vater einlegen«, setze ich hinzu. »Denn selbst wenn Liljann dich will, kommt es nur auf Velenders Entscheidung an.«

Er hält mir die Hand hin. »Dann haben wir also einen Pakt? Du hilfst mir, ich helfe dir?«

Mein Mund ist ganz trocken und mir ist schwindelig, so greifbar nah ist plötzlich meine Freiheit. Aber ich zögere trotzdem. *Einen Pakt schließen, bei dem es um meine Schwester geht?*

»Eine ... Abmachung«, sage ich, ohne seine Hand zu ergreifen.

Volok lacht leise auf. »Wie auch immer du es nennen willst.« Er wendet seine Pferde in Richtung Westen. »Was ist? Kommst du mit auf den Schleichpfad oder reitest du den ganzen Umweg zurück?«

»Der Weg zum Grenzlager war ein Umweg?«

Volok nickt. »Auf dieser Seite der Grenze führen oft viel kürzere Wege zum Ziel. Ich verliere niemals Zeit, Tajann. Gerade war ich auf dem Weg zu Liljann. Ich warte nämlich ganz bestimmt nicht bis zum Herbst.«

Entscheidungen

»He, Prinzessin!«

Ich hatte gehofft, dass Volok wiederkommen würde. Aber als er wie aus dem Nichts vor mir stand, war ich so überrumpelt, dass ich die leeren Wassereimer losließ und zurückwich. Volok lehnte an einer Eiche am Quellbrunnen, die Arme verschränkt. Sofort fiel mir auf, dass er kein Blut mehr unter seinen Fingernägeln hatte – und in den Augen das Lächeln, das mein Herz sofort schneller schlagen ließ. »Volok. Was machst du hier?«

»Ich dachte mir, im Wald kannst du mir wenigstens nicht wieder die Tür vor der Nase zuschlagen. Und außerdem ...«, er deutete mit dem Daumen über seine Schulter zu zwei Pferden, »... war ich zufällig in der Gegend.«

Jetzt musste ich auch lächeln. »*Zufällig*? Mit Marschgepäck?«

Er lachte und ich sah wieder den Soldaten, mit dem ich am Feuer getanzt hatte. Dann wurde er plötzlich ernst. »Ich habe Tajann auf dem Weg hierher getroffen. Sie war auf der Jagd. Es tut mir leid für euch und euren Vater. Ich wünschte, ich hätte euch eine bessere Nachricht überbracht.«

Sein Mitgefühl tat mir gut. »Hast du einen neuen Auftrag? Wohin geht es diesmal?« Und mit einem Blick auf die Netzbündel auf dem zweiten Pferd fügte ich hinzu: »Wieder ans Meer?«

»Antwort gegen Antwort, Liljann?« Er stieß sich vom Baum ab und kam auf mich zu, geschmeidig und lautlos. Als ich zurückwich, stieß ich mit dem Rücken an eine Birke. Und dann war Volok schon so nah bei mir, dass er mich hätte an sich ziehen können. Aber er tat es nicht. Er hob nur die Hand und berührte ganz sacht mein Kinn, hob es leicht an, damit ich ihm in die Augen sah. Die sanfte Berührung vertrieb auch die letzte Erinnerung an die Wildheit und die Blutkrusten. Plötzlich kam es mir seltsam vor, mich vor ihm gefürchtet zu haben.

»Du hast recht, Liljann, ich bin nicht zufällig vorbeigekommen. Ich wollte nicht fortreiten, ohne mit dir zu sprechen.«

»Du gehst also wirklich weg. Wie lange?«

»Ein Jahr.«

Jetzt war ich froh, dass ich an der Birke lehnte, meine Knie gaben nach. »Ein ganzes Jahr?«

Volok lächelte über meine Reaktion. »Vielleicht auch länger.«

»Und wohin?«

»Von hier aus direkt nach Südosten.«

»Ins Grauland?« Ich schnappte nach Luft. »Du kannst dort nicht hingehen. Dort ist der *Corent*!«

Meine Schwester hätte jetzt mit den Augen gerollt und Mila sofort ein Bannzeichen gemacht. Aber Volok nickte nur ernst.

»Hast du keine Angst?«, flüsterte ich. *Ich* hatte Angst – um ihn.

»Doch, sonst wäre ich nicht wachsam genug«, erwiderte er. »Aber wo es am dunkelsten ist, scheint Licht umso heller. Es gibt so viel Licht in diesem Land, Liljann, so viel Schönheit, dass es schmerzen kann, sie anzusehen: Bäume, so alt und groß, dass sich Wolken in ihren Kronen fangen, riesige Herden der schwarzen Hirsche und versunkene Paläste ...«

»Woher weißt du das?«

»Ich sagte doch, die Lady schätzt mich dafür, dass ich mich besser in der Wildnis auskenne als jeder andere.«

»Du warst also schon dort? Warum hast du es mir nicht gesagt?« Ich machte einen Schritt zur Seite, entzog mich ihm. Ich wollte nicht, dass er mich für feige hielt, aber plötzlich betrachtete ich ihn mit einer ganz neuen Scheu.

»Weil ich nicht wollte, dass genau das passiert«, sagte er mit rauer Stimme. »Siehst du, sogar du weichst zurück. Keiner traut mir. Die Höflinge nicht und die Wildländer machen sogar Bannzeichen, wenn sie mich sehen. Wahrscheinlich halten sie mich für ein Ungeheuer von der anderen Seite.«

Und die Wilen wagen sich nicht zu nahe an dich heran, dachte ich.

Er kam wieder zu mir und beugte sich zu mir herunter. »Und du, Liljann?«, flüsterte er. Bevor ich begriff, was geschah, küsste er mich. Ich war viel zu überrumpelt, um zurückzuzucken. Ich hatte gedacht, sein Kuss würde rau sein wie sein Wesen, leidenschaftlich. Aber ich war überrascht, wie sanft er war. Ich schloss die Augen und wehrte mich nicht, als Voloks Arme sich behutsam um mich legten. *So ist es also?*, dachte ich verwundert. Ich weiß nicht, was ich erwartet hatte – Funken vielleicht und das Fieber meiner Träume, aber es waren nur Wärme und der Duft nach Wald. Schnell lösten sich seine Lippen wieder von meinen.

»Und?«, raunte er mir zu. »Bin ich ein Ungeheuer?«

»Nein, und das dachte ich auch nie. Aber der Corent existiert wirklich ...«

»Ja, du und ich wissen, dass es mehr gibt, als wir glauben dürfen. Und kein Scheiterhaufen ändert etwas daran. Aber du musst keine Angst haben. Ich beschütze dich. Solange du bei mir bist, kann dir nichts passieren.«

Jetzt war ich irritiert. »Wie meinst du das?«

»Ich will, dass du mit mir kommst. Das zweite Pferd ist für dich. Mein Weg führt uns weit genug weg von deinem Vaterhaus, so, wie es die Tradition deiner Ahnen befiehlt.«

Ich sprang aus seinen Armen und wich zurück. »Ich soll mit dir in die Wildnis gehen?« *Und du hast das Pferd schon gesattelt?*

Seine Miene verdüsterte sich. »Ist meine Wildnis nicht gut genug für dich?«

»Nein, aber wir kennen uns doch kaum.«

»Ich kenne dich.«

»Wie kannst du so etwas sagen?«

»Es ist wahr«, sagte er erschreckend ernst. »Manche Menschen erkennt man im ersten Moment, als hätte man sie nur vor langer Zeit verloren und wiedergefunden. Ich habe dich wiedergefunden, Liljann. Und ich will nicht mehr ohne dich sein.«

Jetzt reichte der Abstand nicht mehr. »Ich kann nicht mit dir kommen!«

Volok sah aus, als hätte ich ihm eine Ohrfeige gegeben.

»Kannst du nicht oder willst du nicht? Oder … ist da ein anderer, von dem du träumst? Dieser Schreiber vom Hof?«

»Nein!«

»Wer dann?«

»Niemand! Und darum geht es doch gar nicht. Du meinst, ein Tanz und ein Kuss genügen und ich steige auf dein Pferd und folge dir?«

Volok nahm sich sichtlich zusammen und strich sich mit beiden Händen durch das Haar. »Hör zu, Liljann, ich bin kein Höfling. Ich schreibe keine Gedichte, und ich beherrsche es nicht, wochenlang Balztänze für dich aufzuführen und in Samt und Seide um dich zu werben. Und ich kann nicht so tun, als wollte ich dich nicht – ich will dich nämlich, so sehr, dass ich wahnsinnig werde. Du verfolgst mich im Traum, sogar dann, wenn ich überhaupt nicht schlafe. Und ohne dich gehe ich nicht von hier weg.«

Jetzt war ich der Feigling, der ich nie sein wollte. »Ich… muss zurück.« Ich schnappte meine leeren Eimer und rannte ohne Wasser zum Haus zurück.

Wie ernst Volok es meinte, merkte ich, als Tajann von der Jagd zurückkehrte. Wieder mit leeren Händen und außerdem war ihr Wallach gestürzt und hatte sich ein Bein aufgeschürft. Aber sie summte vor sich hin und die Wilen waren außer sich und feixten. »Hast du schon gesehen?«, sagte Tajann. »Dein Volok hat sein Lager beim Quellbrunnen aufgeschlagen. Du solltest ihm wenigstens etwas Wein bringen, nachdem du ihn letztens so unhöflich abgewiesen hast.«

»Er ist nicht *mein* Volok. Und wenn du so großen Wert auf Höflichkeit legst, kannst du ja zu ihm gehen.«

Tajann lachte, nahm Vaters Weinkrug und marschierte hinaus. Sie kam nicht zurück. Die Dämmerung kam und schließlich die Nacht. Ich wunderte mich, wie quälend das Warten war. Ich musste daran denken, wie mühelos Tajann alle Herzen gewann. Als meine Schwester endlich zurückkam, war es schon Mitternacht.

»Er bleibt ein paar Tage und will mir bei der Hirschjagd helfen, solange Vater nicht da ist«, erzählte sie. »Offenbar will er Abbitte leisten für die schlechte Nachricht. Hast du ihn mit deinen grünen Nixenaugen verhext wie eine Sirene die Seeleute? Ich fürchte nämlich, er hat sich in den Kopf gesetzt, dein Herz zu gewinnen.«

»Fürchtest du es wirklich oder hoffst du es?«, erwiderte ich schroff.

Aber heute war meine Schwester nicht gekränkt, sie zuckte nur mit den Schultern. »Welchen Vorwurf machst du mir diesmal?« Sie streckte sich und gähnte und zog sich in aller Ruhe die Stiefel aus. »Schau mich nicht so böse an, es ist ohnehin egal, was ich fürchte oder hoffe. Niemand kann dich zwingen, ihn zu nehmen. Nicht einmal ich – so gerne ich es würde, das kannst du mir glauben!«

Am nächsten Abend folgte ich dem Feuerschein. Volok saß vor seinem Zelt. Zwei Becher Wein standen gefüllt auf einem moosbewachsenen Stein, als hätte er mich erwartet. Ich ignorierte sie und setzte mich in einiger Entfernung hin. Wir schwiegen lange, und ich betrachtete ihn verstohlen, während er in der Glut stocherte. Es war seltsam, dass ich wieder dieses schwebende Vielleicht spürte – Sehnsucht und Zweifel, Ja und Nein.

»Bist du gekommen, um mich anzuschweigen?«, fragte er nach einer langen Weile.

Niemand kann dich zwingen. Tajanns Worte gaben mir Sicherheit, und die Funken brachten mir den Abend zurück, an dem Volok und ich so unbeschwert gewesen waren.

»Nein, um zuzuhören«, sagte ich. »Erzähl mir von den versunkenen Palästen.«

Es ist der zehnte Tag, seit Vater zur Zitadelle aufgebrochen ist. Liljann schläft kaum noch vor Sorge. Sie fürchtet, die Lady hat ihn längst in den Kerker geworfen. Aber jetzt ist er zurückgekehrt. Sein Pferd grast noch gesattelt vor dem Haus, die Zügel

schleifen über das Gras. Ich springe von meinem Wallach und renne noch mit dem Gewehr in der Hand ins Haus. Ich hatte erwartet, dass Liljann bei ihm ist, aber Vater sitzt allein am Küchentisch, aufgestützt auf den Ellenbogen, die Hände im wirren Haar vergraben. »Vater?« Er blickt nicht auf, sondern starrt zwei noch volle Weinbecher auf dem Tisch an.

»Dieser Kerl war eben hier«, spuckt er mir entgegen. »Dieser Bote. Ich dachte, die Lady hätte es sich anders überlegt, sonst hätte ich ihn gar nicht ins Haus gelassen. Aber dann … sagt er mir, dass er Liljann will. Er will, dass ich ihm Liljann gebe!«

Volok war hier? Etwas Dümmeres konnte er nicht tun. Sofort überschlagen sich meine Gedanken. *Warum hat er mir nichts gesagt? Oder hat Liljann eingewilligt? Nein, das hätte sie mir erzählt.*

»Wusstest du davon?« Vater hebt den Kopf und sieht mich an, zornig und blass. Jetzt kommt es auf jedes Wort an. Um Zeit zu gewinnen, lege ich in aller Ruhe das Gewehr ab.

»Ich hatte es vermutet«, erwidere ich dann vorsichtig. »Es ist kaum zu übersehen, dass Volok Gefühle für Liljann hat. Und er mag der Bote der Lady sein, aber er ist ein anständiger Kerl.«

Vater wird schlagartig wutrot im Gesicht. »So anständig, dass er sich hinter meinem Rücken an meine Tochter heranmacht?«

Ich setze mich zu ihm an den Tisch und nehme seine Hand. Schartige, verhornte Haut, trocken und hart wie eine Wolfspfote. Vater macht den Mund wieder zu und schluckt.

»Niemand tut etwas hinter deinem Rücken«, sage ich sanft. »Volok war anständig genug, dich zu fragen, bevor er Liljann einen Antrag macht. Und Liljann hat überhaupt nichts dazu gesagt. Das wüsste ich.«

Das ist keine Lüge. Meine Schwester sagt weder Ja noch Nein. Sie sagt gar nichts. Es ist zum Verzweifeln: Jede Nacht schleicht sie zum Feuer und hört Volok zu, aber sie kommt ihm nicht näher. Heimlich gehe ich ihr nach und beobachte, wie sie am Rand des Feuerscheins sitzt, scheu wie ein Eichhörnchen, bereit, bei der kleinsten Bewegung davonzuspringen. Ich sehe auch, wie Volok innerlich kocht und nur noch mühsam seine Ungeduld verbirgt. *Und mir läuft die Zeit davon!*

»Was hast du zu Volok gesagt?«, frage ich.

Vater schnaubt. »Was wohl? Ich gebe meine Tochter doch keinem dreckigen Barbaren.«

Ich muss mich beherrschen, meine Hand nicht wegzureißen. Und dann sehe ich auch noch Liljann. Beziehungsweise ihre Schuhe an der Türschwelle. Sie steht neben der Tür, ihre Stiefel haben Wasserflecken. Ich begreife, dass sie eben Wasser von der Waldquelle geholt hat und sich schnell wieder hinter den Türstock zurückgezogen hat, als sie unser Gespräch hörte. Sie lauscht atemlos, ohne zu wissen, dass ich sie bemerkt habe.

Jetzt fühle ich mich, als würde ich auf knackend dünnem Eis stehen. Nun muss ich zwei Leute zur selben Zeit überzeugen. Jedes Wort kann mich retten – oder mein Untergang sein.

»Rede nicht so von ihm«, sage ich zu Vater. »Ja, er ist ein Wildländer und bisher habe ich so wie du über sie gedacht. Aber dann bin ich Volok auf der Jagd begegnet, drei Tage, nachdem du weggeritten bist. Ich musste mich auf der Spur eines Hirsches ins Grauland wagen und dort hat mich eine fremdartige Raubkatze angegriffen. Ihr wäre ihr fast zum Opfer gefallen. Volok hat mich gerettet.« Ich werde etwas lauter, für Liljann, und füge hinzu: »Früher oder später muss Liljann als Erste vorangehen. Sobald du sie freisprichst, können wir sie nicht mehr beschützen. Du fürchtest, dass sie sich nicht gegen Raubtiere wehren kann? Ja, ich habe auch Angst um sie und es zerreißt mir das Herz genauso wie dir.« Ich kann spüren, wie meine Schwester sich anspannt. *Bitte lauf nicht weg,* flehe ich. *Nicht bevor ich alles gesagt habe.* »Aber Volok kennt das Grauland«, setze ich beschwörend hinzu. »Er kann Gefahren genau einschätzen und tötet nie ohne Grund. Er hat Mut, Anstand und ein gutes Herz. Wäre das für Liljann wirklich die schlechteste Wahl?«

Ich lege den Kopf schief und lächle Vater zu. Ich weiß, dass ich wie meine Mutter lächle. Und wie immer muss Vater wegschauen. Er verrät sich damit. *So wie dieses ganze Gespräch ein einziger Verrat ist,* denke ich. Wir sprechen nicht über Liljann, weder er noch ich. Und es ist nicht die Sorge um sie, die Vater das Herz zerreißt. Aber auch ich bin nicht ehrlich. Die Worte über Volok habe ich sorgfältig gewählt, um Liljann zu überzeugen. Nichts ist stärker als eine Wahrheit, die man heimlich belauscht.

»Und was sagt Liljann dazu?«, fragt Vater so lauernd, als hätte er meine Gedanken erraten.

Ich schlucke. Jetzt das falsche Wort zu sagen, würde alles zunichtemachen. »Ehrlich gesagt hoffe ich, dass sie ihn mag«, erwidere ich deshalb. »Denn da sie ins Grauland gehen muss, würde ich sie keinem anderen anvertrauen. Aber frag sie selbst. Ich weiß nicht, was sie für ihn empfindet.«

Ein leises Dielenknarren verrät meine Schwester. Als ich zur Tür schaue, ist die Schuhspitze verschwunden.

Vater seufzt tief und greift nach dem Wein, ohne meine Hand loszulassen.

»Dieses Land hat uns nur Unglück gebracht«, sagt er mit Grabesstimme. »Wir hätten niemals hierherkommen sollen.«

Ich fröstle. Er spricht von *wir,* als würde er mit meiner Mutter am Tisch sitzen.

»Ich bin nicht *hierhergekommen.* Und auch Liljann nicht. Wir wurden hier geboren, Vater. Vergiss das nicht.«

»Und du vergiss nicht, dass ihr mir zu gehorchen habt!« Seine Finger schließen sich fester um meine. Und vielleicht ist es ein Fehler, ihm meine Hand jetzt zu entwinden. Aber ich ertrage seine Nähe nicht länger. Es kostet mich viel, ihm sanft und ruhig zu antworten.

»Nimm einen Schluck Wein, Vater. Ruh dich von der anstrengenden Reise aus. Und dann sprich mit Liljann.«

Er schnaubt verächtlich. »Wozu sollte ich?«

»Aber ...«

»Bis zu eurem Geburtstag sind es noch acht Wochen. Wenn es dem Kerl wirklich ernst ist, soll er warten. Und falls Liljann dann mit ihm weggehen will, werde ich ihr meine Entscheidung am Morgen eures Geburtstages mitteilen, keinen Tag früher. Und wie sie auch ausfällt, ihr habt euch danach zu richten, beide. So ist das Gesetz.«

Meine Hände ballen sich unter dem Tisch zu Fäusten. Vater stürzt den Wein in einem Zug herunter. In diesem Moment hasse ich ihn.

»Kein Nachlass, Tajann«, klagt er dann und seufzt. »Keine Gnade. Diese Hexe hat mich vor der Zitadelle warten lassen wie einen Hund im Regen. *Felle, Geld oder Kerker,* das ist alles, was sie mir ausrichten lässt. Wie viele Felle hast du schon?«

»Vier«, sage ich tonlos. Ich füge nicht hinzu, dass es Volok war, der die Hirsche aufgespürt hat.

Mein Vater hebt überrascht die Brauen. »Vier! Ich wusste doch, dass ich mich auf dich verlassen kann! Du hältst zu mir, was auch geschieht. Gemeinsam schaffen wir es. Morgen früh gehen wir auf die Jagd – nur du und ich.«

Volok steht bei seinem Pferd und wendet mir den Rücken zu, ich sehe die angespannte verhaltene Kraft in den Schultern. »Velender wird sie nicht gehen lassen«, sagt er, ohne sich umzudrehen.

Woher weiß er, dass ich es bin?, denke ich.

»Nein«, sage ich leise. Und selbst wenn er an unserem Geburtstag einwilligen würde. In zwei Monaten spielt es für mich keine Rolle mehr, bis dahin ist das Tor zur Zitadelle für immer geschlossen.

»Warum hast du nicht erst mit mir gesprochen, bevor du zu Vater gegangen bist?«

Volok fährt zu mir herum. »Weil ich nicht länger warten kann!« Ich erschrecke, als ich sein Gesicht sehe. Manchmal scheint es, als würde er aus zwei Männern bestehen, und in diesem Moment verstehe ich, warum ihn manche Leute Schattenhand nennen. »Ich frage Liljann jede Nacht, ob sie mit mir kommt, ich verspreche ihr sogar, sie im Grauland nicht anzufassen, bevor sie es nicht selbst will. Aber jede Nacht geht sie, ohne mir zu antworten. Du hast versprochen, mir zu helfen!«

»Soll ich sie dazu zwingen, sich in dich zu verlieben?«

Er starrt mich zornig an. Der Feuerschein weckt das Bernsteinglühen in seinen Augen. Und hier, im Nachtschatten, weiß ich plötzlich nicht mehr, was falsch und was richtig ist.

»Mir ist klar, dass sie sich Sorgen um ihren Vater macht«, sagt Volok. »Deshalb hatte ich vor, ihm das hier zu geben. Damit er sich bei der Lady freikaufen kann.« Er greift in die Satteltasche und wirft fast verächtlich einen Beutel neben das Feuer. Es klirrt, ein Wasserfall von Goldjamaren ergießt sich auf die Erde. Ich bin sprachlos. Mehr Gold, als ich in meinem ganzen Leben gesehen habe, glänzt im Feuerschein.

»Woher … hast du so viel Geld?«

»Die Lady hat mich gut bezahlt, um das atmende Siegel für ihren Hafenrechtevertrag zu ihr zu bringen. Aber ich kam gar nicht dazu, deinem Vater das Gold anzubieten. Er schrie, er würde eher lebende Kröten fressen, als noch einmal mein dreckiges Barbarengesicht zu sehen. Da … zog ich es vor zu gehen.«

Statt ihn für diese Beleidigung umzubringen, denke ich mit einem Frösteln. Manch anderer Söldner hätte es getan – im Wissen, dass die Lady ihn sicher nicht bestrafen würde. Ich hätte nie gedacht, dass ein Mann so viel für meine Schwester zu geben bereit wäre. Nicht nur sein Geld. Sondern vor allem seinen Stolz.

»Hast du Liljann das Gold gezeigt?«

»Hältst du mich für so dumm? Sie würde denken, ich will sie kaufen.«

Ich unterschätze ihn wohl immer noch. Und dennoch, etwas Dümmeres, als unseren Vater anzusprechen, hat er nicht tun können.

»Warum ausgerechnet Liljann?«, will ich wissen. »Was gefällt dir so sehr an ihr?«

»Warum brauche ich Luft zum Atmen?«, stößt er hervor. »Warum verdurste ich ohne Wasser? Der Duft ihrer Haut verfolgt mich wie ein Nachtmahr. Und dann ihr Mund, ihre Stimme, ihre Art zu tanzen, ihr Stillhalten und sogar die Art, wie sie mich anschweigt – es ist alles und noch viel mehr. Ich brauche sie! Und ich werde alles dafür tun, sie zu bekommen.« Diese Antwort schickt mir einen Schauer über den Rücken. *Aber vielleicht hat er einfach nur eine rauere Art, über Liebe zu sprechen.*

Er legt die Hand auf den Hals seines Reitpferdes. Der Kaltblüter legt die Ohren an, aber er verharrt. Dann bemerke ich, dass das Pferd gesattelt ist. »Was hast du vor?«

Sie zu entführen? Mir wird kalt bei dem Gedanken. *Traue ich es ihm etwa zu?*

»Wenn du versuchst, sie mit Gewalt fortzuschleppen ...«

»Das denkst du von mir?« Er lacht verächtlich auf. »Du sprichst schon wie dein Vater. Wenn ich Liljann entführen wollte, könntest auch du mich nicht aufhalten. Nein, hier geht es nur um Hirsche. Ich habe welche gehört. Nachts fühlen sie sich sicher. Ich wollte sie hertreiben, damit wir morgen welche finden.«

Jetzt komme ich mir dumm vor. »Ich wollte dich nicht beleidigen. Und du ... treibst die Hirsche in unser Jagdrevier? Ich dachte, sie lassen sich nicht beherrschen.«

»Hätten wir sonst schon vier erlegt? So viele gibt es nicht mehr im Grenzland. Ihr habt es leergejagt und die Lady weiß das, sonst würde sie keinen so hohen Tribut fordern. Aber ich hole uns neue Tiere von der anderen Seite.«

»Wie?«

Heute gefällt mir sein Lächeln nicht. »Wir haben unterschiedliche Arten der Jagd, Tajann. Du weißt, wovor Hirsche sich nicht fürchten, und nutzt das Wissen, um nah an sie heranzukommen. Bei mir ist es umgekehrt. Ich weiß genau, was ihnen Angst macht. Das ist mein Kapital – zu wissen, wovor andere zittern.« Er zieht mit einem Ruck den Sattelgurt fester. »Und du, Tajann? Warum muss es für dich unbedingt die Zitadelle sein?«

Ich weiche Voloks Blick aus. Aber die Münzen scheinen mich zu verhöhnen. Sie schimmern genau wie Janeiks Haar. »Das geht dich nichts an.«

»Wie du meinst.« Volok schwingt sich in den Sattel.

»Willst du das ganze Geld einfach so liegen lassen?«

Er zuckt mit den Schultern. »Kannst du es brauchen? Nimm es! Im Grauland ist es nutzlos. Und wenn du zur Zitadelle willst, lass dir etwas einfallen, um euren Vater umzustimmen.« Er lächelt ohne Wärme. »Denk an die Jagd. Verlockung oder Furcht – beide Wege führen zum Ziel.«

Vaters Ziel, denke ich. *Noch drei Hirsche, um sich vom Felskerker freizukaufen.*

Und dann, ganz plötzlich, weiß ich es! Es ist so einfach, dass ich mich frage, ob ich die letzten Tage völlig blind gewesen bin. Manchmal ist Furcht vielleicht wirklich die bessere Waffe. »Warte!«

Ich springe über das Geld hinweg und folge Volok in den Schatten außerhalb des Feuerscheins. In der Finsternis der Sommernacht ist er ein dunkler Umriss. Mit seinem Fellumhang wirkt er einen Herzschlag lang wie etwas anderes, etwas, das kein Soldat ist, kein Söldner und auch kein Barbar.

»Was?«, fragt er mit rauer Stimme.

Noch einmal zögere ich. Worte können wie Pfeile und Gewehrkugeln sein. Wenn sie einmal auf ihr Ziel zuhalten, gibt es kein Zurück. Nicht für mich und nicht für Liljann. Kann sie mit ihm glücklich sein?, denke ich. Aber vielleicht ist das gar nicht die Frage. Die Frage lautet im Grunde: sie oder ich. Kann ich hier weiterleben? Lebendig begraben im Totenhaus?

»Sag auch Liljann nichts von dem Geld und jag die Hirsche fort«, sage ich leise. »Alle! Vater darf keinen einzigen mehr finden.«

Volok versteht und streckt mir die Rechte hin. Diesmal schlage ich ein. Er packt so fest zu, dass es fast schmerzt.

»Keine Hirsche mehr«, sagt Volok. »So sehr ihr auch danach sucht.«

Das Feuer knistert und faucht, ein warnendes Windflüstern streicht durch mein Haar wie unsichtbare Finger. Ich verschränke die Arme, so kalt ist mir plötzlich. Jetzt ist es ein Pakt um meine Schwester. Und es gibt kein Zurück.

Vaterhaus

Es ist die letzte Nacht vor Ablauf der Frist und in unserem Haus schläft seit Tagen niemand mehr. Liljann läuft mit verweinten Augen herum und Vater sieht aus wie ein Werwolf. In seinem Haar hängen Blätter und Rankenfasern, die er nicht mehr herauskämmt. Seit Tagen hat er die Jagdkleidung nicht gewechselt. Unsere Finger sind aufgeschürft von den Zügeln, so viele Stunden reiten wir durch Wälder, die wie ausgestorben sind. Nicht einmal Wildschweine oder Füchse begegnen uns. Ich bin froh, dass ich keine Zeit habe, darüber nachzudenken, wie Volok das geschafft hat. Trotz der Schlaflosigkeit muss ich einen klaren Kopf bewahren. Unter dem Vorwand, dass Liljann uns bei der Jagd helfen soll, hatte ich sie überredet, mit Volok ein Jagdgespann zu bilden. Sobald Vater und ich fort sind, sattelt Volok seine beiden Pferde und reitet heimlich mit Liljann in das Grenzgebiet. Jeden Tag ein Stück tiefer ins Grauland, als wäre meine Schwester ein scheues Pferd, dem er versucht, durch Gewöhnung die Angst zu nehmen. Es ist eine gute Strategie. Vater darf nicht wissen, dass Liljann und Volok die Tage zusammen verbringen, und das Geheimnis schweißt sie zusammen. Gestern Nacht habe ich Liljann gesehen, wie sie neben Volok am Feuer saß und um Vater weinte. Und Volok war klug genug, ihr nicht einmal den Arm um die Schultern zu legen. Es ist ein Schauspiel, das wir beide aufführen, mühsam unsere wahren Gedanken und Absichten verbergend. Ich sehe es an Voloks Augen und spüre dieselbe glühende Ungeduld. In den wenigen Momenten, in denen ich mir die Erschöpfung aus den Knochen schlafe, träume ich von Janeik, quälend nah und unerreichbar.

Ich erschrecke zu Tode, als eine Hand sich auf meine Wange legt, und fahre hoch. Es ist nur Liljann. Erleichtert lasse ich mein Gewehr wieder los. »Was ist?«

»Wir haben auch heute keine Hirsche gefunden«, sagt sie mit erstickter Stimme.

»Wir auch nicht, es ist wie verhext. Tut mir leid, Liljann.«

»Du kannst ja nichts dafür.«

Ich bin froh, dass es im Zimmer dunkel ist. Ich bin eine gute Lügnerin, aber jetzt weiß ich nicht mehr, ob ich es ertragen würde, ihr in die Augen zu sehen.

»Vater weint«, sagt sie leise. »Ich wollte ihn trösten, aber er hat mich als Barbarendirne beschimpft und aus dem Zimmer gejagt.«

Sie umarmt mich und vergräbt den Kopf in meiner Halsbeuge. Ich spüre das Beben eines zu schnellen Atemzugs und streiche ihr behutsam über das glatte Haar, bis das unterdrückte Schluchzen verebbt.

»Er meint es nicht so, Liljann, die Angst vor dem Kerker raubt ihm den Verstand.«

»Ich weiß. Aber es ist so hoffnungslos. Morgen ist der letzte Tag. Wir werden keine Hirsche mehr finden. Freikaufen können wir Vater auch nicht.«

Ich versuche nicht, an den Beutel mit Geld zu denken, der unter der Pritsche versteckt ist, eingewickelt in das samtblaue Kleid, das Vater ganz sicher nicht mehr anfassen wird. Ich schiebe Liljann sanft von mir weg. Ich kann ihre Gestalt im Mondlicht erkennen, den Glanz von Haar, den silbrigen Bogen ihrer Wange.

Es ist der Moment für das Gespräch, auf das ich mich seit Tagen vorbereite. Jetzt ist mir nur noch elend zumute. Aber irgendein Teil von mir schafft es, dem Plan zu folgen. »Ich habe nachgedacht«, flüstere ich. »Eine Chance gibt es – vielleicht.« Liljann hält den Atem an und wartet. »Ich muss zur Lady. Du hattest recht, sie hasst unseren Vater, aber mir wird sie zuhören. Doch dafür brauche ich deine Hilfe.«

Sie zögert keine Sekunde. »Was soll ich tun?«

Ich stehe auf und gehe zum Fenster. In der Spiegelung der Fensterscheibe sehe ich Liljann hinter mir auf der Pritsche sitzen. Jetzt, da sie sich dem Fenster zuwendet, fällt ihr Mondlicht auf das Gesicht. Sie bemerkt nicht, dass ich sie beobachte, und mir wird kalt. Ihre Blicke wandern umher, als würde sie etwas Unsichtbarem folgen. Ein Schauer läuft mir über den Rücken, so unheimlich wirkt es. Ich drehe mich um.

»Ich darf erst wieder in die Zitadelle, wenn ich frei bin. Das hat die Lady mir an jenem Abend angeboten. Sag Vater, dass du gehen willst! Von allein wird er dich nicht wegschicken. Sobald er dich freigesprochen hat, kann ich in die Zitadelle.«

Volok hat recht, wir sind beide Jäger. Und Liljann ahnt nicht, dass ich mich an sie herangepirscht habe, indem ich ihr vormache, ein Wesen zu sein, das in dieselbe Richtung läuft. Noch nie kam ich mir so schäbig vor. Und gleichzeitig so verzweifelt entschlossen.

»Geht es wirklich nur um Vater?«, fragt sie. Ich erschrecke. Aber als sie fortfährt, wird mir klar, dass meine Schwester nichts ahnt. Gar nichts. »Wenn ich nicht gehe«, sagt sie, »siehst du auch Firan nie wieder.«

Es war weniger eine Frage für Tajann, ich wollte sehen, wie die Wilen auf den Namen ihres Geliebten reagierten. Als ich Firans Namen aussprach, schien sich eine Last auf Tajanns Schultern zu senken. Sie wirkte plötzlich so müde und niedergeschlagen, dass ich sie am liebsten in den Arm genommen hätte. »Ach Liljann«, sagte sie mit erstickter Stimme. »Das ist mein geringstes Problem. Unser Vater wird ohne Licht und Wärme zugrunde gehen, zusammengepfercht mit Mördern und Verrückten in feuchten eiskalten Felskellern, während augenlose Spinnen und Käfer ihm über den Leib kriechen. Ich kann dir nicht übelnehmen, wenn du mir nicht glaubst, aber um Vaters Tod zu verhindern, würde ich … sogar auf ein Wiedersehen mit Firan verzichten.«

Wenn die Wilen nun gefeixt und gelacht hätten, hätte ich an Tajanns Aufrichtigkeit gezweifelt. Aber Tajanns Feen waren schon bei der Erwähnung von Firan noch stiller und ernster geworden und runzelten besorgt die Stirnen. *Sie sagt die Wahrheit. Wilen lügen nicht.*

»Selbst wenn ich Vater darum bitte – er hasst Volok ebenso sehr wie die Lady«, flüsterte ich.

»Ich werde mit Vater sprechen«, sagte Tajann.

»Du willst ein gutes Wort für einen Barbaren einlegen? Warum?«

Sie seufzte tief. »Hat er dir erzählt, dass er mich vor einer Raubkatze gerettet hat? Er hätte sie töten können, aber er hat sie nur verscheucht. Er mag manchmal finster und grob wirken, aber er hat ein gutes Herz.«

Die Geschichte mit der Raubkatze kannte ich, aber nicht von Volok. Ich hatte Tajann heimlich belauscht. Aber die Tatsache, dass Volok dem Tier sein Leben geschenkt hatte, war mir neu und berührte mich.

»Kannst du dir gar nicht vorstellen, mit ihm zu gehen, Liljann?«

Ja und nein. Aber ich wagte nicht, es auszusprechen. Wer war ich, dass ich in Anbetracht von Vaters Leben wählerisch sein durfte? *Und dennoch …*

»Es geht zu schnell, Tajann. Bis zum Herbst könnte ich mir sicherer sein …«

»Bis dahin ist Vater tot und das weißt du! Niemand überlebt im Kerker. Und der Lady wäre es doch nur recht, wenn er stirbt. Dann wäre sie unser Vormund. Du weißt, dass sie dich lieber heute als morgen ins Grauland jagen würde. Du gewinnst also bestenfalls zwei Wochen – falls Vater überhaupt so lange durchhält.« Sie seufzte. »Es ist deine Entscheidung. Ich kann dich nur aus ganzem Herzen darum bitten, Liljann. Wenn du Vater wirklich retten willst, hast du nicht die Wahl, bis zum Herbst zu warten.«

Ich wusste, dass sie recht hatte. Aber trotzdem hatte ich plötzlich das Gefühl, ersticken zu müssen. Ich rang nach Luft und Tajann huschte zu mir und zog mich an sich, wiegte mich in ihrer Umarmung, bis ich ruhiger wurde. »Wovor fürchtest du dich denn so sehr?«, murmelte sie in mein Haar.

»Ich weiß es nicht. Volok ist … er ist eifersüchtig. Manchmal denke ich, er will mich besitzen.«

Tajann kniff mich leicht in den Arm. »*Mirabar*, träumst du? Natürlich will er das. Er liebt dich! Und ich wäre beleidigt, wenn ein Mann, der mich liebt, nicht eifersüchtig wäre.«

»Ist es Firan auch?«

Ihr Lächeln war so vorsichtig, als dürfte sie ihre Erinnerungen nur auf Zehenspitzen betreten wie einen verbotenen Raum. »Natürlich.«

»Aber woher weiß ich, dass ich Volok liebe? Woher weiß ich, dass ich das Bett mit ihm teilen kann und …«

Ich sprach nicht weiter. Und jetzt lachte meine Schwester, obwohl die Wilen noch besorgter dreinschauten. »Du machst dir immer viel zu viele Gedanken. Volok gefällt dir doch – und du hast ihn doch sicher schon geküsst?«

Mein Schweigen verriet mich wohl. Aber komischerweise war der Kuss in meiner Erinnerung seltsam verblasst, wie ein Traum.

»Firan und ich haben uns auch geküsst«, raunte Tajann mir zu. »Ich träume jede Nacht von ihm, aber als wir uns das letzte Mal sahen, gingen wir im Streit auseinander. Niemand liebt sofort und vom ersten Augenblick an. Und Angst und Zweifel sind ein gutes Zeichen, dass eine wirkliche und tiefe Liebe daraus entstehen wird.«

Ich hob den Kopf. »Wirklich?«

Sie schaute mir in die Augen und nickte. »Vertrau mir, *Mirabar*, niemand kennt dich besser als ich. Auch wenn du es selbst noch nicht wahrnimmst: Volok ist der Richtige für dich.« Zärtlich strich sie mir das Haar über die Schultern auf den Rücken und nahm meine Hände. Meine Fäuste lösten sich bei dieser Berührung. »Und denke auch an uns beide. Was könnte uns Besseres passieren als ein Bräutigam für dich, der unserer Lady dient? Volok ist in ihrem Auftrag im Grauland unterwegs und sucht nach Schätzen. Vielleicht sehen wir uns eines Tages wieder!« Ich fragte mich damals nicht, woher Tajann von Voloks Plänen wusste, viel zu jäh blühte die Hoffnung in mir auf.

»Ich weiß genau, was du fühlst«, setzte Tajann zärtlich hinzu. »Denn wir fühlen dasselbe. Jeden Tag, jede Stunde zweifle ich und manchmal fürchte ich mich sogar, Firan wiederzusehen. So ist die Liebe nun mal.«

Ich vertraute Tajann. Warum hätte ich ihr nicht vertrauen sollen?

Die Lady hat mich während des siebten Tanzes nicht belogen. Es ist wirklich eine harte Lektion, die Menschen, die man liebt, zu verraten. Es legt eine ganz besondere Art der Schwere auf die

Seele, ein Siegel aus Blei, das lerne ich in dieser Nacht, während ich meine Schwester in den Armen halte. Sie ist beruhigt eingeschlafen, ihr Kopf liegt an meiner Schulter, und noch im Traum hält sie mich fest umschlungen.

Ich weiß nicht, wann ich trotz allem weggenickt bin. Geweckt werde ich von Hufschlag. Auf der Pritsche, auf der wir gelegen haben, bin ich nun allein.

Zwei Soldaten halten in einiger Entfernung von unserem Haus, dort, wo die aufgespannten Hirschfelle in Holzrahmen trocknen. Die Männer nehmen die Felle ohne zu fragen ab und packen sie auf die Pferde. Sie steigen nicht wieder auf, sie warten nur. Die Botschaft ist klar. *Felle, Geld oder Kerker.*

Ich finde Vater auf dem Bett kauernd, beide Hände um die Waffe gekrampft. Es tut weh, ihn so zu sehen – noch in seiner Jagdkleidung und dennoch nackt vor Angst. Ich mag es nicht, ihn zu berühren, aber heute tut er mir so leid, dass ich mich an sein Bett setze und ihm die Hand auf die Schulter lege. Er presst die Waffe an seine Brust. »Sie sind draußen, nicht wahr?«

»Ja, Vater. Zwei Soldaten warten darauf, dich heute Abend abzuführen.«

»Nicht lebendig«, spuckt er mir entgegen. »Wenn die Lady mich haben will, wird sie mehr als zwei Männer opfern müssen.«

Aus geröteten, weit aufgerissenen Augen sieht er mich an. Tiefe Schatten furchen sein Gesicht, er ist um Jahre gealtert. Trotz allem hasse ich die Lady in diesem Moment dafür, dass sie ihn so quält. Und mich selbst hasse ich, weil ich ihn schelte wie ein Kind.

»Reiß dich zusammen. Willst du dein Todesurteil sprechen? Wenn du die Soldaten angreifst, stirbst du auf jeden Fall. Und wie ich die Lady kenne, wird sie dich mit Vergnügen auf den Scheiterhaufen stellen. Also gib mir die Waffe!« Ich lege meine ganze Autorität in diesen Satz und packe den Lauf. Und es ist beschämend, dass mein Vater mir gehorcht. Ich sichere das Gewehr und stelle es in die Zimmerecke.

»Liljann will weg«, sagt Vater heiser. »Sie war hier, mitten in der Nacht. Jetzt verlassen mich alle wie Ratten das sinkende Schiff!«

»Unsinn, Vater, niemand verlässt dich.«

»Ach ja?« Er lacht verzweifelt auf. »Glaub nur nicht, ich durchschaue dein falsches Lächeln nicht. Du wirst verschwinden, sobald Liljann fort ist. Und ich verrecke im Kerker, darauf wartet ihr doch alle.«

Es ist seltsam. Obwohl er ahnt, dass ich nicht ehrlich bin, bin ich dennoch gekränkt.

»Hätte ich mit dir Tag und Nacht gejagt, wenn ich dich tot sehen wollte?«, fahre ich ihn an. »Hätte ich unter Einsatz meines Lebens und bis zur völligen Erschöpfung vier Felle für dich erbeutet? Mutter würde sich schämen zu hören, wie du deine treuen Töchter beleidigst! Und sie würde sich schämen für deine Feigheit!«

Das hat gesessen. Ein Abglanz meines zornigen, stolzen Vaters flammt auf, und ich weiche nicht aus, als er ausholt. Noch nie in meinem ganzen Leben hat er die Hand gegen mich oder Liljann erhoben. Meine Wange brennt von dem Schlag, aber ich bin nicht wütend. Es ist ein kleiner Preis für meinen Verrat.

»Tajann, es … es tut mir leid.« Er vergräbt das Gesicht in den Händen. »So weit ist es mit mir gekommen.«

Ich atme durch. »Liljann will mit dem Barbaren fortgehen, ja. Sie liebt ihn nämlich, frag mich nicht, warum. Und ich – ja – will in die Zitadelle. Aber nicht, um dich zu verlassen. Sondern weil es Zeit ist, dass wir die Verbannung endlich hinter uns lassen. Du hast selbst gesagt, es muss ein Ende haben! Ich kann nicht verhindern, dass sie dich verhaften werden, aber ich reite mit dir und werde erreichen, dass die Lady dir verzeiht und dich freilässt. Halte eine Woche im Kerker durch. Du bist tapfer und stark, du schaffst es. Ich hole dich aus dem Felsen, ich schwöre es.«

Als er den Kopf hebt und mich ansieht mit dem waidwunden Blick eines Mannes, der nicht mehr zu hoffen wagte, habe ich einen Kloß in der Kehle. Ja, ich werde ihn retten, auf gewisse Weise habe ich es schon getan. Ginge es nach der Lady, wäre er schon tot. Aber diese Art von Tochter bin ich nicht und werde es nie sein. Es tut gut, das zu spüren.

Ich streiche ihm das Haar aus dem Gesicht, so, wie ich es manchmal bei Liljann mache. »Wir werden wieder in der Stadt leben, Vater, du und ich. Aber dafür … musst du Liljann wegschicken. Sonst lässt die Lady mich nicht zu sich. Ich flehe dich an, Vater, rette dein Leben.«

Er schluckt mühsam, sein Adamsapfel hüpft auf und ab.

»Du betrügst mich doch nicht?«, sagt er heiser. »Lida hat mich betrogen, weißt du? Sie sagte, sie reitet allein zur Jagd, aber das war eine Lüge. Es steckte ein Mann dahinter. Sie lachte nur, als ich es ihr auf den Kopf zusagte, sie verspottete mich. Aber ich habe es immer gewusst.«

Ich wusste es nicht. Ich bin selbst überrascht, dass ich nicht entsetzter bin. Auf eine Art fühle ich mich meiner Mutter plötzlich so nahe wie selten.

»Ich bin aber nicht Lida, Vater«, sage ich eindringlich. »Schau mich an! Ich bin Tajann, deine Tochter, dein Fleisch und Blut.« Ich nehme seine Hand und drehe die Handfläche nach oben. Dann halte ich meine neben seine. Die gleichen Striemen und Schwielen von den Zügeln, mein Siegel und Beweis. »Wir sind gleich. Wir lassen die, die wir lieben, nicht im Stich. Niemals.«

Es gibt diesen Moment, wenn das Schicksal eines Hirsches besiegelt ist. Da wissen wir es beide – das Tier und ich. Wir wissen, wer sterben wird und wer siegt. Ich wusste nur nicht, dass es bei Menschen genauso ist.

»Du hast recht«, sagt Vater mit gebrochener Stimme. »Ich liebe Liljann einfach zu sehr, und ja, vielleicht war es ein Fehler, sie so lange zu halten. Ich bin kein selbstsüchtiger Mann, das weißt du. Aber es bricht mir das Herz, sie einem Wilden zu überlassen.«

»Ein Wilder, der Liljann beschützen wird und bei unserer Lady hoch angesehen ist. Das kann uns von Nutzen sein.« *Und du wirst sie ohne eine Träne fortschicken, du Heuchler. Denn das Einzige, was du noch mehr liebst als mich, ist dein eigenes Leben.*

Und wie sehr liebst du deine Schwester?, flüstert es in mir.

»Mach dir keine Vorwürfe, Vater«, sage ich mit fester Stimme. »Liljann wird glücklich sein. Ich kenne sie!«

Draußen poltern volle Eimer auf die Schwelle und Liljann stürmt ins Haus, an den Sohlen Moos und Schlamm. »Da draußen warten Soldaten!«

Vater starrt sie an, als würde er sie zum ersten Mal sehen. Sie trägt die grobe Arbeitshose, die Mila ihr genäht hat, und sieht mit ihrem offenen Haar, in dem Tannennadeln hängen, aus wie ein Waldmädchen. Sie ahnt nicht, dass sie mit diesem Bild ihr Schicksal endgültig besiegelt.

Vater strafft die Schultern, kämmt sich mit den Fingern das Haar zurück und steht auf, plötzlich aufrecht und stolz. »Bilde dir bloß nicht ein, dass ich dich dieser Kreatur ohne Bedingung überlasse«, herrscht er Liljann an. Meine Schwester schnappt nach Luft und sucht Halt am Türstock. Ihr erschrockener Blick findet meinen. Ich lächle ihr beruhigend zu, aber auch mir schlägt das Herz bis zum Hals. »Du wirst mein Haus verlassen, wie es sich für eine VanTorra gehört, mit eigenem Pferd und eigener Waffe«, sagt unser Vater, ganz der strenge Edelmann. »Und dieser Barbar heiratet dich, so wie es sich bei uns zivilisierten Menschen gehört. Nach unserem Brauch, mit allen Pflichten, die unserem Stand gebühren. Meine Tochter ist nämlich keine Beutefrau, die man auf sein Packpferd schnürt und den Wölfen zum Fraß vorwirft, sobald man seinen Spaß mit ihr hatte.«

Tauschpfand

Mein Hochzeitskleid roch nach Spinnweben und verstaubtem Lavendel. Die Stickereien aus Metallfäden – Lilien und Flammen – kratzten auf der Haut. Als ich vor den Spiegel trat, fühlte ich mich gefangener denn je. Alles, was ich hatte, waren Tajanns Worte. *Aber fühlt sich Liebe wirklich so an?* Die blasse Fremde im Spiegel konnte mir keine Antwort geben. Vorsichtig drehte ich mich. Der Rock mit dem leichten Saum schwang bei jeder Bewegung und erinnerte mich an den schnellen Schritt unserer Mutter an dem Tag, als ich sie das letzte Mal gesehen hatte.

Man hat uns nie erzählt, was an dem Tag, an dem sie starb, wirklich geschah. Aber ich weiß noch, wie sie am Morgen nach ihrem Verschwinden in den Hof getragen wurde. Ich hätte es nicht sehen dürfen, aber ich war entwischt, bevor mich eine Dienerin einfangen konnte, als ich Hufgeklapper im Hof hörte.

Was ich heute wieder vor mir sah, war ihr offenes Haar, das damals von der Bahre hing und den Boden streifte wie eine schwarze Schleppe. Und all das Rot. Die Wilen hatten ihr Krankenlager fluchtartig verlassen, als müssten sie dem Tod Platz machen. Und dass ich nach den Feenfrauen rief und sie anflehte, unsere Mutter zu retten, rief nur Befremden bei dem Arzt hervor und peinlich berührte Blicke bei den anderen. Für mehrere Tage wurde ich zu Nachbarn gebracht und eingesperrt. Nicht einmal Tajann ließen sie zu mir. Und als ich wieder herausgeführt wurde, heiser vom Schreien, da war meine Mutter schon begraben und Diener packten unsere Kisten für die Reise in die Verbannung. Eine Dienerin war bereits dabei, Mutters Kleider für Tajann und mich umzunähen. So trug ich Mutters schwarzsamtenes Hofdamenkleid als Trauergewand, das Kleid, in dem noch ihr Hautduft hing, und ich wagte kaum, mich zu bewegen, um diesen letzten Hauch meiner Mutter nicht zu vertreiben.

Heute, an meinem Hochzeitstag, schien sich all das auf gespenstische Weise zu wiederholen. Wieder trug ich eines ihrer Kleider und wieder packten wir unsere Sachen und ließen unser Haus und unsere Existenz zurück. Im Spiegel konnte ich hinter mir die Zitadelle sehen, wie eingerahmt im Fenstergitter, vergoldet vom Frühabendlicht. Und zum ersten Mal begriff ich wirklich, was dieser Abschied bedeutete. Diesmal ging ich alleine in die Verbannung. Der Weg von Tajann führte in die andere Richtung. *Sie wird Vater retten und am Hof leben. Sie wird mit Firan glücklich werden und die Lady wird sie lieben wie einst unsere Mutter.* Jetzt konnte ich nichts dagegen tun, dass mir die Tränen in die Augen stiegen. Tajann umarmte mich von hinten und legte das Kinn auf meine Schulter. Ihr Haar duftete schmerzlich vertraut nach Minze und Rosenöl.

Es ist seltsam, wie sehr alles in Düften wieder lebendig wird: Plötzlich erinnerte ich mich auch an das gewachste Holz in unserem Stadthaus, das Öl der Gemälde und den säuerlichen Geruch der Tinte in Mutters Schreibzimmer. Und an den Rosenpuder, mit dem sie die Worte ihrer Nachrichten bestäubte, um die Tinte zu trocknen. Mir kam es so vor, als dürfte Tajann nach Hause zurückkehren, während ich zurückblieb, und ich schämte mich dafür, weil ich sie so sehr beneidete, dass es sich fast wie Hass anfühlte. »Sei nicht traurig«, sagte Tajann. »Alles wird gut.« Aber ihre Augen leuchteten, als sie das Spiegelbild der Zitadelle betrachtete. Und für einen Moment war ich mir nicht sicher, ob sie wirklich zu mir oder zu sich selbst sprach.

Die Hochzeitszeremonie führte unser Vater auf der Wiese vor unserem Haus durch. Die einzigen Gäste waren von Mila in aller Eile zusammengetrommelt worden: drei alte Holzsucherinnen und ein paar Frauen aus der Waldsiedlung, die ich manchmal am Quellbrunnen traf. Sie kamen nur wegen mir, Volok fürchteten sie, das sah man ihnen an. Auch die Wilen hielten sich fern und drückten sich bei den Pferden herum. Als ich Ja sagte, weinte Mila, als müsste sie mich bestatten. Aber Volok lächelte mir zu und wiederholte feierlich den Schwur, den Vater ihm vorgab. Als er mir den eisernen Ring, dessen Metall aus einer Klinge stammte, behutsam auf den Finger schob, lief mir ein Schauer über den Rücken.

Kaum war die Zeremonie beendet, holten die Soldaten die Ketten hervor.

Noch heute bewundere ich Vater für seine Haltung. Nichts erinnerte mehr an den verzweifelten Mann von heute Nacht. »Geht!«, befahl er Mila und den anderen Frauen. Ich war erschüttert, dass er Mila nach all den Jahren nicht einmal verabschiedete, dafür umarmten ich und sogar Tajann unsere Gehilfin.

»Geh zur Wiege der Wünsche, mein Mädchen«, flüsterte sie mir ins Ohr. »Da wartet etwas auf dich. Lege es niemals ab. Niemals!«

Ich nickte zum Zeichen, dass ich verstanden hatte. Natürlich konnte sie mir hier kein verbotenes magisches Geschenk geben – nicht vor den Augen der Soldaten. Also küsste sie mich nur zum Abschied und ging mit den Frauen davon, ohne sich umzusehen. Vater wartete, bis sie außer Sichtweite waren. Ein Freispruch war eine Familienangelegenheit. Es war schlimm genug, dass die Anwesenheit der Soldaten diesen Moment entweihte.

»Wird's bald?«, knurrte einer von ihnen. »Der Kerker wartet.«

»Ihr kommt noch früh genug zu euren Huren«, sagte Vater leise zwischen zusammengebissenen Zähnen.

Tajann reichte mir ihren Jagddolch und eine Fackel, die mein Vater entzündete als Zeichen, dass ich das Feuer in neue Länder tragen würde. Das rote Samtband, das er dann um meinen Hals legte, stand für Glück im Kampf und als Talisman gegen das Verbluten. Es war fast zum Lachen. Als würde ich in die Welt ziehen, um mit Eisen und Feuer neue Gebiete zu erobern!

»Geh voran, Liljann VanTorra«, sprach Vater feierlich die traditionellen Worte. »Mehre die Ehre unseres Namens und unserer Heimat. Die Herzen deiner Ahnen und mein Schutz begleiten dich auf immerdar. Ich gebe dich frei.«

Er küsste mich auf die Stirn und ließ sich dann ohne Widerstand die Handschellen anlegen. Als Tajann mich umarmte, war es mit meiner Beherrschung vorbei. Ich weinte und die Wilen rollten mit den Augen und machten *Ts, ts*. Dann schaute ich der kleinen Prozession nach, bis ich zwischen den Bäumen nur noch das verklingende Klirren von Vaters Ketten hörte.

So ist es, eine Familie zu verlieren?, dachte ich. *Einfach so?* Voloks Hände legten sich auf meine Schultern. Er war mein Mann, ich hätte mich umdrehen und ihn umarmen sollen, mich trösten lassen, aber ich verharrte nur wie betäubt. Noch fehlte mir Tajann nicht, noch haftete ihr Haarduft an meiner Wange. Abschiede schleichen sich langsam heran, das sollte ich bald erfahren: das allmähliche Ausbluten von Vertrautheit und das schmerzliche Aufblühen von Erinnerungen, die stets viel strahlender oder dunkler sind als die Wirklichkeit.

»Wir müssen los«, hörte ich Volok sagen. »Wir haben einen Nachtritt vor uns. Und in diesem Kleid tust du dir keinen Gefallen.«

»Ich weiß. Warte bei deinem Lager auf mich. Ich ziehe mich um und … muss noch ein paar Sachen aus dem Haus holen.«

Ich war froh, dass Volok mir meinen Abschied ließ und mit seinen Pferden vorausging.

Aber ich brachte es nicht fertig, das verwaiste Haus zu betreten. Es war leer wie der Kokon eines Schmetterlings. Und es war Tajann, die daraus geschlüpft war.

Ich zog Mutters Kleid auf der Wiese aus und holte meine Reitkleidung aus der Satteltasche.

Dann führte ich Tajanns schwarze Stute, die man mir gelassen hatte, in den Wald.

Heute war die Wiege der Wünsche nicht schwer zu finden. Ich musste vor Rührung schlucken. Die Steine waren begraben unter Blumen und Bittgeschenken an die Geister. Noch nie hatte ich so viele magische Zeichen und Opfergaben gesehen, mit denen die Frauen die Geister nur um eines baten: Schutz für mich. Milas Geschenk hing an einem Ast. Ein kleines Lederamulett in Form einer Hand. Ich kannte sogar die Worte, die sie für den Zauber gesprochen hatte, damit die Hand mich vor dem Totenwesen verbergen konnte. Ich schniefte und steckte das Amulett ein. Und dann, als ich gerade gehen wollte, fiel mir in der hereinbrechenden Dunkelheit etwas milchig Weißes auf.

Die Rose, die ich auf den Stein gelegt hatte! Ich hatte sie ganz vergessen. Sie war vom Stein gerutscht – oder vielleicht hatten die Frauen Voloks Geschenk vom Altar gestoßen. Nun lag sie zwischen Steinen und Baumstamm. Sie hätte längst verwelkt sein müssen, aber sie blühte prächtiger denn je. Als ich sie aufhob, stutzte ich. Zarte Wurzelspitzen sprossen aus dem Stiel. *Sie wächst. Vielleicht ist das ein gutes Zeichen für meine Liebe zu Volok?* Ich überlegte, was ich den Geistern zum Tausch anbieten konnte, und entschied mich für die kleine Holzfigur des Hirschkönigs, die ich einmal im Walddorf gegen meinen Kamm eingetauscht hatte. Dann barg ich die weiße Rose in meinen Händen und rannte zurück zu meinem Pferd.

Teil II

Paläste und Zitadellen

Felsenherz

Die Soldaten ließen meinen armen Vater die halbe Strecke zu Fuß gehen. Mir verboten sie, vom Pferd zu steigen. Und sicher war es auch Absicht, dass sie den Weg durch die Stadt wählten. So kamen wir erst in der Morgenhelligkeit an, als die Stadt erwachte und die Menschen Velender VanTorra erschöpft und in Ketten neben den Pferden herstolpern sahen. Es waren bekannte Gesichter an den Fenstern. Ehemalige Nachbarn und Freunde, an die Vater sich besser erinnert als ich. Aber niemand kam heraus und bot ihm Wasser an. Und sie betrachteten mich interessierter als ihn, so, als sei er bereits tot und nur noch ein Gespenst. Ja, die Lady beherrscht es, in Bildern mit ihren Untertanen zu sprechen. Jedes Bild dient einem Zweck – Velender ist die Warnung, das Mahnmal eines Verbannten. Ich dagegen bin der lebende Beweis dafür, dass Lady Jamala gnadenvoll ist und Freund und Feind nicht nach Erbe und Blutlinien, sondern nur nach Taten einschätzt.

Ich bin sicher, sie sieht uns von einem der unsichtbaren Kontrollfenster in der glatten Monolithmauer zu, während wir nun im Nieselregen über die schmale Schluchtenbrücke balancieren. Ich kann nicht an Vaters Seite gehen, dazu ist dieser Steg zu schmal, aber ich laufe vor ihm, sodass er sich mit einer Hand auf meine Schulter stützen kann. Sie wiegt schwer von den Ketten. Ich frage mich, ob die Lady genau dieses Bild sehen wollte: wie ich ihr meinen Vater wie einen Gefangenen bringe. Aber die härteste Prüfung steht mir erst noch bevor. Verstohlen taste ich nach dem Lederbeutel mit den Goldjamaren. Es macht es leichter für mich. Lady Jamala wird Vater nicht vergeben, egal, was ich tue oder sage. Und er wird mich hassen. Auf Abbitte kann ich nicht hoffen, so gut kenne ich ihn. Aber er wird leben, zumindest das kann ich für ihn tun.

Bei Tag in die Zitadelle zu kommen, ist auf eine graue Art ernüchternd. Keine Spur von Festlichkeit und Prunk. Das hier könnte ein Soldatenfort sein, sogar die Mägde und alten Frauen tragen grobe Arbeitshosen. Regenschmutz und Schlamm legen einen brackigen Film auf die Marmortreppen. Eine Gruppe von Leuten in schlichten Kapuzenmänteln hinterlässt darauf helle Spuren. Unter dem Regenhimmel sieht man nun auch, dass die alte Barbarenburg wirklich eine Ruine ist, schartig und vernarbt, zusammengeflickt wie ein Veteran, der sich nie wieder aufrichten wird.

»Sieh an, da ist ja mein Jäger«, höre ich eine der Gestalten sagen.

Lady Jamala! Ich hatte sie nicht erkannt, die Regenkapuze verdeckt ihr fuchsblondes Haar. Als sie den Stoff zurückschiebt, enthüllt sie auch ihre Augenklappe. Heute ist es kein Juwelenauge aus Rubinen, sondern ein schmuckloser Lederflicken.

»Lass mich reden«, kann ich Vater noch zuflüstern. Dann packen Soldaten ihn schon an den Armen und zerren ihn ein paar Schritte von mir weg.

»Ich freue mich, dass du deine Frist einhalten konntest, Tajann«, sagt die Lady. »Was man nicht von allen hier behaupten kann.« Sie wendet sich Vater zu, betrachtet, was wir mitgebracht haben. »Vier Felle nur, Velender?«

Vater ist klug genug, um höflich zu antworten, ich kann nur ahnen, was es ihn kostet. Seine Hände sind zu Fäusten geballt. »Das Grenzland ist leergejagt, Mylady. Aber selbst der beste Jäger braucht ein Ziel, das er treffen kann.«

»Und jeder Herrscher ist nur so stark wie der Gehorsam und die Treue seines niedersten Untertans«, erwidert die Lady scharf. »Du hättest besser suchen müssen. Hast du wenigstens das Geld?«

Mein Vater schüttelt den Kopf.

»Dann denk im Felsenherz darüber nach, wie du das nächste Mal meine Forderung erfüllst. Führt ihn ab.«

»Mylady!« Ich beuge das Knie und senke den Kopf. »Darf ich mich von ihm verabschieden?«

Ein ungeduldiger Wink gibt mir die Erlaubnis.

Die Soldaten lassen Vater nicht los, als ich zu ihm trete. Doch ich will ihn umarmen, jetzt, solange er mich noch liebt. Ich lege die Arme um seinen Hals und schmiege den Kopf in seine Halsbeuge wie damals, als ich um meine Mutter weinte und nicht einmal zu meiner tobenden Schwester durfte. Mein Vater hielt mich damals fest und wiegte mich, bis ich trotz allem einschlief. Habe ich ihn je um Mutter weinen sehen? Ich weine nun – um ihn, um all das, was uns verbunden hat, so wenig es auch ist und war: unser Ehrgeiz bei der Jagd und das blinde Verstehen, wenn wir ein gemeinsames Ziel verfolgen. »Weine nicht«, sagt er heiser. »Alles wird gut, Tajann. Du bist stark, wir beide schaffen es wieder nach Hause zu kommen.« Es bricht mir das Herz, dass er mich zu trösten versucht.

»Leb wohl, Vater«, flüstere ich. »Und verzeih mir.«

Ehe er begreift, was ich tue, habe ich ihn losgelassen und gehe zur Lady. »Bitte erlaubt, dass ich meinen Vater für seine Verfehlung auslöse.« Schon habe ich den Beutel mit Voloks Münzen hervorgezogen. »Drei Felle fehlen. Das entspricht sechzig Silberjamaren oder sechzig Tagen Kerker. Zehn Silberjamare entsprechen einem Goldjamar. Sechs Münzen also für die Freiheit meines Vaters.«

Die Lady betrachtet das Geld auf meiner Handfläche. Etwas Asche klebt noch an einem Geldstück vom Lagerfeuer, an dem es gelegen hat. Ich kann Vaters Blick in meinem Nacken spüren, fragend und irritiert. Vermutlich sucht er noch nach einer logischen Erklärung, einem Plan, der immer noch ein »wir« beinhaltet.

»Und ich wage es, Euch um noch mehr zu bitten, Mylady«, setze ich vorsichtig hinzu. »Ich gebe Euch alles, was ich habe, wenn Ihr Velender VanTorra in Zukunft von Tributzahlungen verschont.« Damit schütte ich die restlichen Taler aus dem Beutel. Es sind zu viele, um sie mit einer Hand zu fassen, also fange ich die Goldflut in meinem Mantel auf. Mein Vater sieht es nicht, aber er hört das Klimpern nur zu gut.

»Tajann?«, höre ich ihn rufen.

Die Lady nickt mir anerkennend zu. »Schafft ihn aus der Zitadelle. Er ist frei, nach Hause zu gehen. Es ist ihm nie wieder erlaubt, sich näher als zwanzig Meilen vor der Zitadelle aufzuhalten. Wer ihn dennoch in diesem Umkreis antrifft, darf ihn straflos töten. Und was dich angeht, Tajann: Du hast die Aufgabe, die ich dir gestellt habe, gut erfüllt. Nun halte auch ich mein Versprechen. Willkommen an meinem Hof!«

Ich drehe mich nicht um, aber trotzdem kann ich fühlen, wie mein Vater endgültig begreift. Er schreit auf, ein roher, kehliger Laut, wie ich ihn nur von tödlich verwundeten Tieren kenne.

»Betrügerin!«, brüllt er dann. »Lügnerin! Hure der Lady!« Jedes Wort ist wie ein Hieb. So hört sich Liebe an, die unwiderruflich zerbricht. Und Hass, der auflodert und dessen Hitze mich sogar jetzt versengt, als ich mich Schritt für Schritt entferne. Etwas bricht auch in mir.

Mein Vater tobt und stemmt sich gegen die Ketten, ich höre, wie sie ihn aus der Zitadelle schleifen.

Ich darf mich nicht umsehen, obwohl mir die Tränen über das Gesicht laufen, sonst falle ich und stehe nie wieder auf.

Leute bleiben stehen und gaffen. Selbst als Vater draußen bei der Brücke ist, hallt sein Gebrüll von den Schluchtwänden wider.

Ich weiß nicht, wie ich bis zur Schwelle gekommen bin. Erst als die Lady stehen bleibt, bemerke ich, dass sie mich am Arm genommen und geführt hat. Wir stehen vor einem Seiteneingang ihrer Residenz. Das glatte, unscheinbare Gebäude scheint über mir in den Himmel zu wachsen. Die Fenster sind von außen schwarze matte Augen, aber von innen sind sie transparent, das hat meine Mutter erzählt. Ich bin sicher, dass Leute hinter den Augenfenstern stehen und uns beobachten. Ich versuche mir nicht vorzustellen, dass einer von ihnen vielleicht Janeik ist. Auch so habe ich das Gefühl, dass mir jederzeit die Beine wegsacken werden.

Die Tür öffnet sich wie von selbst und Lady Jamala geht mit schnellen Schritten voraus. *Reiß dich zusammen,* schelte ich mich. *Hör auf zu weinen.*

Aber das unterdrückte Schluchzen würgt mich, ohne dass ich mich dagegen wehren kann. Es ist verrückt, dass ich immer noch Vaters Hand auf meiner Schulter spüre, die Last seiner Ketten und noch mehr die Last seiner Worte. Aber dann wird mir klar, dass ich nicht nur deshalb weine. Sondern vor allem aus Erleichterung. »Worauf wartest du?«, ruft die Lady.

Ich atme durch und hebe das Kinn. Und dann mache ich den Schritt über die Schwelle.

Ich dachte, es würde der schwerste Schritt meines Lebens sein, aber es ist so leicht, als sei ich eine Feder, die der Wind zurück an ihren richtigen Platz geweht hat.

Die Geräusche bekommen einen anderen Klang, scharfe Laute in der Stille, jeder Schritt ein Echo. Kein Prunk, nur glatte Wände, grau und gläsern, Stahl und Eisen. In der Mitte dieses kahlen Raumes befindet sich eine Art Glaswabe. Die Lady erwartet mich schon dort. Mir wird ganz flau, als wir gemeinsam diese achteckige Kammer betreten. Unter dem Glasboden geht es endlos in die Tiefe, in der Schwärze kann ich Zahnräder und Ketten verschwinden sehen. Dann setzen sich die Räder in Bewegung – und wir schweben aufwärts, durch einen achteckigen Schacht in der Decke. Leises, mechanisches Klicken begleitet uns, während wir Stockwerk um Stockwerk nach oben gezogen werden. »In jedem Gebäude gibt es fünf solcher Aufzüge«, höre ich die Lady sagen. »Präge dir ihre Standorte ein. Ein weiterer Schacht reicht tief in den Berg hinunter, direkt in meinen Kerker, das Felsenherz. Du wirst erfahren, wo er sich befindet, wenn es Zeit dafür ist.«

Durch das Glas betrachte ich die Menschen. Sie tragen alle das schlichte Dunkelgrau von Beamten, die Frauen hochgeschlossene, strenge Kleider. Akten werden vorbeigetragen. Ich habe Angst, Janeik zu entdecken, und halte dennoch mit klopfendem Herzen Ausschau nach ihm. Aber hier im Verwaltungstrakt sind nur Bedienstete. Kaum jemand beachtet uns in dem Aufzug, wir schweben wie Geister durch die Räume dem nächsten Stockwerk entgegen. Nur ein junger Mann stutzt und bleibt stehen. Ich kenne dieses jungenhafte, freundliche Gesicht. Aber ich brauche ein paar Sekunden, um ihn wiederzuerkennen. Kaeled, erinnere ich mich. *Liljanns Tänzer.* Einen Stapel von Papieren an die Brust gepresst, starrt er uns mit offenem Mund nach, bis wir in das nächste Stockwerk verschwinden.

Wenn meine Mutter in die Zitadelle gerufen worden war und erst nach Tagen wiederkehrte, sagte sie, sie habe auf dem Dach der Welt die Wolken umarmt. Liljann liebte diese Geschichte und auch ich wollte sie immer wieder hören. Aber als ich jetzt im achten Stockwerk aus dem Aufzug trete, begreife ich, dass ich bis heute glaubte, es sei nur ein Märchen gewesen.

»Wein!«, befiehlt die Lady einem Diener. Der Mann huscht davon. Jeder Schritt hier ist lautlos. Meine Schuhe versinken fast in einem schwarzen Teppich. Alles hier ist dunkel – der Tisch aus poliertem Onyx, gebogen wie eine Sichel, und auch die Stühle. Aber über mir ballt sich der Regenhimmel! Nicht nur die Fensterfront, die von außen schwarz und matt ist, wird hier durchsichtig, auch die Decke ist aus diesem Material. Südöstlich erstrecken sich die Wälder in der Ferne, Berge, Täler jenseits der Zitadelle – und auf der anderen Seite sieht man den höchsten Punkt dieser Wehrstadt: den Richtplatz auf dem Berggipfel.

»Setz dich.« Ich gehorche wie in Trance, sinke auf ein Lederpolster.

»Trink einen Schluck, dann geht es dir besser.«

Der Wein ist herb, fast bitter, und über den Rand des Glases hinweg sehe ich in der Ferne die Schluchten, die meine Heimat waren. Jetzt weiß ich, warum man das Gebiet dahinter Grauland nennt: Leicht ansteigend erhebt es sich hinter der Grenzlinie im matten Graugrün von Rankenwäldern, überweht von Nebel. *Dort ist Liljann.* Erst als das Glas gegen meine Zähne klappert, begreife ich, dass mich wieder ein Schluchzen schüttelt. Ich schaffe es gerade noch, das Glas abzustellen, ohne den Wein zu verschütten. Ich will mein Gesicht hinter den Händen verbergen, aber die Lady beugt sich vor und umfasst meine Handgelenke. »Nein, Tajann, schäme dich nicht für deine Tränen.« Sie lächelt. Alles hätte ich erwartet, aber nicht so viel Freundlichkeit.

»Danke, Mylady.«

»Wofür dankst du mir?«, sagt sie sanft. »Dass du hier sitzt, ist dein eigener Verdienst. Das, was du heute zu tun gezwungen warst, ist die härteste Lektion, die es zu lernen gilt, das weiß ich nur zu gut. Und ich weiß, ich erscheine dir grausam. Aber ich konnte es dir nicht ersparen. Jeder, der das Haus der Macht betritt, muss als Erstes lernen, an der Schwelle alles, was er liebt, hinter sich zu lassen.« Ihr Zuspruch tut mir gut und auch ihr warmes Lächeln, während sie mir die Tränen mit ihren Fingerknöcheln abwischt, eine Geste, die mich an meine Mutter erinnert. »Der Kampf um die eigene Freiheit fordert große Opfer und viel Mut«, setzt sie leise hinzu. »Und er lässt uns nie ohne Verletzungen zurück. Die Bannmeilen für deinen Vater sind zu deinem Besten. Verstehst du das?«

Ich nicke. Ja, ich kenne meinen Vater.

»Du hast dafür gesorgt, dass er deine Schwester mit dem Grauländer davongehen ließ. Ein gewagter, aber mutiger Schachzug von dir.«

»Volok ist in Eurem Auftrag dorthin unterwegs, nicht wahr?«

Die Lady lächelt kryptisch. Ihr Blick schweift zu den Bergen. »Was sollte er dort wohl für mich suchen? Das Land ist zu nichts zu gebrauchen, aber es bringt manchmal gute Männer hervor, so wie Volok. Ich brauche Verbündete, die bereit sind, weiter zu gehen, als andere es tun würden. Dann bin ich auch bereit, ihnen das zu geben, was sie verlangen. Du hast die Feuerprobe bestanden, Tajann. Aber Wunden, die ein so heißes Feuer schlägt, brauchen lange, um zu heilen. Weine heute also um das, was du für immer verloren hast. Aber bereite dich auf die nächste Lektion vor: Kummer und Schwäche zu verbergen. Schau dich um, was siehst du hier?«

»Das Dach der Welt.« Ich höre mich kaum. Hier klingt jeder Laut dumpf, die Stimmen verlieren sich.

Und auch das Lachen der Lady wird sofort wieder von Leder und Stoff verschluckt. »So nannte Lida meinen Konferenzraum, ja. Schon damals war er das Zentrum meines Reiches. Auch wenn zu Lidas Zeit hier alles noch eher einem primitiven Barbarenfort glich. Es hat viele Jahre gedauert, in dieser Wildnis zumindest die Grundfesten unserer zivilisierten Welt buchstäblich aus dem Fels zu schlagen. Und wir sind noch lange nicht fertig damit. Aber darauf wollte ich nicht hinaus.« Sie tritt so dicht ans Glas, dass ich sie nur noch als Silhouette vor dem grauen gleißenden Horizont und den Bergen wahrnehme.

»Lerne von dieser Zitadelle, Lidastochter. Werde wie sie. Meine Festung zeigt nur, was ich die anderen sehen lassen will – meist eine glatte, undurchdringliche Mauer, manchmal Festschmuck, manchmal Feuer und Bestrafung. Aber dein eigenes Leid musst du verschließen, so tief und sicher wie einen Gefangen im Felsenherz. Und ebenso deine Sehnsüchte, deine Wünsche und auch deinen Triumph. Die wahre Stärke besteht nämlich nicht darin, seine Macht zur Schau zu stellen, sondern darin, von außen nicht einschätzbar zu sein, weder in den Schwächen noch in den Stärken.«

Ich nicke und wische mir die Tränen ab. »Ich werde Prinzessin Antija dienen, Mylady?«

»Du wirst mein Auge sein, ich will wissen, was sie denkt, was sie tut, mit wem sie spricht. Und ich will alles erfahren, was sie über ihre Vergangenheit und ihr Land zu erzählen bereit ist. Wie du Antijas Vertrauen gewinnst, ist deine Sache. Offiziell wirst du in meiner Bibliothek beschäftigt sein, bei den Archivaren. Nutze die Zeit, lerne alles über unsere Geschichte, unsere Kriege, Gesetze und Strategien. Das Grauland hat dich nicht zu interessieren, auch wenn deine Schwester jetzt dort ist. Wenn ich dich erwische, wie du auf eigene Faust Zeit verschwendest, versetze ich dich als Schreiberin in eine der Silberminen. Und was Antija betrifft: Schreib nichts auf, schick mir keine Nachrichten und sprich mich niemals an. Wenn ich einen Bericht von dir haben will, lasse ich dich zu mir bringen. Ohne Ausnahme. Verstanden?«

»Ja, Herrin. Werde ich gleich zu Antija gehen?«

»Nein, sie ist mit meinem Sohn noch auf einem Erkundungsritt. Er zeigt ihr die Silberminen.«

Ich muss die zweite Lektion schnell lernen. Als sie Janeik erwähnt, wird mir heiß, als hätte sie mich ertappt. *Kann ich das?*, denke ich. *Ihm ständig so nahe zu sein?* Im Augenblick ertrage ich nicht einmal die Vorstellung, ihn an der Seite seiner Verlobten zu sehen.

»Wann wird er sie heiraten?« Die Frage rutscht mir heraus und ich bereue sie sofort.

Die Lady schaut mich scharf an. »Normalerweise steht es dir nicht zu, das zu fragen. Aber ich sage es dir, als Information über Antija: In zwölf Wochen, die lange Verlobungszeit folgt der Tradition ihres Landes. Wozu das gut sein soll, kannst du ja herausfinden.«

Ich senke rasch den Blick. Darf ich so erleichtert sein, dass es noch so lange dauert? Und was ändert es?

Die Lady klatscht in die Hände. Eine ältere Dienerin scheint aus dem Nichts neben mir aufzutauchen, nicht einmal die graue Seide ihres Kleides raschelt. »Gib ihr ein Zimmer im Trakt der

Archivare«, befiehlt Lady Jamala streng. »Zeige ihr die Bibliothek und kleide sie ein, ich will, dass sie am Abendessen teilnimmt.«

Ich sinke in einen tiefen Knicks und will der Dienerin folgen, aber ein scharfes »Warte!« lässt mich erstarren. Lady Jamala tritt an mich heran und nimmt mein Gesicht in ihre Hände. Prüfend sieht sie mir in die Augen. Im grauen Tageslicht ist ihr Gesicht älter und sehr hager. Die Augenklappe wirkt wie die leere Höhle in einem Totenschädel. Und plötzlich habe ich doch Angst. *Bleib ruhig*, befehle ich mir. *Sie kann nichts von Janeik und mir wissen. Und ich bin nicht schuldig. Ein Kuss ist kein Verbrechen.*

Aber ich bin mir nicht sicher, ob Lady Jamala das auch so bewerten würde, und muss an die Geschichte denken, dass sie immer noch zwei Augen hat. Eines, das mich jetzt anstarrt. Und eines, das so unsichtbar ist wie die Fenster ihrer Festung – und das jedem mitten in die Seele sieht. Aber dann lächelt Jamala plötzlich und küsst mich sacht auf die Stirn. »Du hast große Opfer gebracht, um das Richtige zu tun, Tajann«, sagt sie liebevoll. »Lida wäre stolz auf dich!«

Schwarz und Weiß

Wir hatten in unserem Stadthaus damals auch Wasserhähne, aber daraus floss nur kaltes Quellwasser und im Frühjahr landeten sogar Kaulquappen im Waschbecken. Wir hatten keine Silberspiegel in allen Räumen und kein Badezimmer aus poliertem Marmor. Vor allem aber hatten wir kein Licht, das nicht von Feuer und Kerzen stammt, sondern hinter Glas glüht und ohne ein Flackern alles in gleißende Helligkeit taucht. Und trotzdem ist es ein Wiedererkennen, so genau hatte meine Mutter mir die Adelspaläste in ihrer alten Heimat beschrieben. Im Spiegel schaut sie mich mit einem Lächeln an. Zumindest bilde ich mir das ein, denn auch sie trug oft ihr schmales Hofdamenkleid aus schwarzem Samt. Es schließt mit einem Ringkragen eng am Hals ab, die Ärmel reichen halb über den Handrücken. *Werde ich Janeik heute wiedersehen?* Bei der Vorstellung schlägt mein Herz noch schneller und sogar meine warnenden Stimmen schweigen. Eine Weile zögere ich, aber dann stecke ich mir doch den einzigen Schmuck an, den die Lady bei ihren Damen duldet: eine Brosche mit einem Feueropal.

Der Speisesaal ist ebenso nüchtern und kahl wie der ganze Verwaltungstrakt. An den meisten Tischen sitzen Offiziere und ältere Beamte. Die Lady würdigt mich keines Blickes, als mir ein Platz ganz am Ende eines Seitentisches zugewiesen wird. In meinem Teil des Saales servieren keine Diener, es geht wie in einem Soldatenlager zu: Schüsseln stehen auf dem Tisch, Brot wird herumgereicht, jeder nimmt sich, was er braucht. Noch bevor ich mich setze, recken ein paar Leute die Hälse. »Das ist sie!«, höre ich jemanden flüstern. »Lidas Zweite.« Lächelnde Gesichter wenden sich mir zu, und ehe ich es mich versehe, bin ich schon umringt von Menschen. Ich bin überwältigt von dem herzlichen Willkommen: Fremde umarmen mich wie eine verlorene Tochter und versichern mir mit Tränen in den Augen, wie oft sie noch an Lida denken. Eine der Frauen kommt mir bekannt vor, sie hat ein breites, aber feines Gesicht und langes rotes Haar, das sie zu einem Zopf geflochten trägt. Aber sie ist so blass, dass sie neben den anderen Menschen hier kränklich erscheint. »Erkennst du mich denn nicht mehr, Tajann? Ich habe in der Stadt gewohnt – direkt neben euch. Nachdem ... diese schreckliche Sache mit Lida passiert war, habe ich deine Schwester bis nach der Beerdigung bei mir beherbergt.« Ja, jetzt erinnere ich mich an unsere Nachbarin. »Dimad heiße ich«, setzt sie herzlich hinzu und umarmt mich auch. »Willkommen bei Hof!« Erst als schlagartig alle verstummen und Stuhlbeine scharren, löst sich die Versammlung um mich auf. Hastig stehe ich ebenfalls auf.

Kühle streicht durch den Raum, graue Wolfshunde mit regennassem Fell traben an den Tischen entlang, eines dieser Ungeheuer schnappt sich im Vorbeigehen eine Hasenkeule von einem Teller.

Und dann sehe ich ihn.

Tausendmal habe ich diesen Moment in Gedanken durchgespielt. Und immer war ich souverän und kühl, unbewegt. Aber als Janeik nun an den Tischen vorbeigeht, ist alles anders. *Hör auf, ihn anzustarren,* befehle ich mir. Aber ich kann nicht anders. Sein Haar klebt ihm nass und schräg über der Stirn und in seinem Gesicht blitzt sein schiefes Räuberlächeln. Es nimmt mich wieder gefangen, ohne dass ich etwas dagegen tun kann. Aber das, was mich noch mehr aus der Fassung bringt, ist Antija. Beziehungsweise die Art, wie sie sich bei ihm untergehakt hat und zu dicht an seiner Seite geht. Schachfiguren? Hier wirken sie nicht so. Zumindest Antija sucht freiwillig seine Nähe, das ist nicht zu übersehen. *Feuerlord und Meeresprinzessin.* Ich dachte nicht, dass es mich so treffen würde. *Du hast kein Recht, eifersüchtig zu sein,* flüstern mir meine vernünftigen Stimmen ein. *Du wusstest es doch.*

Das stimmt, aber bis heute habe ich es offenbar nicht ganz geglaubt.

Und dann findet Janeik mich wieder, als hätte er meinen Blick wie eine Berührung gespürt. Auch er beherrscht die zweite Lektion der Mächtigen noch nicht gut genug. Er ist sichtlich überrumpelt. Sein Lächeln erlischt, die Zeit löst sich auf, als wäre seit unserem Kuss auf der Lichtung kein Atemzug vergangen. In diesen kostbaren, blau glühenden Sekunden gibt es nur noch uns und tausend Fragen, die zwischen uns flirren. *Vorsicht!,* schreit es in mir. *Jeder sieht, wie du ihn anstarrst!* Hastig weiche ich ein Stück zur Seite, verberge mich in der Gruppe von Mutters Freunden aus alter Zeit. Aber es ist zu spät. Die Prinzessin schaut im

Gehen über die Schulter und mustert mich misstrauisch, mit gerunzelter Stirn.

Erst als die Lady sie anspricht, reißt sie sich widerwillig von mir los.

»Setz dich zu mir, Tochter. Wie war es bei den Minen?« Es gibt mir einen Stich, wie herzlich die Lady Antija begrüßt – mit diesem Lächeln, das heute Morgen mir galt.

»Interessant, aber ein wenig einsam«, erwidert Antija. »Da Janeik beim Minenvorsteher gebraucht wurde und Ihr meine Eskorte fortgeschickt habt …«

Alarmierte Blicke fliegen über die Tische. Aber die Lady nickt nachsichtig.

»Ich verstehe, dass du verstimmt bist, aber ich bin sicher, dein Vater hat eine bessere Verwendung für so ausgezeichnete Soldaten. Und ebenso sicher bin ich, dass es auch in deiner neuen Heimat Menschen gibt, an denen du Gefallen finden kannst.«

»Und ich wette, Ihr habt sie schon für mich ausgewählt«, erwidert Antija freundlich. Der ganze Raum scheint den Atem anzuhalten. *Sie verbirgt ihren Zorn nur schlecht hinter ihrer Freundlichkeit.* Und prompt setzt sie nach: »Ich danke Euch für Eure Großzügigkeit. Aber ohne meine Leute bevorzuge ich das Alleinsein.«

Die Lady nimmt ungerührt einen Schluck Wein. »Deine Entscheidung, Tochter. Hier bei mir bist du ein freier Mensch.«

Wie beiläufig schweift ihr Blick über die Menge und bleibt den Bruchteil einer Sekunde an mir hängen. Ich verstehe sehr gut, was das alles bedeutet. *Sie nimmt Antija alle Freunde, um Platz für neue Vertraute an ihrer Seite zu schaffen. Und außerdem hat sie sich auf diese Weise möglicher Späher entledigt.*

Wir dürfen uns wieder setzen, sobald Janeik und Antija ihre Plätze an der Seite der Lady eingenommen haben. Ich bin froh, mich in Gespräche flüchten zu können, aber ich höre nur mit halbem Ohr hin. Viel zu sehr bin ich damit beschäftigt, Janeik zu ignorieren. Dafür beobachte ich verstohlen diese Prinzessin, deren Vertraute ich werden soll, nein: muss. Auch heute trägt sie das Weiß ihres Landes. Das Kleid hat beim Reiten einige Schlammspritzer abbekommen. *Wenigstens etwas Farbe,* denke ich. Ohne Perlen und Silberschmuck ist diese Nordländerin noch reizloser, mit blassen Augen wie ein Fisch und blauen Adern auf ihrer Stirn. Als sie am Wein nippt, muss ich an das Märchen von der Frau denken, bei der man sehen kann, wie der rote Wein durch ihre Kehle rinnt. Nun, den Wein sehe ich nicht, aber ihre Gedanken scheinen sich wie schwarze Schrift unter blassem Papier abzuzeichnen. Es sind Fragen. Und zwar keine freundlichen. Sie mustert mich scharf, feindselig. Dann schweift ihr Blick an mir vorbei. *Wie Liljann,* durchfährt es mich. Unwillkürlich schaue ich über meine Schulter, aber da ist nur die Wand neben der Tür.

»He!«, ruft Janeik. »Du da hinten, Mädchen im schwarzen Kleid!« Schlagartig wird mir noch kälter. »Ja, dich meine ich, mit dem Feuerherzen.« Alle Blicke wenden sich mir zu. Unwillkürlich verdecke ich die Feueropalbrosche mit der Hand. *Als würde das etwas ändern.*

»Ich kenne dich doch von irgendwoher«, fügt Janeik hinzu. »Wie heißt du?«

Ich starre auf die Tischplatte und hoffe, dass alle im Raum das für Schüchternheit halten. Dimad, die neben mir sitzt, stupst mich warnend an und ich gehorche und stehe auf. »Tajann Van-Torra«, antworte ich.

Sein herablassendes Erkennen ist gut gespielt. »Ach, die Tochter des Jägers?«

»Ja … Mylord.« Dieses Wort erstickt mich fast. Ich könnte ihn schlagen.

»Ein weiter Weg von deiner schäbigen Hütte im Grenzland bis hierher. Was führt dich zu uns?«

»Sie wird in der Bibliothek arbeiten«, antwortet die Lady an meiner Stelle.

Janeik lacht spöttisch auf. »Seid Ihr sicher, dass dieses Wildmädchen überhaupt lesen kann?«

Einige Leute am Tisch lachen gehorsam. Ich beiße mir so fest auf die Zähne, dass mein Kiefer schmerzt.

»Janeik.« Die Lady sagt es leise, beiläufig. Aber Janeik schenkt sich in aller Ruhe noch einen Wein ein und lehnt sich lässig zurück, ohne mich aus den Augen zu lassen. In den Falten meines Rockes balle ich die Hände zu Fäusten. *Was soll das Spiel, Firan?*

»Du bist die Zweitgeborene, wenn ich mich recht erinnere?«

»Das bin ich.«

Er runzelt die Stirn, als würde er wirklich angestrengt nachdenken. »Dann verstehe ich wohl etwas nicht. Du bist frei zu tun, was du willst. Und da kommst du ausgerechnet hierher – in die Löwengrube am Hof? Freiwillig?«

Das reicht. Meine warnenden Stimmen wispern, dass ich den Mund halten sein soll, aber ich kann nicht.

»Auch Ihr seid ein Zweitgeborener und habt freiwillig dieselbe Wahl getroffen«, erwidere ich etwas zu herausfordernd. »So falsch kann meine Entscheidung also nicht sein.«

Jetzt schaue ich ihm direkt in die Augen. Beunruhigtes Raunen wallt im Raum auf.

»Erlaubt Ihr nun, dass ich mich wieder setze, *Mylord*?«, füge ich hinzu. Er versteht genau, dass ich eigentlich *Soldat* sage. Und insgeheim triumphiere ich, weil er blass vor Zorn wird.

»Ich erlaube dir sogar zu gehen«, antwortet Janeik mit harter Stimme.

Oh nein, Firan, denke ich grimmig. *Du kommandierst mich nicht herum.*

Ich bleibe stehen – und sehe die Lady an, warte demonstrativ auf ihre Entscheidung, während die Leute zu tuscheln beginnen. Die blasse Barbarenprinzessin starrt mich an, als sei ich verrückt geworden.

Dimads Hand umschließt meine Faust. »Tu, was er sagt«, flüstert sie mir zu. »Hier ist kein Platz für falschen Stolz.«

Die Lady stellt ihr Glas so hart auf dem Tisch ab, dass der Wein verschüttet wird. »Du hast den Junglord gehört, Tajann. Wenn dir dein Leben lieb ist, lernst du besser schnell, dich zu benehmen, wie es sich an meinem Hof gehört. Und jetzt tu, was er sagt, und geh!«

Meine Knie zittern, während ich meinen Weg durch die Flure suche. Der Trakt mit den verwinkelten Bibliotheks- und Planungsräumen ist verwaist und ich bin froh, nicht einmal einem Diener zu begegnen. Kaltes Licht taucht nur vereinzelte Ecken in teigig-blassen Schein. Ich bin zu aufgewühlt, um in mein Zimmer zurückzugehen. Stattdessen flüchte ich mich in einen der unbeleuchteten Gänge und lehne mich an die Wand, versuche durchzuatmen. Aber hier ist es erstickend still und die Luft steht wie Brackwasser. Der Tadel der Lady klingt mir noch im Ohr. Natürlich musste sie mich zurechtweisen. Es war dumm von mir, mich mit Janeik anzulegen. Aber ich sehe sogar jetzt noch sein spöttisches Lächeln. Nicht einmal auf Liljann war ich jemals so wütend.

Ich kann es nicht, denke ich. *Ich kann ihm nicht jeden Tag begegnen und mich so sehr verstellen.*

Du musst es, widerspricht die Vernunft. *Zu deinem eigenen Besten. Halte dich fern von ihm und gehe deinen Weg!*

Ich atme durch und wende mich nach rechts, gehe mit festen Schritten in Richtung meines Zimmers. Ich sollte zusammenzucken, als mich jemand am Handgelenk packt und zu sich herumdreht. Aber viel zu vertraut ist die Berührung. Und viel zu sehr habe ich mich danach gesehnt.

»Bist du verrückt?«, flüstert mir Janeik zu.

»Bist du es?«, gebe ich zurück. »Was sollte das eben?«

»Widersprich mir nie wieder in Gegenwart meiner Mutter und ihrer Beamten, Tajann.«

»Dann behandle du mich nie wieder wie ein Stallmädchen, das du vor allen Leuten demütigen kannst!«

Janeik schüttelt verärgert den Kopf. Im Halbdunkel glänzt sein Haar auf wie Gold in einem tiefen schwarzen Gewässer. »Was hätte ich tun sollen, Tajann? Du tauchst aus dem Nichts auf und bringst mich völlig aus der Fassung. Jeder Idiot hat gemerkt, dass etwas nicht stimmt – sogar Antija wusste sofort, dass wir einander kennen. Ich musste dich ansprechen. Und freundlich durfte ich nicht zu dir sein, das weißt du genauso gut wie ich.«

Ich entwinde ihm meinen Arm mit einem groben Ruck. »Wir beide wissen genau, worum es hier wirklich geht. Du bist immer noch gekränkt, weil ich nicht die heimliche Affäre im Bett des Junglords sein will. Aber hast du nicht genug Anstand und Stolz, meine Entscheidung zu akzeptieren, statt mich vor allen Leuten zu beleidigen?«

Für einen Moment bin ich sicher, er würde mich am liebsten schlagen. Und für einen bizarren Moment wünsche ich mir sogar, er würde mich wieder an sich reißen. Aber da hören wir es beide.

Das Klappen einer Tür und ferne Schritte.

Etwas Seltsames passiert. Als würde jedes Wort plötzlich alle Bedeutung verlieren, finden unsere Hände ganz von selbst ineinander. Lautlos fliehen wir eine Treppe hinunter und tauchen in die Schatten. Hier unten brennt kein Licht, aber Janeik kennt die Wege in diesem Labyrinth und ich folge blind in der Schwärze, ohne zu fragen, wohin er mich bringt. Meine Schulter streift eine Tür, die Janeik lautlos hinter uns schließt. »Nach hinten links!«, flüstert er. Und ich umschließe seine Hand fester und lasse mich weiterziehen. Es muss die Bibliothek sein. Der Marmor unter meinen Sohlen ist glattgeschliffen von Millionen von Schritten und ich erkenne auch den Geruch von altem Leder und zu Sediment erstarrtem Buchleim wieder. Meine freie Hand streift über Buchrücken und ein Regal an der Wand. Janeik hält inne. Wir lauschen beide, angespannt, atemlos, aber niemand ist uns gefolgt. Wir sind allein mit unserem hastigen Atem und einer Sehnsucht, die das Dunkel zum Leuchten bringt. Ich lasse es zu, dass Janeiks Hände mich finden. Das Dunkel verwandelt uns, Worte werden unwichtig, nur noch unsere Körper haben ihre eigene Sprache. Diesmal sind seine Hände nicht fordernd, sie streifen vorsichtig, fragend über meine Arme und Schultern, umfassen meinen Hals. Ich erschauere, als seine Daumen über meine Mundwinkel streichen.

»Tajann!« Mein Name ist der Schauer eines heißen Atemstoßes an meinem Mund. »Verzeih mir. Aber ich war völlig durcheinander und hätte dich in Gefahr bringen können. Als ich dich vorhin sah, da dachte ich, jetzt bin ich vor Sehnsucht nach dir endgültig verrückt geworden und du verfolgst mich aus meinen Träumen bis in die Wirklichkeit …«

Lass mich los! Das sollte ich sagen und dann davonlaufen, so schnell ich kann, alles in mir schreit danach. Aber die Zärtlichkeit seiner Berührung entwaffnet mich endgültig. Es ist, als hätte er sich im Dunkeln in einen anderen Mann verwandelt – in Firan, dem mein Herz zufliegt. Und dann bin ich es, die den letzten Schritt macht. Ich lege die Arme um ihn, und wir fließen zusammen wie Teile eines Ganzen, die einander endlich gefunden haben. Diesmal raube ich ihm den Kuss und jedes Wort, das er nicht mehr sagen kann, weil meine Lippen es ihm verbieten. Irgendein Teil von mir weiß, dass es Wahnsinn ist, aber die Tajann der Dunkelheit nimmt Firan in Besitz, versinkt in seinem Duft und seinen Lippen, in der Leidenschaft, mit der er nun meine Umarmung erwidert. *Nur diesen Kuss noch,* sage ich mir. *Dann trennen wir uns.* Meine Hände gleiten unter Stoff, über Haut und Muskeln, die unter meiner Berührung zittern. Er stöhnt auf, als meine Zähne in einem viel zu ungestümen Kuss über seinen

Mund streifen. Und wir sinken beide, rettungslos. Meine Schultern streifen über Buchrücken und dann liegen wir halb, halb lehnen wir am Regal, und die Schwärze um uns ist voller Gefahr und Verlockung. Und als sein Mund meine Kehle findet, ein heißer, glühender Kuss genau dort, wo die Narbe des Hirschangriffs sitzt, gestehe ich mir endlich selbst ein, dass ich längst Ja gesagt habe, obwohl alles in mir ein Nein ruft. Schon unser erster Kuss, das wird mir nun klar, hat einen Pakt besiegelt. Ich halte inne, erschrocken über mich selbst. Und dann wird mir klar, dass mich noch etwas anderes aufgeschreckt hat.

Ehe ich weiß, was ich tue, habe ich schon die Hand auf Janeiks Mund gepresst. Er versteht sofort und verharrt. Mein Jägerinstinkt lässt mich auch hier nicht im Stich. Ich höre keinen Schritt und dennoch weiß ich, dass jemand hier ist. Eine Beleuchtung geht an, qualvoll hell. Es ist wie eine Ohrfeige aus Licht, die uns beide wieder zur Besinnung bringt. Jetzt sehe ich, wo wir uns befinden. *In der Falle.* Janeik hat uns in einen Winkel geführt, der von drei Seiten von Buchregalen umschlossen ist. Noch sind wir verborgen, aber jemand kommt zielstrebig den Gang entlang in unsere Richtung. Wir nutzen den Schutzschild der lauten Schritte, um aufzustehen. Dann hören die Absätze auf zu schlagen. Jemand steht und … lauscht? Ich kann spüren, wie auch Janeik den Atem anhält.

»Versuch erst gar nicht, mir etwas vorzumachen, Tajann!«, ruft Prinzessin Antija. »Ich weiß, dass du hier irgendwo bist.«

Jetzt rast mein Herz noch mehr. *Wie hat sie mich gefunden?*

Als ich meine Hand von Janeiks Mund nehme, sind seine Lippen ein blasser Strich und seine Augen hart und berechnend. Wir wissen beide, dass wir nur eine Möglichkeit haben. Und wir reagieren so eingespielt, als wären wir schon seit Jahren Jagdgefährten – *oder heimliche Geliebte.* Lautlos driften wir auseinander – er zum Regal an der Wand, während ich mir Kleid und Haar glattstreiche und ausatme wie vor einem Schuss. Dann trete ich ruhig und mit festen Schritten auf den Gang, lenke alle Aufmerksamkeit auf mich.

Antija steht wie eingerahmt von der großen Tür mitten im Gang, die Haut so farblos wie ihre blutleeren, zusammengepressten Lippen. *Weiß sie es? Aber sie konnte uns im Dunkeln doch gar nicht in die Bibliothek gehen sehen.*

»Herrin.« Ich senke ehrerbietig den Kopf.

Aus dem Augenwinkel erhasche ich einen Blick zwischen die Regale, wo Janeik sein müsste. Müsste. Aber er ist verschwunden. Für einen bizarren Moment frage ich mich, ob ich mir nicht alles eingebildet habe. Aber viel wahrscheinlicher ist es, dass es hier einen geheimen Ausgang gibt.

»Komm her, Tajann.«

Ich gehorche. Nach zehn Schritten bleibe ich stehen, ohne aufzublicken.

»Du bist also eine, die Zuflucht bei den Büchern sucht«, bemerkt Antija mit dieser lauernden Freundlichkeit, die mir schon vorhin unsympathisch war. »Ich hätte dich ja eher in der Waffenkammer vermutet. Aber Bücher sind nicht die schlechteste Wahl. Sie widersprechen niemals. Und vor allem … verraten sie einen nicht. Allerdings mache ich normalerweise das Licht an, um zu lesen.«

»Ich wollte einfach nur allein sein.«

Ich sehe ihre Schuhspitzen und den Rocksaum, als sie um mich herumgeht. Sogar die Reitstiefel sind aus Fischleder, das zwischen den getrockneten Schlammschlieren perlmuttfarben schimmert. Direkt vor mir bleibt sie stehen. »Ich habe dich durchschaut. Du bist eine Lügnerin.«

Jetzt ist mir noch heißer. »Bin ich das?«, sage ich ruhig.

Sie lacht leise auf, ohne Freude. »Sieh mich gefälligst an, wenn ich mit dir rede!«

Sie beherrscht es tausendmal besser als ich, ihre Gedanken zu verbergen. Ihr Gesicht ist weiße Leinwand. Ohne Zeichnung und

Schatten. »Du hast behauptet, dass du aus freien Stücken an den Hof gekommen bist, aber das war gelogen. Es war ein Handel. Du musstest dich auf Lebenszeit an die Lady verpfänden, um deinen Vater zu retten. Ein tragisches Schicksal für eine Zweitgeborene, mit ihrer Freiheit für die eines anderen zu bezahlen.«

Ich fühle mich, als hätte eine Gewehrkugel mich nur knapp verfehlt. Sie ahnt nichts. Und gleichzeitig wird mir klar, dass diese Geschichte meiner Opferung von der Lady sehr gezielt eingesetzt wurde. Jemand, den man bedauert, wird selten als Gefahr eingeschätzt.

»Was glaubst du?«, fährt Antija fort. »Wofür braucht dich meine Ladymutter?«

»Als Gehilfin in der Bibliothek.«

»Das ist die offizielle Version. Aber was hat sie wirklich mit dir vor?«

»Ich … verstehe nicht.«

Antija lächelt mitleidig. »Du bist ja wirklich ein naives Wildmädchen. Schade, dass dein Vater deine Treue nicht zu schätzen weiß. Ein Soldat musste ihn mit Gewalt über die Brücke schaffen und davonjagen. Und immer noch hat er dich verflucht und schwor, dich zu töten. Dich, seine Tochter! Er muss dich wirklich hassen.«

Ich sollte mich besser beherrschen können, aber mir steigen plötzlich die Tränen in die Augen. Bisher war mir Antija nur unsympathisch, aber jetzt hasse ich sie dafür, dass sie mich behandelt wie ein Tier, das man mit einem Messer sticht, um zu sehen, ob es Schmerz empfindet. *Aber vielleicht ist genau das ein Weg, ihr Vertrauen zu gewinnen. Das naive Wildmädchen kann sich schlecht verstellen.*

Ich wische mir die Tränen also nicht ab, sondern hebe das Kinn und schaue ihr direkt in die fischblassen Augen. »Ja, mein Vater hasst mich, weil ich ihn betrogen habe. Er wusste nichts von meinem Plan, ihn zu retten.«

»Dann sollte er doch umso dankbarer sein. Woher stammt diese Wut auf dich? Was hast du getan?«

»Ihn zurückgelassen.« Meine Stimme zittert. Diesen Teil der Wahrheit auszusprechen, macht das Ganze wieder furchtbar real und greifbar.

»Du musst dich wie der einsamste Mensch der Welt fühlen«, bohrt sie weiter. »Ich habe gehört, deine Mutter ist tot und deine Schwester wurde gezwungen, das Land zu verlassen.«

An Liljann zu denken ist wie eine frische Wunde zu berühren.

»Es war ihr Privileg, voranzugehen«, bringe ich mit belegter Stimme heraus.

»Ach ja, richtig! So nennt man es bei euch, wenn man seine Kinder fortjagt – zum Sterben in ein wildes Land.«

»Sie wurde weder fortgejagt noch wird sie sterben! Sie ist freiwillig gegangen. Mit einem Mann, den sie liebt.« Langsam glaube ich es selbst.

Antija lächelt kryptisch. »Ich hätte Liljann ein anderes Schicksal gewünscht. Ich mochte sie wirklich gern.«

»Ihr … kanntet meine Schwester?«

Noch während ich es sage, wird mir voller Schreck klar, dass auch ich von Liljann so spreche, als sei sie gestorben.

»Kennen? Nein, dafür sind wir uns zu kurz begegnet. Aber sie hat ein ehrliches Herz, habe ich recht?«

Liljann ist das einzige ehrliche Herz weit und breit, denke ich niedergeschlagen. Ich nicke nur, denn wenn ich etwas sage, werde ich wieder weinen und ein zweites Mal gönne ich dieser blassen Hexe die Genugtuung nicht. Antija mustert mich aus zusammengekniffenen Augen. Und dann bilde ich mir für einen Moment ein, dass Liljann vor mir steht. *Derselbe suchende Blick.* Es war nur eine Sekunde, aber das genügt mir, um dieses Schweifen wiederzuerkennen. Was auch immer Antija da neben mir sieht, es scheint etwas von der Schärfe zwischen uns zu nehmen. Ihre Miene wird weicher.

»Ich weiß, wie dir zumute ist«, sagt sie. »Meine jüngste Schwester heiratete nach Süden und sicherte uns dort die Handelsrechte mit den Perlinseln. Sie war sehr jung, aber der Lord der Inseln wollte sie und keine andere von uns.« Sie schaut wieder an mir vorbei. »Es ist schon erstaunlich, wie schnell man das Reiten verlernen kann«, sagt sie dann leise. »Sie fiel mehrmals vom Pferd, und wenn sie nicht auf der Jagd stürzte, stolperte sie über ihre eigenen Beine oder hatte andere Unfälle. Einmal verbrannte sie sich die rechte Hand so sehr, dass sie keine Briefe mehr schreiben konnte. Und dann, als sie hochschwanger war, fiel sie unglücklicherweise auf einer Treppe und verletzte sich am Kopf. Sie starb, nachdem sie ihre Tochter zur Welt gebracht hatte – an ihrem dreizehnten Geburtstag. Nun, zumindest ist es ihr gelungen, die Blutlinie zu sichern. Mit dem Kind bleibt der Vertrag bestehen.«

Beim Gedanken an das arme Mädchen schnürt sich in mir alles zusammen. Ich kann nicht fassen, dass Antija mir so etwas Ungeheuerliches tatsächlich anvertraut – indirekt, aber deutlich. *Und was für ein Barbar ist dieser Nordkönig, sein erst zwölfjähriges Kind an einen Sadisten zu verkaufen?*

»Jedenfalls: Eine Schwester zu verlieren ist niemals leicht«, setzt sie nun betont nüchtern hinzu.

Wir mustern einander eindringlich, ohne Wärme, aber dennoch anders als zuvor. Für einen Moment stelle ich mir vor, wie wir wohl von außen betrachtet wirken. Weiß und Schwarz, Schachfiguren, die sich gegenüberstehen. Aber nun verbindet uns etwas. Ich frage mich, ob auch das ein Schachzug der Lady war. Denkt sie, zwei verwaiste Schwestern schließen eher Freundschaft? Mir fällt ein, was Janeik mir im Wald gesagt hat. Über das Gefühl, eine Figur in einem Spiel zu sein. *Janeik.*

»Dich begleitet viel Angst«, sagt Antija. Eine seltsame Formulierung, vielleicht liegt es daran, dass sie ihre neue Sprache noch nicht gut genug beherrscht. »Ich weiß, du fürchtest dich vor dem

Junglord. Das hast du eben im Saal gut verborgen, aber ich habe es trotzdem gesehen. Es war grenzenlos dumm von dir, so unhöflich zu sein.«

Es ist bizarr, dass ich hier vor ihr stehe, Janeiks Kuss noch auf den Lippen, und jetzt demütig nicke.

Antija überrascht mich ein weiteres Mal. »Lass dir einen Rat geben. Geh Janeik aus dem Weg. Er kann dich nicht ausstehen. Und auch bei der Lady hast du schon fast verspielt. Sobald du weg warst, sagte sie zu einem der Offiziere, dass du bei der nächsten noch so geringen Verfehlung als Exempel auf dem Richtplatz landest. Glaub also nicht, dass du sicher bist. Jamalas Gunst verbrennt schneller als die Haut ihrer Feinde auf dem Scheiterhaufen.«

Vor allem, wenn sie wüsste, in wessen Armen ich eben noch lag.

»Vor deinem Schicksal kann ich dich nicht retten«, sagt Antija. »Aber vielleicht dafür sorgen, dass du den Haien in diesem Becken nicht ständig vor den Augen herumschwimmst. Warte morgen vor Sonnenaufgang vor dem Gästehaus auf mich. Nachdem Lady Jamala meine Leute vom Hof verbannt hat, wird sie mir ja kaum abschlagen können, dass ich dich als Begleitung für einen Erkundungsritt beanspruche.«

Ich kann kaum verbergen, wie überrascht ich bin. *Zu einfach,* denke ich.

Antija lächelt mir sichelscharf zu. »Oh nein, zieh nicht die falschen Schlüsse. Wir brauchen uns nichts vorzumachen. Ich kann dich nicht leiden, und ich bin sicher, dir geht es mit mir genauso.«

»Warum wollt Ihr mir dann helfen?«

»Weil ich Liljann mochte. Und … ich wäre froh gewesen, wenn meine Schwester an dem fremden Hof irgendjemanden gehabt hätte, der sie beschützt, aus welchen Gründen auch immer. Dann hätte sie vielleicht etwas länger leben dürfen.«

Es stimmt, ich mag diese fischkalte Nordländerin nicht, aber ihre Motive berühren mich mehr, als ich zugeben würde. Und seltsamerweise ist es mit dieser Klarheit leichter. Ich muss keine Zuneigung heucheln, wo ich keine fühle. »Danke, Herrin.« Das meine ich ehrlich.

Antija winkt unwillig ab. »Wir wissen beide, wer in dieser Zitadelle die Herrin ist. Und abgesehen davon: In meiner Heimat nennt man eine Frau, die keine Krone trägt, niemals so. Noch bin ich Antija, auch für dich. Und jetzt geh, ich will hier endlich meine Ruhe haben.«

Wasser

An diesem kühlen Sommermorgen liegt Hochnebel auf dem Berg und der Atem verweht als Wolke vor meinem Gesicht. Antija lässt mich warten. Es wird hell, die Sonne geht auf, Fackeln beleuchten noch den Hof, aber die Zitadelle erwacht, ein Fenster nach dem anderen schlägt die Augen auf. Soldaten sammeln sich oben vor der alten Burg und Beamte wandern in Gruppen aus ihren Quartieren an mir vorbei. Sie beobachten mich verwundert und tuscheln miteinander. Ich überlege, ob Antija mich versetzt hat, als ein aufgeregter Ruf mich herumfahren lässt.

»Tajann?« Ein junger Mann löst sich aus einer Gruppe von dunkelgrauen Gestalten und rennt einfach über den Hof auf mich zu. »Kaeled!« Ich gehe ihm entgegen. Aber als er mich erreicht hat, merke ich, dass er völlig außer sich ist. Er packt mich einfach an den Armen. »Ist es wirklich wahr?«, stößt er hervor. »Liljann? Mit … mit diesem Söldner?«

Er tut mir leid. Aber es hilft nichts, wenn ich ihm nicht die Wahrheit sage. »Sie ist mit Volok weggegangen, ja.«

Er starrt mich an, als hätte ich ihm gesagt, dass meine Schwester von einem neunköpfigen Drachen verschluckt wurde. Dann lässt er mich los, nein, fast stößt er mich von sich. »Und du konntest es nicht verhindern?« Seine Stimme bebt bei diesen Worten. Jetzt bin ich wirklich betroffen. *Wann hat Liljann sich in eine Sirene verwandelt, die an einem Abend zwei Männern so sehr den Kopf verdreht, dass einer davon alles dafür tut, sie zu bekommen, und der andere jetzt aus Verzweiflung darüber fast in Tränen ausbricht?*

»Es tut mir leid, dass es keine gute Nachricht für dich ist. Ich weiß, du mochtest sie und hast gehofft, sie wiederzusehen …«

»Gar nichts weißt du, Tajann! Gar nichts …«

»Genug jetzt!« Dimad drängt sich einfach zwischen uns, packt Kaeled grob an der Schulter und stößt ihn von mir fort. Im Morgenlicht wirkt die helle Haut der Beamtin kalkweiß, was ihr rotes Haar umso mehr zum Leuchten bringt. »Wir sind spät dran mit der Ablösung«, sagt sie streng. »Geh.«

Kaeled zögert, aber dann gehorcht er, schließt mit großen Schritten zu seiner Gruppe auf. An der Spannung seiner Schultern erkenne ich, dass er immer noch um Fassung ringt. Seine Fäuste sind geballt. Ich weiß nicht, warum ich mich plötzlich schuldig fühle.

»Bist du wahnsinnig, mit einem meiner Sekretäre zu sprechen?«, sagt Dimad. »Du wirst hier überall beobachtet. Nachdem du gestern die Gunst der Lady verspielt hast, schärfer denn je.«

»Aber ich kenne Kaeled vom Fest.«

»Umso schlimmer.«

»Warum?«

»Weil er mein Untergebener ist. Und ich hüte das Herz der Zitadelle.«

Jetzt bin ich doch überrascht. *Sie ist die Gefängnisverwalterin?* Nie hätte ich dieser freundlichen, weichen Frau einen Posten zugetraut, der so viel Härte verlangt. *Deshalb ist sie also so weiß wie ein Grottenolm,* denke ich. *Im Felsenherz gibt es kein Tageslicht.*

»Du könntest in Verdacht geraten, dass du mit Gefangenen sympathisierst und versuchst, Vergünstigungen für sie zu erwirken«, fährt sie leiser fort. »Mithilfe eines jungen Beamten, den du – so ist es in deiner Akte vermerkt – am Festabend beim Abschied auf der Treppe geküsst hast.« Trotz der Morgenkühle wird mir heiß. *Es gibt eine Akte?* Vielsagend hebt Dimad die Brauen. »Vielleicht hast du Kaeled nur aus diesem Grund geküsst. Das könnten deine Feinde behaupten. Und glaube mir, du hast hier seit gestern schon welche. Zumindest einen, der mehr wiegt als hundert von der gewöhnlichen Sorte.« Ein nur angedeuteter Augenwink zeigt in Richtung der Adelsquartiere, wo sicher auch Janeik wohnt. »Unter der Folter würde sogar Kaeled gestehen, dass du dir die Geheimnisse meiner Kammern erschleichen wolltest. Also sei vorsichtig und halte meine Leute da raus. Hier brennt niemand allein.«

Ich muss durchatmen. *Ob Kaeled weiß, dass unser Kuss dokumentiert wurde?* Unter anderen Umständen wäre es zum Lachen, weil dieser Kuss nichts bedeutet hat, aber jetzt spüre ich, dass die Zitadelle ein gefährliches Netz ist. Alles ist verbunden. Und im Augenblick stehe ich sicher, aber unter anderen Umständen kann ein einziger falscher Schritt eine Erschütterung auslösen, die jemanden wie Kaeled stürzen lässt.

»Danke für die Warnung, Dimad.«

»Gern geschehen. Ich würde mich nämlich nicht freuen, dich so bald wiederzusehen, wenn du verstehst, was ich meine.«

Ich schaue Dimad nach, wie sie mit erhobenem Kopf davonschreitet. Dann wende ich mich dem Quartier zu … und fühle mich, als würde das Netz unter mir bis zum Zerreißen nachgeben. Janeik. Er tritt gerade aus dem Gästehaus. Als er den Blick hebt und wir einander in die Augen sehen, ist es wie bei unserer ersten Begegnung. Auch er wird blass, und sogar auf die Entfernung hin kann ich erkennen, dass er schluckt, während er betont wegschaut und schwarze Handschuhe hervorholt. Mir entgeht nicht, dass seine Hand leicht zittert, als er den Handschuh unwillig über die Finger streift. Endlich gelingt es auch mir, mich loszureißen, aber es ist zu spät. Mein Körper erinnert sich bereits, jeder Zentimeter meiner Haut, und ich weiß, Janeik geht es genauso. Es ist, als wäre die Zitadelle ein Trugbild und nur wir sind real. Wir liegen uns wieder in den Armen, und ich rieche ihn, schmecke seine Lippen so intensiv, dass meine Knie weich werden und ich kaum noch Luft bekomme.

Janeik bricht den Bann, indem er einem Soldaten einen Befehl zubellt und mit großen Schritten über den Hof davongeht. Wütend sieht er aus, und er würdigt mich keines Blickes, missachtet mich so eisig und gut gespielt, dass der alte Diener, der gerade auf mich zuschleicht, ängstlich die Schultern hochzieht, als fürchte er, der Zorn des Junglords könnte auf ihn abfärben. Aber ich weiß, dass Janeik flieht. Und das ist klug. *Wir dürfen uns nicht mehr zufällig begegnen. Früher oder später verraten wir uns.*

»Herrin Antija erwartet Euch«, murmelt der Alte mit banger Stimme. Mein Blick fängt sich an einem Fenster. Noch einmal setzt mein Herz einen Schlag aus. Antija steht dort oben, halb hinter dem Vorhang verborgen. Sie mustert mich mit kühlem, ausdruckslosem Gesicht. Dann lässt sie den Vorhang zurückfallen.

Ich hatte Prunk erwartet, aber das Quartier der Nordprinzessin erinnert an das schmucklose Lager eines durchreisenden Händlers. Kisten und Koffer, die noch nicht einmal ausgepackt wurden, stapeln sich mitten im Raum. Teppiche liegen zusammengerollt am Rand, das Bett ist ebenso achtlos an die Wand geschoben worden, Kratzer im Parkett zeigen den Weg. Mit einem Sessel, auf dem sich Bücher stapeln, bildet einzig diese Ecke eine kleine Oase der Bewohntheit. Und seltsamerweise hat Antija Spiegel an den Wänden aufgestellt. Ich sehe mich sechsmal in diesem Raum aus verschiedenen Blickwinkeln, eine Hofdame in schwarzem Samt mit unbehaglich ineinander verschränkten Händen. Antija beugt sich mit dem Rücken zu mir über eine Kiste, wo sie offenbar etwas sucht.

»So sprachlos vor Angst?«, fragt sie eines meiner Spiegelbilder.

Wenn du wüsstest, wovor ich Angst habe, denke ich beklommen. »Ich habe keine Angst.«

»Solltest du aber!«, sagt sie verärgert. »Die Lady gibt dich nicht ganz heraus. Du darfst mich zwar begleiten, aber sie will dich trotzdem tagsüber in der Bibliothek haben. Es werden lange Tage und Nächte für dich. Immerhin hat sie eingesehen, dass es nicht schaden kann, wenn mich eine Jägerin zu den Minen begleitet. Hier, zieh das an!« Sie steht auf und wirft mir ein weißes Bündel zu. Es ist erstaunlich leicht und knistert leise, als ich es entfalte. Trotz allem bin ich fasziniert. Das Fischleder ist überraschend weich und so dünn wie eine bei der Häutung abgestreifte Schlangenhaut. Gerne würde ich fragen, wie man solches Leder gerbt und so geschmeidig bekommt, aber diese Zeiten liegen hinter mir. Antija richtet sich auf und mustert kritisch mein Hofdamenkleid. »Zieh dich unten in der Stiefelkammer um. Da, wo ich herkomme, tragen die Menschen nämlich kein Kakerlakenschwarz und laufen auch nicht wie graue Ratten herum.«

Wir müssen aussehen wie zwei Geistergestalten, als wir das Gästehaus verlassen. Aber ich muss zugeben, die weiße Reitkleidung ist bequem. Das eng anliegende Fischleder dehnt sich an Knien und Ellbogen und der Mantel ist gegen Nässe geschützt und eingewachst. Schon in der Stiefelkammer habe ich Hufe klappern gehört und jetzt sehe ich mich einer ganzen Eskorte gegenüber. Vier bewaffnete Offiziere stehen mit Pferden bereit. Aber als Antija auf sie zugeht, erscheint ein Augenmann mit drei Pferden im Schlepptau. Sofort erkenne ich Janeiks Schimmel mit den zwei verschiedenen Augenfarben und dem rosagrau gefleckten Maul. *Wird Janeik etwa mit uns reiten?*, schießt es mir durch den Kopf. *Bitte nicht!* Der Mann, der die Pferde führt, ist der alte Haudegen mit dem rasierten Schädel aus dem Grenzlager, mit der Flammentätowierung über dem Ohr. Janeiks Vertrauter.

»Was gibt es, Monn?«, ruft Antija ihm zu.

»Euer Verlobter will Euch so sicher wie möglich wissen und besteht deshalb darauf, dass ich Euch begleite«, erwidert der Augenmann. Zumindest das ist eine gute Nachricht: Janeik wird nicht mit uns reiten. »Und er schickt Euch seine beiden besten Pferde.«

Antijas Miene wird weicher, sie lächelt und mustert die mondweiße Stute, die einen silbern bestickten Prunksattel trägt. Sie ist hübsch, ein Paradepferd mit einer seidigen Wasserfallmähne. Der Wallach mit den zwei Augenfarben trägt dagegen einen einfachen Jägersattel. Monn drückt mir die Zügel in die Hand. Janeiks Schimmel scheut vor mir zurück und versucht zu steigen. Ich brauche mein ganzes Geschick, um ihn zu halten. Die Offiziere feixen, nur Monn beobachtet den Tanz völlig unbewegt.

»Janeik ist wohl mehr um meine Sicherheit besorgt als um die meiner Begleiterin«, sagt Antija mit einem Lachen. »Jeder weiß, dass sein Wallach verrückt ist. Kannst du überhaupt gut genug reiten für ein so wildes Pferd, Tajann?«

Unter anderen Umständen wäre ich beleidigt, aber es kann mir nur nützen, wenn Antija mich unterschätzt. »Ich werde mein Bestes tun.« Mir entgeht nicht, dass über Monns Züge ein kurzes, spöttisches Lächeln huscht. Aber es gilt eindeutig Antijas Frage, nicht meiner Antwort.

Der Wallach tanzt immer noch um mich herum und verdreht die Augen, aber schließlich hält er bebend still. Der Sattel ist seltsamerweise viel zu lose geschnallt, aber als ich das Sattelblatt hochklappe, um den Gurt nachzuziehen, verstehe ich Janeiks Botschaft. In das Leder auf der Unterseite des Sattelblatts ist ein

Zeichen geritzt worden – fünf Linien, die von einem Punkt ausgehen, und darüber ein Bogen. *Der Fächer, mit dem ich Janeik bei unserer ersten Begegnung fast zu Fall gebracht hätte.*

Ich staune, dass der Weg aus der Zitadelle bergauf und über den Richtplatz führt und von dort aus zu einem Teil der Monolithmauer, die direkt in den Felsen mündet. Hufschläge hallen in diesem Höhlengang, flache Treppen führen bergab. Die Pferde sind es wohl gewohnt, sich durch den engen Tunnel zu bewegen, sie laufen ganz von selbst, als hätten sie es eilig, wieder ans Tageslicht zu kommen. Es ist beklemmend hier, obwohl der Weg beleuchtet ist. Manche Schächte sind Engpässe von fünfzig Metern Länge, durch die nur je ein Pferd passt. Ich muss mich ducken und den Kopf einziehen, meine Knie streifen rechts und links den Felsen. Durchsichtige Asseln und Tausendfüßler huschen direkt neben meinem Kopf an den Wänden entlang. Mit einem Schaudern stelle ich mir vor, wie es sein muss, im Felsenherz gefangen zu sein. Schon jetzt ertrage ich die Enge kaum noch, die feuchte Kühle und das Wissen um das erdrückende Gewicht der Steinmassen über mir. *Wie hält es Dimad aus, den ganzen Tag im Berg zu sein? Ist sie damit im Grunde nicht selbst eine Gefangene?* Das Echo fallender Tropfen hallt in der Ferne. Immer lauter wird dann das Geräusch von Pumpen. Knirschen und Kreischen von Rädern und Winden. Als ich endlich als Letzte den engsten Tunnel passiert habe, finde ich mich mit den anderen auf einem unterirdischen Plateau wider. Ein aufgewühlter Fluss wirft Spiegelungen von Fackelschein an schartige Grottenwände. Wie ein Uhrwerk setzt sich ein komplizierter Mechanismus in Gang. Stahlseile spannen sich, Zahnräder greifen ineinander. Staunend erkenne ich eine mechanische Schleuse. Das Wasser staut sich an zwei Seiten und sinkt im Zentrum ab, Pumpen arbeiten.

Flache Treppen schälen sich aus dem Nass. Jetzt bin ich sprachlos. Das ist das erste Geheimnis, das ich über die Zitadelle lerne: *Der ganze Eingang kann geflutet werden.* Und die Schächte sicher auch, vielleicht sogar das Felsenherz. Es ist genial und erschreckend zugleich. Antija lächelt spöttisch. »Ja, unterschätze niemals die Kraft von Wasser. Manchmal ist es sogar wirksamer als Steinmauern.«

Wir passieren die Senke, unsere Pferde laufen knietief im Nass. Wasser spritzt, als sich die Tiere wieder bergauf kämpfen. Und während wir das letzte Hindernis hinter uns bringen – eine Klappbrücke über einem Abgrund von sicher hundert Metern –, umgibt uns doppeltes Wasserrauschen. Hinter uns füllt sich die Schleusenkammer wieder und unter der Brücke tost ein reißender Karstfluss. Etwas Metallisches glänzt zwischen den Wasserwirbeln auf. Irgendetwas dreht sich unter Wasser, wird von dem Strom angetrieben wie ein Mühlenrad.

Der Ausgang ist ein verstecktes Lager hinter einem Wasserfall, Wachposten stehen hier wie Schattenrisse vor einer gleißenden Tropfenwand. Passierscheine wechseln von Hand zu Hand, dann reitet Antija voraus, durch einen gemauerten Vorsprung geschützt vor dem fallenden Wasser.

Draußen erwartet uns eine Lichtung mit ein paar Hütten, die vorgeben, ein Quartier für Hirten zu sein. Aber mir ist klar, dass jeder der Männer hier bewaffnet ist.

Bergab führt eine befestigte Serpentinenstraße, auf der sogar Karren fahren können. Es ist ungewohnt, auf einer Steinstraße zu reiten. Mir fehlt der Geruch von Wald und Moos und je tiefer wir ins Tal kommen, desto mehr wird mir bewusst, wie wenig ich über mein Land weiß. In diesen Dolinen ist der Großteil der Wälder abgeholzt, ganze Ebenen von Baumstümpfen zeugen vom Raubbau. Manche Hänge sind ganz von Erde freigespült. Magere Ziegen weiden verstreut auf den Resten von Hangwiesen. Nur die Eingänge der Silberminen sind schon von Weitem an ihrer

Pracht zu erkennen. Marmorterrassen wachsen aus dem Berg, Quartiere mit silbernen Dächern. Ein Willkommen für jeden Händler und jeden hochrangigen Besucher.

Aber Antija lenkt ihr Pferd vom Weg ab und reitet in die andere Richtung. Einer der Offiziere, ein junger, sehr kräftiger Kerl mit weißblondem Haar, sprengt ihr sofort hinterher. »Herrin, das ist der falsche Weg.«

»Ich hatte gestern schon das Vergnügen, vier Minen von innen zu sehen und mir Pläne und Statistiken anzusehen«, sagt Antija. »Heute will ich den Teil des Tales sehen, den ich noch nicht kenne.«

»Da hinten beginnt Sperrgebiet.«

»Nicht für die zukünftige Lady«, erwidert Antija kühl.

»Dort gibt es nichts zu sehen. Nur die Siedlung der Minenarbeiter.«

»Umso besser!«

Der Blonde muss sich sichtlich bemühen, ruhig zu bleiben. »Bei allem Respekt, Herrin. Ich habe Weisung ...«

»Du hast nur eine Weisung: mir zu gehorchen«, fährt ihm Antija scharf dazwischen. Und voller Herablassung setzt sie hinzu: »Wage es mich aufzuhalten und du wirst dir nicht nur die Finger verbrennen, dafür werde ich persönlich sorgen.« Damit treibt sie ihr Pferd so dicht an ihm vorbei, dass der Offizier sein Tier zur Seite lenken muss. Er schaut Antija nach, den Kiefer fest zusammengepresst und die Fäuste aus Eisen. Ich kann ihn nur zu gut verstehen.

Monns Blick kreuzt meinen. Ich weiß, dass wir beide genau dasselbe denken. *Ja, die sanfte, lächelnde Prinzessin hat auch ein anderes Gesicht.*

Der Weg bergab ist eine halsbrecherische Kletterpartie, manche Strecken schlittern unsere Pferde mehr durch den Schlamm, als sie laufen. Die Siedlung ist gut versteckt hinter bewachten Absperrungen, die wir schließlich passieren dürfen. Wie die Reste eines einst stolzen Dorfes, das ein Schlammrutsch ins Tal befördert hat, drängt sich in der Kehle der Schlucht eine Ansammlung fauliger, zusammengezimmerter Hütten. *Hier lebt tatsächlich jemand?*, denke ich fassungslos. Nicht einmal die ärmsten Dörfer im Grenzland sind so verelendet. Schwärme smaragdfarbener Fliegen erheben sich von Unrathaufen. Leute in zerlumpter Kleidung kommen aus den Baracken und starren erschrocken zu uns hoch. Einige rennen sofort panisch zurück in die Hütten. Ich kann nur ahnen, dass sie schnell magische Gegenstände und Zeichen entfernen wollen, vielleicht Schutzzauber für die Arbeiter in den Minen. Jetzt erst wird mir klar, was unser Überfall hier für die Menschen bedeuten könnte.

»Antija, wartet!« Ich reite an ihre Seite. »In Eurer Heimat mag es üblich sein, eine Herrin nicht Herrin zu nennen und sich ohne Vorbereitung unter das Volk zu mischen, aber hier ist es unvorsichtig und gefährlich.«

Antija schaut mich herablassend an. »Wenn du feige bist, bleib hier. Ich zwinge niemanden, mich zu begleiten.«

Damit lässt sie mich stehen.

»Netter Versuch«, murmelt Monn mir im Vorbeireiten zu. »Aber sinnlos. Sie lässt sich nie etwas verbieten.«

Jetzt bin ich doch erstaunt. Ich dachte, der Kerl wird freiwillig kein Wort mit mir reden. Aber er überrascht mich ein weiteres Mal, indem er eine Pistole aus dem Halfter zieht und sie mir zuwirft. »Los, hol auf! Wir beide sichern ihre linke Seite.«

Wir alle nehmen Antija in unsere Mitte, aber es ist nicht nötig, sie vor den Menschen hier zu schützen. Sie sind viel zu sprachlos, als wir durch die Siedlung reiten, und weichen vor uns zurück. Nur die halbwilden Hunde folgen uns. Ich wusste nicht, dass es in den Siedlungen auch Richtplätze gibt. Ein Steinpodest mit einer Säule erhebt sich in der Mitte. Vor dem Podest bringt Antija ihr Pferd zum Stehen. Längst scheint eine schweißige Glocke von Angst über der Siedlung zu liegen. *Vermutlich halten sie uns für ein Hinrichtungskommando.* Die Leute hier tun mir leid. Im Hintergrund schnappt ein totenblasser Mann noch schnell ein Federbündel von einer Tür und stopft es sich unter das Hemd. Ich kenne diese Geisterfänger von Mila. Ein solcher Aberglaube genügt für eine Anklage. Zum Glück hat keiner der Offiziere den Mann bemerkt. Trotzdem bin ich wütend. *Diese Fischprinzessin bringt noch jemanden in den Kerker – oder Schlimmeres!*

»Gibt es hier einen Vorsteher?«, ruft Antija. Ein paar Leute rennen los und kaum eine Minute später kommt eine alte Frau mit einem krummen Rücken und vernarbten Händen angehumpelt, mühsam auf ihren Gehstock gestützt. »Ich bin Triss, ich verwalte die Siedlung«, sagt sie mit erstaunlich kräftiger Stimme.

»Macht mir den Weg frei«, herrscht Antija uns an.

Widerwillig lenken wir die Pferde zur Seite, öffnen den Schutzkreis. Mindestens hundert Augenpaare verfolgen gebannt, wie die fremde Prinzessin ihr Pferd zu der Alten lenkt. »Du weißt, wer ich bin, Triss?«

Die Frau nickt. »Die Braut unseres Junglords.« Sie schluckt krampfhaft, ihre Unterlippe bebt vor Aufregung. »Gibt es eine Anzeige gegen einen von meinen Leuten?«

Antija lacht überrascht auf. »Aber nein, Triss!«, sagt sie freundlich. »Ich erkunde mein neues Land und nach dem langen Ritt bin ich durstig. Habt ihr einen Becher Wasser für mich?«

»Was zum Teufel soll das denn?«, knurrt der blonde Offizier neben mir.

Ich weiß nicht, woher diese armen Minenarbeiter einen Becher mit einem Silberrand haben. Bestimmt ist er die Kostbarkeit des Dorfes, das Silber ist schwarz angelaufen vom Alter. Antija nimmt ihn, ohne zu zögern. Der Offizier treibt seinen Rappen an und bringt ihn direkt neben Antija zum Stehen. »Ihr dürft das nicht trinken, Herrin!«

»Du verbietest mir zu trinken?« Antijas Tonfall bekommt etwas Frostiges.

Der Mann strafft die Schultern. »Das Wasser könnte vergiftet sein. Vergesst nicht, dass die Lady uns Euer Leben und Eure Sicherheit anvertraut hat.«

Bei der Erwähnung der Lady duckt sich die lumpige Menge.

»Ich kenne meine Ladymutter als gute und gerechte Frau, die Freund und Feind zu unterscheiden weiß«, sagt Antija gekonnt verwundert. »Nie würde sie diese ehrlichen Menschen hier mit solchen Verdächtigungen beleidigen. Aber ich verstehe, dass du als Wächter eine Ehre zu verteidigen hast.« Sie wendet sich mir zu. »Los! Steig ab und koste das Wasser.«

Der Offizier muss zähneknirschend zusehen, wie ich gehorche und den Becher nehme. Ich fürchte mich nicht. Die Prinzessin hat die Leute mit ihrem Besuch überrumpelt. Niemand hätte Zeit gehabt, ein tödliches Gift zu besorgen. Ich bezweifle auch, dass jemand hier das Risiko eines so offensichtlichen Attentats eingehen würde. Jeder weiß, was es für die ganze Siedlung bedeuten würde. Das Wasser ist eisig kalt, vermutlich stammt es von dem Quellrinnsal, das zwischen den Felsen plätschert. Ich gebe den Becher weiter und Antija leert ihn ohne Eile bis zur Neige und gibt ihn Triss zurück.

»Danke für die Gastfreundschaft.« Dann zieht sie unter ihrem Reitumhang einen Beutel hervor, von dem ich schwören könnte, dass er einst die Schwimmblase eines Fisches war. Eine Handvoll Silbermünzen schimmert durch die trockene Haut. »Hier, das wird zwar nicht reichen, um alle Schäden zu beseitigen, aber sorgt wenigstens dafür, dass die Dächer abgedichtet werden und die Kinder und Kranken genug Nahrung bekommen.«

Die Menge ist immer noch wie erstarrt. Und sogar Triss ist sprachlos.

Heuchlerin, denke ich grimmig. *Du spielst die mildtätige weiße Dame, dabei reitest du nur das Revier ab und prüfst die Stimmung. Aber du bist schlau genug, dabei das Loblied auf die Lady zu singen.* Und jetzt ahne ich, dass unsere Kleidung auch dazu dient, den

Kontrast zwischen Schwarz und Weiß besonders scharf zu zeichnen. Sogar mich lächeln ein paar Leute nun zaghaft an, nur weil ich Antijas Farbe trage. Triss nimmt das Geschenk an und bringt ein ehrfürchtiges »Danke, Herrin« heraus.

Antija schenkt ihr ein herzliches Lächeln. »Danke mir nicht. Meine Ladymutter hätte euch für eure Freundlichkeit viel besser entlohnt.«

Auf dem Rückweg reiten Antija und ich schweigend nebeneinander. Der Regen hat aufgehört, die Serpentinenstraße ist in gleißendes Sonnenlicht gehüllt. Verstohlen mustere ich Antija von der Seite. Ihr Gesicht ist wieder zu einer neutralen Maske erstarrt. Jetzt, bei grellem Tageslicht, sieht man ihr an, dass sie nicht mehr so jung ist, wie sie auf den ersten Blick wirkt. Ich schätze sie auf dreißig, aber viele Lachfältchen hat sie nicht, dafür harte Linien um die Mundwinkel. Ihre Augen wirken im Licht seltsam matt. *Als wäre sie blind*, denke ich.

»Was?«, fragt sie, ohne den Blick vom Weg zu wenden.

»Ihr wart sehr großzügig. Aber wenn es sich herumspricht, dass Ihr gern unter die Armen geht, könnte der nächste Trunk tatsächlich vergiftet sein.«

Sie zieht den Mundwinkel zu einem gelangweilten Lächeln hoch. »Was glaubst du, wozu ich dich als Vorkosterin habe?«

Ich atme durch und besinne mich auf den Auftrag der Lady. »Darf ich Euch etwas fragen, Antija? Etwas … Persönliches?«

»Sprich.«

»Trinken in Eurer Heimat die Adligen auch aus den Bechern von Arbeitern?«

Die Frage scheint sie zu amüsieren. »Aber ja. Es ist eine Geste der Gastfreundschaft und der Verbundenheit. Das Wasser ist für uns alles: Leben, Tod, Grenze und Brücke, Schleier und Spiegel.

In ihm erkennen wir einander auf jeder Ebene der Existenz. Bei unserer Hochzeit werden der Junglord und ich deshalb aus einem Becher trinken – Karstwasser aus dem Zitadellenberg und das grüne ewige Flusswasser aus meiner Heimatstadt.«

Der Junglord. Ich bilde mir ein, das verborgene Fächerzeichen unter dem Sattelblatt zu spüren, als wäre dort wärmer. »Freut Ihr Euch auf die Hochzeit?« Es ist gefährliches Gebiet. Aber ich rede mir ein, dass ich nur meine Mission erfülle.

»Ob ich mich freue, tut bei diesem Vertrag nichts zur Sache. Und du kennst meinen zukünftigen Mann ja. Er ist launisch, hitzköpfig und viel zu schnell gekränkt.« Aber Antijas Augen leuchten beim Gedanken an Janeik auf und mir entgeht auch nicht das angedeutete Lächeln. *Sie mag ihn also.*

»Und die lange Verlobungszeit ist auch eine Tradition Eures Heimatlandes?«

»Kommt darauf an, wann man sich verlobt. Hochzeiten finden bei uns nämlich nur einmal im Jahr statt, zur Meeresgleiche im Herbst. Kein Schiff segelt in diesen Tagen, weil es keinen Wind gibt, kein Fisch geht ins Netz. Es ist die Zeit, in der die Spiegelhaut zwischen Luft und Wasser durchsichtig ist, und auch die Grenze zwischen Diesseits und Jenseits ist aufgehoben. Die Geister sehen uns und wir sehen sie. Das ist die beste Zeit für Hinrichtungen und Hochzeiten.«

»Ihr … seht Geister?«

»Ihr nicht?« Es ist unheimlich, wie sehr sie mich jetzt an Liljann erinnert, ruhig, in sich gekehrt mit diesem wissenden, entrückten Lächeln. Aber dann wird sie ernst und bringt ihr Pferd zum Stehen. Auch ich zügle den Wallach. Von dieser Seite des Berges sieht man die Monolithmauern der Zitadelle nicht, nur die schwarze Rauchsäule, die sich in den Himmel schraubt, größer und dunkler wird. Mir wird ganz flau im Magen. Ich bin froh, dass wir die Hinrichtung nicht mitansehen müssen und dass der Wind den Rauch von uns fortträgt.

»In meiner Heimat heiraten wir nur mit dem Segen der Geister«, fährt Antija ruhig fort. »Auf einem Floß aus Eschenholz stehend, im Mündungsdelta unserer Stadt. Dort, wo der grüne Fluss und der blaue Ozean sich vereinen zur Umarmung unserer Ahnen.«

»Eure Ahnen stammen aus dem Wasser?«

»Natürlich nicht, Dummkopf. Aber wir verscharren unsere Toten nicht auf Friedhöfen in schmutziger Erde. Unsere letzte Heimat ist der Ozean. Wasser ist heilig, rein und stark. Stärker als das Feuer.«

Sie sagt es so beiläufig, als wäre ihr tatsächlich nicht bewusst, wie gefährlich ein solcher Satz in diesem Land sein kann. *Fragt sich, wer von uns beiden der Dummkopf ist.*

»Hier gibt es weder ein Mündungsdelta noch ein Meer für Eure Zeremonie.«

Antija lächelt kryptisch. »Wer weiß? Vielleicht schenkt meine mächtige Ladymutter mir als Hochzeitsgeschenk ja einen Ozean?«

Damit treibt sie ihr Pferd an und trabt bergauf davon. Die Offiziere folgen ihr, aber ich bleibe zurück, und auch Monn beeilt sich nicht, zur Eskorte aufzuholen, sondern lenkt sein Pferd neben meines.

»Sehen alle Siedlungen so verwahrlost aus?«, frage ich in die Stille.

Monn deutet ein Nicken an. »Das ist noch die größte und beste von ihnen.«

»Warum kümmert sich niemand darum? Kranke und schwache Arbeiter nützen doch niemandem etwas.«

»Wer soll es bezahlen?«, erwidert Monn trocken. »Die Minen bluten aus. Das Land gleicht einer fast leeren Vorratskammer. Und um die Reste werden sich bald nur noch die Hunde balgen.«

Ich sitze unwillkürlich aufrechter im Sattel, aber die Offiziere sind schon weit genug entfernt und haben nichts gehört. »Pass auf, was du sagst! Man könnte solche Worte als Kritik an deiner Herrin auffassen.«

»Wenn es meine Herrin wäre«, erwidert Monn ruhig. »Aber ich gehöre immer noch zu Janeiks Leuten. Gefährlicher könnte deine Frage nach dem Zustand der Siedlung sein.«

Das stimmt allerdings. *Ich muss vorsichtiger sein.*

Und langsam verstehe ich, warum die Lady Antijas Gefolgsleute zurückgeschickt hat. Sie braucht keine Spione, die das Sperrgebiet erforschen. Und die Nachrichten, die Antija an ihre Familie schickt, werden sicher gelesen und zensiert, ohne dass die Prinzessin es weiß. Zumindest würde ich an Jamalas Stelle so handeln.

»Dienst du … Janeik schon lange?«, frage ich.

»Seit er als Kind an den Hof meines Lords kam, um das Handwerk des Regierens zu lernen.«

»Dann stammst du aus der alten Heimat und bist Janeik gefolgt. Freiwillig?«

Ein knappes Nicken. »Ich bin ein Zweitling, so wie er – und wie du. Wirst du den Kerl aus der Siedlung, der den Schutzzauber nicht schnell genug versteckt hat, der Lady melden?«

»Ich weiß nicht, wovon du sprichst.«

Monn spuckt aus und überrascht mich mit einem Diebesgrinsen. »Du lügst genauso geschickt, wie du reitest, Jägermädchen.«

»Und du siehst Gespenster. Ich habe in dieser vorbildlichen und sauberen Siedlung nichts gesehen, was gegen das Gesetz verstößt.«

Er lacht trocken auf. »Tja, so ein Zufall. Ich auch nicht.«

Ich ertappe mich bei einem Lächeln. Es ist verrückt. Ich hätte schwören können, er mag mich nicht. Aber ich hätte auch schwören können, dass ich Monn nicht mag. Doch langsam verstehe ich, warum Janeik ihm bedingungslos vertraut.

»Du spielst ein ziemlich gefährliches Spiel, Großmaul«, setzt er hinzu.

»Du auch.«

»Das will ich doch hoffen, ohne Gefahr kein Sieg, wir beide wissen das. Und, was ist? Immer noch keine Nachricht für meinen verliebten Herrn?«

Mir schießt das Blut in die Wangen. Ich schüttle den Kopf.

»Sicher?«, fragt Monn. »Janeik ist für ein paar Tage fortgeritten, und ich folge ihm, sobald ich dich und diese bissige weiße Muräne wieder in der Zitadelle abgeliefert habe.«

Aber mir ist nicht mehr zum Lachen zumute. Janeik ist fortgeritten? Wohl eher geflohen. Und obwohl es nur vernünftig ist, bin ich plötzlich wütend auf ihn. »Heimliche Nachrichten sind etwas für Mätressen«, sage ich und halte Monn die Pistole über die Kluft zwischen unseren Pferden hin. »Aber danke für die Waffe.«

Monn mustert mich mit erstauntem Respekt, dann deutet er ein Kopfschütteln an. »Behalte sie. Glaub mir, bei deiner neuen Herrin wirst du sie gebrauchen können.«

Im Netz

Antija hält ihr Versprechen, mich von den Haien fernzuhalten. Wenn ich nicht in der Bibliothek bin, muss ich ihr bis spät in die Nacht im Gästequartier Gesellschaft leisten. Sie hat sogar durchgesetzt, dass ich nur noch ihre Farbe trage zum Zeichen, dass ich ihr unterstehe. Das soll ein Schutz für mich sein vor Janeik und der Lady, aber ich habe den Verdacht, dass diese zweigesichtige Prinzessin es auch genießt, mich in eine hässliche Vogelscheuche zu verwandeln. Meine bodenlange Tunika ist sackartig und viel zu weit geschnitten, ein ebenso weißes Tuch verbirgt vollständig mein Haar. Manchmal erschrecke ich, wenn ich mich überraschend selbst in den Spiegeln in Antijas Quartier entdecke – eine Fremde mit meinen Augen.

Seit ich auf die Seite der weißen Schachfiguren gewechselt bin, führe ich bei Hof zwei Leben. Ist die Lady in der Nähe, bin ich für Mutters Freunde und die anderen Höflinge unsichtbar. Noch weiß niemand, welchen Platz im Netz ich einnehmen werde, und bis dahin ist es wohl sicherer, sich nicht an meiner Seite zu zeigen. Aber in Gängen und Winkeln werde ich doch angesprochen, die Leute muntern mich auf, erzählen mir von früher und weihen mich in Neuigkeiten ein. Einmal, als ich erst Stunden nach Mitternacht todmüde in mein Zimmer zurückkomme, finde ich auf meinem Bett eine Schale mit Marzipanblumen und einen Zettel von Dimad. *Halte durch, Kind, und lerne.*

Das tue ich, lernen bis zur Erschöpfung. Ich lerne, wie Elektrizität entsteht und dass die metallenen Mühlräder Turbinen sind, die die Kraft des Karstflusses in Licht und Energie umwandeln. Staunend lese ich in Büchern, dass es in unserer alten Heimat sogar Boote gibt, die von Motoren betrieben werden, und dass niemand dort noch auf Pferden reitet. Ich lerne Kriegsstrategien und Militärgeschichte und studiere Landkarten. Nur das Grauland bleibt ein blinder Fleck in meiner Vorstellung. Die Archivare lassen niemanden in das Zimmer der unerforschten Länder. Über eine Woche versuche ich, gehorsam zu sein und das Grauland zu vergessen, aber als die Bibliothekare einmal zu einer Besprechung gerufen werden, kann ich nicht widerstehen und schleiche in die verbotene Kammer. Viel finde ich auf Anhieb nicht. Ein paar schon vergilbte Berichte von Spähern, die das Land als wertloses Waldgebiet bezeichnen. Auf der einzigen rudimentären Kartenskizze finde ich Rankensymbole, Wald und ein paar Berge. Auf einem überhängenden Berggipfel ist so etwas wie ein Grundriss eingezeichnet. Daneben hat der Zeichner sich an einem Detail versucht. Es scheint ein Facettenfenster in der Form eines stumpfen Sterns zu sein, vielleicht auch eine Blume. *Unterschlupf in etwa 150 Meter Höhe,* lese ich. *Viele Räume und gemauerte Keller, gut erhalten. Palastruine?* Ja, Volok hat etwas von versunkenen Palästen erzählt. Ich schlucke schwer und frage mich, ob Liljann vielleicht gerade zu diesem Berg aufsieht und die Reste eines Sternfensters sieht. *Sie ist bestimmt glücklich,* beruhige ich mich. *Und gut beschützt.*

In unserem Jagdhaus gab es ein ungeschriebenes Gesetz: Pferde hatten keine Namen, man durfte sich nicht zu sehr an sie gewöhnen, zu wahrscheinlich war es, dass sie bei der Jagd tödlich verletzt wurden. Das war die erste Familientradition, mit der ich auf meinem Weg in meine neue Heimat brach. Schon am ersten Tag nannte ich Tajanns namenlose Stute Kyzar – Narbenfell. Ihre Wunden von dem Hirschangriff waren zwar gut verheilt, aber für immer würde man in dem schwarzen Fell die drei haarlosen Narbenfurchen sehen, dort, wo ein Stück Mähne fehlte. »Vertraue der Stute«, hatte Tajann mir gesagt. »Sie taugt zwar nicht mehr für die Jagd und ist schreckhaft, aber sie läuft wie der Wind vor jeder Gefahr davon.«

Davonlaufen konnte Kyzar nicht, aber versucht hatte sie es natürlich, vermutlich, weil sie die Nähe von Hirschen witterte. Sogar vor Volok scheute sie. Schließlich band er sie an seinen Sattel. Seitdem lief sie mit langem Hals am straff gespannten Führungsseil hinter ihm und dem Packpferd her, als würde sie sich gegen jeden neuen Schritt in Richtung Südosten sträuben.

Volok gönnte uns kaum Pausen. Die Tage und Nächte gingen ineinander über, während wir im Rankenwald auf der Stelle zu treten schienen. Es war so neblig, dass wir tagelang die Sonne nicht sahen, und manchmal bildete ich mir ein, dass wir kaum vorankamen und nur im Kreis liefen. In der Ferne hörte ich zwar Fledermausrufe oder das Rascheln von Schritten, aber dort, wo wir entlangritten, schienen Zeit und Leben zu erstarren. Wir schliefen unter Ranken, die Volok in Bündeln zu einem Dach zusammenband. Nie hätte ich gedacht, dass mir Dunkelheit ohne das Mondleuchten der Wilen so viel Angst machen könnte. Ich wusste, dass eine liebende Frau sich in solchen Nächten in die Arme ihres Mannes schmiegen sollte, aber ich hielt Abstand zu Volok und zog mich zum Schlafen zu Kyzar zurück. Ich begründete es damit, dass mein Pferd dann ruhiger war, aber die Wahrheit gestand ich mir nicht einmal selbst ein: dass ich mich bei Kyzar sicherer fühlte als an der Seite des Mannes, den ich freiwillig geheiratet hatte. Es war verrückt: Volok drängte mich niemals – nicht einmal zu einem Kuss. Und dennoch schien er mir von Tag zu Tag fremder zu werden. Unser Tanz am Feuer war nur noch eine ferne Erinnerung und sogar unsere vertrauten Gespräche erschienen mir nun seltsam unwirklich, als hätte ich sie nur geträumt. Dafür war meine Schwester umso lebendiger. Ich sah das Leuchten in Tajanns Augen, als sie mit mir über Liebe gesprochen hatte, die mit jedem Tag wachsen würde. »*Vertrau mir, Mirahar.*« Im Raunen der Ranken hörte ich wieder ihre Worte. »*Ich kenne dich. Ich weiß, Volok ist der Richtige für dich!*« Aber warum spürte ich nichts davon? Warum erschienen mir Voloks Augen längst nicht mehr sanft, sondern erinnerten mich eher an Vaters Jägerblick, wenn er einen Hirsch ins Visier genommen hatte und sein Leben bereits in Gedanken in Besitz nahm?

»Kennst du am Hof jemanden, der Firan heißt?«, fragte ich, als wir einmal Rast machten.

Ich war überrascht, wie hart Voloks Miene wurde. »Warum willst du das wissen?«

»Du kennst ihn also?«

»Allerdings, aber warum kennst *du* ihn?« Ich schrak unwillkürlich zurück, so harsch war er plötzlich.

»Hat er dich angesprochen?«, fuhr Volok mich an.

»Nein!«

»Warum interessiert er dich dann?« Etwas Misstrauisches,

Dunkles glühte in seinen Augen auf, als hätte ich etwas in ein Feuer geworfen, das zu gut brannte. In der Einsamkeit hatte ich vergessen, wie eifersüchtig er war. »Denkst du etwa an ihn, während du mich anschweigst?«

»Nein!«, erwiderte ich ebenso heftig. »Ich kenne ihn nicht einmal, sonst würde ich dich ja wohl kaum nach ihm fragen. Es geht um Tajann.«

Volok runzelte die Stirn und starrte mich an, als würde er tatsächlich überlegen, ob ich log, aber dann lachte er plötzlich auf. »Ach so ist das. Ich verstehe.« Er grinste in sich hinein und schüttelte den Kopf. »Tajann und Firan also.« Dann stand er auf und streckte mir die Hand hin, um mir aufzuhelfen. »Verzeihst du mir, Prinzessin?« Wieder einmal staunte ich, wie schnell er sich in den freundlichen, sanften Mann verwandeln konnte.

»Vielleicht«, sagte ich, aber ich ergriff seine Hand nicht. Doch bevor ich wieder aufs Pferd stieg, wandte ich mich ihm noch einmal zu. »Kennst du ihn gut?«

Volok zog einen Mundwinkel zu einem ironischen Grinsen hoch. »So gut, wie jemand wie ich Leute vom Hof eben kennen kann.«

»Wie ist er?«

»Ein Höfling, wie er im Buche steht. Man sagt, er sei ein guter Tänzer und ein ebenso guter Stratege. Und ein passabler Jäger ist er wohl auch, was am Hof nie ein Fehler ist.«

Dann passt er ja wirklich zu Tajann. Ich hätte mich für sie freuen sollen, aber stattdessen war ich plötzlich niedergeschlagen. »Arbeitet er für die Lady oder für den Junglord?«

»Für die Lady. Er ist ihr treuester Untertan.« Volok zog sich aufs Pferd. »Komm! Wenn wir uns beeilen, sind wir vor Einbruch der Nacht in unserem eigenen Palast.«

Als wir den Nebel und den Rankenwald hinter uns ließen, war es, wie Atem zu holen. Wir standen auf einer Anhöhe und überblickten ein endloses Tal. Im warmen Abendlicht sah ich einen Wald, der wie ein samtgrünes Meer an weißen Klippen brandete. Einzelne Baumriesen ragten über die Baumkronen hinaus und auch Felsnadeln stachen in den Himmel wie Finger eines steinernen Riesen. Zu meiner Überraschung entdeckte ich an einigen Klippen so etwas wie Siedlungen. »Sind das Zelte?«

»Ja, in der Gegend dort leben ein paar Clans. Halte dich fern von ihnen. Sie schneiden jedem Fremden das Herz aus der Brust und trinken sein Blut. Und das Fleisch verachten sie auch nicht.«

Menschenfresser? Ich schnappte nach Luft.

»Keine Angst«, sagte Volok. »Wir kommen nicht in ihre Nähe.«

»Gilt das ... auch für den Corent?«, brachte ich hervor.

»Nein. Vor dem ist man nie sicher. Also bleib so dicht bei mir, wie du kannst.«

Mir sank der Mut. Schon jetzt erschien mir das Land wie eine todbringend giftige Schlange. Noch lauerte sie reglos im Tal, smaragdgrün und berückend schön. Aber eine falsche Bewegung von mir würde sie zustoßen lassen. Wie der Kopf einer Kobra ragte ein Berg über allen anderen auf. Als ich den Hals reckte, blitzte etwas in der Sonne auf. *Als würde sich das Licht in Spiegeln oder in Glas fangen.* Ich schaute genauer hin und erahnte auf dem überhängenden Gipfelplateau die Überreste von Mauern und ein Fenster – in einer geometrischen Form. *Wie ein Stern. Oder eine Schneeflocke?* Ich erinnerte mich daran, dass Volok mir am Feuer von den versunkenen Palästen einer alten Zeit erzählt hatte. Die Herrscherlinien waren längst ausgestorben, Räuber hatten im Lauf der Zeit alles geplündert, was es dort zu holen gab, aber immer noch erahnte ich, wie majestätisch das Gebäude einst gewirkt haben musste. Und seltsamerweise musste ich plötzlich an Tajann denken. Es war bestimmt nur mein Heimweh, aber ich bildete mir ein, dass sie mir über die Schulter schaute und mit mir die Ruine betrachtete. Plötzlich vermisste ich sie so sehr, dass ich nicht wagte, nach hinten zu blicken, um die Illusion nicht zu zerstören.

»Werden wir in dem alten Palast dort leben?«, fragte ich mit belegter Stimme. Aber zu meiner Enttäuschung schüttelte Volok den Kopf. »Der Ort ist verflucht. Niemand geht da freiwillig hin, nicht einmal die Clans. Da oben hausen nur noch Wölfe und Gespenster. Auf uns wartet im Tal ein viel besserer Platz.«

Ich hatte mir ein Haus oder sogar einen kleinen Wehrturm vorgestellt, wie ihn Soldaten bewohnen, aber ich musste zweimal hinsehen, um das Gebäude überhaupt zu entdecken. Da waren zwar Mauersteine zwischen Grün, aber es war, als hätte der Wald versucht, nach dem Haus zu greifen und es in einer Faust aus Efeu, Misteln und Ranken zu zerquetschen. Ein Baum versperrte mit seinen schlingenartigen Ästen sogar die Tür. Volok lachte, als er meine bestürzte Miene sah. »Gewöhne dich daran. Hier ist nichts beständig und alles wild. Das Land hat Augen und Ohren, vor allem aber ein Maul, in das es alles hineinstopft, was es findet. Schlaf nicht unter diesem Schlangenbaum hier ein, das Biest könnte dich erwürgen, bevor du überhaupt Zeit hast, aufzuwachen.« Das sollte bestimmt ein Scherz sein, aber mir war längst nicht mehr zum Lachen zumute. Volok schlug sich mit einem Sichelmesser den Weg durch das Gestrüpp frei und kappte ein paar Schlingen des Baumes, um die Tür freizulegen. Weiße Milch blutete aus den Schnitten, und ich könnte schwören, dass die Äste leicht zuckten wie im Schmerz.

»Worauf wartest du, Prinzessin?«

»Das ist eine Ruine. Die Tür hat nicht einmal ein Schloss.«

»Wozu auch? Die Wesen, die eine wirkliche Gefahr sind, scheren sich nicht um Schlösser. Komm schon her!«

Ich versuchte es. Aber als ich auf etwas trat, das wie ein überwachsener Trittstein wirkte, knackte es unter meiner Sohle und der Stein brach einfach weg. Geröll rumpelte den Abhang hinunter und ich rutschte aus und zerstörte einen Hexenkranz von Pilzen. Schwarzer Morchelstaub fauchte mir ins Gesicht und ließ mich husten. Dann war schon Volok bei mir. Diesmal konnte ich nicht zurückweichen. Er nahm mich einfach hoch und trug mich über die Trümmer zu den zerbrochenen Treppen.

Mit dem Fuß stieß er die von Flechten verkrustete Tür auf. Rascheln und Wispern wallte auf, Gliederbeine von aufgescheuchten Insekten kratzten über Stein. »Unser Palast«, sagte Volok. »Gut, das Dach ist löchrig wie eine zerschossene Pfanne, aber dafür haben wir die Zeltplane mitgenommen. Und oben am Hang gibt es einen kleinen Wasserfall.«

Der Boden federte unter meinen Sohlen, als Volok mich absetzte. Flechten und hereingewehte Blätter bildeten einen dichten Teppich. Unter dem Vorwand, mich genauer umzusehen, brachte ich wieder Abstand zwischen uns beide. Das Gebäude war achteckig, das Dach war einst wohl eine Kuppel gewesen. In der Mitte des Raumes erhob sich so etwas wie eine gemauerte Feuerstelle. Sie war voller Erde, die Steine waren zerbrochen, als hätte etwas Schweres sie getroffen. Ein altes Rabennest lag dort, wo ehemals das Feuer gebrannt hatte. Und vor der Feuerstelle lagen ein paar gebleichte Zweige.

»Hier … lebst du, wenn du im Grauland bist?«

»Und jetzt auch du.«

Das war wie ein Schock. *Ich kann hier nicht leben*, dachte ich. *Das ist Wildnis!*

Volok ließ das Netzbündel von seiner Schulter gleiten und warf es achtlos neben das Rabennest. Die Zweige klapperten gegen die Feuerstelle und verfingen sich in den Maschen. Auch etwas Rundes, Gebogenes landete im Netz. Und jetzt erkannte ich, worum es sich wirklich handelte. »Das sind ja Knochen!«

»Schon möglich. Wenn ich lange nicht hier bin, machen es sich schon einmal die Raubkatzen hier gemütlich und fressen die Beute im Haus, um ihre Ruhe zu haben …«

»Nein, das sind … Menschenknochen! Das ist ein Stück Schädel, eine Augenhöhle …«

Ich hatte erwartet, dass er ebenso entsetzt sein würde, aber er betrachtete den Schädel nur aus der Nähe und lud dann seelenruhig die Tasche mit unserem restlichen Proviant ab. »Du hast recht. Das war wohl ein Mensch.«

»Wie kannst du so gleichgültig sein?«

Er grinste nur schief. »Ich habe dir nie versprochen, dass es ungefährlich ist, hier zu leben.«

»Wer war das?«

»Keine Ahnung. Vielleicht ein Verstoßener, der den Schutz seines Clans verloren hat und es vorzog zu fliehen, bevor sie ihm das Herz herausschneiden. Das würde erklären, warum er so weit in diese Gegend kam. Pech für ihn, dass die Raubtiere nicht gnädiger sind.« Beim Blick auf mein entsetztes Gesicht zuckte er nur mit den Schultern. »In diesem Land gelten die Gesetze deiner Heimat nicht. Hier gibt es keine Kerker, nur Henker. Und die haben entweder Messer – oder Zähne und Krallen.«

Hinter mir in der offenen Tür knackte ein Zweig so laut wie ein Schuss. Ich fuhr erschrocken herum – und fand mich plötzlich in Voloks Armen wieder. Ich hatte nicht gesehen, wie er zu mir gekommen war. Er musste einen unglaublich schnellen Satz gemacht haben. »Keine Angst. Bei mir bist du sicher.« Seine Lippen berührten mein Haar, ich nahm wahr, wie er die Luft so tief durch die Nase einzog, als würde er mich ganz in sich einsaugen wollen. Und wieder spürte ich das wohlvertraute Schaudern, von dem Tajann sagte, es sei Verliebtheit. Aber hätte ich mich in seinen Armen nicht geborgen fühlen müssen? Stattdessen war mir unbehaglich zumute. Aber als ich mich ihm entziehen wollte, hielt er mich noch fester. »Lass mich los«, murmelte ich.

Aber Volok lachte nur, als wäre das nur ein Spiel. »Jetzt, wo du endlich mir gehörst?«

Und dann zog er mich noch dichter an sich und küsste mich einfach. Ich war viel zu überrumpelt, um mich zu wehren. Dieser Kuss hatte nichts Fragendes, er war wild und auf erschreckende Art besitzergreifend. Vergeblich wand ich mich und versuchte mich loszureißen. Voloks Arme nahmen mir die Luft. Aber dann war ich plötzlich frei, stolperte zurück, bis ich gegen die Mauer stieß. Volok fluchte. Im staubigen Streiflicht, das durch die löchrige Decke fiel, erkannte ich auf seiner Unterlippe den Abdruck eines Zahnkranzes. *War ich das wirklich?*

Er war zornig, seine Augen funkelten. »Bist du verrückt geworden?«

»Ich gehöre dir nicht!«, erwiderte ich. »Tu das nie wieder.«

»Was soll ich nicht tun? Dich begehren?« Er lachte auf eine Art auf, die mir nicht gefiel. »Was erwartest du von mir, Liljann?«

»Dass du mir Zeit gibst. So, wie du es mir versprochen hast!«

»Du hast mir auch etwas versprochen«, sagte er gefährlich leise. »Mit einem Ring und einem Ja, schon vergessen? Ich habe meinen Auftrag erfüllt – zehn Tagesreisen Bannzone für die Erstgeborene, zehn Tage Zeit. Ich habe mich an eure Gesetze gehalten, jetzt gelten die des Graulandes. Ab heute bist du nicht mehr Velenders Tochter, sondern meine Frau. Mit Leib und Seele, Haut und Haar.«

Jetzt war mir endgültig übel vor Angst. Rauer Stein drückte gegen meine Schultern. Nach der langen Reise waren wir beide verwildert, aber trotzdem fiel mir unangenehm auf, wie wirr sein Haar war und wie dunkel der Bartschatten, der sein Gesicht kantiger und noch fremder wirken ließ.

Ich war sicher, Volok würde wieder zu mir kommen. Für meinen Bannzauber war ich zu weit fort von der Türschwelle, aber plötzlich holte Volok Luft und kämmte sich das Haar mit den Fingern nach hinten, eine Geste der Beherrschung, die ich auch von meinem Vater kannte. »Zeit«, sagte er so verächtlich, dass ich fröstelte. »Na schön. Geh nicht weiter als bis zum Wasserfall, wenn du am Leben bleiben willst.« Dann stürmte er hinaus. Ich hörte, wie er aufs Pferd stieg und davonpreschte, als müsste er so schnell wie möglich einen Abstand zwischen mich und sich bringen. Aber selbst als es wieder still war, wagte ich mich nicht zu rühren. Nach einer Weile gaben meine Knie ganz von selbst nach. Ich rutschte an dem rauen Mauerstein auf die Flechten und zog die Knie bis zum Kinn. Mein schneller Atem klang viel zu laut in dieser Stille, und an meiner Hand, die immer noch zitterte, glänzte der eiserne Ring, der mich an Volok band. *Ich kann nicht mehr zurück,* dachte ich voller Entsetzen. *Ich kann nirgendwohin.* Und als ich die Lider fest zusammenpresste, sah ich Tajann vor mir – lachend und tanzend in ihrem neuen Leben, in Sicherheit hinter den Mauern der Zitadelle, verliebt und glücklich in Firans Armen. Plötzlich schmeckte sogar die Luft bitter. Auf irgendeine Art war ich betrogen worden, ich wusste nur nicht, wie.

Schatten

Ich dachte, ich hätte meine Familie und die Jägerhütte hinter mir gelassen, aber die Nächte in der Zitadelle bringen mir alles zurück: Liljanns abwesendes Summen von Barbarenliedern, die Eulenschreie, den Duft nach Wald und Waffenöl – und meinen Vater. Im Traum sehe ich ihn verbittert im leeren Jagdhaus sitzen, überwachsen von Moos wie ein geborstener Baumstamm. Seine Hände umklammern das Gewehr, und er schaut mich an mit Augen, die vor Mordlust glühen. Wenn ich aus solchen Träumen hochtauche, stelle ich mir vor, dass Liljann bei mir im Zimmer ist, sogar im Schlaf mit diesem unendlichen Ernst, der sie so liebenswert macht. Und jeden Morgen bin ich traurig und erleichtert zugleich, wenn ich schließlich die Augen aufschlage und sehe, dass ich zu Hause bin – in meinem Zimmer in der Zitadelle, ohne Familie, aber glücklich.

Denn ja, ich bin glücklich hier, obwohl mir Janeik so fehlt, dass es schmerzt, und es im Moment so ist, wie in einem steinernen Labyrinth zu leben, in dem ich immer und immer wieder dieselben Wege gehe. Jeder glaubt, ich würde tagsüber wirklich den zwei alten Archivaren zu Hand gehen. In Wirklichkeit lerne ich, was die Lady mir zu lernen aufträgt. Wenn ich morgens zu meinem Schreibtisch komme, liegen Bücher und Akten bereit. Manchmal finde ich zwischen den Seiten Anweisungen. Ich muss sie schnell lesen, so rasch löst sich die silberne Tinte auf. *Gute Strategie,* das schrieb Lady Jamala mir nach dem Abend im Speisesaal. Natürlich meint sie den Wortwechsel mit Janeik. Langsam verstehe ich, wie sie denkt. Für sie musste es so aussehen, als hätte ich die Szene ganz bewusst provoziert. Denn als Günstling der Lady wäre mein Weg zu Antija sicher nicht so einfach gewesen. Inzwischen muss ich jede freie Minute bei ihr verbringen. Aber es ist gut, keine Zeit zum Grübeln und Sehnen zu haben. Seit zehn Tagen ist Janeik schon fort, und dennoch ist es so, als wären wir verbunden, als könnte ich seine Gegenwart und sogar seinen Atem spüren, sobald ich die Augen schließe. Alles bringt mir seine Küsse zurück – die Dunkelheit vor dem Einschlafen, ein fernes Türenklappen, sogar der Duft von Buchleim, der mich tagsüber umgibt. Oft gehe ich in den Winkel, wo wir uns umarmt haben. Immer noch weiß ich nicht, wie Janeik aus der Bibliothek verschwinden konnte. Einen Geheimgang habe ich nicht gefunden. Aber auf eine andere Art ist er immer noch hier. Zärtlich berühre ich mit den Fingerspitzen die Buchrücken, als wäre das Leder seine Haut, und spüre unserem Echo nach. Es hallt in meinem Körper wider und lässt mich krank vor Sehnsucht zurück. Am schlimmsten sind die Momente, wenn ich draußen Hufgeklapper höre und mich unter einem Vorwand zu einem Fenster stehle. Aber niemals ist es Janeik und von Stunde zu Stunde wächst das Verlangen nach ihm wie ein Schwelbrand in meiner Seele. An solchen Tagen bin ich zornig auf ihn, rastlos und fahrig, und sobald ich endlich in meinem Zimmer bin, reiße ich mir all das Weiß vom Körper und öffne das Fenster, ohne das Licht anzumachen. Der kalte Mitternachtswind streicht mir kühl und fordernd über die Haut wie Janeiks Lippen und lässt mich erschauern.

Volok war auch nach Einbruch der Dunkelheit nicht zurückgekehrt, und irgendwann musste ich in der Dunkelheit vor Erschöpfung im Sitzen eingeschlafen sein, denn als ich aus einem Mahlstrom wirrer Bilder hochschreckte, fiel Morgensonne in den schattigen Winkel, in den ich mich verkrochen hatte. Das Licht malte das Schattenmuster des Dachskeletts auf den Boden und die Wand. *So lange habe ich geschlafen?* Ich fuhr hoch. Volok war immer noch fort. Das war gut. Aber mit siedend heißem Schreck fiel mir ein, dass die Pferde noch draußen waren. Am liebsten hätte ich mich wieder in den Schatten verkrochen, aber ich hatte keine Wahl. Ich musste zu den Pferden. *Was würde Tajann tun?*, fragte ich mich. *Aufstehen, Wasser holen und Feuerholz suchen. Das Dach abdichten, so gut es geht.* Denn auf gar keinen Fall würde ich eine weitere Nacht leichtsinnig und ohne Schutz in der Ruine sitzen.

Ein blauer Lichtfleck erblühte auf meinem rechten Schuh, als ich aufstand. Ich hob den Kopf und betrachtete die Kuppel. In den durchbrochenen Sonnenstrahlen schwebten die Schleier alter Spinnweben und Staub. Und in einer Strebe steckte der dreieckige Rest einer blauen Glasscheibe. Die Kuppel war also ursprünglich aus buntem Glas gemacht, so, wie man es in Kirchen und Palästen fand.

Ich schaffte das Rabennest zur Seite, schob Laub und die Flechten fort und legte die Feuerstelle frei. Das, was einmal ein Mensch gewesen war, schien mich immer noch zu betrachten. Und als ich den halben Schädel und das Netz mit dem Fuß wegschob, sprang ich zurück, als wäre ich auf ein Schlangennest gestoßen. Ein Auge sah mich an! Ich brauchte ein paar Sekunden, um zu begreifen, dass es nur ein Mosaik zwischen Flechten und trockenen Blättern war. Vorsichtig kratzte ich ein größeres Stück Boden frei. Ein Gesicht kam zum Vorschein, eine Frau mit langem Haar und einer grauen Maske, die ihr ganzes Gesicht bedeckte. Kurz entschlossen nahm ich den letzten vollen Beutel aus der Provianttasche und kippte das ganze Wasser aus, wischte Schlamm und Schmutzkrusten beiseite. Die Maskierte war rothaarig und trug einen transparenten Mantel aus Glassteinen. Sie hatte die Arme ausgestreckt und breitete den Mantel über kauernde Gestalten, die sich um sie scharten: ein Säugling, ein Kind, ein junges Mädchen, ein Mann, eine ältere Frau und ein Greis. *Eine Schutzheilige, die ihren Mantel über alle hält – jung oder alt?* Dieses Haus war also früher wirklich so etwas wie ein Tempel gewesen. Dazu passte auch die Feuerstelle, auf der sicher Opfergaben verbrannt wurden. Mein Nacken kribbelte unbehaglich, als wäre ich hier nicht länger willkommen. Ich holte Milas Amulett hervor. Ich hätte alles dafür gegeben, jetzt die Wilen hier zu haben. Ihre Reaktion hätte mir gezeigt, was ich von all dem zu halten hatte. Aber zum allerersten Mal in meinem Leben war ich ganz auf mich gestellt. »Ich weiß, dass hier jemand ist«, wisperte ich.

Zweige brachen unter einem schweren Gewicht und ich fuhr zur Tür herum, auf alles gefasst. Doch es war nur Kyzar, die vor der Tür stand und mit gespitzten Ohren in den Raum lauschte, ohne mich wahrzunehmen. Die Zügel hingen lang herunter, einer war gerissen. Jetzt konnte ich nicht anders als zu lachen, nervös und erleichtert zugleich.

»Das reicht«, sagte ich zu dem halben Schädel. »Du wohnst hier nicht mehr.«

Meine Hände zitterten dennoch, als ich mit spitzen Fingern die Knochen zusammensuchte und in meinen Mantel wickelte.

Als ich zur Tür trat, spürte ich das kühle Kribbeln meines Schwellenzaubers in der Luft. Erst mit meinem Schritt über die Schwelle würde der Bann zerspringen wie ein Band aus Glas. Vorsichtig spähte ich an Kyzar vorbei. Das Packpferd graste ganz friedlich am Abhang. Kyzar spitzte die Ohren und schnaubte mir überrascht gegen den Hals, als ich über die Schwelle trat. Direkt neben mir erhob sich der verwundete Schlangenbaum. Der Wind brachte die Zweige zum Klappern, aber keine Schlinge griff nach mir und ganz in der Nähe erahnte ich das beruhigende Geräusch von Wasser. Und hier draußen, in der Sonne, wirkte das Land nicht mehr so bedrohlich.

Der kleine Wasserfall befand sich ganz in der Nähe des Hauses, in einem von Felsen und Sträuchern geschützten Halbrund. Tiere schienen hier selten vorbeizukommen, die Sträucher hingen noch voller Winterbeeren. Die Sonne hatte sie längst getrocknet. Aber am Beckenrand lag ein Holzeimer zum Wasserschöpfen und an den Felswänden entdeckte ich Hinweise auf Menschen: Haken, die aus der Felswand ragten, als hätte jemand hier früher eine Seilwinde angebracht, und Scharten, die von Werkzeug stammten.

Ich bestattete die Knochen neben einem Strauch und zog die weiße Rose hervor. Sie war auf der Reise weiter erblüht, die Wurzeln suchten immer noch nach Erde. Ich drückte ein kleines Loch in die Graberde und steckte die Rose hinein. »Für dich«, sagte ich leise zu dem Toten. »Damit du nicht auf Idee kommst, mir nachzulaufen.« Dann zog ich mit dem Zeigefinger das Bannzeichen der Wildländer und sprach die Totenformel. »Knochen zu Erde, Zahn zu Stein, Atem zu Wind.« Die Härchen an meinem Nacken sträubten sich in einer Gänsehaut, als hätte mir jemand in den Nacken geatmet. Aber es war nicht erschreckend. Ich musste nur lächeln, ohne zu wissen, warum.

Erst als ich zum Beckenrand trat und trinken wollte, schreckte ich zurück. Eines von Milas Tierwesen starrte mich im Wasserspiegel an. Ich war schmutzig wie ein Schlammkriecher, Morchelstaub hatte mir eine schwarze Wolfsmaske über Nase und Augen gelegt und mein Haar war eine verfilzte Mähne voller Rankenfasern und Spinnweben. Schmutzwolken verdunkelten das Wasser, als ich mit dem Gewehr in den Händen zum Wasserfall watete. Ich lehnte die Waffe in Greifweite an einen Vorsprung und trat unter den fallenden nassen Vorhang. Rasch zog ich mich aus und schrubbte mir mit Händen voller Grundsand den Schmutz vom Körper. Immer wenn ich wieder an die Luft tauchte und spähte, sah ich nur die Pferde. Kyzar hatte es geschafft, sich wieder loszureißen, stand bis zum Bauch im Becken, schlug begeistert mit dem Vorderhuf auf das Wasser und schüttelte eine Tropfenkaskade aus der Mähne. Ich machte einen Schritt zurück und noch einen weiteren, bis sich der Wasserfall vor mir schloss wie ein Vorhang. Hier, in dem geschützten Raum zwischen der Haut aus Wasser und der aus Stein, blieb ich stehen. Es war erstaunlich dunkel hier und zum ersten Mal fühlte ich mich sicher. Die Wasserwand war mein Tarnmantel und gleichzeitig ein ruheloser Quecksilberspiegel, der Figuren fing. *Wie in einem Traum*, dachte ich. *Schatten und Erinnerungen*. Durch das Wasser hindurch konnte ich auf der anderen Seite Kyzars Bewegungen nur erahnen. Aber dann fiel mir etwas auf. Das Quecksilber malte weiter seine Zerrbilder, aber ich konnte nur auf einen Schatten starren. Er ragte direkt hinter dem Wasser auf, groß und unbeweglich. *Volok?* Erschrocken kreuzte ich die Arme vor den Brüsten, verbarg mich vor einem Blick, den ich so deutlich zu spüren glaubte, dass ich am liebsten in den Fels gekrochen wäre. *Er kann es nicht sein*, beruhigte ich mich. *So schnell kann er nicht hier auftauchen. Ich hätte ihn gesehen. Es ist nur eine optische Täuschung, ein Schatten.* Aber noch bevor ich mich rühren konnte, glitt der Umriss davon und mich blendete Licht, das durch die Wasserwand fiel. Als wäre etwas, das bisher die Sonne abgeschirmt hatte, plötzlich verschwunden. Mit wenigen Sätzen durch peitschendes Wasser war ich bei meinem Gewehr und riss es hoch. Aber alles war wie vorher. Kyzar und das Packpferd, die nun die trockenen Winterbeeren von den Sträuchern fraßen, spitzten die Ohren und äugten interessiert zu mir herüber. Bis zur Hüfte im Wasser und mit dem Gewehr im Anschlag drehte ich mich um mich selbst, suchte die Felswand ab, das Rund mit den Sträuchern, sogar den Himmel. Aber niemand war hier, Volok nicht und auch sonst kein Mensch, und auch kein dämonisches Wesen. *Nur eine nackte Wahnsinnige, nass wie eine Katze, die mit einem Gewehr auf Phantome zielt.*

Eine Hand auf meiner Schulter reißt mich aus dem Schlaf. Noch halb im Traum fahre ich hoch. »Janeik?«, flüstere ich. Dann bin ich hellwach und zu Tode erschrocken. *Habe ich das wirklich gesagt?*

»Keine Angst«, sagt eine wohlvertraute Stimme. »Das war nur ein Albtraum. Ich bin es: Dimad!«

Ich bin froh, dass die Gefängniswärterin im Dunkeln nicht sieht, wie blass ich geworden bin. *Das nächste Mal werde ich mich verraten.*

»Steh auf und komm mit. Und kein Licht.«

Im Dunkeln ziehe ich die weiße Tunika an – und schnappe erschrocken nach Luft, als ich ein Tuch auf den Augen spüre. Mit einem Ruck zurrt Dimad die Augenbinde fest und nimmt meine Hand. »Los, schnell!« Es bleibt keine Zeit mehr, Schuhe anzuziehen, barfuß folge ich ihr über die Schwelle. Ich versuche mich zu orientieren, merke mir die Richtungen und die Anzahl der Schritte, präge mir die Beschaffenheit des Bodens unter meinen Sohlen ein. Der Weg führt über den vertrauten Marmor, fremdes Holz und einen knotigen Webteppich, und dann höre ich ein leises Knirschen und wir laufen auf rohen Steintreppen, die zu schartig und steil sind, als dass sie zu einem der Verwaltungsräume führen. Geheimgänge? Es wird kälter, dann sehr kalt. Wir stehen auf einer leicht schaukelnden Holzplatte. Eine Seilwinde quietscht und wir rucken Stück für Stück nach unten. »Wir fahren ins Felsenherz?«

»Scht! Kein Wort.«

Aber dieser Geruch, der von unten hochdünstet, passt nur zu einem Kerker. Schweißig und klamm wie Angst, abgestanden und so stechend wie ungewaschene, kranke Haut. Mein Fuß zuckt zurück, als ich Steinboden berühre. »Ducken«, befiehlt Dimad. Sie schiebt mich durch etwas, was ein brusthoher Durchgang zu sein scheint, dann nimmt sie mir die Augenbinde ab. Ich blinzle noch, während hinter mir die Tür zufällt. Das Erste, was ich erkenne, ist Moos an den Wänden, dort, wo das spärliche, blasse Licht hinfällt. Für einen bizarren Moment fürchte ich, in einer Gefängniszelle zu sein, aber dann nehme ich den schweren Duft von Lilienparfüm wahr und drehe mich um. Die Lady sitzt an einem einfachen Holztisch und erwartet mich mit einem Lächeln. Zwei edle Kristallgläser und eine volle Karaffe stehen auf dem Tisch, ein seltsamer Gegensatz zum Moos und fleckigen Holz. Insgeheim atme ich auf.

»Setz dich!«

Es gibt nur einen freien Stuhl, ihr gegenüber, aber als ich mich darauf niederlasse, bemerke ich die rostigen Handschellen an den Lehnen. »Kein Grund, so blass zu werden«, sagt die Lady amüsiert. »Ja, das ist einer der Verhörräume, aber ich hoffe doch, ich muss dich nicht anketten und mit glühendem Eisen nachhelfen, damit du mir Auskunft gibst?« Sie lacht, nimmt die Weinkaraffe und schenkt beide Gläser voll. Ich weiß, dass es mehr als eine Ehre ist, wenn die Herrscherin mir einschenkt. Ich bin auf der sicheren Seite des Netzes, aber trotzdem ist mir unbehaglich zumute. Lady Jamala prostet mir zu. »Trinken wir auf deine Zukunft. Zur Vorkosterin meiner Schwiegertochter hast du es ja schon in erstaunlich kurzer Zeit gebracht. Ich bin beeindruckt.«

»Danke, Mylady.« Viel Zeit zum Trinken lässt sie uns beiden nicht. »Berichte mir von Antija. Stimmt es, dass sie dich beim Schachspielen Dummkopf nennt?«

Es stimmt. Ich halte es nämlich für besser, Antija bei fast jedem Spiel gewinnen zu lassen. Sie verliert nicht gern, das habe ich bereits gelernt. Auf eine gewisse Art mag ich die nächtlichen Schachspiele mit ihr sogar. Das Vorausberechnen der falschen Züge lenkt mich von Janeik ab. Während ich nun spreche, suche ich nach Ähnlichkeiten zwischen Mutter und Sohn, aber ich finde sie nur im launischen Schwung der Brauen.

»Gute Arbeit«, sagt die Lady, nachdem ich geendet habe. Langsam werde ich wohl verrückt, denn ich bilde mir sogar ein, dass mir eine unsichtbare, federleichte Hand anerkennend über die Schläfe streichelt.

Dabei habe ich nicht alles erzählt. Ich weiß nicht, warum, aber Antijas Schmerz über den Tod ihrer jüngsten Schwester behalte ich für mich. Und auch ihre Bemerkung zu den Feuern der Scheiterhaufen und der Macht des Wassers. Es ist seltsam: Obwohl ich die farblose Prinzessin nicht mag, habe ich manchmal dennoch das Gefühl, sie vor der eigenen Unvorsichtigkeit beschützen zu müssen. Vielleicht erinnert sie mich in dieser Hinsicht auch einfach nur an Liljann.

»Dann kommen wir jetzt zu dir«, sagt die Lady. »Du hast Fragen an mich?«

Ich zögere. Ja, ich habe viele Fragen, aber keine davon würde ich wagen zu stellen. Zum Beispiel die nach den verwahrlosten Siedlungen. »Jetzt sag mir nur nicht, dass du Angst hast«, sagt Lady Jamala spöttisch. »Nur zu. Die Chance wirst du nicht oft bekommen. Vergiss, dass ich deine Lady bin. Wir sind einfach nur zwei Frauen, die sich unterhalten.«

»Das sind wir aber nicht, Mylady«, sage ich leise.

Sie lächelt. »Kluges Mädchen. Aber in diesem Raum kannst du frei sprechen. Soll ich dir etwas von deiner Mutter erzählen?«

Sie sieht mich erwartungsvoll an, also nicke ich.

»Unsere Tarnnamen, die wir einander als Kinder gegeben haben, hast du ja bereits herausgefunden. Sie war Azur, die mir alles sagen und mich alles fragen durfte. Und ich war Nalan, die sich alles anhörte, ohne es später gegen sie zu verwenden. Als Mächtige ist es unbezahlbar, Vertraute zu haben, die einem die Wahrheit sagen, und zwar bedingungslos. Deine Mutter hat ein Spiel daraus gemacht: Antwort gegen Antwort, so nannte sie es. Das war der Code. Wer eine Antwort gab, hatte das Recht, auch eine Frage zu stellen. Egal welche. Und man musste ehrlich antworten. Dieses Spiel war unsere geschützte Kammer. Und nichts davon existierte noch, sobald wir wieder über die Schwelle traten. So wie auch nichts, was wir hier sagen, nach außen dringt, verstanden?«

Sehr passend, dass unser geschützter Raum ein Verhörraum ist, denke ich. Ich kann fast noch die Angst der Gefangenen spüren und ihr Leid, als sie versuchten, ihre Geheimnisse nicht preiszugeben.

»Ja, Mylady.«

»Gut. Hier sind wir also Azur und Nalan. Also frage!«

»Die … Minen. Werfen sie … genug Gewinn ab?«

Jamala wird ernst. »Genug ist ein Wort, das nur in einer Relation Bedeutung bekommt. Genug wofür?«

»Für das Land. Und für … die Arbeiter.«

Sie seufzt. »Ja, mir wurde von eurem ungeplanten Besuch in der Siedlung berichtet. Die Antwort ist Nein. Es ist nicht genug. Als ich mich dafür entschied, das Land zu erobern, lagen Berichte und Proben vor, die auf mehr Bodenschätze hindeuteten. Aber auch Späher und Gutachter irren sich. Deshalb brauche ich ja die Hafenrechte und die Passage über das Meer. Manchmal muss man neue Wege und Gebiete suchen – solange noch Zeit dafür ist.«

Also plant sie eine weitere Eroberung. Kolonien jenseits des Meeres, vielleicht sogar die Inseln. Zumindest weiß ich jetzt, wo Janeik in Zukunft regieren soll. Und warum es so nützlich ist, eine Meeresprinzessin als Verbündete zu haben. Beziehungsweise einen König, der die Kriegsführung auf See beherrscht. Vermutlich hat Lady Jamala beim Nordkönig hoch gepokert und ihn glauben lassen, dass seine Tochter in ein reiches Land einheiratet.

Die Lady beugt sich vor. »Nun meine Frage und ich will eine ehrliche Antwort: Gehört das hier wirklich dir?«

Mit einem resoluten Klacken stellt sie eine kleine Holzfigur auf den Tisch. Ein Mann mit einem Hirschkopf. Ich hoffe, sie sieht mir meine Irritation nicht an. Das ist Liljanns Holzfigur! Das Geweih ist aus den Gabelungen von Zweigen geformt. Ich erkenne sogar die eine Strebe, die abgebrochen ist und zurechtgefeilt wurde. Um die Figur zu bekommen, hat meine Schwester einen Silberkamm eingetauscht. Fast hätte ich gefragt, ob meiner Schwester etwas zugestoßen ist, aber eine innere Stimme warnt mich, wachsam zu sein. Die Lady wartet auf eine Antwort. Immerhin kann ich die Wahrheit sagen.

»Nein, die Figur gehört nicht mir. Wer behauptet das?«

»Dein Vater. Er ist damit zum Grenzlager geritten und hat Anzeige erstattet. Er sagt, er habe die Figur bei deinen Sachen gefunden, die du im Jagdhaus zurückgelassen hast.«

Heute verberge ich meine Betroffenheit gut. Zumindest weiß ich jetzt, dass Liljann nichts passiert ist. Allerdings ist es seltsam, dass sie die Figur, die ihr so viel bedeutet, nicht mitgenommen hat. Und für einen bizarren Moment entspinnt sich in mir die Version, dass Liljann mich durchschaut hat und sich an mir rächen wollte, indem sie ihre Figur bei meinen Sachen zurückließ. *Reiß dich zusammen, Tajann!*

»Was mein Vater sagt, ist nicht wahr.«

»Natürlich nicht«, sagt die Lady ruhig. »Aber es kann gefährlich werden, wenn solche Gerüchte über dich verbreitet werden. Du weißt doch, wen diese Figur darstellt?«

»Eine Barbarengottheit, vermute ich. Eine ähnliche Darstellung habe ich im historischen Festsaal gesehen …«

»Es stellt König Jar in der kultischen Gestalt eines Menschtiers dar. Und du weißt, welche Strafe darauf steht, den toten König zu verehren?«

»Ihr glaubt wirklich, mein eigener Vater will mich im Felskerker sehen?«

»Damit musst du rechnen. Und sei sicher, dass er dir auch Hexerei andichten würde, wenn er könnte. Das ist die dritte Lektion: Die gefährlichsten Feinde sind diejenigen, die dir am nächsten standen und dich einst am meisten liebten. Hass ist ohnehin stärker als Liebe. Aber am stärksten ist Hass, der aus Liebe geboren wurde. Gewöhne dich daran. Wenn du erst mächtig bist – und das wirst du sein, wenn du meine rechte Hand bist –, dann wirst du mehr gehasst als geliebt.«

Mein Herz macht einen Satz. *Die rechte Hand der Lady.*

»Macht zu haben, ist wie einen Drachen zu reiten«, fährt sie fort. »Wenn du einmal auf seinen Rücken gesprungen bist, kannst du nie wieder absteigen. Aber zähmen kannst du ihn auch nicht, also musst du ihn mit Gewalt und List beherrschen, solange du lebst. Immer, zu jeder Stunde, jeder Minute musst du stark und wachsam sein. Er wartet nur auf einen Moment der Schwäche, um dich abzuwerfen und dich zu verschlingen. Und dieser Moment wird kommen. Das ist das Gesetz der Macht.

Kein Lord und keine Lady ist jemals friedlich im Bett gestorben. Jeder Mächtige ist von seinem Drachen getötet worden. Bereite dich darauf vor.« Sie lehnt sich zurück und schenkt sich Wein nach. »Deine Frage!«

Ich muss tief durchatmen. War es nicht das, was ich immer wollte? Meinen eigenen Weg bei Hof zu gehen? Jetzt steht er mir offen, aber seltsamerweise macht die Geschichte vom Drachen mich nur traurig. Nicht nur, weil ich erst jetzt den eigentlichen Preis meines Verrats begreife. Aber ich war nicht die Einzige, die Velender VanTorra betrogen hat.

»Meine Frage: Stimmt es, dass ... meine Mutter sich heimlich mit einem Mann traf? Mein Vater sagte, dass sie ihm nicht treu war.«

Jamala lächelt sichelfein und schwenkt ihren Wein. »Treue ist auch so ein Wort, das nur im Verhältnis betrachtet sein will. Wenn du es auf deinen Vater beziehst, dann – ja – war Lida ihm untreu. Andererseits: Als er um sie warb, wusste er, dass sie nicht glücklich sein würde, ihm eingesperrt in einem Stadthaus beim Schweigen zuzusehen. Sie liebte das Abenteuer und war mutig und sprühend vor Lebensdurst und Leidenschaft. Aber viele Jahre verleugnete sie all das und war die Frau an seiner Seite, die er in ihr sehen wollte. Doch wenn man sich selbst treu bleiben will, kann man nicht immer anderen treu sein.«

Es gibt mir einen Stich, denn an diese Frau, die sie beschreibt, erinnere ich mich so gut. Ihr Lachen und ihre Art, mich tanzend durch einen Raum zu wirbeln, bis der tadelnde Blick unseres Vaters uns beide innehalten ließ. Selten habe ich meine Mutter so sehr vermisst wie in diesem Moment.

»Kanntet Ihr den Mann?«

»Ich bin zwar an der Reihe, aber diese Frage beantworte ich dir: Nein, und ich habe nie herausgefunden, wer er war. Vermutlich irgendein verheirateter Höfling. Sie hielt seinen Namen auch vor mir geheim. Als ich ihr auf den Kopf zusagte, dass sie einen

Liebhaber hatte, versicherte sie mir, es sei nur ein Abenteuer und würde gegen kein Gesetz verstoßen. Vielleicht war es ein Fehler, sie nicht sofort beschatten zu lassen. Vielleicht könnte sie noch leben, wenn … an diesem Tag einer meiner Männer in der Nähe gewesen wäre.«

»Und warum habt Ihr sie nicht beschatten lassen?«

»Hausrecht vor Burgrecht, wenn es um Herzen und Leidenschaft geht«, sagt Lady Jamala trocken. »Was in den Ehebetten passiert oder nicht passiert, geht die Richter nichts an. Sie hatte mir versprochen, die Affäre zu beenden, bevor ich nachforschen würde. Sie wusste, dass ich es tun musste. Ich kann keine Geheimnisse bei meinen Vertrauten dulden. Diese Frist von drei Tagen war ein Geschenk an Azur, nicht an Lida. Und ich muss zugeben, ich zögerte auch zu Lidas Schutz. Was, wenn mein Späher herausgefunden hätte, dass diese heimliche Affäre doch ein Regierungsgesetz verletzt? Zu der Zeit gab es noch Unruhen, Aufstände an den Grenzgebieten. Was, wenn sich herausgestellt hätte, dass ihr Geliebter einer der Verschwörer an meinem Hof war, die ich später hinrichten ließ? Jede Zitadelle hat ihren Verräter, was, wenn sie ausgerechnet mit diesem das Bett geteilt hätte? In diesem Fall wäre schon ein Kuss Hochverrat gewesen, selbst wenn Lida nichts von seiner Rolle gewusst hätte.«

»Es wäre Eure Entscheidung gewesen …«

»Nein, diese Wahl habe ich nicht«, erwidert Jamala mit harter Stimme. »Lida hatte mein volles Vertrauen, natürlich, aber das zählt leider nicht, wenn es um Gesetze geht. Unser Kodex ist in dieser Hinsicht juristisch eindeutig. Unwissen schützt in diesem Fall nicht vor Strafe. Wir sind dem Kodex unterworfen, jeder in diesem Land und in unserer alten Heimat, auch ich. Und Ausnahmen gibt es nicht, wie du weißt.«

Wie bei der Entscheidung, wen Janeik heiraten muss?

Ich senke den Blick auf meine Hände, die neben den Handschellen liegen. Auf wessen Seite bin ich? Noch nie habe ich mich so zerrissen gefühlt.

»Meine Frage«, sagt sie. »Hat Lida dir je von dem Mann erzählt? Oder hast du ihn je gesehen?«

»Nein!« Ich rufe es fast empört. »Ich war doch erst neun Jahre alt, als sie starb.«

Die Lady nickt. »Sicher, entschuldige.« Ich bin überrascht, wie vorbehaltlos sie mir auch diesmal glaubt. *Die Ähnlichkeit,* denke ich. Sie sieht wirklich Azur in mir, so, wie mein Vater Lida in mir suchte.

»Meine Frage«, sage ich. »Das Gesetz in diesem Land verkörpert Ihr. Macht Ihr wirklich keine Ausnahmen? Nie? Auch nicht aus politischen Gründen ... in den höheren Kreisen? Wenn es zum Beispiel zum Wohle des Landes wäre?«

Sie legt die Fingerspitzen aneinander, es wirkt, als wären ihre Hände ein Käfig für ihre Antwort. *Als dürfte die Wahrheit keine Flügel bekommen.* »Man merkt, dass du in der Wildnis aufgewachsen bist wie ein Wolfskind«, bemerkt sie tadelnd. »Aber gut, du hast einen groben Klotz als Vater und bist eine Zweitgeborene. Manchmal vergesse ich das. Na schön, dann gebe ich dir noch die Lektion, die jeder Erstling in unseren Kreisen lernt, bevor er laufen kann: nein, nie. Keine Ausnahmen, für niemanden, egal von welchem Stand er ist und aus welchen Gründen. Und weißt du, warum? Der Kodex wurde von unseren Ahnen geschaffen, nach dem großen Krieg, dem unsere Urstadt zum Opfer fiel. Das Gesetz ist heilig. Wir sind kein Inselstaat, der abgeschlossen von der Welt nur für sich existiert. Wir sind ein Knoten in einem Netz der Macht, das ist unsere Stärke, unser Rückgrat. Die Länder, die wir verlassen, bleiben immer unsere Rückendeckung. Wir dürfen weder Länder, aus denen wir stammen, noch die Gebiete, die unsere Erstgeborenen erobern, jemals im Kampf beanspruchen. Im Gegenteil. Wir teilen Tributzahlungen und helfen einander im Kriegsfall. Wir geben Erstgeborenen Raum, deren

Weg in dieselbe Richtung führt wie unserer. Aber wir nehmen auch Zweitlinge und Drittlinge und andere bei uns auf, geben ihnen eine Heimat, wenn sie es wollen, und bilden sie aus. Denn Erstlinge haben die Aufgabe, das Netz auszuweiten, mit jeder Generation. Und der Kodex ist es, der das Netz zusammenhält, über alle Grenzen hinweg. Knüpft auch nur einer von uns das Netz so, wie es ihm beliebt, verändert er Strukturen oder Knoten oder auch nur ein einziges Gesetz, dann löst das Netz sich an dieser Stelle auf. Aber natürlich kann ich Gesetze nach Belieben verändern, doch das hätte seinen Preis. Dann wäre mein Land nicht mehr Teil des Netzes. Das heißt, unser Land hier würde wieder zu freier Erde. Und die Erstgeborenen meiner Geschwister wären auch die Ersten, die mich vom Thron stoßen würden.«

Ich sollte dankbar sein für das Vertrauen, das sie mir entgegenbringt, aber alles, was ich denken kann, ist: *Janeik oder Jamala? Wer spricht die Wahrheit?* Ein Teil von mir will tatsächlich glauben, dass Janeik mich nur verführen wollte und mir deshalb die Geschichte der arrangierten Verlobung erzählt hat, aber mein Herz sagt etwas anderes. *»Ich weiß, wie es ist, gefangen zu sein.«* Ich kann wieder sein Flüstern hören, den Hauch seines Atems, der mich sogar jetzt erschauern lässt.

»Dann bin ich wieder an der Reihe«, sagt die Lady in die Stille. »Und antworte ehrlich: Wem gehört diese Figur wirklich?«

Ihr veränderter Tonfall bringt mich endgültig auf den harten Boden der Tatsachen zurück. Spätestens jetzt ist klar, dass es doch ein Verhör ist. Und mir ist, als könnte ich das Netz nun wirklich aufleuchten sehen wie Spinnfäden im Sonnenlicht. Einige Fäden reichen bis ins Grauland. Zu Volok, der immer noch der Lady dient. *Und damit könnte das Gesetz auch Liljann erreichen.*

Ich hebe den Blick und schaue Lady Jamala ins Gesicht. »Ich weiß es nicht.« Keine Ahnung, woher ich den Mut für eine so direkte Lüge nehme.

»Du hast die Figur noch nie gesehen?«, fragt die Lady streng.

Ich muss an Mila denken, an die seltsame Kreatur, halb Mensch, halb Raubtier, das sie als Bannzeichen auf unsere Schwelle gemalt hat. Und an die Zeichnung des geflügelten Dämons, vor dem Liljann so erschrocken ist.

»Doch, natürlich«, erwidere ich leichthin. »Manche Wildländer-Kinder spielen mit solchen Figuren, so, wie ich früher mit hölzernen Pferden gespielt habe. Ich kenne Holzdrachen und Seefrauen mit Fischschwänzen. Oder eben solche Mischkreaturen. Das Grenzland ist Hirschgebiet, deshalb erschien mir Kinderspielzeug wie dieses nie verdächtig.«

Ihr einzelnes Auge fixiert mich, kühl, abwartend. Aber diesmal lasse ich mich nicht einschüchtern.

Ich lächle, als fühlte ich mich immer noch sicher in dem Spiel, das Lida-Azur einst erfunden hat. »Gewöhn dir diese Naivität ab«, sagt Lady Jamala schließlich. »Wenn du solche Figuren siehst, hast du die Pflicht, das zu melden.«

Jamala glaubt mir also ein drittes Mal. Es ist, als würde die Gestalt meiner Mutter mich schützen wie eine Maske, die mein wahres Ich verbirgt. Vielleicht ist es das, was mich dazu verleitet, mich auf wirklich gefährliches Gebiet zu wagen. »Warum?«, frage ich. »Jeder zivilisierte Mensch weiß doch, dass es keine Halbwesen gibt. Warum ist es strafbar, wenn die Wildländer an solche Kreaturen glauben?«

»Du sagst es selbst: Glauben«, erwidert die Lady scharf. »Der Glaube ist die gefährlichste Waffe, die es gibt. Wer glaubt, der sieht. Und wer sieht, für den existiert etwas. Heute ist das hier Kinderspielzeug, morgen Werkzeug, übermorgen eine Art zu sterben und unterzugehen.«

Ich verstehe nicht, was genau sie damit meint, aber bevor ich weiterfragen kann, bringt Jamala mich mit einem genervten Wink zum Schweigen. »Genug für heute. Ich dulde keine Chimären und Halbwesen in meinem Land, weder in den Köpfen noch aus Holz oder Kreide, merk dir das und handle danach.«

Sie steht auf und auch ich springe vom Stuhl und sinke in einen tiefen Knicks.

»Lern weiter«, sagt die Lady im Hinausgehen. »Du machst deine Sache gut, Lidastochter.«

Dimad ist bereits zur Stelle und verbindet mir wieder die Augen. Sie wirkt erleichtert, und ich frage mich, ob sie vielleicht nicht erwartet hat, dass ich den Verhörraum heute wieder verlasse. »Scht, kein Wort!«, sagt sie wieder, als ich den Mund öffne. Also lasse ich mich stumm wegführen. Ich zähle die Schritte bis zum Aufzug, aber kurz bevor der Stein zu Holz übergeht, höre ich hinter uns Stiefel auf Stein schlagen. Drei, vielleicht auch vier Männer nähern sich uns. »Zur Seite!« Ich erkenne die raue Stimme. Monn! Dimad drückt mich an die Wand, aber der Gang ist schmal, der Trupp passiert uns so nah, dass mir der Geruch nach Pferdefell, regennassen Mänteln und verrußtem Waffenöl in die Nase steigt. Meine Gedanken springen durcheinander. *Sie kommen direkt von draußen? Welcher Weg führt von dort in das Felsenherz? Und wenn Monn wieder zurück ist, dann muss auch …*

Aber dann reißt jeder Gedanke ab. Ein Schritt verlangsamt sich für einen Herzschlag, ein Mantel streift mein Bein und ein Finger berührt im Vorbeigehen wie zufällig meinen Handrücken. Es ist wie ein Schock. Ich sehe Janeik so deutlich vor mir, als trüge ich keine Augenbinde. Noch während die Schritte verklingen, glüht seine Berührung auf meiner Hand nach, und die Ahnung seines Dufts macht mich schwindelig.

»Weiter!« Ich gehorche Dimad, gehe aufrecht, mit erhobenem Kopf. Aber sobald wir wieder auf der hölzernen Plattform nach oben schweben, wird mir so schwach zumute, dass ich nach einem Halt taste.

»Du meine Güte!«, ruft Dimad. »Du hast ja gar keine Schuhe angezogen. Frierst du nicht?«

»Nein, es … geht schon.«

»Aber du zitterst am ganzen Körper! Verzeih mir, ich hätte dich nicht so hetzen dürfen. Ich bringe dich schnell zurück ins Warme.«

Ich weiß nicht, woher ich es weiß. Ich kann Janeik nicht sehen, nachdem Dimad mir in meinem Zimmer die Augenbinde abgenommen hat, aber ich spüre, er ist hier. Im Dunkeln erkenne ich kaum etwas, doch Dimad führt mich so zielstrebig zum Bett, dass mir klar wird, um wie viel besser als ich sie in der Nacht sieht. In der Ahnung von Mondlicht, das zwischen den Gardinen hindurchfällt, leuchtet ihre vom Lichtmangel gebleichte Haut ebenso hell wie mein Kleid. »Vergiss, wo du warst, und schweig, hast du verstanden?«, schärft sie mir ein.

Ich kann nur nicken. Meine Hände krampfen sich ineinander, denn hinter ihr verschiebt sich ein Schatten. Der Umriss eines schlanken Körpers, Mondglanz auf einer hellen Haarsträhne, der in einem Wolkenschatten sofort wieder verlischt. Janeik wartet, halb hinter der offenen Tür verborgen. Seltsamerweise ist meine erste Reaktion nicht Angst. Es ist Ärger. *Ist er verrückt?*

»Und stell die Schuhe in Zukunft neben dem Bett bereit«, sagt Dimad.

»Das werde ich. Danke.«

Ihr Lächeln ist ein schattiger Schnitt in dem weißen Vollmond ihres Gesichts. Mit einer zärtlichen Unbeholfenheit streicht sie mir über das Haar. »Dann schlaf jetzt, Kleines.«

Als sie sich umwendet, setzt mein Herz einen Schlag aus. Aber Janeik ist schon fort. Und als die Tür sich lautlos hinter der Gefängnisverwalterin schließt, bin ich erleichtert und enttäuscht zugleich. Eine Weile sitze ich nur da und ringe nach Luft, dann gehe ich zur Tür. Aber als ich nach der Klinke greifen will, umfließt mich eine Umarmung, ein Arm umfasst von hinten meine

Taille, der andere legt sich über meine Schlüsselbeine, meinen Hals. »Wohin, Schöne?«, raunt Janeik mir ins Ohr. Seine Wange ist rau an meiner Schläfe und ich spüre sein Lächeln.

»In die Bibliothek«, flüstere ich zurück. »Dort wartet jemand, der mich küssen will.«

Er dreht mich zu sich, so grob, als wäre er wirklich eifersüchtig, und ich lasse es zu, dass er mich mit dem Rücken gegen die Tür drückt, meine Handgelenke in seinen Fäusten. »Wer?«

»Jedenfalls kein unrasierter Wilder wie du. Sondern ein Höfling, der sich zu benehmen weiß und ...«

Sein Kuss verschließt meinen Mund, sein Körper drängt sich an meinen und ich spüre kaum, dass meine Handgelenke pochen, weil Janeik sie so fest an die Tür presst.

»Bist du wahnsinnig, einfach in mein Zimmer zu kommen?«, flüstere ich zwischen zwei Küssen.

»Ich wäre wahnsinnig geworden, wenn ich nicht hergekommen wäre. Du hast mir so gefehlt, Tajann, so sehr!«

Er lässt meine Hände los und ich gebe seinem Kuss nach, dränge mich seinem Körper entgegen. Noch nie habe ich mich so schwach gefühlt, so willenlos. Und so glücklich und unglücklich zugleich. Denn ich weiß nur zu gut, wessen Tracht ich immer noch trage. Es kostet mich alle Kraft, ihn von mir zu schieben.

»Weiß Antija, dass du zurück bist?«

Ich kann spüren, wie die Atmosphäre sich verändert. Es scheint kälter zu werden. »Nein«, sagt er. »Ich muss sie noch früh genug sehen.«

Und da weiß ich es ganz sicher. Jamala lügt, wenn sie vom Kodex spricht. Janeik hat die Wahrheit gesagt. Ich kann es spüren, denn wir schwingen wie zwei Saiten desselben Musikinstruments.

»Hier können wir nicht reden. Kommst du mit mir, Tajann? Jetzt sofort?«

»Wohin?«

»An einen Ort, an dem uns niemand findet.«

»Wenn du dein Bett damit meinst, träum weiter!«

Sein Lachen in der Dunkelheit entfacht auch bei mir ein Lächeln.

»Nein, ich meine einen wirklich sicheren Ort. Den einzigen in der Zitadelle.«

Wieder finden sich unsere Hände, als würden wir schon seit Jahren Hand in Hand gehen. Ich wundere mich nicht, dass der Weg uns zur Bibliothek führt. Es ist wie eine Nachtreise durch meinen Tag, nur dass Janeik diesmal wirklich hier ist, in dem Winkel, in dem wir uns vor zehn Tagen in den Armen lagen. Er führt meine Hand über Buchrücken. »Zähl mit«, flüstert er und küsst mich auf den Hals. Ich lächle und staune, wie selbstverständlich es bereits ist. Wann haben wir angefangen, so etwas wie Geliebte zu sein? Zehn links, drei nach unten, zähle ich. Von seiner Hand geführt, ziehe ich ein schmales Buch heraus und schiebe es umgedreht an anderer Stelle wieder hinein. Janeik greift an mir vorbei. Ich höre das metallische Einrasten kaum, ich spüre es nur, dann weicht das Regal zurück wie eine Tür, die sich vor mir öffnet. Also doch. Ein Geheimgang. Das Büchertor schließt sich genauso lautlos hinter uns. Ich bin überrascht, dahinter weitere Bücherrücken zu fühlen. Aber Janeik lässt mir keine Zeit, wir laufen unendlich lange über leise knarrendes Holz bergauf, bis wir auf Treppen stoßen und nach einer weiteren Ewigkeit in Räume gelangen. Hier gibt es keine Vorhänge. Die Ahnung von Mondlicht zeichnet unregelmäßige hellere Flächen an die Wände. *Keine Fenster, eher ... Lücken und Scharten.*

»Nicht zu nah an das Glas«, sagt Janeik. »Im Mondlicht könnte man draußen unsere Umrisse sehen.«

Es wird kühl, unser Atem bekommt einen Hall und eine Weite und irgendwo über mir schimmert es wie Wasser. Aber erst, als der Mond draußen hinter Wolken hindurchbricht und ein paar weiche Strahlen auf Kristalllüster und einen milchweißen Boden fallen, verstehe ich, wo wir sind.

»Die Burg des Barbarenkönigs.« Mein Flüstern scheint kleine Krallenfüße zu haben, die über den polierten Marmor huschen. Zischen und Tuscheln scheint mir zu antworten, und ich weiß nicht, ob es ein Echo ist oder meine warnenden Stimmen. Die Kühle scheint an mir zu zupfen, mich zurückziehen zu wollen an meinen Haaren, meinem Saum. *Verschwindet,* denke ich. *Lasst mich endlich in Ruhe!*

»Meine Mutter hat den Gang anlegen lassen«, sagt Janeik. »Er führt unter der großen Marmortreppe entlang. Und sie hat mich zum Verwalter der Burg ernannt. Was bedeutet, sie will so wenig wie möglich mit dieser Ruine zu tun haben. Hier entlang!« Unser Weg führt nicht in den Saal des Hirschkönigs, sondern in einen der Flure. Im Halbdunkel kann ich erkennen, wie Janeik die Rechte zur Faust ballt und die Knöchel gegen die Wand presst, dort, wo das Relief eines Totenschädels aus Marmor den Durchgang schmückt. Ein Auge klickt, dort, wo Janeiks Siegelring einrastet, dann geht eine Tür auf. Ein Zündholz ritscht übermäßig laut in der Stille, ich blinzle in der ungewohnten Helligkeit. Janeik stellt die Kerze, die er entzündet hat, einfach auf den Boden. Ich erschrecke fast, so tief sind die Schatten unter seinen Augen. Als hätte er tagelang nicht geschlafen. Sein Gesicht ist noch schmaler als sonst und er wirkt gequält. »Willkommen in meinem Reich.« Beklommen sehe ich mich um. Es ist ein Gewölberaum ohne Fenster. *Wie die Schlafhöhle eines Bären.* Liljann wäre begeistert. Aber das Gemach gehörte eindeutig einem Menschen. Vielleicht sogar dem Barbarenkönig. An den Wänden ist ein Birkenwald mit Silberblättern aufgemalt. Früher zierten sicher auch Edelsteine die Zweige, aber sie wurden aus dem Fresko herausgebrochen. Nur noch verbogene Fassungen erinnern an das, was vielleicht einmal Tautropfen aus Diamanten waren. Ein halb zerstörtes blaues Wellenmosaik auf dem Boden umfließt in Form von Flussmäandern das Bett. Und das Bett selbst besteht aus geschmiedeten und echten Geweihen aus hellem Horn, die sich zu einem Podest verflechten. Felle bedecken dieses Lager – und rote Seide mit dem Flammenzeichen der Lady. »Also doch dein Bett?«, sage ich spöttisch. »Netter Versuch. Und jetzt bring mich zurück.«

Janeik lächelt. Es ist sein Wolfslächeln, aber hier ist es mir seltsam fremd. Und auch die Worte fühlen sich nun an wie unbekannte Wege, als könnten wir uns nur in der Dunkelheit sicher fühlen und wüssten, wohin wir gehen. »Es ist nur mein Soldatenlager. Wenn ich allein sein will, komme ich her.« Mit einem Ruck zieht er die rote Seidendecke weg. Zum Vorschein kommt Chaos. Bücher und Zettel voller Notizen, Handschuhe, kleine mechanische Metallgegenstände und eine zerknitterte Landkarte. Außerdem ein leerer Becher, in dem Wein getrocknet ist. Auf eine Art berührt es mich, so viel Einsamkeit strahlt die Kammer aus. Es ist Firans Leben, das ich hier vor mir sehe, nicht das von Janeik, dem Junglord. Er kommt zu mir und mein Körper reagiert auf seine Nähe, jedes Härchen stellt sich auf, jeder Zentimeter Haut pulsiert.

»Tajann!« Seine Stimme ist ein heiseres Flüstern. »Ich wollte weg von dir. Um dich zu schützen. Aber … es ist unmöglich. Ich konnte nicht schlafen, keine einzige Nacht. Sobald ich die Augen schließe, sehe ich dich! Es ist wie eine Wunde, wie ein Schmerz.«

Ich weiß genau, was er meint, ich spürte es, seit er davongeritten war, ein dunkles, scharfes Ziehen im Herzen, unerträglich und doch süß, wie eine Wunde, die man nicht in Ruhe heilen lassen kann. Ich schließe die Augen, als seine Fingerspitzen über meine Wangen und durch mein Haar streifen. Ich kann seinen Blick fühlen, blaue Wärme, die an mir herabfließt, mich durchschauert. Alles in mir will ihn umarmen, und alles in mir schreit, dass ich es nicht darf. Antijas Kleid scheint auf meiner Haut zu brennen, als wäre es mit heißem Wasser getränkt.

»Warum hast du der Heirat zugestimmt?«, frage ich, ohne die Augen zu öffnen.

Ich höre ihn gequält ausatmen. »Weil ich den Namen von Caila trage. Weil ich meiner Familie verpflichtet bin mit Herz, Hand und Seele. Weil ich nicht mit ansehen wollte, wie meine Mutter untergeht. Das Land steht kurz vor dem Ruin, und alles steht und fällt mit neuen Gebieten, die meine Mutter nur auf dem Seeweg erobern kann. Ich habe zugestimmt, weil ihre Geschwister nur darauf warten, die Reste zu plündern und uns in die Bedeutungslosigkeit zu stoßen. Und weil ... «, seine Stimme wird weich, » ... ich dich noch nicht kannte, Tajann. Ich schwöre dir, wäre ich dir schon begegnet, als ich vom Hof meines Onkels hierher zurückkehrte, ich hätte den Vertrag meiner Mutter zerrissen, selbst wenn die Welt danach untergehen würde. Aber als du am Festtag vor mir standest, im Jägermantel, da ... war es wie Magie. Als hätte ich mein ganzes Leben lang nur geträumt und würde nun aufwachen. Ich sah dich und wusste plötzlich, was ich verloren hatte, ohne es je zu besitzen. Und das war der schlimmste Schmerz, den ich je gefühlt habe.«

Ich kann nicht antworten, meine Kehle ist wie zugeschnürt. Es kostet Kraft, die Augen zu öffnen und ihn bei Licht anzusehen. Janeik von Caila.

»Den Vertrag deiner Mutter?«, sage ich leise. »Heißt das, du hast ihn nicht selbst unterschrieben?«

»Offiziell schon«, sagt er ernst. »Es war keine Zeit dafür. Antijas Vater hat eine enge Frist gesetzt – da war ich noch auf dem Weg vom Hof meines Onkels hierher.«

Ich halte den Atem an. Was er mir hier anvertraut, wäre für die Lady Hochverrat. »Den Vertrag gibt es schon lange«, fährt er fort. »Mein jüngerer Bruder war als Bräutigam für eine der Nordprinzessinnen vorgesehen. Da er ein Drittgeborener war, hatte meine Mutter über seine Zukunft Verfügungsgewalt. Der Vertrag wurde bereits an seinem achten Geburtstag unterschrieben.«

»Aber er ist gestorben, als er neun war, bei dem Jagdunfall.«

In Janeiks Zügen spiegelt sich kein Schmerz. *Natürlich, er ist fortgegangen, als sein Bruder noch sehr klein war, sie haben einander nie richtig gekannt.*

»Und … deine Mutter hat den Vertrag auf dich übertragen, angeblich mit deiner Zustimmung?«, frage ich.

Janeiks Schweigen ist Antwort genug. Im flackernden Licht wirkt sein Gesicht hager, die Sehnsucht zeichnet sich darin schmerzlich und scharf ab. *Als wäre meine Nähe eine Klinge, die an seiner Kehle liegt.* Plötzlich holt er scharf Luft und schüttelt den Kopf, zornig, verzweifelt. »Oh Himmel, ich kann es nicht ertragen, dich damit zu sehen«, stößt er hervor. Ohne Vorwarnung packt er den Stoff meiner Tunika. Der grobe Ruck lässt mich aufschreien. Nähte reißen, meine weiße Hülle gleitet von mir ab und sinkt um meine Knöchel zusammen. Ich bin erschrocken und gleichzeitig sitzt ein Lachen in meiner Kehle. Meine Stimmen sind wie ein Chor, ein einziges entsetztes Nein, aber ich schüttle den Kopf und in Gedanken übertöne ich sie voller Zorn, jage sie davon wie Hunde, die man mit der Reitgerte vertreibt, und endlich, endlich schweigen sie.

Und plötzlich ist es ganz leicht. »Es ist Unrecht«, flüstere ich. Ich meine alles damit.

Auch das Unterkleid, das ich noch am Leib habe. Das Schwarz der Hofdamen. *Das ist die Farbe, die ich nicht länger ertrage.* Ich streife die Träger ab und lasse auch diese Hülle zurück. Ich trete über den Stoff hinweg, Schlangenhäute einer Existenz, die mir zu eng ist, und stehe vor Janeik. Noch nie hat mich ein Mann nackt gesehen, aber ich schäme mich nicht, noch nie hat es sich richtiger angefühlt. Zum ersten Mal bin ich nicht Azur, nicht Lida, nicht die Jägerstochter und Schwester, sondern einfach nur ich, Tajann. Janeiks Augen weiten sich, er schwankt leicht, als ich die Hand sacht auf seine Brust lege. Ich muss an Hirsche denken, die den Halt verlieren, wenn sie getroffen sind, und die sich bis zuletzt gegen die Schwäche in ihren Beinen wehren, um nicht zu fallen. Janeik wehrt sich nicht, er gibt mir nach und sinkt auf das Bett.

»Du bist so schön …« Er schluckt, seine Hand zittert, als er an meinem Bein hinaufstreicht, behutsam, als wäre meine Haut das Kostbarste, was er je berührt hat. Jetzt bin ich es, die einfach fallen will. Aber ich greife nach seiner Hand und halte ihn am Handgelenk fest, ganz fest, wie eine Katze, die sich über einem Abgrund an den letzten Halt krallt. Aber ich weiß längst, dass ich loslassen werde.

»Merke dir zwei Dinge, Firan«, sage ich leise. »Ich bin nicht deine Mätresse. Und ich werde dir nie, niemals gehorchen!«

»Ich werde dir niemals befehlen«, antwortet er völlig ernst. Wir sehen uns in die Augen, ohne jede Täuschung, ohne Schleier, ohne Kampf. Es ist ein Versprechen. Seltsamerweise muss ich kurz an Liljann denken, das ferne Aufblitzen eines Gedankens, ein kleiner Schatten von Schuld. Ich frage mich, ob sie gerade in Voloks Armen liegt. Ob sie verstehen würde, dass es nur diesen einen Weg zu Firan gab. Die Flamme verlischt, als ich die Kerze mit dem Fuß umstoße. Dann lasse ich los und wir fallen gemeinsam in unsere Welt ohne Worte.

Natürlich hatte ich mit dem Gedanken gespielt, wegzulaufen, bevor Volok zurückkehren würde. Aber wohin hätte ich gehen sollen? Zu den Menschenfressern? Vorsichtig hatte ich mich auf die Anhöhe gewagt und versucht, mich zu orientieren. Unser Tempel lag verborgen im dichten Wald, der sich noch weiter ins Tal erstreckte. Ich sah keine Siedlungen, keine Zelte, keinen Rauch – nur die alte Burgruine. Nah und doch unerreichbar fern erhob sie sich jenseits des grünen Meeres. *Ob es dort noch richtige Räume gibt?*, dachte ich. *Keller? Verstecke?* Noch nie hatte ich mich so nach Kammern mit richtigen Türen und Schlössern gesehnt. Doch die Tür an unserem Tempel war morsch und durch Voloks Tritt halb zerbrochen. Also hatte ich Trümmersteine und Strauchwerk als Barriere vor der Schwelle aufgehäuft und den Schwellenzauber gelegt, aber Schlaf fand ich in dieser Nacht nicht. Zweige knackten draußen, etwas schien um das Gebäude zu schleichen. Ich krampfte die Hand fester um das Messer und rückte näher an das Feuer. Das Gewehr lag in Greifweite und sogar die Haken aus Voloks Gepäck hatte ich aufgereiht. Die Pferde standen hinter mir auf dem Mosaik und zuckten ebenso nervös zusammen wie ich, als draußen wieder einmal der Schlangenbaum klapperte, als würde etwas daran entlangstreifen. Kyzar legte die Ohren an und drängte sich gegen das Packpferd. Ich schluckte und schaute nach oben. Gestern hatte ich die Zeltplane über dem löchrigen Teil des Dachs befestigt. Ich konnte nur hoffen, dass mein Bann den ganzen Raum schützte. Nun war es wieder still bis auf das Knistern des Feuers. Trotzdem bildete ich mir schon wieder ein, dass mich etwas durch die nachtschwarze Bruchstelle in der Tür beobachtete. Ein Schimmer wie von einem Wolfsauge, aber vielleicht sah ich auch hier Gespenster. Dennoch legte ich das Gewehr an und zielte auf den Spalt. Kyzar schwitzte, aber sie verhielt sich ruhig. Es tat mir gut, mit ihr zusammen Wache zu halten. Es war leichter, stark zu sein, wenn es jemanden gab, der sich noch mehr fürchtete als man selbst.

Du gehörst mir. Mit Leib und Seele, Haut und Haar. Panik stieg in mir auf, als ich wieder an Voloks Worte dachte. »Ruhig, Kyzar«, murmelte ich. »Das war kein Wolf, sondern bestimmt nur ein Waschbär.«

Es war auch einfacher, so zu tun, als würde ich mich nur vor Raubtieren fürchten. Aber je länger ich allein am Feuer kauerte und hoffte, mein Mann würde nie wiederkommen, desto klarer sah ich, wie sehr ich mich geirrt hatte. Ich wollte nicht mehr, dass er mir nahe kam, nicht einmal, dass er die Schwelle zu diesem Raum übertrat. *Hat Tajann es gewusst?* Sofort schämte ich mich für diesen Gedanken. Nein, so sehr ich meiner Schwester auch übelnahm, dass sie ein Leben gewonnen hatte und ich dabei war, eines zu verlieren, niemals würde sie mir absichtlich schaden. Aber trotzdem war da wieder diese Bitterkeit, etwas Enges, Wissendes in meiner Kehle. *Sei nicht dumm, sie hat keine Schuld*, redete ich mir ein. *Sie liebt Firan und dachte wirklich, ich würde dasselbe für Volok fühlen.*

Oft habe ich mir ausgemalt, wie es sein würde, mit einem Mann zu schlafen. Das Erstaunlichste ist, dass nichts daran mir nun fremd ist. Es ist, als würden unsere Körper sich bereits kennen, als wären wir im Dunkeln schon hundert Wege miteinander gegangen. Ich spüre den Stoff seiner Kleider an meiner Haut, rau und umso erregender. Ich ziehe und zerre daran, lege Schicht um Schicht frei, kämpfe mich vor zu seiner Haut, während seine Lippen über meine Brüste streifen und seine Zunge die Mulde zwischen meinen Schlüsselbeinen findet. Es ist neu und dennoch kenne ich es – sein Lachen, seinen Mund, sein Gewicht, als er sich auf mich schiebt, den Duft seiner Haut, die Biegung seines Rückens und den fragenden Druck seiner Hand, als er mein Knie sanft zur Seite drückt. Er atmet tief ein – und dann bin ich doch so überrascht, dass ich erschrocken die Luft einziehe. Das, was ich jetzt fühle, das kannte ich nicht. Plötzlich sind wir eins, schwebend in einem Raum, der um uns leuchtet. Jede Bewegung weckt in mir eine neue Blume aus blauer Glut, die aufblüht und vergeht. Ich dränge mich Janeik entgegen und dann zerspringt die Blume in einen Regen aus hellen Funken und wir treiben nur noch, atmend, spürend, ein einziges, mattes Wesen auf einem Floß aus Papier, Pelz und Seide.

So ist es also, denke ich benommen, als ich Janeiks verschwitztes Haar küsse. *So ... verzehrend und schön.* Noch ist die Welt weit fort, auch wenn ich sie bereits spüre wie einen ungebetenen

Gast, der noch an der Tür lauscht, bevor er anklopfen wird. Aber mit schmerzlicher Bewusstheit nehme ich bereits wahr, dass ein Stück Papier an meinem Bein klebt. Ich weiß, dass ich die Tunika nähen muss – heute noch, bevor die Sonne aufgeht. Das bringt mich endgültig zurück.

»Du darfst Antija nicht heiraten«, flüstere ich in Janeiks Ohr.

Seine Hand wühlt sich in mein Haar, Lippen streifen meine Lider. »Nein«, sagt er heiser. »Ich kann es nicht. Nicht mehr!«

An der Schwelle

Ich wusste nicht, wann ich trotz allem vor Erschöpfung eingedämmert war. Aber Tajann verfolgte mich bis in meinen Traum. Sie wirbelte in einem Kleid aus blauen Blüten durch das Feuer und störte Funken auf. Mein Vater kroch auf allen vieren verwildert wie ein streunender Hund um das Haus und kratzte und rüttelte an einer Tür, die ein goldenes Schloss hatte. Schwingen rauschten wie bedrohliches Flüstern und als ich mich erschrocken auf meinem Netzlager aufrichtete, musste ich blinzeln. Keine Spur mehr von Verwüstung. Sonnenlicht malte Farben auf die unversehrte Feuerstelle. Das Mosaik strahlte poliert und bunt in neuem Glanz. Der alte Tempel hatte wieder ein Dach aus farbigem Glas und im Raum stand eine Gestalt. Ich sah sie von hinten, ihren langen Mantel, weißes Haar, das ihr über den Rücken fiel. Und als sie sich zu mir umdrehte, wurde mir bewusst, dass sie von derselben Art war wie die Heilige auf dem Mosaik. Auch sie trug eine Maske, die ihr ganzes Gesicht bedeckte, nur dass ihre nicht grau war, sondern schwarz. Und der flügelartige Mantel war nicht durchsichtig wie bei der Mosaikheiligen, sondern hatte ein Muster von filigranen weißen und schwarzen Flecken und Flächen. Sie erinnerten mich an das Hell und Dunkel auf einem Schachbrett. Als die Gestalt näherkam, erkannte ich voller Staunen, dass der Mantel aus Tausenden von Schmetterlingsflügeln bestand.

Direkt vor mir blieb sie stehen. Ihr Mantel setzte auf dem Mosaik auf, aber ein Fuß ragte unter dem Saum hervor. Ich hätte Haut sehen müssen, aber da war nur die gläsern anmutende Form eines Fußes, durch die man auf Knochen blickte.

Ich hätte erschrocken sein müssen, aber alles, was mir einfiel, war das Lied, das die Frauen am Quellbrunnen so oft gesungen hatten: »*Frau Tod hat dünne Knochenbein, wohin sie geht, weiß Styx allein …*«

Sie beugte sich über mich.

»Sag bloß, du siehst mich!« Ihre Stimme war wie Rauch und Asche – weich und erloschen.

Ich nickte und schluckte. »Du … bist die Todesfrau?«

»Nun ja … eine von ihnen.« Die Stimme klang amüsiert.

Dann werde ich hier sterben. Seltsamerweise war es nicht erschreckend. Nur auf eine traurige Weise logisch. »Du bist hier, um mich zu holen.«

»Das kann ich nicht. Du hast mich nicht gerufen.«

»Warum sehe ich dich dann?«

»Tja, das wüsste ich auch gerne.«

Mein Gesichtsausdruck musste wohl komisch wirken, denn sie lachte leise auf. Ein staubiges Geräusch, wie Asche, die verwirbelt. »Manche von euch träumen tiefer als andere. Vielleicht siehst du mich, weil der Tod und der Schlaf Geschwister sind? Du weißt schon, dass du nur träumst?«, fragte sie freundlich.

Zögernd nickte ich. Sicher war ich mir nicht. »Wie heißt du?«

»Du stirbst nicht, also habe ich für dich keinen Namen.«

»Was machst du dann hier?«

»Warten. Manche Menschen wollen so wenig gehen, dass sie sich lieber von meinem Kuss losreißen und sich an ihren Schmerz klammern. Von Zeit zu Zeit komme ich hierher und sehe nach, ob sie genug davon hat.«

Sie. Ich fröstelte. *Meint sie die Tote, deren Knochen unter dem Strauch liegen?*

Der Schmetterlingsmantel streifte wie ein Eishauch über meine Hand, als die Maskierte sich abwandte und zur Tür ging.

»Warte!«, rief ich ihr nach. »Kannst du mir helfen?«

Jetzt klang das Lachen hinter der Maske jung und hell. »Du liebe Güte, nein! Seit wann mischt sich denn der Tod in das Leben ein?« An der Tür drehte sie sich um und schnippte mit den Fingern. »Zeit, aufzuwachen!«

Ein einzelner Mondstrahl fiel durch die offene Tür auf die Trümmer der Feuerstelle und auf meine Hand. Ich bildete mir ein, auf der Haut noch den Schimmer von Flügelstaub zu sehen, aber als ich blinzelte, löste sich das Traumbild endgültig auf. Wind streifte durch den leeren Raum, die Pferde waren fort und das Feuer war fast heruntergebrannt. Es war einfach nur noch Nacht in einer Ruine, in der ich wartete. *Ich und eine tote Frau, die nicht sterben will*, dachte ich benommen. Ich spürte ihre Gegenwart, hörte ihren Atem hinter mir, fühlte ihn sogar als Hauch. *Aber Tote atmen nicht*. Und: *Warum ist die Tür offen?*

Ich fuhr hoch und warf mich herum, das Messer in beiden Händen. Ein Schlag traf mich, das Messer flog durch die Luft, landete mit einem hellen Klingen auf der Schwelle und sprang in die Dunkelheit davon wie ein silberner Fisch. Einen Wimpernschlag später lag ich auf dem Boden, während Volok meine Arme an das Mosaik presste. »Was soll das?« Er saß halb über mich gebeugt neben mir und ließ mich nicht los. *Wie lange beobachtet er mich schon beim Schlafen? Wie konnte er die Schwelle übertreten?*

»Lass mich los!« Zu meiner Überraschung lockerte er tatsächlich seinen Griff. Ich kroch so schnell von ihm weg, dass ich mit dem Fuß einen Haken wegstieß. Klirrend schlitterte er über die Maske der Mosaikfrau und stieß gegen etwas, das neben der Feuerstelle lag. *Ein Körper?* »Was ist das?«

»Frisches Fleisch für uns.«

Jetzt erkannte ich, dass es nur ein Reh war, aber trotzdem raste mein Herz. Volok starrte mich immer noch konzentriert an, ganz auf mich fixiert, ohne zu zwinkern. Und ich wusste nur noch eines: Ich musste zur Schwelle.

»Gut. Ich … hole neues Feuerholz«, sagte ich.

Ich sah die Bewegung nicht, die mich aufhielt. Noch im Aufspringen kam ich zu Fall und fand mich in Voloks Armen wieder.

»Du willst zur Tür?«, sagte er freundlich. »Keine gute Idee. Was hast du mit der Schwelle gemacht?«

»Ich weiß nicht, was du meinst.«

»Ach ja? Ich war schon lange vor Sonnenuntergang zurück – und jedes Mal, wenn ich auf die Tür zuging, fand ich mich nach einer Weile wieder weit vom Haus entfernt wieder. Als würde ich einfach vergessen, wo ich dich finde. Erst vor einer Stunde war die Schwelle plötzlich begehbar. Seltsam, nicht?« *Vor einer Stunde? Als ich eingeschlafen bin?*, schoss es mir durch den Kopf. Ich konnte mich nicht wehren, als er mich näher an sich zwang. »Du versuchst doch nicht etwa, mich auszusperren?«, sagte er zärtlich. Ich wünschte, ich könnte mir immer noch einbilden, dass es Sanftheit war, aber jetzt hörte ich nur eine heisere, bebende Gier.

»Lass mich!«, fauchte ich ihn an.

Sein Griff wurde schmerzhaft fest. »Warum willst du mich nicht?«, fuhr er mich an. »Ich habe dir alles gegeben, was du verlangt hast! Sogar Zeit. Was willst du denn noch?«

Und da nahm ich es wahr. *Seine Worte riechen nach frischem Blut.* Und plötzlich erkannte ich, dass das Schaudern, das ich bisher für ein Zeichen von Verliebtheit halten wollte, etwas ganz anderes war. Seine Nasenflügel bebten, als würde er wittern. »Du hattest genug Zeit«, stieß er heiser hervor. Sein Gewicht drückte mich zu Boden, Stoff ruckte schmerzhaft fest an meiner Taille, Nägel kratzten über meine Rippen, als Volok an meiner Kleidung riss, wie besessen davon, mich auszuziehen.

Ich weiß bis heute nicht, wie ich es schaffte. Ich weiß nur noch, dass ich mich verwandelte. Ich war nicht länger Liljann, ich war nur noch ein Wirbel aus purer Kraft. Stein schrappte über mein Knie und dann über meine Schulter. Stoff riss. Wie aus weiter Ferne nahm ich wahr, dass ich plötzlich eine Hand frei hatte und nach dem Gewehr griff. Dass ein Schuss sich löste und Stein und Holzsplitter auf mein Haar regneten. Dann stand ich schwer atmend mit dem Rücken am Gemäuer, das Gewehr auf Volok gerichtet. Im Kampf hatte er sich über das fast erloschene Feuer gewälzt. Jetzt kniete er neben der Feuerstelle, auf Augenhöhe mit mir. Glut rieselte von seinen Schultern. Im roten Schein wirkte er älter. Und viel zorniger, als ich ihn jemals erlebt hatte.

»Und jetzt?«, fragte Volok. »Erschießt du mich?«

Nein. Niemals. Es war nur eine kleine Unsicherheit, aber er nahm sie wahr und stand langsam auf. Sein Blick glitt zu meinem Bein, dort, wo der Stoff einen langen Riss hatte und meine Haut zu sehen war. »Leg das Gewehr hin. Ich verspreche dir, dass ich dir nicht zu nahe komme.« Etwas Sehnsüchtiges, Heiseres schwang in diesen Worten mit, das mich frösteln ließ. *Heute nicht,* dachte ich. *Aber morgen oder übermorgen.*

Ich schüttelte den Kopf und schob mich weiter zur Tür.

»Du willst weglaufen? Wohin?«, fragte er. »Draußen überlebst du ohne mich keine zwei Tage. Zurück nach Taris kannst du nicht. Und selbst wenn – jetzt weiß ich, dass du eine von denen bist, die eine Gabe haben. Die Lady bezahlt mich gut, um solche wie dich aufzustöbern.«

Solche wie mich? Ich schluckte.

»Es ist ein Bann, nicht wahr?«, fuhr er fort. »Einmal hast du diese Gabe schon gegen mich verwendet – als ich vor der Tür deines Vaterhauses stand. Mir kannst du es ruhig sagen. Ich würde nie zulassen, dass jemand dich auf den Scheiterhaufen stellt, um deine Magie zu zerstören. Niemand darf dich anfassen. Ich will dich, Liljann, ich brauche dich, ich liebe dich so sehr …«

Heftig schüttelte ich den Kopf. »Das ist keine Liebe!«, rief ich. »Weißt du überhaupt, was das ist? Du benimmst dich nämlich wie … ein Raubtier, das mich in die Ecke treibt!«

Seine Hände ballten sich zu Fäusten, er krümmte sich, als hätte ich ihm einen Hieb versetzt. Ich erschrak, aber nicht über seinen Zorn, sondern über die Kränkung und den Schmerz, der seine Miene verzerrte. »Und du weißt, was Liebe ist?«, stieß er verächtlich zwischen den Zähnen hervor. »Woher? Niemand hat dich je geliebt.«

»Das ist nicht wahr!«

»Ach ja? Nenn mir einen außer mir!«

»Tajann!«, stieß ich hervor.

Volok lachte spöttisch auf. »Sie hätte dich an jeden verkauft, um in Firans Bett zu kommen. Du hattest Glück, dass du mir begegnet bist. Wer weiß, wie sie dich sonst losgeworden wäre.«

»Das … ist eine Lüge.«

»Wirklich?« Langsam kam er auf die Beine und richtete sich zu seiner ganzen Größe auf. Ich hätte starr vor Angst sein müssen, aber vielleicht hatte ich doch etwas von Tajann gelernt. Ich lud durch.

»Weißt du wirklich nicht, wer Firan ist?« Diesmal war sein Lächeln kalt und grausam. Die Luft im Raum schien zu knistern. »Der Junglord. Der Lady treuester Untertan. Firan war sein Tarnname am Hof seines Onkels.«

Lauf weg!, befahl ich mir. *Hör ihm nicht zu! Er will dir nur wehtun.* Aber ich konnte mich nicht rühren.

»Du glaubst mir nicht?« Wie durch einen Nebel sah ich, dass Volok etwas hervorholte und mir zuwarf. Ich erschrak so sehr, dass ich fast abgedrückt hätte. Goldmünzen sprangen klimpernd über das Mosaik. »Das ist nur der Rest davon. Ich wollte dir all mein Geld geben, aber Tajann sagte, sie kümmert sich darum und wird deinen Vater am Hof auslösen. Sie sagte mir auch, du willst und liebst mich ebenso wie ich dich. Sie wollte mir dabei helfen, deinen Vater zu überzeugen. Aber im Nachhinein habe ich den Verdacht, sie hat uns beide an der Nase herumgeführt, um in die Zitadelle zu kommen. Erinnerst du dich, wie wir vergeblich nach Hirschen gesucht haben? Tajann hat sie absichtlich verjagt – damit dein Vater verhaftet wird. Sie hatte es eilig, ihn in Ketten zur Zitadelle zu bringen. Die Frist der Lady lief nämlich an unserem Hochzeitstag ab.« Ich konnte nur wie eingefroren dastehen, gestützt von der Mauer. Sonst wäre ich gefallen. »*Wenn du Vater retten willst, hast du nicht die Wahl, bis zum Herbst zu warten*«, hörte ich meine Schwester sagen. »*Vertrau mir, Mirabar.*«

»Tajann liebt dich nicht, Prinzessin. Sie ist lieber Janeiks Hure als deine Schwester.«

»Nein.« Meine Arme zitterten unter dem Gewicht des Gewehrs. Tränen brannten in meinen Augen.

Das Feuer flackerte in einem Luftzug auf, Voloks Schatten verzerrte sich und zuckte hinter ihm an der Wand. Eine Sekunde bildete ich mir ein, den Umriss von etwas ganz anderem zu sehen. »Ich bin der Einzige, der dich liebt, Liljann«, sagte Volok. »Und du wirst mich ebenfalls lieben, dafür werde ich sorgen. Du hast nur noch mich und ich tue alles für dich. Alles! Ich werde dich niemals an Lady Jamala ausliefern. Niemand darf dich anfassen.«

Das Schlimme war, dass seine Augen bei diesen Worten lächelten. Und hier, in der finstersten Stunde meines Lebens, fand ich den Mann wieder, in dessen Sanftheit ich mich auf dem Fest tatsächlich ein wenig verliebt hatte. Nur dass ich damals eines nicht erkannt hatte: Das Lächeln war nicht das, was ich darin sehen wollte. Es war der Ausdruck von Raubtieren, deren Augen sich auf diese Weise zum Blick des Jägers verengen. *Und die Sanftheit ist die Ruhe vor dem Angriff.*

Und endlich, endlich reagierte ich und warf mich zur Seite. Gerade noch rechtzeitig. Noch im Sprung sah ich seine

Hand, die an meinem Arm abrutschte – sie war schmutzverkrustet, Rehblut starrte unter den Nägeln. Stoff riss, dann flog die Schwelle unter mir hinweg. Ich griff nach einer Schlinge des Baumes, um nicht zu stürzen. Der Ruck riss mich zur Tür herum, das Gewehr schlitterte davon und ich sackte vor der Schwelle auf die Knie, direkt neben mein Messer. Es war nur eine Sekunde, als ich den Schwellenzauber warf, aber es kam mir so vor, als würde ich alles in einer Reihe festgefrorener Momente wahrnehmen: wie Volok mitten im Sprung zurückprallte, als hätte ihn eine unsichtbare Faust mitten im Lauf gestoppt. Wie ich aufsprang, mit dem Messer in der Hand, das Gewehr schnappte und in den Schatten hinter dem Baum hechtete. Durch die Schlingen sah ich Volok. Verwirrung huschte über seine Miene, er kniff die Augen zusammen und schüttelte den Kopf, als versuchte er sich mit aller Gewalt von etwas zu befreien. »Liljann?« Die wütende Gier in seiner Stimme ließ mich frieren. Aber mein Bann wirkte, er kam nicht über die Schwelle, er stand nur da, schwer atmend und zornig, die Arme mit bebender Spannung zur Seite gestreckt. Ich wich zurück, als er einen Schritt zur Schwelle machte. Für einen winzigen Moment war ich sicher, meinen Bann als helles, leuchtendes Knistern auf der Schwelle *zu sehen*. Etwas schien sich zu verschieben, ich nahm den Tempel wie durch Schleier wahr, auf denen dieselben Dinge unterschiedlich gezeichnet waren und einander überlagerten. In diesem einen Zwinkern war der Tempel beides: unversehrt und gleichzeitig die Ruine, vor der ich kauerte. *Und Voloks Schatten an der Wand* … Ich schlug die Hand vor den Mund, um nicht zu schreien.

Volok kämpfte immer noch gegen den Schwellenzauber. Seine Hände waren verkrampft wie Klauen. Sie öffneten und schlossen sich, während sein Schatten völlig unbewegt hinter ihm aufragte, starr, riesengroß, eine dämonische Silhouette, bereit, sich auf mich zu stürzen. Ich sah Knochenspitzen und Klauen und die

Ahnung zusammengefalteter Schwingen, die bereits zuckten wie bei einem Tier, das sich zum Angriff bereitmacht. Aber dann verblasste der Schatten, schrumpfte, wurde wieder zu dem Abbild des Mannes, der versuchte, mich nicht zu vergessen. »Wenn du jetzt wegläufst, wirst du es bereuen.« Voloks Stimme war nicht mehr als ein heiseres Zischen. »Ich finde dich.« Er schaute an mir vorbei in die Nacht. Und als er den Kopf hob, verwandelten sich seine Augen für den Bruchteil einer Sekunde in mattgoldene Scheiben, die das Mondlicht reflektierten.

Auf dem Weg zum Wasserfall war ich mehr gestolpert und gefallen als gerannt. Und auch jetzt, als ich am Becken kauerte, zitterte ich so sehr, dass ich kaum einen klaren Gedanken fassen konnte. Bei jedem Geräusch riss ich das Gewehr hoch in der Erwartung, dass Volok auftauchen würde. In der ersten Ahnung von Tageslicht glänzte das Wasser schon heller. In der Spiegelfläche bildete ich mir ein, den Schatten wieder zu sehen. Ich erschrak zu Tode, als ein Atemstoß mich im Nacken traf, aber es war nur Kyzar. Ich sprang auf und schlang die Arme um ihren Hals, drückte die Nase in ihr Fell. Aber Kyzar entzog sich mir, schüttelte die Mähne und ging zu den Büschen mit den Winterbeeren. Es beruhigte mich, dass sie keine Gefahr zu wittern schien. Und ich war nicht mehr ganz allein mit … *diesem Wesen*. Wieder hätte ich am liebsten aufgeschrien, als ich an den geflügelten Schatten dachte. Ich kannte ihn, im alten Festsaal von König Jar hatte mich das Totenwesen von der Wand herunter angestarrt. *»Du gehörst mir. Mit Haut und Haar, Leib und Seele.«*

Mein Blick fiel auf meine Hände. Sie waren zerkratzt und aufgeschürft. Ich legte das Gewehr zur Seite und stürzte zum Wasser. Das Naheliegende kann ein Rettungsseil sein, das uns vor dem Sturz in den Wahnsinn bewahrt, das lernte ich in dieser Nacht. Das kalte Wasser holte mich zurück und wusch alles von mir ab – Voloks Atem, seine Umarmung, den Blutgeruch. Aber ich wusste, es war nur ein Aufschub. Ich musste aufstehen und laufen, soweit ich konnte, an den einzigen Ort, wo es Räume und Schwellen gab, wo ich mich verbergen konnte – und wo weder Volok noch die Kannibalen jemals hingehen würden. Mit Gespenstern und Wölfen konnte ich leben, mit dem Seelenverschlinger nicht.

Zweige knackten hinter mir. Ich fuhr herum, die Hand schon am Messer, aber da war nur Kyzar bei den Winterbeeren. Als ich mich auf Kyzars Rücken ziehen wollte, stach mich etwas in die Ferse. Meine Stute war auf der Suche nach Beeren über das Grab des Mädchens, das nicht sterben wollte, gelaufen. Ihre Hufe hatten die lockere Erde umgepflügt und die Rose wieder aus dem Boden gegraben. Nein, über Nacht waren es zwei geworden. Eine Knospe, die ich wohl übersehen hatte, war aufgeblüht, klein und zart, und als ich mich hinunterbeugte, entdeckte ich, dass die Wurzeln einen Knochensplitter umschlossen. »Ich soll dich nicht bei ihm zurücklassen?«, fragte ich. Aber niemand antwortete.

Herzen

Als hätte sie seit Wochen nur darauf gewartet, mit mir fliehen zu dürfen, kletterte meine Stute wie eine Ziege bergauf. Und als hätte jeder Schritt von Volok mich weiter aus einem Bannkreis geführt, nahm ich jetzt plötzlich Vogelgesang war, das Huschen und Rascheln von kleinem Getier. Ich sah mich nicht um, und ich starrte nur ohne zu zwinkern nach vorn, denn sobald ich auch nur einen Wimpernschlag lang die Augen schloss, sah ich den Schatten, der die Schwingen ausbreitete, um mir nachzusetzen. *Wirkt der Bann wirklich nur, solange ich wach bin?* Bei der Vorstellung, dass jeder Bannzauber, den ich auf die

Schwellen unserer Jagdhütte gelegt hatte, unwirksam gewesen war, sobald ich schlief, wurde mir ganz elend zumute. *Aber irgendwann werde ich schlafen müssen. Und dann wird Volok frei sein.*

Dieser Gedanke reichte, um mich wach zu halten, als ich spät in der Nacht zu Tode erschöpft zwischen den Wurzelbögen eines Baumriesen Zuflucht suchte. Aber obwohl ich die Augen krampfhaft offen hielt, sah ich Szenen und Momente, so viele Momente mit meiner Schwester, die jetzt einen ganz neuen Sinn bekamen: ihre erste Begegnung mit dem Junglord und ihre Reaktion, die ich für Angst gehalten hatte, als sie ihn wenige Stunden später mit seiner Verlobten im Hof gesehen hatte. Die Art, wie sie mich nach dem Fest von sich stieß. Ihre Unruhe und das fiebrige Glühen in ihren Augen, wenn sie zur Zitadelle blickte. »Du hast mich verkauft, um mich loszuwerden«, flüsterte ich. Und etwas zerbrach in mir bei diesen Worten, unwiderruflich wie Glas.

Hat sie gewusst, was Volok wirklich ist? So sehr ich sie hasste, hier weigerte ich mich doch, es zu glauben. Doch vielleicht war auch das nur eine Illusion. *Habe ich einfach nie sehen wollen, wer Tajann wirklich ist?*

Aber ich hatte wohl doch etwas gelernt in den Jahren mit ihr. Ich wusste, was meine Schwester, die Jägerin, nun tun würde: eine sichere Position mit Rückendeckung suchen, dem Pferd eine Pause gönnen und mich bewaffnen. Ich suchte alle Munition, die ich für das Gewehr noch in den Manteltaschen hatte, und mit dem Messer spitzte ich einen langen Stock als Speer an. Und während Kyzar mit aufgestütztem Hinterhuf schlief, lehnte ich mit dem Rücken an dem hausbreiten Baumstamm und versuchte mir nicht vorzustellen, dass mich Tieraugen in der Dunkelheit längst entdeckt hatten. *Oder Kannibalen, die nur darauf warten, mir die Kehle durchzuschneiden.*

Der Speer rutschte mir aus der Hand, als Kyzars Schnauben mich hochfahren ließ, und ich sprang gerade noch rechtzeitig von der Schwelle des Schlafs zurück, verwirrt und erschrocken, weil ich mich schon fast in den Schleiern von Traumbildern verfangen hatte. Das Morgenlicht schmerzte in meinen Augen, es roch nach Regen. Und als ich mich umsah, war ich für einen Moment nicht sicher, ob ich vielleicht doch träumte. Gestern Nacht musste ich unbemerkt einen ganz neuen Teil des Waldes betreten haben. Schräges Licht fiel durch Birkenzweige. Wassertropfen auf den Blättern glitzerten wie Diamanten. Etwas flappte direkt vor mir, ein Blauhäher flatterte steil in die Höhe. Und als ich ihm nachblickte, entdeckte ich Striche und gebogene Linien in der Rinde des Baumriesen, der mich heute Nacht beschützt hatte. Im Dunkeln hatte ich die Ritzung nicht gesehen, aber sie war noch frisch. Harz rann aus den Schnittstellen. *Zeichen von Menschen*. Ich war also schon auf dem Gebiet der Clans. Ich fuhr hoch und wäre fast über einen straff gespannten, ruckenden Zügel gestolpert. Er hatte sich an der Wurzel verfangen und zwang Kyzars Kopf nach unten. Sie schwitzte und sprang zur Seite, stemmte sich gegen den Zug, aber dabei äugte sie in Panik in den Wald. Schlagartig wurde mir heiß, noch bevor ich es auch wahrnahm: Stampfen und Knacken von brechendem Holz. Aber bevor ich zu meinem Speer greifen konnte, peitschte Laub, Zweige prasselten zu Boden – und dann brach ein schwarzer Hirsch aus dem Grün. Kyzar gab einen panischen, röchelnden Laut von sich, versuchte zur Seite auszubrechen und hätte mich beinahe umgestoßen. Aber der Hirsch sah nur mich an. Er war größer als ein Pferd und sogar von hier sah ich, wie sich seine Nüstern in einem aggressiven Atemstoß weiteten.

So rasch war ich noch nie auf einen Pferderücken geklettert. Ich hieb den Zügel mit dem Messer durch und krallte mich in die Mähne. Und während Kyzar alle Muskeln spannte und mit einem riesigen Satz Reißaus nahm, sah ich, wie der Hirsch aus dem Stand losschoss. Noch nie hatte ich ein Pferd geschlagen, aber jetzt schlug ich mit der flachen Hand auf das staubige Fell, schrie »Los!« und der Wald verwandelte sich in huschende Streifen von grellem Grün. Kyzar keuchte, aber noch lauter war das Schnauben des Hirsches, der herandonnerte. Ich biss die Zähne zusammen, Birken streiften schmerzhaft meine Knie, das Mähnenhaar schnitt mir tief in die Finger. Aber irgendwie gelang es mir, auf dem Pferderücken zu bleiben. Sonne blendete mich, als Kyzar über eine Lichtung preschte. Aus dem Augenwinkel sah ich weitere huschende Körper. Schwarze Hirschkühe, *eine ganze Herde*. Messerscharfe Geweihstangen des Hirsches schnitten neben mir die Luft. Ich hörte meinen eigenen Schrei nicht, so laut war das Gestampfe der Hufe. Kyzar brach in Panik zur Seite aus. Ich spürte kaum, wie mir das Mähnenhaar durch die Finger riss. Die Baumkronen trudelten, dann schlug mir eine riesige Faust alle Luft aus der Lunge. Bitteres Laub klebte an meinem Mund, ein gespaltener Hirschhuf hackte direkt vor meinem Gesicht in den Boden, dann wurde ich zur Seite geschleudert. Geweihstangen ratschten über meinen Ärmel. Ich griff nach dem Messer und trat nach dem schwarzen Auge, das mich bösartig anfunkelte, dann floh ich auf allen vieren, kroch und rollte über Wurzeln und wirbelndes Laub. Ein weiterer brennend heißer Hieb schleuderte mich gegen einen Baum. Mein Kopf prallte gegen den Stamm. Das Letzte, was ich sah, bevor ich in einem Regen aus schmerzgrellen Funken ertrank, war ein gebogenes Sichelmaul mit weißen Zähnen, das nach Hirschfell schnappte und sich dann neben mir in den Boden bohrte.

Wach auf!, schrie alles in mir. Keuchend riss ich die Augen auf. Es war still, aber das Maul war noch da. Blut tropfte von einigen Zähnen und im Gegenlicht sah ich, wie sich eine schwarze Gestalt über mich beugte. Kein Hirsch. Zwei Beine. *Volok?* Meine Hand reagierte von selbst, das Messer blitzte im Sonnenlicht auf, sauste knapp an einem Arm vorbei – dann packte jemand mein Handgelenk und verdrehte es so grob, dass ich das Messer loslassen musste. »Versuch das nicht noch einmal!«, sagte eine jung klingende Männerstimme. *Nicht Volok*, dachte ich benommen. Im Gegenlicht sah ich nur zwei schlanke Beine in dunklen Hosen. *Ein Augenmann? Hier?* Aber dann erkannte ich, dass der Mann barfuß war. Und das, was ich für ein Maul gehalten hatte, war eine Art Waffe. Eine gebogene Klinge aus einem schwarzen matten Metall. An deren Ende war eine Reihe von weißen spitzen Zähnen eingelassen. Blut klebte an ihnen und schwarzes Fell. Ich rappelte mich auf. Das heißt: Ich zog mich mühsam an einem Birkenstamm hoch und blieb mit dem Rücken an die glatte Rinde gelehnt stehen. Mein ganzer Körper war ein einziger pochender Schmerz. Und das, was ich sah, machte es nicht besser. Der Mann war nicht so groß wie Volok, aber deutlich größer als ich. Graue Augen sahen mich aus einem rußgeschwärzten Gesicht an. Sein dunkles Haar war kurz geschoren und die Haut an seinen Armen war geschwärzt wie sein Gesicht.

»Was hast du hier verloren?«, sagte der Kerl wie aus weiter Ferne. Er sprach mit einem harten Akzent, eindeutig in der Sprache der Wildländer. Mein Gewehr lag ein paar Meter weiter in der aufgewühlten Erde, aber ich wagte nicht, den Stamm loszulassen. Mir war schwindelig und ich konnte mich kaum auf den Beinen halten. »Mein … Pferd ist durchgegangen«, hörte ich mich sagen. »Es … hat Angst von den Hirschen.«

»Dann ist es für diese Gegend eindeutig das falsche Pferd.«

Übelkeit stieg in mir auf, mein Kopf dröhnte so sehr, dass ich kaum noch die Augen offen halten konnte. Der Baumstamm war glitschig und ich rutschte aus und sackte auf die Knie. Als ich meine Hände auf dem Boden sah, erschrak ich. Sie waren voller Blut. Und als ich mich benommen umsah, war das Rot überall, Rinnsale und Handabdrücke auf weißer Rinde. *Blutbirke.* Mit diesem Gedanken flammte ein grelles Brennen in meiner rechten Schulter auf. Als hätte er nur auf meine Schwäche gewartet, stürzte der Kerl sich auf mich, das gezahnte Schwert bohrte sich neben mir in den Boden. Ich schrie auf und wollte auf die Beine kommen, verlor das Gleichgewicht – und für einige Sekunden entglitt mir die Welt. Als sie wieder an ihren Platz rutschte, lag ich auf der Seite, meine Wange presste sich an nasse Erde, dann wurde ich herumgerollt. Stoff ratschte wie bei einem scharfen Schnitt und kalte Luft traf meine Haut. Als ich mühsam die Augen öffnete, kniete der Barbar über mir und ein Messer blitzte vor meinem Gesicht auf. Ich schnappte mit beiden Händen zu, grub meine Nägel in sein Handgelenk.

»Nein!«, keuchte ich. »Nicht mein Herz!«

Zu meiner Verblüffung ließ er es tatsächlich zu, dass ich das Messer wegdrückte. »Was soll ich denn mit deinem Herzen?«

»Ihr schneidet es heraus und esst es«, flüsterte ich.

Der Kerl zog die Brauen zusammen. In den grauen Augen glaubte ich so etwas wie Ärger wahrzunehmen. »Tja, das stimmt natürlich«, sagte er trocken. »Aber du hast wirklich Glück: Ich habe keinen Hunger.«

Nicht einschlafen. Immer wieder hallte dieser Befehl in meinen Gedanken. Aber ich hatte wohl versagt, denn ich träumte, dass der Kannibale mich in seinen Armen hielt und mich trug. Es war wie ein Schweben. Mein Kopf lag an seiner Schulter, seine Haut an meiner Stirn war kühl und roch nach Ruß und Tannenharz. Mein Herz hatte er mir gelassen, es schickte mit jedem Schlag eine Welle von Schmerz durch meine rechte Seite. »Ich dachte erst, sie wäre unverletzt«, sagte der Kannibale direkt an meinem Ohr. »Aber der Hirsch hat sie doch erwischt.«

Stimmen brandeten auf und vermischten sich.

»... tiefe Wunde ...«

»... hätte bis ins Herz schneiden können ... Blut verloren ...«

»... muss ja ein ziemlicher Schlag gegen den Kopf gewesen sein ... Sieh nur, ihre Pupillen sind ungleich groß ...«

»Leg sie erst einmal hierhin ...«

Das Schweben hörte auf, ich sank in eine sachte Schwere, die meinen ganzen Körper erfasste, dann war da eine Hand, die meinen Kopf vorsichtig bettete und mir sanft das Haar aus der Stirn strich.

Und eine zornige, tiefe Frauenstimme, die rief: »Du schleppst uns einen von den Königsmördern an, Naveen?«

Ich hätte schwören können, dass mich eben noch die Sonne geblendet hatte, aber als ich jetzt die Augen aufschlug, blickte ich auf einen Halbmond, umrahmt von einem ... Höhleneingang.

Mond?, fuhr es mir durch den Kopf. *Ich bin eingeschlafen!* Mit einem Keuchen fuhr ich hoch. Schmerz durchzuckte mich, ich wollte mich zusammenkrümmen, aber dann erkannte ich, dass ich gefesselt war. Mein Rücken pochte und schmerzte unerträglich, also verharrte ich und versuchte so flach wie möglich zu atmen. Mir war heiß und meine ganze Haut glühte im Fieber. Ich befand mich tatsächlich in einer Höhle, auf Decken gebettet am Eingang. Es war tiefste Nacht, aber hier drinnen glommen noch ein paar schlafende Feuerstellen vor sich hin. Menschen lagen an den Höhlenwänden aufgereiht und schliefen. Ich erahnte Zeichnungen an einer farbigen Wand, aber klar erkennen konnte ich nur die mit weißen Kreidestrichen umrissenen Hirsche. Die rötliche Helligkeit weckte Schatten und malte über mir Fratzen auf den Stein. Jetzt kehrte schlagartig alles zurück – der Hirsch, der Wilde mit dem gezahnten Schwert, das Blut an der Birke ... *und Volok*. Wie lange war er schon frei? Lange genug jedenfalls, um meinen Vorsprung mühelos einzuholen.

Ich schwankte im Sitzen. Vorsichtig suchte ich meine Balance – und stellte fest, dass ich gar nicht ganz gefesselt war. Mein linker Arm war frei und auch meine Beine waren nicht gebunden. Nur mein rechter Arm war mit Bandagen fest an meinen Körper geschnürt. Einhändig begann ich zu kriechen, zog mich mit zusammengebissenen Zähnen zum Eingang. Die Kraft verließ mich, als ich die Linie, die in dieser primitiven Behausung die Schwelle bildete, erreichte. Ich sackte zusammen, die Wange an den Boden gepresst. Mit größter Anstrengung streckte ich den linken Arm aus und legte den Bann auf die Schwelle, während meine Hand zitterte und die Welt sich um mich drehte.

»He, langsam! Wo willst du denn hin?«

Kühle Hände zogen mich sanft, aber sehr bestimmt auf mein Lager zurück. Ein Wasserfall aus haselnussfarbenen Locken kitzelte meine Wange und als das Mädchen sich neben mich kniete, sah ich in ihrem herzförmigen Gesicht Sommersprossen. Die Fremde war noch fast ein Kind, höchstens dreizehn, und sie hatte die Art zu lächeln, die jeden Raum heller macht.

»Du hast im Schlaf gesprochen. Ich habe es leider nicht verstanden, du sprichst in der Sprache der anderen. Ich bin Ona, wie heißt du?«

Ich schluckte. »Liljann VanTorra. Aus Taris.«

»Taris? Das gibt es schon lange nicht mehr«, knurrte eine tiefe Stimme irgendwo hinter mir.

Ein Ächzen ertönte, als würde jemand aufstehen, dann trat eine dicke Frau zu uns und musterte mich feindselig. Sie war alt, mit Falten, so scharf wie mit Krallen gezogen. Aber ihr Haar war lang und dunkel wie das einer jungen Frau.

»Ihr habt Taris vor langer Zeit zerstört. Wie eine Henkersbande seid ihr über unser Land hergefallen und jetzt, wo ihr alles niedergebrannt und ausgeplündert habt, streckt ihr eure gierigen Raubfinger nach uns aus.«

»Hör auf, Kalima«, mahnte das Mädchen sanft. »Sie ist verletzt und hat Fieber. Der Hirsch hat sie fast umgebracht.«

»Der wusste schon, warum«, sagte die Alte unbarmherzig und setzte sich in einiger Entfernung neben ein heruntergebranntes Feuer. Missmutig schürte sie die Glut neu.

Das Mädchen seufzte. »Nimm es Kalima nicht übel. Sie stammt aus Taris und war die Einzige ihres Clans, die bei der Invasion fliehen konnte.«

Das Wort *fliehen* brachte das ganze Entsetzen zurück.

»Ihr dürft nicht rausgehen«, krächzte ich. »Er lauert da draußen. Er sucht mich.«

Onas Sonnenlächeln wich einer bestürzten Miene.

Die Alte spuckte verächtlich ins Feuer. »Na wunderbar. Reicht ja nicht, dass sie eine von drüben ist. Nein, sie bringt uns auch noch Verfolger ins Haus. Bestimmt Augenleute. Wir hätten sie ersäufen sollen, solange sie noch bewusstlos war.«

Das Mädchen legte mir beruhigend die Hand auf den Unterarm und sagte etwas, aber ich hörte es nicht. In meinen Ohren rauschte es. *Nicht einschlafen*, befahl ich mir. Aber da entglitt mir die Welt bereits wie ein zu glattes Seidentuch, das mir einfach durch die Finger rutschte.

Grenzgänger

Draußen ist der Sommer endgültig aufgeblüht, aber auch der strahlendste Tag wird in meiner Erinnerung fadenscheinig und blass, sobald ich in die funkelnde Dunkelheit tauche und mich in Janeiks Arme schmiege. Das stille, gehorsame Tagesgespenst in Antijas weißer Tracht hat nichts gemeinsam mit der Frau, die kaum schlafen und kaum essen kann und den Nächten entgegenfiebert. Es sind nur wenige Stunden, in denen es Janeik und mir gelingt, uns zu sehen, viel zu wenige. Meine Zweiflerstimmen schweigen, seit ich sie davongejagt habe, aber auch ohne ihre Warnungen bin ich wachsamer als auf der Jagd. Monn hatte recht, ich spiele ein gefährliches Spiel. Ich weiß nie, wann die Lady Dimad nachts in meine Kammer schickt, um mich in den Verhörraum zu holen. Jamala vertraut mir, so sehr, dass sie mich inzwischen Berichte und Gerichtsakten bearbeiten lässt und mich nach meiner Einschätzung fragt. Die Tage verbringe ich wie eine Schlafwandlerin in der Bibliothek, obwohl ich die Augen kaum offen halten kann. Ich lerne jede Lektion, die Lady Jamala mir gibt. Aber heimlich suche ich in den Akten nach Paragrafen und Präzedenzfällen, die sich um die Rechte Zweitgeborener drehen. Von Tag zu Tag finde ich mehr Schwachstellen im Netz, gelöste Knoten, die Lady Jamalas Richter und Getreue schweigend übergehen. Früher hätte ich mir wohl noch eingeredet, dass die Lady den Kodex nur großzügig auslegt, aber längst fallen mir Ungereimtheiten auf: dass es Beamte gibt, die nur vielsagend schweigen, wenn ein Höfling die Lady für ihre Gerechtigkeit lobt. Und dass es unter den Soldaten und den Augenmännern zwei Parteien gibt. Sie unterscheiden sich nur in der Art, wie sie reagieren und wohin sie blicken, bevor sie eine Meinung äußern: zu den Getreuen der Lady – oder zu den Leuten, die nur Janeik unterstehen.

In der Zitadelle gehe ich mit gesenktem Kopf, denn mehr als alles andere fürchte ich, Janeik zufällig zu begegnen. Aber das Seltsamste an diesem heimlichen zweiten Leben ist, dass ich darin meine Mutter wiederfinde. Es ist, als wäre sie bei mir, deutlicher und lebendiger, als ich sie als Kind je erlebt habe, als würden wir Seite an Seite gehen, so nah und vertraut, dass ich sie jetzt erst kennenlerne – in ihren Ängsten und auch im Rausch des Geheimnisses einer heimlichen Liebe. Zum ersten Mal ahne ich, wer sie wirklich war, und ich ertappe mich dabei, wie ich die

Höflinge im Alter meines Vaters beobachte und mich frage, welcher von ihnen ihr heimlicher Geliebter gewesen sein könnte. Aber keine noch so vorsichtige, beiläufige Frage an Dimad und ihre alten Freunde bringt mich Lidas Geheimnis näher. Auch darin gleichen meine Mutter und ich uns: Wir wissen uns sogar auf einem löchrigen Netz gut zu verbergen.

Sobald wir unseren heimlichen Palast betreten, brauchen Janeik und ich keine Worte mehr. Es ist, als hätten unsere Körper ihre eigene Sprache. Wir erkunden einander wie fremdes und doch vertrautes Land. Ich kenne jeden verborgenen Winkel, jede Linie, jedes Haar. Unter Tausenden von Männern würde ich ihn erkennen – allein an der Art, wie sein Atem meine Lippen streift. Und als wir beginnen, uns nach dem Rausch der ersten durchliebten Nächte zaghaft zu den Worten zurückzutasten, ist es, als wären wir einander seltsam fremd auf eine Art, die uns zum Lächeln bringt.

»Du gehörst für immer mir«, flüstert Janeik in einer dieser blauen Nächte.

»Wo wird dieses ›immer‹ sein?« Diese Antwort gebe ich jedes Mal, sie ist wie ein Code. Und auch heute zieht Janeik mich an sich und verwandelt mit seinem Flüstern unser Soldatenlager in das Tor in eine neue Welt. Unsere Welt.

»Vielleicht Tibris«, sagt er diesmal. »Wenn man das Meer hinter dem Grauland überquert, kommt man dorthin. Früher war es eine heruntergekommene Sklavenstadt, kurz vor dem Untergang, aber heute ist es eine freie Metropole. Fischer und Seehändler leben dort. Von dort aus können wir über die Berge nach Menitar …«

Ich schließe die Augen und reise mit ihm in Länder, in denen Pferde nur noch eine Erinnerung an alte Zeiten sind. Wo Apparate in einer Sekunde Abbilder der Welt schaffen, auf lichtempfindlichem Papier, ohne Pinsel und Farbe, nur mit Licht und Schatten. Das ist auch ein Teil dieser gestohlenen Stunden: die Erkenntnis, dass die Welt, in der ich bisher lebte, nur ein Sandkorn in einer Wüste ist und das meiste Wissen in meiner Bibliothek längst veraltet. Janeiks moderne Landkarten zeigen ganz andere Wege und Länder als das, was ich heimlich im Archiv betrachte. Und wenn ich hier auf dem Bett liegend im Dunkeln die Hand ausstrecke, dann kann ich Beweise betasten, die Janeik vom Hof seines Onkels mitgebracht hat und in unserer geheimen Kammer aufbewahrt: eine Uhr, die man am Handgelenk tragen kann, eine kleine Lampe, die wie ein Stab aussieht und auf Knopfdruck leuchtet, und ein Fernglas. Janeik lacht über mein Staunen.

»Mir ging es ähnlich wie dir, als du neun Jahre alt warst«, sagt er. »In gewisser Weise hatten wir dasselbe Schicksal. Wir mussten beide unsere vertraute Welt verlassen, als wir noch Kinder waren, und uns in der Fremde zurechtfinden. Du hast die Stadt bei der Zitadelle verlassen und deine neue Welt war die Wildnis. Bei mir war es umgekehrt, als meine Mutter mich zu meinem Lordonkel schickte. Ich war zehn, und ich dachte, Taris sei die Krone der Zivilisation und ein Wasserhahn ein Wunder, das uns über die Barbaren erhebt. Dabei hätte ich genauso gut aus der Steinzeit stammen können, so anders ist die wirkliche Welt da draußen. So viel schöner, so viel größer, Tajann!« In seinen Worten schwingt beides: Begeisterung – aber auch Bitterkeit. »Meine Mutter sollte aus Taris ein Land machen, das unserer alten Heimat würdig ist. Aber schau dir an, was sie in den achtzehn Jahren geschaffen hat. Leergeschürfte Minen und ein barbarisch grausames Gerichtssystem wie im Zeitalter der ersten Menschen. Am Hof meines Onkels werden Verbrecher nicht im Feuer hingerichtet, sondern schnell und barmherzig mit einem Schuss. Als meine Mutter mich hierher zurückrief, fühlte ich mich, als würde ich in eine archaische Vergangenheit verbannt, die es eigentlich nur noch in Büchern und Geschichten gibt. Und in Antijas Heimat …«

Ich setze mich auf. »Sprich nicht von ihr. Nicht hier!« Obwohl ich es besser weiß, gibt es mir einen Stich der Eifersucht. Antija gehört nicht hierher. Nicht in diese Kammer, nicht einmal als Name auf Janeiks Lippen.

»Wann gehen wir endlich fort?« Auch diese Frage stelle ich in jeder unserer blauen Nächte.

Er seufzt. »Du weißt, ich bin ein von Caila …«

»Und ich bin eine VanTorra. Na und? Wir sind Zweitlinge, jeder Weg steht uns frei. Wenn wir in die alte Heimat meiner Mutter zurückkehren, werden uns ihre Verwandten ebenso aufnehmen wie dein Onkel. Ich habe Anspruch auf ein Stück Land. Und dein Lordonkel hat keine Nachfolger und würde dich gerne an dieser Stelle sehen. Alles steht uns offen. Wir können auch zwei Eroberer sein, Seite an Seite. Wir schaffen unser eigenes Reich!«

Janeik holt gequält Luft. Ich rücke von ihm ab und schlinge meine Arme um die angezogenen Knie.

»Tajann, was ist denn …?«

»›Wir sind beide etwas, das jeder Ordnung widerspricht: Zweitgeborene in Fesseln.‹ Das hast du zu mir gesagt, im Wald, erinnerst du dich nicht?«

»Natürlich. Aber … so einfach ist es nicht, seine eigene Familie zu verraten.«

Beinahe hätte ich gelacht. »Das weiß ich nur zu gut. Aber deine Mutter hat dich bereits verraten. Es war nicht rechtens, den Vertrag deines jüngeren Bruders auf dich zu übertragen.«

»Ich weiß.«

»Was hält dich dann?«

»Angst um dich. Du glaubst, du kennst meine Mutter. Aber du weißt nichts über sie! Sie wird nicht eher ruhen, bis sie Rache genommen hat. Wir brauchen einen wirklich sicheren Ort.«

»Es ist gefährlicher zu zögern, als zu gehen. Und außerdem ist der sicherste Ort das Gesetzbuch. Du könntest vor deinem Lordonkel und jedem anderen van Caila nachweisen, dass der Heiratsvertrag nicht deine Unterschrift trägt. Und der Kodex ist eindeutig in Paragraf 15 b: Eltern entscheiden für Dritt- oder Spätergeborene, aber niemals und unter keinen Umständen dürfen die Rechte der Zweitlinge angetastet werden. Das weiß deine Mutter. Du hast sie in der Hand, alles steht und fällt mit deiner Aussage. Sie ist nicht länger Teil des Netzes, wenn herauskommt, wie sehr sie den Kodex verletzt hat. Dann verliert sie alles: ihr Land, ihre Herrschaft und ihre Ehre. Und das bedeutet: Sie wird stillhalten, und du bist frei zu tun, was du willst, Janeik.«

»Aber noch bin ich es nicht!«

»Hältst du mich hin?« Ich muss mich beherrschen, ruhig zu bleiben. Es sind diese Momente, vor denen ich manchmal am Tag erschrecke, wenn ich an sie zurückdenke. Die Momente, in denen ich genau weiß, was meine warnenden Stimmen sagen würden.

»Nein! Aber es ... gibt einiges, was du nicht weißt.«

»Dann erzähl es mir!«

»Ich kann es nicht, Tajann. Es würde dich noch mehr in Gefahr bringen.« Er will mich küssen, aber ich springe vom Bett und will nach meinen Kleidern greifen. Dann fällt mir ein, dass sie ja noch im Thronsaal liegen. Manchmal lieben Janeik und ich uns dort, unter dem Mondschimmer der Kristalllüster, bevor Janeik mich in sein Lager trägt.

»Tajann, ich bitte dich doch nur um etwas Zeit.«

»Zeit? Wie lange willst du warten? Bis du Antija den Ring an den Finger gesteckt hast?«

Ich kann seinen aufwallenden Zorn spüren, eine Verschiebung in der Dunkelheit, eine plötzliche Hitze.

»Heißt das etwa, du vertraust mir nicht mehr?«

»Vertraust du mir? Du sagst, du liebst mich. Du teilst mit mir dein Bett und deine Vergangenheit, aber nicht deine Gedanken und schon gar nicht deine Geheimnisse.« Ich muss schlucken, damit meine Stimme kühl und fest klingt. »Erinnerst du dich auch noch an das, was ich dir in unserer ersten Nacht sagte? Ich bin nicht deine heimliche Geliebte und ich gehorche dir nicht. Mein Wort gilt immer noch, wie ist es mit deinem?«

Er ruft mir hinterher, aber ich entwische ihm mühelos und leichtfüßig. Inzwischen kenne ich die heimlichen Wege besser als Janeik. Auch in der Dunkelheit finde ich mit schlafwandlerischer Sicherheit in den alten Thronsaal. Wieder scheint ein Vollmond, als wäre seit unserer ersten Nacht keine Stunde vergangen. Dabei ist es die Ewigkeit von Wochen. *Er sagt die Wahrheit,* wiederhole ich in Gedanken. *Niemals wird er Antija heiraten.* Der Hirschthron wirft lange Mondschatten an die Wand. Meine Kleider liegen auf dem polierten Marmor wie Strandgut eines Lebens, das ich nicht mehr führen möchte. Noch nie habe ich es so deutlich gespürt. Ich kann mich nicht einmal dazu überwinden, das weiße Gewand aufzuheben, stattdessen gehe ich nackt zum Thronpodest, erklimme es und setze mich auf den Hirschthron. Die Rote Nacht und mein Gespräch mit der Lady beim siebten Tanz scheinen Jahre her zu sein. Aber sofort finde ich das Gefühl wieder, das ich hatte, als ich damals auf die tanzende Menge schaute. Die Schwere der Macht. Und die Leichtigkeit von Freiheit. Ich hatte fast vergessen, dass es mir darum ging: meinen Weg zu gehen. *Ist er das?*, denke ich. *Habe ich Liljann und Vater betrogen, um nachts heimlich in einer Barbarenburg in fremde Betten zu kriechen?*

Die Klarheit tut gut, auch wenn sie brennt wie eine frische Wunde.

Janeik betritt den Saal. Er hält kurz inne, als er mich auf dem Thron sitzen sieht. Dann kommt er zu mir, aufrecht, mit langsamen Schritten, die im Halbdunkel mehr denn je an die geschmeidigen, kraftvollen Bewegungen einer Raubkatze erinnern. Es ist verrückt, ich liebe Janeik so verzehrend, dass es wehtut. Aber als er vor dem Podest stehen bleibt und zu mir aufsieht, bin ich nur noch wütend auf ihn. Ich lehne mich zurück und schaue auf meinen Geliebten herunter. Auch Janeik mustert mich schweigend. Ich weiß, dass meine Haut leuchtet wie frischer Schnee. Mein Haar fällt mir über eine Schulter bis hinunter zur Hüfte. Eine dunkle Locke setzt in weichem Bogen auf meinem Oberschenkel auf. Ich weiß, dass Janeik mir auch jetzt kaum widerstehen kann. Fast warte ich darauf, dass er mich an sich reißen wird. Aber dann überrascht er mich doch.

»Gib mir deine Hand«, sagt er heiser.

Ich sollte den Kopf schütteln, aber seine ungewohnte Sanftheit entwaffnet mich. Ich spüre, wie er mir einen Ring auf den Finger schiebt. An der Schwere und seiner klobigen Form erkenne ich den Siegelring mit dem Feuerzeichen, der zugleich der Schlüssel für die geheimen Gänge ist. »Du bist die Einzige, der ich vertraue«, sagt Janeik. »Alles, was ich bin und habe, gehört dir. Meine Liebe, meine Geheimnisse, mein Leben. Du bist meine Lady.«

Noch gestern wäre ich glücklich gewesen, aber jetzt fällt die Wirklichkeit auf mich wie ein erstickend schweres Tuch. »Im Augenblick bin ich nur die Königin deiner Nächte«, erwidere ich leise. »Und das genügt mir nicht. Also entscheide dich. Beginn oder Ende. Und lange warte ich nicht mehr.«

Ich erschrecke selbst vor meinen Worten. Schon der Gedanke daran, ohne Janeik zu sein, ist wie ein scharfer Schnitt in meiner Seele. Aber dennoch habe ich keine Wahl mehr. *»Drück ab oder leg das Gewehr zur Seite.«* Das hat mein Vater mich gelehrt, als er mir das Jagen beibrachte. *»Wenn du das Gewehr ständig am Anschlag hältst und zielst, aber nie abdrückst, wirst du zur Gefangenen deiner Feigheit. Das Zögern nimmt dir Kraft, Mut und jede Schärfe.«*

Er hat recht. Ich bin drauf und dran, mich nur noch an mein Gewehr zu klammern.

Janeik holt sehr langsam Luft. »Du stellst mir ein Ultimatum?« Jetzt ist er wieder ganz der Junglord, zornig, gefährlich ruhig. Aber ich hebe das Kinn und erwidere ebenso kühl: »Du stellst mir deines schon lange genug, Firan. Es ist deine Entscheidung. Meine ist es, meine Zeit, meine Liebe und mein Leben nicht im Bett von Antijas Lordgemahl zu verschwenden.«

»Tajann, ich liebe dich!«, fährt er mich an.

Ich glaube ihm, und auch ich liebe ihn in diesem Moment so sehr, dass ich weinen könnte. Ich fürchte mich davor, dass er gleich etwas Zärtliches sagen wird, habe Angst, dass seine Worte mich umstimmen werden. Aber er schweigt und das rettet mich.

»Dann geh mit mir fort!« Ich streife den Ring ab und lasse ihn auf dem Thron zurück, springe vom Podest und laufe über den spiegelglatten Marmor. Tränen steigen mir in die Augen, als ich die verhasste weiße Kutte aufhebe. Janeik folgt mir nicht. Als ich an der Tür zurückblicke, sehe ich ihn immer noch neben dem Thron stehen. Die Geweihschatten zeichnen sich hinter ihm an der Wand ab, aber aus meiner Perspektive sieht es aus, als würden sie zu Janeik gehören. Er wirkt wie ein Wesen aus Schatten und Licht, wie der Hirschkönig, das Menschtier, das Liljann als Holzfigur besaß. Rasch schaue ich weg und renne, so schnell ich kann.

Schmetterlinge umflatterten mich – das Schachbrettmuster ihrer Flügel schimmerte weiß und schwarz und formte sich zum Mantel der maskierten Todesfrau. »Bist du heute wegen mir gekommen?«, fragte ich.

»Hast du es so eilig, Liljann?«, antwortete sie mit freundlichem Spott. »Nein, ich bin auch heute nicht wegen dir hier. Aber verliere dich nicht zwischen den Wirklichkeiten, manchmal findet man schwer wieder hinaus.« Das Traumbild verzerrte und wandelte sich. *Tajann?* Ich konnte es nicht sicher sagen. Sie war nackt, ihr langes Haar floss ihr bis zur Hüfte, aber ihr Gesicht lag im Schatten, nur die Rose, die sie sich hinter das Ohr gesteckt hatte, leuchtete milchig weiß. »Du musst fliehen«, flüsterte sie. »Sonst isst er dein Herz!« Ich wollte ihr entgegenschleudern, dass sie nie wieder in meine Nähe kommen soll, aber aus meiner Kehle kam nur ein seltsamer trockener Laut.

»Sie wacht auf.« Eine Hand legte sich auf meine Stirn. »Und das Fieber ist auch gesunken.«

Als ich die Augen aufschlug, blickte ich in ein sommersprossiges Gesicht. Ich erinnerte mich daran, dass dieses Mädchen Ona hieß. Ihr Haar stand wie ein Windwirbel von ihrem Kopf ab und sie hatte Schlafaugen und eine Deckenfalte auf der Wange. Neben ihr saß eine Frau auf Knien und Fersen, zu jung, um ihre Mutter zu sein, aber die Ähnlichkeit war deutlich, obwohl sie kurzes Haar und keine einzige Sommersprosse hatte.

»Guten Morgen!«, rief Ona.

Morgen? Tatsächlich, die noch rote Sonne schien in die Höhle. »Ich bin ja doch eingeschlafen!«, flüsterte ich. »Ich muss weiter.«

Aber als ich versuchte, mich aufzurichten, war es, als sei mein Körper mit Blei behängt. Irgendetwas war mit mir passiert. Das grobe braune Kleid, das ich am Leib hatte, gehörte mir nicht und war viel zu weit. Mein schmaler Eisenring steckte nun am Mittelfinger, aber selbst für diesen war der Schmuck nun zu groß. Meine Arme ragten dünn wie Zweige aus den Ärmeln und zitterten vor Anstrengung, und als ich an mir herunterblickte, erschrak ich, so mager war ich, eine Heuschrecke mit schmutziger Haut.

»Du warst krank«, sagte die Frau mit den kurzen Haaren nicht besonders freundlich. Sie stand auf und klopfte sich den Staub von den Hosen. »Die Wunde hat sich entzündet, hast Glück gehabt.«

»Wie lange …«

»Zwei Wochen.«

Ich schnappte nach Luft. *Zwei Wochen? Und Volok hat mich nicht aufgespürt?*

»Kein Grund, so erschrocken zu sein. Mich hat auch mal einer übel erwischt, als ich weggelaufen bin, siehst du hier?« Ona schob den Ärmel über die Schulter und zeigte mir eine lange Narbe. »Gut, dass Hilfe kam, bevor der Hirsch dir die Geweihstange durch das Schulterblatt bis in die Lunge bohren konnte …«

»Mach ihr keine Angst, Teichfrosch!« Die Frau zauste dem Mädchen mit liebevoller Grobheit das Haar. »Bring sie nach draußen. Sie muss etwas essen.«

Ona sah der Älteren nach, als sie aus der Höhle ging. Aber kaum waren wir allein, stieß sie einen genervten Seufzer aus und rollte mit den Augen. »Meine Schwester! Sie kommandiert mich immer herum. Sie heißt übrigens Miina. Hast du auch eine Schwester? Und wo lebt deine Familie?«

Schon das Wort Schwester hatte mir einen Stich versetzt. Es war einfacher, Tajann zu hassen, als den Schmerz zu spüren. Aber für Hass brauchte man Kraft und die hatte ich nicht. Ich konnte nur den Kopf schütteln und nichts dagegen tun, dass mir plötzlich die Tränen über das Gesicht liefen.

Onas Augen wurden groß. »Oh. Sind deine Leute etwa …?«

»Ja«, sagte ich. »Tot. Alle.«

Ich zuckte zurück, als Ona mir tröstend über die Wange streichen wollte, und sie senkte sofort die Hand.

»Das tut mir leid«, sagte sie. »Aber du lebst! Das ist das Wichtigste.«

Wirklich? Es fühlte sich nicht so an. Denn etwas in mir war zerbrochen und würde nie wieder heilen.

»Steh auf. Ich helfe dir.«

Ohne auf meine Einwände zu warten, packte sie meinen

linken Arm und legte ihn über ihre Schultern. Ich biss die Zähne zusammen, weil die halb verheilte Wunde am Rücken schmerzte, aber Ona fasste mich geschickt um die Taille und zog mich auf die Beine. Schwankend und schwer auf sie gestützt stand ich da und sah mich um. Die Schlafstellen gab es nicht mehr, nur noch zusammengerollte Decken und Felle stapelten sich im hinteren Raum. Zum ersten Mal konnte ich nun auch die Wandzeichnungen im Hellen betrachten. Einige Frauen, die lange Mäntel trugen, Hirsche und auch Krieger. Einer von ihnen hatte einen Wolfskopf und Bärenpranken.

»Seid ihr ein … Clan?«

»Nur einige von uns gehören zum selben Stamm. Meine Eltern, meine Schwester, mein Bruder, drei Onkel … na ja, du lernst sie alle noch kennen. Ansonsten leben bei uns auch Vereinzelte. Flüchtlinge von der anderen Seite wie Kalima, Mitglieder anderer Clans, die hier auf ihren Sommerjagden Station machen …«

»Und der Kannibale, der mich hergebracht hat?«

Zu spät fiel mir ein, dass er ja gar kein Kannibale war. Mein Herz besaß ich noch. *Oder zumindest das, was davon noch übrig ist.*

Ona brach in schallendes Gelächter aus. »Manche sagen, *du* seist der Kannibale! Oder warum sonst schleppst du Fingerknochen in der Manteltasche herum?« Mit einem Kinnrucken deutete sie zur anderen Wand. Meine Sachen waren dort säuberlich aufgereiht. Mein Gewehr fehlte, aber an meinem zerrissenen und verschmutzten Mantel, der an der Wand lag, haftete die Rose, halb aus der Tasche gerutscht, aber mit den Dornen im Gewebe verfangen. Vor der blau bemalten Höhlenwand leuchteten nun vier Blüten – salzweiß wie die Wurzeln, die das Knochenstück umfassten.

»Kalima hat uns verboten, die Blume anzufassen«, plapperte Ona weiter. »Sie sagt, solche Rosen bringen Unglück. Hat in deinem Fall ja wohl gestimmt. Komm! Einen Schritt nach dem anderen.«

Draußen blendete mich die Sonne. Und als ich wieder etwas erkennen konnte, nahm ich als Erstes das Glitzern von Wasser wahr. Die Höhle lag am untersten Fuß eines sanft ansteigenden Berges, nicht weit von einem See entfernt, der wie ein tiefblaues Auge in den Himmel starrte, gesäumt von den Wimpernschatten zottiger Weiden. Der bewaldete Berg dahinter hatte eine seltsam geformte Krone. Etwas daran kam mir bekannt vor. *Aber das kann nicht der Berg mit der alten Palastruine sein*, dachte ich. *Ich war doch noch viel zu weit davon entfernt?*

»Hier kommt Liljann!«, rief Ona. Rechts von mir, direkt an einem Steinkreis mit einem Herzen aus Glut, entdeckte ich ein Dutzend Menschen, in braunes Leder und Kaninchenfell oder in grob gewebte Stoffe gekleidet. Sie waren offenbar alle verstummt, als wir aus der Höhle getreten waren. Nun musterten sie mich genauso konzentriert wie ich sie. Nur wenige der Frauen hatten langes Haar, die meisten trugen es kurz wie Miina oder sogar fast geschoren – so wie alle Männer. Nur einer hatte langes Haar und einen dichten blonden Bart. Fast alle hatten in ihren Arbeiten innegehalten, nur Miina und die dunkelhaarige Alte, die, wie ich mich erinnerte, Kalima hieß, rieben weiterhin mit sichelartigen Klingen Rinde von Hölzern. Niemand lächelte mir zu oder hieß mich willkommen. Ich blickte in harte, grimmige Mienen. »Hat sie es also überstanden«, bemerkte der Bärtige nur. Es hörte sich nicht so an, als würde er sich darüber freuen.

»Die Invasion hat begonnen«, murmelte jemand. In Verdacht hatte ich einen Mann, der etwas abseits im Hintergrund stand, in lockerem Schwung an die Felswand gelehnt. Es war ein junger Kerl, sicher nicht älter als ich, mit einem sehr ernsten Gesicht. Er hatte hohe Wangenknochen und gerade Brauen, was seinen Zügen eine strenge Regelmäßigkeit verlieh. Er musterte mich ohne jedes Wohlwollen.

Meine Knie zitterten und Ona bugsierte mich zur Feuerstelle. Als wäre ich eine Aussätzige, rückten alle sofort ab. Wenn Ona nicht an meiner Seite geblieben wäre, hätte ich mich wie der verlassenste Mensch auf der Welt gefühlt. »Sie muss etwas essen«, sagte Ona mit Nachdruck. »Onkel?« Es war wenig beruhigend, dass sie plötzlich gar nicht mehr so munter und selbstsicher klang. Aber der Bärtige schöpfte schließlich eine Kelle mit einem roten Brei aus dem Topf und stellte die Holzschüssel ans Feuer. Dann wandten sich alle wieder ihren Arbeiten zu.

Ona hangelte nach der Schüssel und reichte sie mir. »Das ist Salas-Apfel. Kennst du die Frucht? Erst bitter, dann süß, also halte durch. Du musst wieder zu Kräften kommen.«

Ich probierte und bemühte mich, den Mund nicht zu verziehen. Aber jetzt merkte ich, wie hungrig ich war.

»Danke«, sagte ich zu Ona und dann zu den Menschen in der Runde. »Danke, dass ihr mir geholfen habt.«

Die Leute erstarrten, vor allem der Bärtige schien völlig befremdet zu sein. Misstrauische Blicke flogen hin und her. Es sah aus, als würden sie überlegen, ob das Danke eine versteckte Morddrohung war. *Was für eine Gegend ist das?*, dachte ich.

»Glaub ja nicht, dass du dich mit Freundlichkeit bei uns einnisten kannst«, sagte ein älterer Mann. Er hatte Sommersprossen, ich konnte nur annehmen, dass er ebenfalls einer von Onas Verwandten war.

»Das habe ich nicht vor«, sagte ich. »Ich … muss so schnell wie möglich weiter.«

Der junge Kerl mit den geraden Brauen starrte mich noch feindseliger an und verschränkte die Arme. Mir fiel auf, dass er graue Augen hatte und scharf gezeichnete Lippen mit einem schönen Schwung. *Tajann würde ihn hübsch finden*, dachte ich. Ich schluckte den Kloß in meiner Kehle mühsam herunter. »Hat … hat jemand vielleicht mein Pferd gefunden?«, fragte ich zaghaft. Stille. »Es ist eine schwarze Stute …«

»Schwarze Pferde sind was für Augenmänner«, sagte eine Frau misstrauisch. »Arbeitest du etwa für die?«

Plötzlich murmelten alle durcheinander, ein paar Frauen standen auf und gingen einfach.

»Habe ich es euch nicht gesagt?«, sagte der Bärtige. »Und das ist erst der Anfang. Die hier ist nur die Vorhut der Roten. Sie ist hier, um uns auszuspionieren. Machen wir kurzen Prozess …«

»Ich bin keine von *den Roten!*«, rief ich.

»Ach, dann dienst du etwa nicht der Feuerhexe auf der anderen Seite?«, schnappte die Frau. »Feierst du nicht ihr rotes Blutfest?«

»Im Schlaf hast du in ihrer Sprache gesprochen«, setzte der Bärtige nach. »Und wer, wenn nicht ein Späher, würde unsere Sprache lernen, um sich bei uns einzuschleichen?«

»Aber kein Späher lässt sich fast von einem Hirsch umbringen, um sich in ein Lager einzuschleichen«, verteidigte mich Ona gegen den Bärtigen. »Sie ist auf der Flucht, Onkel! Ihre ganze Familie ist tot und sie wird verfolgt.«

»Wer verfolgt dich?«, wollte der Mann mit den Sommersprossen wissen. Sein Wort hatte offenbar Gewicht. Diejenigen, die noch an der Feuerstelle saßen, verstummten, sogar der Bärtige.

Der mit den Sommersprossen ist der Clanchef?, dachte ich beklommen.

»Wer folgt dir?«, setzte der Mann nach. Ich sah den Tempel vor mir – und Volok. Ona bemerkte die Gänsehaut an meinen Armen. »Vater«, sagte sie vorwurfsvoll. »Lass sie doch erst einmal …« Aber der Clanchef brachte sie mit einem Wink zum Schweigen.

»Und ich rate dir, sag die Wahrheit. Der See ist tief und meine Geduld schnell am Ende.«

Alle starrten mich wieder an. Ona stieß mich leicht an und hob auffordernd die Brauen, aber sie war blass geworden.

»Das … Totenwesen«, sagte ich leise. »Es hat die Gestalt eines Mannes, aber ich … habe seinen Schatten gesehen.«

In dem fassungslosen Schweigen hörte sich sogar das Rauschen der Baumkronen an wie Donner.

»Du meinst … ein *Corent* verfolgt dich?«, fragte Miina ungläubig.

Zu meiner Bestürzung war Kalima die Erste, die krächzend zu lachen begann, ein paar der Männer fielen ein.

»Für wie dumm hältst du uns?«, sagte der Bärtige.

Wieder erhoben sich ein paar Leute, als hätten sie genug von mir. Ich suchte nach dem jungen Mann im Hintergrund, aber er war fort.

»Es ist wahr!«, beharrte ich.

»So wahr wie deine letzten Worte, bevor du Eisen schmeckst«, knurrte der Clanchef.

»Und wenn sie wirklich daran glaubt, Vater?«, rief Ona. »Jeder von uns hatte schon einmal einen Fiebertraum und hielt das, was er sah, für wahr. Vielleicht ist sie noch verwirrt. Du sagst selbst, man darf kein Urteil zu schnell fällen.«

»Ja, Tuon«, sagte der Bärtige mit einem hinterhältigen Grinsen. »Urteile gut. Und warte nicht zu lange. Wenn sie eine Hexe ist wie ihre Herrin, kann sie nämlich Ungeheuer aus dem Totenreich beschwören. Dann hätte sie die Wahrheit gesagt.«

Tuons Miene verfinsterte sich. »Schneidet ihr die Kehle durch und hängt ihre Leiche als Warnung für die Patrouillen am Rand des Rankenwaldes auf.«

Ich schnappte nach Luft.

»Nein!« Ona sprang neben mir auf und stellte sich schützend vor mich und auch Miina erhob sich. »Ona hat recht. Es wäre dumm, sie zu töten, Vater«, sagte die Ältere mit Nachdruck. »Tote reden nicht. Behalten wir sie hier, da haben wir sie wenigstens unter Kontrolle, bis wir wissen, ob sie zu einem Trupp gehört. Und wer weiß, vielleicht ist sie eine nützliche Geisel.«

Zögerndes, zustimmendes Murmeln von einigen Männern.

Tuon musste seinem Clan irgendein Zeichen gegeben haben. Alle standen auf. Offenbar war das ein gutes Zeichen. Ona wirkte immer noch erschrocken, aber sie lächelte mir aufmunternd zu. »Keine Angst«, raunte sie mir zu. »Ich spreche für dich.«

Ausgerechnet Kalima blieb als Bewachung zurück. Ihr bohrender Blick war wie eine aufdringliche Berührung. Immer noch zitterte ich. *Und Vater war der Meinung, Mila und die anderen Wildländer seien die Barbaren!* Ich musste hier weg, so schnell wie möglich.

»Du hast Glück, dass Tuons Kleine dich mag«, knurrte Kalima. »Fühlt sich nicht schön an, als Letzte übrig zu sein, hm? Gut, dass es mal einen von euch erwischt und nicht immer nur uns.«

»Ich weiß nicht, was du meinst.«

Ihr Lachen kippte in ein rasselndes Husten. »Mach mir nichts vor. Du bist wirklich auf der Flucht vor deinesgleichen, nicht wahr? Warum hat die Königsmörderin deine Familie hingerichtet? Mal sehen: Sie rottet jede magische Linie bis ins jüngste Glied aus. Ich schätze also, du bist eine von den Zweigängern.«

»Zweigänger?«

»Ein Bein in unserer Welt – das zweite auf der anderen Seite der Schleier. Falls das so ist, hast du Pech gehabt, ausgerechnet hierher zu fliehen. In dieser Gegend mögen sie solche wie dich nämlich genauso wenig wie dort, wo du herkommst.« Sie wurde ernst. »Ich warne dich. Ich werde dich genau beobachten. Ein Bannzeichen nur, ein Funke Magie und du bist tot. Tuon hasst alles Magische. Den letzten Verdächtigen haben er und seine Brüder …« Sie machte mit dem Zeigefinger die Geste eines scharfen Schnitts über ihre Kehle. »Ich könnte Tuon sagen, was ich vermute«, sagte sie mit einem süffisanten Unterton. »Dann hätte sich die Sache mit dir sehr schnell erledigt. Aber du hast

Glück, dass ich neugierig bin, was eine wie du hier verloren hat.«

Ich hoffte, die Alte würde nicht bemerken, dass mir der Schweiß ausgebrochen war.

»Du irrst dich«, sagte ich mit fester Stimme. »Ich habe mit Magie nichts zu tun.« Es gelang mir, auf die Beine zu kommen, obwohl mir schwindelig wurde. Die Alte fixierte mich scharf, dann nahm sie einen Stock und stocherte damit die Glut heller. »Ist auch besser für dich«, sagte sie trocken.

Es waren nur ein paar Schritte, aber ich brauchte eine Ewigkeit, um zum See zu gelangen. Kalima hatte mich in Sichtweite allein zum Ufer gehen lassen. Offenbar sah ich nicht aus, als könnte ich fliehen. Und ich wäre auch gekrochen, noch nie hatte ich mich so sehr danach gesehnt, alles von mir abzuwaschen. Ein ferner Donner kündigte ein Sommergewitter an, aber noch war es heiß und klar und die Farben glühten. Ufersand verlor sich in einem Teppich von samtgrünem Gras, Büschel von Sternblumen leuchteten im Schatten von Uferweiden. Aber ich suchte nur beunruhigt nach Anzeichen einer Gegenwart. *Hör auf, Gespenster zu sehen. Volok ist nicht in der Nähe, sonst würde ich keinen Vogelgesang hören*. Als ich näher ans Wasser trat, wäre ich dennoch fast zurückgeprallt. Einer der Männer vom Clan war hier. Er hatte sein Hemd ausgezogen und kniete am Ufer. Ich sah nur einen schlanken Rücken, leicht gebräunte Haut und ein paar gut verheilte Narbenlinien auf dem Rücken, nass vom Wasser. Er schaufelte sich noch zwei Handvoll Wasser ins Gesicht und richtete sich auf. Jetzt erkannte ich ihn an der Haltung und an seiner schlanken Gestalt. Der Kerl, der an der Wand gelehnt und mich so feindselig gemustert hatte. Ich wollte mich zurückziehen, aber unter meinem bloßen Fuß knackte ein Zweig.

»Sollte Kalima dich nicht bewachen?«, sagte er, ohne sich umzudrehen. Ich hatte erwartet, dass er ebenso rau und barsch klingen würde wie die anderen Männer, aber trotz seines harten Akzents hatte seine Stimme einen ganz anderen Klang, klar und ein wenig melodiös.

»Warum?«, erwiderte ich bitter. »Weil ich sonst durch den See schwimme und wegrenne, so schnell ich kann?«

Ich schnappte mir einen ins Wasser hängenden Weidenzweig als Stütze und ließ mich mühsam auf die Knie nieder. Zum Glück machte der Kerl keine Anstalten, näher zu kommen, er setzte sich nur hin, die Arme auf die Knie gestützt, und betrachtete die Spiegelung des Berges im See. Ich war froh, dass er mich nicht ansah. Wieder wurde mir bewusst, wie schmutzig und ausgemergelt ich war. Vorsichtig wusch ich meine Arme, ohne die Wunde am Rücken zu sehr zu spannen.

»Würde mich wundern, wenn du dein Pferd wiederfindest«, sagte er plötzlich. »Wenn es Angst vor den dunklen Hirschen hat, wird es weit laufen müssen. Hier im Tal sind zurzeit ziemlich viele von ihnen.«

»Woher weißt du, dass Kyzar Angst vor ihnen hat?«

»Sah so aus, als stammten die Narben an ihrem Hals von einem Geweih. Wie ist das passiert? Die Dunklen greifen doch nie Pferde an.«

Ich sackte auf die Fersen. Nun wandte auch er den Kopf und sah mir direkt in die Augen. Es war ein seltsamer Moment. Ganz anders als bei Volok und dennoch auf irritierende Art zu nah. Und langsam begriff ich. *Graue Augen. Sehr hell, in einem rußgeschwärzten Gesicht.* Aber in meiner Erinnerung war der Krieger mit dem gezahnten Schwert riesengroß und furchteinflößend gewesen, sicher kein Junge in meinem Alter. Und trotzdem – die Haltung, sogar der Blick …

»*Du* hast mich gerettet?«, fragte ich zaghaft.

»Schon möglich.«

»Warum … rettest du mein Leben, wenn der Clan mich am nächsten Baum aufhängen will?«

»Besser als Kannibalen sind sie allemal«, erwiderte er spöttisch. »Und außerdem hatte ich keine Wahl. Hätte ich dich nicht hergebracht, wärst du im Wald verblutet. Und es gibt da so einige Tiere, die sich über frische Beute freuen.«

Ich schluckte. Ich hätte ihm wohl für meine Rettung danken müssen, aber aus irgendeinem Grund schaffte ich es nicht. *Warum ist er einfach weggegangen, als sein Clan überlegte, ob er mich töten soll?*

»Warum ist dein Pferd am Hals so schlimm zugerichtet?«, wollte er wissen.

»Das … war ein Unfall auf der Jagd. Der erste Schuss hatte den Hirsch verfehlt. Er war in die Ecke gedrängt worden und brach aus …«

»Ihr tötet die Hirsche?« Er schnaubte fassungslos. »Ihr seid wirklich Barbaren!«

Jetzt verstand ich gar nichts mehr.

»Du tötest sie doch auch«, erwiderte ich. »Dein Schwert war voller Blut.«

»Und das hat der Hirsch dir zu verdanken. Außerdem habe ich ihn nicht umgebracht. Ich musste ihn nur zurücktreiben, weil du ihn rasend gemacht hast.«

»Ich habe *was*? Er hat mich angegriffen!«

»Was hast du erwartet? Du bist vor ihm geflohen.«

Darauf fiel mir keine Antwort ein.

Seine Brauen zogen sich wieder zu einer Gewittermiene zusammen. »Du willst eine Jägerin sein und kennst dich nicht mit den Dunklen aus? Als Späher solltest du besser lügen können.«

»Ich bin kein Späher. Und ich habe nie behauptet, eine Jägerin zu sein.«

Ich wäre gerne aufgestanden und gegangen, aber dummerweise reichte meine Kraft dafür kein zweites Mal. Doch ich würde ganz sicher nicht zugeben, dass ich zu schwach war, also verharrte ich. Der Kerl dagegen kam mit einem federnden Sprung auf die Beine und klopfte sich Gras und Sand von den Hosen. Für einen Moment hatte ich Angst, er würde mir zu nahe kommen. Aber er blieb, wo er war, mit verschränkten Armen sah er auf mich herab.

»Warum ist dir das Pferd so wichtig?«, fragte er barsch. »In den Wäldern ist es zu Fuß viel ungefährlicher.«

Weil Kyzar das Einzige ist, was ich von meiner Familie noch habe. Von Vater und … von Tajann. Es war verrückt. Trotz allem brach es mir das Herz, mit Kyzar auch die letzte Verbindung zu meiner Schwester zu verlieren.

»Weil es mein Pferd ist«, brachte ich mit belegter Stimme heraus. »Weil ich verantwortlich für Kyzar bin, weil sie Angst hat und ich sie nicht im Stich lasse. Ist das so schwer zu verstehen?«

Er verzog den Mund zu einem zweifelnden Lächeln. »Du lässt zu, dass dein Pferd auf der Jagd halb zerfleischt wird – und dann spielst du mit Tränen in den Augen die Fürsorgliche? Du erzählst Geschichten, die vorne und hinten nicht zusammenpassen. Deine Familie ist also tot? Und was ist damit?« Er deutete auf meine Hand, die immer noch den Weidenzweig umklammerte, so fest, dass der Eisenring von meinem Finger abstand. »In Taris ist das doch ein Ehering? Komisch, dass du gar nichts von deinem Liebsten erzählt hast. Arbeitet ihr zu zweit, um die Lager für eure Lady auszukundschaften?«

Diesmal hatte ich genug Kraft, um zornig zu sein. Aber es war nicht die Verdächtigung, die mich so traf. Ich zog den Ring vom Finger und schleuderte ihn in den See.

»Ich habe keinen Liebsten«, fauchte ich. »Ich liebe niemanden. Niemanden!«

Ich funkelte Naveen an und er erwiderte meinen Blick, ebenso durchdringend, mit einem zornigen, misstrauischen Glanz. Es war ein seltsamer, angespannter Moment, ein Kräftemessen, als würden wir um etwas ringen, ich wusste nur nicht, worum.

»Dein Frühstück hat dich also gefunden, Kannibale!« Ona schreckte uns beide aus diesem Moment. Sie ließ sich neben mich auf das Ufergras fallen, *zu nah*. »Sie haben abgestimmt«, sagte sie atemlos. »Fürs Erste passiert dir nichts, du darfst dich aber nie allein vom Lager entfernen. Für dein Essen musst du dich nützlich machen. Ich habe dir immerhin Fesseln erspart, weil du noch so krank bist, aber mach mir keinen Ärger. Ich bin verantwortlich dafür, dass du nicht wegläufst. Und läufst du weg, bist du tot.«

Der Kerl drehte sich um und ging zu einer Weide. Dort lag ein Bündel, das mir bisher nicht aufgefallen war. Kleidung, Proviant und seine Waffe. Mit einem wütenden Schwung riss er seine Sachen vom Boden hoch und ging davon. »Naveen?«, rief Ona ihm verdutzt hinterher. »Das mit dem Kannibalen war doch nur ein Scherz!« Aber er war längst zwischen dem Grün verschwunden. »Worüber habt ihr geredet?«, fragte Ona.

»Über … Hirsche«, murmelte ich. »Ist er … dein Bruder?«

Ona wurde rot und rollte mit den Augen. Aber sie verkniff sich ein Lächeln. »Meine Güte, zum Glück nicht! Er gehört nicht zum Clan. Er ist nur für ein paar Tage im Seental.« Sie seufzte mit leuchtenden Augen. »Viel zu kurz.« Ich kannte diesen Blick. Es war der Blick meiner Schwester, wenn ihr ein Soldat gefiel. *Und wenn sie an Firan dachte.*

»Weinst du etwa?«, fragte Ona besorgt.

Ich schüttelte den Kopf, beugte mich vor und benetzte mein Gesicht hastig mit Seewasser.

Der Mann ohne Namen

Es ist, als hätte sich mit der Nennung von Antijas Namen und unserem Streit in jener Nacht etwas verschoben, als hätten Janeik und ich eine Schwelle überschritten. Die Welt ist noch brüchiger geworden und noch nie habe ich mich so zerrissen gefühlt. Mein Herz liegt in Scherben und immer noch hoffe ich und horche bei jedem Hufschlag, der von draußen hereindringt, dass es Janeik ist, aber gleichzeitig halte ich mich fern von ihm, leide unter meinem eigenen Ultimatum ebenso sehr, wie es Janeik quält. Das kann ich fühlen, und die Tatsache, dass er es meidet, mir irgendwo zu begegnen, zeigt es mir ebenfalls.

Antija mustert mich stirnrunzelnd über die Schachfiguren hinweg, während schwerer Regen an die Scheiben ihres Zimmers peitscht. Es gibt keine Chance, ihr zu entrinnen. Sie ist in jedem Winkel dieses Zimmers, vervielfältigt in den Spiegeln, die an den Wänden lehnen. *Was will ausgerechnet diese hässliche Frau mit Spiegeln?* Es ist gemein, so etwas zu denken, und im Grunde bin ich nur wütend auf mich. Weil ich stolz und vernünftig sein sollte, aber wie im Fieber nur daran denken kann, wann Janeik und ich uns wiedersehen werden.

»Angst vor dem Gewitter?«, bemerkt Antija spitz. »Oder lässt dich Liebeskummer noch schlechter als sonst spielen?«

Fast wäre mir die schwarze Schachfigur aus der Hand gerutscht. »Ich denke nur über den Schachzug nach«, erwidere ich. Aber mir wird so heiß, dass ich es fast als Kälte spüre.

»Nachdenken ist bei dir ja nie ein Fehler«, sagt Antija spöttisch. »Na ja, nicht, dass es was nützen würde.« Sie wirft meinen Springer aus dem Spiel. »Und tu nicht so, als wüsstest du nicht, wovon ich spreche. Ich weiß sofort, wenn jemand verliebt ist – und unglückliche Liebe ist noch leichter zu erraten.« Ich sehe sie sechsmal in den Spiegeln, eine lauernde Übermacht, die mich einkreist. Es ist wie in einem Albtraum. *Und wann habe ich verlernt, mich zu verstellen?*

»Wer ist es?« Als ich schweige, hebt sie anerkennend die linke Augenbraue. »Vielleicht bist du ja doch klüger, als ich dachte. Dann lass mich raten: Dimads Sekretär? Er heißt Kaeled, wenn ich mich nicht irre?«

Insgeheim atme ich auf. Die Schlussfolgerung ist logisch. Sicher weiß sie von dem Kuss, vielleicht hat sie ihn damals sogar vom Pferd aus beobachtet. Und sie hat mich mit Kaeled auf dem Hof gesehen. Wie leicht es wäre, einfach zu nicken, aber zu gut ist mir bewusst, dass ich Kaeled damit in Gefahr bringen kann.

»Ihr erwartet doch nicht wirklich, dass ich einen Namen nenne.«

Antija greift nach einer Schachfigur und macht einen Zug, den ich tatsächlich versäumt habe, vorauszusehen. »Schachmatt«, sagt sie triumphierend. »Weiße Dame schlägt schwarzen König. Oder sagt ihr hier Lord dazu?« Ihr Blick gleitet an mir vorbei, sechsmal dieser seltsam irrende Blick. Sechsmal Liljann.

»Was seht Ihr neben mir?« Es rutscht mir einfach heraus, viel zu heftig.

Ich bin überrascht, wie schnell ihre Miene wieder zu weißer Leinwand wird.

»Was soll ich denn sehen? Und gewöhn dir diesen Ton ab. Offenbar bist du von allen guten Geistern verlassen. Na ja, ob es gute oder böse Geister waren, kann man ja ohnehin erst sagen, wenn man tot ist.«

Sie redet wie eine Verrückte. Für einen Moment habe ich den Wunsch, sie zu packen und zu schütteln, bis diese glasharte, kalte Arroganz bricht. Antija steht auf und geht zu der Kleidertruhe neben ihrem Bett, wendet sich von mir ab und sucht etwas.

»Böse Geister?«, frage ich mühsam beherrscht. »Ist das auch ein Volksglaube aus Eurer Heimat?«

»Nein, nur eine Redensart.« Sie dreht sich erstaunlich flink um und setzt sich auf den Rand ihrer Truhe, mit rundem Rücken, auf die Hände gestützt wie ein Kind. Wieder einmal wundere ich mich, wie unterschiedlich sie wirken kann.

»Aber es gibt tatsächlich eine schöne Geschichte aus meiner Stadt. Und zufällig geht es um eine tragische Liebe. Ich habe dir ja von unserem Fluss erzählt, dessen Wasser wir bei Hochzeiten trinken. Er ist smaragdgrün, voller Wirbel und Strömungen und an manchen Stellen ist er so abgrundtief wie die geheimen Wünsche, die man sich nicht einmal selbst eingestehen will. Man sagt, er sei aus Tränen entstanden, als eine Fee sich in einen Menschen verliebte, obwohl es ihr verboten war. Gemeinsam flohen sie. Aber ihr Volk fand die Abtrünnige und tötete ihren Geliebten. Sie löste sich in ihrem Kummer auf und wurde zu dem Fluss der Tränen, der durch unsere Stadt fließt und in den Meereshafen mündet.«

Konzentriert suche ich die Schachfiguren zusammen und ordne sie neu. Ich hoffe, sie bemerkt nicht, dass ich schlucken muss, weil meine Kehle eng wird. Nicht wegen der Geschichte, sondern weil Liljann genau solche Erzählungen liebt. In dem Chaos, das gerade in meinem Inneren herrscht, fehlt meine Schwester mir so sehr wie noch nie zuvor.

»Dann trinkt ihr also Tränen am Hochzeitstag«, stelle ich sarkastisch fest. »Das lässt ja für die Ehen hoffen.«

Antija zuckt mit den Schultern. »Jedes Glück hat seinen Preis an Tränen. Und außerdem ist es nur eine Geschichte. Manche sagen auch, der Mann habe dieser Fee das Herz gebrochen und sie für eine andere verlassen. Sie stürzte sich in den Fluss und wurde zur Dämonin. Seitdem sammelt sie ein Heer toter Seelen um sich, das nichts anderes tut, als die Menschen zu verführen und zu prüfen – im Bösen wie im Guten. Sie hofft wohl, irgendwann noch das Gute im Menschen zu finden, aber bisher wurde sie enttäuscht. Meine arme junge Schwester bestand allerdings auf einer ganz anderen Version.« Ihre Miene wird weicher, und sie betrachtet sich in einem der Spiegel, als sie fortfährt: »Sie glaubte, die Fee hätte mit ihrem Geliebten glücklich gelebt und Kinder in die Welt gesetzt. Ihre Nachfahren erbauten unsere Stadt. Halb im Mündungsdelta gelegen, mit Brücken und unzähligen Kanälen, wo Land und Wasser keine Gegensätze mehr sind, sondern Teil eines neuen Ganzen, das aus der Verbindung von

Feen- und Menschenwelt entsprang. Angeblich sind die Steindrachen, Harpyien und Greife, die unsere Brücken bewachen, Zeugnis dieses Erbes.«

Sie seufzt tief und neigt den Kopf ein wenig zur Seite. Ich verliere hier wohl langsam den Verstand, für einen Moment bilde ich mir ein, eine Asymmetrie im Spiegel zu bemerken, eine verzögerte Bewegung, die Kopfhaltung, die nicht ganz der von Antija entspricht, aber als ich hinschaue, ist es nur ihr Spiegelbild.

»Chimären als Stadtwächter?«, sage ich. »Erzählt so etwas nicht der Lady. Sie hasst Halbwesen.«

»Hassen wir sie nicht alle?« Das ist eindeutig Ironie, obwohl weder der Tonfall noch ihre Miene es verraten. »Ja, ich weiß, was Jamala von den Legenden der Barbaren hält. Und mir ist sehr wohl klar, dass ich für Jamala und euch andere immer nur eine Wilde bleiben werde, egal wie viele kleine Lords und Ladys ich in die Welt setze. Also danke für die Warnung, aber ich habe nicht vor, bei meiner feuersüchtigen Ladymutter auch noch Öl in die Flammen zu gießen.«

Manchmal erschreckt sie mich mit ihrer schonungslosen Ehrlichkeit. Es sind Sätze, die ich nicht vor der Lady wiederholen werde. *Ich tue es schon wieder. Ich beschütze sie, so, wie ich es auch bei Liljann immer getan habe.*

»Erzählt Ihr mir noch mehr vom Nordland?«, frage ich. »Es gibt keine Landkarten im Archiv. Und Eure Handelspartner kommen, soviel ich weiß, aus …«

Antija winkt genervt ab. »Handelspartner gehen dich nichts an. Und von euch aus gesehen mag meine Heimat Nordland sein, aber korrekt ist diese Bezeichnung nicht. Im Grunde ist es sogar eine Beleidigung, denn im wirklichen Nordland leben primitive Wilde mit Wölfen und Bären zusammen, die sie ihre Brüder und Schwestern nennen. Zu ihnen kommt man, wenn man von unserem Hafen aus nordwärts über das Meer weiterfährt, aber wer will das schon?«

Sie wendet sich unwillig ab und holt einen dünnen Stoff aus der Truhe. Er bauscht sich, als sie vor einem Spiegel tritt, so leicht ist er. »Unser Spiel ist für heute vorbei. Du darfst gehen. Und mach dir keine Sorgen. Ich werde dich nicht verraten, lausige Schachspielerin. Ich mag nur eine Barbarin aus einer kleinen Hafenstadt sein, aber sobald ich die Macht dazu habe, werde ich dafür sorgen, dass du den Mann ohne Namen sehen darfst, ohne um dein oder sein Leben zu fürchten.« Im Spiegel lächelt sie mir tatsächlich zu. Es sind diese Momente, die mich völlig aus der Fassung bringen. Dann schimmert hinter ihrer Arroganz und falschen Freundlichkeit eine andere Antija auf. Und heute wird mir zum ersten Mal klar, dass ich sie auf eine verdrehte Art sogar mag, trotz allem – für diesen Kern an Güte und Weichheit. Ich würde alles dafür geben, sie einfach hassen zu können, aber so einfach ist es längst nicht mehr. *Wie gar nichts mehr einfach ist, wenn man Lady Jamalas Spielbrett betreten hat.* Antija wirft sich das halb transparente Tuch über das Haar, zupft es über das Gesicht, dreht und wendet sich vor dem Spiegel. »Ihr tragt den Schleier bei der Hochzeit so, nicht wahr?«, fragt sie so arglos, dass es mir ins Herz schneidet. »Was glaubst du? Werde ich Janeik damit gefallen?«

»Tajann VanTorra. Wartet!«

Es ist seltsam genug, dass Monn mitten in der Nacht im Bibliothekstrakt auftaucht. Aber noch seltsamer, dass er mich so förmlich anspricht. Sein Mantel ist nass von dem stürmischen Sommergewitter, das immer noch um die Zitadelle heult und den Nachthimmel in ein peitschendes Flackern verwandelt. Seine Stiefel hinterlassen Schlammspuren auf dem frisch polierten Marmor. Zwei Beamte, die nach einer nächtlichen Konferenz müde zu ihren Quartieren schleichen, schauen ihm empört nach, aber in Anbetracht seiner Augenmann-Uniform schweigen sie wohl lieber und gehen weiter. *Und das sind nicht die einzigen Ohren und Augen hier,* denke ich voller Unbehagen. Monn bleibt direkt vor mir stehen. Er riecht nach Pferd und nassem Sattelleder und in mir reißt ohne Vorwarnung die Sehnsucht nach Wald, kalter Morgenluft und halsbrecherischen Jagdritten auf. »Was gibt es?«, frage ich.

»Das hier habt Ihr verloren.« Auf Monns Handfläche glänzt ein Goldring mit einem großen Feueropal.

Janeik. Natürlich, er ist immer noch gekränkt und eine solche dramatische Aktion passt zu seiner Hitzköpfigkeit.

»Der gehört mir nicht.«

»Oh doch. Das Schmuckstück ist Euch heruntergefallen, als Ihr morgens zur Bibliothek gegangen seid«, beharrt Monn. »Ich habe es mit eigenen Augen gesehen und mein Herr hat mir befohlen, Euch den Ring zurückzubringen.«

»Vielen Dank, aber Euer Herr wird die richtige Besitzerin ausfindig machen müssen.«

»Heißt das, Ihr gebt einen Diebstahl zu?«, kontert Monn ungerührt. »Dann muss ich den Ring Lady Jamala übergeben. Mag sie herausfinden, was er in Eurer Tasche zu suchen hatte.«

Er verzieht keine Miene, aber ich brauche kein spöttisches Grinsen zu sehen, um zu wissen, dass es trotzdem da ist.

»Soll das eine plumpe Erpressung sein?«, zische ich so leise, dass uns die Beamten, die vielleicht noch am Ende des Ganges lauschen, nicht hören. »Und abgesehen davon gibt es nichts Gefährlicheres, als vor aller Augen den Liebesboten zu spielen.«

»Geht es nicht gerade darum?«, raunt Monn. »Etwas zu riskieren? Vermisst du die Gefahr nicht, Jägerin? Oder hast du dich schon so bequem eingerichtet in dem weißen Sklavenfetzen, den du da trägst?«

»Schönen Gruß an Firan. Ich ziehe den Fetzen gerne aus – zu meinen Bedingungen.«

Monn hebt anerkennend die Brauen. »Dein Stolz in allen Ehren, VanTorra. Aber lass dir einen Rat geben: Es ist dumm, einen Schlüssel abzulehnen, für den so mancher in der Zitadelle morden würde.«

»Wenn der Schlüssel zu den falschen Räumen führt, wäre es dumm, ihn anzunehmen.«

Monn steckt den Ring wieder ein. »Schade, dass er Euch nicht gehört«, sagt er laut. »Der Opal würde Euch gut stehen. Sein feuriger Glanz passt gut zum Zornesfunkeln in Euren schönen Augen.«

Noch ein Wort und du hast selbst Grund für ein Zornesfunkeln. Monn scheint Gedanken lesen zu können, er grinst süffisant und wendet sich zum Gehen. Aber dann scheint ihm noch etwas einzufallen. Er holt einen Lederbeutel hervor, den er mir einfach in die Hand drückt. Er ist schwer von Patronen. »Nimm wenigstens das hier mit«, murmelt er. »Nur für den Fall, dass deine Dolchzunge als Waffe nicht genügt.«

Sobald ich auf dem Bett sitze, fallen aller Stolz und alle Stärke von mir ab.

Als ich Liljann verließ, wurde mir der Verlust erst nach und nach bewusst, an den Tagen, an denen ich ein fremdes Mädchen mit glattem blondem Haar sah und einen Stich im Herzen verspürte – und an den Morgen, an denen ich erwartete, Liljann beim Aufwachen zu sehen, und mich einsam in diesem Zimmer wiederfand.

Bei Janeik war es, als hätte ich mit einem scharfen Schnitt einen Teil meiner Selbst verloren, als könnte ich nicht einmal aufstehen, ohne zu fallen. Ich weiß, dass er jetzt auf mich wartet – in der geheimen Kammer. Ich darf nicht zu ihm gehen, aber ich will es so sehr. Tränen brennen in meinen Augen. Ich kämpfe gegen das Gefühl, mit dem Gewehr unschlüssig dazustehen und nicht abzudrücken, obwohl meine Arme schon zittern und mein Mut mich verlässt.

Ich hole meine Pistole hervor, nehme sie auseinander und

setze sie wieder zusammen. Die gewohnten Handgriffe beruhigen mich. Aber als ich die Patronen aufs Bett schütte und die Waffe laden will, ertaste ich inmitten von Metallhülsen gebogenes Gold und den Feueropal. Es ist seltsam mit Monn. Nicht nur, dass er ein Schlitzohr und offenbar auch ein Taschenspieler ist. Er bringt mich auch zum Lächeln, obwohl ich wütend auf ihn bin.

Ich war aufgewachsen als eine blaublütige VanTorra, eingebettet in eine Ordnung, in der die Aufteilung zwischen oben und unten in Granit gefügt war. *Wildländer* hatte ich Menschen wie Mila genannt, Tajann nannte sie *Barbaren* und bei Hof und in der Stadt hießen sie nur *Wilde* oder *Besiegte*. Doch hier im Grauland war ich nun die Geächtete, die Barbarin von der anderen Seite. Ona bewahrte mich tatsächlich vor Fesseln und ich achtete darauf, geschwächter zu erscheinen, als ich war. Ständig wurde ich bewacht, meist von Kalima. Schweigen senkte sich über Gruppen, sobald ich in der Nähe war. Alles, was ich tat, schien neues Misstrauen hervorzurufen. »Warum kann das eine wie du?«, fragte Miina, als ich ein erlegtes Kaninchen geschickt und schnell häutete. »Ich dachte, ihr habt nur mit Seide und Samt zu tun, während eure Sklaven für euch die Arbeit machen?«

»Ich war eine Jägerstochter«, antwortete ich. Ich wusste, dass sie auf eine Geschichte warteten, also schuf ich eine und begann von unserer Verbannung in die Jagdhütte im Grenzland zu erzählen. Ich stellte meinen Vater als gefallenen Adeligen dar, der schuldlos bei der Lady in Ungnade fiel. Niemals nannte ich Tajanns Namen, ich sprach stets nur von Vater und Mila, und manchmal ließ ich meine Mutter wieder lebendig werden und schickte sie auf die Jagd, bis sie sogar in meiner Vorstellung an

Tajanns Stelle trat. Auf eine Art war es heilsam, sich an eine Familie zu erinnern, die es so nie gegeben hatte. Ich glaubte schon fast selbst an meine Lüge, dass ich nach dem Tod meiner Familie geflohen war, um dem Felskerker zu entkommen. Aber so einfach war es nicht, Tajann auszulöschen, sie war da wie ein dunkler, tauber Fleck auf meiner Seele, der nicht heilen wollte. *Vertrau mir, Mirabar.* Ihre Worte waren wie Tropfen von kaltem Gift, das diesen Fleck nährte und wachsen ließ, jeden Tag ein wenig mehr.

»Und die Rose?«, fragte Miina. »Stammt sie vom Grab deiner Mutter? Hast du sie deshalb mitgenommen?«

»Vom Grab meiner Schwester«, murmelte ich. »Aber das ist lange her.«

Es war erstaunlich, wie leicht mir das Lügen fiel. So kannte ich mich nicht – aber die Liljann von früher war ebenfalls gestorben, auf eine Art, tief im Inneren.

Naveen tauchte nur selten beim Clan auf und wenn er mir begegnete, machte er einen Bogen um mich. Einige Male sah ich ihn, wie er mit Ona lachte und für sie flache Steine über den Seenspiegel tanzen ließ. Er wirkte wie verwandelt, aber sobald er mich entdeckte, verfinsterte sich seine Miene. Wenn ich die Clansleute vorsichtig nach ihm fragte, bekam ich nur spärliche Antworten. Er gehörte zu einem Clan von Pelzhändlern, hieß es. Den Sommer verbrachte er unter freiem Himmel in den Hirschwäldern. »Du willst doch immer alles über die Raubtiere in dieser Gegend wissen«, sagte Ona. »Sprich mit Naveen, der weiß am besten, wie man im Wald überlebt. Ich glaube, er mag dich. Er fragt mich nämlich immer nach dir aus.«

Aus einem anderen Grund, als du denkst, dachte ich im Stillen. *Und wenn mich einer von euch nicht mag, dann er.*

Ona hatte ich als übermütiges, sprühendes Kind kennengelernt, aber nach und nach entdeckte ich, dass ihre scheinbare Naivität klug eingesetzte Strategie war. Mit einem Lachen und einem Scherz entlockte sie mir ganz beiläufig Informationen über die Lady und das Land, die Anzahl der Grenzsoldaten und die Art ihrer Bewaffnung. Sie ließ sich erklären, wie ein Gewehr geladen wurde, und lernte viele Worte meiner Sprache. Manchmal muss man den Feind umarmen, um ihn zum Sprechen zu bringen, das lernte ich von diesem Mädchen. Ihre Clansleute hatten Waffen, harte Worte und ihr Misstrauen. Ona dagegen ihr Lachen, ihre Neugier und ihre Leichtigkeit. Doch meinen Fragen wich sie geschickt aus. Ich erfuhr weder die Anzahl der Clans im Grauland noch zeichnete sie für mich eine Landkarte in den Sand, so, wie ich es für sie gemacht hatte. Aber immerhin entlockte ich ihr, wo ich war: Der Berg hinter dem See war tatsächlich der Ort, auf dessen Gipfel die Palastruine thronte. Wir befanden uns allerdings auf der abgewandten Seite des Kobrakopfes. Von hier aus war die Bruchkante des Berges nicht sichtbar und auch nicht die Mauerreste, nur der sanft ansteigende Berg, der dem verschlungenen Rücken einer schlafenden Schlange glich.

»Niemand geht dorthin«, erklärte Ona mir. »Die Clansleute, die am Südhang des Berges leben, erzählen, dort oben gehen tote Götter um. Manchmal heulen und schreien sie mit Windstimmen. Für Menschen ist es schrecklich dort. Einsam und dunkel. Ich weiß nicht, wie man in so etwas leben kann, ich würde verrückt werden ohne den Himmel, eingesperrt in kleinen, eckigen Kammern, zwischen Mauern!« *Genau da muss ich hin*, dachte ich. *Sobald ich eine Waffe habe, muss ich weg von hier!* In den Nächten, die ich niemals schlafend verbrachte, sondern am Höhleneingang hinter meinem heimlich gelegten Schwellenzauber wachte, lenkte ich mich von meiner Angst ab, indem ich schon in Gedanken floh. Ich hielt den Atem an, wenn sich draußen ein Schatten bewegte oder etwas raschelte. Aber noch viel mehr fürchtete ich die Stille einer Raubtiergegenwart. Manchmal, das spürte ich genau, war dort draußen etwas. Etwas, das witterte und suchte, ohne zu finden.

Auch ich hatte meine Strategien, Informationen zu sammeln. Ich versuchte alles über den Wald zu lernen. Und wenn ich von mir erzählte, achtete ich darauf, dass Kalima in Hörweite war. Die Alte spuckte immer noch aus, sobald ich ihr zu nahe kam, und beschimpfte mich als Königsmörderin. Aber ich beschwor vor Onas Augen Kalimas alte Heimat, die Schönheit der Berge, die steilen Schluchten, die Karstflüsse. Ich sang die Lieder, die Mila mir beigebracht hatte, und bemerkte, wie Kalima sich dann verstohlen über die Augen wischte. Oh ja, ich kannte diese Sehnsucht, die auch in ihrem Herzen eine Wunde war, niemals verheilt, aber so vertraut, dass man den Schmerz sucht, weil er das einzige Band ist, das man zu seiner Heimat noch hat.

Und als ich Kalima eines Morgens zum Ufer des Sees begleitete, um ihr bei der Arbeit zu helfen, beschimpfte sie mich zum ersten Mal nicht. Der Clan arbeitete an diesem Tag auf dem See, zog Reusen voller Krebse in Boote. Auf Kalima und mich wartete am Ufer ein Berg frisch gefangener Fische, die entschuppt werden mussten. Kalima hatte dafür ein Messer, mir gab sie nur ein kantig geschnitztes Stück Holz.

»Erzählst du mir etwas von König Jar?«, fragte ich nach einer Weile. »Du hast ihn doch noch gekannt, nicht wahr?«

»Was soll ich dir erzählen, was du nicht schon weißt?«

»Warst du je in der alten Burg?«

»Jeder war dort«, erwiderte sie unwillig. »Der Königsclan schloss niemanden aus. Jar regierte bei offenen Türen, so, wie es sich gehört.«

»Dann … kennst du die Wandbilder im Thronsaal?«

Kalima sah mich von der Seite scharf an. »Ach, darauf willst du hinaus!«

»Man sagt, König Jar …«

»… war ein Menschtier und konnte sich verwandeln?« Kalima lachte ohne Freude. »Glaubst du, er hätte sich von eurer Hexe abschlachten lassen, wenn er diese Macht gehabt hätte? Nein, andere Flüchtlinge haben seinen Leichnam gesehen, sie sagten, er hing wochenlang über der Schlucht, Futter für die Raben, Hohn für sein geschundenes Volk. Aber jeder tote König bekommt nun mal sein Märchen und seine magische Gestalt verpasst, das gilt besonders für die besiegten Herrscher. Dann heißt es, sie hätten sich in Adler verwandelt, seien geflohen und warten auf ihren großen Tag der Rache. Das macht es leichter für die Besiegten. Aber er war nur ein Mensch, so wie Tuon. Er liebte die Jagd. Wie alle alten Männer, die ihrer Jugend nachtrauern, hängte er sich gerne Hirschgeweihe als Trophäen an die Wand. Und der schwarzen Magie eurer Hexe war er nicht gewachsen, das ist die traurige Wahrheit.«

Ich zuckte bei »eurer Hexe« zusammen und wie immer würdigte Kalima ihren Seitenhieb mit einem maliziösen Lächeln.

»Aber die Zeichnungen«, beharrte ich. »Die weißen Feen. Und das … Totenwesen.«

Ich wagte auch heute nicht, das Wort *Corent* laut auszusprechen, es war, als würde ich Volok herlocken.

»Dein Fiebertraum?«, fragte Kalima spöttisch. »Ach, Mädchen! Das ist doch nur Aberglaube.«

»Jeder Aberglaube hat einen wahren Kern.«

Kalima rollte mit den Augen. »Mag sein. Früher gab es noch Tiere, die menschlich erscheinen konnten und es doch nicht waren. Natürlich schrieb man diesen Wandlern magische Kräfte zu, aber manche Heuschrecken tun auch so, als seien sie Blätter, und niemand denkt dabei an Magie. Und so mächtig können die Halbwesen nicht gewesen sein, sonst wären sie kaum ausgestorben, nicht wahr?« Sie beugte sich ächzend vor, hob einen Uferstein auf. »Da, siehst du?« Sie wischte Sand beiseite und legte einen Abdruck von Schuppen und Gliederfüßen frei. »Halb Fisch, halb Käfer. Die gab es auch einmal. Aber alles, was von diesen Wasserkäfern übrig ist, ist in Stein erstarrte Erinnerung.«

Die Wilen sind keine Erinnerung, dachte ich voller Unbehagen. *Und auch Volok nicht*. Ich sah mich nach der Höhle um. Es machte mich nervös, so weit fort von der Schwelle zu sein – aber alles war friedlich. Am Höhleneingang zogen Ona und Miina Fische zum Räuchern auf angespitzte Stöcke.

»Aber irgendetwas mussten die Bilder im Thronsaal doch bedeuten?«, beharrte ich.

Kalima zuckte mit den Schultern. »Manche Völker glauben an Drachen, unsere Vorfahren fürchteten und verehrten eben das Totenwesen – *›geboren im Land der Toten, ohne Herzschlag, ohne Güte, Mitleid, Seele und unverwundbar‹*, so heißt es in den Märchen. Die Zeichnungen waren Schutzzeichen oder vielleicht auch der Versuch, den Corent einzuladen, damit er die Burg vor Eindringlingen schützt und sie uneinnehmbar macht. Tja, hat ja gut funktioniert!« Das war beißender Sarkasmus.

Ich senkte den Blick auf meine Hände. Fischschuppen klebten an meiner Haut, irisierender Silberglanz, aber ich betrachtete mit einem Frösteln nur die Stelle, an der Voloks Ring gesessen hatte.

»Sie glaubten also, dass ein solches Ungeheuer die Macht hatte, eine ganze Burg zu schützen? Wie?«

»Einfach durch das, was es war«, erwiderte Kalima trocken. »Macht haben wir immer nur durch das, was wir sind, niemals durch das, was wir tun.« Sie schnaubte. »Mein Großvater erzählte mir noch, dass unsere Ahnen in der Vorzeit Jagd auf Mischwesen machten und die armen Tiere lebendig unter der Schwelle eines Stalls einmauerten – oder in das Fundament einer Brücke. Das sollte wohl böse Geister vom Vieh fernhalten und den Fluss besänftigen, damit er sein steinernes Joch nicht abschüttelte und zerbrach. Ich will nicht wissen, wie viele Reste jämmerlich verendeter Halbtiere man findet, wenn man in Ruinen stöbert. Aber selbst wenn das wahr wäre – ich bezweifle, dass auch ein leibhaftiges Ungeheuer unserem König hätte helfen können, seine Burg zu halten. Deine Verschlingerin war weitaus mächtiger ...«

»Die Lady ist keine Verschlingerin.«

»Dann trägt sie keinen Harnisch aus den Knochen ihrer Feinde?«

Ich seufzte und gab mich geschlagen. »Doch«, gab ich zu. »Das tut sie.«

Kalima nickte mit düsterer Miene. »Ihr glaubt, im Grauland leben Kannibalen, dabei seid ihr selbst viel schlimmere Kreaturen. Ihr seid die Totenfresser, die Hexerei ins Spiel brachten. Jetzt tut ihr alles, um sie mit Feuer wieder auszumerzen. Aber mit dunkler Magie ist es wie mit einer Mäuseplage. Sie vermehrt sich schneller, als du sie ausrotten kannst.«

»Jamala von Caila ist keine Hexe.«

»So? Was habe ich dann gesehen vor achtzehn Jahren, hm? An dem Tag, an dem ihr Heer unseren Boden betrat, verwandelte sich alles. Es war, als würde etwas Dunkles über das Land kriechen. Die Hirsche kamen aus den Wäldern, wie von Sinnen waren sie, trampelten alles nieder und strebten zum Burgberg. Niemals hatten sie Geweihe wie Klingen besessen, aber nun veränderten sie sich. Sie streiften ihr hellbraunes Kleid ab, tagelang war der Wald wie eingeschneit, weil überall die Fellbüschel hingen. Dunkles Fell wuchs nach. Was weiß gewesen war, wurde schwarz, Blumen verdorrten trotz Regen und überall wehte Asche über die Felder wie ein Vorbote der Scheiterhaufen. Und dann kam der Schnee – mitten im Sommer.«

»Die Hirsche … haben sich verändert?« Ich erinnerte mich an das Gespenst von König Jar, das ich im Thronsaal gesehen hatte – und daran, dass die Geweihe dort an der Wand tatsächlich alle hell und gewöhnlich waren. *Vielleicht war er wirklich nur ein Mensch gewesen*.

»Die Hirsche waren Licht und wurden zu Schatten«, schnappte Kalima. »Und Schatten werden sie bleiben, solange die Hexe herrscht.« Wütend warf sie ihren Fisch zu den anderen. »Deshalb meiden wir die schwarzen Hirsche und jagen sie nicht, der Himmel bewahre uns davor, diese Ausgeburten auch nur zu berühren. Es reicht, dass sie uns ständig daran erinnern, was damals geschah.«

»Naveen scheint sie zu mögen«, sagte ich. »Er sagte, ich sei selbst schuld daran, dass ich angegriffen wurde.«

Kalima lachte heiser auf. »Naveen ist ein Verrückter von den südlichen Stämmen«, sagte sie. »Kein anderer würde sich in die Hirschreviere wagen. Aber so ist er – besessen von der Gefahr.« Doch es klang überhaupt nicht geringschätzig, und ich erkannte in diesem Moment, dass die alte Wildländerin Naveen mochte. Ich blickte zum Berg. Der Himmel war eine Kuppel aus Azurblau, aber mir kam es so vor, als würde ich überall Dunkelheit sehen.

»Damals zogen die Augenleute und die grauen Soldatenratten durch unsere Dörfer«, fuhr Kalima nach einer Weile fort. »Ich musste zusehen, wie mein Dorf verbrannte, mein Haus – alle, die ich liebte, kamen um. Ich überlebte nur, weil sie mich für tot hielten. Ich konnte mich nicht in König Jars Schutz flüchten, der Weg war zu weit. Das war mein Glück. Wäre ich, wie so viele andere, in die weiße Burg geflohen, ich säße heute nicht hier. Ich lief um mein Leben. Und auf eine Art tue ich es heute noch. Immer wenn ich träume. Oder wenn ich einen dieser verdammten Hirsche sehen muss. Manchmal hört man nie auf zu fliehen.«

Sie biss sich auf die Unterlippe, als hätte sie zu viel erzählt.

Ich legte das Schuppholz auf den Boden. »Das tut mir leid…«, sagte ich, aber die Alte fauchte plötzlich einen Fluch und sprang erstaunlich behände auf.

»Lass mich in Ruhe!«, schnauzte sie mich an. »Und geh mir in Zukunft aus dem Weg, verdammte Schnüfflerin.«

Sie warf ihren Teil der geputzten Fische in ihren Beutel und stapfte zur Höhle davon.

Mir zitterten die Hände, als ich sie in das Wasser tauchte und die Schuppen von der Haut wusch. Ich war so müde und erschöpft, dass ich am liebsten im Sitzen eingeschlafen wäre. Die Sonne brach sich in den schimmernden Plättchen und erinnerte mich an Prinzessin Antijas Schmuck. *Träume*, dachte ich. Im Spiegel des Wassers sah ich mich selbst. Traurige Augen und ein bitterer Zug, der mich hässlich machte. Die Augenringe waren so tief, dass ich sie sogar in diesem schemenhaften Bild erkennen konnte. Meine schlaflosen Nächte, in denen ich die Schwelle hütete, hinterließen ihre Spuren. Und selbst am Tag wagte ich nur für Minuten einzunicken. *Ohne Herzschlag, ohne Güte, Mitleid, Seele*. Kalimas Worte hallten in mir.

Aber Volok hatte ein Herz, ich hatte es gespürt. *Er fürchtet eine Gewehrkugel ebenso wie ein gewöhnlicher Mensch und jemand wie ich kann ihm mit einem Schwellenzauber den Weg verwehren*.

Gerade wollte ich zu den Fischen zurückgehen, als eine Bewegung im Wasser mich innehalten ließ. Neben mir saß jemand! Aber nur im Spiegel des Wassers, der Platz neben mir war leer. Mit angezogenen Beinen kauerte ein Mädchen am Seeufer, die Stirn an die Knie gelehnt. Ihr Haar fiel lang und dunkel über ihr Gesicht und ihre Arme. Im ersten Moment dachte ich, es sei Tajann, aber dieses Haar war nicht so lang und lockig. Und Tajann besaß kein rotes Festkleid, wie die Adligen es zum Fest der Roten Nacht trugen. Es war zerrissen und schmutzig, aber noch immer konnte man erahnen, wie prächtig es gewesen war.

Das Mädchen, das nicht sterben will?, dachte ich mit klopfendem Herzen. *Habe ich sie tatsächlich mitgenommen?*

Das Gespenstermädchen hob den Kopf und sah mich im Spiegel des Wassers an. Schlagartig war mir übel. Sie war kaum älter als ich, aber ihr hübsches, sanftes Gesicht erinnerte mich auf schaurige Weise an die einäugige Lady. Nur dass diese Augenklappe eine Wunde war. *Volok!*

»Hat ... *er* dir das angetan?«, flüsterte ich. Das Mädchen legte warnend den Zeigefinger auf die Lippen und deutete über meine Schulter.

Mit einem Satz war ich auf den Beinen und wirbelte herum, das Fischholz in beiden Händen. Und wäre vor Erleichterung am liebsten auf die Knie gesackt.

»Du bist ja noch schreckhafter als dein Pferd«, sagte Naveen. Er deutete auf meine Waffe. »Und ein kleiner Hinweis von Jäger zu Jäger: Karpfen greifen normalerweise von der Seeseite an.«

Hastig senkte ich das Holz. Naveen ging an mir vorbei und warf ein Bündel erlegter Schnepfen neben die Fische. Ich hielt nach dem Mädchen Ausschau, aber das Gespenst war verschwunden.

»Tja, ist wohl nicht ganz so einfach, Kalima einzuwickeln«, bemerkte Naveen. »Halte dich lieber an Ona, da hast du mit dem Aushorchen mehr Erfolg.«

Naveen begann in aller Ruhe, die Schnepfen auszunehmen, und ich kniete mich zögernd ebenfalls wieder hin und griff nach dem nächsten Fisch. Nach einer Weile nahm ich meinen Mut zusammen und wollte die Frage stellen, die mir auf der Seele lag. Doch gerade als ich den Mund aufmachte, wandte Naveen sich mir zu.

»Nein. Ich habe deine Stute nicht gefunden. Na ja, kein Wunder. Wenn sie klug ist, kriecht sie lieber unter einen Stein, als noch einmal so eine Reiterin wie dich auf dem Rücken zu haben.«

»Wenn du klug bist, hörst du auf, dich über mich lustig zu machen.«

»Weil du mich sonst entschuppst?«, konterte er trocken.

Ich biss die Zähne zusammen. Tajann hätte gewusst, was sie antworten müsste, und sie hätte alle Schärfe in ihre Worte gelegt, aber ich konnte dieses Spiel nicht spielen. »Auch wenn du mich nicht leiden kannst, musst du mich nicht beleidigen.«

Ich erwartete den nächsten Spott, aber Naveen sah mich prüfend an, und ich war überrascht, keine Feindseligkeit in seiner Miene zu entdecken. Er wirkte eher besorgt. »Du könntest nachts mal Schlaf gebrauchen, hm?«

Unwillkürlich verhärtete ich mich, so sehr, dass meine Narbe schmerzte. *Woher weiß er, dass ich nicht schlafe?* Ich achtete immer darauf, dass sogar derjenige, der nachts in der Höhle Wache hielt, nicht bemerkte, dass ich wach war. »Das ist meine Sache«, erwiderte ich schroff.

Er wandte sich einfach wieder seiner Arbeit zu. »Stimmt, es geht mich nichts an.« Es war, als hätte ich mit aller Kraft eine Tür zugehalten, nur um festzustellen, dass jemand die Schwelle gar nicht übertreten wollte. Meine Narbe hörte schlagartig auf zu pochen, und ich spürte meine Müdigkeit so stark, dass ich am liebsten die Augen geschlossen hätte. Eine Weile arbeiteten wir weiter. Es war leicht, mit Naveen zu schweigen. Aber als er seine erlegten Vögel gegen Fische tauschte und davongehen wollte, war ich es, die das Schweigen brach.

»Du sagtest neulich, dass man vor Hirschen nicht weglaufen darf. Was meintest du damit?«

»Bist du in einer Schmuckschatulle aufgewachsen, dass du das nicht weißt?«

»Ona hat dir sicher erzählt, wo ich aufgewachsen bin. Und ist es so seltsam, dass ausgerechnet ich wissen will, wie man es schafft, nicht mehr angegriffen zu werden?«

Er zuckte die Schultern. »Man darf sie nicht behandeln wie

normale Wildtiere, auch wenn sie so aussehen. Aber sie sind magische Wesen.«

»Sag das vor Tuon nicht zu laut. Er hasst schon das Wort Magie.«

»Allerdings. Und die Hirsche sind ihm zuwider. Deshalb überlässt der Clan mir das Revier.«

»Wie weit reicht das Hirschgebiet genau?« *Bis zum Burgberg?*

»Netter Versuch, Spionin.«

Völlig überraschend warf er mir etwas zu, das ich im Reflex auffing. Ich erschrak, als ich sah, dass es mein Ring war. Meine Hand zuckte von selbst zurück, als wäre das Eisen glühend heiß, und der Ring landete zwischen den Fischen. »Wo ... hast du den her?«

»Miina hat ihn gefunden. Er hatte sich mit Algen in einer Reuse verfangen. Ich dachte, du willst ihn vielleicht wiederhaben, Mädchen, das niemanden liebt.« Er hob die linke Augenbraue und beugte sich zu mir herunter. »Schnell reagiert und gut gefangen für jemanden, der vorgibt, noch so krank und schwach zu sein, dass er den Arm vor Schmerz kaum bewegen kann. Und glaub nicht, Tuon und die anderen wissen nicht, dass in letzter Zeit mehr Späher als sonst in der Gegend sind. Deine Lady kundschaftet das Land aus, und du kannst Ona so viele rührselige Geschichten von toten Verwandten erzählen, wie du willst, ich glaube dir kein Wort.«

Haut und Stein

Ich habe gelernt, nicht mehr Janeiks Namen zu flüstern, wenn mich jemand weckt. Auch jetzt fahre ich stumm im Bett hoch, als mich jemand erstaunlich grob an der Schulter packt. »Anziehen und mitkommen!« Antija wirft einen Umhang auf mein Bett und eilt voraus. Ich muss rennen, um sie einzuholen. Heute ist sie keine weiße Gestalt, auch sie hat sich in einen schwarzen Mantel gehüllt und verschmilzt mit der Dunkelheit der Gänge. »Wohin gehen wir?«

»Spazieren«, sagt sie mit knappem Sarkasmus. Als wir im Verwaltungstrakt sind, ahne ich, was die Lady von diesem Ausflug halten wird. Antija packt mich am Ärmel, und wir springen in einen Fahrstuhl, gerade als er sich in Bewegung setzt, als hätte jemand anders ihn gerufen. Mit jedem Meter Tiefe, den wir schnell und endlos lange nach unten gleiten, wird es kälter, hinter den Glaswänden des Fahrstuhls gleitet unbehauener Fels vorbei. »Ihr wollt in den Felskerker?«, flüstere ich. »Heimlich?«

»Scht«, zischt Antija. »Die Ablösung dauert nicht lange, die Zeitlücke müssen wir nutzen.«

»Was wollt Ihr dort?«

»Die Lady hat mir bei der offiziellen Besichtigung die interessantesten Winkel des Kerkers bestimmt nicht gezeigt. Und du wirst mir helfen, weil ich dir helfe.«

Draußen schwelt der heißeste Sommer, aber als wir in einen schmalen Tunnel treten, friert der Atem vor meinem Gesicht. Der Gestank von Tod und Krankheit wallt mir entgegen, tausendmal schlimmer als weiter oben im Trakt der Verhörräume. Weiße augenlose Spinnen kriechen direkt neben uns über schweißig-feuchten Fels. Als ich zögere, nimmt Antija einfach meine Hand und zerrt mich weiter. Wir rennen, begleitet vom Rascheln von Gliederfüßen über und neben uns. Irgendwo funzelt schwaches Licht. Schatten schwanken heran, das Echo von Schritten eilt uns entgegen. Antija muss nichts sagen, ich springe zeitgleich mit ihr vom Weg in einen Nebengang, drücke mich an die Wand und versuche nicht daran zu denken, was genau mit ekelhaft eckigen Bewegungen unter meinem Schulterblatt zappelt. Leute marschieren vorbei, ich erkenne Dimads Stimme. Der Aufzug setzt sich mit einem Klackern nach oben in Bewegung.

»Fünfzehn Minuten, bis die Ablösung nach unten kommt«, flüstert Antija. »Los!«

Ich staune, wie schnell und geschmeidig sie sprinten kann, so kenne ich die spröde Prinzessin nicht. Der Tunnel verzweigt sich in einen Fächer von Gängen und eine Tropfsteinkuppel, durchzogen von Holzbrücken. Wieder flüchten wir in einen Winkel, als ein Soldat durch einen Gang weit oben auf die Treppe tritt. Er ist voller Schlamm und schüttelt das tropfnasse Haar aus wie ein Hund, dann geht er weiter. *Er kommt direkt von draußen,* denke ich. Antija hält auf einen gemauerten Gang mit einer Einbuchtung zu. Es ist wohl der Verwaltungstrakt. Hier sieht es aus, als hätte ein verrückter Baumeister einen modernen Schreibraum mit glatten Wänden mitten in den Felsen versetzt. Die vierte Wand besteht aus Glas, mit einer Tür aus Metall. Hinter dem Glas erkenne ich Regale in grünlich-weißem Licht, einen Schreibtisch mit Aktenbergen – und eine schreibende Gestalt in einem Wintermantel. *Oh nein.*

»Freust du dich?«, sagt Antija trocken. »Du hast zehn Minuten mit ihm, aber dafür schuldest du mir etwas. Also lenk ihn gut ab. Wir treffen uns bei dem Nischenversteck vor dem Fahrstuhl wieder.« Bei diesen Worten bricht sie ein kleines Stück Tropfstein ab und wirft es gegen das Glas. Dann taucht sie in den Schatten des Ganges. Als Kaeled herumfährt und mich hinter der Glaswand entdeckt, fällt ihm tatsächlich der Stift aus der Hand. Sein Stuhl kippt um, als er aufspringt. Er eilt zur Tür, eine leise Mechanik schnappt. Mein Mund ist ganz trocken. Gleich wird er auf den Gang treten und mich ansprechen – und zwar nicht wie ein Liebender. Antija beobachtet mich immer noch, im Schatten erkenne ich den Glanz einer Haarsträhne, die unter der schwarzen Kapuze hervorgerutscht ist. Jetzt bleibt nur noch die Flucht nach vorn. Ich stürze zur Tür, drücke sie auf und schlüpfe zu Kaeled in die Kammer.

»Tajann!«, ruft er. »Was zum Henker …«

»Antija beobachtet uns«, flüstere ich und lege ihm die Arme um den Nacken. »Wenn du mein Leben retten willst, küss mich!«

Eines muss man Liljanns Galan lassen: Er reagiert schnell. Seine Umarmung ist fest und sehr entschlossen und sein Kuss überrascht mich, so überzeugend ist er. Und als ich mich atemlos wieder von ihm löse, ist Antija fort.

»Was soll das?«, fährt Kaeled mich an. »Seit wann sind wir ein Paar? Und was wollt ihr hier überhaupt? Ich habe keine Meldung bekommen, dass die Prinzessin mitten in der Nacht eine weitere Besichtigung ...«

»Niemand weiß, dass wir hier sind. Antija will sich heimlich umsehen.«

Kaeled flucht, wie ich es ihm nie zugetraut hätte. Erst denke ich, er ist vor Schreck blass geworden, aber dann wird mir klar, dass schon wenige Wochen als Sekretär in dieser Gruft auch seiner Haut bereits alle Farbe genommen haben. Und noch etwas fällt mir auf: Dieser Raum hinter Glas ist wie eine abgeschlossenen Kapsel, aber von irgendwoher wird frische Luft zugeführt. Es riecht nach nassem Gras und Regen, nicht nach dem Elend von Gefangenen.

»Ihr müsst hier sofort verschwinden«, stößt er hervor. »Ihre Schwiegertochter wird die Lady kaum zur Rechenschaft ziehen, aber weißt du, was Jamala mit dir macht, wenn das herauskommt? Ihr lauft der Ablösung in wenigen Minuten in die Arme!« Kaeled beißt sich auf die Unterlippe und denkt offenbar fieberhaft nach. »Ich muss euch auf einem anderen Weg rausbringen. So umgehen wir den Wachwechsel. Los, suchen wir Antija.«

Meine Kehle ist plötzlich wie zugeschnürt. Nicht weil ich Angst habe, von Lady Jamala habe ich in diesem Fall nichts zu befürchten. Nein, es ist Kaeled. *Er denkt keine Minute daran, dass er selbst in Gefahr ist.* Jetzt stürzt er zu einer Art Schaltpult und schlägt mit der flachen Hand auf ein paar Knöpfe. Draußen weicht der Schatten, als eine funzelige Beleuchtung angeht. Dann schiebt Kaeled mich durch die Tür. Es gibt ein leises Schnappen, das ich nur zu gut kenne, als er einen Ring in eine Vertiefung neben die Tür drückt und sie damit verschließt. *Der gleiche Ringschlüssel, nur ein anderer Edelstein.*

»Ich suche links, du siehst im rechten Gang nach«, befiehlt er. »Aber geh auf keinen Fall weiter in die Seitengänge! Wenn du hineinleuchten willst, um nach Antija Ausschau zu halten, dann nimm das hier.« Er greift in die Tasche seines Mantels und drückt mir einen kleinen Stab in die Hand. Ich kenne das Gerät. Es ist eine Taschenlampe wie die, die Janeik besitzt.

»Dreh an dem kleinen Rad, dann strahlt sie einen Lichtkegel ab. Aber bevor du sie anmachst, setz die Kapuze auf. Die Gefangenen dürfen dein Gesicht nicht sehen.«

»Danke!«, bringe ich endlich heraus.

Er verzieht nur den Mund. »Danke mir nicht zu früh. Falls jemand kommt, habe ich keine Wahl, dann muss ich Alarm geben, sonst kann ich mich hier unten gleich neben deiner zukünftigen Schlafkammer einrichten.«

Der Gang ist nur schwach beleuchtet und ich würge mehr als einmal, so dicht ist hier der Gestank. Schließlich presse ich mir den Ärmel vor die Nase. Antija ist nicht hier. Ich drehe mich um und will zurückrennen, aber dann stutze ich und lausche. In der Ferne höre ich das regelmäßige Echo fallender Tropfen. Aber da ist noch etwas. Erst denke ich, es ist ein Weinen oder Wimmern, aber dann erkenne ich eine brüchige, schiefe Melodie, die etwas in mir zum Schwingen bringt. Ich schalte die kleine Lampe ein und spähe in den Seitengang. Der Lichtkegel huscht durch handförmig aufgefächerte Bogengänge, die sich in Schwärze verlieren. Sie erinnern an die Struktur von Wespennestern, nur dass die Waben hier Kerkerzellen sind, schmale Kammern, so niedrig, dass man darin nur geduckt sitzen oder liegen kann. Mehrere Zellen sind übereinander angeordnet, bis zur Decke ist die

Wand durchlöchert. Vorsichtig wage ich mich ein paar Schritte in einen Gang, die Kapuze tief ins Gesicht gezogen, lauschend. Manche dieser Gewölbehöhlen haben Türen, aber die meisten sind nur vergittert. Wer dahinter ist, kann ich nur erahnen. Niemand schleppt sich zum Gitter, um zu sehen, wer vorbeigeht, trotzdem folge ich nur auf Zehenspitzen dem brüchigen hohen Summen. Jemand singt hier unten tatsächlich ein Lied. *Und ich kenne es von irgendwoher.*

Unter jeder Zelle ist etwas eingemeißelt, ein verwittertes Relief, Inschriften, sicher Namen, und ich merke mir jedes Zeichen zur Orientierung. Manche sagen, dass dieses Gefängnis ehemals ein Salzbergwerk war, andere, dass es als Waffenlager oder Schatzkammer diente. Aber die wahre Geschichte ist viel nüchterner: Das Felsenherz war die Gruft der königlichen Clansfamilien. Die Wildländer erinnern sich nur zu gut daran, wie die Särge mit den Toten nach der Eroberung der alten Burg aus ihren Grabkammern geholt wurden. Deren Vernichtung war das erste große Feuer unter Jamalas Herrschaft. Keiner der Besiegten sollte die Gelegenheit haben, irgendwo noch Gebeine der alten Herrscher zu verehren. *Es passt zu meiner Lady, dass sie ihre Feinde in den Gräbern ihrer einstigen Herrscher verrotten lässt,* denke ich mit einem Frösteln. *Und auch mein Vater hätte hier enden können.*

Und ganz plötzlich weiß ich, wonach ich hier suche.

Das ist Liljanns Lied! Es hat keine Worte und trotzdem glaube ich meine Schwester singen zu hören. »*Frau Tod hat dünne Knochenbein, wohin sie geht, weiß Styx allein …* «

Liljann ist hier? »Nein, bitte nicht!«, flüstere ich. Aber während ich losrenne, ohne darauf zu achten, dass mir die Kapuze vom Kopf rutscht, findet sich eine Erklärung zur nächsten. *Die Lady hat herausgefunden, dass die Holzfigur Liljann gehörte. Sie hat sie zurückholen und verhaften lassen …*

Der Gang verzweigt sich. Mein Atem scharrt hier wie die Gliederbeine der Tausendfüßler, die ich im Rennen zertrete. Das Summen verstummt abrupt, als mein Licht eine Hand findet, die sich fast auf Bodenhöhe um einen Gitterstab krallt. Eine erschreckend bleiche Hand. Ich sacke auf die Knie. »Liljann?«, wispere ich. Die Hand löst sich, als hätte ich sie mit meinem Atem verbrannt. Und als ich in die Zelle leuchte, glaube ich erst ein Lumpenbündel zu sehen, das sich an die hintere Wand drückt. Verfilztes Haar. *Nicht blond.* Und als zwei verschwollene fast schwarze Augen in das Licht blinzeln, bin ich erleichtert und entsetzt zugleich. »Mila!«

Ich hatte wohl erwartet, dass unsere Gehilfin aus dem Jagdhaus sich freuen würde, mich zu sehen, aber ihr Mund verzerrt sich zu einem feindseligen Fletschen. »Verschwinde!«, krächzt sie in der Eingeborenensprache.

»Mila, erkennst du mich nicht? Ich bin es, Tajann!«

»Eine Hexe bist du!«, faucht sie. »Du und deine Herrin aus der Hölle, ihr trinkt unser Blut, ihr richtet alle zugrunde, ihr ruft die Schatten, die Dämonen und den Wahnsinn, ihr werdet uns alle vernichten!«

»Was redest du da!«, flüstere ich erschrocken. *Sie ist verrückt geworden. Aber wer würde hier nicht verrückt werden.* »Warum … bist du hier?« Eine unsinnige Frage, vermutlich sind ihr ihre Bannzeichen zum Verhängnis geworden.

Oder aber …

»Ist es … wegen der Hirschfigur von Liljann?«

Sie antwortet nicht. »Dein Vater kam zurück, mehr Tier als Mensch«, spuckt sie mir stattdessen entgegen. »Hast du seine Seele dem Kerl von der anderen Seite verkauft? So, wie du ihm deine arme Schwester in den Rachen geworfen hast – und uns alle auch? Mit deinem Vater kamen die Soldaten. Sie haben das Walddorf zerstört, alles ist vernichtet und abgeholzt. Sie roden das Grenzgebiet und dringen ins Grauland vor. Sie stellen Netze auf und treiben Schwärme von Mondzähnen zu uns herüber. Wer von uns nicht gebissen wurde und am Wahnsinn starb, den haben sie verhaftet und verhört.«

Die Mondzähne, die Fledermäuse, deren Zähne das Fell der schwarzen Hirsche durchdringen können. Jamala will sie also ausrotten, egal, auf wessen Kosten. *Das ist tatsächlich meine Schuld,* denke ich entsetzt.

»Und dann haben sie mich zum Verhör geholt«, nuschelt Mila weiter. »Und die Lady, diese einäugige Bestie, hat mich …«

Ferner Donnerhall einer zufallenden Tür lässt uns beide zusammenzucken, Stimmengewirr echot viel zu nahe, Schritte nähern sich.

»Mila, ich muss fort. Aber ich komme wieder und helfe dir, ich verspreche es!«

Doch die Gehilfin, die meiner Schwester einst Märchen erzählt und Kinderlieder vorgesungen hat, spuckt verächtlich aus. »Ich warte hier nur noch auf Lady Tod. Und du bleib weg von mir, Hexe!«

Ich weiß nicht, wie ich von der Zelle weggekommen bin. Schwer atmend und mit brennenden Wangen finde ich mich neben leeren Kammern an einem Gangende wieder, wie betäubt vom Schock, Mila hier zu sehen, und noch betroffener von der Tatsache, dass sie mich hasst. Dann fällt mir auf, dass ich falsch abgebogen bin. Die Reliefs unter diesen Zellen habe ich noch nie gesehen, sie zeigen Chimären und Fabelwesen. Gerade will ich zurückrennen, als Stimmen mich innehalten lassen.

»Studiere deine Paragrafen besser, Aufseher«, schnappt Antija. »Als zukünftige Lady habe ich das Recht, den Kerker jederzeit zu besuchen.« Ich schalte die Taschenlampe aus und drücke mich an die Wand. »Und ja, natürlich bin ich allein hierhergekommen«, höre ich Antija mit scharfer Arroganz sagen. »Wer sollte mich wohl begleiten? Meine Leute, die weggeschickt wurden?«

Sie schützt mich? Ich gleite zur Seite – meine rechte Hand tastet über Granit und dann plötzlich über glattes, neues Holz. Diese Art von Türen kenne ich nur zu gut, keine von ihnen hat eine Klinke. *Vermutlich ein weiteres Archiv oder Büro.* Schritte nähern sich, Stimmen und Rufe. Hektisch taste ich neben der Tür nach dem verborgenen Schloss und finde genau den gleichen Totenkopf wie in den Gängen in der alten Burg. Und auch hier ist die linke Augenhöhle des Schädels ein Versteck für ein Schloss. Mit fliegenden Fingern hole ich Janeiks Ring mit dem Feueropal hervor. Er ist warm von meiner Haut. Ich drehe an dem Feueropal, löse den verborgenen Mechanismus aus, der die kleinen Schließzylinder freilegt, und drücke den Schlüssel in die steinerne Augenhöhle. Die Tür schwingt lautlos auf und ich flüchte mich dahinter, mache sie leise zu und kauere mich mit dem Rücken am Holz auf den Boden. Keine Sekunde zu früh. Die Patrouille geht draußen vorbei. »Dafür wirst du dich verantworten, Kaeled«, donnert ein Mann. »Du hättest sofort Alarm geben müssen.«

Ich wage kaum zu atmen. Ich habe zwar von der Lady nichts zu befürchten, wenn sie mich finden, Kaeled dafür umso mehr. Im Stillen verfluche ich Antija. Sie schafft es, wirklich jeden in Schwierigkeiten zu bringen. Eine Weile überlagern sich die Stimmen, Kaeled argumentiert und wird niedergebrüllt, dann donnern Befehle und Türen schlagen.

Hinter meinen geschlossenen Lidern glüht es plötzlich rot. Mein Herz macht einen Satz. *Licht? Hier drin?* Ohne zu atmen, öffne ich die Augen. Mein Blick fällt auf die hintere Wand, dorthin, wo sich der Lichtfleck eines kleinen vergitterten Sichtfensters abzeichnet. Es ist keine gemauerte Wand. Diese Kammer hier besteht aus Tropfsteinen und Salzkrusten. Und was ist … Das Licht streift zur Seite und dann muss ich beide Hände vor den Mund schlagen, um den Schrei zu unterdrücken. Die Taschenlampe fällt zu Boden. Im nächsten Moment stehe ich, mit dem Rücken an die Tür gepresst, obwohl ich fallen müsste, endlos tief – mitten in Liljanns Albträumen. *Das kann nicht sein. Das gibt es nicht!*

Aber ich sehe das Ding, angekettet an der hinteren Wand, zusammengesackt in eisernen Handschellen. Als die Kreatur noch gelebt hat, war sie sicher mehr als zwei Meter groß, aber jetzt ist sie mumifiziert, zusammengeschnurrt, und die ledrige schwarze Haut zieht den ganzen Körper in eine seltsam verkrümmte Position. Viel zu lange Beine, die in krallenartigen Auswüchsen enden, aber trotzdem sieht es erschreckend menschlich aus. Der Kopf hängt schief auf der Schulter, so, wie das Ding irgendwann gestorben ist. Rippen so scharf wie Sicheln, ein scharfer Spalt wie von einem Schnitt oder einem Dolchstoß klafft in der Brust. Und der Schädel … nur zu deutlich sehe ich unter langem dunklen Haar Lippen, die bis zur Nase hochgezogen sind, noch im Tod gefletscht. Rasiermesserscharfe Fänge blitzen in diesem Mund, so lang und spitz wie Schlangenzähne. Aber das Schlimmste ist das, was ich nur im allerersten Moment für einen Mantel gehalten hatte, der im Lauf der Zeit mit den Tropfsteinrinnsalen und den Salzkrusten an der rohen Höhlenwand verschmolzen ist. Nur zu deutlich sehe ich die Mäander von ausgetrockneten Adern auf … *Flügelhaut?*

Das Licht streift davon und hüllt das Monster in Dunkelheit. Aber auf meiner Netzhaut glüht das Bild immer noch nach.

»Tajann?« Das bange Flüstern dringt wie aus weiter Ferne zu mir. Und endlich erinnert sich mein Körper daran, wie Flucht funktioniert, und ich stürze hinaus. Kaeled fängt mich auf, und ich klammere mich so fest an ihn, dass er aufkeucht. Die Tür schnappt leise hinter mir zu.

»Da warst du drin?« Jetzt wird sogar Kaeled blass. »Oh Himmel, welcher Idiot hat die Tür offen gelassen?«

»Was … was ist das für ein Ding?«

»Scht!« Er sieht sich besorgt um, dann nimmt er mich an der Hand und zieht mich mit sich.

Das Licht seiner Taschenlampe zuckt über Chimären und Menschtiere aus Stein. Im wandernden Licht scheinen sich Mäuler zu höhnischen Schattengrinsen zu verzerren. Ich lasse es zu, dass Kaeled mir die Kapuze meines Mantels grob ins Gesicht zieht, und ich blicke erst wieder auf, als wir auf einer steilen Wendeltreppe aus Holz und Metall nach oben rennen. Sie wurde in etwas eingepasst, was früher vielleicht einmal ein Brunnenschacht war. »Ich bringe dich zu einem Gang auf Höhe der unteren Verhörräume«, flüstert mir Kaeled zu. »Halte dich immer rechts, solange es geht, dann zähle sieben Türen …«

Irgendein Teil von mir lernt die Wegbeschreibung auswendig, aber in mir flackert immer noch das grauenhafte Bild – und überlagert sich mit einer Erinnerung. Liljann, die mit schreckgeweiteten Augen im Thronsaal des Barbarenkönigs auf das Wandbild starrt, das genau eine solche Kreatur zeigt. Nur lebendig, mit glühenden Augen.

Kaeled kommt zum Stehen und drückt mich im Schwung grob gegen eine Wand. Er ist wütend, seine Lippen sind ein harter Strich. »Da ist die Tür, verschwinde! Und komm nie wieder, hörst du? Jedes Mal, wenn du auftauchst, gibt es Ärger.«

»Es tut mir leid, Kaeled. Ich … dachte nur, ich hätte Liljann gehört. Deshalb bin ich zu den Zellen gegangen.«

Es beruhigt mich, dass er überrascht die Brauen hebt. »Liljann? Unsinn. Sie ist nicht hier.«

Hektisch reibt er sich mit der Hand über den Mund. In seinen Augen leuchtet Furcht und straft seine Grobheit Lügen. »Wenn du jemandem auch nur ein Wort darüber sagst, dann sind wir beide in Gefahr, das ist dir doch klar?«

Beklommen nicke ich.

»Gut, dann vergiss alles, was du gesehen hast.«

»Das kann ich nicht, Kaeled. Was war das für ein Ungeheuer?«

Kaeled seufzt. Seine Schultern sinken nach unten. Er wirkt plötzlich müde und viel älter vor Sorge. »Wonach sah es denn aus?«

»Menschtier«, flüstere ich. »Also … gibt es sie?«

»Es gab sie«, sagt Kaeled leise.

»Gab? Dann sind diese Wesen also ausgestorben?« *Bitte sag Ja!*

»Natürlich!« Aber die Art, wie Kaeled sich auf die Unterlippe beißt, beunruhigt mich.

»Ich weiß es nicht«, murmelt er dann. »Ich ... ich ... habe einmal etwas Seltsames gesehen. Zufällig, die Truhe hätte vor der Verbrennung gar nicht geöffnet werden dürfen. Darin war etwas, das ... Volok hergebracht hatte. Ich habe nur einen flüchtigen Blick darauf geworfen, aber ich schwöre, das war Menschenhaut. Doch der Kopf – oder das, was davon übrig war ... Ich habe es nur ganz kurz gesehen und es war dunkel, aber das ... es sah wirklich aus wie Wolfsfänge.«

Es ist, als hätte ich geschlafen und ein eiskalter Wasserguss würde mich jetzt wecken. Ich sehe meine Schwester davonreiten – und ein Packpferd, das Volok nur widerwillig folgt. Es ist schwer beladen mit Haken und Netzen, Seilen und Waffen. »Volok ... tötet Ungeheuer?«

»Ich weiß es nicht, Tajann. Ich weiß nur, dass sogar die Wildländer Volok fürchten und meiden. Und was immer er tut, die Lady zahlt ihm sehr hohe Prämien dafür.«

Es war schon weit nach Mitternacht, aber immer noch wurde der Fischzug gefeiert. Unermüdlich tanzten die Clansleute im hintersten Teil der Höhle, der sich wie die Kuppel eines kleinen Festsaals wölbte. Jeder von ihnen hatte zu viel von dem gegorenen Winterbeerensud getrunken, Onas Onkel taumelte wie ein Tanzbär und lachte zu laut. Leere Muschelschalen türmten sich neben den Feuerstellen, Krebse garten an Stöcken, der Duft von gebratenem Fisch zog bis in die Dunkelheit hinaus. *Heute oder nie*, dachte ich. Es war nur eine Frage der Zeit, bis ich eine richtige Gefangene würde. Die Vorstellung, fern von einer Schwelle und gefesselt darauf zu warten, dass Volok mich fand, ließ mich starr vor Angst werden.

Aber noch schlief niemand. Miina spielte unermüdlich auf einer Art Gitarre aus einem ausgehöhlten Kürbis und jemand begleitete sie auf einer Trommel. Dieses neue Lied war besonders fröhlich und sehr melodisch, sogar Kalima klatschte im Takt mit. Kaum jemand achtete noch auf mich. Und niemand hatte bemerkt, dass ein Fischmesser und etwas Proviant fehlten. In einen Mantel aus Hasenfell gewickelt gab ich vor, am Eingang zu schlafen, aber ich horchte nach draußen und versuchte nicht daran zu denken, dass ich bald allein sein würde, *mit Hirschen und Bären*. Unter meinem Mantel geborgen wartete die Rose, die ich auch diesmal nicht zurücklassen würde. Sie war mit einem Lederlappen umwickelt und dennoch spürte ich manchmal einen Dorn. Immerhin half das, wach zu bleiben. Manchmal, wenn ich vor Müdigkeit blinzelte, glaubte ich das tote Mädchen wahrzunehmen – am anderen Ende des Höhleneingangs kauernd, ebenso wachsam und besorgt wie ich. *Bitte lass ihn nicht in der Nähe sein*, bat ich im Stillen. Aber ich hatte das ungute Gefühl, dass da draußen etwas war und die Höhle beobachtete, obwohl in der Nähe eine Nachtigall sang und kleine Tiere raschelten.

»Aufwachen, Liljann!« Ona ließ sich direkt neben mich fallen, mit glühenden Wangen, atemlos vom Tanz. Wie immer kümmerte sie sich nicht darum, dass sie mir zu nahe kam, und ich setzte mich auf und rückte verstohlen zur Seite. Zu weit. Der Schwellenzauber prickelte an meinem Oberschenkel und zersprang in einem kleinen Hitzeschauer.

»Wie kannst du bei der Musik nur schlafen?«, rief Ona. »Komm zu uns nach hinten.«

»Gefangene feiern nicht.«

Sie rollte mit den Augen. »Keine Ausreden!« Sie sprang auf,

in ihrem Übermut ganz Kind. Und ich musste wegschauen, so schmerzlich erinnerte sie mich an Tajann, früher, als sie mit unserer Mutter laut lachend und wild durch die Räume unseres Stadthauses gewirbelt war.

»Was machst du denn für ein Gesicht? Oder kannst du nicht tanzen? Das macht nichts. Ich bringe es dir bei.« Sie packte mein Handgelenk und wollte mich hochreißen. Die überraschende Berührung ließ mich zurückzucken, als hätte ich mich verbrannt. Mit dem jähen Schreck war alles wieder da: Voloks hasserfülltes Gesicht, reißender Stoff, seine Arme wie Eisenklammern um mich.

»Lass mich!«

Mein Schrei ließ Ona zurückspringen. Gekränkt presste sie die Lippen zusammen und stapfte zu den anderen zurück. Es tat mir leid, ich hätte mich entschuldigen sollen, aber immer noch keuchte ich vor Schreck. Und so leicht ließ sich Volok nicht vertreiben, zu sehr erinnerten mich die Umrisse der Tanzenden an das Fest am Soldatenfeuer hinter König Jars alter Burg. Schatten huschten über die Höhlenmalereien. Einer davon jagte mir den nächsten Schrecken ein. *Corent.* Aber dann senkte das geflügelte Wesen die Arme, und ich erkannte, dass es nur der Umriss einer tanzenden Frau war. Sie trug ein Schultertuch, das ihr über die Arme bis fast zum Boden fiel.

Rasch wandte ich mich wieder der Dunkelheit zu und zog den Mantel enger um meine Schultern. Ich wollte gerade den Schwellenzauber erneuern, als ich etwas bemerkte – eine Verschiebung in der Dunkelheit, eine Gestalt, die sich von den Schatten löste.

»Keine Panik«, sagte eine wohlbekannte Stimme. »Ich bin es nur.«

Jetzt erst merkte ich, dass ich aufgesprungen war. Naveen trat aus der Nacht. Heute war er der Krieger, der mich gerettet hatte. Sein Gesicht war geschwärzt, und er trug die dunkle

Kleidung, die ihn fast unsichtbar machte. »Wen hattest du denn erwartet?«

»Sicher nicht dich«, erwiderte ich atemlos. »Was machst du hier?«

»Vermutlich dasselbe wie du: noch eine Weile wach bleiben.« Er setzte sich vor die Schwelle, halb von mir abgewandt, den Blick auf den Berg und den See gerichtet. »Warum wolltest du nicht mit Ona tanzen?«

»Tanzen bringt mir kein Glück.«

Zieh endlich die Bannlinie. Er sitzt außerhalb der Schwelle. Werde ihn los, sonst kommt er dir noch in die Quere. Ich streckte schon die Hand aus, um das Band zwischen uns zu legen. Naveen würde mich vergessen und gehen. Aber seltsamerweise zögerte ich. »Warst du … auf der Jagd? So spät noch?«

»Möglich.«

»Das ist keine Information, die der Lady nützen würde.«

Er lachte leise auf. »Dann war es die richtige Antwort.«

Ich schluckte. »Was genau jagst du in den Hirschwäldern?«

»Was mir begegnet.«

»Und das geht nur nachts?«

Er deutete auf seine geschwärzte Haut. »Der beste Jäger ist unsichtbar.«

Und beobachtet mich, wenn es dunkel ist? Mir wurde unbehaglich zumute.

»Das hilft wohl auch, die Hirsche zu täuschen.«

»Du hast deine Geheimnisse, ich habe meine.«

Dummerweise lehnte er sich dann zurück, bis er auf seine Ellenbogen gestützt dalag – und die Schwellenlinie kreuzte. *Du bist so dumm, Liljann*, schalt ich mich. *Warum hast du gezögert?*

»Ich bleibe eine Weile hier«, sagte er in Richtung See. »Du kannst also schlafen, ich halte Wache. Und bevor ich gehe, wecke ich dich.«

Alles hätte ich erwartet, nur nicht eine freundliche Geste

von Naveen. »Hoffst du, ich spreche im Schlaf und verrate die Pläne der Lady?«

»Ich glaube nicht, dass du von der Lady träumst«, erwiderte er völlig ruhig. »Du hast vor dem Fest heimlich den Ring vergraben, während Ona Beeren pflückte. Unter einem Strauch, zusammen mit einem Handamulett – einem Zeichen gegen das Böse.«

Es stimmte, ich hatte Milas Amulett dazugelegt. *Nicht, dass es viel nützen wird, gegen Volok hat es mich schließlich nicht geschützt.*

»Also bist du es, der mir nachspioniert«, bemerkte ich.

Naveen sah mich über die Schulter mit schmalen Augen an. *Er würde Tajann wirklich gefallen*, dachte ich.

»Ich *sehe* nur«, korrigierte er mich. »Und ich glaube nie den Worten, immer nur dem, was ein Mensch tut. Bis heute Morgen war ich überzeugt, du willst deinen Komplizen vor dem Clan verheimlichen, aber als du den Ring beseitigt hast, hast du geweint und dich dabei abgewendet, als sollte Ona deinen Kummer nicht sehen. Deine Hände haben gezittert, du wolltest den Ring nicht einmal berühren, du hast ihn in eine Fischhaut eingewickelt. Und ich habe dein Gesicht gesehen, Liljann. Du hattest Angst.«

Mein Herz stolperte und plötzlich hatte ich das Gefühl, einen viel größeren Abstand zwischen uns bringen zu müssen.

»Hat Tuon dich vorgeschickt, um mich auszuhorchen?«, fragte ich kühl.

Aber Naveen überraschte mich ein zweites Mal. »Was der Clan tut, ist nicht meine Angelegenheit und damit gehst auch du mich nichts an. Ich ziehe weiter.«

»Wohin?«

»Zurück zu meinen eigenen Leuten.«

»Wann?«

»Bald. Hast du den Mann, vor dem du weggelaufen bist, jemals geliebt?«

Ich fröstelte trotz des Mantels, als ich mich an Voloks heiser gezischte Worte erinnerte. »*Du gehörst mir, mit Leib und Seele, Haut und Haar.*«

»Liebe existiert nicht«, sagte ich bitter. »Es gibt nur Berechnung und Gier, Lügen und Verrat.«

Wenn ihn meine Antwort überraschte, verbarg er es gut. Er sah mich nur nachdenklich und sehr konzentriert an. Und in dieser Stille fiel es mir auf. *Keine Nachtigall mehr, kein Rascheln.* Es war mehr Fühlen als Sehen, greifbar nah, im Augenwinkel, eine Bewegung. Ich dachte nicht mehr, ich reagierte einfach, warf mich zur Seite und packte Naveen am Arm. »Zurück!«, zischte ich. Er reagierte, ohne zu fragen. Das letzte Schimmern meines Schwellenzaubers sank noch auf die Bannlinie, als wir bereits in der Höhle standen, in Sicherheit. Ich spähte nach draußen, aber das Dunkel war leer. Ganz in der Nähe begann eine Zikade zu zirpen. Und dann huschte ein Eichhörnchen vorbei. Ich erwartete schon, dass Naveen das als Anlass für eine spöttische Bemerkung nehmen würde, aber er starrte nur meine Hand an. Jetzt erst merkte ich, dass ich immer noch sein Handgelenk umfasst hielt. »Da draußen ist nichts, Liljann«, sagte er seltsam tonlos.

»Deshalb wolltest du nicht tanzen!«, rief Ona in gespielter Empörung und lief zu uns. Naveen und ich fuhren wie ertappt auseinander. Aber dort, wo ich ihn gepackt hatte, blieb ein hellerer Handabdruck zurück und meine Finger waren schwarz von seiner Tarnfarbe. »Du hast dich verrechnet, Herzensbrecherin«, sagte Ona und grinste. »Der hier gehört mir.« Damit nahm sie Naveen einfach an der Hand, und er ließ es zu, dass sie ihn zu den Feuern zog.

Ich kann nicht schlafen, und ich weiß nicht, ob ich jemals wieder die Augen schließen kann, ohne meine arme Schwester vor mir zu sehen. *Ihr schlimmster Albtraum ist wahr. Und ich habe sie auch noch zu den Ungeheuern geschickt.* Ich hasse Volok dafür, dass er mir nichts gesagt hat – aber noch mehr hasse ich mich selbst, weil ich Liljann nie geglaubt habe. »*Es gibt Dinge, die du nicht weißt, Tajann.*« War es das, was Janeik mir sagen wollte? Ich drehe seinen Ring in meiner Hand, den Schlüsselring, mit dem er mir auch die verborgensten Geheimnisse der Zitadelle geschenkt hat. Noch nie hat mein Geliebter mir so sehr gefehlt wie jetzt. Aber heute lasse ich es sogar zu, dass meine Stimmen wieder zu flüstern beginnen und mich davor warnen, zu Janeik zu laufen. Denn die Stimmen haben recht, es ist das Dümmste, was ich nun tun könnte. Und tatsächlich muss ich nicht lange warten. Kaum zwei Stunden, nachdem ich in mein Zimmer zurückgekehrt bin, lässt die Lady mich holen. Diesmal legt sie nicht viel Wert auf Heimlichkeiten, zwei Soldaten führen mich vor aller Augen in den großen Konferenzsaal. Es muss aussehen wie eine Verhaftung vor Morgengrauen, Beamte der Nachtschicht bleiben stehen und drücken erschrocken Akten an ihre Brust, als ich vorbeigehe. Und dann begegne ich am Aufzug auch noch Antija. Sie trägt noch den schwarzen Mantel und kommt gerade von oben, flankiert von zwei alten Beamten, die zur höchsten Richterschaft gehören. Antijas Mund wirkt schmal vor Kummer und ihre Fäuste sind geballt. Über den Raum hinweg finden sich wie zufällig unsere Blicke. Sie deutet ein Kopfschütteln an, bevor sie das Kinn hebt, zu ihrer arroganten, kühlen Gestalt zurückfindet und so schnell davoneilt, dass die Beamten Mühe haben, ihr zu folgen. Mir wird klar, dass sie mich immer noch schützt und mir bedeutet hat, nichts zu gestehen. *Es ist wirklich nichts mehr so, wie es war,* denke ich niedergeschlagen. Wann sind Antija und ich tatsächlich zu Vertrauten geworden?

Lady Jamala steht mit dem Rücken zu mir am Fenster und blickt nach Südosten. Der Sternenhimmel beginnt bereits zu verblassen. Mir wird fast übel bei der Erinnerung an das Halbwesen im Keller. *Das es offiziell nicht gibt.* Ich frage mich, wie viele Leute schon wegen der Verbreitung von Aberglauben bestraft wurden. *Weil sie die Wahrheit sagten.* Und wieder findet sich ein Bild zum anderen: Milas Bannzeichen an den Schwellen. Und ihre Abneigung gegen Volok. Was hatte sie mir damals entgegengeschleudert, bevor sie das Jagdhaus verließ? *»Das, was hier herumschleicht, ist schlimmer als jeder Kerker!«*

»Antija behauptet, du warst nicht mit ihr im Felsenherz«, sagt Lady Jamala, ohne sich umzudrehen.

Es hat keinen Sinn zu lügen. Immer noch bin ich Lady Jamalas Spionin. »Ich war dort.«

»Und du konntest sie nicht von dieser Dummheit abhalten?«

»Bis ich wusste, was sie vorhat, war es zu spät. Und außerdem hört sie nie auf mich.«

»Aber sie scheint dich genug zu mögen, dass sie dich schützen will.« Lady Jamala dreht sich um. Heute trägt sie eine Augenklappe mit einem Feuerzeichen. »Es war klug von dir, ihr Spiel mitzuspielen. Auf welchem Weg bist du hinausgekommen?«

Es ist die gemeinsame Version von Kaeled und mir, die ich nun erzähle. Dass ich ihm heimlich hinterhergegangen bin, als er die Gänge kontrollierte, und zum Gang fand, der zu den Verhörräumen führt. Ich erzähle Jamala, dass ich von dort aus den Weg hinaus inzwischen mit geschlossenen Augen finde, weil ich an Dimads Seite die Schritte zähle, und dass ich die Pläne der oberen Ebenen in der Bibliothek längst auswendig gelernt habe. Lady Jamala deutet ein Nicken an. Ich weiß, dass sie meinen Bericht mit dem von Kaeled abgleicht. Er hat berichtet, dass er Schritte hörte und sicher war, noch jemanden unten im Kerker gehört zu haben. Und er hat auch ausgesagt, dass ihm eine Taschenlampe gestohlen wurde, die er später auf dem Rückweg wiederfand. Offenbar trägt das dünne Eis, auf dem wir beide uns bewegen, zumindest im Moment.

»Hat Antija dir gesagt, was sie dort unten suchte?«

»Nein.«

»Was hättest du an ihrer Stelle gesucht?«

Menschtiere?

Aber ich bezweifle, dass Antija etwas ahnt. »Möglicherweise ... wollte sie überprüfen, ob ihre Gefolgsleute wirklich zurückgeschickt wurden.«

Zu meiner Erleichterung lacht die Lady trocken auf. »Richtig kombiniert. Aber selbst wenn ich ihre Leute gefangen genommen hätte, würde ich sie ja ganz sicher nicht dort inhaftieren, wo man sie finden kann, nicht wahr?« Ich schaffe es nicht, ihr kühles Lächeln zu erwidern. »Gut, mach weiter wie bisher. Und falls Antija dich fragt: Offiziell habe ich dich streng verhört und du hast erfolgreich gelogen.«

»Ja, Mylady.«

»Gut. Geh!«

Aber zum ersten Mal zögere ich, einen Befehl zu befolgen. Unwillig runzelt sie die Stirn. »Ist noch etwas, Tajann?«

»Darf ich ... ganz frei sprechen?«

»Ich höre!« Das kommt einen Hauch zu schnell, als hätte sie nur darauf gewartet. Seltsamerweise habe ich den Eindruck, dass ich vor einer Falle stehe. Ein falscher Schritt und sie schnappt zu. *Aber vielleicht bin ich ja längst schon hineingetappt.*

»Ich war in den Gängen, als ich den Ausgang suchte. Dort, wo die Kerkerzellen sind, die einst Gräber waren. Und ... in einer davon fand ich eine Frau, die ich kenne.«

Jamala geht zum Tisch und setzt sich, legt die Fingerspitzen aneinander. »So?«

»Mila, unsere ehemalige Gehilfin aus dem Jagdhaus. Sie sah aus, als wäre sie schon länger im Felskerker.«

»Was hast du zu ihr zu sagen?«

Jetzt bricht mir der Schweiß aus. Jamalas Auge verengt sich wie bei einem Raubtier, das seine Beute fixiert, und ich begreife, dass es nie um Antija ging. *Du weißt es also längst,* denke ich mit einem Frösteln. Jetzt hilft nur noch die Flucht nach vorn.

»Nichts, was Ihr nicht schon wisst«, erwidere ich. »Zum Beispiel, dass sie das … Hirschwesen aus Holz gesehen hat. In unserem Jagdhaus.«

»Ach ja, richtig, der Hirschkönig! Erinnere ich mich recht, dass du ausgesagt hattest, nicht zu wissen, wem die Figur wirklich gehört? Und du scheinst mit deiner Schwester keine sehr enge Verbindung gepflegt zu haben, wenn du nicht einmal wusstest, dass sie diese Figur für einen Silberkamm erstanden hat.«

Ich muss nichts antworten. Ich bin entlarvt.

Jamala seufzt. »Ich will dir nichts vormachen, Tajann, ich bin enttäuscht, sehr enttäuscht. Aber zumindest können wir eine Lektion damit verbinden. Auf eine gewisse Art verstehe ich dich sogar. Du schützt deine Schwester, vom Standpunkt eines gewöhnlichen Menschen völlig logisch. Aber zum einen bist du keine der Gewöhnlichen mehr. Und zum anderen müsstest du wissen, dass ich Liljann nicht belangen kann. Das Grauland ist nicht mein Herrschaftsgebiet. Erstgeborene, die freigesprochen wurden, fallen nicht mehr in mein Gerichtsressort. Mila dagegen schon.«

Ich wäre gerne stark und kühl, aber irgendwann in diesen Wochen muss ich die Tajann, die ich war, verloren haben – irgendwo in den geheimen Gängen und zwischen verbotenen Küssen. Ich kann nur an meine Schwester denken und an Mila, die keine weitere Woche im Kerker überleben wird.

»Dieses einzige Mal verzeihe ich dir eine Lüge«, sagt Lady Jamala. »Weil du unerfahren bist und weil man jungen Hunden verzeiht, wenn sie aus Übermut und Selbstüberschätzung in die Hand beißen, die sie füttert. Aber beim nächsten Mal breche ich dir das Genick wie einem Welpen, der ein zweites Mal nach mir schnappt. Merke dir: Mich kann niemand belügen.«

Nur dein Sohn, denke ich. *Und Lidas Tochter – und ein unscheinbarer, junger Beamter mit dem Herzen eines Löwen.*

Ich weiß nicht, woher ich den Mut habe, noch einmal zu sprechen, aber ich kann Mila nicht zurücklassen.

»Ich bitte Euch um Vergebung und danke Euch für Eure Großzügigkeit und Güte, Mylady. Und ebenso sehr bitte und flehe ich Euch an: Lasst Mila nicht für mein Vergehen büßen.« Sie schweigt, also spreche ich weiter. »Ich kenne Mila, seit ich neun Jahre alt war. Sie war stets loyal und … «

»Das glaube ich gern. Nur wird es ihr nichts nützen. Das Urteil lautet lebenslänglich.«

»Die Hirschfigur gehörte ihr doch nicht. Sie hat nichts getan, was eine so harte Strafe rechtfertigen würde!«

»Genug jetzt, Tajann!«

»Ich spreche nicht als Tajann«, sage ich leise, aber eindringlich. »Ich spreche als Azur und ich frage Nalan: Gibt es keine Gnade hier? Ich verlange sie nicht für mich, nur für eine Frau, für die ich bereit bin zu bürgen. Sie ist am Rand des Todes, hat sie nicht genug gebüßt?«

Die Lady mustert mich, mein blasses Gesicht, meine weiße Tunika. Verachtung lässt ihren Blick hart werden.

»Meine Güte, Tajann«, sagt sie angewidert. »Ich erkenne dich kaum wieder. Ist das der Bann des weißen Gewandes? Du klingst nämlich schon wie deine neue Barbarenherrin. Vermutlich verdient ihr einander.«

Ich schlucke diese Demütigung herunter. »In unserem Gesetz steht, dass ein Bürger unserer Stadt vor Gericht für einen Besiegten einstehen darf. Unser Wort hat doppeltes Gewicht.«

»Du bist ja wirklich sehr eifrig dabei, unsere Gesetze auswendig zu lernen!«

»Auf der strikten Einhaltung unserer Gesetze gründet alles, was wir sind.«

»Und eben deshalb kann ich deiner Bitte nicht nachkommen, so gerne ich es auch würde, Azur. Ich kann kein Revisionsverfahren einleiten und schon gar nicht mit dir als Bürgin. Das würde eine offizielle Untersuchung nach sich ziehen, in deren Verlauf deine Falschaussage zur Sprache käme. Du hast nämlich ausgesagt, du hättest diese Figur noch nie in deinem Leben gesehen. Das war eine in vollem Bewusstsein ausgesprochene Lüge. Auch ich unterstehe dem Gesetz, ich müsste vor den Richtern die Wahrheit sagen und könnte dich nicht schützen. Ich tue schon mehr für dich, als rechtens ist, sei dir dessen bewusst. Denn weil es sich bei der Holzfigur um eine Königsskulptur der Besiegten handelt, würdest du dich damit des Hochverrats verdächtig machen.«

Heuchlerin, denke ich. *Du knüpfst dein eigenes Netz, wie es dir gefällt.*

Sie steht mit Schwung auf und wendet mir wieder den Rücken zu. »Lerne, Azur: Alles, was ein Mächtiger tut, hat Konsequenzen, selbst dann, wenn er sich dazu entschließt, nicht zu handeln. Das ist unsere bitterste Lektion: Manchmal leiden Unschuldige unter unseren Fehlern. Manchmal muss man Leben opfern. Eine Zeugin wie Mila kann gefährlich werden, denn du wirst Feinde haben: Je mächtiger du wirst, desto mehr werden es sein. Wenn Mila freikäme, dann wäre sie ein Risiko für dich, ein Fallstrick, der irgendwann auf deinem Weg nach oben hochschnellen wird. Aber denke in Zukunft jedes Mal an sie, bevor du einen Schritt tust, ein Wort sagst, eine Entscheidung fällst, dann musste sie zumindest nicht umsonst im Kerker zugrunde gehen.«

Ich bin froh, dass sie mir den Rücken zuwendet, jetzt würde sie mir sicher ansehen, was ich wirklich über sie denke.

»Ihr habt dennoch die Wahl«, sage ich mit fester Stimme. »Das Gesetz sagt, ein Herrscher hat beim Urteil ›Lebenslänglich‹ das letzte Wort über Felsenherz oder Straflager in den Steinbrüchen.« *Bist du dafür in die Zitadelle gekommen, Tajann?*, denke ich. *Damit du um Todesarten schacherst für Menschen, die durch dich ins Unglück gestürzt werden?* »Um meiner Mutter willen, denkt Ihr zumindest über diesen kleinen Gnadenakt nach?«

Meine Mutter ist die letzte Karte, die ich in diesem Spiel noch auf den Tisch legen kann. Und als ich den Satz ausgesprochen habe, merke ich, dass ich mit dem Spiel am Ende bin. Ich will die Karten nicht mehr. Der Einsatz ist zu hoch. Vielleicht war er es schon immer.

Doch diesmal überrascht die Herrscherin mich. Sie seufzt tief, ihre Schultern sacken nach unten wie unter einer viel zu schweren Last.

»Ach, ihr weichherzigen VanTorra-Frauen«, sagt sie leise zu den Sternen. »Auch Lida wollte nicht wahrhaben, dass Herrschen ein blutiges Geschäft ist. Aber na schön, ich werde darüber nachdenken, Azur. Und jetzt tu deine Pflicht, lerne deine Lektionen. Und lerne sie gründlich.«

Ruß und Rauch

Die Clansleute hatten fast bis zum Morgengrauen gefeiert, jetzt erfüllte endlich trunkenes Schnarchen die Höhle. Ona lag neben mir, ihren Arm hatte sie im Schlaf über meine Taille gelegt. Vorsichtig schielte ich zu Kalima, die gähnend am Feuer Muschelschalen mit einem Stock zusammenschob. Es war ausgerechnet sie, die in dieser Nacht das Lager und auch mich bewachen musste. Ona lächelte im Schlaf, und ich erinnerte mich daran, wie sie mit Naveen getanzt hatte. Verstohlen schielte ich nach den anderen, betrachtete sie noch einmal und suchte schließlich nach Naveen. Heute Nacht hatte er sich von mir ferngehalten, und ich hatte den Eindruck, er hatte es absichtlich vermieden, mich anzusehen. Ich dagegen hatte ihn verstohlen beobachtet. Ich war überrascht gewesen, wie verwandelt er gewirkt hatte. Er tanzte, als gäbe es kein Morgen, mit einer Lebendigkeit und geschmeidigen Kraft, als würde er jeden Augenblick trinken wie ein Verdurstender frisches Quellwasser. Und als er lachte, vergaß ich für eine Weile sogar, dass ich eigentlich in die Dunkelheit starren sollte.

Nun aber schlief er, auf einem Fell am Rand der Höhle, genau unter der Zeichnung eines Sternenhimmels. Im Laufe des Abends war die Rußschicht von seiner Haut verschwunden, nur der Umriss meiner Finger an seinem Handgelenk war wie ein verwischtes Bannzeichen zurückgeblieben. *Wovon träumt er?*, dachte ich. Sogar im Schlaf hatte er die Brauen zusammengezogen. Er wirkte gequält und ich ertappte mich bei dem Wunsch, ihn zu wecken.

Hör auf und geh endlich!, befahl ich mir.

Vorsichtig strich ich Ona die Locken aus der Stirn. Plötzlich hatte ich einen Kloß im Hals. »Danke für alles, Himmelskind. Leb wohl – und verzeih mir!«, wisperte ich und küsste sie sacht auf die Stirn. Sie grummelte und drehte sich auf die andere Seite, ihr Arm glitt weg und ich war frei. Ich kroch ein Stück weg und schob meine Felle so zusammen, dass sie sich wie ein liegender Körper wölbten.

»Wohin?«, knurrte Kalima, als ich aufstand und meine Decke ausschüttelte.

Ich gähnte. »Wohin wohl?«

Kalima stöhnte genervt auf. Aber sie wuchtete sich mithilfe des Stocks auf die Beine, um mich nach draußen in die Büsche zu begleiten. Ich wartete, bis sie in meine Richtung tapste und sich ganz auf die scharfkantigen Muschelschalen am Boden konzentrierte, dann breitete ich blitzschnell die Decke über das, was meinen liegenden Körper darstellen sollte, sprang nach draußen und warf den Bann. Kalima blickte auf und stutzte mitten im nächsten Schritt. Verwirrt sah sie sich um, betrachtete mit offen hängendem Mund Ona und meine gewölbte Decke. Dann murmelte sie etwas vor sich hin und watschelte zu ihrem Posten zurück.

Der Frühmorgen glühte über dem See, Wasserläufer zeichneten Muster aus fliehenden Ringen und Linien. Die Weiden hatten im Gegenlicht einen flirrenden Heiligenschein von Eintagsfliegen. Aber ich sah die Schönheit nicht, so schwer war mein Herz. Ich hatte es mir einfacher vorgestellt, meine Häscher zu verlassen, zumindest die, die ich trotz allem liebgewonnen hatte. *Aber nein, das stimmt nicht*, redete ich mir krampfhaft ein. *Ich liebe niemanden, ich war Ona nur dankbar.* Aber heute glaubte ich meinen eigenen Lügen weniger denn je. Auch Miina und sogar Kalima würden mir fehlen.

Ich umklammerte meinen provisorischen Speer – das Fischmesser, das ich in einen an der Spitze gespaltenen Stock geklemmt und mit Lederbändern fixiert hatte. Das war meine einzige Waffe – zusammen mit all den Lektionen, die ich mir gut eingeprägt hatte. Ich lief, so schnell ich konnte. Erst als der See hinter mir lag, zögerte ich. Hier begann der Wald. Ich nahm meinen ganzen Mut zusammen und machte den ersten Schritt.

Hier oben rauschte der Wind mit melodischem Klang durch die Bäume, als wäre der Wald eine riesige Harfe mit hölzernen Saiten. Hell wurde zu Dunkel. Diffuses Licht malte Fratzen in raue Rinde. Zweige knackten unter meinen Sohlen, als ich mich hangaufwärts kämpfte. Seltsamerweise fühlte ich mich nicht so verloren, wie ich befürchtet hatte. Ich hatte viel gelernt beim Clan. Ich entdeckte Pilze und erkannte, welche essbar waren; ich wusste, wie ich aus Flechten und Rankenfasern Schleudern und Schlingen machen konnte, um auf die Jagd nach Kaninchen und Vögeln zu gehen. *Raubkatzen lauern gerne auf Ästen von Gabelbuchen*, wiederholte ich meine Lektionen. *Nur die gelben Schlangen sind giftig. Wölfen nie den Rücken zuwenden.*

»*Willst du den Wolf mit deinem kleinen Fischmesser erst noch entschuppen oder lieber gleich entgräten?*« Ich konnte Naveens Spott fast hören. Ein Windstoß zerzauste mein Haar. Farne lappten wie

Hände, die nach mir greifen wollten. Und im Windheulen … *ein Stampfen*. Ich drückte mich an einen Stamm und spähte so angespannt, dass meine Narbe zog. *Bitte keine Hirsche*, dachte ich.

Und was, wenn es Volok ist?

Aber das, was irgendwo in der Nähe herumlief, hatte eindeutig mehr als zwei Beine und war schwer und groß. Ich hielt den Atem an, als etwas Dunkles hinter dem Mosaik aus Blättern vorbeiglitt. Ich schaffte es, lautlos zurückzuweichen. *In großem Bogen ausweichen*, dachte ich. *Einen Baum suchen, auf den ich notfalls klettern kann. Keine Gabelbuche*. Ich blickte an einem Stamm hoch – und entdeckte einen Schmetterling, der auf der Rinde saß. Schwarz und weiß blinkte er vor mir. Fast hätte ich gelächelt. *Wie der Mantel der Todesfrau aus dem Traum*. Wind ließ seine Flügel beben, er flog weiter – und ich lief ihm einfach hinterher, eine Ewigkeit, wie mir schien. Er führte mich weg von dem Stampfen und plötzlich blendete mich Sonne. Taugras benetzte meine Füße, ich stand am Rand einer kleinen Lichtung. Der Falter war verschwunden, dafür wirbelten mir Ascheflocken von einer erloschenen Feuerstelle entgegen. Zweige lagen zu einem Wall aufgeschichtet hinter einer Mulde, die wohl eine Schlafstätte war. Ein lautes Knacken ertönte hinter mir, ich rannte zu dem Wall, brachte mich mit einem Satz dahinter in Sicherheit – und wäre fast über einen Sattel gefallen. Aber erst als das, was ich für einen Hirsch gehalten hatte, auf die Lichtung trat, begriff ich, wer mich die ganze Zeit gewittert hatte. »Kyzar!« Ich stürzte los.

Meine Stute trabte mir mit gespitzten Ohren entgegen. Ich umarmte ihren narbigen Hals, kämmte ihr die Stirnfransen mit den Fingern, küsste sie auf das warme Fell, lachte und weinte zur gleichen Zeit. Meine Stute trug kein Zaumzeug, aber ich entdeckte ein Seil um ihren Hals, geflochten aus Rankenfasern. »Dieser Schuft hat dich also gestohlen«, sagte ich mit erstickter Stimme.

»Hey!« Der Ruf ließ mich herumfahren. Meine Hand krampfte sich in Kyzars Mähne. Hatte ich einen Fehler gemacht, als ich den Bann legte? *Unmöglich, Kalima hätte nie tatenlos zugeschaut, wie ich gehe.*

Und dennoch stand Naveen zwischen den Bäumen, sein gezahntes Schwert auf dem Rücken und ein Bündel zusammengeschnürter Felle neben sich.

»Hallo, Schlaflos«, sagte er.

»Wie …«, stammelte ich. *Wie konntest du die Schwelle überschreiten?* »Warum bist du hier?«, brachte ich schließlich heraus.

»Dasselbe könnte ich dich fragen.«

Die Mähne ruckte durch meine Finger, als Kyzar sich von mir losriss und zu Naveen lief. Er legte seine Hand auf ihre Stirn, eine beiläufige, freundliche Geste, die ein völliger Gegensatz zu seiner finsteren Miene war. Kyzar schnaubte und spitzte die Ohren, knabberte an seinem Ärmel. Es gab mir einen Stich, dass meine Stute ihn offensichtlich mochte.

»Du bist ein Lügner!«, schleuderte ich ihm entgegen. »Und ein Dieb bist du auch. Du hattest sie schon die ganze Zeit bei dir.«

Er zuckte nur mit den Schultern. »Schien mir sicherer zu sein, als sie bei den Hirschen zu lassen.«

»Du hättest sie mir zurückbringen müssen!«

»Einer Gefangenen? Für wie dumm hältst du Tuon und den Rest? Na ja, andererseits: Dumm genug, dir zu glauben, waren sie ja. Weißt du, was Tuon mit dir macht, wenn er dich findet? Und finden wird er dich.« Er kam auf mich zu.

»Bleib, wo du bist!«, rief ich ihm warnend zu.

»Ich bringe dich zurück. Noch schlafen sie. Niemand wird merken, dass du fort warst.«

»Bleib stehen!« Ich riss den Speer hoch. Die Klinge blitzte in der Sonne auf. Jetzt hielt er inne. *Eine gute Idee, mich mit einem Jäger anzulegen*, dachte ich verzagt.

»Was soll das werden?«, fuhr er mich an. »Willst du zu einem Lager der Lady?«

»Zum letzten Mal, ich bin kein Späher. Ich will nur weg von hier.«

»Wohin? In die Richtung kommst du nur zu den Schädelhöhlen am Plateau.«

Ich schluckte und nickte.

Naveen runzelte die Stirn. »Was willst du da oben?«

»Mir einen eigenen Platz suchen. Eine … Höhle, wo er … mich nicht findet.«

»Du bist viel sicherer bei Tuons Leuten. Wenn du auf ihrer Seite bleibst, werden sie dich aufnehmen. Das haben sie bei Kalima auch getan. Früher oder später wirst du eine von ihnen sein. Ona wird dafür sorgen, dass du nichts zu …«

»Ich gehe! Und du wirst mich nicht aufhalten.«

Er hob nur zweifelnd die Brauen. Ich umklammerte meine jämmerliche Waffe. *Und jetzt, Liljann? Weglaufen, entschuppen oder gleich entgräten?*

»Es gibt bessere Wege, Selbstmord zu begehen, als mit dem Schild ›*Bitte friss mich!*‹ auf der Brust durch den Wald zu stolpern«, sagte Naveen schließlich. »Du kennst dich hier nicht aus. Der Weg ist steiler, als er vom Tal aus wirkt, und du bist doch jetzt schon erschöpft.«

»Ich kann reiten.«

»Das behauptest *du*.«

»Mach dich nicht über mich lustig! Und was geht es dich überhaupt an? Du gehörst zu einem anderen Clan, Tuons Angelegenheiten sind nicht deine, also lass mich allein.« Keine Ahnung, woher ich diese Kraft nahm, die Entschlossenheit im Angesicht einer Waffe, die sogar unverwundbare Hirsche zum Bluten bringen konnte.

Zu meiner Überraschung wurde Naveen nicht wütend. »Stimmt. Du gehst mich ja nichts an«, murmelte er. »Gar nichts.« Unwillig fuhr er sich mit der Hand über das kurze Haar und schaute bergauf, als sei er hin- und hergerissen zwischen zwei Überlegungen, von denen keine ihm gefiel. Er fluchte und wandte sich brüsk von mir ab. Kyzar stupste ihm freundschaftlich gegen den Arm, als er den Sattel aufhob und ihn auf ihren Rücken legte.

»He! Du reitest nicht mit *meinem* Pferd davon!«

»Hindere mich doch daran«, erwiderte er spöttisch. Er drehte mir den Rücken zu und zog in aller Ruhe den Sattelgurt fest, während ich nur ratlos den Speer umklammerte und mir wie der größte Feigling vorkam.

»Nicht so einfach, seine Grenzen mit einer Waffe zu verteidigen, wenn ein Mensch auf der anderen Seite steht, nicht wahr?«, fügte Naveen hinzu. »Los, steig auf.« Mit diesen Worten gab er Kyzar einen Klaps gegen die Schulter und sie trottete tatsächlich zu mir. Naveen hob sein Bündel auf und ging bergauf davon. »Komm schon!«, rief er ungeduldig über die Schulter.

»Du … begleitest mich?«

»Nur ein Stück«, erwiderte er, ohne sich umzudrehen. »Und bilde dir bloß nichts darauf ein. Ich muss ohnehin in dieselbe Richtung.«

An diesem Morgen gelingt es mir nicht, auch nur ein Wort aus den Büchern zu behalten. Ich sehe nur Mila vor mir. Ich bete darum, dass Lady Jamala sich erweichen lässt und sie in die Steinbrüche schickt. Es kommt aufs Gleiche heraus, aber für Mila, das weiß ich, würde es einen Unterschied machen, unter freiem Himmel sterben zu dürfen. *Nicht in der Nähe der Kreatur.* Langsam verstehe ich, warum unsere Gehilfin sich vor dunklen Räumen fürchtete, so sehr, dass sie nicht einmal in unseren Lagerkeller im Jagdhaus gehen wollte. Der Opalring, den ich gut verborgen an einem Band unter meinen Kleidern trage, scheint auf meiner Haut zu brennen, und ich muss mich beherrschen, um nicht aufzuspringen und zum Geheimgang zu rennen und von dort aus in die Sicherheit unserer geheimen Welt. Mit zitternden Händen blättere ich Seite um Seite um und tue so, als wäre ich in das Lexikon vertieft. Aber die Antworten, die ich wirklich suche, finde ich nicht auf Papier. *Ich muss heute zu Janeik, koste es, was es wolle.* Hufschlag von draußen lässt mich aufhorchen. Und heute kann ich nicht widerstehen, ich muss zum Fenster und nachsehen, ob es Janeik ist. Aber als ich aufstehe und mich umwende, wäre ich fast zurückgeprallt.

»Ist es Tradition in Eurer Heimat, sich so anzuschleichen?«, sage ich.

Ich erwarte eine spöttische Antwort von Antija. Aber die Prinzessin schüttelt nur den Kopf. Jetzt erst sehe ich die bewaffnete Eskorte von Augenmännern, die am Eingang der Bibliothek wartet. »Was ist passiert?«, flüstere ich.

Was auch immer Antija Kummer macht, sie verbirgt es besser als ich. Ihre Augen sind zwar etwas geschwollen, aber nicht gerötet und sie ist ganz und gar Kühle und Beherrschung.

»Meine Ladymutter lässt mir ausrichten, Eisen und Herrscherherzen härten am besten im Feuer. Nimm Papier und einen Füller mit. Du beginnst heute deine Karriere als Gerichtsprotokollantin.«

Ich habe das Gefühl, durch zähen Honig zu laufen, als die Eskorte uns zum Richtplatz führt. Auf der großen Treppe herrscht Hektik. Und als ich Holzträger entdecke, sehe ich meine Befürchtung bestätigt.

»Meine Ladymutter nennt es Feuerprobe«, sagt Antija leise zu mir. »Sie denkt, es wird Zeit, dass ich mich an die weniger angenehmen Seiten des Herrschens gewöhne.«

»Wer wird hingerichtet?«

»Ich fürchte, die Minenverwalterin, Triss. Die … mir Wasser gab.« Jetzt zittert die Stimme der kalten Prinzessin doch, und mir wird klar, um wessen Leben sie heute Nacht bei der Lady gebeten hat. Wir sind uns wohl wirklich ähnlicher, als mir lieb ist. *Und offenbar lernen wir beide gerade dieselben Lektionen.* »Angeblich plante sie ein Attentat mit vergiftetem Wasser auf mich«, wispert mir Antija kaum hörbar zu. »Aber heute Nacht sagte sie mir, dass sie dieses Geständnis nie gemacht hat. Und nach der Hinrichtung … muss ich meine Ladymutter zum Minenrat in den Westbergen begleiten.«

Wir werden getrennt, bevor ich antworten kann – Antija wird zu der Tribüne geführt, wo die Prunksessel stehen. In einem davon nimmt gerade Lady Jamala Platz, bereits in Reitkleidung. Ich wünsche mir, ich hätte den Mut wegzulaufen, aber ich lasse mir meinen Platz zuweisen – rechts von den Scheiterhaufen, dort, wo ein Stuhl mit einem angeschraubten Schreibbrett steht. Ich halte nach Janeik Ausschau, nach Monn, nach irgendeinem vertrauten Gesicht, aber heute entdecke ich nur die Leibgarde der Lady, Beamte und Gesinde, das sich so ängstlich auf dem Platz herumdrückt, als würde es nur einem Befehl gehorchen. Vermutlich wurden sie als Publikum zusammengetrieben. Es ist gespenstisch still auf dem Platz.

Aber erst als die Verurteilte auf den Scheiterhaufen geführt wird, begreife ich das ganze Ausmaß dieser grausamen Lektion. *Mila!* Als hätte sie meinen stummen Schrei gehört, schaut sie mich an, während sie mit Handschellen an die rußige Marmorsäule gekettet wird.

Antija wirkt keinen Deut erleichtert, dass Triss verschont wurde. Sie krallt die Finger qualvoll fest in die Lehnen des Sessels. Ich weiß genau, wie sie sich fühlt, auch ich habe das Gefühl, endlos zu stürzen. Niemand sagt ein Wort, aber sogar die Höflinge schauen zu Boden. Ich frage mich, wie oft sie hier Unschuldige in Ketten sahen. Der Kodex schreibt vor, dass das

Urteil noch einmal verlesen wird, dass ein Verurteilter letzte Worte sprechen darf. Aber nichts davon geschieht. Ein Knecht wirft Liljanns Holzfigur nur achtlos vor Milas Füße und stößt die Fackel in den Holzstapel. Bis zu diesem Morgen, das wird mir klar, war ich tatsächlich so dumm, Lady Jamala noch zu trauen – um meiner Mutter willen. Aber die Holzfigur ist eine Botschaft an mich. Und das Herz, das im Feuer härten soll, ist meines. *»Es war doch dein Wunsch, dass Mila nicht im Felskerker dahinsiecht, sondern unter freiem Himmel stirbt?«* Ich kann Lady Jamalas Stimme fast hören. Und auch die eigentliche Botschaft höre ich: *»Wage es nicht, dich noch einmal auf die Seite eines Besiegten zu schlagen und mich um Gnade für ihn zu bitten.«*

»Das ist Barbarei«, höre ich jemanden hinter mir murmeln. Der Wind faucht über das Plateau und drückt die Flammen und den Rauch in unsere Richtung. Die Zuschauer husten, halten sich die Ärmel vor die Gesichter. Noch ist Mila sicher, aber sie schreit, als hätte das Feuer sie schon erreicht. Nicht vor Angst. Sondern voller Zorn. Sie verflucht die Lady in ihrer Sprache. Nur das Gesinde versteht es – und ich. Die Leute weichen ängstlich zurück. Mila wünscht Jamala den Seelenverschlinger an den Hals, das Totenwesen, das ihr die ewige Ruhe rauben wird. Nie hätte ich dieser ängstlichen Frau so viel Mut zugetraut. Und ich kann Milas Leben nicht retten, aber ich werde nicht zulassen, dass sie leidet. Ich weiß, dass Leute mich beobachten. Aber ich habe es immer gut beherrscht, mich zu tarnen. Meine Notizblätter rutschen mir scheinbar aus Unachtsamkeit vom Schoß und flattern zu Boden. Doch noch ist es nicht so weit, das kleine Messer aus dem Ärmel zu ziehen. Und ich muss genau zielen. Ich brauche den Schwung, wenn ich aufspringe, damit die Klinge so punktgenau trifft wie bei der Hirschjagd. *Bis jemand den Weg des Messers zurückverfolgen kann, bin ich schon untergetaucht. Im Sichtschutz komme ich von hier zur alten Burg, mit Janeiks Ring zum geheimen Seitengang und von dort …* Fieberhaft schätze ich, rechne nach, mache mich bereit, während ich Papier aufsammle. Und dann, als meine Hand in den Ärmel gleitet und die Klinge umfasst, entdecke ich Janeik. Er steht ein paar Meter links von mir, genau in der Mitte des Platzes. Er ist gerade von seinem Pferd gestiegen, es ist schweißbedeckt, als käme er gerade von einem langen Ritt. Um ihn herum ist Leere, die Menge hat ihm Platz gemacht. Antija springt auf, rauchumweht, und starrt ihn an wie einen Retter. »Janeik!« Es ist ein Ruf wie von einer Ertrinkenden, sie schaut zu Mila und wieder zu ihm und die Bitte in ihren Augen ist so deutlich wie ein Schrei. Janeik sieht Antija an, aber dann finden sein Blick und seine Gedanken mich, obwohl ich immer noch auf dem Boden kauere. Er kennt mich, er weiß ganz genau, was ich vorhabe. *Nein.* Ich kann seine Stimme fast hören, irgendwo in mir. *Nein, Geliebte.* Und auch ich kenne ihn, denn ich verharre, während er vor aller Augen seine Pistole zieht, den Hahn spannt und zielt. Der Schuss ist nicht lauter als das trockene Knacken von berstendem Holz. Mila verstummt mitten im Wort und sackt zusammen wie eine Marionette ohne Fäden. Es war ein schneller Tod, gnädig und für sie so unerwartet, dass sie sicher nichts gespürt hat. Ich bin erleichtert und trotzdem – oder vielleicht deswegen – breche ich in Tränen aus.

Lady Jamala steht auf, gefährlich langsam, mit eisigem Blick wendet sie sich ihrem Sohn zu. Jetzt habe ich Angst um Janeik. Doch er steckt nicht einmal die Waffe weg. Die Menge ist fassungslos, erstarrt. Jeder weiß, was er hier sieht: einen Sohn, der sich seiner Ladymutter widersetzt. Es ist Antija, die den Bann bricht. Sie springt einfach von der Tribüne und läuft zu Janeik, stellt sich an seine Seite. »Bestraft ihn nicht, Mutter«, sagt sie zur Lady. »Straft Eure Tochter! Er hat es nur für mich getan, weil er genau weiß, dass ich zu weich bin und Feuer nicht ertragen kann.« Es ist verrückt, dass sie in ihrem Entsetzen dennoch so absolut überzeugt klingt. Sie schaut Janeik an, ich sehe sie nur im Profil, aber noch nie habe ich die Prinzessin so erlebt, strahlend, mit einem weichen Gesicht, das sie viel jünger erscheinen lässt und beinahe hübsch. *Denkt sie wirklich, Janeik hat ihr damit so etwas wie eine Liebeserklärung gemacht?* Es gibt mir einen Stich ins Herz. *Wir verraten sie beide,* denke ich.

Denn Janeik, das weiß ich, hat seine Entscheidung getroffen.

»Schweig, Tochter! Das besprechen wir nicht hier draußen.« Bei Lady Jamalas Tonfall bricht den Beamten sichtlich der Schweiß aus. »In den Konferenzsaal! Beide!«

Sie dreht sich auf dem Absatz um und geht mit zornigen Schritten in Richtung der Verwaltungsgebäude. Der Wind dreht und dann hört man nur noch das Fauchen des Feuers.

Janeik steckt in aller Ruhe die Pistole ein. »Worauf wartet ihr?«, fragt er in die Menge. »Die Hinrichtung ist vorbei.«

Noch nie war es so deutlich wie jetzt. Jedem muss auffallen, wie sich der Burghof teilt, in Janeiks Leute, die ihm sofort gehorchen, und die der Lady, die zögern und sich schließlich nur widerwillig fügen. Rauch steigt nun als Säule in den Himmel, der Scheiterhaufen lodert und die Menge löst sich auf, das Gesinde flieht, dankbar, diesen Ort verlassen zu dürfen. Nur ein harter Kern von ratlosen Beamten bleibt zurück.

»Komm nicht noch einmal auf die Idee, die Heldin zu spielen, dafür sind die großen Jungs da.« Wie immer hat sich Monn völlig lautlos genähert. Er hebt ein Blatt vom Boden auf, reicht es mir und raunt mir zu: »Mach in der Bibliothek weiter, als wäre nichts, und warte, bis ich dich hole.«

Ich drücke die Papiere an mich und eile davon, aber am Rand des Platzes bleibe ich noch einmal stehen und schaue mich um. Im selben Moment, als Janeik ein letztes Mal über die Schulter sieht, bevor er mit Antija am Arm seiner Mutter folgt. In seinem Blick liegt alles, was er mir nicht sagen kann und was ich jetzt dennoch höre. Und ich liebe, liebe, liebe ihn wie noch nie zuvor.

Falsche Fährten

Ich hatte erwartet, dass es Nacht werden würde, aber als mir auffällt, dass ich die alten Bibliothekare schon seit mehr als einer Stunde nicht mehr gehört und gesehen habe, ist die Sonne noch nicht untergegangen und Monn lehnt lässig an einem Buchregal und grinst, als hätte er ein Spiel gewonnen.

»Sag mir bitte, dass du sie nicht umgebracht hast«, sage ich leise.

»Hältst du mich für einen Mumienschänder?«, erwidert Monn. »Ich puste doch keine alten Papierfresser über den Totenfluss. Nein, die Greise schlafen nur tief und fest – wie ziemlich viele Leute, die heute das frisch gezapfte Dünnbier getrunken haben. Nicht dass jemand auf die Idee kommt, dich vor morgen Früh zu vermissen.«

Wie ernst Janeik es meint, wird mir klar, als ich die alte Burg betrete. Abendsonne taucht den Festsaal in rötliches Licht und mir wird bewusst, dass ich den Saal zum ersten Mal im Tageslicht sehe. Ich weiß, dass die Tageszeit eine Botschaft von Janeik ist. *Nie mehr die Königin der Nacht.* In den Tagen, in denen Janeik und ich uns nicht gesehen haben, hat sich unser geheimer Ort in ein verstecktes Soldatenfort verwandelt. Die Gänge sind Waffenlager und Kleiderkammern, Soldaten und Augenmänner schnüren Proviant und Ausrüstung zum Transport. Aber sie erheben sich sofort, als sie Monn und mich entdecken. Ich kenne alle Gesichter hier – aber nicht alle hätte ich auf Janeiks Seite vermutet.

»Hier ist sie«, sagt Monn. »Lord Janeiks rechtmäßige Braut, Tajann, Zweitgeborene des Hauses VanTorra. Schwört, sie ebenso gut zu beschützen wie den Junglord.« Ich muss lächeln, als die Männer ohne zu zögern vor mir das Knie beugen. Es ist, als hätten sie lange auf diesen Moment gewartet.

»Herz, Hand und Leben für Tajann VanTorra«, sagen sie wie aus einem Mund. Eine Welle von Glück durchströmt mich. Ich wusste nicht, wie süß Triumph schmeckt.

Monn beugt sich zu mir: »Und, wie sieht's aus, Jägerin?«, sagt er. »Bist du jetzt bereit, das weiße Gewand auszuziehen?«

Als ich unsere geheime Kammer betrete – diesmal allein –, bin ich wie von einer Last befreit, einer falschen Hülle, einer Maske, die ich nicht länger ertragen kann. Auf dem Bett liegt Soldatenkleidung für mich bereit. Meine Stimmen treiben mich an, in mir schwingt es vor Energie. *Schnell!*, wispert es in mir. *Lass die Zitadelle hinter dir!*

Ich lege alles ab, das Schwarz und auch Antijas Weiß. Ein wenig traurig werde ich trotz allem, als ich die weiße Kutte abstreife. Das ist das Einzige, was ich bedaure: dass Antija mich hassen wird. Und wieder fühle ich mich meiner Mutter so nah. »*Man kann nicht immer anderen treu sein, wenn man sich selbst treu bleiben will.*« Ja, nicht alles, was Lady Jamala mir beigebracht hat, war nutzlos.

Der Plan ist gut vorbereitet. Antija wird mich heute Nacht nicht zum Schachspiel rufen, dafür ist das Schlafmittel, das beim Abendessen ihren Wein versüßen wird, zu stark. »Morgen sind wir schon am Grenzlager«, so erklärt mir Monn den Plan. »Dort warten Verbündete. Und Janeik folgt uns mit der dritten Truppe.«

»Und dann reiten wir zu Janeiks Lordonkel.«

»Ja. Es sind schon Boten zu Lord Marid unterwegs. Einige Richter hier sind auf Janeiks Seite und folgen uns. Sobald wir auf neutralem Gebiet sind, wirst du vor aller Welt eine von Caila werden – legitimiert durch das Richtersiegel und später durch Lord Marid persönlich.« Er zeigt mir sein Taschenspielergrinsen. »Zumindest hoffe ich doch, dass du Firan überhaupt noch willst, Jägerin. Wäre peinlich für ihn, wenn du ihn nach all dem vor dem Jawort einfach stehen lassen würdest.«

Ich lache. Oh doch, ich will Janeik, mehr denn je. *Wir werden frei sein in jedem Land des Netzes und offiziell verbunden.*

Ich flechte mein Haar dicht am Kopf, sodass es von der Ferne wie eine Kappe wirkt. Die Kapuze eines Wettermantels wird mich zusätzlich tarnen. Spät in der Nacht gehe ich als Soldat unter Soldaten hinter Monn an ahnungslosen Wachen vorbei. Man lässt die Truppe mit Augenmännern ohne Frage passieren. Der offizielle Weg führt an den verwaisten Verhörräumen vorbei. Und als wir auf der zweithöchsten Ebene einige Passierscheine abstempeln lassen, nehmen mich die Soldaten so in ihre Mitte, dass niemand mein Gesicht sieht.

Der Weg führt weiter nach unten zu dem Felskellerweg. Den Kuppeldom aus Tropfsteinen erkenne ich wieder. Von der Brücke aus sehe ich das Büro der Gefängnisverwaltung. Es ist leer. Ich vermute, dass Kaeled mit Dimad und den anderen im Konferenzgebäude ist. Die Lady hat sich den Ausflug zu den Minen gespart und fast die ganze Belegschaft zu sich zitiert. *Vermutlich stehen heute die Gefängnisleute im Kreuzverhör.*

Der Ring unter meinem schwarzen, zu großen Handschuh scheint zu glühen. Ich erkenne eine Chance, wenn ich sie sehe. *Jetzt oder nie.* »Monn? Warte! Wir müssen noch jemanden aus dem Kerker holen.«

»Was? Wen denn?«

»Die alte Verwalterin aus der Arbeitersiedlung, Triss. Sie ist die nächste, die unschuldig verbrannt wird.«

Monn schnaubt, aber er hält an. »Ist der falsche Moment, um die barmherzige Retterin zu spielen.«

Das weiß ich selbst, und es mag verrückt sein, aber ich muss nur an Milas Gesicht hinter dem Schleier von Rauch denken, um zu wissen, dass ich nicht anders handeln kann. *Zumindest das bin ich ihr schuldig.*

»Ich habe den Schlüssel. Und du bist ein Augenmann und hast freie Hand, Gefangene jederzeit und ohne Anmeldung zu einem Verhör zu holen. Wir bringen sie ins Freie und lassen sie laufen.«

Monn sieht aus, als hätte ich ihn gebeten, eine von den augenlosen Spinnen zu essen.

»Geht es nicht gerade darum?«, erinnere ich ihn an seinen eigenen Satz. »Etwas zu riskieren? Ich habe den Mut dazu. Wie steht es mit dir, Schwarzmantel? So zahm geworden?«

Monn lässt sich nicht bei der Ehre packen. Er schnaubt nur genervt. »In welcher Zelle sitzt sie?«

»Es muss einer der ersten Gänge sein, Antija ist gestern Nacht nicht weit gekommen.«

»Du weißt nicht einmal …?«

»Ich sehe im Zellenplan nach, das Büro mit den Akten ist leer.«

Monn murmelt einen Fluch, in dem meine Zurechnungsfähigkeit und der Zustand des Gehirns einer tollwütigen Ratte eine tragende Rolle spielen, aber schließlich winkt er dreien seiner Leute, uns zu folgen.

Ich habe schon den Ring hervorgeholt, als ich meinen Irrtum bemerke. Gerade als wir vor dem Glas ankommen, erhebt sich Kaeled, der eben neben einem Aktenschrank kniete, und wuchtet Stapel von Papieren auf den Tisch. Verdammt!

»Das ist das Dumme an spontanen Plänen, Schlaukopf«, murmelt Monn mir zu. »Sie funktionieren ungefähr so sicher wie Pferdewetten.«

Ich trete zurück in den Schatten. Als Kaeled uns entdeckt, stutzt er zwar, aber er kommt zur Tür. Sie öffnet sich mit einem Surren.

»Was gibt es so spät, Monn?«

»Nachtverhör«, herrscht Monn Kaeled weit weniger freundlich an. »Triss, Vorsteherin der fünften Arbeitersiedlung. Welche Zelle?«

Offenbar ist Kaeled solche nächtlichen Besuche gewöhnt. Er zögert zwar kurz und mustert Monn dabei von oben bis unten, aber er verzieht keine Miene. »Zweiter Gang B, Kammer fünfzehn A«, antwortet er ruhig und sehr deutlich. »Bist du sicher, dass du nur Triss holen sollst? Es sind insgesamt fünf Leute aus der Siedlung dort, die wegen derselben Verfehlung angeklagt sind …«

Weiter kommt er nicht. Der Schlag eines Augenmannes trifft ihn so schnell an der Schläfe, dass er ohne einen Laut fällt. Ich springe vor, aber ich bin nicht schnell genug, um ihn aufzufangen, und gehe mit ihm zu Boden. »Was soll das?«, fauche ich.

»Euer Spiel, unsere Regeln«, sagt der Augenmann trocken. »Er muss jeden Verhörtermin außer der Reihe protokollieren. Aber wenn er sich das Genick bricht, fällt frühestens morgen auf, dass Gefangene fehlen.«

»Ihr wollt ihn ermorden?«

Der Kerl zuckt nur mit den Schultern. »Ein Unfall ist kein Mord. Er ist nicht der Erste, der im Dunkeln von der Brücke stürzt.«

»Nein! Niemand bringt ihn um!«

Die Männer schauen fragend zu Monn. Auf mich zu schwören ist wohl eine Sache, mir zu gehorchen eine andere. Aber ich habe Monn richtig eingeschätzt. »Ihr habt es gehört, Männer. Wir fesseln ihn und verstecken ihn in einer der leeren Zellen. Es wird mindestens bis morgen Mittag dauern, bis man ihn dort findet.« Er hält mir die Hand hin, um mich hochzuziehen. »Ich sage es dir nicht gerne, aber du wirst mal eine richtig lausige Lady.«

»Das sagen manche auch über mein Schachspiel.«

Kaeled wird in eine leere Kammer verfrachtet, im selben Trakt, wo Triss einsitzt, aber in einem Gang, der so lange nicht benutzt wurde, dass es kaum nach Angst und Verzweiflung riecht. Monn lehnt den Bewusstlosen an die hintere Wand und geht. Ich weiß, was ich zu tun habe.

Kaeled kommt genau in dem Moment wieder zu Bewusstsein, als ich im Licht einer Taschenlampe mein Messer durch ein Stück seines Mantelstoffs ziehe, um einen Streifen Knebelband zu bekommen. Kaeled schreit nicht auf, er richtet sich nur auf, lauscht und versucht sich zu orientieren, was schwierig ist, weil ich ihm nicht nur die Hände und Füße gefesselt, sondern auch die Augen verbunden habe. Seine Platzwunde blutet und tränkt den Stoff. Ich würde ihm gerne sagen, dass es mir leidtut, aber ich muss den Mund halten, damit er mich nicht erkennt.

»Ihr werdet damit nicht durchkommen«, sagt er leise. Ich schweige und reiße Stoff entzwei. Als Monn erscheint, zucke ich zusammen. Wie immer bewegt sich Janeiks bester Krieger völlig lautlos. Er deutet auf den Ring und ich verstehe und ziehe den Schlüssel von meiner Hand. Es klackt kaum hörbar, als ich den Mechanismus auslöse, der den Stein zurückschnappen lässt. Monn nimmt den Schlüssel und gleitet davon. Ich nehme das Knebelband und beuge mich vor.

»Tajann«, sagt Kaeled leise. Mein Herz hält einen Schlag lang inne.

»Du musst nichts sagen, ich weiß, dass du es bist.« Ein bitteres Lächeln erscheint auf seinem Gesicht. »Jetzt weiß ich, warum Antija denken sollte, ich sei dein heimlicher Geliebter.« Es trifft mich, wie enttäuscht er klingt. *Warum weiß er es? Er konnte mich nicht sehen!*

»Du fragst dich, wie ich dich erkannt habe?« Er atmet tief ein. »Minze und Rose. So duftet nur dein Haar. Und das Klicken von Janeiks Schlüssel kenne ich ganz genau. Durch das edlere Material unterscheidet sich die Mechanik im Klang ein wenig von den anderen Schlüsseln. Janeik hat dir also einen Ring geschenkt. Und Monns Dienste gleich dazu.«

Ich bin fassungslos. Und ratlos, was ich tun soll. Mein Blick fällt auf mein Messer. Es liegt zu schwer in meiner Hand, denn ich weiß, was Monn jetzt tun würde. Nein, niemals werde ich so handeln. Und ich werde auch nicht zulassen, dass Monn oder einer der anderen Kaeled auf diese Art zum Schweigen bringt.

»Wie lange geht das schon mit euch?«, fragt er.

»Lange genug, um zu wissen, was ich tue.«

Weiß ich das wirklich? Offenbar nicht. Ich knie neben einem gefesselten Freund, den Knebelstreifen in der einen Hand, das Messer in der anderen, und denke tatsächlich darüber nach, ob ich ihn ermorden müsste. Ich weiß, was Lady Jamala mir jetzt raten würde.

»Schließ dich uns an, Kaeled«, flüstere ich.

»Bist du jetzt völlig verrückt geworden? Nein!«

»Warum nicht?«

»Mein Platz ist hier.«

»Bei einer Herrscherin, die den Kodex verletzt? Wie kannst du es ertragen, hier …«

»Wagst du es etwa, mir Vorhaltungen zu machen? Ausgerechnet *du*?« Er presst wütend die Lippen zusammen und schüttelt den Kopf. »Vielleicht kann ich nicht erwarten, dass ein Zweitling wie du das versteht. Aber ich bin ein fünfter Sohn, von Geburt an war mir bestimmt, dass ich den Posten meines Vaters übernehmen soll. Wir sind Sekretäre in der siebten Generation und alle haben wir in Gefängnisverwaltungen gedient – unter guten Herrschern, unter schlechten und sogar unter völlig wahnsinnigen. Herrscher kommen und gehen, aber unsere Familie ist beständig. Wenn ich der Lady untreu werde, dann heißt das, ich vernichte die Tradition meiner Familie, die Ehre meiner Vorfahren. Und ich könnte mir nie wieder in die Augen sehen.«

»Jamala wird es dir nicht danken.«

Kaeled lächelt fast mitleidig und seine Worte sind von einem stolzen, zornigen Ernst. »Sie vertraut mir, zu Recht, weil sie meine Familie und meine Geschichte kennt. Sie wird mich nicht bestrafen, nur weil mich ein Augenmann niedergeschlagen hat. Und wenn du mich tötest, wird sie meinen Tod rächen …«

Ich lege ihm die Hand auf den Mund, als ich Schritte höre. »Du hast mich nicht erkannt, verstanden?«, flüstere ich ihm zu.

Monn und die anderen gehen mit einer Gruppe zerlumpter Gestalten vorbei. Monn trägt die alte Triss auf den Armen. Die anderen Gefangenen schlurfen barfuß über den Stein, eine ganz andere Melodie als die eisenbeschlagenen Soldatenstiefel. Einen der Arbeiter erkenne ich. Es ist der Mann, der in der Siedlung das Feder-Bannzeichen zu spät unter seinem Hemd versteckt hat. *Monn hat alle fünf Gefangenen aus der Siedlung befreit.* Bisher schätzte ich ihn nur, aber jetzt erkenne ich, dass er tatsächlich auch ein Herz hat.

Als sie vorbeigegangen sind, wendet Kaeled unwillig den Kopf zur Seite und ich nehme meine Hand herunter.

»Siehst du? Manchmal geht es darum, nicht wegzulaufen, gerade in Zeiten wie diesen«, raunt Kaeled mir zu. »Manchmal tun wir einfach nur unsere Pflicht. Und manchmal sind wir deshalb genau zur richtigen Zeit am richtigen Ort, wenn es darum geht, fünf statt einem Menschen zu helfen.«

»Du hast also gewusst, dass Monn Triss gar nicht zu einem Verhör abholen will?«

»Nur vermutet. Es ist selten, dass Augenmänner mit Sporen zum Verhör gehen. Das lernt man hier unten: auf Details zu achten. Ich dachte … nur für den unwahrscheinlichen Fall, dass Monns Weg doch zu einem Pferd ins Freie führt, weise ich ihn auf vier weitere Gefangene hin, die ebenso unschuldig sind wie Triss.«

Zum ersten Mal wird mir klar, dass es Menschen wie Kaeled sind, die das Fundament von Zitadellen und Ländern sind, der feste, verlässliche Rahmen, der das Netz trägt, das sonst im Wind davontreiben würde. *Und manchmal knüpfen sie gelöste Knoten neu, um jemanden vor dem Sturz zu bewahren.* Ich würde ihn gerne ein drittes Mal küssen, diesmal voller Respekt für seine Menschlichkeit und seinen Mut, aber ich weiß, er würde es nicht dulden. Diesmal nicht. Die Art, wie er aufkeucht und zurückzuckt, als ich mit dem Knebelband an ihn heranrücke, zeigt mir, dass er tatsächlich ein Messer erwartet hat. *Traut er mir das wirklich zu?*, denke ich entsetzt.

»Ich töte dich doch nicht!«

»Das ist dumm. Ich kann nicht ein weiteres Mal für dich lügen, Tajann.«

»Ich weiß.« *Aber bis sie dich finden, sind wir längst in Sicherheit. Und Jamala wird spätestens morgen ohnehin wissen, mit wem ihr Sohn das Land verlassen hat.*

»Danke für alles, Kaeled. Leb wohl ... und verzeih mir.«

»Viel Glück«, antwortet er ernst. »Was auch immer Glück für dich ist.«

Blut rauschte in meinen Ohren, und ich wusste nicht, wo ich war. Mähnenhaar klebte an meinem Mund. Ein bitterer Geschmack lag auf meiner Zunge. *Eingeschlafen*, durchfuhr es mich. Aber dann fiel mir ein, dass es hier draußen ja keine Schwellen zu hüten gab. Ich lag auf dem Bauch, halb auf dem Sattel und dem Bündel von Naveens Fellen, halb auf dem Hals meiner Stute. Mühsam stemmte ich mich hoch. Meine Wangen waren kühl im Wind. Als ich darüberwischte, spürte ich die Nässe von Tränen.

»Schlecht geträumt?«, bemerkte Naveen, ohne anzuhalten.

Ich konnte ihm nicht erzählen, von wem ich geträumt hatte. Offiziell war meine Familie ja tot. Aber im Traum hatte ich meine Schwester gesehen. Wie eine Königin tanzte sie über weißen Marmor, der in blutrote Abendsonne getaucht war. Sie wirbelte und drehte sich in Lady Jamalas rotem Kleid aus Knochen und Rubinen. Es rauschte und wallte, als würde Wind die Seide jagen – und dann erkannte ich voller Schreck, dass es gar kein Kleid war. Es waren Flammen.

»Wie lange habe ich geschlafen?«, murmelte ich. Aber im

selben Moment fiel mir auf, wie düster es im Bergwald war. Die ersten blassen Sterne blinkten zwischen Baumspitzen. Naveen brachte Kyzar mit einer Geste zum Stehen. »Ja, wache Nächte rächen sich«, sagte er lakonisch und ging nach rechts. Mitten in einem Farnfeld hielt er an und lauschte. Ich versuchte, mir nicht vorzustellen, dass Volok in der Nähe war, und dennoch raste mein Herz und ich nahm den Speer vom Sattel. Aber dann schritt Naveen weiter, so schnell, dass Kyzar in einen Trab fiel, um aufzuholen. Obwohl meine Stute kein Zaumzeug trug, folgte sie ihm auch jetzt, als würde er sie an einem unsichtbaren Zügel führen.

Als es schon fast dunkel war, hielt Naveen bei einem geborstenen Baum an. Es war der Stumpf eines Riesen, den wohl ein Sturm vor langer Zeit gefällt hatte. Zwischen seinen Wurzeln gähnte das Dunkel einer Höhlung.

»Kein Feuer«, bestimmte Naveen. »Nimm dir etwas vom Trockenfleisch und den Beeren, wenn du hungrig bist.«

Mit diesen Worten legte er den Proviantbeutel und ein Fell neben den Baum, schulterte seine Sachen und ging mit schnellen Schritten davon. Kyzar folgte ihm, ohne zu zögern, als gäbe es mich gar nicht. Ich versuchte vergeblich, nicht gekränkt zu sein. Frierend und trotz der Beeren immer noch hungrig rollte ich mich wenig später allein in der Baumhöhle zusammen, in das Fell und Onas Mantel gewickelt. Es war empfindlich kalt geworden, so, als würde hier oben bereits der Herbst in Richtung Tal kriechen. Die Höhle war geräumiger, als sie von außen aussah, und sie roch nicht nach Tier. Vor allem aber hatte sie eine Schwelle. Es war das zweite Mal, dass ich zögerte, zwischen Naveen und mich einen Bann zu ziehen. *Wie konnte er die Linie heute Morgen überqueren?*, dachte ich sicher zum hundertsten Mal. Und noch etwas anderes beunruhigte mich viel mehr. *Was, wenn Volok mich aufspürt – und Naveen findet?*

Naveen hatte sein Lager in einiger Entfernung unter freiem

Himmel aufgeschlagen. Reglos saß er auf einem seiner Felle. Kyzar zupfte in seiner Nähe Blätter von einer jungen Birke. *Verräterin*, dachte ich bei mir. Eine Weile kämpfte ich noch mit mir, aber dann kroch ich aus meinem Unterschlupf. Mit genügend Abstand zu Naveen ließ ich mich zwischen Farnen nieder. Jetzt wusste ich, warum er diesen Platz gewählt hatte: Der Wald endete hier an einer leicht abschüssigen Bruchkante. Wenn man nicht aufpasste, konnte man abrutschen und abstürzen. Aber der Ausblick entschädigte für die Gefahr: Aus dem Tal blickte der See wie ein dunkel glänzendes Auge mit einer hellen Mondiris zu uns herauf. Es machte mich traurig, mir vorzustellen, dass Ona vielleicht auch gerade auf den See schaute. *Sicher ist sie traurig und enttäuscht, weil ich weggelaufen bin.*

»Hast du die Höhle von Tuons Clan heimlich verlassen?«, fragte ich nach einer Weile. »Ich meine … ohne dich zu verabschieden?«

»Wozu sollte so ein Abschied überhaupt gut sein?«, erwiderte Naveen leise. »Wer gehen muss, der geht, Worte ändern nichts daran.«

»Ona wird dir übelnehmen, dass du einfach über sie hinweggestiegen und verschwunden bist.«

Naveen sah mich von der Seite an. »So wie du es getan hast? Und ich steige über niemanden hinweg, schon gar nicht über jemanden, der schläft. Du solltest die Regeln lernen, wenn du zurechtkommen willst: Such dir immer eine Höhle, die mehr als nur einen Ausgang hat. Und achte darauf, dass der zweite Weg von außen nicht zu sehen ist.«

Es beruhigte mich kein bisschen, mir vorzustellen, dass Volok den zweiten Zugang hätte finden können. Und noch etwas irritierte mich: Naveens Art, über Abschiede zu sprechen. Ich sah ihn verstohlen von der Seite an und dachte daran, wie glücklich er beim Tanz gewirkt hatte. Jetzt dagegen schien er bedrückt zu sein.

»Wärst du … gerne noch länger bei Tuons Leuten geblieben?«, fragte ich vorsichtig.

Ich konnte erkennen, wie Naveen schluckte. »Was ich will, spielt keine Rolle«, erwiderte er dann betont sachlich. »Alles hat seine Zeit. Und jeder seinen Platz, an den er gehört.«

Nur ich habe keinen, dachte ich niedergeschlagen.

»Das heißt, deine Leute warten schon auf dich?«

Ein zögerndes Nicken. »Wo leben sie?«

Ein Schatten schien über seine Miene zu fallen. »Auf der anderen Seite.«

»Also am Südhang? Da, wo die Clans die Grenze beobachten?«

»He!«, sagte er. »Dass ich ein Stück mit dir gehe, heißt nicht, dass ich dir Informationen schulde.«

»Oh, richtig, ich arbeite ja für die Lady. Ich dachte, du glaubst mir!«

»Wenn ich es nicht zumindest versuchen würde, wäre ich wohl kaum mit dir hier.«

»Du *versuchst* es? Nach all dem, was du über mich weißt?«

»*Was* weiß ich über dich?«, entgegnete er unwillig.

»Mehr als ich über dich. Und trotzdem glaube ich dir, wenn du mir sagst, dass du mich nicht der nächsten Raubkatze als Köder in die Krallen werfen wirst.«

»Das habe ich nie gesagt«, erwiderte er ruhig. Ich stutzte.

»Warum kommst du mit mir, wenn du mir misstraust?«, sagte ich verärgert.

Ein schattiges Schulterzucken. »Vielleicht, weil ich im nächsten Sommer nicht über deine abgenagten Knochen stolpern will, wenn ich wieder ins Tal gehe. Oder vielleicht bin ich nur neugierig. Was hast du da oben vor, Mädchen ohne Familie? Ich meine, außer als Beute für Silberlöwen zu enden?«

Ich weiß nicht, was in diesem Moment geschah, aber plötzlich war meine Kehle wie zugeschnürt. Vielleicht war es die

Tatsache, dass Naveen mich an meine Lüge erinnerte – oder die Einsamkeit, die ich hier besonders deutlich spürte. Aber mit einem Mal hatte ich genug davon, mich zu verbergen.

»Ich will einfach in Sicherheit sein. Und deshalb... werde ich nicht zu den Schädelhöhlen gehen. Ich will zu der Ruine des alten Palasts. Dort gibt es richtige Räume, sagt Ona. Mit Mauern.«

Er wandte den Kopf. Sogar im Mondlicht konnte ich erkennen, dass er mich ansah, als hätte ich verkündet, dass ich die Arme ausbreiten und ins Tal fliegen werde.

»Du willst also in das alte Fort?« Er schüttelte den Kopf. »Du bist wirklich so verrückt, wie Kalima behauptet.«

»Ich bin nicht verrückt! Ich brauche ein Versteck. Wände um mich herum.«

»Du glaubst an Wände?«

»Ich glaube an Schwellen«, erwiderte ich hitzig. »An Kammern und an Grenzen.«

»Kammern sind etwas für Tote.«

»Vor denen habe ich keine Angst.«

»Nein, nur vor Männern, die dir Ringe an die Finger stecken.«

Ich presste die Lippen zusammen und verkniff mir eine Erwiderung. Ein Stein löste sich unter meinem Fuß und hüpfte den Abhang herunter. Angespannt lauschten wir dem Knacken und Poltern, bis es verklang. Umso dichter war das Schweigen danach.

»Warum ist es so verrückt, die Ruine zu betreten?«, fragte ich schließlich.

»Sie ist ein Ort für schlechte Träume. Und einsam ist es dort auch. Nicht einmal Tiere verirren sich dorthin.«

»Vor Einsamkeit fürchte ich mich nicht.«

Er schnaubte. »Du hast doch keine Ahnung, was Einsamkeit ist!«

Wieder irritierte es mich, dass ich zwei Klänge in seiner Stimme hörte. Den Spott und die Herablassung, aber darunter noch etwas anderes. Eine dunklere, schwerere Melodie. Und als ich nun verstohlen zu ihm hinüberblickte, entging mir nicht, dass er den Kopf abwandte, als wollte er einen Kummer verbergen. Mir lag schon die Frage auf der Zunge, aber zu gut wusste ich, dass auch Schweigen eine Schwelle sein kann und dass ich nicht versuchen durfte, diese Grenze zu übertreten.

»Wer hat den Palast erbaut?«, fragte ich stattdessen.

»Die einen sagen, ein Königsclan, der bei einem Fest von seinen Gegnern vergiftet wurde. Alle Mann in einer Nacht. Andere behaupten, es war gar kein Palast, sondern ein Tempel, der während der großen Dürre errichtet wurde. Priester brachten damals den Wolkengöttern Menschen als Opfer dar – so nah am Himmel, dass es für die Getöteten nur noch ein Schritt durch die Schleier auf die andere Seite war. Ihr Blut, das noch floss, konnte so zu Regen werden, der das Tal wieder fruchtbar machte.«

Ich zog den Mantel enger um mich. »Eine schöne Gutenachtgeschichte für Kinder.«

»Manche sagen auch, die Ruine war einst das Haus einer Sternenprinzessin. Viele Lebensalter lang hatte sie die Menschen beobachtet und eines Tages beschloss sie, all das, was sie sah, selbst zu kosten – die Hitze der Liebe, die Wärme der Freundschaft, die Süße von Honig und das Fieber des Tanzes. Mit ihrem schwarzen Dolch durchschnitt sie den Schleier, der ihre Welt von unserer trennt, und trat an dieser Stelle in Menschengestalt aus dem Himmel. Ihren Palast aus Stein und Sternenlicht erbaute sie genau dort, wo ihr Fuß als Erstes auf die Erde kam, zwischen Himmel und Erde.« Seine Stimme berührte etwas in mir, brachte Bilder zum Schwingen, die in mir wie Ringe auf Wasser zitterten und sich ausbreiteten. Aber dann erschrak ich und zog mich innerlich sofort wieder zurück, verschloss alles in mir, was sich Naveen zuwenden wollte. Ich kannte die Gefahr. Schon einmal hatte ich es zugelassen, dass ein Mann mich mit Geschichten und einer sanften Stimme betörte.

»Doch bald musste die Prinzessin feststellen, dass nur Sterne beständig strahlen«, fuhr Naveen leiser fort. »Die Menschen dagegen gleichen der dunklen und der hellen Seite des Mondes, sie tragen beides in sich, und viele bergen mehr Dunkelheit als Licht. Prinzessin Meda lernte, dass die dunkle Seite der Liebe der Hass ist. Honigsüße verbirgt besonders gut den bitteren Geschmack von Gift und tanzen kann man auch im Krieg, mit Waffen in den Händen und glühend in einem dunkleren Fieber.«

Er schwieg und betrachtete den See.

»Was geschah dann? Kehrte Meda zurück an den Himmel?«

Naveen schüttelte den Kopf. »Sie hatte unterschätzt, dass Freundschaft auch Neid, Lüge und Verrat hervorbringen kann. Die Menschen führten Krieg gegen die Prinzessin. Diejenigen ihrer Begleiter, die überlebten, sperrten sie in Kammern, wo sie langsam erloschen. Es war dunkel in dieser Zeit, der Sternhimmel war leer – und bis heute strahlen die Sterne nicht mehr so hell wie einst.«

Lüge und Verrat. Tajanns Gesicht erschien vor mir. Das Fieber in ihren Augen und Janeiks Lächeln. *Ich hoffe, er verstößt dich, wenn er genug von dir hat. Ich hoffe, du wirst leiden und weinen, wenn er Antijas Mann ist.* »Diese Geschichte ist nicht besser als die vorige«, sagte ich.

»Zumindest sagt sie die Wahrheit über Grenzen und Kammern«, erwiderte Naveen. »Man darf sich nie sicher fühlen. Bist du immer noch überzeugt, dass du dort leben willst?«

»Versuchst du mir Angst zu machen?«

»Ich sage nur, dass es immer mehr als nur eine Geschichte gibt. Und meistens auch mehr als eine Wahrheit.« Er lehnte sich nach hinten, stützte sich auf seine Ellenbogen auf und blickte in den Himmel. Das Fell, auf dem er sich ausgestreckt hatte, war silbrig und hell, Naveens Umrisse zeichneten sich deutlich darauf ab. Nie war mir aufgefallen, wie sehr er selbst etwas Katzenhaftes an sich hatte – die Geschmeidigkeit und Spannung in seiner Haltung. *Er ist wachsam und beobachtet und horcht auch jetzt.* Ich sah mich nach dem Wald um. Aber alles, was ich dort erahnte, war das Mädchen, das nicht sterben wollte. Oder vielleicht war es auch nur ein Nebelstreif.

Ich räusperte mich. »Dann glaubst du auch an … Wesen? Den … den Schatten, den Seelenverschlinger?« Ich wisperte so leise, dass ich mich fragte, ob er es überhaupt gehört hatte. Aber er hatte mich gehört, sein Zuhören war eine Frage ohne Atem. Dennoch kostete es mich allen Mut, weiterzusprechen. »Dieser … Mann ist nicht einfach nur jemand, der mir einen Ring an den Finger gesteckt hat. Und es war kein Fiebertraum, dass ich seinen Schatten gesehen habe. Er ist kein Mensch, Naveen! Ich glaube, er ist der Dämon, grausam und seelenlos wie ein Raubtier, ein …«

Naveen schnaubte. »Furcht vor Schreckgespenstern, Schlaflos?«

Mir blieb die Luft weg. »Du glaubst mir wieder nicht?«

»Sollte ich? Aber vielleicht sind in Wahrheit ja wir die Schatten und die Dämonen sind Wirklichkeit?«

Ich sprang auf, die Hände zu Fäusten geballt. Es kostete mich allen Stolz, nicht einfach zu gehen. Aber ich besann mich darauf, dass ich ihm aus einem bestimmten Grund gefolgt war. »Ob du mir glaubst oder nicht: Du darfst nicht hier draußen schlafen, hier bist du ihm ausgeliefert. Die … Höhle ist groß genug für zwei.«

»So?«, sagte er amüsiert. »Netter Versuch, einsames Mädchen. Aber nein danke.«

Mir schoss das Blut in die Wangen. »Ich … so war es nicht gemeint! Aber wenn er mich aufspürt, dann bist du ebenfalls in Gefahr. Er ist sehr eifersüchtig.«

»Und da ist es besser, wenn er uns zusammen in einer Höhle findet?« Naveen setzte sich wieder auf. »Ich sage es dir nicht gerne, aber sogar Ona stellt es geschickter an.«

Jetzt blieb mir der Mund offen stehen. Kyzar trottete so eilig davon, als würde sie ein Gewitter erahnen. *Wenigstens eine, die es merkt*, dachte ich grimmig.

»Bilde dir nur nichts ein!«, zischte ich. »Ich will überhaupt nichts von dir. Aber du hast keine Ahnung, wie er ist … Er ist fähig zu töten.«

»Er kann es gerne versuchen.« Schlagartig war er ernst geworden und irgendetwas in seinem Tonfall ließ mich frösteln. »Ruh dich aus«, fügte er mit rauer Stimme hinzu. »Wenn du zur Ruine willst, müssen wir morgen einen Bogen nach Süden schlagen.«

»Du brauchst für mich keinen Umweg zu machen …«

»Das tue ich nicht. Unsere Wege trennen sich bald. Und glaub nur nicht, ich nehme dich zu meinem Clan mit, wenn du doch noch Angst bekommst.«

Ich hob das Kinn. »Wer sagt, dass ich mitkommen würde? Und glaub nicht, ich werde dir ewig dankbar sein, weil du mich ein Stück begleitest.«

»Du sprichst von Ewigkeit?« Er schnalzte spöttisch mit der Zunge. »Das ist der Nachteil daran, den Hirschen ihr Spielzeug abzujagen. Man wird es nicht mehr los.«

Ich schnappte empört nach Luft, aber er hatte schon nach seiner Waffe gegriffen und sprang auf. Blätter raschelten, dann war er fort, als hätten die Schatten ihn verschluckt.

In dieser Nacht fiel es mir nicht schwer, hinter meiner Bannlinie wach zu bleiben. Selbst wenn ich es versucht hätte, es wäre mir nicht gelungen zu schlafen. Viel zu sehr ärgerte ich mich. *Wenn einer zwei Seiten wie der Mond hat, dann bist du es, Naveen!*, dachte ich. Noch nie hatte ich mich so zurückgestoßen gefühlt. Normalerweise war ich es, die Menschen auf Abstand hielt.

Dennoch fuhr ich nun jedes Mal hoch, wenn ich ein Knacken hörte, und hoffte, ich würde seinen Umriss entdecken. Es war komisch, dass ich mehr Angst um ihn als um mich hatte. *Natürlich, du brauchst ihn schließlich noch als Wegweiser. Und er begleitet dich nur, weil er dir misstraut.* Aber offenbar war ich nicht die Einzige, die Wert auf Grenzen legte. Naveens Lagerplatz blieb leer.

Mein Pferd ist ein drahtiges Soldatenross, ausdauernd und schnell, und ich treibe es nach dem langen Wanderritt nun im Galopp dem Grenzland entgegen. Es ist, als hätte ich mit dem weißen Gewand auch eine Glashülle abgestreift, die mich von allem getrennt hatte, was ich liebe. Mir war nicht klar gewesen, wie sehr ich den Wald vermisst habe und den wilden Galopp. Nun spüre ich alles mit doppelter Intensität: den Nachtwind, den schweren grünen Duft von Spätsommer und die Ahnung einer Zukunft mit Janeik. Noch nie war mein Herz so leicht wie jetzt.

»Wohin jetzt?«, frage ich Monn. Er deutet nach Südosten.

»Zum Grenzlager zu den anderen und von dort ins neutrale Gebiet.«

Grauland? Mein Herz macht einen Satz und ich weiß nicht, ist es Unbehagen oder nur Aufregung. Dabei ist es logisch, Janeik und ich haben sogar darüber gesprochen, als wir mögliche Wege suchten.

»Dann reiten wir durch das Grauland zum Meer und von dort aus nach Tibris?« *Und dann im Bogen über die Berge in das Reich von Lord Marid.* Nur auf dieser Route wird Lady Jamala uns nicht an den Grenzen abfangen können. Monn nickt und jagt in gestrecktem Galopp voraus.

Die ersten Stunden war ich euphorisch und einfach nur glücklich, aber je heller es wird und je näher wir der Grenze und damit auch meinem Vaterhaus kommen, desto ernüchterter bin ich. Asche weht uns entgegen und von der Ferne sieht man gerodetes Gebiet, geschwärzte Narben im Grün. Das, was einst beginnender Rankenwald war, ist nur noch offenes Land, rauchend von den letzten Rodungen. Fackelschein erweckt Schatten zum Leben und mancherorts glimmt der verbrannte Boden noch. Arbeiter mit Körben voller Fledermäuse auf dem Rücken wandern in Richtung Zitadelle. Und dann, ganz plötzlich, wird mein Blick von einer Gestalt angezogen. Sie steht neben einer Fackel am Rand eines noch rauchenden Feldes, schwer auf etwas gestützt, was ich erst für einen Stock halte. Aber es ist ein schlammverschmiertes Gewehr. Und der Mann, der mehr einem Bettler als einem Edelmann gleicht, ist … *Vater!* Ich erschrecke bis zum tiefsten Grund meines Herzens. Er war nicht im Felskerker, aber er hat sich so sehr verändert, als wäre er dort gewesen. Er ist zusammengesunken, fast verkrümmt, seine Hände sind verhärtet und seine Fingernägel nur noch schmutzige, hornige Krallen. Aber am schlimmsten ist sein Gesicht. Eine eiserne Entschlossenheit liegt in seinem Blick. Ich weiß, wem sie gilt, aber trotz allem schneidet es mir ins Herz, Vater so zu sehen. Als hätte er meine Gedanken gehört, richtet er sich ruckartig auf und starrt zu unserer Kolonne herüber. Ich weiß, der Wettermantel verbirgt meine Gestalt gut und mein Gesicht liegt im Schatten der Kapuze. Für meinen Vater bin ich nur ein Soldat unter vielen, aber dennoch wende ich mich wie beiläufig ab, bis meine Kapuze auch mein Profil verbirgt.

Erst als wir schon die ersten Ranken erreichen, wage ich noch einmal einen Blick zurück auf die Heimat, die ich nun verlasse. Vater ist nicht mehr da; ich sollte traurig sein, denn mir ist klar, dass es das letzte Mal in meinem Leben war, dass ich ihn gesehen habe. Aber es ist, als würde jetzt erst auch der letzte Rest von

Kummer von mir abfallen. Die Berge sind schon so fern wie eine Erinnerung. Vor Stunden haben wir die Gefangenen aus dem Felsenherz am südlichen Fuß des Zitadellenberges abgesetzt, dort, wo es bewaldet ist und sie zu Verstecken in Höhlen und Wäldern kommen können. Triss konnte kaum sprechen, sie weinte vor Dankbarkeit und malte zum Abschied ein zitterndes Segenszeichen in Monns Hand. Aber ich muss nun aus einem ganz anderen Grund lächeln:

Ja, ich bin pflichtbewusst, und ich habe meine Lektionen gründlich gelernt, so, wie Lady Jamala es von mir verlangte. Ich habe ihr mein Protokoll von Milas Hinrichtung hinterlegt – in der leeren Zelle von Triss, die ich mit Janeiks Ring sorgfältig wieder verschlossen habe. Jamala sagte stets, ich soll mich kurz fassen. Daran habe ich mich gehalten. Mein Bericht besteht nur aus einem einzigen von Rauch überwehten verschmutzten Blatt, das ich nach Milas Tod vom Boden aufgehoben habe. Und darauf prangt das einzige Wort, das ich auf dem Richtplatz niedergeschrieben hatte:

Unrecht!

Teil III:

Kammern und Schwellen

Könige von Grauland

Janeiks Kuss holt mich aus einem Traum, in dem das geflügelte Monster aus der Kerkerzelle mich anglotzt, sechsmal vervielfältigt in Antijas Silberspiegeln. Es ist dreifache Erleichterung, in dem grauen Soldatenzelt im Rankenwald aufzuwachen. Kein Ungeheuer und auch keine Antija. Dafür mein Geliebter. *Endlich!* Ohne die Augen zu öffnen, erwidere ich seinen ungestümen Kuss, spüre den Wolfszahn an meiner Lippe. Wir sagen kein Wort, nur unsere Körper erinnern sich, als wären wir keine Sekunde getrennt gewesen. Jetzt erst wird mir bewusst, wie lange ich ohne ihn war, Wochen nach unserem Streit, die mir wie Jahre vorkommen. Und eine weitere Ewigkeit von drei Tagen, die wir brauchten, um den Rankenwald zu durchqueren. Aber jetzt ist er hier und dennoch fühle ich mich immer noch unvollständig, ein Vogel mit nur einem Flügel. Ich spüre, dass es Janeik ebenso geht, sein Atem erzählt es mir, die Hitze seiner Haut, sein Herzschlag unter meinen Händen. Er reißt an dem grauen Stoff meiner Soldatenjacke, und ich zerre so grob an seiner Kleidung, dass er lachen muss. Seine Hand schiebt sich unter mein Hemd, und ich kann nicht anders, als mich ihm entgegenzubiegen. Alles in mir brennt und fiebert dem nächsten Kuss entgegen, dem Gewicht seines Körpers auf meinem. Und dann ist es auch im fahlen Morgenlicht wieder Nacht, die blau glühende Nacht unserer Haut, unserer Lippen und Körper, die sich finden, als seien sie endlich wieder ein Ganzes.

Erst viel später, als wir benommen auftauchen, kommen die Worte zu uns, zaghaft wie Gäste, die sich noch etwas fehl am Platz fühlen.

Janeik küsst meine Hand und lächelt wie ein Dieb. Heute ist er nicht blond, über seinem Haar liegt ein dunkelgrauer Schleier, tarnender Ruß, unter dem der Goldglanz verborgen ist. »Du hast mir nicht geglaubt, nicht wahr?«

»Nicht ganz, Soldat.«

»Dann weißt du es jetzt für die Zukunft: Ein von Caila hält sein Wort.«

»Und nimmt gleich den halben Hofstaat mit? Ich dachte, wir gehen zu zweit nach Tibris und leben dort unerkannt und glücklich. Vielleicht als Fischer.«

»Das würde weder zu dir noch zu mir passen«, entgegnet er mit der lässigen Arroganz, die mich sowohl zur Weißglut als auch zum Lächeln bringen kann. »Keinen von uns beiden würde so ein Leben glücklich machen.«

Ich muss lachen. Er kennt mich gut. Ein Schauer durchrieselt mich, als er mit seinem Zeigefinger die Linie meiner Hüfte nachfährt.

»Nein, dafür wurden wir beide nicht geboren, Tajann. Du wirst eine Lady sein. Meine. Aber ich warne dich! Ich teile dich mit niemandem.« Er beugt sich über mich und sieht mir in die Augen. Eine dunkel gefärbte Haarsträhne streift meine Schläfe. »Wenn ich also erfahre, dass du noch einmal mit dem Gefängnisschreiber, den du geküsst hast, allein in eine Zelle kriechst, dann muss ich ihn töten. Ich hoffe, es gibt einen wirklich einleuchtenden Grund, warum du sein Leben verschont hast …«

»Wenn ich noch einmal erfahre, dass du Monn als Spion benutzt, suche ich mir einen anderen Lord.«

Es sollte wie eine halb scherzhafte Warnung klingen, aber es ist Ärger, der zwischen uns knistert. Ein paar Sekunden sehen wir uns an, ein stummes Kräftemessen, dann blitzt Janeik mir sein Fuchslächeln zu, und ich umfasse seinen Nacken und ziehe ihn zu einem schnellen Kuss zu mir herunter.

»Die Warnung gilt auch für dich, Firan. Ich dulde Geheimnisse zwischen uns ebenso wenig wie du. Ich würde immer wieder für Kaeled einstehen. Damit wirst du leben müssen – so wie ich mit der Wahrheit über die Ungeheuer. Eines davon habe ich gesehen – im Felskerker, an die Wand gekettet und tot. Was hat es damit auf sich?«

Jetzt wird Janeik schlagartig ernst. »Du warst in der Kammer?«

»Dein Schlüssel öffnet jede Tür.«

»Dieses Geheimnis hätte ich dir gern erspart.« Er seufzt und setzt sich auf. »Meine Mutter lässt sie ausrotten, zumindest versucht sie es seit achtzehn Jahren. Das ist der Auftrag, der jedem Erstling aus einem Lordgeschlecht in die Wiege gelegt ist: Magie auszumerzen, wo auch immer er sie findet. Die Stadt unserer Urväter ging durch Magie und Verrat unter. Die Adelsgeschlechter wurden zerschlagen, wir sind ein Schatten unseres einstigen Reiches …«

»Was auch die Schuld unserer Ahnen war«, erwidere ich. Beide kennen wir die alte Geschichte von Aufstieg und Fall der fünf großen Familien unserer Urstadt Ghan, die sich dazu verführen ließen, mit dunklem Zauber ihre eigene Macht zu mehren. »Deshalb steht es ja seitdem unter Strafe, Magie auszuüben.«

Janeik nickt. »Aber Magie ist eine verführerische Geliebte. Deshalb ist es die erste und größte Aufgabe der Eroberer aus Lordlinien, sie aus jedem neuen Land zu vertreiben. Und jedes neue Aufkeimen sofort zu ersticken. Die Erstlinge garantieren für die Reinheit ihres Landes. Als meine Mutter Taris eroberte, wusste sie allerdings nicht, wie stark es in diesem Land ist. Sie dachte, sie müsste nur ein paar Wilde besiegen und würde mit Diamanten und Silber reich werden. Nur leider ist es schwieriger als gedacht. Die Halbwesen verstehen es, sich gut zu verbergen. Und unter den Eingeborenen sind Menschen mit magischen Gaben nicht leicht aufzuspüren. Die Besiegten, die nicht nur aus Aberglauben leere Rituale ausführen, hüten ihre Kräfte wie ein Mörder seine vergifteten Pfeile. Und zu allem Überfluss hielten die Minen Jamalas Hoffnungen nicht stand. In einem Jahr wird meine Mutter nicht einmal mehr die Tributzahlungen an die Kernländer zahlen können.«

Ich setze mich ebenfalls auf. »Eine Lady zahlt Tribut? Wofür?«

Janeik verzieht den Mund zu einem kühlen Lächeln. »Ja, noch ein Geheimnis meines Standes, das dir nun gehört: Erstlinge aus Lordgeschlechtern finanzieren immer den Ausbau der Kernländer, Ländereien und Adelssitze der Zweitlinge, die sich frei niederlassen – all das.«

Langsam fügen sich auch die letzten Fragmente des Systems zu einem logischen Ganzen. *Das Netz. Die neuen Länder sind nur die Fäden, die es vergrößern, das Zentrum dagegen wird umso dichter gewoben.*

»Deshalb ist es für Jamala wichtig, ihr Herrschaftsgebiet in Richtung Meer auszuweiten«, sage ich. »Es ist ihre zweite Chance.«

»Und ihre letzte. Sie hatte auch schon im Grauland Stichproben von den Erzen genommen, aber das Land ist wertlos und vermutlich verseucht von Magie. Nicht umsonst gibt es hier so viele schwarze Hirsche, sie werden davon angezogen. Also hoffte Jamala, über die Meeresbrücke einen Vorstoß nach Norden machen zu können. Nun, dafür wird sie jetzt einen anderen Weg finden müssen als den durch Antijas Bett.«

Mir war klar, dass unser Schachzug die Zitadelle bis in die Grundfesten erschüttern würde, aber für einen Moment habe ich dennoch Angst.

»Die Wildländer sagen, König Jar war selbst ein Menschtier.«

»Er hat sich nicht in ein Ungeheuer verwandelt, als meine Mutter ihn tötete«, erwidert Janeik trocken. »Nein, er war nur ein alter Barbar, der sich gerne Ungeheuer als private Menagerie im Keller hielt. Es gibt verschiedene Arten dieser Wesen, das Ding, das du gesehen hast, war das Einzige seiner Art und deshalb umso kostbarer. Und Halbwesen haben zwar Magie, aber keinen Verstand wie wir, sie sind nur Tiere. Allerdings Raubtiere, die Menschen als Beute betrachten.«

»Und im Grauland leben noch welche«, sage ich leise. »Auch ein Grund, weshalb das Gebiet für die Lady nutzlos ist. Du hättest es mir sagen müssen.«

»Wegen Liljann? Und wenn ich es getan hätte, Tajann? Hättest du sie dann nicht gehen lassen und wärst für immer an die Jagdhütte gefesselt gewesen? Auch wenn du mir das nie verzeihen solltest: Nein, das konnte ich nicht riskieren.«

Die Frage trifft mich bis ins Mark. Wäre es wirklich ein Risiko für Janeik gewesen? *Hätte ich Liljann zuliebe auf die Zitadelle verzichtet?*

»Du musst nicht um deine Schwester fürchten«, sagt Janeik. »Sie ist mit dem Einzigen verheiratet, der weiß, wie man die Wesen aufspürt und erlegt. Wenn Volok sie nicht beschützen kann, dann kann es niemand. Und Jamala wird nie wieder an sie herankommen, sobald Volok erfährt, dass die Lady auf Liljanns Schwester nicht gut zu sprechen ist.«

Ich nicke und denke daran, wie achtlos Volok die Goldmünzen auf den Waldboden geworfen hat. Ich glaube nicht, dass Gold ihm viel bedeutet. Aber Liljann bedeutet ihm alles. Sie ist in Sicherheit. Es ist wichtig, dass ich es mir immer wieder sage. Und gleichzeitig fügt sich bei mir das ganze Bild zu einem logischen Ganzen. *Die Freiheiten, die Volok bei der Lady genießt. Sie braucht ihn wirklich.*

»Dann hat Jamala Volok also nur deshalb als Teil der Eskorte zu Antija geschickt ...«

»... damit er die Stadt auskundschaftet und prüft, ja«, ergänzt Janeik meinen Gedanken. »Antijas Volk hat eine ähnliche Katastrophe erlebt wie unseres. Ihre Stadt wurde einst ebenfalls eingenommen – heimtückisch, mithilfe von Magie. Kein Stein des Palastes blieb auf dem anderen. Meine Mutter wollte nicht vom Regen in die Traufe kommen und sich mit einem Land verbünden, das ähnliche Probleme hat wie Taris und vielleicht noch gegen verborgene Kräfte kämpfen muss. Sicherheitshalber schickte sie Volok zur letzten Prüfung dorthin, offiziell, um die Braut zu begleiten. Aber ihre Furcht war unbegründet.«

»Wie spürt Volok solche … Kreaturen auf?«

»Das weiß niemand. Und so genau will ich es auch gar nicht wissen.«

In der Stille zwischen den vielen ungesagten Worten hören wir draußen das Klirren von Zaumzeug, Stiefelschritte und den Gesang der Vögel. Das Lager erwacht. Hufgetrappel lässt erahnen, dass ein neuer Trupp von Leuten zu uns gestoßen ist. Langsam wächst unsere Gefolgschaft zu einem Tross heran.

»Wir werden also Voloks Hilfe brauchen.«

»Vor allem brauchen wir unsere Soldaten«, erwidert Janeik. »Die Clans im Grauland sind bewaffnet und durch unsere Spähertrupps bereits gewarnt. Sobald wir den Berg erreicht haben, wird es nicht ohne einen bewaffneten Vorstoß gehen. Und Volok … ja, möglich, dass wir seine Dienste brauchen. Ich habe ein paar Männer vorausgeschickt, um ihn zu holen, für alle Fälle. Er darf allerdings nicht erfahren, dass es um dich geht, also wirst du eine Weile noch mein Soldat sein müssen.«

Ich hebe die linke Braue. »Schon wieder die heimliche Geliebte?«

Janeik lacht. »Eine Lady trägt viele Masken. Und Volok ist immer ein Risiko. Er spielt sein eigenes Spiel – und zwar für den, der ihm den besseren Preis bietet.« Er wird ernst und auch mein Lächeln verschwindet. »Du … weißt aber, was das bedeutet?«

Trotz allem wird mein Herz schwer. »Natürlich. Auch Liljann darf nicht wissen, dass ich hier bin. Ist sie wenigstens sicher … trotz der Clans?«

Zu meiner Überraschung wird Janeiks Miene weicher. Er nickt. »Ich weiß, wie es sich anfühlt, Tajann. Es ist so unendlich schwer, auch das letzte Band zu zerschneiden. Aber Liljann hat ihr Schicksal – und wir haben unseres.« Er streicht mir zart über die Hirschnarbe an meiner Kehle und ich bin trotz allem getröstet. Wir erkennen einander, wir fühlen denselben Schmerz und gehen schon seit unserer Kindheit denselben Weg. Noch nie war ich sicherer, am richtigen Ort zu sein und das Richtige zu tun.

»Wann reiten wir zum Meer?«

»Sobald mein Onkel uns seine Leute schickt. Meine Boten sind zu ihm unterwegs, als Händler getarnt. Sie haben die Grenze passiert, vorher hätte ich den Plan nicht in Bewegung gesetzt.«

»Warum überqueren wir nicht sofort das Meer und warten in Tibris auf Lord Marids Boten?«

»Das Problem ist, dass das Grauland-Meer eine starke Strömung landwärts hat. Mit normalen Booten kommen wir nicht mal von der Küste aufs freie Wasser. Wir brauchen sehr starke Motoren. Mein Lordonkel wird uns von Tibris aus ein passendes Gefährt schicken.«

»Wie lange wird das dauern?«

»Eine Woche, höchstens zwei. So lange lagern wir in einer alten Befestigung auf dem Berg. In spätestens zwei Tagen sind wir dort. Sie ist nicht schön und nicht neu, aber sicherer als das Innere eines Felsens. Eine Weile werden wir also die heimlichen Könige von Grauland sein.«

Ich lächle nicht über diesen Scherz und auch diesmal ist es, als könnte Janeik meine Gedanken lesen.

»Meine Mutter wird uns nicht folgen. Sie wähnt uns auf der Westroute, auf dem Weg zu meinem Bruder, dem Erstling-Eroberer. Sogar ein weißes Pferd mit einem blonden Reiter, der mir ähnlich sieht, ist dorthin unterwegs. Die Menschen werden schwören, mich erkannt zu haben – und auch eine junge Frau an meiner Seite. Vermeintliche Abschriften meiner Briefe an meinen Bruder lagen bereit. Die Spione meiner Ladymutter müssten die Schreiben schon vorgestern in dem Versteck aufgestöbert haben.«

»Was, wenn sie sich nicht täuschen lässt?« *»Jede Zitadelle hat ihren Verräter.«* Nur zu gut erinnere ich mich an diese Lektion.

Janeiks Miene verfinstert sich. »Hältst du mich für einen so stümperhaften Strategen, dass ich diese Möglichkeit nicht berücksichtige? Ich sagte doch: In der Befestigung sind wir auch in diesem Fall völlig sicher vor ihr.«

»Wie …« Doch Janeik zieht mich an sich und erstickt meine Worte in einem wütenden Kuss. »Verdammt, Tajann, vertraust du mir etwa immer noch nicht?«, sagt er mit rauer Stimme. Ich erinnere mich an den Tag, an dem das Schicksal uns zusammenführte, an unsere Kämpfe und Leidenschaften. An das Ultimatum. Ich denke an die arme Mila und an Janeiks Mut, sich seiner Mutter öffentlich zu widersetzen.

»Doch«, sage ich aus vollem Herzen. »Ich vertraue dir.«

Ich muss tatsächlich noch viel lernen über Pläne und Strategien. Und vor allem über die Details, die über einen Plan entscheiden. Mit Janeiks Ankunft sind noch mehr neue Leute zum Lager gestoßen, wieder wundere ich mich über bekannte Gesichter – Beamte, Offiziere, Soldaten, Handwerker, sogar Verwalter aus den Minen haben sich uns angeschlossen. An Kisten voller Waffen hängt noch kalkiger Schlamm, wer weiß, in welchen stillgelegten Minen sie gut versteckt darauf warteten, dass Janeiks Plan in Kraft trat. Janeiks verrückten Schimmel erkenne ich nur an den verschiedenfarbigen Augen. Das Tier ist nicht mehr weiß, sein Fell wurde geschwärzt, nur dort, wo die Farbe unter dem Sattel von Schweiß durchtränkt wurde, zeigen sich schon wieder hellere Stellen. Und im Marschgepäck, das Janeik und seine Truppe heute Nacht ins Lager gebracht haben, befindet sich ein goldenes Zeremonienkleid für mich. Aber ich ziehe es nicht an, und den einzigen Schleier, den ich heute tragen werde, besitze ich bereits.

Die Soldaten verstummen, als ich aus dem Zelt trete – in meiner grauen Soldatentracht. Tagelang war mein Haar geflochten gewesen, jetzt umweht es mich offen, in gewellten Strähnen, ein hüftlanger schwarzer Schleier, der mich in eine Windsbraut verwandelt, stolz und wild. Janeik steht bereits unter dem Baldachin aus Ranken, die mit Pferdestricken zu einem provisorischen Dach geteilt wurden. Der Richter des Kodex sitzt auf einem Stuhl, eine Schreibmappe aus Leder als Pult auf seinen Knien. Der alte Mann ist aschgrau im Gesicht, erschöpft von dem langen Ritt. Ich kenne ihn vom Sehen, er war einer der stilleren Beamten, sein Siegel hat vor jedem Gericht Gültigkeit.

»Bereit, Firan?«, frage ich. Janeik dreht sich zu mir um und erstarrt, fassungslos auf eine Art, die mich zum Lächeln bringt. Er muss schwer schlucken, bevor er antworten kann. Und als er »Beginnen wir« antwortet, ist seine Stimme heiser vor Sehnsucht. Er kann die Augen nicht von mir lassen und seine Hand zittert tatsächlich, als er meine umfasst. »Du warst nie schöner als jetzt«, raunt er mir zu. Aber Monn, der mit dem Gewehr in der Hand neben dem Richter steht, hebt nur vielsagend die linke Augenbraue. *Jägerlady,* sagt sein Blick.

Wir sind Zweitgeborene, also brauchen wir niemanden, der uns in die Ehe gibt. Keine Verwandten, keinen Vater als Brautführer, keine Zeugen, nur einen Richter, der unsere Entscheidung protokolliert.

Er schweigt, wir sprechen für uns.

»Vor Euch, Hoher Richter des Kodex, und vor dir, meiner Erwählten, gebe ich, Janeik von Caila, meinen Schwur ab: Dich, Tajann VanTorra, wähle ich mit freiem Herzen. Nimm den Lordnamen meiner Ahnen als Geschenk und Zeichen meiner Treue an und mit ihm alle Würden, die mir von Geburt an gehören. Mit diesem Zeichen und diesem Kuss gehöre ich dir.« Der Richter unterschreibt auf dem Dokument. Janeik tritt näher an mich heran. »Von Einheit zu Zweiheit«, spricht er feierlich den alten zeremoniellen Hochzeitsschwur aus der Vorzeit unserer Ahnen. Niemand versteht, was diese Phrase einst bedeutet hat, aber ich erschauere trotzdem. »Mit dir bin ich eins. Jetzt und für immer.« Er küsst mich kurz auf die Wange, ein zeremonieller Kuss, der von den Zuschauern mit respektvollem Schweigen quittiert wird. Janeik tritt einen Schritt zurück. Nun ist die Reihe an mir.

Monn runzelt kritisch die Stirn, als würde er tatsächlich befürchten, dass ich jetzt noch davonlaufen werde. Fast hätte ich gelächelt.

Schon als kleines Mädchen übte ich mit meiner Mutter die Worte, die auch sie gesprochen hatte. In diesem Moment wünschte ich, sie wäre hier. Wäre sie stolz auf mich? Ich glaube ja, denn ich bilde mir ein, es ist nicht der Wind, sondern ihre Hand, die nun aufmunternd über meine streicht, ihre Finger, die mein Haar zurechtzupfen, ihr Flüstern, das mich drängt, endlich meinen Schwur zu sprechen.

»Vor Euch, Hoher Richter der Gnade, und vor Dir, Janeik von Caila, verkünde ich dies«, spreche ich meine Formel. »Du bist der Erwählte meines Herzens und meines Leibes. Mit diesem Zeichen und diesem Kuss nehme ich das Geschenk deiner Ahnen an. Ich lasse meinen Namen zurück und gehöre dir. Von Einheit zu Zweiheit. Für jetzt und immer.«

Ich weiß, dass auch meine Zeremonie nach der Unterschrift nur einen förmlichen Kuss verlangt, aber jetzt, als alles in mir singt, kann ich nicht mehr anders. Kaum hat der Richter die Schreibfeder abgesetzt, bin ich bei Janeik, umarme ihn und küsse ihn so leidenschaftlich und ungestüm, dass wir beide fast aus der Balance geraten und lachen müssen.

»Es lebe Lady Tajann von Caila!«, ruft Monn. Ich bekomme eine Gänsehaut, als Janeiks Leute den Ruf aus voller Kehle wiederholen.

Janeik hebt mich hoch und wirbelt mich herum. Es ist wie Fliegen. Ich bin keine VanTorra mehr, alles Schwere fällt von mir ab – und ich spüre, dass meine warnenden Stimmen und ich von nun an für immer versöhnt sind. Ich weiß, dass wir am Hof des Lordonkels ein Hochzeitsfest feiern werden, das unseres Standes würdiger ist. Ich werde ein Rubindiadem tragen. Es wird einen Regen aus Blattgoldstreifen geben, der sich wie glänzender Schnee an Haut und Haare heften wird, dazu Weihrauch, roten Wein und einen Tanz mit Bannern und Seidenbändern. Aber ich weiß auch, dass ich mein ganzes Leben nur an diesen Moment hier zurückdenken werde: an den Wind in meinem Haar und die wirbelnde Kuppel aus Ranken über uns; den Duft von Spätsommer und Moos; das Gold von Sonnenflecken und die rauen Soldatenstimmen. An Janeiks Lachen und seine Augen, die trunken von mir sind. Und an den schönsten Schmuck, den ich je trug: mein Lächeln, das mich ganz erfüllt.

Licht und Schatten

Der Herbst kam früh hier oben, Nebel erstickte jedes Geräusch und die ersten Blätter färbten sich bereits gelb. Naveen und ich redeten kaum, während wir durch Wälder und zwischen Felsnadeln bergauf wanderten. Aber es war leicht, mit ihm zu schweigen, und ich ertappte mich mehr als einmal dabei, wie ich ohne Angst einschlief, sobald wir Rast machten, und wie ich beim Aufwachen nicht als Erstes nach Volok suchte, sondern mich vergewisserte, ob Naveen noch da war. Immer fand ich ihn in der Nähe, Ausschau haltend und über mich wachend. Unbemerkt war vieles selbstverständlich geworden: dass Naveen und ich einander suchten und fanden, wenn wir uns aus den Augen verloren. Dass wir aufeinander warteten, wenn einer von uns schneller bergauf kletterte. Und ich lernte in diesen Tagen die andere Seite des Mondes kennen. Es waren kleine Gesten: die Tatsache, dass er mir zum Schlafen das wärmste Fell überließ und nur mir zuliebe einige Male Feuer machte. Sein besorgter Blick, wenn ich fror oder stolperte, und das Lächeln, das über sein Gesicht huschte, als ich mit Kyzar meine letzten Beeren teilte. Sogar die Art, wie er sein Lächeln sofort wieder hinter seiner schroffen Art verbarg, verriet, dass ich ihm nicht so gleichgültig war, wie er tat. Er hielt meinen Plan immer noch für verrückt, aber er brachte mir bei, lautlos zu jagen und den Wald wie ein Buch zu lesen. In diesen Tagen fing ich ein wildes Kaninchen mit bloßer Hand, kostete zum ersten Mal ölige Zapfensamen und erfuhr, wie ich im härtesten Winter damit überleben konnte. Ich sah Raubkatzen und ein Rudel Wölfe aus der Ferne, aber mit Naveens Lektionen war es, als würden wir uns lautlos am Rand ihrer Wahrnehmung bewegen. Inzwischen schwärzten wir uns beide die Haut. Diese Farbe war der Sporenstaub bestimmter Pilze, er roch ein wenig nach verbranntem Holz, und Naveen erklärte mir, dass dieses Aroma die Witterung von Raubtieren überlistet, sodass wir tatsächlich fast unsichtbar werden konnten.

Ich wusste nicht, wann genau wir mehr geworden waren als nur zwei Menschen, die in dieselbe Richtung wanderten. Klar wurde es mir endgültig, als ich mich bei einer Rast dabei ertappte, mich nur schlafend zu stellen. Naveen schaute mich niemals direkt an, aber sobald ich nicht auf ihn achtete, spürte ich seinen Blick – auf eine ganz andere Art, als es bei Volok gewesen war. Nicht besitzergreifend, aber dennoch wie eine Berührung. Und als ich zwischen den Wimpern hervorlugte, betrachtete er tatsächlich mein Gesicht. Ich kannte sein kühles Lächeln und seine spöttische Miene. Ich kannte ihn als mürrischen, stummen Jäger und als ausgelassenen Tänzer. Aber nun erinnerte er mich nur an den Naveen, den im Schlaf ein geheimer Kummer quälte. Und noch etwas berührte mich: In seinen hellen Augen spiegelte sich eine Sehnsucht, so tief und schmerzlich, dass ich unwillkürlich die Augen aufschlug. Für den Bruchteil eines Moments sahen wir uns tatsächlich an, dann sprang Naveen auf und ging wieder einmal wortlos davon.

»Wann müssen wir uns trennen?«, fragte ich, als wir in dieser Nacht zwischen Tannen an einem Feuer saßen.

»Morgen«, murmelte Naveen.

Ich zog die Beine an den Körper, umschlang sie fest, als müsste ich mir selbst Halt geben. *Was ist los mit dir? Du wusstest, dass du allein sein wirst.* Und trotzdem war mein Herz plötzlich schwer.

»Hast du es … noch weit bis zu deinen Leuten?«

Sehen wir uns wieder? Natürlich stellte ich diese Frage nicht direkt.

»Weit genug jedenfalls, dass wir uns nicht mehr über den Weg laufen werden«, sagte Naveen trocken. »Und das ist auch besser so.«

Eines hatte ich wohl in der Vertrautheit der letzten Tage vergessen: dass seine Art, Abstand zwischen uns zu bringen, wie eine Ohrfeige sein konnte. Aber diesmal machte es mich nicht wütend, sondern nur traurig. Tajann hätte jetzt sicher mit einer scharfsinnigen Ironie gekontert. Aber ich konnte meine Gefühle nicht verbergen. »Warum ist das besser so?«

Naveen wich meinem Blick aus. »Das sagte ich doch schon einmal: weil jeder seinen Platz hat. Und meiner ist bei meinem Clan.«

Es klang so endgültig, dass ich schlucken musste. Naveen streckte sich am Feuer aus und betrachtete den Himmel. Eine ganze Weile schwiegen wir gemeinsam. Die Nacht war sternenklar, ein Herbsthimmel voll schweifender Lichter, die mich an das Glühen meines Schwellenbanns erinnerten.

»Darf man sich bei euch auch etwas wünschen, wenn man eine Sternschnuppe sieht?«, fragte ich in die Stille.

»Nein, wir haben eine andere Geschichte dazu«, erwiderte Naveen.

»Wieder eines der Märchen von rollenden Köpfen und Prinzessin Medas sterbenden Sternen?«

Zu meiner Überraschung lachte Naveen leise auf. »Nein, aber das Mädchen, ohne das es gar keine Sternschnuppen am Himmel gäbe, war sicher so schön wie Meda.«

»Erzähl mir die Geschichte!«

Naveen zögerte, als hätte er schon zu viel gesagt.

»Bitte!«, setzte ich nach.

Eine Weile starrte er nur in den Himmel, aber dann gab er nach. »Das Mädchen hieß Eleyn«, begann er. »Und sie hatte grüne betörende Augen, tiefer als das Meer von Tibris. Prinzen und Könige versuchten, ihr Herz mit Gold und Geschenken zu gewinnen, aber keinem schenkte sie auch nur einen Blick. Selten sah sie überhaupt jemanden an, meistens hielt sie die Lider gesenkt. Viele dachten deshalb, sie sei scheu und still, aber in Wirklichkeit verstand sie es einfach gut, ihre Geheimnisse zu hüten. Sie liebte und beschützte das Verborgene, wachte über den Schlaf der Falter in ihren Kokons und über die gefleckten Eier in den Nestern von Kranichen. Eines Tages verliebte sich Tar in sie. Er war ein Drache, und zwar der hässlichste seiner Art. Ihm war klar, dass Eleyn bei seinem Anblick schreiend davonlaufen würde. Also lauerte er einem Mann auf, der so schön war, dass Frauen bei seinem Anblick in Ohnmacht fielen.«

Ich verzog den Mund. »Oh ja, das tun wir immer, wenn wir einen Schönling sehen.«

Naveen grinste. »Tar stahl dessen Spiegelbild und legte es an. In dieser Gestalt und mit dem Namen des Schönlings ging er zu Eleyn. Sie sah ihn an – und verliebte sich. Hand in Hand streiften sie durch die Wälder. Er brachte sie zum Lachen und sie öffnete ihr verschlossenes Herz. Nur zu küssen wagte Tar sie nicht. Der Kuss des Spiegelbildes hätte ihn nämlich verraten. Ein Spiegelbild ist kühl und farblos, es gibt nichts und entfacht nichts. Also musste er eine List finden.«

Das Lächeln in Naveens Stimme berührte mich, und ich wusste nicht, warum allein die Erwähnung von Küssen mein Herz zum Stolpern brachte.

»Tar kam nur noch in mondlosen Nächten zu Eleyn«, fuhr Naveen fort. »Hier konnte er sein falsches Selbst ungesehen abstreifen, und mit jedem Kuss verliebte Eleyn sich mehr in ihn. So hätten sie glücklich leben können, hätte ihn der Schönling nicht aufgespürt. Tobend und schreiend forderte er sein Spiegelbild zurück, denn es war das Einzige auf der Welt, was er wirklich liebte. Die Leute staunten nicht schlecht, als sie zwei identische Männer sahen, die sich prügelten. Nicht einmal Eleyn konnte sie auseinanderhalten. Jeder der beiden behauptete, das Original zu sein, denn Tar wusste genau, dass die Wahrheit ihn Eleyns Liebe kosten würde. Aber Eleyn wollte Gewissheit und sagte: ›Dann muss eben ein Kuss entscheiden.‹«

Das entlockte mir ein Lächeln. »Pech für den Drachen.«

»Allerdings, jetzt saß Tar nämlich nicht nur in einer falschen Haut, sondern auch in der Klemme: Gestand er den Betrug, war er Eleyn los. Aber neben einem echten Kuss kann kein Spiegelbild bestehen. So stand er in größter Not da und musste mitansehen, wie der Schönling zu seiner Geliebten trat. An jedem anderen Tag hätte er dem Kerl dafür sofort das Herz aus dem Leib gerissen. Aber heute dachte er niedergeschlagen: *Ich werde sie ohnehin verlieren, dann kann ich genauso gut einen echten Kuss von ihr stehlen*. Als Eleyn vor ihn trat, ließ er das Spiegelbild blitzschnell fallen und küsste sie ein letztes Mal mit seinem ganzen Drachenherzen. Bei seinem Anblick begannen die Leute zu schreien und in Ohnmacht zu fallen. Kinder weinten, Pferde flohen, Vögel fielen tot vom Himmel. Aber Eleyn lächelte und schlang die Arme nur fester um seinen Hals. ›Rette dich, Eleyn!‹, kreischten die Leute. ›Er ist ein hässlicher Drache!‹ ›Ich sehe keinen Drachen‹, erwiderte sie. Und sie lieben einander noch heute.«

»Sie hörte also auf ihr Herz.«

Naveen grinste wie ein Taschenspieler. »Vielleicht. Vielleicht hatte Tar aber auch nur Glück, weil Eleyn nämlich blind war. Das war das Geheimnis, das sie so geschickt in ihrem gesenkten Blick verbarg. Ihre Augen sahen Tar tatsächlich nicht.«

»Oh!« Ich wusste nicht, ob ich lachen oder betroffen sein sollte.

»Tja, vielleicht denkt sie noch heute, die Leute haben übertrieben«, schloss Naveen. »Oder aber sie dachte sich: Besser ein hässlicher Drache, der gut küsst, als ein Schönling, der nur sein Spiegelbild liebt.«

Etwas flirrte warm in meinem Zwerchfell. Die Unbeschwertheit und unser Lachen – ich hatte vergessen, wie leicht es sein konnte.

»Und die Sternschnuppen?«

Ich fragte mich, ob ich etwas Falsches gesagt hatte, das Lachen und die Leichtigkeit waren wie weggeweht. Ich konnte spüren, wie Naveen sich verschloss. »Immer wenn du eine siehst, weißt du, dass Eleyn und Tar sich gerade in den Armen liegen«, antwortete er knapp. »Ihre Küsse sind so glühend, dass jeder davon am Himmel sein Spiegelbild findet.«

Er griff nach seiner Waffe und stand auf, um sich – wie jede Nacht – einen eigenen Lagerplatz zu suchen. Ich musste meinen ganzen Mut zusammennehmen.

»Naveen?« Er blieb tatsächlich stehen. »Wir werden uns … wirklich nicht wiedersehen? Niemals? Auch nicht im nächsten Sommer, wenn du wieder ins Seental gehst?«

»Ich dachte, du fürchtest die Einsamkeit nicht«, antwortete er mit rauer Stimme. Aber sogar im Dunkeln konnte ich erkennen, wie er sich auf die Unterlippe biss. Und dann verstand ich endlich. *Die Geschichte von Küssen und die Sehnsucht in seinen Augen …*

»Du hast im Clan jemanden, der auf dich wartet. Ein … Mädchen, meine ich?«

»Morgen Früh erreichen wir den ehemaligen Nordeingang

der Festung«, murmelte Naveen, ohne mich anzusehen, und ging mit großen Schritten davon. Kyzar wollte ihm natürlich folgen, aber ich sprang auf und packte sie so grob bei der Mähne, dass sie erschrocken zurückzuckte.

Janeik geht kein Risiko ein: Seit Tagen reiten uns die schlagkräftigsten Einheiten voraus und bahnen uns den Weg. Wir folgen, als Herz unserer kleinen Armee, geschützt von den Schilden unserer Eskorte. In der Bibliothek hatte ich über Eroberungen gelesen, über Feldzüge und Strategien. Aber nun war ich überrascht, wie sehr mich dieser Vorstoß an die Jagd erinnerte. Als die ersten Schüsse fielen, verwandelte ich mich, wurde ganz Auge, ganz Wachsamkeit und Schnelligkeit. Die erste Linie der Barbaren, die den Grenzstreifen hinter dem Rankenwald bewachten, haben wir mühelos und ohne Verluste durchbrochen. Monn hatte mir zwar nur sein mitleidiges Hauptmannsgrinsen gezeigt, als ich den Soldaten befahl, das Leben der Barbaren zu schonen, aber ich habe mein altes Leben nicht verlassen, um mein neues mit Blutvergießen zu beginnen. Und es ist kein Heer, das sich uns entgegenstellt, nur versprengte Gruppen von Clansleuten, die in Felle und Fetzen gekleidet sind. Ihre Pfeile zersplittern an den Metallschilden und der Hirschlederkleidung unserer Eskorte und unsere Kugeln haben sie schnell zurück in die Deckung getrieben.

Seit Tagen schlafe ich kaum, aber meine Sinne sind so scharf wie nie zuvor, als wir nun die letzte Ebene in Angriff nehmen. Die Pferde hatten in den letzten Tagen kaum Pausen, sie kommen kaum noch voran und stolpern schon. Wir hatten keine Zeit, den sanfter ansteigenden, langen Weg über den Bergrücken zu nehmen, sondern wählten die direkte Route über den steilen Südhang. Erst jetzt weichen wir im Bogen auf ebeneres

Gelände aus, dort, wo ein dichter Schluchtenwald beginnt und die Truppe, die vorausgeritten ist, bereits auf uns wartet. Janeik und ich lassen unsere Eskorte ein Stück hinter uns. Ein verhangener Morgen kriecht uns entgegen. Hochnebel hängt in Fetzen in Baumkronen und an Felsen. Und wenn ich nach oben schaue, erahne ich links auf dem Gipfel, der aus der Ferne wie ein Kobrakopf wirkte, die Ruine, nebelumwölkt und kantig. *Wie die Krone der Kobra,* denke ich.

Janeiks Knie berührt meines, so nah reitet er neben mir, und über den Spalt zwischen den Pferden hinweg finden sich unsere Hände.

»Bald sind wir da«, sagt er. »Wir gehen über den alten Nordeingang hinein. Er befindet sich gut versteckt mitten im Wald, in der Nähe der Schluchten. Das Schloss verschmilzt hier unten mit den Felsen, du wirst es kaum entdecken, auch wenn du davor stehst.«

»Das passt ja zu meiner Rolle als unsichtbare Lady.«

»Du wirst noch aufhören, dich darüber lustig zu machen, und dir wünschen, wieder unsichtbar sein zu dürfen. Aber einen richtigen Palast kann ich dir noch nicht bieten, nur ein paar zugige Räume und Fell auf den Schlafpritschen.«

»Der Einzige, der leiden wird, bist du, Mylord. Ich bin in einem Jägerhaus aufgewachsen, schon vergessen?«

Er beugt sich zu mir und umfasst meine Taille wie damals im Wald, und auch diesmal lasse ich mich auf den verrückten Schimmel ziehen, umschlinge Janeiks Taille, küsse seinen Hals und schmiege mein Gesicht an seine Schulter, ohne darauf zu achten, dass die Soldaten uns sehen. Erst als mein reiterloses schwarzes Pferd plötzlich scheut und zur Seite springt, merken Janeik und ich, dass sich etwas verändert hat.

Ich erwachte davon, dass mir jemand zärtlich das Haar aus der Stirn strich. Ich kannte diese Berührung, schon einmal hatte ich sie gespürt, ich erinnerte mich nur nicht daran, wann und wo. Aber als ich die Augen öffnete, war ich natürlich allein. Atem beschlug vor meinem Gesicht, so kalt war es in dem Felsspalt, in den ich mich für die Nacht zurückgezogen hatte. Die Rose lag auf dem Boden. Sie war weiter aufgeblüht und hatte neue Knospen hervorgebracht, nebelweiß und zart. *Vielleicht war mein Gespenst bei mir und hat mich berührt*, dachte ich. Wer auch sonst? Etwa Naveen? *Sei nicht lächerlich, Liljann.* »Natürlich hat er ein Mädchen«, flüsterte ich. So weit war ich bereits: Ich redete mit Rosen und Geistern. Behutsam strich ich über eine Blüte, die sofort eine Gänsehaut aus Flimmerhärchen bekam. Und hier, in der nebligsten Nacht, gestand ich mir zum ersten Mal ein, dass Naveen nicht nur meiner Schwester gefallen würde – und dass ich ihn schon jetzt so sehr vermisste, dass es wie ein dumpfer Stich war. *Warum wollen mich die Menschen, die mir nahe sind und denen ich mein Herz öffne, verlassen oder loswerden?*, dachte ich niedergeschlagen. Die Rosen hatten keine Antwort für mich. Und dann stutzte ich.

Wieso sehe ich die Blüten und Dornen so genau? So hell ist es noch nicht.

Mondhelles Leuchten schweifte über meine Hand und glitt weiter, und als ich vorsichtig aus der Höhle lugte, wäre ich fast mit einem Schrei zurückgeprallt. Wie es schon immer gewesen war, bemerkten die Wilen mich natürlich, aber sie schritten einfach weiter, ohne mich weiter zu beachten. Ja, sie *schritten*! Das letzte Mal, als ich die Feen gesehen hatte, hatten sie bei meiner Hochzeit getanzt, gackernd vor Freude, weil meine Schwester mich endlich los war. Doch irgendetwas war mit ihnen passiert. Ich kannte sie nur als Mädchen, übermütig, fast noch kindlich, aber jetzt schienen sie älter geworden zu sein, ruhige, kühle Frauen, stolz und aufrecht. Geisterhafte Kriegerinnen mit Blicken wie Pfeilen und Lächeln wie Klingen. Und dann wurde mir endlich klar, was ihre Gegenwart bedeutete. »Tajann!«

Sie blieben stehen, aber sie schauten nicht zu mir, sondern südwärts. Dann schrien sie auf, nicht voller Angst, sondern mit einem zornigen, kehligen Ton, und rannten davon. »Wartet!«, rief ich. Aber es wären nicht Tajanns Wilen gewesen, hätten sie auf mich gehört. Ihr Mondleuchten entfernte sich zwischen den Bäumen und begann mit dem Nebel zu verschmelzen. Zu Fuß würde ich sie nicht einholen, also schnappte ich die Rose und rannte zu Kyzar, der ich heute Nacht noch aus einem Strick ein Halfter geknotet und sie an einem Baum festgebunden hatte, damit sie bei mir blieb. Noch nie in meinem Leben hatte ich ein Pferd so schnell gesattelt. Ich hoffte, sie würde mir auch ohne richtigen Zaum gehorchen, aber als ich sie antrieb, galoppierte sie tatsächlich dem Leuchten hinterher. Die Wilen waren schon fast verschwunden, nur in der Ferne konnte ich sie noch erahnen, schlanke Schemen im Nebel, so schnell dahintreibend wie bei Tagesanbruch davonhuschende Träume.

»Ein Angriff!«, schreit jemand hinter uns.

Ich sehe noch, wie der Pfeil, der mich haarscharf verfehlt hat, meinen Mantelstoff zerfetzt und davonschwirrt. Es riecht nach Feuer und verbranntem Tuch, der Pfeil schlägt in einer Tanne ein. »Rückzug!«, brüllt Monn im selben Moment, als uns aus dem nebligen Wald ein Schwarm brennender Pfeile entgegenschwirrt. Die Angst ist da, aber sie lähmt mich nicht, sie ist die sirrend gespannte Sehne, die mir Kraft verleiht. Janeik die Zügel aus den Händen zu nehmen und den Schimmel aus dem Stand zu einer Kehrtwende auf den Hinterbeinen zu zwingen, ist eine einzige Bewegung, und ebenso schnell reagiert mein Geliebter. Wie so oft, funktionieren wir wie eine Einheit, zwei Pfeile mit demselben Ziel. Wir wissen, wir müssen in die Deckung zurück. Janeik wendet sich im Sattel halb zu mir um, umklammert mich und reißt mich nach vorne, beugt sich über mich und schützt mich mit seinem Körper, während er den Schimmel zu einem Galopp antreibt. Ein Pfeil prallt an meinem Bein ab, unter der Soldatenkleidung trage ich natürlich Hirschleder. Aber einer unserer Leute wurde in der Kehle getroffen, sein Pferd tänzelt im Kreis, er selbst schwankt im Sattel, die Augen schon gebrochen und zum Himmel gerichtet, eine fragile Balance des Todes. Doch bevor er vom Pferd kippt, habe ich mich schon im Galopp aus dem Sattel gebeugt. Ich fange den Schild, als er der Hand des Toten entgleitet, reiße ihn hoch, um unsere Köpfe zu schützen. Keine Sekunde zu früh. Es ist ein Schmerz wie von einem Prügelstock, der auf meinen Unterarm niedersaust, als Pfeil um Pfeil gegen das Metall schlägt. Ich beiße die Zähne zusammen und wir ducken uns und fliehen im gestreckten Galopp zurück zur Truppe. Erst als die Mauer aus Soldaten sich um uns schließt, sehe ich mich um. Ein vertrockneter Busch ist von Pfeilen getroffen worden und brennt lichterloh. Und in diesem Schein entdeckte ich gefährlich nah die geschwärzten Gesichter von Wildenkriegern zwischen den Bäumen.

Kyzar bremste abrupt mit in den Boden gestemmten Vorderbeinen. Um ein Haar hätte sie mich damit aus dem Sattel befördert. Ein Vogelschwarm flatterte kreischend auf, dann fiel irgendwo ein Schuss. Das Echo brach sich seltsamerweise rechts von mir, als wären in der Nähe sehr tiefe Schluchten. Und vor mir, dort, wo die Wilen zwischen Bäumen verschwunden waren, erkannte ich durch den Nebel Feuerleuchten. Der nächste Windstoß brachte mir den Lärm von rauen Männerstimmen und den beißenden Geruch nach schwelendem Harz. Über mir zischte etwas. Zwischen den Baumkronen flogen brennende Pfeile über den Frühmorgenhimmel wie verlöschende Sternschnuppen. Kyzar tänzelte zur Seite, während ich versuchte, sie voranzutreiben, und schließlich gab sie nach und machte aus dem Stand noch ein paar widerwillige Galoppsprünge nach vorn. Ich erhaschte zwischen den Bäumen einen Blick auf eine sanft abfallende Ebene. Feuer loderten dort unten, Pferdehufe pflügten das Gras und Menschen rannten. Auf den ersten Blick bildete ich mir ein, Naveen zu sehen – aber die Männer da unten sahen ihm mit ihrer Kleidung und den geschwärzten Gesichtern nur ähnlich. *Sein Clan?* Die Wilen flogen über das Frostgras, ohne eine Spur zu hinterlassen, sprangen über ein erlegtes Pferd und fanden zu einer Reiterin. Sie trug einfache Soldatenkleidung und saß auf einem großen Schimmel, zusammen mit einem zweiten Reiter. Das Haar des Mannes glänzte im Licht des Feuers golden – der hüftlange Zopf der Frau hatte sich gelöst, ein schwarzer Wasserfall umfloss ihren Körper bei jedem Galoppsprung. Sie duckten sich unter einen Schild und flohen. Soldaten der Lady und Augenleute galoppierten den beiden entgegen, umrundeten sie, schützten sie. Ebenso wie die Wilen. Ich grub beide Fäuste so fest in die Mähne, dass meine Finger schmerzten. *Janeik und Tajann*. Sogar auf diese Entfernung sah jeder, dass sie ein Paar waren, ein Herz, eine Einheit. Aber sie waren noch mehr: zwei Eroberer im Zentrum dieses schwarzgrauen Wespenschwarms, der nun zum Gegenangriff startete.

Ein verirrter brennender Pfeil zischte in meine Richtung und jetzt war Kyzar nicht mehr zu halten und warf sich herum. Meine Hände waren so verkrampft, dass sie sich ganz ohne mein Zutun in die Mähne und um den Halfterstrick krallten, nur deshalb fiel ich nicht. Ich war sicher, dass sie mich abwerfen würde, aber Kyzar verharrte. Als eine geschwärzte Hand sich hob, warf sie nur ruckartig den Kopf hoch und wich zurück. *Clanskrieger*, hallte es in mir. *Auch hier oben*. Aber diesmal war es Naveen, völlig außer Atem, mit zornfunkelnden Augen. Er spähte ins Tal, wo die Soldaten die Fliehenden ins Unterholz verfolgten. Der Kampf war so schnell entschieden worden, wie er begonnen hatte.

»Jetzt verstehe ich, warum du zur Ruine musstest«, sagte Naveen in einem Tonfall, der mich frieren ließ. »Du wolltest also nur zu deinen Leuten zurück.«

»Nein, Naveen, ich …«

»Du hast die ganze Zeit von diesem Vorstoß gegen die Clans gewusst!«

Ich schüttelte den Kopf. »So ist es nicht!« Ein Schluchzen löste sich aus meiner Kehle. Und mit den Tränen kam der ganze kristallscharfe Schmerz, als das Bild sich zusammenfügte. *Meine Schwester wollte den Junglord für sich und den Titel einer Lady. Das war also Tajanns Plan und das Ziel der Wilen. Von Anfang an.* »Gar nichts wusste ich«, würgte ich hervor.

»Du lügst!« Ich erschrak, so fremd war Naveen mir. Misstrauen verzerrte seine Züge, aber schlimmer noch war die maßlose Enttäuschung darin. Mit beiden Händen umklammerte er seine Waffe. Für einen Moment war ich mir sicher, dass er mich töten würde. Und einen weiteren Moment wünschte ich es mir sogar. Aber dann sank die schwarze Klinge herab. Er schüttelte den Kopf. »Verdammt, Liljann!« Verzweiflung spiegelte sich in seinem Blick. Es war einer der seltenen Momente, in denen wir einander ansahen, doch diesmal hätte ich mir gewünscht, wir hätten es nicht getan. Mir war, als hätte ich keine Haut mehr, nichts, was mich schützte gegen seine Enttäuschung und auch nicht gegen meinen eigenen Schmerz.

»Du musst mir glauben, Naveen. Ich wurde betrogen und verkauft – von meiner eigenen Schwester. Sie ist da unten, an der Seite des Junglords. Wir müssen beide weg von hier!«

»Da oben sind noch welche!« Der Ast einer Tanne zersplitterte neben uns, als ein Schuss ihn traf.

Ich duckte mich über Kyzars Hals und streckte Naveen die Hand hin. »Schnell! Steig auf!« Er schüttelte den Kopf und wich zurück, als könnte meine Berührung ihn verbrennen. »Bitte, Naveen«, flehte ich. »Dein Clan flieht. Wenn dich die Soldaten finden, dann töten sie dich ebenfalls!« Doch er nahm meine Hand nicht, er drehte sich um und rannte in die Richtung, aus der wir beide gekommen waren. *Er verlässt mich einfach*, dachte ich erschüttert. In diesem Moment sah Naveen über die Schulter zurück. »Na los!«, rief er ungeduldig.

Kyzar musste sich anstrengen, um mit Naveen Schritt zu halten, so schnell und katzenhaft kletterte er bergauf, in die Deckung von Tannen und Sträuchern, so dicht wie Dornenhecken. Hinter uns verklangen die Schüsse. Nur ihr Echo erreichte uns aus einer Schlucht, die wohl in der Nähe war. Ich wusste nicht mehr, wie lange wir durch den Wald gehetzt waren, als plötzlich über uns Felsen in Sicht kamen, in den ersten Bleiglanz von Morgengrau getaucht. Höhlen wie aufgerissene Münder schienen mitten im Schrei erstarrt zu sein. Aber es war kein Schrei, es war ein drohender, dumpfer Gesang, der mein Zwerchfell zum Schwingen brachte. Stampfen und Grollen wie Donner. Naveen, der schon fast bei den Höhlen war, blieb stehen.

»Runter vom Pferd!«, hörte ich ihn rufen – im selben Moment, als der Wind drehte und Kyzar den Kopf hochwarf und rückwärts ging. Ich hörte ihr panisches Schnauben, ein Augapfel, weiß vor Angst, leuchtete auf – *vor einem Strom schwarzer Körper.* Hirsche! Eine Herde donnerte heran. Ich spürte mehr, als ich es sah: wie Naveen mit einem geschmeidigen Satz vom Felsen sprang und zu mir rannte. Er stieß sich ab und schnellte mir entgegen. Im Sprung packte er mich um die Taille und riss mich vom Pferderücken – genau in dem Moment, als Kyzar in blinder Panik davonschoss. Stechender Schmerz ruckte durch meine Kopfhaut, dann schlug mir der Boden alle Luft aus den Lungen. Erdbrocken und Moos flogen uns um die Ohren, während wir zwischen Farnen und Felsbrocken ausrollten. Irgendwo in diesem Wirbel sah ich meine Stute mit angelegten Ohren zwischen den Bäumen verschwinden, als wären alle Dämonen des Waldes hinter ihr. Der Boden bebte unter tausend stampfenden Hufen. Und gleichzeitig spürte ich Naveens Arme um mich, seine Brust an meiner. In einem gefrorenen Moment nahm ich alles ganz deutlich wahr: seine Wange an meiner Schläfe, seinen Duft nach Tannenharz und die Wärme seines Atems. Doch der Moment zersprang wie mein Schwellenzauber. »Steh auf!« Ich gehorchte wie in Trance. »Bleib ruhig und schau ihnen nicht in die Augen.« Und dann waren sie schon da. Ich wusste nicht mehr, ob ich geschrien hatte, aber meine Kehle war rau und ich hatte keine Luft mehr. Naveens Arm lag fest um meine Taille. In der anderen hielt er sein gezahntes Schwert quer vor unsere Körper. Wie erstarrt standen wir da, mitten im Sog dieses schrecklichen Mahlstroms von Leibern und Fellgeruch und Geweihen. Die Tiere sprangen an uns vorbei, panisch und kopflos, als wären sie ebenso auf der Flucht wie Kyzar. Sie waren so nah, dass ich meine Hand nach ihrem Fell hätte ausstrecken können. Ihre Hufe rissen den Boden auf. Moos und Steinbrocken trafen meine Beine. »Jetzt weitergehen!«, rief Naveen.

Ich schüttelte entsetzt den Kopf. *Ein Schritt nach vorn und ich bin tot.*

Naveen beugte sich zu mir herunter. »Schließ die Augen«, sagte er mir ins Ohr. »Stell dir vor, sie sind Nebel, der an dir vorbeitreibt. Oder Sternschnuppen.« Der Griff um meine Taille verstärkte sich. »Vertrau mir. Ich führe dich. Los!«

Ich weiß nicht, was mit mir geschah. In einem anderen Leben wäre ich eher gestorben, als mich jemandem auf diese Weise anzuvertrauen, aber hier … tat ich es einfach. Ich legte meine Arme um Naveen und schloss die Augen. Gemeinsam machten wir den ersten Schritt. Fell streifte meinen Arm, das Stampfen umtoste uns wie Brandung. Mehr als einmal hörte ich ein Schwirren wie von messerscharfen Klingen, aber ich zuckte nicht zurück. Als Naveen mich losließ, begriff ich, dass er mich tatsächlich quer durch die rasende Herde geführt hatte – und dass ich ihm tatsächlich gefolgt war. »Zur Höhle!«, rief Naveen. Wir kletterten den moosigen Hang hinauf. Beim steinernen Maul angelangt, stolperten wir ein Stück hinein und lehnten uns mit den Rücken gegen eine Felswand.

»Alles in Ordnung, Liljann?«, fragte Naveen besorgt.

Ich nickte hastig. Mein Herz raste immer noch, ein stechender Schmerz zuckte durch meine Narbe am Rücken, aber ich war einfach nur glücklich, am Leben zu sein. Und nicht nur das. Seine Umarmung klang noch in mir nach, die Nähe, die wir eben geteilt hatten. *Es war mir nicht zu nah*, dachte ich verwundert. Naveen hatte wieder eine Armlänge Abstand zwischen uns gebracht. Ich betrachtete sein Profil, das kurze dunkle Haar, die Maske aus schwarzem Staub und den Schwung seines linken Mundwinkels. Es war verrückt, aber ich konnte mich nicht losreißen. Nicht von seinem Mund und nicht von der Erinnerung seiner Nähe.

»Tja, jetzt kennst du das Geheimnis«, sagte er in Richtung Höhleneingang. »Niemals weglaufen vor magischen Wesen, keine Angst zeigen, niemals angreifen. Sonst töten sie dich. Und wie du siehst, ist den Hirschen die Nähe von Menschen so unangenehm, dass sie ausweichen …«

Ich war wirklich nicht mehr die Liljann, die sich voller Angst in Zimmern einschloss und vor jeder Berührung zurückzuckte. Diese Liljann hier kümmerte sich nicht einmal darum, dass Naveens Herz einer anderen gehörte. Sie machte einen Schritt nach rechts. Und dann nahm sie ihren ganzen Mut zusammen und ergriff einfach Naveens Hand.

Ein paar Sekunden standen wir beide nur da, Schulter an

Schulter, atemlos und angespannt. *Immer noch nicht zu nah*, dachte ich. Im Gegenteil. Es war nicht nah genug.

»Vertraust *du* mir?«, sagte ich zu ihm. »Ich habe gelogen, als ich über meine Familie sprach, ja. Aber ich bin wirklich auf der Flucht und ich wusste nichts von einem Eroberungszug.«

Er wandte den Kopf und wir sahen einander in die Augen. Irgendetwas zitterte in mir, als seine Hand sich fester um meine schloss. Seine Augen waren hell und so transparent wie graues Glas, aber etwas glomm darin – Sehnsucht und etwas Warmes, Dunkles, das mein Herz noch schneller schlagen ließ.

»Ich traue dir«, sagte er leise und sehr ernst. Gänsehaut sträubte sich an meinen Armen, meinem Rücken, als er sich zu mir beugte, zögernd, als würde er mit sich selbst kämpfen und immer noch zweifeln – und dennoch mit diesem Glanz und der Weichheit in seinen Augen, die mir fremd war und mich trotz allem zum Lächeln brachte. Behutsam legte er seine rechte Hand auf meine Wange und ich schmiegte mich in diese Berührung. Es war bereits so nah wie ein Kuss, obwohl wir einander nur ansahen. Und auf eine Art war es auch ein Versprechen. Doch dieser Moment erlosch, als hätte Eiswind eine Flamme ausgeblasen. In dem Augenblick, in dem sich unsere Lippen fast schon berührten, zuckte Naveen zurück. Und als er mich losließ und nach seiner Waffe griff, wusste ich, vor wem die Hirsche flohen.

Es war die Kälte, die ich zuerst spürte, noch bevor ich den Schatten sah. Mein Rosenmädchen schrie, obwohl sie keine Stimme hatte. Sie lieh sich den Wind, ihr Heulen in den Schluchten, das Kreischen von Falken. »Nein!«, stieß ich hervor. Als hätte das Wort ihn endgültig herbeigerufen, erschien er im Gegenlicht des Höhleneingangs. Es war Voloks Menschengestalt, sein Gesicht war ebenfalls mit schwarzer Farbe getarnt. Aber darin glühten seine Augen wie blasse Monde und als er den Mund zu einem Fletschen verzog, blitzten weiße Fangzähne auf. »Liljann«, stieß er heiser hervor.

Jetzt erst merkte ich, dass ich mit ausgebreiteten Armen vor Naveen stand, als wollte ich ihn schützen. Naveen packte mich an der Taille und schleuderte mich zur Seite – im selben Moment, als Volok losschnellte. Das schwarze Hornschwert zischte durch die Luft und zerschnitt ein Brüllen. Der schwere Aufprall eines großen Körpers schien den Boden zum Beben zu bringen. Steine und Geröll lösten sich und prasselten auf uns herab, als Naveen meine Hand ergriff. Wir rannten aus der Höhle. *Schwelle!*, schrie es in mir. *Sperr Volok ein!* Doch in dem Moment, in dem ich mich umdrehen wollte, zerrte Naveen mich weiter. Und noch bevor ich meine Balance gefunden hatte und wusste, wie mir geschah, ließ er mich los. Seine Augen waren nun graues Eis, und er umklammerte die Waffe, kein Jäger mehr, ein Krieger. Was er vorhatte, begriff ich erst, als er mir mit aller Kraft einen Stoß versetzte. »Lauf!«, schrie er mir zu. »Finde eine Schwelle!« Diesen Ruf hörte ich noch, während ich schon stürzte. Ich kam auf Felsmoos auf und rollte bergab. Der Himmel tanzte über mir wie ein verrückter Gaukler, irgendwo glaubte ich gesattelte Pferde zu sehen – oder waren es doch nur Hirschkühe? Dazwischen blitzte ein steinernes Maul auf, das zwei kämpfende Gestalten mit seinem schattigen Schlund verschlang. Als ich das nächste Mal klar sehen konnte, lag ich benommen auf aufgewühlter Erde. Wind riss an meinen Haaren, Geröll tanzte neben mir bergab und landete in Hufenfurchen. Die letzten versprengten Hirsche flohen an mir vorbei. Ein Schatten glitt über mich hinweg, eine Hirschkuh war einfach über mich gesprungen. Andere Hirsche stoppten plötzlich, panisch wie vorher meine Stute warfen sie die Köpfe hoch, gingen rückwärts, brachen zur Seite aus, als sei ich plötzlich das Zentrum eines Wirbels, der sie davontrieb. Dann sprengten sie in alle Richtungen davon. Ich zog den Kopf zwischen die Schultern, als wieder ein Schatten auf mich fiel. Aber diesmal war es kein springender Hirsch. Dunkelheit fiel auf mich wie eine schwarze Decke und löschte alles Lichte in mir aus. Mein Schrei erstarb in meiner Kehle, als das Schwarz sich um mich schloss und mich einfach vom Boden riss. Wieder trudelte ich, gefangen diesmal in einem Kokon aus ledriger Haut, im Beutegriff eines Wesens, so schrecklich und dunkel wie der Tod. Doch das Schlimmste war der Sog. Es war, als würde mir etwas den Atem absaugen, den Herzschlag, meine Seele, jeden Gedanken und jede Erinnerung. Mit beiden Händen stemmte ich mich dagegen – und fühlte messerscharfe Rippen unter rauer Haut. Es roch nach Tod und Alter. Und unter meinen Fingern bebte kein Herzschlag.

Zwei Seiten des Mondes

Wir haben einige Verletzte unter unseren Leuten, aber nur zwei Tote. Die Angreifer haben mehr Verluste zu beklagen. Zwei unserer Trupps, die Fliehende verfolgten, sind noch nicht zurückgekehrt. Inzwischen ist es Morgen und zwischen den verlöschenden Feuern erkennt man, wer uns aufgelauert hat. Unsere Gefangenen sind Männer und auch fünf Frauen mit kurz geschorenem Haar und geschwärzten Gesichtern. Eine der Frauen ist sehr jung und bildhübsch. Ich muss an Liljann denken – und trotz allem habe ich Angst um sie. Zornig und hasserfüllt starren die gefesselten Barbarenkrieger Janeik und mir nach, als wir zu den Hauptleuten reiten.

»Am besten wir töten sie, Mylord«, sagt Monn zu Janeik.

»Ich sagte doch schon: nein!«, rief ich. Ich sehe Mila vor mir, die Todeskerker, das Leid, das ich am Hof sehen musste. »Solange wir hier sind, sind sie unsere Gefangenen, damit sie die anderen Stämme nicht warnen«, setze ich hinzu. »Aber sie kommen frei, sobald wir weiterziehen.«

Monn sieht mich finster an, aber Janeik nickt. »Ihr habt die Lady gehört. Nehmt die Wilden mit zum Nordtor.«

Er reitet voraus und der Tross setzt sich in Bewegung.

Ich gehe zu meinem Pferd, das ein Soldat für mich eingefangen hat, und will aufsteigen, als mich jemand einfach am Arm packt. »Du willst wirklich diese Art von Herrscherin sein?«, fragt Monn.

Grob entwinde ich ihm meinen Arm. »Wage es nicht, mich noch einmal anzufassen! Und zu deiner Frage: Wir führen hier keinen blutigen Eroberungszug.«

Monn schnaubt. »Mag sein. Aber Barmherzigkeit ist ein Dolch, der nur die eigene Kehle trifft.«

»… sagt der Mann, der eine alte Frau aus dem Kerker befreit und auf seinen Armen in die Freiheit getragen hat«, spotte ich. »Wir sind die Eindringlinge hier, nicht sie. Vergiss das nicht.«

Ich hangle nach dem Steigbügel, doch plötzlich spielt mein Pferd verrückt. Nur mit Mühe kann ich es halten. Die anderen Pferde legen die Ohren an, scheuen und bocken, fauchender, eisiger Wind lässt Mäntel knattern und verwirbelt Mähnen. Vogelschwärme steigen aus dem Wald auf wie schwarze Schleier, die über die Baumkronen nach Norden davonwehen. Ich glaube einen Schrei zu hören, weit in der Ferne, aber es ist nur das Heulen eines aufziehenden Sturms und Donner. Und während wir noch versuchen, unsere Pferde zu bändigen, bricht der Himmel und ein Platzregen geht auf uns herunter. Für einen Moment bilde ich mir ein, dass sich der Boden unter mir bewegt, eine leichte Verschiebung, als wäre der Berg tatsächlich eine schlafende Schlange. Sie scheint uns feindselig anzuzischen, aber natürlich sind es nur die restlichen Feuer, die im Regen verlöschen. Dennoch muss ich an Lady Jamalas Lektionen denken – daran, dass Macht zu haben bedeutet, einen Drachen zu reiten.

Der Vorhang aus Regen ist so dicht, dass ich das Nordtor erst erkenne, als wir direkt davorstehen. Mitten in einer Waldebene ist es zwischen zwei Felsen versteckt. Und wenn man hochschaut, entdeckt man keine Festung, nur Fels und Scharten, die vielleicht als Fenster dienen. Der Trupp, den Janeik anführte, ist bereits hier. Kisten sind abgeladen worden, Proviantsäcke warten darauf, in die Festung getragen zu werden. »Jetzt fehlt nur noch der Erkundungstrupp!«, ruft Janeik mir zu. »Ein paar Männer, die schon vor Tagen als Vorhut vorausgeritten sind.«

Falls sie nicht Opfer der Clans geworden sind, denke ich. Der Regen hat schlagartig aufgehört, ich springe aus dem Sattel und gehe ein paar Schritte zu den Bäumen. Der Wald ist hier nicht besonders dicht, das ist gut, so kann uns niemand überraschen. Eine Bewegung fängt meine Aufmerksamkeit. Erst denke ich, dass es ein Hirsch ist, aber zwischen den Bäumen kommt ein schwarzes Pferd zum Stehen. Das Fell ist nass vom Regen, aber sicher auch schweißgebadet, der ganze Körper dampft in der kühlen Luft. Es trägt kein Zaumzeug, sondern ein provisorisches Halfter aus einem Seil. Und der Sattel ist verrutscht, als hätte es jemand stümperhaft schlecht gesattelt. Ein Soldat reitet heran und versucht es einzufangen, aber es scheut vor ihm zurück. Und als es den Kopf hochwirft, durchfährt mich ein bebender Schreck. Narben! Helle Furchen auf dem Hals und eine Lücke in der Mähne, dort, wo die tiefste Narbe sitzt. Ich stoße meinen Lockpfiff aus wie damals, wenn ich unsere Pferde herbeirufen wollte. Es scheint hundert Jahre her zu sein. Aber die Stute, auf der Liljann in ihre neue Heimat geritten ist, erkennt mich sofort und trabt zu mir. Fell zittert und zuckt unter meinen Händen, sie drängt sich an mich, als würde sie Schutz suchen. Und dann habe ich schreckliche Gewissheit. Kornblonde Haare wehen im Wind, eine ganze Strähne, die sich in einem Riemen verfangen hat und wohl ausgerissen wurde. In meinem Kopf jagt ein Bild das andere. Meine Schwester blutend und verletzt, abgeworfen, weil die Stute vor einem Raubtier davongerannt ist. Liljann verschleppt von Barbarenkriegern. Liljann tot am Grund einer Schlucht …

»Steig ab!«, befehle ich dem Soldaten. »Ich brauche dein Pferd.«

»He!«, ruft Janeik. »Was hast du vor?«

Ich ziehe mich schon in den Sattel. »Das ist Liljanns Pferd, es muss sie erst vor Kurzem abgeworfen haben. Sie ist hier ganz in der Nähe, wahrscheinlich verletzt. Ich muss zu ihr.«

»Nein! Monn soll sie suchen.«

Ich bin überrascht, wie barsch Janeiks Tonfall ist. Und ich kann nicht fassen, dass er mir tatsächlich Befehle erteilen will.

»Dann muss er sich beeilen«, gebe ich ebenso scharf zurück. Damit treibe ich das Pferd aus dem Stand in den Galopp und lasse den unsichtbaren Palast hinter mir.

Ich lag auf dem Bauch, die Wange auf Moos und Flechten gebettet, ein regennasses Kissen. Erdig schmeckendes Wasser sammelte sich in meinem Mund und ich war völlig durchnässt. *Wann hat es geregnet?*, dachte ich benommen. An meinem Hals pochte Schmerz. Als ich mich vorsichtig regte und danach tasten wollte, rutschte mein rechter Arm kraftlos über eine scharfe Steinkante und pendelte ins Nichts. Wind riss an mir und als ich mühsam blinzelte, blickte ich direkt in einen nebelgefüllten Abgrund. Ich lag am Rand einer Schlucht, keine Handbreit vom Sturz in den Tod entfernt, und konnte mich kaum rühren.

Ich fühlte mich, als hätte der Schatten alle Kraft aus meinen Knochen gezogen und sie brüchig und dünn wie die eines Greises werden lassen. Ächzend rollte ich mich herum, weg vom Abgrund. Über mir war steingrauer Regenhimmel, an den sich eine diesige Sonne klammerte. Es musste einige Zeit vergangen sein, sie stand viel höher. Rosendornen stachen empfindlich in meine Seite, als ich mich auf die Knie hochstemmte. Im ersten Moment war da tatsächlich Erleichterung. *Keine Dunkelheit mehr, kein Ungeheuer.* Aber natürlich irrte ich mich.

Volok kauerte nicht weit entfernt von mir, ein Bein aufgestützt. Er hatte drei parallele Schnitte auf der Wange, vielleicht von Naveens Waffe. Aber das Menschengesicht wirkte nur noch wie eine Maske aus Haut, ein Gauklerkostüm, das mich nie wieder täuschen würde. Sogar die Art, wie er nun verächtlich zur Seite ausspuckte, wirkte nun wie die Imitation von Menschsein. »Endlich wach, Prinzessin?«

Ich konnte ihn nur anstarren. Er wirkte älter, viel älter, als ich ihn kannte, und seine ehemals braungoldenen Augen hatten die Farbe von alten Knochen. *Wie konnte ich nur so blind sein?*

»Hätte ich mir denken können, dass du versuchst, mit dem erstbesten Wilden durchzubrennen. Ihr VanTorra-Frauen seid doch alle gleich. Zumindest war ich diesmal schlau genug, dich nicht in die Nähe einer Schwelle zu lassen.«

Wo ist Naveen? Für einen schrecklichen Moment sah ich ihn vor meinem inneren Auge tot in der Höhle liegen. Aber dann entdeckte ich sein Schwert. Beziehungsweise das, was davon übrig war. *Er ist uns also gefolgt,* dachte ich. Das Schwert musste unter einem gewaltigen Schlag zerbrochen sein, die Splitter lagen verstreut auf dem Boden. »Was hast du mit ihm gemacht?«

Volok lachte, es war ein hässliches Lachen, fast nur ein Fletschen. »So besorgt um einen feigen Dieb?«, sagte er mit kaltem Spott. »Wer stiehlt, was mir gehört, bezahlt dafür.«

»Ich habe dir nie gehört!« Ich hatte es herausgeschrien, jetzt schwankte ich, so schwindelig war mir plötzlich. In diesem dunklen Raum zwischen zwei Herzschlägen geschah etwas mit mir. Die Realität schien zu zerfließen, alles verzerrte sich, als würde die Welt aus transparenten Häuten bestehen, die wallten und sich bogen wie von Wasser bewegt. Zum ersten Mal sah ich das Rosenmädchen so deutlich, als bestünde es aus Fleisch und Blut. Sie stand hinter Volok. Blut glänzte, Hass funkelte in ihrem unverletzten Auge und ich wusste, wäre sie dazu in der Lage gewesen, sie hätte Volok getötet.

»Willst du mich wieder in deinen Tempel verschleppen?«, spuckte ich ihm entgegen. »So wie das Mädchen, das du ermordet hast?« Voloks lächelndes Fletschen verschwand. Das Gespenst legte den Zeigefinger über die Lippen, aber ich konnte nicht mehr schweigen. Nie mehr. »Hast du ihr auch einen Ring an den Finger gesteckt oder sie direkt vom Fest der Roten Nacht verschleppt? Du mordest …«

»Ich jage für die Lady und sie bezahlt meinen Preis!«, fuhr Volok mich an. »Gold für meine Dienste als Eskorte. Und für jede magische Fellhaut ein schlagendes Herz.«

Mir wurde kalt. Das war ich also: eine Prämie für die Haut eines magischen Tieres? *Hat Tajann auch das gewusst?*

Mit einem metallischen Klingen kam etwas auf dem Fels vor mir auf und sprang ins Moos. Es war mein eiserner Ehering, den ich vergraben hatte. Eine Fischschuppe klebte noch daran und etwas Erde. Naveens Gesicht erschien vor mir und jäh und bitter schäumte mein Kummer in mir hoch. Ich musste die Augen schließen.

»Du hast Glück, dass *ich* meine Versprechen halte«, sagte Volok. »Wenn ich dich töten wollte, hätte ich es längst getan.«

»Warum der Ring?«, fragte ich mit geschlossenen Augen. »Warum das alles?«

»Ring statt Fessel«, sagte er in dieser Sanftheit, die mir nun einen Schauer über den Rücken jagte. »Du wolltest mich, hast du das schon vergessen? Wir haben getanzt und zusammen gelacht. Und ich meinte es ernst, als ich sagte, ich habe dich gesucht und wiedergefunden.«

»Ich tanzte mit einem Menschen!«

»Ich kann menschlich sein. Aber es ist leichter, wenn ich bekomme, was ich will. Also ...«, die Stimme sank zu einem heiseren Knurren, »... nimm den Ring zurück!«

Ein Teil von mir schrie vor Angst, aber es gab auch diesen anderen, neuen Teil, der sich nicht mehr ducken wollte und konnte. Die Liljann, die keine Angst vor Hirschen hatte, die nach Naveens Hand griff, statt zurückzuweichen – und die mit absoluter Sicherheit wusste, dass sie niemals wieder vor Volok davonlaufen würde. Ich öffnete die Augen. Volok lächelte grimmig, als ich mich vorbeugte, um den Ring aufzuheben. Ihm entging dabei, wie ich mit der anderen Hand einen Schwertsplitter umschloss.

»Mein Versprechen gab ich einem Menschen«, sagte ich. »Aber du wirst nie menschlich sein. Niemals!« Das Mädchen schlug beide Hände vor den Mund und erlosch wie eine Flamme im Sturmfauchen – im selben Moment, als ich den Ring in die Schlucht schleuderte.

Schon bald kenne ich den Grund für die panische Flucht der Rappstute: Es gibt schwarze Hirsche hier, eine erstaunlich große Herde muss vor Kurzem hier entlanggaloppiert sein. Ich folge ihren Spuren in entgegengesetzter Richtung, zurück zum Ursprung ihres Laufs. Der diesige Wald verschluckt meine Rufe und wenn ich anhalte und lausche, dann höre ich nur Galoppschlag weit hinter mir. Ich warte nicht auf Monn, der mir sicher laut fluchend hinterherreitet, sondern treibe das Pferd weiter, spähe rechts und links von dem aufgeworfenen Graben aus Hufspuren, voller Hoffnung und voller Angst, blondes Haar und eine vertraute Gestalt zu entdecken. Hufgetrappel hallt in der Nähe, Rufe in meiner Sprache. *Das muss unsere Vorhut sein,* denke ich noch. Und dann höre ich ein Brüllen, dessen Echo von Schluchtwänden widerhallt – und den Schrei eines Mädchens, das voller Zorn und Verzweiflung um sein Leben kämpft. Das Pferd stürzt fast, als ich es in einem scharfen Sprung nach rechts über eine Winterbeerenhecke treibe. Ich lande in Nebel, der wie Rauch aufwallt. Irgendwo ist eine Schlucht, gefährlich nah, trotzdem zwinge ich das Pferd in einen Galopp. Die Schreie werden lauter – und als ein Windstoß den Nebel verweht, sehe ich ihn ein ganzes Stück entfernt. Ein riesenhafter Barbar, der mir den Rücken zuwendet. Er ist in schmutzige Felle gekleidet und stolpert gefährlich nah an einem Abgrund einen Schritt rückwärts. Ein Mädchen steht schwankend vor ihm, mit beiden Händen umklammert sie einen Dolch. Ihr Gesicht ist ebenfalls schwarz angemalt, ihr zerfetzter Fellmantel flattert im Wind – und auch ihr blondes glattes Haar. Mir ist, als würde ich jeden Halt verlieren. *Liljann!* »Lauf!«, will ich schreien, aber es ist zu spät. Der Barbar holt blitzschnell aus, die zur Klaue gekrümmte Hand erwischt sie mit voller Wucht. Der Schlag katapultiert sie zur Seite. Ihr helles Haar weht im Sturz und breitet sich dann wie ein Fächer über die Felskante am Abgrund. Sofort kriecht sie weg, aber der Barbar schnellt auf sie zu – dann bäumt er sich mitten im Sprung zuckend auf und fällt. Ich senke das Gewehr. Ich habe schlecht gezielt, der Kerl lebt noch. Er wälzt sich herum und kommt wieder hoch. Ein einziges Auge funkelt mich hasserfüllt an – das andere ist nur noch eine blutige Wunde. Meine Schwester hat mit dem Dolch ganze Arbeit geleistet. Und dann erkenne ich ihn. *Volok!*

Reiter brechen neben mir aus dem Unterholz, der Spähtrupp hat mich gefunden. Volok kommt auf die Beine und flieht, erstaunlich schnell, als würde er seine Wunde kaum spüren. »Fangt ihn ein!«, brülle ich den Männern zu. Dann will ich aus dem Sattel springen und endlich zu Liljann rennen. Aber meine Schwester liegt nicht mehr am Abgrund. Zwischen den Bäumen glänzt helles Haar auf. Und als ich sie rufe, dreht sie sich nicht um.

Meine Faust pochte, so fest umklammerte ich den Splitter, während ich lief – weg von dem Abgrund und ohne mich noch einmal umzusehen. Hinter mir hörte ich Schüsse. *Augenmänner. Es waren also tatsächlich Pferde bei den Höhlen gewesen. Tajanns Leute suchen immer noch nach den Fliehenden.* Ich hörte nur meinen Atem laut wie Donner in meinen Ohren, während ich mich an Zweigen festhielt und weiterzog, dorthin, wo ich die Höhlen vermutete. Bisher hatte ich die Angst beherrschen können, aber beim Gedanken an Naveen peitschte sie in mir hoch, grell und weiß. Und mit ihr brachen die Geräusche über mich herein. Fernes Gebrüll und das Knacken von Zweigen. Ich schrie auf, als etwas neben mir vorbeihuschte. *Die Wilen.* Die Welt schwankte, wieder schien sich alles zu verschieben, ich musste die Augen schließen und als ich sie wieder öffnete, bildete ich mir ein, Tajann zu sehen. Sie rannte vor einem kippenden Himmel auf mich zu. Farn legte sich kühl an meinen Nacken und alles verschwamm. Langes Haar fiel über mich, etwas Nasses, Salziges netzte meine Lippen.

»Liljann! Sieh mich an!«

Es war tatsächlich meine Schwester, ihr Gesicht direkt über meinem. *Ich habe vergessen, wie blau ihre Augen sind*, dachte ich verwundert. Sie redete auf mich ein, aber ich hörte nichts mehr, als wäre ich unter Wasser und das Rauschen von Worten würde immer lauter. »*Gold für meine Dienste als Eskorte. Und für jede Fellhaut ein schlagendes Herz.*«

Und Tajann hat mich ihm ausgeliefert.

Meine Hand krampfte sich um den Splitter im Moos. *Der weiße Hals*, dachte ich. *Da ist die pochende Stelle, unter der ihr Herzschlag sitzt. Das verräterische Herz.* Ich spannte den Arm an, bis meine Muskeln schmerzten.

Aber da warf Tajann sich über mich und umarmte mich.

»Dem Himmel sei Dank, du lebst!«, schluchzte sie und drückte mich an sich. »Ich habe dich gesucht!« Sie küsste mein Haar, meine Schläfe, meine Augen. Und alles, was in mir gläsern und scharf gewesen war, zersprang unter ihren Lippen. Der Splitter fiel ins Moos. Ich brauchte nämlich beide Hände, um Tajann zu umarmen. Und jetzt weinte ich auch.

»Warum hat er dir das angetan?«, sagte meine Schwester mit erstickter Stimme.

»Sag du es mir«, flüsterte ich in ihr Ohr. »Du hast mich an ihn verkauft.«

Dann sickerte auch der Himmel davon wie Wasser zwischen Steinen.

Wächterseele

»Wo ist meine Rose?« Das war die erste Frage, die Liljann stellte, als sie in der Burg kurze Zeit wieder zu sich kam. Ich bin froh, dass ich den zerknickten Rosentrieb nicht weggeworfen habe, so wie den Fellmantel und die Lumpen, die ich Liljann von ihrem armen, geschundenen Körper geschnitten habe. Aber sie hat Glück gehabt, gefährlich verletzt ist sie nicht. Jetzt schläft sie, eingehüllt in Decken und in mein langes Seidennachthemd, zwei zusammengeschobene Truhen dienen ihr als Bett. Obwohl ich ihr die Tarnfarbe von der Haut gewaschen habe, scheint ein Schatten auf ihren Zügen zu liegen und in ihrem Haar schimmern ein paar silbrig-weiße Fäden. Sie machen mir fast noch mehr Angst als dieser atemlose Totenschlaf. Von draußen dringt das Geräusch von Axtschlägen. Wir werden Feuer machen müssen, so kühl, wie die Nächte hier oben schon sind. Ich hatte noch keine Zeit, die Festung ganz zu erkunden. Der untere Teil des Nordtraktes war jedenfalls eindeutig der Trakt für die Truppen. Enge Soldatenkammern reihen sich hier, sie haben sogar noch alte Türen aus schwarz angelaufenem Metall. Weiter hinten gelangt man in weitläufige Gewölbehallen, die wir als Stallungen und Lager nutzen.

Für Liljann habe ich einen Raum gefunden, der eine Treppe über diesen Kammern liegt. Vielleicht gehörte er einmal einem Offizier. Ich habe ihn ausgesucht, weil er nur ein einziges schmales Fenster hat, fast nur eine Taubenscharte, und er ist von allen Seiten begrenzt durch wuchtige Mauern. *Als könnte ich Liljann jetzt noch beschützen.* Mir ist elend zumute, als ich die dünne, lange Wunde an ihrem Hals betrachte. Sie ist nur oberflächlich, aber Volok hat offenbar versucht, ihr an die Kehle zu gehen.

»Wie geht es ihr?« Janeik ist zurück und bringt den Geruch von Wald und Nebel in den Raum.

»Wie würde es dir gehen, wenn ich versucht hätte, dich umzubringen?«, erwidere ich, ohne mich zu ihm umzudrehen.

»Es ist nicht deine Schuld, Tajann.«

Nein, ich habe nur dafür gesorgt, dass sie ihn heiratet, denke ich bitter.

Janeiks Hände legen sich von hinten auf meine Schultern und ich lehne mich an ihn. »Du hast ihr das Leben gerettet«, sagt er. »Das ist das Einzige, was jetzt noch zählt.«

Ich wünschte, es wäre so einfach. Janeik dreht mich zu sich und zieht mich an sich, und ich bin dankbar, die Stirn an seine Brust zu lehnen und die Augen schließen zu können. Seine Hände streicheln über meinen Nacken. Sein Mantel riecht nach Regen und Pferdefell und dieser herbe Duft vermischt sich mit dem seltsam metallischen Aroma der zerdrückten Rosenblüten.

Hier bin ich nun, in den Armen meines neuen Lebens – und an der Bahre meines alten.

»Was hat er ihr nur angetan, Janeik? Sie hat Narben am Rücken. Und ihr Haar …«

»Sie hatte Angst, Tajann. Ich habe tapfere Kämpfer im Krieg gesehen, die vor Furcht in einer einzigen Nacht ganz graue Haare bekommen haben wie alte Männer. Liljann hat nur ein paar weiße Fäden als Erinnerung an ihren Schrecken. Sie wird es überwinden und dir dankbar sein, dass sie in Sicherheit ist.«

Ich löse mich von ihm und blicke hoch. Und jetzt, als ich ihn vor mir sehe, erschrecke ich.

»Was ist mit dir passiert?«

»Nichts.« Janeik wendet den Kopf ab, als ich seine Wange berühren will. Er hat eine verkrustete Platzwunde an der Schläfe, und nun entdecke ich auch noch, dass sein Militärmantel am Arm und an der Seite zerfetzt ist. Nur das Leder darunter ist unversehrt. »Nichts? Und was ist das?« Janeik legt mit einem Wink zu Liljann den Zeigefinger über die Lippen und zieht mich aus dem Raum. Erst vor der Tür lässt er mich los und duldet es, dass ich die Wunde begutachte. »Noch ein Angriff?«, frage ich atemlos. »Wo waren deine Männer? Hätte das Hirschleder deine Haut nicht geschützt, wärst du jetzt tot!«

»Wie gut, dass du meine Jägerin bist. Im Grunde hast du mir also das Leben gerettet. Andererseits: Ohne dich hätte der Kerl gar keine Gelegenheit gehabt, auf mich loszugehen, barmherzige Lady.«

»Einer der Gefangenen hat dich angegriffen?«

»Übler Bursche. Er war fest entschlossen, ausgerechnet mir das Fell über die Ohren zu ziehen.« Janeik zuckt betont kühl mit den Schultern, eine Geste, die mich wütend macht. »Tja, Gefangene küssen einem selten aus Dankbarkeit die Füße«, fügt er mit der Arroganz des Siegers hinzu. »Und wenn, dann nur, um dir besser die Sehnen durchbeißen zu können.«

»Darüber kann ich nicht lachen!«

»Keine Angst, Tajann, ich bin nicht hierhergekommen, um zu sterben. Und dieser dreckige Barbar bereut es jetzt schon. Auch wenn du der Meinung bist, dass man Gefangene wie Könige behandeln und ihnen kein Haar krümmen soll: Wer wie ein bissiger Hund nach mir schnappt, den lege ich wie einen Hund an die Kette.« Ich mag diese Kaltschnäuzigkeit nicht und noch viel weniger diese Art zu reden. Und als er mich küssen will, umarme ich ihn so fest, dass er zurückzuckt. »He!«, sagt er scharf. Ich hatte recht, seine Rippen sind geprellt.

»Tut es weh? Hoffentlich, Soldat! Das ist dafür, dass du dich angreifen lässt!«

»Verdammt, lass los! Wer dich zur Frau hat, braucht keinen sadistischen Hauptmann mehr.«

»Ich lasse los, sobald du zur Vernunft kommst. Reicht es nicht, dass ich heute fast meine Schwester verloren hätte?« Meine Stimme zittert. »Ich meine es ernst. Firan gehört mir. Also pass besser auf ihn auf.«

Janeik nimmt mein Gesicht in seine Hände und sieht mich mit dieser kühlen, triumphierenden Zärtlichkeit an, die seit unserer Hochzeit unsere Umarmungen begleitet. Dann nickt er und küsst mich, lehnt seine Stirn an meine. Es ist ein Moment, in dem alle Stürme zur Ruhe kommen. Sogar der Wind draußen schweigt. Wir brauchen keine weiteren Worte, das ist ein Versprechen, und ich weiß, Janeik wird es halten, um jeden Preis.

»Unser Bett unter den Sternen wartet auf uns«, sagt er nach einer Weile. »Kann ich darauf hoffen, dass du deinen todmüden, verletzten Soldaten heute wärmst?«

Nichts würde ich lieber tun, als mich zu ihm zu flüchten, aber mit einem Blick in Liljanns Zimmer schüttle ich den Kopf.

Ich hatte nie die Gabe, mich in Träumen zu verlieren, sondern weiß auch in tiefstem Schlaf, dass ich nur Trugbilder betrachte. Aber heute wünschte ich, dieser Traum wäre real. Wie in Wirklichkeit sitze ich an Liljanns Lager in einer Insel aus Kerzenlicht, den Mantel als Decke über mich gebreitet. Aber Liljann und ich sind nicht allein. Unsere Mutter ist bei uns. Sie steht auf der anderen Seite des Bettes und sieht mir in die Augen, eine ewig stillstehende Sekunde in der Zeit, wir sind einander nah und dennoch weiß ich, dass wir einander nie wieder berühren werden. Ich schrecke hoch, als jemand mir einen Stoß versetzt. Doch als ich hochfahre, ist da niemand, dennoch hallt ein leichtes Rucken nach. *Erdstöße?*, denke ich noch im Halbdämmer. Nicht, dass diese Vorstellung beruhigend wäre, aber ich bin froh, eine Erklärung zu haben, denn wider jedes Wissen ist mir unheimlich zumute. Ich bilde mir ein, im Augenwinkel eine Bewegung zu sehen, etwas Dunkles, das über die Wände kriecht, sich neben und über mir ausbreitet wie schwarzes Wasser. Doch als ich mich umsehe, bewegt sich nur mein eigener Schatten an der Wand.

Jetzt bin ich endgültig wieder wach, reibe mir die Augen, strecke mich.

Die Rose ist vom Bett gefallen. Als ich mich nach ihr bücke, fällt mein Blick direkt auf Liljanns Lager.

Es ist leer!

Im Gang ist sie nicht. Meine Rufe scheuchen verschlafene Soldaten aus den Kammern, sie kommen die Treppen hoch und schwärmen ebenfalls aus, um Liljann zu finden. Der Mond ist hinter den Wolken hervorgekommen und im Vorbeigehen erhasche ich durch eine Scharte einen Blick auf den Platz direkt vor dem Nordtor. Die Angst schlägt mir mit der Wucht einer Faust gegen die Brust. Unter mir, direkt vor dem Nordtor, wogt ein Meer von dunklen Körpern, wie am Boden dahintreibende schwarze Wolken. Nur dass diese Wolken scharfe Geweihe haben. Und inmitten der Herde steht ein weißes Gespenst. Die einzige Bewegung ist das Wehen des Seidennachthemds und das lange Haar, mit dem der Wind spielt. Ich wünschte, ich würde immer noch träumen, aber leider ist dieser Anblick real.

Jetzt bin ich froh, dass ich Anweisung gegeben hatte, in der Nähe des Tors ein Notfallarsenal an Waffen zu lagern. An der Tür zur Waffenkammer stoße ich fast mit einem rothaarigen Kerl zusammen, vermutlich der Wache. Er reißt überrascht die Augen auf. »Lady Tajann ...«

»Aus dem Weg.« Noch während ich im Laufen das Gewehr durchlade und das Tor aufstoße, begreife ich, wie sinnlos es ist. Was soll ich tun? Die Hirsche mit einem Schuss aufscheuchen? Das wäre Liljanns Todesurteil. *Und wenn sie schlafwandelt, wird sie aufwachen und in Panik geraten.* Meine Hände haben noch nie mit der Waffe in der Hand gezittert, aber jetzt tun sie es, so sehr, dass ich mich zwinge, das Gewehr zu senken. Der Wachmann hat mich eingeholt und schnappt nach Luft, als er Liljann entdeckt. »Was macht sie da draußen?«

»Das solltest du mir erklären! Wie ist sie an dir vorbeigekommen?«

»Keine Ahnung«, murmelt er ehrlich verblüfft. »Hab sie gar nicht gesehen.«

Im Schattenriss der Geweihe sieht es so aus, als stünde meine Schwester in einer Dornenhecke, die sich enger und enger um sie schließt. Und dann – mir bleibt für einen Moment das Herz stehen – dreht Liljann sich langsam um. Wie beiläufig streift ihre Hand dabei den Hals einer Hirschkuh. Mir wird klar, dass sie gar nicht schlafwandelt, sie ist wach und sieht sich suchend um. *Schau zu mir,* flehe ich in Gedanken. Ich wage nicht laut zu rufen, doch sie hat mich bereits entdeckt. Der Rothaarige nimmt mir das Gewehr ab und ich trete über die Schwelle und strecke die Hände aus. Ich kann nur hoffen, dass sie mit dem Glück der Narren denselben Weg zurück unversehrt schafft, dass die Hirsche sie aus unerfindlichen Gründen auch diesmal nicht in Stücke hacken.

Und Liljann kommt tatsächlich zurück, langsam und so beiläufig, als würde sie spazieren gehen. Die Hirsche heben ruckartig die Köpfe, aber sie beachtet die Tiere gar nicht. Es ist wie Zauberei, die Herde teilt sich vor ihr. »Was zum Henker ...«, höre ich den Wächter knurren. Dann ist sie endlich bei mir, ich packe ihre Hände und ziehe sie über die Schwelle. Die schnelle Bewegung schreckt die Tiere auf, die Herde beginnt zu kochen, drängt sich zusammen, Geweihe schlagen im Getümmel gegeneinander. Der Wächter schließt sofort das Tor und starrt Liljann fassungslos an. Er ist nicht der Einzige. Soldaten stehen mit offenen Mündern im Gang. *Sie haben alles gesehen. Nicht gut.* Liljann weicht scheu zurück und legt die Arme vor den Körper, als sei sie nackt. Ich reiße mir den Mantel, den ich mir nur übergeworfen hatte, von den Schultern und hülle sie darin ein.

»Was gibt es hier zu sehen?«, belle ich den Männern zu. »Geht auf eure Posten.« Sie gehorchen, aber ihre misstrauischen Mienen sprechen Bände. Der Rothaarige trollt sich als Letzter. Und ich weiß genau, was ich an seiner Stelle gedacht hätte.

Liljann verzieht vor Schmerz das Gesicht, als ich sie packe und davonzerre, aber ich kann keine Rücksicht auf ihre Prellungen nehmen. So schnell es geht, bringe ich sie zurück in ihr Zimmer.

»Bist du verrückt, da rauszugehen?«

Die Liljann, die ich kenne, hätte scheu und ertappt den Blick gesenkt, aber diese Fremde sieht mich nur ohne ein Zwinkern an. Ihre Augen haben einen völlig anderen Ausdruck als früher. Als wäre das Wassergrün ausgehärtet zu hellem, undurchdringlichem Malachit.

»Nein, Tajann«, erwidert sie völlig ruhig. »Ich bin nicht verrückt.«

»Was wolltest du da draußen?«

Die Art, wie sie den leeren Raum neben mir studiert, ist vertraut. Aber bizarrerweise erinnert sie mich heute nur an Antija.

»Sieh mich an – warum haben die Hirsche dich nicht umgebracht? Das sah aus wie ...«

»... Hexerei?«, sagt sie leise. »Nein. Man muss nur wissen, was man vor sich hat – oder wen. Und danach handeln.« Ich weiß genau, worauf sie anspielt. »Die Soldaten gehorchen dir gut«, setzt sie prompt hinzu. »Du und Janeik ...?«

Ich schlucke, aber wenigstens die Wahrheit bin ich ihr schuldig. »Wir haben den Bund geschlossen.«

Das scheint nun doch ein Schock zu sein. Sie sackt auf das Bett. »Du bist jetzt eine von Caila.«

Ich nicke und wünschte, das würde sich besser anfühlen. »Dann hast du ja alles, was du wolltest«, sagt sie bitter. Im letzten Rest von Kerzenlicht wirken die blauen Flecken und Prellungen in ihrem Gesicht noch dunkler. Sie lässt es zu, dass ich mich neben sie auf das Bett setze und ihr behutsam das Haar aus der Stirn streiche. Bei dieser Berührung huscht etwas Weiches, Schmerzliches über ihre Miene. Ihre Augen beginnen zu schwimmen.

»Warum wollte Volok dich töten, Liljann?«

Das Schluchzen ist ein erstickter, qualvoller Laut, der mir das Herz bricht. Sie weicht zurück und kauert sich an das Kopfende des Bettes. »Er ist ein Corent, Tajann! Und er ist besessen von mir, er sagt, er liebt mich und hat mich wiedergefunden ...«

Sie erzählt, stockend, atemlos. Und ich bekomme eine Gänsehaut, als ich von dunklen Flügeln höre, Liljanns Flucht ganz allein durch das Gebirge und ihrem Plan, sich hier oben in der Burg vor Volok zu verstecken. Mit einem Schaudern erinnere ich mich dann an die Haken und Netze auf Voloks Packpferd.

Plötzlich passt so vieles zusammen. Sogar die Tatsache, dass Volok Hirsche herbeitreiben oder davonjagen konnte. *Volok konnte magische Wesen aufspüren und lenken. Weil er selbst eines ist.* Auch das erlegte Menschtier, das Kaeled gesehen hat, fügt sich logisch ins Bild – Volok hat es für die Lady erlegt und als Tauschpfand hat er Liljann gefordert.

Und das geflügelte Ungeheuer aus dem Felskerker war also gar nicht das Letzte seiner Art gewesen. Das Letzte war Volok.

»Tajann? Hast du das alles gewusst und mich ihm …«

»Nein!« Mein Schrei hallt von der Wand wider. »Ich dachte, er wäre nur ein Soldat und du … könntest mit ihm glücklich werden.« Das ist nicht die ganze Wahrheit und das wissen wir beide.

Für einige Momente ist die Stille so dicht, dass ich mir einbilde, sie habe ein eigenes Leben, wie ein Tier, das mit uns im Raum kauert und uns beobachtet.

»Hier bist du in Sicherheit«, sage ich zu laut. »Volok ist tot.«

Sie hebt überrascht den Kopf. »Tot?«

»Er wehrte sich, als er verhaftet werden sollte. Er verlor das Gleichgewicht und stürzte in die Schlucht.«

»Er stürzte?« Liljann lacht. Es ist ein heiserer, verzweifelter Laut, und ich frage mich erschrocken, ob sie vielleicht doch den Verstand verloren hat. »Du glaubst, du kannst ihn umbringen, indem du ihn über eine Felskante jagst? Er ist nur geflohen!«

»Nein, er wurde mit unseren beiden gefallenen Soldaten begraben.« *Zumindest das, was von ihm übrig war.* Janeik war bei der Bergung dabei. Er erzählte mir, dass die Raubtiere in der Schlucht schneller bei der Leiche gewesen waren als Monns Trupp.

Liljann schluckt schwer und krampft ihre Finger in die Decke. »Gab es noch weitere Tote?«, fragt sie mit erstickter Stimme. »In der Schlucht? Oder in den Höhlen?«

Ich schüttle jedes Mal den Kopf.

»Und die fliehenden Clansleute?« Jetzt bebt ihre Stimme verdächtig, und mir wird bewusst, dass ich Liljann mit der schwarzen Maskenzeichnung des Clans aufgefunden habe. *Das ist jetzt ihr neues Land,* denke ich beklommen.

»Keine Sorge. Ihnen wird nichts geschehen. Sie sind zwar

unsere Gefangenen, aber sie kommen frei, sobald wir weiterziehen.«

Zumindest das scheint eine gute Nachricht zu sein. Sie entspannt sich sichtlich. Und plötzlich wirkt sie auf eine Art schutzlos, die mir das Herz bricht.

»Liljann, ich kann dir nicht erlauben, allein in der Festung herumzulaufen, zu deiner eigenen Sicherheit. Ab jetzt bleibst du in meiner Nähe und informierst mich über jeden Schritt, den du machen willst.«

Die Liljann, die ich kenne, hätte sich mir gefügt, vielleicht sogar dankbar dafür, geschützt zu werden. Aber diese Frau hier hebt nur ruckartig den Kopf und sieht mich mit funkelnden Augen und harter Miene an. »Du hast mir nichts zu befehlen«, sagt sie sehr ruhig. »*Meine* Lady bist du nicht.«

»Das habe ich auch nicht behauptet. Aber solange du in meinem Palast …«

»*Dein* Palast? Das hier ist nicht dein Land, es ist *meines*, wie du wohl am besten weißt. Als Kind habe ich meine neue Heimat gewählt, diese Mauern hier habe ich als mein Haus ausgesucht, lange bevor ihr hier Station gemacht habt. Und in meinem Land und meinem Haus wirst du mir keine Verbote erteilen.«

Jetzt bin ich sprachlos. Aber es ist nicht nur wegen dieser neuen Härte und Klarheit. Es ist auch der Schock über die Erkenntnis, dass sie recht hat.

»Wo ist meine Rose?«, fragt sie.

Ich hebe sie vorsichtig auf. Sechs Blüten waren es heute Nachmittag noch, jetzt zähle ich sieben. Als ich Liljann die Pflanze gebe, berühren sich unsere Hände. Es ist wie ein kleiner Moment von Vertrautheit. Eine Brücke, wenn sie auch noch brüchig und schwankend ist. Wir zucken beide ein wenig zurück, aber dann verflechten sich unsere Finger ineinander wie damals, als wir noch Kinder waren und uns abends beim Einschlafen festhielten.

»Ich liebe Janeik wirklich«, sage ich leise. »Du wirst mir nie verzeihen, aber ich will, dass du das weißt.«

Ich warte auf Vorwürfe und Tränen, aber meine Schwester überrascht mich.

»Wann warst du sicher, dass es Liebe ist?«, fragt sie. »Woran hast du es erkannt?«

»Daran, dass ich bereit war, alles dafür aufs Spiel zu setzen und jeden zu verraten. Sogar … dich, *Mirahar.* Ja, ich habe dich belogen und verraten. Weil ich keinen Tag mehr ohne Janeik sein wollte.«

»Und wann warst du sicher, dass … er ebenso fühlt?«

Antija scheint mit uns im Raum zu sein. Aber ich muss ehrlich sein, wenigstens jetzt.

»Als er mich küsste, obwohl er einer anderen gehörte. Wir haben Antija beide betrogen. Die Lady wird mich dafür töten, wenn sie mich findet. Und trotzdem war es für mich der einzige Weg. Auch wenn du mich dafür hasst.«

Doch Liljann überrascht mich ein zweites Mal. »Ich hasse dich nicht!« Sie umarmt mich und drückt mich an sich, als wollte sie mich nie wieder loslassen. »Ich dachte, ich würde es tun, aber das stimmt nicht. Ich bin so froh, dass du vor Lady Jamala fliehen konntest.«

Jetzt bin ich sprachlos. Ihre Großzügigkeit und ihr weites Herz beschämen mich. Ich an ihrer Stelle hätte mich für den Rest meines Lebens gehasst. Ich ziehe sie vorsichtig enger an mich, streichle ihr Nixenhaar, das immer noch nach Wald duftet. »*Mirahar*«, sage ich mit erstickter Stimme. »Ich kann dir nicht befehlen, aber ich bitte dich: Geh nicht mehr vor das Tor, nicht einmal in die Nähe eines zerbrochenen Fensters. Bleib in der Sicherheit der Mauern. Versprichst du mir das? Ich könnte nicht ertragen, wenn dir wieder etwas passiert.«

Liljann versteift sich in meiner Umarmung, aber schließlich nickt sie zögernd, ein Zugeständnis an ihre Schwester, nicht an die Herrin dieser Festung. Dann schiebt sie mich sanft, aber bestimmt von sich. »Ich … muss nachdenken – allein.« Auch das ist neu. Dieser Tonfall, der wie eine Tür ist, die Liljann leise, aber bestimmt zwischen uns beiden schließt.

Mein Weg zu den Sternen führt über beschädigte Wendeltreppen steil nach oben. Wer auch immer diesen Palast erbaut hat, liebte den Himmel. Scherben knirschen unter meinen Sohlen. Die Räume hier oben sind riesig und wie Blütenblätter angeordnet, es gibt zerkratzte Glasdecken, überzogen mit Spinnwebmustern von Rissen. Mitten auf der letzten Treppe bleibe ich stehen. Das Glas ist natürlich blind von Schmutz und Flechten, aber an einigen Stellen hat der Regen Flächen wieder etwas freigewaschen und als ich die Taschenlampe ausmache, erkenne ich sogar die Sterne. Ich bleibe stehen und lehne mich an eine kalte Glaswand. Wieder muss ich an Volok denken – und an Lady Jamalas Worte: *»Das Land ist zu nichts zu gebrauchen, aber es bringt manchmal gute Männer hervor, so wie Volok. Ich brauche Verbündete, die bereit sind, weiter zu gehen, als andere es tun würden. Dann bin ich auch bereit, ihnen das zu geben, was sie verlangen.«*

Ich schrecke zusammen, als ein Schatten auf mich fällt. Mit rasendem Herzen starre ich nach oben. Es sieht aus wie ein schwarzes Tuch, das über das Glas gezogen wird und die Sterne nun wieder freigibt. *Nur eine Wolke, die über den Palast hinweggetrieben ist und die Sterne verdeckt hatte,* beruhige ich mich. Meine Einbildung hat mir eine Bewegung wie von dunklen Schwingen nur vorgegaukelt. Im Rennen finde ich den achteckigen Saal, der vielleicht früher einmal ein Thronsaal war. Das Licht der Taschenlampe fällt auf die zersplitterten Reste eines Glasfenster-Mosaiks, halb Stern, halb Blume. Der Raum daneben hat noch ein unversehrtes Fenster. Ich ertaste unser Bett, das aus Truhen zusammengestellt ist, eine Samtdecke und das weiche Martiskatzenfell, das uns als Kissen dienen wird. »Welch seltener Besuch«, murmelt Janeik, als ich mich in seine Arme schmiege. »Was gibt es, Schönste?«

»Firan? Liljann sagt, Volok sei eines von den magischen Wesen.«

»Was?« Jetzt ist er wach.

»Das Totenwesen. Wie diese Kreatur im Felskerker. Sie sagt, solche Wesen können nicht sterben, sie haben keinen Herzschlag.«

Janeik hört schweigend zu, während ich Liljanns Worte wiederhole. Und er schweigt auch danach eine ganze Weile. »Was sagst du dazu?«, dränge ich.

Er setzt sich auf und reibt sich mit beiden Händen müde über das Gesicht. »Was soll ich dazu sagen? Dass jemand, der halb verrückt vor Angst ist, sich einbilden kann, dass sein Angreifer ein Monster ist? Einen Herzschlag hatte Volok, das kann ich dir versprechen, Blut, das aus einer Wunde quillt, lügt nicht. Und ich habe seine Leiche gesehen – fliegen konnte die jedenfalls nicht. Und außerdem: Wenn diese Schauergeschichte wahr wäre, müsste die Corent-Mumie in der Zitadelle doch auch noch leben. Und selbst wenn Volok ein Menschtier war – es sind Tiere, Tajann, nichts weiter. Magisch zwar, aber sterblich wie wir – und die Hirsche.«

Ich will Janeik glauben und selbst über meine Zweifel lachen. Und dennoch …

»Dann bist du wirklich sicher, dass Volok tot ist?«

Janeik schnaubt. »Verdammt, Tajann!«, braust er mit einem Mal auf. »Soll ich das, was von ihm übrig ist, wieder ausgraben lassen, damit du mir endlich glaubst? Liljann ist hier sicher!«

Im Nebenraum pfeift ein Windstoß durch das zerbrochene Sternfenster. Der Wind rüttelt an unserer Tür und reißt sie auf. Scherben klimpern im Sternenraum über den Boden, aber niemand ist dort. Ich schnappe nach Luft. »Sicher? Dieser Glaspalast bietet nicht mehr Schutz als ein zerrissenes Fischernetz! Jeder könnte durch die zerbrochenen Fenster eindringen ...«

»Nein!« Ich verstumme, so bestimmt klingt Janeik. »Ich habe dir doch schon gesagt: Ich halte mein Versprechen. Niemand kann in unsere Festung kommen – selbst wenn du alle Türen öffnest.«

Ich weiß nicht, warum mir plötzlich noch unbehaglicher zumute ist. Janeik seufzt, als würde ihm ein tonnenschweres Gewicht auf der Seele liegen. Dann scheint er einen Entschluss zu fassen.

»Komm mit, ich wollte es dir morgen ohnehin zeigen.«

Er kennt die Wege bereits ohne Licht und ich lasse mich führen, viele Treppen nach unten, dort, wo es nur noch Mauern und Felsen gibt und in der Nähe vereinzeltes Husten und Schnarchen aus Soldatenzellen zu hören ist. Erst als ich das Klicken einer Taschenlampe höre, blinzle ich in die Helligkeit. Wir stehen vor einer Nische. Janeik nimmt einen losen Mauerstein heraus. Dahinter befindet sich so etwas wie ein Siegel aus erstarrtem rotbraunem Harz. Und darin eingelassen, wie Mücken im Bernstein, zwei ineinander verflochtene Haarsträhnen. Ich erinnere mich daran, dass Janeik mir einmal eine Locke abgeschnitten hat, damals in König Jars alter Burg. Er wollte sie immer bei sich tragen.

»Was ist das?«

»Das sicherste aller Schlösser.« Janeik nimmt meine Hand und führt meine Fingerspitzen über das Harz. Ein elektrisches Kribbeln fährt über meine Haut, heiß und kalt zugleich, und ich zucke zurück.

»Fühlt sich an, als sei es lebendig, nicht wahr? In gewisser Weise ist das auch so. Deshalb habe ich diesen Palast als Versteck gewählt. Es gibt nur wenige Orte, in denen diese alte Magie noch lebendig ist. Der Palast hat eine Wächterseele. Und die Herren, die er nun beschützt, sind wir.«

»Was soll das bedeuten?«

»Dass nur du und ich entscheiden, wer die Schwelle übertreten darf. Ich habe diesen Mauern heute die Namen unserer Leute genannt, auch den von Liljann. Der Palast weiß nun, wen er über die Schwelle lassen darf. Niemand sonst kann unsere Festung betreten. Es sei denn, wir öffnen ihm die Tür mit eigener Hand oder rufen ihn herein. Unser Atem und unsere Hände sind die einzigen Schlüssel.«

Ich weiche zurück. »Solche Magie ist … gegen den Kodex.«

Im Licht der Taschenlampe wirkt Janeiks Lächeln schmerzlich. »In der Liebe und im Krieg muss man manchmal ungewöhnliche Wege gehen. Wer wüsste das besser als wir?«

»Aber warum kennst du dich mit Magie …?«

»Weil mein Lordonkel der Meinung ist, man muss seine Gegner kennen. Wer einen Feind besiegen will, sollte ihn erst studieren und seine Waffen beherrschen. An Marids Hof durfte ich unter strengster Geheimhaltung lernen, was man heute noch darüber weiß – aber selbst das ist nur ein Bruchteil dessen, was unsere Vorfahren wussten, sonst hätten sie Gebäude mit solchen Schutzmechanismen wie diesem hier nicht erbauen können. Der Großteil ihres Wissens wurde vernichtet, aber wir haben immerhin noch die Überlieferung, wie man ein solches Siegel nutzt.«

Plötzlich wage ich nicht mehr, laut zu reden, so, als würden die alten Mauern tatsächlich lauschen. »Wann wolltest du es mir sagen?«

»Gestern schon. Aber du warst bei Liljann.«

»Du hast ohne mich entschieden!«

»Du sagtest, du vertraust mir, was den Palast angeht. Und hättest du anders gehandelt?«

»Wir brechen damit den Kodex.«

»Das tun wir nicht. Das Grauland ist nicht unsere Eroberung, nur eine Station, hier gibt es keine Tribunale, denn hier gelten unsere Gesetze nicht. Und Lord Marid würde es billigen. Wir erschaffen schließlich nichts, wir nutzen nur, was ohnehin zu diesem Ort gehört.« Ich schweige und eine Weile lauschen wir nur den Schatten. Dann atmet Janeik gequält auf und reibt sich mit der Hand über die Augen. »Ich weiß, Tajann. Und ich denke wie du. Aber du weißt, wer unser Gegner ist. Meine Mutter hat den Kodex bereits verletzt und sie hat nichts zu verlieren. Und wenn … es tatsächlich stimmt, was Liljann über Volok erzählt, dann hatte sie sogar ein magisches Wesen in ihren Diensten, das sie mit Menschenleben bezahlte.« Er presst die Lippen zusammen. Ich kenne ihn. Es fällt ihm schwer, sich einzugestehen, wie arglos er an Voloks Seite geritten ist im Glauben, er sei einfach nur ein Augenmann. »Liljanns Schicksal war schon besiegelt, als Volok sie auf dem Fest sah«, sagt er leise. »Sie hatte nur einen Aufschub, weil meine Mutter dich mit der Frist prüfen wollte.«

Daran muss er mich nicht erinnern. Meine Hände ballen sich ganz von selbst zu Fäusten, wenn ich an Lady Jamalas falsches Lächeln denke, ihre Lektionen, ihre scheinheilige Fürsorge. Mir fällt es schwer, mir einzugestehen, wie lange ich schon eine Figur auf Jamalas Spielbrett war.

»Glaubst du, wir bestehen gegen eine solche Gegnerin, indem wir fair und gesetzestreu sind?«, setzt Janek hinzu. »Sie ist es nämlich nicht.«

Ich schaue zum Siegel. *Bist du unter Wölfen, werde selbst zum Wolf.* Das stammt ausnahmsweise nicht von Jamala, sondern aus einem sehr alten Buch über Kriegsstrategien.

»Was passiert, wenn jemand ohne unsere Erlaubnis über die Schwelle …«

»Er stirbt ohne Laut, mitten im Gedanken. Herzen hören auf zu schlagen. Und … alles andere hört auf zu sein. Selbst wenn Volok sich ohne Herzschlag aus seinem Grab freikratzen sollte, endet sein Weg vor unseren Toren.« Janeik streicht über das Harz und sieht mich an. »Aber wenn du es wirklich nicht willst, breche ich das Siegel auf der Stelle. Es ist allein deine Wahl, Tajann.«

Mein Mund ist ganz trocken und mein Herz rast. Aber ich muss nur an den gleitenden Schatten denken, um zu wissen, dass es für mich keine Ruhe geben wird, solange ich Liljann nicht beschützt weiß. Meine Stimmen flüstern und warnen, aber diesmal weiß ich, was ich zu tun habe.

»Brich das Siegel nicht.«

Janeik nimmt meine Hand, küsst sanft die Innenfläche. »Dann willkommen in deiner Zitadelle, Mylady.«

Als er mich an sich zieht, sträuben sich meine Haare mit einem Knistern. Der ganze Palast scheint mit den Zähnen zu knirschen, ein Geräusch von Stein, der auf Stein mahlt, und Glas, das in Verankerungen reibt. Und unter uns grollt das Beben, als wären die Mauern hier die zitternden Flanken eines großen Tiers, das die Witterung seiner beiden Herren aufnimmt.

Labyrinth

Etwas war wohl tatsächlich mit mir passiert, als ich mit Volok bei der Schlucht war. Manchmal fuhr ich im Schlaf hoch, überzeugt davon, auf der anderen Seite zu stehen, dort, wo die Toten mir so nahe waren, dass ich ihren Eishauch spürte. Vielleicht war ich dem Tod einfach nahe genug gewesen, um diese Schwelle im Schlaf schon halb zu überschreiten. Aber auch tagsüber begegneten mir Gespenster in fast jedem Raum. Manche waren Krieger in fremdartigen Uniformen oder Clansleute. Eine alte Frau mit Rußmaske und mit grauem Haar tanzte durch die Gänge. Anfangs hatte ich noch gefürchtet, Naveen unter den Toten zu entdecken, aber bei den Geistern war er nicht. Das machte mir Hoffnung, denn ich redete mir ein, würde er nicht mehr leben, hätte ich ihn unter diesen Schemen entdeckt.

Tajann begleitete mich zu den Höhlen. Ich fand Hufspuren

von beschlagenen Pferden und ein Stück eines Seils, an dem schwarze Farbe haftete wie die, mit der Naveens Hände gefärbt waren. Seitdem suchte ich im Palast nach ihm. In den Gefängnissen war er nicht, aber ich war sicher, es gab noch mehr Kerker, von denen Lady Tajann mir nichts sagte. Also erkundete ich fröstelnd vor Unbehagen mit der Taschenlampe das Labyrinth. Ich klopfte Fragen an verwitterte Türen und hämmerte gegen alte Rohre in der Hoffnung, ein Antwortzeichen aus dahinter verborgenen Kerkern zu bekommen. Mehr als einmal bildete ich mir ein, ein Atmen hinter mir zu hören und zu spüren, wie etwas Lauerndes, Dunkles hinter mir knisternd am Stein emporkroch, aber wenn ich keuchend herumfuhr, waren es stets nur zuckendes Licht und mein eigener Atem, die mich erschreckt hatten. Naveen fand ich nur in meinen Träumen, doch immer, wenn ich ihn endlich sah, hinter einer Tür, am Ende eines Ganges, war es Voloks geflügelter Schatten, der zwischen uns trat.

»Was ist denn da in der Ecke?«, fragte meine Schwester ungehalten, wenn sie mich wieder einmal dabei ertappte, wie ich die Wilen besorgt betrachtete. In diesen Tagen waren sie seltsam bekümmert, und es kam mir so vor, als wären sie grauer geworden und älter.

»Da war nur ein Schatten«, erwiderte ich. Ich wusste nicht, ob Tajann mir glaubte. Zu besorgt war sie, wenn ich von Schatten sprach, und zu oft fragte sie, was ich bei den Hirschen gesucht hatte. Sie runzelte jedes Mal nur zweifelnd die Stirn, wenn ich ihr wieder einmal antwortete, ich sei schlafgewandelt. Aber sollte ich ihr erzählen, dass ich in jener Nacht von Naveen geträumt hatte, der mich rief? Als ich hinausgetappt war, hatte ich die Hirsche durch das Fenster gesehen – und inmitten der Herde eine schlanke Gestalt im Nebel. Aber als ich mich mit meinem Schwellenzauber an dem Wächter vorbeigestohlen hatte und draußen stand, hatte ich gesehen, dass es gar nicht Naveen war, der dort auf mich wartete. Es war mein Geistermädchen, ohne Wunden, so, wie sie zu Lebzeiten gewesen sein musste.

»Wo ist er?«, flüsterte ich, aber sie verschwand, als hätte meine Stimme sie vertrieben.

Sorgfältiger denn je legte ich in diesen Tagen meinen Schwellenbann zwischen Tajann und mich, wenn ich mich heimlich davonstahl, denn ich wusste genau, wen ich vor mir hatte. Nicht mehr meine übermütige Schwester, sondern eine Herrin und Strategin, die den Kodex verteidigte und als Lady alle Magie verdammen musste. Mir kam es so vor, als hätte ich meine Schwester nie richtig gekannt. Jetzt war sie ein Falter, der aus dem Kokon geschlüpft war und seine eigentliche Gestalt angenommen hatte. Es schüchterte mich ein, wenn sie Offizieren und Beamten Befehle gab. Und ich fragte mich, was ihr an diesem kühlen und überheblichen Junglord gefiel. Wenn ich sie zusammen sah, musste ich dennoch zugeben, dass da etwas zwischen ihnen schwang. Ich bemerkte oft, wie ihre Hände sich verstohlen fanden, und auch, wie Janeiks Blick weicher wurde, wenn er meine Schwester betrachtete. Doch mir fiel ebenfalls auf, wie sehr Janeik darauf achtete, Tajann nur ein bestimmtes Gesicht von sich zu zeigen. Sein anderes, verborgenes Gesicht zeigte Angst. Es war die Art, wie er in die Ferne starrte, wenn er sich unbeobachtet glaubte, eine stille Verzweiflung lag dann auf seinen Zügen. Einmal entdeckte ich ihn allein und halb versteckt in einer Fensternische im unbewohnten Nordteil des obersten Stockwerks. Blass und bekümmert studierte er mit dem Fernglas den Horizont und bemerkte mich hinter meiner Schwelle nicht. *Ob Tajann weiß, dass sie die Stärkere von den beiden ist?*, dachte ich heimlich bei mir.

Ich war davon überzeugt gewesen, dass mein Gespenstermädchen nun auf die andere Seite gegangen war. Umso überraschter war ich, sie in meinem Zimmer zu finden, neben der Rose sitzend, die ich in einen alten Eisenhelm gepflanzt hatte.

»Wo warst du so lange? Du musst mir helfen, Naveen zu finden!«, bestürmte ich sie sofort. »Wurde er zum Palast gebracht? Oder konnte er fliehen? Du musst gesehen haben, was in der Höhle und bei der Schlucht passiert ist.« Es beruhigte mich kein bisschen, dass sie wie ertappt auf meine Narbe an der Kehle blickte und dann heftig den Kopf schüttelte.

»Warum nicht? Du kannst ihn doch finden – du gehst sogar durch Wände.«

Aber mein Gespenstermädchen sprang auf und wollte davonhuschen.

»Warte! Sag mir wenigstens, dass er noch lebt. Das bist du mir schuldig, meinst du nicht?«

Noch nie hatte ich auf dem sanften Gesicht eine Zornesfalte gesehen, aber jetzt presste das Mädchen auch noch die Lippen zusammen. Deutlicher konnte ein Nein nicht sein.

»Warum willst du mir nicht helfen?«, rief ich verärgert.

Auf einen Wink von ihr wurden Blütenblätter von den Rosen gerissen, als würde ein Wind sie rupfen. Ich musste zweimal hinsehen, um zu erkennen, dass Staub und Blätter sich auf dem Boden für einen kurzen Moment zu Buchstaben zusammenfanden und sofort wieder auseinandertrieben. *Männer bringen uns kein Glück*, war die Botschaft. Es war ein Schock, dass wir tatsächlich eine Sprache hatten. Das Mädchen verblasste zu einer bloßen Ahnung. »Warte!«, rief ich. »Das heißt, du willst einfach nur nicht, dass ich ihn wiedersehe? Dazu hast du kein Recht! Es ist nicht dein Leben, es ist meines – und ich *muss* zu ihm – bitte!«

Für einige ewig lange Momente starrte ich in Nebel, der nur noch entfernt eine Ähnlichkeit mit einem Mädchen hatte. Dann nahm ich wahr, wie sie mir zuwinkte und davontrieb. Ich folgte dem Schemen mit klopfendem Herzen. Das Mädchen führte mich über Treppen nach unten zu einem zerbrochenen Fenster. Der Weg führte in einer halsbrecherischen Kletterpartie um einen Erker herum, in den verlassenen, baufälligen Teil der Burg. Vielleicht hatte ein Sturm vor langer Zeit die Dächer zerstört, jedenfalls fanden sich dort nur noch ein paar Mauerreste unter freiem Himmel, zwischen denen Sträucher und sogar Bäume wuchsen. *Versteckt er sich hier draußen?*, dachte ich. Ich zögerte nur einen Moment, mich endgültig nach draußen zu hangeln, aber die Sehnsucht nach Naveen war stärker – und mein Schwellenbann würde mich auch in diesen abgegrenzten Mauerresten schützen. Das Mädchen lotste mich zu einem dieser verwilderten Schachtgärten, der ehemals ein Zimmer gewesen war. Doch voller Enttäuschung musste ich erkennen, dass es meinem Gespenst gar nicht um Naveen gegangen war. Es wollte lediglich, dass ich die Rose einpflanzte, genau am Fuß eines Salas-Baumes. »Ist das alles?«, rief ich dem Mädchen hinterher. »Du wolltest dir nur ein Grab aussuchen?« Aber sie war schon fort.

Draußen hat der Herbst die Baumkronen in Blattgold verwandelt, die Farben glühen überirdisch schön, aber mir kommt es vor, als würde der Farbenrausch uns verhöhnen. Tag für Tag vergeht und Lord Marids Boten tauchen nicht auf. Inzwischen halten wir fast rund um die Uhr Ausschau nach Reitern. An klaren Tagen erhasche ich mit dem Fernglas den grauen Glanz des Meeres, das unsere Rettung sein wird, aber kein Schiff zeigt sich, kein Reiter, kein Lebenszeichen. Alle sind gereizt, es gibt Streit und Gebrüll in den Quartieren und niemand schläft gut. Die dritte Woche naht schon und Janeik ist blass und kommt nicht mehr zur Ruhe. Noch nie habe ich ihn so bedrückt erlebt. Es ist ein neuer, schweigsamer Janeik, den ich in diesen Tagen kennenlerne. Wenn ich nachts aufwache, finde ich ihn am Fenster, das Fernrohr am Auge, in die Mondnacht spähend. Ich bin es, die die Dinge in die Hand nimmt. Ich beschäftige die Soldaten, indem ich sie zur Jagd und zum Holzmachen schicke, und erkunde mit den Handwerkern das Labyrinth. Es deutet wirklich alles darauf hin, dass dieser Palast einst zu unserem zivilisierten Urreich gehörte. Wir finden Türschlösser wie die in der Zitadelle, einen Fahrstuhlschacht und alte Wasserleitungen. Wie Archäologen befördern wir halb verschüttete Truhen ans Tageslicht und brechen sie auf. Die Gewänder, die wir darin finden, wirken fremdartig, aber städtisch. Sie sind festlich und goldbestickt, Zeremonienkleider mit flügelartigen Ärmeln. In anderen Truhen ist schwarze matte Kleidung aus einem fremdartigen Material, fast wie Schuppenhaut, robust und leicht mit engen Ärmeln. Vielleicht diente sie einst als Schutzkleidung unter Panzerungen und Harnischen, denn auch Eisenhelme mit angeschweißten Masken in den Truhen zeugen von Kriegen aus grauer Vorzeit.

Liljann näht die Zeremoniengewänder um, aber ich habe den Eindruck, sie nutzt diese Arbeit, um sich mit gesenktem Blick hinter Stoff und Nadelstichen zu verbergen. Ich gebe vor, nicht zu bemerken, wie oft sie weint. Natürlich trauert sie um Mila, aber das allein ist es nicht. Ich bin sicher, Liljann kannte die gefallenen Clansleute, was sie mir wohlweislich verheimlicht. Monn berichtet mir allerdings, dass sie heimlich im Labyrinth war und die Wachen in meinem Namen dazu gebracht hat, einen Blick in die Kerker werfen zu dürfen.

»Sorg dafür, dass sie in ihrem Zimmer bleibt«, sagt Janeik warnend. »Sie ist hier nicht die Schwester der Lady, sie hat keine Privilegien und nichts zu befehlen.«

Monn drückt es wie immer drastischer aus: »Ich traue ihr kein Stück. Sperr die Grauländerin zu ihresgleichen, bis wir weiterziehen. Du kannst dir niemanden leisten, der dir in den Rücken fällt. Und du hast Glück, wenn sie nur verdächtigt wird, mit den Gefangenen zu paktieren. Sobald jemand das Wort *Hexe* ausspricht, haben wir ein Problem.«

Ich weiß sehr wohl, dass es seit der Sache mit den Hirschen Gerüchte um meine Schwester gibt. Mir entgeht nicht, wie der rothaarige Torwächter sie ansieht und dass viele Leute einen Bogen um sie machen. Gespräche verstummen, wenn sie einen Raum betritt, und das ist nie ein gutes Zeichen. Aber ich weiß, was ich Liljann schuldig bin. Freiheit ist das einzige Geschenk, das ich ihr machen kann. Seit wir uns wiedergefunden haben, sind wir einander nah und doch nicht nah. Es fällt kein böses Wort, aber auch sonst sind wir verstummt. Die einzige Sprache, mit der wir uns neu finden, sind Berührungen. Manchmal umarmen wir uns, bis Liljann sich mir wieder entzieht. Ich streiche ihr sacht über den Rücken und das Haar und manchmal lehnt sie den Kopf an meine Schulter und wir lauschen beide dem Echo eines gemeinsamen Lebens, das es nicht mehr gibt.

Ich versuche, sie besser im Auge zu behalten, aber sogar ich vergesse sie manchmal für Stunden und erschrecke fast, wenn ich sie wieder entdecke – meist bei den Ställen, wo sie bei ihrer Stute steht, der sie einen Namen gegeben hat. Oft finde ich sie auch in einer Zimmerecke über einer Näharbeit sitzend. In solchen Momenten frage ich mich, ob ich vielleicht verrückt werde, denn ich hätte schwören können, dass sie eben noch nicht dort war.

Als die dritte Woche des Wartens zu Ende geht, befehle ich, die alten Wasserleitungen provisorisch instand zu setzen und dafür die Eisenmasken einzuschmelzen. Es ist das erste Mal, dass Janeik und ich uns wirklich streiten. »Das ist doch wie ein Zugeständnis!«, ruft er. »Du sagst damit, dass die Boten nicht kommen werden und dass wir uns auf einen Winteraufenthalt vorbereiten müssen.«

»Willst du alle nur untätig herumsitzen lassen? Das Labyrinth kann sich jederzeit in ein Pulverfass verwandeln. Jeder malt sich aus, was ihm blüht, wenn der Plan scheitert.«

»Wenn er *scheitert?*« Janeik flucht wüst und wendet sich brüsk ab, blass vor Zorn. Ich merke, wie sehr ich ihn gekränkt habe.

»Janeik …«

»Nichts scheitert!«, fährt er mich an. »Aber du hast recht. Herumsitzen und Warten ist der falsche Weg.«

»Was soll das heißen?«

»Dass ich mich nicht mehr auf die Boten verlassen werde. Wenn ich eines der schnellen Kurierpferde nehme, bin ich übermorgen am Teren-Pass. Es gibt zwei Kontaktleute mit Tarnidentitäten an der Handelsstation an der Grenze, die Botschaften an Marid …«

»Du reitest nicht allein von hier fort, Janeik!«

»Warum nicht? Weil es so schön ist im Barbarenland?«, stößt er hervor. »Wir sollten längst in der Zivilisation sein. Bei Gott, ich habe nicht alles aufs Spiel gesetzt, um in der Wildnis in einer Höhle zu hocken und zu warten!«

»Ein Lord darf nicht Kopf und Kragen riskieren. Schick Monn oder einen deiner Augenmänner zum Pass, dafür sind sie da.«

Janeik starrt mit verschränkten Armen weiter in die Ferne, an der Spannung seiner Schultern sehe ich, dass er die Hände zu Fäusten ballt. Er wirkt wie ein Löwe im Käfig, und mir wird endgültig klar, dass es gar nicht nur um die Boten geht. Mein Herz wird schwer, aber ich kann nicht länger so tun, als würde ich es nicht bemerken: Mein Geliebter, der jede Art von Wildnis so sehr hasst, wie sie mir vertraut ist, bewegt sich auf einem schmalen Grat. Er verachtet das Leben, das früher meines war und das ich auch jetzt ohne Mühe lebe. Er dagegen vergleicht all das hier mit einem Glanz, den ich nicht kenne. Nicht mehr lange und er wird alles tun, um diesen Wäldern und den Schatten zu entkommen. Plötzlich habe ich Angst. *Wann haben wir damit angefangen, mehr Unterschiede als Gemeinsamkeiten zu haben?*

»In drei Tagen findet das Herbstfest statt«, wechsle ich das Thema. »Wir sollten es feiern. Gerade jetzt.«

Janeik lacht hart und sarkastisch auf. »Ein Räuberfest, Tajann? Viel Spaß dabei, aber rechne nicht mit mir.«

Die Metalltür schlägt so laut zu, dass das Echo durch die Gänge dröhnt.

In dieser Nacht kommt er nicht zurück. Und ich suche nicht nach ihm.

Das letzte Lied

Das Herbstfest ist Liljanns und mein siebzehnter Geburtstag, aber wir feiern kein Familienfest, dieser Abend steht ganz im Zeichen der Gemeinschaft. Ich habe die große Säulenhalle gewählt, dort, wo alle Gänge sich beim ehemaligen Fahrstuhl zu einem Zentrum finden. Truhen und Tische wurden aufgestellt, Bratenduft erfüllt den Raum. Janeik und ich haben uns nicht versöhnt. Es ist, als würden wir auf zwei Seiten stehen, beide zu stolz und zu sehr im Recht, als dass wir auch nur einen Schritt aufeinander zugehen könnten. Es macht mich traurig, dass ich das Fest heute ohne ihn feiern werde, aber dennoch muss ich lächeln, als ich durch die Glaswände beobachte, wie eifrig sich alle vorbereiten. Die Frauen genießen es sichtlich, einmal etwas anderes als Soldatenkleidung und Handwerkerkluft zu tragen. Sie haben die antiken Festkleider aus den Truhen geholt und wirken mit den Bändern und dem Herbstlaub im Haar völlig verwandelt, mädchenhaft und fröhlich. Zum ersten Mal, seit wir hier sind, sehe ich lachende Gesichter, und sogar die düstersten Augenmänner wirken ausgelassen und erwidern die Scherze der Frauen. Ich hatte recht. Wir brauchen ein Fest, gerade jetzt, als Atemholen, als Leuchtfeuer gegen all diese Schatten, die von Tag zu Tag schwerer auf uns lasten. Und ja, es ist ein Räuberfest, wie Janeik verächtlich bemerkte. Anstelle edler Kristallkelche haben wir nur verbeulte Becher aus Metall, unsere Musiker sind Arbeiter, die auf Trommeln und Flöten spielen, ein Beamter wird sie auf einer Gitarre begleiten, ein Minenverwalter beherrscht eine Zither. Wein wird nicht in Strömen fließen, zu knapp sind unsere Vorräte, aber wir haben gegorenen Winterbeerensaft und zwei kleine Fässer mit Branntwein. Immer noch hoffe ich, dass Janeik es sich anders überlegt, aber der Einzige, der zu mir kommt, ist Monn. Bei meinem Anblick hebt er anerkennend die Brauen.

»Du hast dich also endlich dazu entschlossen, auch wie eine Lady auszusehen. Oder trittst du als heidnische Herbstgöttin auf?«

»Dann würde ich wohl kaum ein Ballkleid tragen, sondern nur ein paar Blätter an den strategisch wichtigen Stellen«, erwidere ich ebenso spöttisch. »Hast du das Licht für die Zeremonie?«

Monn nickt und winkt einem seiner Leute, mir die Harzfackel anzuzünden. Traditionell sollte es ein Silberlüster sein, aber es wird auch so gehen. »Du wirst eine gute Lady sein, Tajann«, sagt Monn in seiner rauen Art. »Das weiß auch dein Lord, auch wenn er sich im Moment wie ein Idiot benimmt.« Trotz allem tun mir Monns Worte gut.

Die Gespräche verstummen sofort, als ich den Festsaal betrete, nur noch das Fauchen der Fackel ist zu hören. Münder klappen vor Verblüffung auf, und mir wird klar, dass ein Großteil unserer Leute mich ja wirklich nur in Soldatenmantel und Reitstiefeln kennt. Aber heute habe ich das goldene Kleid angelegt, das ich zu meiner Hochzeit tragen sollte. Liljann ist nicht nach Tanzen zumute, sie wird den Abend in ihrem Zimmer verbringen. Aber sie hat mir bei der Vorbereitung geholfen und mir mit Nadel und Faden Herbstlaub an den Rock geheftet. Er schwingt und wirbelt bei jedem Schritt wie goldenes Wasser, in dem Blätter treiben. Der Schimmer des Stoffs fängt die Reflexe des Fackellichts. Ich bin überrascht, wie erleichtert die Menschen im Raum bei meinem Anblick wirken, und mir wird klar, dass ich eine von Jamalas Lektionen wohl sträflich unterschätzt habe: die Macht der Bilder.

Bisher gehorchten diese Menschen hier der Frau an Janeiks Seite, jetzt aber sehen sie sich zum ersten Mal einer Herrscherin gegenüber. Niemand tuschelt und fragt nach Janeik. Wie es die Tradition vorsieht, hebe ich das Licht und umrunde die freie Fläche in der Mitte des Saales. »Ich bin der Herzschlag des Herbstes«, rezitiere ich die Eröffnungsformel. »Ich bin das Verblühen, das Vergehen vor dem Werden. Ich bin der letzte Tanz des Sommers und der letzte Kuss auf goldenes Haar, bevor es winterweiß wird. Ich bin der letzte Gesang der Goldammer und der letzte Flügelschlag des Schmetterlings. Ich bin der Funke, der in euer Herz sinkt, um im Frühjahr neu geboren zu werden, und ich bin das letzte Lied, das bis zum ersten Frühlingstag in uns nachklingen wird. Auf das letzte Licht!«

»Auf das letzte Licht!«, ruft es aus hundert Kehlen. Jemand nimmt mir die Fackel aus den Händen. Eine Frau reicht mir einen Becher mit Wein. Ich erwidere ihr breites Lächeln, aber dann wird mir klar, warum sie so auffällig strahlt.

»Ihr konntet wohl nicht auf mich warten, Mylady?«

Mein Herz macht einen schmerzhaften Satz. Ich wirble herum und da ist tatsächlich Janeik. Ich sollte immer noch wütend sein, aber ich kann nicht. Er trägt seine schwarzgoldene Festuniform und in seinem Lächeln liegt alles: eine Entschuldigung für das Schweigen der letzten Tage und die Sehnsucht nach mir.

»Auf das letzte Licht – und auf die Sonne an meiner Seite!«, sagt er laut in den Raum. Und dann küsst er mich – vor aller Augen. Ich bin froh, dass er mich hält, denn meine Knie werden weich und mein Körper ist eine einzige warme Fläche. Es ist, als wäre mit unserem Kuss ein Damm gebrochen. Wilder Applaus brandet auf, Lachen und Jubel erklingen, Musik setzt ein, als hätte die ganze Burg nur auf diesen Moment hingefiebert. »Verzeihst du mir?«, flüstert Janeik mir ins Ohr.

»Das kommt darauf an, wie gut du tanzt.« Doch wir müssen beide lächeln. Janeik zieht mich enger an sich, als es sich für einen höfischen Tanz gehört. Schultern anderer Tänzer streifen uns und manch einer tritt mir auf den Saum, so wild ist dieser Reigen. Jetzt bin ich froh, dass Liljann in ihrer Kammer geblieben ist. Ich würde mich schuldig fühlen, in ihrer Gegenwart so glücklich zu sein. Für einige schwebende Momente ist alles ganz leicht – trotz der Schatten, die auch heute zu dunkel wirken und so dicht, als hätten sie ein eigenes Gewicht, das sich auf uns senkt. Doch dann sehe ich zwischen zwei Drehungen etwas, das mich aus dem Takt bringt. Es ist sicher nur eine Täuschung, aber für eine Sekunde bilde ich mir ein, meine Schwester im Glas neben der Tür gespiegelt zu sehen, todernst, mit weit aufgerissenen, waidwunden Augen. Ich erschrecke. Aber natürlich habe ich mich getäuscht, denn als Janeik mich in die nächste Drehung zieht, ist die Spiegelfläche bei der Tür leer.

Die wirbelnden Schatten an den zerkratzten Glaswänden hatten mich zum Fest gelockt. Sie erinnerten mich an Naveen und Ona, deren Silhouetten über die blauen Höhlenmalereien tanzten. Stattdessen fand ich meine Schwester und Janeik, vereint in diesem Kuss, der alles zeigte, was sie waren: zwei Teile eines Ganzen. Mein Plan war gewesen, heute Nacht mit dem Schlüssel noch tiefer ins Labyrinth vorzudringen, die Gelegenheit war günstig, auch die meisten Wachen feierten. Aber stattdessen rannte ich nun zu dem geheimen Ort, der nur mir und den Geistern gehörte. Nein, ich hasste meine Schwester nicht, aber ich fühlte mich, als hätte dieser Anblick den Schorf einer Wunde mit einem schmerzhaften Ruck abgerissen. Tränen rannen mir über die Wangen, als ich floh, die Hand so fest um Tajanns Ring geschlossen, dass der Feueropal sich tief in die Handfläche eindrückte. Den Schlüsselring hatte ich unbemerkt eingesteckt, als ich meiner Schwester beim Anlegen des Festkleides half. Ich hatte heimlich beobachtet, wie Tajann Schlösser damit öffnete.

Ein kristallharter, kalter Mond betrachtete mich ohne Wohlwollen, während ich über Mauerreste zum Grab meines Gespenstermädchens huschte. Sie war nicht hier, aber der Rosenstock, den ich erst vor ein paar Tagen hier eingepflanzt hatte, war erstaunlich schnell gewachsen. Der Salas-Apfelbaum war bereits überwuchert und ächzte unter der Last unzähliger Rosenblüten. Seltsamerweise waren sie nachgedunkelt. Das Licht der Taschenlampe zeigte mir staubgraue Blütenblätter. Ich legte meinen Schwellenzauber dorthin, wo früher die Tür in ein Zimmer geführt hatte, dann rollte ich mich in einer Wurzelkuhle zusammen. Oben pfiff der Herbstwind durch die Baumkrone und zauste die Rosen, aber hier unten bei den Wurzeln war es friedlich und still. »Wo bist du, Naveen?«, flüsterte ich. Aber ich war allein mit der Kälte und dem bitteren Duft von überreifen Salas-Äpfeln, die vom Baum gefallen waren. Ich hangelte nach einem Apfel und biss hinein, kaute, bis meine Kiefer schmerzten. »*Erst bitter, dann süß, also halte durch!*«, so hatte Ona mir den Geschmack der Äpfel beschrieben, aber auch die Süße brachte mir keinen Trost. *Bitte, lass mich ihn finden und ich werde nie wieder etwas verlangen*. Ich weiß nicht, an wen ich dieses Stoßgebet richtete, vielleicht an die Todesfrau aus meinem Traum. Ungewissheit ist das stärkste Gift, das lernte ich nun. Es lähmt unsere Hoffnung und erschafft neue Gespenster. Denn diesmal bildete ich mir ein, im Wind eine raunende Stimme zu hören, die mir riet, vorsichtig zu sein mit dem, was ich mir wünsche.

Schnee und Schatten

Ich war sicher, wach geblieben zu sein, aber als ich blinzelte, stand der Mond an einer ganz anderen Stelle des Himmels. Die Rosenblüten hingen wie eingefroren über mir und in der Hand hielt ich immer noch den Apfel. Meine Zähne klapperten vor

Kälte und etwas Feines, Leichtes wippte im Takt meines Atems auf meiner Hand. Als ich die Augen ganz öffnete, glaubte ich erst eine Flaumfeder zu erkennen, die an meiner Haut haftete. Aber es war eine Schneeflocke. Jetzt nahm ich auch das leise Rascheln um mich herum wahr, erster Schnee, der erstaunlich früh vom Himmel fiel und sich weiß und klar gegen die Rosen abzeichnete. Während ich geschlafen hatte, schienen sie noch dunkler geworden zu sein. Vorsichtig richtete ich mich auf und stellte fest, dass eine Ranke mich umwachsen hatte. Dornen hatten sich in meinem Haar verfangen und zupften Fäden aus dem Kleid, als ich mich nun unsanft aus der Umklammerung losriss. »Was soll das?«, murmelte ich. Und dann entdeckte ich das Gespenstermädchen. Es saß über mir im Baum und amüsierte sich eindeutig über mich. Ihr rotes Tanzkleid war über den Ast gebreitet, aber Schnee fiel durch ihren Körper, während sie sich wiegte. Ihre bloßen Füße pendelten im Takt eines Liedes, dem sie gut gelaunt noch nachzuspüren schien.

»Du lässt dich wochenlang nicht blicken, aber das Herbstfest lässt du dir nicht entgehen, ja?«, bemerkte ich spitz.

Sie lächelte schamlos versonnen und in diesem Lächeln glaubte ich Janeik und Tajann zu sehen. Vielleicht lag es nur an meiner Verzweiflung, aber jetzt kochten Zorn und Bitterkeit in mir hoch. »Verräterin.«

Ihr Lächeln verlosch. Sie legte den Kopf schief und runzelte verdutzt die Stirn.

»Tu nicht so ahnungslos! Ich dachte, wir seien Freunde, dabei bin ich dir völlig gleichgültig. Verschwinde und lass mich in Ruhe!«

Dem Mädchen klappte vor Empörung der Mund auf.

»Du hast schon richtig verstanden. Such dir andere Spielgefährten, Schreckgespenst.« Ich schleuderte den Apfel nach ihr, und sie duckte sich weg, obwohl sie nicht befürchten musste, getroffen zu werden. Wenn ich ihre Stimme hätte hören können, dann hätte jetzt sicher ein empörter Ruf in dem Schachtgarten gehallt, aber so zeigte mir nur eine wütende Geste beider Hände, was sie dachte. »Ich bin also verrückt, ja?«, rief ich. »Und du bist treulos und feige! Und außerdem tot, auch wenn du es nicht gerne hörst. Ist das vielleicht der Grund, warum du mir nicht helfen willst, Naveen zu finden? Bist du neidisch darauf, dass ich noch leben und mich verlieben kann, während du dich zwischen den Tänzern herumtreiben musst wie ein herrenloser Hund auf der Suche nach Resten eines Lebens, das dir nicht mehr gehört?« Ich wusste, das war gemein, schon als ich es aussprach, bereute ich, so weit gegangen zu sein. Das Mädchen sah aus, als hätte ich ihr eine Ohrfeige gegeben. Bevor ich mich entschuldigen konnte, schlug sie mit der Faust gegen den Rosenstock. Zweige peitschten in meine Richtung, eine fast verblühte Rose klatschte gegen meine Schläfe und explodierte in einem Regen aus Blättern. »He!«, brüllte ich. Das Mädchen raffte wütend den Rock und sprang vom Baum. Ein kalter Wind schien mitten durch mich durchzuwehen, der Boden knackte unter mir wie eine Eierschale, Wurzeln hoben sich wie hölzerne Würmer aus dem Boden, dann riss mich ein Erdstoß von den Beinen. Es krachte, als sich der alte Baum neigte – und kippte. Holz splitterte, raue Rinde streifte schmerzhaft meine Schulter, dann sackte der Grund weg und ich rutschte einfach durch Erde und Wurzelwerk. Mein Schrei wurde von Erde in meinem Mund erstickt, hustend und orientierungslos hing ich in losen Wurzeln. Der Boden war einfach durchgebrochen und ich hing auf halber Höhe in verworrenem Wurzelwerk in irgendeinem dunklen Loch. Das Mädchen stand über mir am Rand der Bruchkante, mit verschränkten Armen sah sie auf mich herab, leuchtend in einem fahlen, zornigen Licht. »*Das hast du davon*«, schien der hochmütige Gesichtsausdruck zu sagen.

»Ganz toll!«, rief ich. »Du kannst also Bäume umwerfen. Warum hast du das Kunststück nicht vorgeführt, als Volok mich angegriffen hat?« Sie drehte sich auf dem Absatz um und verschwand eingeschnappt mit wirbelndem Rock und Haaren, dann war ich mit dem Mond allein. Meine Hände waren zerkratzt und bluteten, als ich nach der Taschenlampe tastete. Jetzt erkannte ich, dass der Rosenstock sich in den vergangenen Wochen mit aller Kraft durch den Boden gebohrt hatte, als wollte er das Mauerwerk darunter sprengen. Unter mir war dichter Schatten, ein Schlund, der mich frösteln ließ. Im Lichtkegel der Taschenlampe konnte ich die erdbedeckten Reste eines alten Mosaiks nur erahnen, Zacken, vielleicht Sternmuster. Zwischen den Kokons von Faltern oder Käfern, die zwischen den Wurzeln auf den Frühling gewartet hatten und nun über den Boden kullerten, blinkte Tajanns Ring mit dem Feueropal, der mir wohl aus der Hand gefallen war. Ich hatte keine Wahl. Ich musste in diese Gruft und ihn zurückholen. Über mir gab die Erde noch einmal nach und ein weiterer Erdrutsch rauschte an mir vorbei. Als ich sprang, kam ich auf diesem frischen Erdhügel auf und musste bereits nach Tajanns Ring graben. Hier unten war es noch unheimlicher, als es von oben ausgesehen hatte. Atemlos richtete ich mich auf und lauschte einem Scharren nach. Der Lichtkegel meiner Taschenlampe durchdrang kaum die Dunkelheit. Ich war in einer Nische gelandet, aber dahinter erstreckte sich ein flaches, weitläufiges Gewölbe, so viel konnte ich bei den ersten zaghaften Schritten erkennen. *Ein Gefängnis?* Jetzt schlug mein Herz so schnell, dass ich kaum noch Luft bekam. Es raschelte am Boden und knackte, die Kokonhüllen platzten auf und ich sah Gliederbeine hervortasten. Nachtfalter, zerknittert und noch unfertig, krochen über das Mosaik. Doch die feuchten Flügel entblätterten sich knisternd, blähten sich viel zu schnell auf und wurden sofort fest. Spätestens jetzt wusste ich, dass mit diesem Ort etwas ganz und gar nicht stimmte. Die Taschenlampe ging von selbst aus, der Schatten schien mich ganz zu schlucken, wie schwarze dichte Watte. Und dann hörte ich es: Atem rechts von mir. Jemand war hier! »Naveen?« Mein Flüstern ging fast unter in dem Scharren von Gliederbeinen und dem Klappern der Mottenflügel.

Ich weiß nicht, woher ich den Mut nahm, weiterzugehen. Der Boden war steinhart und schien dann wieder nachzugeben, so, als wäre ich in einem Traum gefangen, in dem es keine feste Form gab. Und dann berührte mein Fuß etwas, das zurückzuckte. Jemand saß vor mir, an eine Mauer gelehnt. Ich weiß bis heute nicht, woher ich so sicher wusste, dass *er* es war. Es war, als würden meine Fingerspitzen ihn besser kennen als meine Augen – die Linien seines Gesichts, das ich so oft heimlich betrachtet hatte, das Fließen seines Atems, den Schwung seiner Mundwinkel …

»Naveen!«

Wie bei einem Bann schien die Luft zu erstarren. Dann zuckte Naveen vor meiner Berührung zurück, als hätte er sich verbrannt.

»Immer derselbe Traum«, murmelte er. Die Mutlosigkeit in seiner Stimme schnürte mir die Kehle zu.

»Ich bin kein Traum!«, rief ich. »Ich habe dich gesucht, in den Höhlen und im ganzen Palast.«

Und dabei habe ich nicht verstanden, dass mein Geistermädchen mich auf seine Weise längst zu dir geführt hat.

»Du kannst nicht real sein. Nicht hier.« Er sagte es so leise, als wäre er weit, unendlich weit von mir entfernt. Und mit einem Mal bekam ich Angst davor, jeden Moment aufzuwachen. Ich glitt auf die Knie und umarmte ihn.

»Dann bin ich eben ein Traum, dem du noch einen Kuss schuldest«, flüsterte ich mit erstickter Stimme.

»Liljann!« Langsam schien er sich bewusst zu werden, dass ich tatsächlich hier war. Seine Hand strich zögernd über mein Haar. »Wie hast du mich gefunden?«

»Ein totes Mädchen hat mir den Weg gezeigt.« Ein kleiner, heißer Schreck durchrieselte mich, noch während ich den Satz aussprach. Noch nie hatte ich mich so verraten. Aber Naveen schien sich nicht zu wundern. »Und ich schulde dir einen … Kuss?« Fast hätte ich vor Erleichterung geweint. In seinem Flüstern hörte ich wieder einen Anflug seines spöttischen Tonfalls.

»Träume lügen nicht«, erwiderte ich mit fester Stimme.

Es war wieder diese andere Liljann, die Naveens Gesicht nun mit ihren Händen umfasste. *Die Dunkelheit gehört den Dieben*, dachte ich. Doch dann erschrak ich vor mir selbst. *Was tue ich hier? Einem anderen Mädchen den Kuss ihres Liebsten stehlen?* Das Blut schoss mir in die Wangen. Gerade wollte ich zurückweichen, aber Naveen ließ es nicht zu. Behutsam zog er mich in seine Arme, so nah, dass ich seinen Atem auf meinen Lippen spürte. Mir wurde schwindelig, und dann geschah es einfach und wir küssten einander, tastend und sanft. Etwas kam zum Stillstand, etwas hielt den Atem an. Nur mein Herz schlug weiter und alles an mir war Gänsehaut. Ich vergrub meine Hände in seinem Haar, drängte mich an ihn und er erwiderte meine Umarmung und zog mich nun so fest an sich, dass wir einen Kuss lang ein Körper waren, ein Schwingen, ein Herzschlag. Es war, als würde ich fallen – aber ohne Angst und Zweifel, in eine Wärme, die mich ganz durchströmte. Es war Sehnsucht und Licht und das schwebende Gefühl, mich ganz in Naveens Nähe zu verlieren – ohne dabei verloren zu gehen. *Hätte ich das hier gewusst*, dachte ich benommen, *dann hätte niemand – niemand – mir einreden können, dass ich in Volok verliebt bin!*

Mit unserem Kuss schienen die Schatten fauchend zurückzuweichen. Irgendwo unter uns im Berg grollte ein leichtes Erdbeben, ich spürte das Knirschen und Beben unter meinen Knien, aber es war mir gleichgültig. Als wir uns nach einer Ewigkeit voneinander lösten, war das Atmen plötzlich ganz leicht – und alles war anders. Ich merkte kaum, dass mir die Taschenlampe vom Schoß rutschte. Das Licht ging an, als sie gegen eine Wand rollte. Die jähe Helligkeit stahl den Moment und ließ uns beide blinzeln. Jetzt, im Licht, empfand ich eine seltsame Scheu. Und als ich Naveen betrachtete, erschrak ich, so hager und ausgezehrt war er, tiefe Schatten lagen unter seinen Augen. Er betrachtete mich ebenso besorgt wie ich ihn. Beim Anblick der Narbe an meinem Hals senkte er hastig den Blick.

Die letzte Wärme des Kusses löste sich auf und mir war nur noch kalt. Plötzlich schien alles wieder so nah zu sein. »Volok hat mich davongetragen, in seiner Bestiengestalt … Und deine Waffe … da waren nur noch Bruchstücke. Ich fürchtete, du seist tot! Was ist bei der Schlucht passiert?«

Naveens Blick bekam etwas Abwesendes, Schmerzliches. »Ich weiß es nicht.«

»Was?«

»Die Augenmänner haben mich eingekreist, bevor ich dir helfen konnte. Gegen so viele Bewaffnete hatte ich keine Chance. Sie haben mich niedergeschlagen. Und als ich zu mir kam, war ich gefesselt und auf dem Weg in den Palast.« Er schluckte. »Du musst gehen, Liljann. Und du darfst nicht wiederkommen …«

»Wir gehen zusammen!« Ich wollte ihn auf die Beine ziehen, aber im selben Moment hörte ich das Klirren, spürte einen Ruck. Naveen zog scharf die Luft ein. Ich sah genauer hin – und hätte fast geschrien. Ein Ring aus einem matten Metall lag um Naveens Hals. Eine Kette war daran befestigt und mündete in einen Eisenring in der Wand. Und Naveens linkes Bein war ausgestreckt – das Hosenbein zerfetzt und um den Oberschenkel war ein provisorischer Verband gewickelt.

»Sie haben dich angekettet wie ein Tier!«, rief ich entsetzt. »Und du bist verletzt!«

Naveen versuchte sich an einem schiefen, ironischen Lächeln. »Kette für Klinge. Das ist der Preis dafür, einem Augenmann das Messer zu stehlen.«

»Du hast versucht zu fliehen?«

»Natürlich. Ich wollte zu dir zurück. Aber erst vor dem Nordtor konnte ich mich befreien und an ein Messer kommen. Leider bin auch ich nicht schneller als eine Kugel.«

Bei der Vorstellung, dass der Schuss auch sein Herz hätte treffen können, kamen mir die Tränen.

Naveen legte mir die Hand auf die Wange und ich schmiegte mein Gesicht hinein und schloss die Augen. »Verzeih mir, Liljann. Ich konnte dich nicht vor Volok beschützen.«

Ich musste tief Luft holen. Da war sie wieder – die Angst, die mich nachts nicht schlafen ließ. *Ein Totenwesen kann nicht sterben.* »Du hast die ganze Zeit gewusst, was er wirklich ist. Und du weißt auch von meinem … meinem Schwellenzauber.«

Mein Herz raste. Noch nie hatte ich es ausgesprochen.

»Manche Menschen haben eine besondere Gabe«, erwiderte er. »Magie zu erkennen ist eine von meinen. Du hast dein Talent eine Weile allerdings sogar vor mir gut verborgen.«

Ich presste die Lider fester zusammen. »Und trotzdem kannst du mir vertrauen?«

»Ja«, sagte er völlig aufrichtig. »Und du? Traust du mir?«

Er sah mich an, ich konnte es wieder spüren, aber heute fiel es mir unendlich schwer, die Augen zu öffnen. Noch nie in meinem Leben hatte ich mich mit meiner verbotenen Gabe in das Licht eines anderen Menschen gewagt. Aber als ich endlich allen Mut zusammennahm und Naveens Blick erwiderte, war es, als würde ein Bann in mir brechen – ein hartes Band aus Angst und Einsamkeit, das ich erst jetzt spürte, als es zersprang. Das Schluchzen stieg in mir auf, ohne dass ich es verhindern konnte. Mir war nicht klar gewesen, *wie* einsam ich mit meinem Geheimnis gewesen war. Aber nun war es so, als würde jemand mich zum ersten Mal im Leben wirklich sehen.

»Traust du mir?«, wiederholte er leise.

»Ja«, sagte ich aus vollem Herzen.

»Dann geh. Und komm nicht mehr hierher. Versprich mir das!«

»Ich soll dich noch einmal zurücklassen?« Ich fuhr zurück und schüttelte empört den Kopf. »Nein, wir gehen beide.« Mit fahrigen Fingern hatte ich Tajanns Schlüsselring hervorgeholt und ließ den Opal aufschnappen.

»Was hast du vor …«

»Halt still!« Am liebsten hätte ich gejubelt, als ich tatsächlich winzige Schlosszylinder am Halsring ertastete. Die Mechanik des Ringes biss mit einem Schnappen in das Metallband um Naveens Hals, aber zu meiner Enttäuschung fiel nur die Eisenkette ab. Der Ring blieb und ich erkannte, dass er kein Scharnier hatte. »Komm!« Ich wollte aufspringen, aber Naveen hielt mich zurück. »Nein, Liljann.«

»Ich sorge dafür, dass wir ungesehen über jede Schwelle …«

»Und dann? Fliehen wir in die Wälder? Mit der Verletzung komme ich nicht weit – und glaubst du wirklich, deine Schwester und der Junglord werden uns nicht suchen lassen? Nein, hier wird mir nichts mehr geschehen, die Wächter lassen mich in Ruhe. Wir müssen abwarten und …«

Irgendwo echote der Donner einer zufallenden Tür, dann hallten schwere, ferne Schritte, Stiefel auf Stein. Ich schnappte die Taschenlampe und machte das Licht aus. Sofort bereute ich es. Schwärze schlug über uns zusammen. Und mit der Schwärze kamen die Schatten – Schlieren wie von schwerem Wasser, die jeden Atem erdrückten. Irgendetwas verschob sich, schlagartig schien es kälter geworden zu sein. »Naveen, was ist das?«

»Nur Schatten.«

Mein Herz machte einen Satz, als er mich ohne Vorwarnung noch einmal an sich zog. Diesmal hatte sein Kuss nichts Fragendes mehr, er war von einer Verzweiflung und Sehnsucht, die mich völlig übermannte. »Bitte, Liljann!«, beschwor er mich.

»Vertrau mir und geh! Man darf dich hier nicht finden. Und komm nicht zurück.«

Mit diesen Worten stieß er mich von sich. Wieder schlug eine Tür, diesmal näher. Ich erschrak, als etwas über mein Gesicht flatterte, wie staubige Flügel von Motten. Sogar ich verstand die Mahnung, die mir die Todesfrau schickte, und diesmal gehorchte ich. Selten hatte ich mich so schwach gefühlt, so zittrig und orientierungslos, während ich mich mühsam nach draußen hangelte. Immer noch glaubte ich Naveens Kuss auf meinen Lippen zu spüren. Und verrückterweise war ich traurig und glücklich zugleich.

Ich hätte schwören können, dass ich nur wenige Minuten in dem Kerker gewesen war, aber wieder hatte der Mond einen Sprung gemacht. Die Nacht war fast vorbei. Weiß und unberührt lagen die Ruinen vor mir. Und ich hatte mich vorhin nicht getäuscht, was die Rosen anging. In dieser einzigen Nacht waren sie noch dunkler geworden, steingrau beugten sie sich nun unter der Last des Schnees.

Geheimnisse

Alle tanzten noch, als Janeik mich zu unserem Bett unter den Sternen trug. Lachend zogen wir einander die Festgewänder aus, trunken vom Wein und noch mehr von unseren Küssen, und wurden wieder zu Firan und der Jägerstochter. Wie sehr hatte ich das vermisst! Diese Nacht hatte die Vertrautheit vieler Jahre und dennoch war sie so neu, als hätten wir uns erst gestern ineinander verliebt. Noch jetzt erschauere ich bei der Erinnerung an seine Hände, an die Intensität von Berührungen, die immer noch indigoblau auf meiner Haut nachglühen. Janeik küsste mich, als wäre es das erste und das letzte Mal, dass wir einander gehören werden. Und vielleicht ist es ja so, dass die Nächte, in denen wir einfach nur zwei Menschen sein dürfen, die einander lieben, selten und kostbar sein werden. Schon jetzt will ich nicht die Augen öffnen und mich zurückverwandeln in die Herrin der Burg. *Noch ist es nicht Morgen,* denke ich. *Diesen Moment haben wir noch.* Ich taste über den Samt und das Martiskatzenfell, die Erhöhung der Decke, suche darunter Janeiks Schulter – und finde nur zusammengeballten Stoff. »Janeik?« Noch rede ich mir ein, ich werde ihn gleich entdecken, nackt am Fenster stehend, wie immer das Fernglas am Auge. Aber in meiner Brust flattert bereits die Angst wie ein gefangener Falter.

Der Platz am Fenster ist leer und neben dem Fernglas liegt ein Brief.

Verzeih mir, dass ich diesen Weg wähle und mich davonschleiche wie ein Dieb, Tajann.

Das schreibt mein Geliebter mir.

Aber du hättest mich niemals allein gehen lassen. Ich kann diese Mission keinem von meinen Männern anvertrauen, nur ich kenne Wege und Namen, also muss ich die Dinge in die Hand nehmen. Und ich muss es tun, sonst werde ich verrückt dabei, tatenlos herumzusitzen und zu warten. Du wirst alles verstehen, wenn wir in Sicherheit sind, bis dahin vertraue mir, ich bitte dich! Und hab keine Angst, die Festung ist für dich nun der sicherste Ort auf Erden. Ich habe das Siegel auf dich eingeschworen, nun hört die Festung einzig und allein nur noch auf deinen Befehl. Das bedeutet, nicht einmal ich komme ohne deine Erlaubnis lebend über die Schwelle. Die Hirsche werden das Nordtor zusätzlich vor Eindringlingen beschützen. Sie lassen nur mich allein unbehelligt bis direkt zum Nordtor passieren …

Ich muss Luft holen, bevor ich weiterlese. Noch mehr von Lord Marids verbotener Magie?

Lasse niemanden hinaus und niemanden hinein, bis ich zurück bin, schreibt Janeik weiter. *In spätestens vier Tagen bin ich wieder da, dann hat dieser Albtraum ein Ende und unser Leben kann endlich beginnen. Bis dahin denke ich jeden Augenblick an dich und sehne mich nach dir. Ich weiß, wie zornig du jetzt auf mich bist. Unser ganzes Leben werde ich damit verbringen, Abbitte zu leisten und dich für diesen Schachzug um Verzeihung zu bitten, aber es ist der richtige Weg – und der einzige, der uns bleibt.*

Er beteuert seine Liebe und setzt mir den Plan auseinander, aber ich lese die Worte mit kaltem Herzen. *Kennen wir einander wirklich so wenig?* Denn Janeik irrt sich. Ich hätte ihn gehen lassen, wenn die Gründe vernünftig genug gewesen wären. Vor allem aber: wenn wir die Entscheidung gemeinsam getroffen hätten.

Ich knülle den Brief zusammen und werfe ihn in die Ecke, nur eine Minute später renne ich mit fliegendem Haar die Treppen hinunter. Der schlaksige Junge, der sich um die Pferde kümmert, rappelt sich erschrocken hoch, als ich in den Stall stürme. Ich hatte gehofft, dass ich den Brief noch rechtzeitig gefunden habe, aber die Lücke in der Reihe der Pferde zeigt mir, dass ich zu spät komme. Mein Lord geht kein Risiko ein, sein auffälliger Schimmel ist noch hier, dafür fehlen die beiden schnellsten Kurierpferde. Ich erschrecke den Stallburschen wohl noch mehr, als mir ein Fluch entfährt, aber wenn ich nicht fluche, werden mir Tränen in die Augen steigen. Plötzlich habe ich das Gefühl, in dieser Festung unter Stein und Glas zu ersticken.

»Sattle mir den Schimmel«, befehle ich. »Los!«

Der Bursche stürzt los. Erst dann fällt mir ein, dass ich die Burg ja nicht verlassen darf. Ich bin so zittrig, dass ich mich an die Wand stützen muss. Mein Befehl hat Monn geweckt. Seinen Mantel hat er nur über die Schultern geworfen und an seinen Hosen hängt Stroh von seinem Lager. Wie so oft, verstehen wir uns wortlos. Mit einem einzigen Blick findet er die Lücke in der Reihe der Pferde. Er nimmt mich am Arm und dirigiert mich in eine der Gewölbekammern, in der die Soldaten essen. Lange Tische stehen dort noch verwaist, Monn holt einen Becher und eine Metallflasche, aus der er mir einschenkt.

»Trink aus!«, befiehlt er.

Der scharfe Branntwein schmerzt in der Kehle, aber auf eine Art ist das gut.

»Er ist also fort«, stellt Monn trocken fest.

»Ja. Hast du es gewusst?«

Aber mein Hauptmann schüttelt den Kopf. *Wenigstens das,* denke ich. *Aber besonders überrascht scheint er nicht zu sein.*

»Verdammter Hitzkopf«, knurrt er. »Schon an Lord Marids Hof war er bekannt für seinen Mut und auch dafür, dass er gerne auf eigene Faust handelte. Na ja, sonst wären wir ja auch kaum hier. Marid nannte es das kochende Blut der von Cailas. Du musst das kühle Blut sein, Tajann. Gerade jetzt.«

»Und wie soll ich das anstellen?«, bricht es aus mir heraus. »Janeik hat mir geschworen, keine Geheimnisse vor mir zu haben. Er hätte es verdient, dass ich ihn für diese Lüge verlasse!«

Monn legt seine schwieligen Soldatenpranken um meine Fäuste.

»Ja, das hätte er verdient. Und dennoch: Du hast dich dazu entschlossen, seine Lady zu sein. Deshalb ist es nicht mehr die Angelegenheit zweier Liebender.«

»Was weißt du schon von Liebe?«, sage ich bitter.

»Mehr als du denkst, Jägermädchen. Als ich so jung war wie Janeik, hatte ich allerdings nicht sein Glück, jemanden wie dich zu finden. Du bist eine Frau, mit der man alte Reiche stürzen und neue gründen kann. Und glaube mir, Janeik weiß das zu schätzen. Mein Mädchen hat es damals nicht einmal gewagt, mit mir zu kommen. Sie war ein Zweitling, sie hätte frei wählen können, aber sie hat sich gefügt und den Mann geheiratet, der die Wahl ihrer Eltern war. Gold und Marmor waren ihr lieber als Sattelleder und ein Bett aus Birkenholz. Hat sie mich deswegen weniger geliebt? Nein, Tajann. Stärke oder Schwäche sind keine Beweise für oder gegen wahre Liebe. Und jeder hütet seine Geheimnisse, allen Schwüren zum Trotz. Aber jemanden wirklich zu lieben heißt auch, ihn ohne Masken zu sehen, seine Schwächen zu kennen – und sie ebenfalls zu umarmen. Janeik ist nicht so stark und aufrichtig wie du, na schön. Das weißt du nun und es wird nicht deine letzte Enttäuschung sein. Er ist ein guter Lügner, aber sei ehrlich, das bist du auch. Für die Mächtigen ist es ein nützliches Talent.«

Immer noch hält er meine Hände fest in seinen geborgen. Und als er mir ein flüchtiges Lächeln schenkt, glaube ich für einen Moment einem jungen Mann gegenüberzusitzen, einem, der noch nicht hart geworden ist und der ein Mädchen liebt, das ihm das Herz brechen wird.

»Und außerdem sind wir nur Menschen, Tajann«, fügt Monn freundlicher hinzu. »Und Menschen verraten manchmal sogar diejenigen, die sie am meisten lieben.«

Erst als sein Gesicht vor mir unscharf wird, merke ich, dass ich nun doch drauf und dran bin zu weinen. Monn lässt mich los. »Keine Tränen. Vor niemandem. Du darfst keine Schwäche zeigen.«

»Das weiß ich selbst! Informiere alle, dass Janeik und ich gemeinsam beschlossen haben, dass er den Boten entgegenreitet. Niemand verlässt die Festung, bis er wieder da ist, alle Zugänge werden verbarrikadiert. Ich will heute alle Berichte zu Vorräten und Munition auf dem Tisch haben.«

Monn nickt anerkennend, steht auf und verbeugt sich. »Wie Ihr wünscht, Lady Tajann.« Da weiß ich, dass wir nicht mehr allein sind.

Der Stallbursche steht an der Tür. »Das ... das Pferd ist bereit.«

»Führ es zurück«, sage ich. »Alle Pferde bleiben in den Ställen, bis ich anderes befehle.«

Der Junge ist verwirrt, aber er stürzt mit rotem Kopf davon. Doch mir entgeht nicht, wie irritiert er mich angesehen hat. Nie wieder darf ich so kopflos aus dem Zimmer stürzen, mit aufgelöstem Haar, in einem dünnen Kleid und einem gewöhnlichen Mantel.

»Zieh dich um, bevor der kleine Idiot Gerüchte streut«, sagt Monn prompt.

Ich stehe auf und ziehe den Mantel enger um meine Schulter. »Danke, Monn.«

Mein Vertrauter nickt. »Wir schaffen es. Aber ich sage es dir als Freund, nicht als Berater: In Zeiten wie diesen reicht ein Funke, um ein Inferno zu entfachen. Und Narrenfreiheit ist ein gefährlicher Zunder.« Er muss keine Namen nennen, ich weiß genau, auf wen er wieder einmal anspielt. »Die Wachen haben Klopfzeichen im Labyrinth gehört, als wollte jemand den Gefangenen Nachrichten durchgeben«, fährt Monn fort. »Und wir wissen beide, dass Liljann viel zu oft hier unten herumschleicht. Manche behaupten, sie taucht in den Gängen auf wie ein Geist. Die Wachen erinnern sich noch gut, wie deine Schwester halbnackt zwischen Hirschen herumspaziert ist. Dann diese Erdstöße im Berg, als würde die Festung leben und uns ausspucken wollen … Irgendetwas geht hier vor und es ist nichts Gutes.«

Wenn du wüsstest, Monn, denke ich. »Damit hat Liljann nichts zu tun.«

Monn hebt nur zweifelnd die linke Augenbraue. »Ach ja? Woher willst du das wissen?«

»Zum letzten Mal: Ich befehle ihr nicht und ich werde sie nicht in Arrest nehmen.«

Habe ich ihr nicht schon genug angetan?

Monn schnaubt. »Wie du meinst«, murrt er und steht auf. »Aber bedenke: Jeder hat eine verwundbare Stelle. Lass dein Herz nicht deine sein.«

Ich weiß nicht, wer von uns beiden überraschter ist. Ich pralle zurück, noch atemlos vom Laufen, und Liljann zieht ertappt die Hand von der Türklinke. Doch die Tatsache, dass sie sich in eines unserer Zimmer schleichen wollte, irritiert mich ebenso wie ihr Aussehen. »Was ist mit dir passiert?«

»Gar nichts«, sagt sie zu schnell.

»Nichts?« Ich packe sie am Arm und ziehe sie zur nächsten Tür. Ich schiebe sie in Janeiks und mein Schlafzimmer und drehe sie zu dem polierten Metallstück, das mir als Spiegel dient. »Schau dich an! Hat dich eine Reiterhorde durch die Hecken geschleift?«

Liljann schaut ehrlich bestürzt ihr Spiegelbild an. Und ich betrachte sie zum ersten Mal mit den Augen der Soldaten. Sie wirkt wie das Gespenst vergangener Tage. Sie trägt die schwarze eng anliegende Kleidung aus den alten Truhen und darüber eines der antiken Mantelkleider in verblasstem Grün. Erst jetzt scheint ihr aufzufallen, dass ihr Kleid ruiniert ist, abgerissene Silberfäden hängen aus dem Stoff. Spinnweben und Zweige fangen sich in ihrem Haar, sogar der verstaubte Flügel eines toten Falters. Und sie selbst sieht aus wie das Opfer eines Nachtmahrs, fahl und übernächtigt, wie ausgewaschen ist ihre Haut. Aber ihre Augen strahlen, wie ich es an ihr noch nie gesehen habe. Wüsste ich es nicht besser, würde ich sogar denken, dass sie glücklich ist.

Ihr Blick schweift neben mich und dann zum leeren Bett. Sie entdeckt den halb zusammengeknüllten Brief mit Janeiks Schrift in der Ecke des Zimmers. Sogar von hier aus kann man einige Satzfetzen lesen. »*Verzeih mir*« und »*mich davonschleiche wie ein Dieb*«. Liljanns Mund klappt auf. »Janeik hat dich verlassen?«

Bisher war es mir gelungen, Haltung zu wahren, aber jetzt beginne ich so sehr zu zittern, dass meine Zähne klappern. »Er ist nur für drei, höchstens vier Tage fort.«

Liljann springt zu mir und legt mir den Arm um die Taille. Plötzlich ist sie wie verwandelt, besorgt und ängstlich, meine Schwester aus dem Jagdhaus. »Setz dich hin«, sagt sie sanft. Ich schaffe es nicht bis zum Bett, ich sacke einfach auf dem Boden zusammen. Liljann holt aus dem Nebenzimmer meinen warmen Reitmantel und hüllt mich darin ein, dann kauert sie sich neben mich und umarmt mich, wiegt mich tröstend hin und her. Und dann kann ich nicht länger lügen und stark sein.

»Doch, er hat mich verlassen«, bricht es aus mir heraus. »Auf eine Art ... Er hat mir beim Tanz in die Augen geschaut und wusste längst, dass er gehen würde. Nie werde ich ihm verzeihen, dass er mich so hintergangen hat.« Dann fällt mir siedend heiß ein, dass Liljann die Letzte ist, von der ich Trost für einen Verrat erwarten sollte. Mir schießt das Blut in die Wangen. »Entschuldige«, murmle ich und mache mich aus der Umarmung los.

Aber meine scheue, verschlossene Schwester verblüfft mich wieder einmal. »Du hast alles aufs Spiel gesetzt, weil du Janeik liebst«, sagt sie sehr bestimmt. »Und wenn ich dir verzeihen konnte, dann wirst du es bei Janeik können.«

Ich bin so sprachlos, dass sogar das Zittern aufhört. »Du hast mir verziehen? Aber ... warum?«

Ich verstehe es wirklich nicht.

Liljann beißt sich auf die Unterlippe. »Sind wir nicht Schwestern?« Unter meinem fragenden Blick wird sie rot, hastig küsst sie mich auf die Wange und steht auf.

»Wo willst du hin?«

»Ein neues Kleid suchen.«

»Liljann, wo warst du?«

Mein herrischer Ruf hallt viel zu laut im Raum. *Das ist der falsche Ton, Tajann.* Ich kann spüren, wie Liljann sich sofort wieder verschließt. Eben waren wir nah und vertraut, aber jetzt scheint uns eine Strömung voneinander wegzutreiben, weit fort, bis zu verschiedenen Kontinenten.

»Ich wollte in den Stall zu Kyzar«, sagt sie. »Ich bin an der halb zerbrochenen Treppe gestolpert und hingefallen.«

Ich weiß nicht, ob ich zornig werden oder lachen soll. Ich stehe auf, zupfe ihr ein Ästchen aus dem Haar und drehe es vor ihren Augen. »Da wächst aber kein Gestrüpp.«

Liljann greift in die Tasche ihres Mantelkleides und holt eine Handvoll Schmutz und grüner Kerne heraus. »Es gibt Kletterbüsche am nördlichen Felsfenster. Mit einer Handvoll dieser Samen überlebt man im Winter eine Woche.« *Ist das die Wahrheit?* Sie schaut mir verstörend direkt in die Augen. Aber irgendein schiefer Ton schwingt dennoch im Raum. »Ich habe dir versprochen, ich verlasse den Palast nicht. Aber es ist wohl nicht verboten, mich aus dem Fenster zu lehnen und Samen zu sammeln, oder nicht?«

»Und was wolltest du heimlich in meiner Kammer?«

»Meine Nähnadeln holen«, sagt sie verärgert. »Ich hatte sie gestern in der Kleidertruhe vergessen. Aber weißt du was? Behalte sie!«

Das ist der falsche Weg, denke ich verzagt. Sie will hinausschlüpfen, aber ich bin schneller und fasse sie an den Schultern. Zu meiner Überraschung reißt sie sich nicht los.

»Liljann, lauf nicht wieder weg. Und ich werde nicht mehr fragen, aber ich bitte dich als Schwester: Bleib bei mir, bis Janeik wieder da ist. Die nächsten Tage brauche ich dich als Vertraute an meiner Seite. Und ich … will in den Nächten hier oben nicht allein sein.« Ihre Miene wird weicher. Sie scheint mit sich zu ringen. »Für mich geht es jetzt um alles, Liljann«, flüstere ich. »Und ich weiß, es ist dein Palast, aber ich muss trotzdem als Lady zu dir sprechen: Ich muss dir wirklich vertrauen können. Schwörst du mir, dass du dich bis zu Janeiks Rückkehr von den Gefangenen fernhältst und auch nicht mehr zu den Ställen gehst, sondern hier oben bleibst?«

Sie schaut zum Fenster und runzelt die Stirn, als hätte sie etwas Besorgniserregendes gehört. »Was ist mit *deinem* Schwur?«, fragt sie dann. »Du lässt alle Clansleute frei? Ohne Ausnahme?«

Sie ist wirklich eine Tochter des Graulands geworden, denke ich beklommen. Wir haben nicht darüber gesprochen, aber in solchen Momenten wird mir schmerzhaft bewusst, dass ich Liljann bald ein zweites Mal verlieren werde.

»Alle Clansleute kommen frei. Du hast mein Wort.«

Liljann schaut mich prüfend an, aber sie scheint immer noch zu zögern. Doch dann gibt sie nach und nickt. »Ich hole meine Sachen.«

Auf der Schwelle wendet sie sich noch einmal um. »Janeik hat Angst. Er wollte es dir nicht zeigen, aber er war oft allein bei den Norderkern und hielt Ausschau. Ich dachte, das solltest du wissen.«

Mir sinkt der Mut. Was werde ich noch alles über Janeik erfahren?

Nachdem Liljann hinausgeschlüpft ist, trete ich zum Fenster. Inzwischen ist es Morgen. Wäre ich eine Gestalt aus Milas Märchen, dann würde ich nun feststellen, dass ich monatelang in einem magischen Schlaf verbracht habe, während die Jahreszeiten unbemerkt an mir vorbeiwanderten. Noch nie hat es so früh im Jahr geschneit und es ist nicht nur Schnee – das Tal wirkt wie eingefroren, erstarrt in Weiß, nur hier und da glüht Herbstlaub zwischen den Eiskrusten. Ich schlüpfe in die Ärmel meines Reitmantels und vergrabe die Hände tief in den Taschen, suche Halt bei meinem Opalring. Ich bin etwas verdutzt, ihn in der linken Tasche zu finden. Normalerweise lasse ich ihn doch in die rechte gleiten? Aber was weiß ich überhaupt noch? Mein Blick fällt auf das Fernglas.

Liljann hat nicht gelogen, ich erkenne die Spuren von nur einem Paar Männerstiefel im Staub eines abgelegenen Ganges. Sie enden bei einer Nische, die nach Nordwesten ausgerichtet ist. Es fühlt sich an, als würde ich Janeik verraten, als ich das Fernglas ans Auge setze. Die Grenze springt mir in der Vergrößerung entgegen, Berge und Rankenwälder, noch unberührt von Schnee. Ich gleite durch Täler und am Horizont entlang. Und dann stutze ich. *Das muss nichts bedeuten. Der Plan war perfekt vorbereitet. Lady Jamala sucht uns noch im Westen.* Aber die Strategin in mir weiß es besser. Und als ich die Vergrößerung scharf stelle, verstehe ich, warum Janeik reiten musste, ich hätte dasselbe getan und jeden Vorsprung genutzt. Denn weit entfernt, aber bereits viel zu weit auf unserer Seite der Grenze steigen Rauchsäulen auf. Und von gewöhnlichen Lagerfeuern stammen sie nicht.

Teil IV:

Spiegel und Schatten

Sternschnuppen

Ich war selbst erstaunt, dass ich Tajann tatsächlich verzeihen konnte. Aber der Grund, warum ich schweren Herzens bei ihr blieb, obwohl die Sehnsucht nach Naveen mich kaum schlafen ließ, waren die Wilen. Ich war erschrocken gewesen, wie sehr sie sich in nur einer Nacht verändert hatten. Gealtert, mit grauen verhärmten Mienen drängten sie sich an Tajann und redeten ihr mit dünnen Greisenstimmen ein, dass Janeik den Mut verloren hatte und nicht wiederkehren würde. Eine flüsterte sogar, er sei feige zu seiner Mutter und Antija zurückgekehrt. Niemals hätte ich es über das Herz gebracht, Tajann mit diesen Einflüsterungen zurückzulassen, zu gut wusste ich nun, wie es war, voller Verzweiflung und Ungewissheit um einen Mann zu bangen.

Seit dem Herbstfest trug Tajann nicht länger Soldatenkleidung, sondern das silbern bestickte eisblaue Kleid aus den Truhen, das ich für sie umgenäht hatte. An ihrem Hals funkelte eine Kette mit Rubinen, Erbschmuck, den Janeik, wie es die Tradition vorsieht, seiner Braut geschenkt hatte. Das waren nun ihre Farben als Lady: das Feuerrot der von Cailas und das kühle Diamantblau von Taris. Für die Menschen in der Festung war sie wie ein Leuchtfeuer, stärker und strahlender als die gewöhnlichen Menschen, jeder Befehl von ihr wurde gehört. Tag und Nacht hallten Hammerschläge durch die Hallen, durch alte Rohre und Wasserleitungen schoss plötzlich wieder Wasser – heiß und dampfend, weil es tief im Berg warme Quellen gab. Es war ein kluger Schachzug, ihre Leute zu beschäftigen. Denn Unruhe gab es trotzdem. Niemand durfte die Festung verlassen. Geweihe kratzten an Metall und Stein, so dicht blieben die Hirsche bei den Mauern; und das Grollen im Berg machte die Menschen noch nervöser.

Tagsüber regierte Tajann kühl und mit fester Hand, aber sobald sie die Schwelle zu den oberen Räumen übertrat, verwandelte sie sich in eine traurige Liebende. Es war diese Tajann, für die ich eine jäh aufschäumende Zärtlichkeit empfand. Vielleicht liebte ich sie in diesen Tagen mehr als je zuvor, weil ich sie zum ersten Mal wirklich verstand. Ich sehnte mich so sehr nach Naveen wie sie sich nach Janeik. Nie waren wir einander so gleich gewesen, auch wenn Tajann es nicht wusste. Aber mir war klar, dass ich meine Geheimnisse ebenso gut hüten musste wie Eleyn aus dem Märchen. Denn es war eine Sache, meiner Schwester zu verzeihen, aber eine ganz andere, Lady Tajann zu vertrauen.

Gerne hätte ich mich bei meinem Gespenstermädchen entschuldigt. Auf Fensterbrettern und in Winkeln hinterließ ich Botschaften aus Zweigen und Blättern in der Hoffnung, sie würde mir antworten. Aber sie schmollte immer noch. Und ich war nicht die Einzige, die vergeblich wartete.

Janeik kam nicht am vierten Tag zurück und auch der fünfte Tag verstrich quälend langsam, jede Sekunde wie in Eis erstarrt. »Das hat nichts zu bedeuten«, redete ich gegen das Unken der Wilen an. »Es hat viel geschneit, deshalb brauchen die Pferde länger.«

Tajann nickte und versuchte sich an einem tapferen Lächeln, aber ich wusste genau, wie ihr zumute war.

In dieser Nacht schreckte ich voller Panik hoch, überzeugt davon, dass ein Schatten an der Wand mich aus fahlen Augen anstarrte. Es war unheimlich still im Zimmer, nur das Wispern des Wassers in den Rohren in der Wand war zu hören. Die Wilen waren fort und Tajann lag nicht mehr neben mir im Bett. Ich fand sie und ihre Feen in der hintersten Kammer, die als Einzige nicht von dem Quellwasser beheizt wurde, zitternd vor Kälte in einer Ecke kauernd. »Schon wieder derselbe Traum«, hauchte sie. »Antija steht mit Janeik auf einem Floß. Es treibt in einem grünen Fluss. Ich ertrinke in den Fluten – aber Janeik sieht mich nicht. Er lächelt ihr zu und küsst sie!«

»Es war nur ein Traum! Morgen kommt Janeik zurück.« Ich warf den Wilen einen wütenden Blick zu. *Verschwindet!*, formte ich mit meinen Lippen. Und zu meiner Überraschung hörten sie zum ersten Mal in meinem Leben auf mich und huschten hinaus.

»Was ist das?«, murmelte Tajann. Jetzt bemerkte ich es auch. Hinter Tajann kratzte und quietschte es, ein hässliches Geräusch, wie spitze Nägel auf Glas.

»Nichts«, sagte ich hastig und zog sie fort, bevor sie die dünne Rosenranke entdeckte, die von außen an der Scheibe entlangkroch. Die Blattränder an den sprießenden Knospen zeigten ein samtiges Schwarz.

Ich hatte lange gehadert, ob ich das Versprechen, das ich Tajann gegeben hatte, brechen durfte. Aber ich musste wissen, was es mit den Rosen auf sich hatte, ob sie ein Zeichen oder eine Warnung meines Geistermädchens waren – oder vielleicht sogar ein Hilferuf. Der Gedanke, dass etwas mit Naveen geschehen sein könnte, war unerträglich. *Nur eine Stunde*, entschied ich schließlich. *Tajann wird gar nicht merken, dass ich fort war.* Trotzdem fühlte ich mich schuldig, als ich meine Schwester mit ihren Albträumen hinter meinem Schwellenzauber zurückließ. Es war eine klare Sternennacht, schon von Weitem konnte ich erkennen, dass die Rosen über die Mauern zu den Fenstern krochen. Noch waren es nur einzelne Ranken. Aber es gab keinen Zweifel: Sie strebten nach oben zu den Sternkammern und zur Nordmauer, als wollten sie den Palast einspinnen.

Auch im Schachtgarten wucherten die dunklen Rosen. Ich musste den Splitterdolch zücken und mir mit der scharfkantigen Seite den Weg vom Eingang freischneiden. Und fast hätte ich die Öffnung im Boden nicht mehr gefunden. Der Wurzelstock war weitergewachsen, heute konnte ich mich fast wie an einer Leiter nach unten hangeln. Mein Herz schlug bis zum Hals, so zittrig war ich bei dem Gedanken, Naveen endlich wiederzusehen.

Das Licht der Taschenlampe durchdrang das ölige Schwarz kaum. Das Atmen fiel schwer, es war stickig und warm, in den Wänden gluckerte Wasser, vermutlich verliefen auch dort Leitungen.

»Naveen?« Keine Antwort – und das schwache Licht fand nur einen leeren Platz dort, wo Naveens Silberkatzenfell gelegen hatte. Das spärliche Licht zuckte hektisch durch das Gewölbe, fand verwitterte Marmorbögen und Säulen voller Spinnweben. Langsam bekam ich Angst. »Wo bist du?« Meine Stimme wurde fast verschluckt. Und dann erstarrte ich. Etwas berührte kaum wahrnehmbar meinen Rücken. *Fingerspitzen*. Ich fuhr herum. »Musst du mich so erschrecken? Ich dachte schon ...«

Ich prallte zurück. Niemand konnte hinter mir gewesen sein, ich stand vor einer Mauer. Mein Nacken kribbelte und irgendwo knisterte etwas, in meinem Augenwinkel pulsierte etwas Dunkles, als würden sich Schatten zu einer Form verdichten und ... *sich aufrichten*? Meine Taschenlampe fiel mir aus der Hand, als ich zurückstolperte und stürzte. Ich tastete nach der Lampe und lenkte das Licht wieder zum Winkel. Da war nur gewöhnliche Wand. *Werde ich verrückt?*

»Liljann?« Naveen hob die Hand vor das Gesicht, als der Strahl der Taschenlampe ihn blendete. Er stand ein ganzes Stück entfernt bei der Nische, aus der Wurzelstreben quollen. Offenbar war er gerade bei den Ruinen gewesen und von oben zu mir heruntergeklettert. Noch nie war ich so erleichtert gewesen, ihn zu sehen. Ich rappelte mich auf und rannte zu ihm. »Da hinten ist irgendetwas! Es wollte nach mir greifen.«

Naveen löste sich vorsichtig, aber entschlossen aus meiner Umarmung. »Nach oben«, sagte er nur knapp und kletterte voraus. Seine Wunde schien gut verheilt zu sein, er schonte das Bein kaum noch. Ich folgte ihm nur zu gern, weg von der Öffnung, geduckt zwischen Gestrüpp und unter Ranken hindurch zu der Krone des umgestürzten Baumes. Dort war ein runder Platz unter freiem Himmel, wo auch das Fell lag. *Hierher hat er sich also geflüchtet.* Wasser rauschte unter der Erde, aber trotzdem fror ich, als ich mich auf den warmen Boden setzte. Nie hätte ich gedacht, dass ich mich einmal im Freien sicherer fühlen könnte als in einer Kammer.

Zu meiner Verwunderung blieb Naveen mit verschränkten Armen ein Stück von mir entfernt stehen. »Was machst du hier? Ich sagte doch, du sollst nicht wiederkommen.«

»Ist es so schlimm, dass ich trotzdem hier bin?« Ich wünschte, es hätte weniger verletzt geklungen.

Er wich meinem Blick aus. »Darum geht es nicht, ich dachte nur, ich hätte mich klar ausgedrückt. Du hast hier nichts verloren.«

Es war ein Schock, wieder den mürrischen, verschlossenen Naveen vor mir zu haben. Er ging in weitem Bogen an mir vorbei und setzte sich auf das Lager. Eine Weile dehnte sich die Stille. Ich bildete mir ein, das Wasser Worte flüstern zu hören, und fröstelte.

»Ist es wegen dieses Ortes?«, fragte ich. »Was ist da unten in dem Gefängnis?«

»Nur Echos«, murmelte Naveen.

»Was für Echos?«

Naveen schien mit sich zu ringen, dann gab er sich sichtlich einen Ruck. »Ich weiß es nicht. Aber manche Orte sind Schwellen, die man als Lebender niemals übertreten darf. Was nicht heißt, dass nichts von drüben über die Grenzen hallt.«

Mit einem Frösteln erinnerte ich mich an die Falter, die aus den Kokons geschlüpft waren, und die vielen Geister in diesem Palast. »Könnten es … Echos von Toten sein?«

»Wer weiß?«, antwortete Naveen. »Auf jeden Fall ist es etwas, das nicht in unsere Wirklichkeit gehört. Solche wie wir locken solche Existenzen an – und du scheinst eine besondere Anziehungskraft auf sie auszuüben.«

»*Solche wie wir?*«

»Solche, die manchmal einen Blick durch die Schleier zwischen den Wirklichkeiten erhaschen und ihre Seelen danach ausstrecken. Die einsam sind, weil sie verbergen müssen, dass sie mehr wahrnehmen als gewöhnliche Menschen. Solche wie du, die die Gabe haben, neue Grenzen zu erschaffen …«

Er verstummte, als hätte er schon zu viel gesagt.

»Oder solche wie du?«, sagte ich. »Die … durch die Schleier sehen können und auch eine Gabe haben?«

Naveen schluckte. Es schien ihn viel zu kosten, mir zu antworten. Doch schließlich räusperte er sich.

»Durch manche sehe ich, durch andere nicht«, sagte er mit belegter Stimme. »So wie du. Nur dass meine Gespenster nicht deine sind. Aber im Grunde sind wir von derselben Art, Liljann. Zweigänger.«

Etwas flatterte in meiner Brust, warm und zaghaft zugleich. *Zweigänger.* So hatte auch die alte Kalima mich genannt. Und noch etwas anderes berührte mich. *Beide von derselben Art.*

»Und ja, du hast recht«, sagte er nach einer Weile. »Ich habe eine Gabe. Ich erkenne Magie und manchmal kann ich sie zähmen und halten wie ein Pferd … wenn ich die Zügel zu fassen bekomme.«

»Dann hast du die ganze Zeit unbemerkt dafür gesorgt, dass die Hirsche sich von Tuons Clan im Seental fernhielten. Und du hast auch Volok auf Abstand gehalten, so lange es möglich war.« Das alles wollte ich sagen, aber Naveen blickte immer noch an mir vorbei. Also schwieg ich und dieses Schweigen hüllte uns ein, diesmal war es mehr

als nur Stille. Mir wurde bewusst, dass ich die Einzige war, der Naveen sein Geheimnis jemals offenbart hatte.

»Dann wissen also auch deine Leute nichts von deiner Gabe«, sagte ich nach einer weiteren Ewigkeit.

Im Sternenlicht war Naveens Lächeln ein schmaler Bogen aus Helligkeit.

»Das fragst ausgerechnet du, Schlaflos? Solchen wie uns misstraut man, man fürchtet oder tötet uns – im Grauland ebenso wie auf der anderen Seite der Grenze. Weil wir die Menschen daran erinnern, dass jede Wirklichkeit beides birgt: Licht … und Dunkel.« Jetzt wandte er den Blick zu mir. Es war wie eine Berührung, die mich erschauern ließ. Noch nie hatte ich mich jemandem so nahe gefühlt. »Die Schleier scheinen da unten gefährlich dünn zu sein«, sagte er leise. »Es ist kein gutes Zeichen, wenn Schatten versuchen, Atem und Gestalt zu bekommen. Deshalb will ich nicht, dass du hier bist. In deiner Nähe streift etwas von der anderen Seite an den Schleiern entlang, als würdest du es anziehen. Solange ich hier bin, kann ich verhindern, dass es mir die Zügel entreißt und aus den Schatten tritt. Aber wenn du bei mir bist, dann … ist es schwieriger. Angst um dich zu haben, macht mich schwächer.«

Die Zärtlichkeit in seiner Stimme berührte mich. Aber mit einem Frösteln erinnerte ich mich daran, was Kalima über das Totenwesen gesagt hatte: *»Geboren im Land der Toten, ohne Herzschlag, ohne Güte, Mitleid, Seele und unverwundbar.«*

Unverwundbar ist Volok nicht, jedenfalls nicht in seiner Menschengestalt. Dennoch hätte ich mich jetzt gerne in Naveens Arme geflüchtet, aber immer noch hatte ich seltsame Scheu davor, den Abstand, den er immer noch zwischen uns hielt, zu verletzen.

»Kannst du *sehen?*«, fragte ich. »*Ihn?* Wenn er bei der Schlucht nicht getötet wurde, wie Tajann mir sagt …«

Naveen schüttelte den Kopf. »Ich sehe nichts, ich spüre nur, wenn du hier bist – diese Dunkelheit, die Gier, Hunger nach deinem Atem und deinem Herzschlag. Der Palast atmet und beobachtet dich und der Kerker da unten ist seine Seele. Die Toten sind hier nah und doch unendlich weit entfernt. Jedes Geräusch klingt schief und falsch, als würden sich viele Klänge überlagern. Etwas an diesem Ort streckt seine Schatten nach allem aus, was lebt.«

Mein Blick fiel auf die Rosen. »*Was weiß gewesen war, wurde schwarz.*« Auch das hatte Kalima erzählt, als sie mir am See von König Jars Kampf gegen Jamala berichtet hatte.

»So etwas ist schon einmal passiert«, murmelte ich. »Bei der Eroberung von König Jars Burg durch Lady Jamala. Schnee fiel mitten im Sommer. Die Hirsche strebten zum Burgberg. Kalima sagte, es sei Lady Jamalas Magie gewesen.«

Naveen zuckte mit den Schultern. »Möglich. Du weißt besser als ich, wozu Lords und Ladys aus Taris imstande sind.«

Tajann?, schoss es mir durch den Kopf. Nein, das war absurd.

»Meine Schwester hat nichts damit zu tun. Der Kodex geht ihr über alles. Und er verbietet jede Art der Magie bei Todesstrafe. Nicht einmal ich würde ihr die Wahrheit über mich sagen.«

Naveen schwieg. Unter meinen Füßen glaubte ich wieder das Grollen zu spüren. Und mein Nacken kribbelte bei der Erinnerung an Fingerspitzen, die meinen Rücken berührt hatten. Aber noch beunruhigender war der Gedanke an Janeik. *Was, wenn all das hier wirklich kein Zufall ist?*

»Warum gehen wir nicht weg von hier?«, fragte ich. »Jetzt sofort!«

»Würdest du wirklich deine Schwester im Stich lassen?«

Mir wurde das Herz schwer, als ich an Tajann dachte.

»Siehst du? Auch da sind wir von einer Art«, sagte Naveen sanft. »Trotz allem, was geschehen ist, stehst du zu deinem Clan und ich zu meinem. Wir lassen niemanden im Stich, den wir lieben. Und wir halten unsere Versprechen.«

Nein, ich breche meines, um bei dir zu sein, dachte ich. *Und was die Liebe angeht …*

Aber dann wurde mir mit einem siedend heißen Schreck klar, was Naveen mir vielleicht mit seinen Worten sagen wollte. *Er hatte mir im Wald keine Antwort gegeben,* dachte ich. Es kostete mich allen Mut, die Frage zu stellen, von der ich gedacht hatte, dass die Antwort darauf unser Kuss gewesen war.

»Sprichst du von … der jungen Kriegerin aus deinem Clan?«, fragte ich zaghaft. »Die mit den rotblonden Locken und dem Rabenzeichen auf dem Arm?«

Naveen hob überrascht die Brauen. »Du kennst sie?«

Das war trotz allem wie ein Schock. *Habe ich wirklich gedacht, ein Kuss ändert alles?*

»Ich hatte dich bei den Gefangenen gesucht. Dort habe ich sie gesehen.« *Und unter den fünf Frauen ist sie die einzige Schönheit, kaum älter als ich.* »Sie ist dein Mädchen, nicht wahr? Sie ist es, die du liebst und die du nicht zurücklassen kannst. Und wegen ihr sagtest du im Wald, dass du mich nicht wiedersehen willst.«

Naveen stutzte, das konnte ich sogar im Sterndunkel erkennen. Dann verschränkte er die Arme. »So eifersüchtig, Schlaflos?«

Das Blut schoss mir in die Wangen. Ich konnte es nicht fassen, dass er tatsächlich grinste. Meine Hände ballten sich ganz von selbst zu Fäusten. »Du hast mich geküsst!«

»Klingt ja so, als sei das ein Verbrechen. Und soweit ich mich erinnere, warst du es, die den Kuss eingefordert hat. Sagtest du nicht sogar etwas von ›schulden‹?«

Es war einfacher, zornig zu werden, als die Enttäuschung zu fühlen. »Dann sind wir ja in dieser Hinsicht quitt«, sagte ich und drehte mich um.

»Was hast du vor?«

»Ich habe eine Gabe: spurlos verschwinden.«

Naveen hechtete zu mir und packte mein Handgelenk, bevor

ich den Bann zwischen uns legen konnte. Ich starrte auf seine Hand und er ließ sofort los. »Keine Sorge, ich komme dir nicht zu nahe.«

Ich schluckte. *Das ist nicht meine Sorge, Naveen.* Nun war mir nur noch elend zumute.

»Ich habe die Rothaarige nur bei der Gruppe von Gefangenen gesehen«, sagte er völlig aufrichtig. »Ich habe kein Mädchen.«

Ich hoffte, dass er im Sternenlicht nicht sah, wie rot ich wurde. Seine Augen blitzten immer noch. Ich hätte gekränkt sein sollen, aber ich war einfach nur erleichtert. »Zieh mich nie wieder so auf!«

Er lachte. »Gib es zu, du hättest an meiner Stelle dasselbe getan.«

Jetzt musste ich doch lächeln.

»Komm, ich zeige dir etwas!«

Er drehte sich um und ging zum Fell zurück. Aber als ich mich neben ihm niederließ, rückte er wie beiläufig ein Stück von mir ab. Wieder war ich verwirrt. Er lehnte sich zurück und verschränkte die Arme hinter dem Kopf. »Schau nach oben. Der Mondprinz ist mit seiner Meute auf der Jagd. Heute sieht man alle fünf Hundesterne.« Schweigend betrachteten wir das Sternbild am Himmel. Der Kerker und die Schatten schienen plötzlich nur noch ein dunkler Traum zu sein. Naveen und ich waren wieder im Wald, wir lagerten zwischen Sträuchern und schwiegen gemeinsam. *Sogar der Abstand zwischen uns ist wieder da*, dachte ich verzagt. Irgendwo am Horizont verglühte in einer Sternschnuppe einer von Eleyns und Tars Küssen. Verstohlen betrachtete ich Naveen von der Seite. Noch nie hatte ich mich so zerrissen gefühlt und so ratlos. Aber dann begriff ich, worum es im Märchen von den Sternschnuppen tatsächlich ging. *Der Drache Tar wusste, wie zerbrechlich und flüchtig Momente sind. Und manchmal hat man nur diesen einen Augenblick, um alles zu wagen.*

Und wie damals, als ich mit Naveen die Hirschherde durchquert hatte, wagte ich es einfach. Ich warf meinen Stolz und meine Zweifel beiseite, legte mich zu Naveen und schmiegte mich an ihn. Und so vorsichtig, als sei ich zerbrechlich, legte auch er die Arme um mich, küsste mich auf das Haar. Ein warmer Schauer durchrieselte mich, entfachte ein Lächeln auf meinem Gesicht. Diesmal spürte ich es auch: das Zittern der Steine unter mir, das Dunkel, das nach mir zu greifen versuchte, aber nicht an Naveen vorbeikam.

»Du solltest gehen«, murmelte Naveen.

»Dann lass mich los.«

Aber seine Arme schlossen sich noch fester um mich. So dicht bei ihm fühlte ich, dass unsere Herzen im gleichen schnellen Takt schlugen. Und dann konnte ich nicht länger widerstehen. Ich stützte mich auf, beugte mich über ihn, bis wir einander ansahen. Wieder musste ich lächeln. Die Sterne irrlichterten wie Funken in seinen grauen Augen. *Und die Sehnsucht darin verrät dich immer, Naveen.* Diesmal war ich es, die ihn einfach küsste. Er schien immer noch zu zögern, aber dann atmete er ein, als wäre ich ein Duft, den er trank. Ein Schauer durchfuhr mich, als sein Mund unter meinen Lippen weich wurde und sich öffnete. Es gab keine Sternschnuppen, es war ein sanftes Tasten. Meine Hand fand unter sein Hemd und erspürte seine Haut. Tief im Berg schien sich etwas zu verschieben, Steine rieben wie knirschende Zähne aufeinander, und irgendwo fauchten und knisterten zornige Schatten, als würden sie mich von Naveen forttreiben wollen. Aber ich hatte keine Angst. Denn die Berührung meiner Fingerspitzen wob einen ganz neuen Zauber – nichts, was uns trennte wie mein Bann, sondern ein Leuchten, das sich über uns beide senkte, uns einhüllte und barg, bis es einfach durch uns hindurchsank und die letzte trennende Schwelle zwischen uns zum Zerspringen brachte. Ich wusste, was ein Kuss sein konnte, aber nun erlebte ich voller Staunen, dass es noch eine ganz andere Wirklichkeit gab, eine, die nur Naveen und mir gehörte. *Alles andere als ein Spiegelbild*, dachte ich benommen. Und dann vergaß ich sogar die Echos.

Schwarze Rosen

Ein Ruck stößt mich über die Schwelle des Schlafs. Keuchend sitze ich im Bett und starre traumblind in das Dunkel. Unter mir verhallt ein Grollen tief im Berg. *Die Wächterseele,* denke ich. In Nächten wie diesen habe ich eher das Gefühl, dass ich die Gejagte bin. Die Schatten erdrücken mich und immer noch schwingt ein Albtraum in mir nach: Liljann, die von dunklen Klauen und Fängen in die Schlucht gerissen wird.

Draußen zucken Blitze eines fernen Gewitters, dessen Donnergrollen noch nicht bis zu uns reicht. *Kein Geschützfeuer,* beruhige ich mich. Dafür dieses unerträgliche Wasserrauschen, das mich inzwischen verfolgt wie Antijas höhnisches Flüstern. Tag und Nacht erinnert es mich an die kalte Nordprinzessin, an ihre Geschichten von grünen Flüssen und tiefen Meeren und an ihre fischblassen Augen, die mich aus jeder spiegelnden Scheibe heraus spöttisch zu mustern scheinen. Ich sehe immer wieder den Moment des Schachspiels zwischen uns. Und Antija, wie sie auf der Kleidertruhe lehnt und sich im Spiegel betrachtet, während sie mir die Geschichte ihrer Stadt erzählt. Diese Stadt, deren Bewohner aus der Vereinigung einer Fee mit einem Menschen hervorgegangen sind. Immer öfter träume ich von den Steindrachen und Harpyien, die dort die Brücken zieren, und in meinen Träumen folgen mir die Augen der versteinerten Halbwesen. Sogar jetzt fühle ich mich beobachtet. *Dreh nicht durch,* ermahne ich mich. *Das bildest du dir ein.* Aber heute fühle ich mich bei dem Geplätscher mehr denn je wie auf einem schlingernden Schiff. Die Stimmung in der Festung ist zum Zerreißen angespannt. Nach Tagen ohne Licht und Bewegung spielen die Pferde in den Kerkern verrückt und den Menschen geht es nicht anders. Ein Handwerker schwört, bedrohliche Stimmen zu hören, die Schatten verdichten sich mit jedem Tag mehr und jeder von uns hat Albträume und tiefe Schatten unter den Augen, als würde uns etwas die Kraft aussaugen. In den Kerkern gab es heute einen Aufstand der Clansleute, der sofort niedergeschlagen wurde. Dennoch gab es Verwundete, einer unserer Wächter liegt schwer verletzt in seiner Kammer und redet im Wahn, dass Tote an seiner Pritsche sitzen und ihm zuflüstern, dass die Festung ein böser, verfluchter Ort ist. Seine Kameraden murren, weil ich die aufständischen Gefangenen nicht hinrichten lasse. Meine Hände sind wundgescheuert von den Zügeln, gegen die sich mein Drache stemmt.

Ich schlüpfe aus dem Bett und trete zum Fenster, lehne meine Stirn an die eisige Scheibe. Gewitterwolken verhüllen die Sterne und den Mond. Und die Verzweiflung ist wie ein heißer, klebriger Knoten in meiner Kehle. *Wo bist du, Firan?*

Er hat Angst vor Jamala bekommen und dich aus Feigheit verlassen, reden mir meine ängstlichen Stimmen ein. *Öffne die Tore und rette dich selbst und die Menschen in der Festung, solange noch Zeit ist.*

»Hört auf!«, sage ich laut. Soweit ist es schon gekommen: Ich bin zu einer Verrückten geworden, die mit sich selbst spricht.

Wenige Minuten später bin ich angekleidet und auf dem Weg zur Späherstation. Um Panik zu vermeiden, wissen nur Monn und drei seiner Männer von Lady Jamalas Vormarsch. Gestern hat sie den Bogen nach Süden geschlagen. So wie wir, als wir hier ankamen, wählt sie den steileren, aber schnelleren Weg, der sie zum Haupttor führen wird. *Was bedeutet, sie weiß genau, wo wir sind. Was wiederum bedeutet, es gibt jemanden, der sie vom Westkurs abgebracht und viel zu schnell auf unsere Spur geführt hat.* Wieder einmal gehe ich in Gedanken das letzte Gespräch mit dem Gefängnisbeamten Kaeled durch. *Habe ich mich durch ein Wort verraten? Hat mein Vater mich an der Grenze zum Grauland doch erkannt?* Oder ist doch nur ein ganz gewöhnlicher Verräter im Spiel?

»Wie lange brauchen sie noch?«, frage ich den älteren Späher.

»Vier, vielleicht fünf Tage.«

Die Vergrößerung durch das Fernglas zeigt Lagerfeuer, gefährlich nah. Sie glühen tiefrot wie die Signalfeuer, deren Farbe durch ein verbrennendes Pulver entsteht. *Jamala will, dass ich sie sehe.* Und ich verstehe ihre Botschaft sehr genau. *Du wirst brennen, Tajann.* Es ist eine Einschüchterungstaktik, die auch ich gewählt hätte. Außerdem hofft sie, dass auch unsere Leute die roten Signale bemerken, dass die Angst sich in die Eingeweide der Festung frisst, aber ich habe alle nach Süden gehenden Fenster verbarrikadieren lassen und sorge dafür, dass niemand Zeit hat, Ausschau zu halten und nachzudenken.

»Weitermachen«, sage ich zu den Soldaten, dann laufe ich zum nördlichen Späherplatz. Monn ist dort gerade dabei, seine Nachtwache zu beenden. Wortlos reicht er mir ein Fernglas. *Also immer noch kein Hinweis auf Janeik,* denke ich niedergeschlagen. Viel sieht man nicht im Wetterleuchten. Die ins Tal abfallenden Wälder im Norden, unter Eis und Schnee erstarrt, und die Ahnung der Höhlen und Schluchten. Schwarze Hirsche huschen auch in der Ferne wie Schatten durch den Schnee.

»Wenn er heute nicht zurückkommt, wird es verdammt knapp«, sagt Monn.

»Ich weiß.«

Oft haben wir in den letzten Tagen über den Landkarten und Skizzen gesessen, Strategien entworfen und Berechnungen angestellt. Noch können wir dem Tross ausweichen und im Bogen zum Graumeer kommen, während Lady Jamala versucht, eine leere Festung zu stürmen. Wir werden alles so hinterlassen, dass es von außen so aussieht, als hätten wir uns darin verschanzt. Lichter werden hinter Glas flackern, und das Wasser, das wir auf die Flure leiten werden, wird durch seine Spiegelungen den Eindruck erwecken, dass sich etwas hinter den Scharten und Fenstern bewegt. Nur zu gerne würde ich sehen, wie die Wächterseele des Schlosses Lady Jamalas kaltes Herz erledigt, wenn sie über die Schwelle tritt, aber die Tore werden hinter uns versiegelt bleiben. Doch für diese Finte muss ich mir erst sicher sein, dass Marids Schiffe uns entgegenfahren. Das Risiko ist zu groß, dass wir sonst am Strand in der Falle sitzen. *Falls Janeik scheitert.* Als Lady muss ich so denken, aber bei Tag ist es einfacher als auf einem zugigen Späherposten. Es schneidet mir ins Herz, an all die Menschen in der Festung zu denken, die so mutig waren, uns zu folgen und jetzt mit uns auszuharren. Jeden kenne ich inzwischen, mit seinem Namen und seinem Schicksal, seinen Hoffnungen und seinen Ängsten. *Leben, die in unserer Hand liegen. Verdammt, Janeik, wo bleibst du?*

»Wir warten.«

Mein Vertrauter zieht zwar die Stirn in Falten, aber er nickt. »Der verletzte Soldat ist heute Nacht gestorben«, sagt er dann.

Ich sehe sofort das Gesicht vor mir, der rothaarige Wachposten, den ich nach dem Zwischenfall mit Liljann vom Nordtor in die Gefängnisse versetzt habe. Telmar, so hieß er. *Könnte er noch leben, hätte ich ihn am Tor gelassen?* Das sind die Momente, in denen ich es hasse, die Lady dieser Festung zu sein.

»Die Stimmung im Labyrinth ist verdammt schlecht, weil seine Kameraden ihn nicht im Freien begraben dürfen«, setzt Monn nach. »Sie sagen, das bringt Unglück.«

Ich weiß, was ich zu tun habe. Keine Zeit verlieren – und keine Befehle über Dritte geben. »Ich spreche selbst mit den Soldaten.«

Ich weiß nicht, wann ich mir angewöhnt habe, fast zu rennen. Monn und ich haben den gleichen schnellen Schritt und unsere

Wege führen stets zum selben Ziel. Bei ihm weiß ich immer, woran ich bin. Aber wie so oft, wenn ich mich bei diesem versteckten Vorwurf an Janeik ertappe, zwinge ich mich sofort, nur an das Nächstliegende zu denken. Weit komme ich allerdings damit nicht. Etwas reißt mir mitten im Lauf ein Bein weg, ich stolpere und wäre um ein Haar lang hingeschlagen. An meinem Knöchel sticht und brennt es, und als ich danach taste, habe ich Blut an den Fingern.

»Stolperst du über Wollmäuse?«, höre ich Monn im Dunkel des Ganges spöttisch fragen.

Seine Taschenlampe klickt. Und dann sind wir beide sprachlos. Im Licht entfaltet sich vor unseren Augen raschelnd eine schwarze Rosenblüte. Es ist nicht die einzige, Ranken schieben sich über den Boden wie Schlangen.

»Was zum Henker ...«, murmelt Monn. »Was ist das für ein Hexenkraut?«

Ich nehme Monn die Taschenlampe aus der Hand und folge dem Weg der Ranke zurück, stoße auf weitere, die sich über mir an den Decken entlangschieben. Der Weg zu ihrem Ursprung führt offenbar zu dem unbewohnten und halb zerfallenen Teil der Burg. Das spöttische Plätschern von Wasser begleitet mich auch durch die halb verschütteten Räume, klettert mit mir den Ranken entgegen über Geröllschwellen und weiter nach oben. »Die Ranken kommen vom Dach«, sage ich. »Hilf mir hoch!« Ich lege das blaue Kleid ab und stehe nur noch in Reithosen und schwarzem Hirschlederhemd da. Ich steige auf Monns Knie, seine Schultern, er steht auf und ich hangle mich weiter nach oben, ziehe mich mit zitternden Muskeln zu einem der wenigen noch unversehrten Dächer hoch.

Und da höre ich es schon: Kratzen und Schaben von Dornen. Es kommt aus der Schlucht des Ruinenfeldes jenseits der Dachkante. Das Dach ist sicher nicht mehr stabil, also lege ich mich auf den Bauch und schiebe mich vorsichtig direkt zum Rand.

Mit der Taschenlampe leuchte ich nach unten. Ich bin froh, dass ich liege, denn sonst würde ich sicher schwanken. Neue Ranken kriechen mir entgegen, breiten sich aus und verzweigen sich. Das Ruinenfeld hat sich in eine Schlangengrube aus Zweigen verwandelt. Das Aufblühen und Verwelken von Blüten ist wie ein schwarzer Puls. *Als würde der Palast leben und da unten wäre sein schwarzes Herz.*

»Was ist da?«, will Monn wissen.

Der Funke, der ein Inferno auslösen könnte, denke ich mit einem Schaudern. Ein toter Wächter, der nicht begraben werden kann, schwarze Hirsche, verhexte Rosen und der Aberglaube an Unglück, das kann genügen, um alles zu Fall zu bringen, was ich mühsam in Balance halte. *Was haben wir getan, Janeik? Ist das die Magie, die dich Lord Marid lehrte?*

»Wir brauchen Äxte«, rufe ich Monn über die Schulter zu. »Alles wächst zu.«

Ich will schon zurückrobben, als ich mitten in diesem Nest von dornigen Vipergewächsen etwas Helles entdecke. Der Strahl meiner Taschenlampe erreicht es nicht, zu weit entfernt ist dieses Zentrum. Ich setze mein Fernglas an, stelle es scharf, versuche etwas zu erkennen. *Da unten liegt jemand.* Nein, es sind zwei Umrisse, zwei Körper, ineinander verschlungen. Aber es ist immer noch zu dunkel, um Genaueres zu sehen. Erst als Blitze aufleuchten, schon gefolgt von Donner, erkenne ich es, taghell und gestochen scharf. Fast wäre mir das Fernglas aus den Händen gefallen. *Liljann!*

Es ist ein Schock, dass ich seit dem Aufwachen kein einziges Mal an sie gedacht hatte, als hätte ich sie einfach vergessen. *Ich bin aus dem Bett gesprungen, ohne mich zu vergewissern, dass sie neben mir liegt!*

Und sie war nicht bei mir, sie liegt in diesem Nest aus schwarzen Rosen, reglos und traumverloren – in den Armen eines Mannes. Der nächste Blitz leuchtet nur den Bruchteil einer Sekunde, aber sie genügt, jedes Detail des Bildes in mich einzubrennen. Und endlich verstehe ich, was ich hier sehe: einen heimlichen Rückzugsort, ein Lager, das nur zwei Menschen kennen. Denn sogar im Schlaf leuchtet auf Liljanns Gesicht und ihrem Lächeln noch der Abglanz einer Liebesnacht. Unter einer Felldecke ragt ihr blasses Bein hervor und der geschwungene Bogen ihrer Hüfte, auf dem die Hand des Mannes ruht. Ihr blondes Nixenhaar liegt wie ein Schleier über seiner Brust und seinem Hals, den Kopf hat er abgewandt, aber ich erkenne, dass er dunkles, kurzes Haar hat und eine muskulöse, aber schlanke Gestalt. *Sie hat mich hinters Licht geführt!*, denke ich fassungslos. *Für eine heimliche Liebe! So wie ich Jamala.* Ich sollte zornig auf sie sein, aber ich fühle nur eine seltsam zerrissene Zärtlichkeit. Warum hat sie mir nicht vertraut? *Gerade mir?* Ich frage mich, ob der Kerl einer der jüngeren Augenmänner ist. War Liljann deshalb so oft bei den Ställen? *Aber was macht sie ausgerechnet hier in diesem Nest der Rosen?*

Meine Schwester regt sich im Schlaf. Zuckende Blitze zerhacken ihre Bewegung in eine Abfolge einzelner Bilder. Ein Drehen des Körpers zur Seite, ihr Haar, das vom Hals des Mannes gleitet. Und, erschreckend klar und scharf gezeichnet, der Ring, der um seinen Hals geschmiedet ist. Schlagartig ist mir siedend heiß. Und als hätte mir jemand eine Augenbinde weggerissen, sehe und verstehe ich alles. Es ist kein Augenmann, meine Schwester liebt einen der Gefangenen – und zwar nicht irgendeinen. *»Wer wie ein Hund nach mir schnappt, den lege ich wie einen Hund an die Kette«*, hallen Janeiks Worte in meinem Kopf. Das da unten ist der Mann, der Janeik am Tag unserer Ankunft mit dem Messer angegriffen hat. *Ihn hat Liljann also im Labyrinth der Kerker gesucht.* Ich sehe noch ihre verweinten Augen und ihren Kummer, den sie vor mir verheimlichen wollte. Und ebenso ihr Strahlen, als sie ihren Geliebten fand. Wie konnte ich so blind sein? Weitere Bruchstücke finden sich zum Bild: der Morgen, als Liljann sich in mein Zimmer schleichen wollte. Der Schlüsselring in der falschen Manteltasche. Und ihr kurzes Auftauchen und Verschwinden am Herbstfest. *Als sie sich davonstahl und ihn mit meinem Ring befreite.* Jetzt verstehe ich, warum sie zögerte, als ich sie versprechen ließ, sich den Gefangenen nicht mehr zu nähern und das oberste Stockwerk nicht zu verlassen. Gebrochen hat sie das Versprechen dennoch. *So wie du bei Jamala, Tajann.*

Der nächste Blitz lässt mich zusammenzucken. Dröhnender Donner folgt dieser Entladung, Sturmwind rauscht heran und zaust die Rosen. Und der Gefangene hat sich aufgerichtet und starrt mich an. Ich zucke zurück. Er kann mich von da unten unmöglich erkennen. Aber er sieht mich. *Und er weiß genau, wer ich bin.* Hellgraue Augen blicken direkt in meine. Sie sprühen vor Hass. Wenn er könnte, würde er mich töten, so, wie er es bei Janeik versucht hat. Ich erschrecke vor diesem düsteren Gesicht. Kälte und Feindseligkeit spiegeln sich darin, die mir gelten. Aber als er die Hand auf Liljanns Schulter legt, wird mir eiskalt. *Warum wacht sie nicht auf?* Die Rosen knistern und erheben sich wie schwarze Kobraköpfe, Ranken ziehen sich um Liljann zusammen. Plötzlich erscheinen sie mir wie ein schwarzes Spinnennetz, in dem meine Schwester gefangen ist, ein zarter, zerbrechlicher Falter.

»Fass sie nicht an!«, schreie ich in das Dunkel von Donnergrollen. »Verschwinde und halte dich fern von ihr!«

Es ist natürlich lächerlich, dem Gefangenen zu befehlen. Zudem hört er mich gar nicht. Ich will meine Pistole ziehen, aber an meiner Hand ruckt etwas und hält mich zurück. Eine Ranke hat sich um meinen Unterarm geschlungen.

»Monn! Gefangener auf der Flucht!«, brülle ich über die Schulter. Mit aller Kraft reiße ich mich von den Dornen los. Beim nächsten Wetterleuchten ist die Stelle neben meiner schlafenden Schwester leer. Ich bin nicht dumm genug zu glauben, dass der Kerl mir gehorcht hat. Denn Liljann ist es nicht, die er töten will.

Rote Feuer

Auch die vergangene Stunde ist in meiner Erinnerung nur noch eine Abfolge zuckender Lichtblitze und Momentaufnahmen. Der Regen, der mit dem Gewitter kam, Monn und seine Leute, die die Ruinen nach dem Flüchtigen durchkämmten, blitzende Axtblätter. Sie versuchen noch jetzt, die Ranken zu zerhacken, aber es ist wie bei dem Drachen, dem zwei Köpfe wachsen für jeden, den man abschlägt. Wie schwarzes Blut quoll der Pflanzensaft auch aus den Wunden, die meine Axt hinterließ. Die Rosen wollten Liljann nicht freiwillig gehen lassen. Durch das viele Schwarz konnte ich schließlich nur noch den hellen Glanz ihres Haares erkennen, so fest eingesponnen war sie in diesem schwarzen dornigen Kokon. Kein Ruf konnte sie wecken. Erst als ich endlich bei ihr war und sie berührte, fuhr sie aus ihrem Schlaf hoch, als hätte ich sie geohrfeigt. Nie werde ich ihren erschrockenen, schuldbewussten Blick vergessen, denn auch sie begriff in dieser einzigen Sekunde – noch bevor sie die Männerstimmen hörte und die zerhackten Rosenranken sah. »Wo ist Naveen?«, stieß sie sofort hervor. Ihre Stimme zitterte und trotz allem brach es mir das Herz, sie so aufgelöst zu sehen. Selbst wenn sie jetzt noch eine Ausrede gefunden hätte – die Art, wie sie den Namen aussprach, hätte sie verraten. *Naveen heißt er also,* dachte ich.

»Sag du es mir«, antwortete ich. »Du kennst seine Verstecke, schließlich hast du dafür gesorgt, dass er aus dem Gefängnis fliehen konnte.«

Sie verriet sich ein weiteres Mal, als ihr Blick sofort auf den Schlüsselring an meiner Hand fiel.

»Dann habt ihr ihn nicht verhaftet und er ist entkommen?« Ich liebe sie, aber für die Hoffnung in ihrer Stimme hätte ich sie schlagen können. Noch nie war mir so bewusst geworden, dass sie wirklich auf der anderen Seite steht. Sie verstummte, als ihr bewusst wurde, was ich dachte, was ich denken musste.

»Verlass dich nicht auf sein Glück«, sagte ich. »Wir finden ihn.«

Noch jetzt fällt es mir schwer, mich daran zu erinnern, wie ich sie wegführen ließ, obwohl sie sich wehrte. *Das hätte ich sein können,* denke ich jetzt noch. *Auch Janeik und ich hätten in unserem geheimen Lager in König Jars alter Burg entdeckt werden können.* Es ist verrückt, dass unsere Leben sich spiegeln und begegnen, als wären wir Ringe auf einer Wasserfläche, die sich zitternd berühren und durchdringen. Nur dass mein Weg auf Jamalas Scheiterhaufen geführt hätte. Ich dagegen werde Liljann beschützen, trotz allem und koste es, was es wolle. Wenn es sein muss, sogar vor sich selbst.

»Wie oft habe ich es dir gesagt?«, bemerkt Monn nur trocken. »Die Nachrichten, die Klopfzeichen – Liljann paktiert schon die ganze Zeit mit den Gefangenen und hat vom geplanten Aufstand gewusst. Wenn sie nicht sogar mit drinsteckte.«

»Warum sollte sie?«, erwidere ich heftig. »Sie wusste, dass ich alle Clansleute freilassen würde, sobald Janeik wiederkommt. Ich musste es ihr sogar versprechen. Wir wissen lediglich, dass sie dem Rädelsführer geholfen hat zu fliehen. Bestimmt hat er sie nur als Spielfigur gegen uns benutzt ...«

»Eine Spielfigur wofür? Dunkle Magie? Du weißt, was im Labyrinth los ist.«

Allerdings. Nicht umsonst hatte ich immer noch keine Zeit, noch einmal in Ruhe mit Liljann zu sprechen. Zu viel hatte ich damit zu tun, die Suche nach dem Gefangenen anzuleiten und die aufkeimende Panik unter Kontrolle zu bringen. Die Pferde spielen völlig verrückt, einige haben sich losgerissen und preschten in den Gängen davon. Hufschläge echoen auf Glas. Die Rosen sind nicht mehr zu bändigen, sie schieben sich in Quartiere und Werkstätten. Auch der letzte Bewohner dieser Festung hat nun das Wort »Hexerei« auf den Lippen und Liljann dabei im Sinn. Und ich bin längst nicht mehr sicher, ob es wirklich Janeiks magische Experimente sind, die hier ihr Werk tun. Zu gut erinnere ich mich an den hasserfüllten Blick von Liljanns Geliebtem. *Sind die Rosen das Werk der Clansleute?* Immerhin halten die Soldaten Ruhe, seit ich die Anweisung gegeben habe, für den ermordeten Wächter eine Totenwache aufzustellen, bis er im Wald beerdigt wird. *Sobald wir aufbrechen.* Dieser Satz wiegt so schwer, dass ich kaum noch atmen kann. Inzwischen dämmert es schon und Janeik ist immer noch nicht zurück. Gleich werde ich wieder nach unten gehen müssen, ein Fels in der Brandung sein, selbstsicher Anweisungen geben und handeln. *Immer wieder handeln.*

»Du weißt, es wäre das Klügste, ein Zeichen zu setzen«, mahnt Monn. »Die Leute erwarten eine Erklärung. Liljann kam mit einer weißen Rose zu uns, jeder weiß das. Und jetzt erstickt uns eine Million von schwarzen, wie eine Dornenfaust, die die ganze Festung umschließen will. Lass Liljann offiziell als Verdächtige verhaften, damit fürs Erste Ruhe ist.«

»Sie hat damit nichts zu tun und sie ist keine Hexe!«

»Na und? Die Meute will eine haben. Und ich garantiere dir, sie findet einen Schuldigen, wenn du es nicht tust. Für Liljann macht es doch keinen Unterschied. Du lässt sie sowieso in ihrem Zimmer bewachen. Und sobald wir aufbrechen, lässt du sie entkommen. Aber ihre Verhaftung würde deine Autorität untermauern.«

Ich beiße mir auf die Unterlippe. Das Schlimme ist, ich kann ihm nicht widersprechen. Jeder weiß inzwischen von dem Flüchtigen und hat gesehen oder gehört, wie Liljann aus dem Zentrum des Rosennestes weggebracht wurde. Ich trete zum Fenster. Schnee weht durch den zerbrochenen Mosaikstern aus Glas, die fedrigen Küsse von Schneeflocken verlöschen auf meinem glühenden Gesicht. Unter mir liegt das Südtal, aber heute hatten die Späher kein Glück. Wie die Rücken schlafender Meeresriesen ragen nur die höchsten Baumkronen aus einem Nebelmeer, nicht einmal die roten Rauchsäulen von Jamalas Feuern sind in der Ferne zu sehen. Dafür hört man die entfernte Ahnung von Marschtrommeln, wenn der Wind sich in unsere Richtung dreht. Jamala legt Wert darauf, dass wir sie auch im dichtesten Nebel nicht vergessen.

»Und außerdem«, sagt Monn. »Auch wenn Liljann keine Hexe ist ...« Er muss nicht weiterreden. Wir schauen beide zu den drei Botschaften aus Zweigen und Blättern, die auf dem Boden ausgelegt sind, so, wie wir sie heute gefunden haben – heimlich platziert in den verstecktesten Winkeln meines Stockwerks. Hat Liljann mich wirklich so sehr hintergangen? *Nein!* Wie verliebt sie auch sein mag, wir sind immer noch Schwestern. Niemals würde Liljann mich einem Attentäter ausliefern.

Ich straffe die Schultern und atme durch, schlüpfe zurück in die Haut von Lady Tajann. »Führ sie herein. Allein.« Schon das verstößt gegen die Vorschrift. Ein Protokollant müsste bei dieser Unterredung dabei sein und mindestens ein Richter, aber die beiden verharren auf meinen Wink an der Tür.

Ich erschrecke, als ich Liljann sehe. Noch mehr weiße Fäden schimmern in ihrem zerzausten Haar und die Ringe unter ihren Augen waren noch nie so tief. *Als würde etwas ihr alle Lebenskraft rauben.* Blaue Flecken und Kratzer an ihren Armen zeugen davon, wie heftig sie sich gewehrt hat, als ich sie abführen ließ. Bevor sie den Mund aufmachen kann, hebe ich warnend die Hand. »Ich muss als Lady zu dir sprechen, Liljann. Überlege dir genau, was du sagst, denn es geht um den Aufstand in den Kerkern ...«

»Damit hat Naveen nichts zu tun!«

Nein, sicher nicht, verliebtes Mädchen.

»Und auch nichts mit deinen geheimen Klopfzeichen im Labyrinth? Waren es keine Zeichen für ihn?«

»Ich wollte ihn doch nur finden!«, ruft Liljann.

Ich deute auf die drei Nachrichten. »Und ihn in meine privaten Räume lotsen? Stammen diese Botschaften von dir?«

Bist du hier?

Bitte zeig dich.

Ich warte auch heute im Sternenzimmer auf dich.

Liljann sieht aus, als würde sie gleich anfangen zu weinen. »Diese Nachrichten waren nicht für Naveen bestimmt.«

»Für wen dann?«

Ihr Blick huscht zu Monn, sie beißt sich ertappt auf die Unterlippe und schweigt. Sie wirkt wie ein gefangenes Tier, das keinen Ausweg mehr findet. Als Lady müsste ich zornig auf sie sein, aber sie tut mir leid. »Lass uns allein«, sage ich zu Monn. Natürlich zögert er, ich weiß, was ich an seiner Stelle getan hätte. Liljann atmet auf, als er die Tür hinter sich schließt, aber als ich näher komme, weicht sie in ihrer alten, scheuen Art vor der Berührung zurück.

»Liljann, ich muss die Wahrheit wissen«, sage ich leise. »Ich sagte dir doch, für uns geht es um alles – auch um mein Leben. Und ich kann dich verstehen, du bist nun eine Grauländerin und die Clansleute dein Volk. Und auch ich habe für meine Liebe gelogen und Versprechen gebrochen, das alles nehme ich dir nicht übel. Aber der Gefangene, den du schützt, ist der Mann, der versucht hat, Janeik mit dem Messer zu töten.«

Jetzt klappt ihr der Mund auf. »Er hat Janeik angegriffen? Naveen sagte, es war ein Augenmann. Und das alles hatte doch nichts mit euch zu tun. Er wollte nur zu mir zurück, zu den Höhlen …«

»Du hast mir erzählt, du seist ganz allein vor Volok geflohen.«

Sie wird flammend rot und schluckt. Es tut fast weh zu sehen, wie unbeholfen sie von Falle zu Falle stolpert. Eine jähe Zärtlichkeit für sie schnürt mir die Kehle zu. Noch nie kam sie mir so schutzlos vor, so leicht zu täuschen. *Dieser Kerl hat sie also belogen und benutzt, um an Janeik und mich heranzukommen.* Und ich muss nur an diese besitzergreifende Geste denken und an die hasserfüllten grauen Augen, um zu wissen, dass ich nicht zulassen werde, dass er noch einmal in Liljanns Nähe kommt. *Dass irgendjemand noch einmal nach ihr greift oder sie auf irgendeine Weise verletzt.* Beide zucken wir zusammen, als wieder das Kratzen ertönt. Ranken, auch hier, Glasscherben knacken und springen unter den Dornen. Und mit einem eisigen Windstoß scheint der Raum Schatten einzuatmen. Liljann springt zu mir und ergreift meine Hände.

»Bitte, Tajann«, fleht sie mich an. »Es ist alles ganz anders, als du denkst. Er will mich nur beschützen. Lass mich gehen und Naveen finden, sofort!« Ihre Augen sind grüne Seen, in denen sich ihr ganzes Herz spiegelt. *Du liebst ihn wirklich,* denke ich. Und ich weiß nur zu gut, dass sie mir nichts glauben wird, was auch immer ich über ihn sage.

»Nein. Tut mir leid, Liljann.« Mit diesen Worten reiße ich mich los, weiche zurück zur Wand, bis ich mit dem Rücken am Stein stehe. Ich kann nicht anders, als sie von mir zu stoßen. Noch ein Wort und ich werde sie umarmen und ihr alles versprechen, was sie will. Denn das Schlimme ist, niemand versteht sie besser als ich. Und das Verrückte ist, dass ein Teil von mir ihr immer noch dieses Geheimnis und diese Liebe lassen will. Aber ich kann und darf es nicht.

Noch bevor Liljann etwas sagen kann, geschieht etwas, das uns beide zusammenzucken lässt. Es ist wie ein dumpfer, reißender Laut, der durch meine Knochen sirrt. Erst denke ich, Liljann hat aufgeschrien, aber es ist nur das Heulen des Schneewinds. Er fegt durch das zerbrochene Sternfenster in den Raum und verwirbelt die Botschaften, treibt sie Liljann ins Gesicht, drängt meine Schwester geradezu aus meiner Reichweite in Richtung Tür. Sie hebt schützend die Hände. Nur kurz kommt der Wirbel zur Ruhe. Liljanns Blick fällt auf die Zweige und Blätter, bevor der Wind sie in meine Richtung trägt, an mir hochweht, über mich hinweg, an die Decke. Liljanns Augen werden riesengroß. Jetzt ist es wirklich ihr Schrei, der im Raum hallt. »Weg von der Wand!« Ich fahre mit rasendem Herzen herum. Im selben Moment stürzt Monn vom Schrei alarmiert in den Raum. »Hinter dir!«, ruft Liljann. Und ich sehe es tatsächlich, einen Umriss, der sich an der Wand erhebt, Schatten, Schlieren und steinraspelnder Atem. Eine Gegenwart.

»Was ist los?«, fragt Monn. Jetzt erst sehe ich, dass er in den Raum gestürzt ist und Liljann gepackt hält, die Arme auf ihren Rücken gedreht, als hätte sie mich angegriffen. Und er starrt mich an – ohne zu sehen, was hinter mir über den Stein fließt. An der Tür stehen drei von Monns Leuten und mustern mich ebenfalls fragend – ohne zu sehen. Und auch der Protokollant und zwei Beamte schauen uns an.

»Nichts ist los«, sage ich zu Monn. Wie beiläufig trete ich ans Fenster. Ich fröstle so sehr, dass ich die Hände zu Fäusten ballen muss, damit niemand mein Zittern sieht. Der Wind trägt Kriegstrommeln in den Raum – und in mir findet sich alles zu einem Bild. Die Wächterseele wittert Gefahr für mich und steht hinter mir. Aber nur Liljann und ich nehmen diese Gegenwart wahr.

»Siehst du es denn nicht?«, schreit Liljann. »Es will dich töten, du musst mich zu Naveen lassen, nur er kann uns vor dieser Magie beschützen ...«

»Monn! Bring sie zurück in ihr Zimmer. Sie ist verängstigt und sieht wohl Gespenster.« Meine Schwester starrt mich an, als sei ich verrückt geworden. Ihr Blick gleitet zu meinen Unterarmen. Ich bin eine gute Lügnerin, aber meine Gänsehaut verrät mich. »Du lügst! Du siehst die Schatten der anderen Seite!«, ruft

Liljann fassungslos. »Du weißt genau, was hier vor sich geht.« Die Soldaten bekommen finstere Mienen. Sie kannten den toten Wächter gut. Und für einen Moment sehe ich mit ihren Augen. Dort steht die Hirsche zähmende Hexenschwester der Lady, spricht über dunkle Magie und bezichtigt mich.

»Ich weiß nicht, wovon du redest«, antworte ich scharf. »Monn! Die Befragung ist beendet.«

Liljanns Augen werden noch größer und alle Farbe weicht aus ihrem Gesicht, als würde sie schlagartig etwas begreifen. Und mir wird frostkalt, als sie die Worte hervorstößt.

»Janeik und du!«, haucht sie. »Ihr habt es die ganze Zeit gewusst? Habt ihr den Toten die Tür geöffnet? Und die Rosen ...«

»Genug!«, erwidere ich so laut, dass sie zusammenzuckt. »Was mit diesen Rosen vor sich geht, wird eine Erklärung finden, dafür werde ich sorgen, und ich denke, die Barbarenkrieger könnten uns dazu einiges erzählen, habe ich recht, Grauländerin? Und bis dahin sei froh, dass ich nicht dich verdächtige – zumindest noch nicht.«

Die Beamten atmen sichtlich auf und Monn deutet ein Nicken an. Auf einen Wink von mir zerrt er Liljann hinaus. Ich starre aus dem Fenster, um Liljanns Blick nicht standhalten zu müssen. Der Schreck sitzt mir eiskalt in den Knochen. *Wie kann sie so viel wissen?* Endlich fällt die Tür zu. Mit klopfendem Herzen drehe ich mich um, aber da ist nur noch die kahle Wand. Mein Wächter hat sich zurückgezogen. *Aber er hört mich und beobachtet mich, und er wird wiederkommen, sobald ich in Gefahr bin – wie schon so oft.* Jetzt verstehe ich, warum der Schatten so oft bei mir war – während ein Attentäter frei herumlief. Vielleicht verdanke ich dem Wächter bereits mein Leben. Zum ersten Mal, seit wir hier sind, verstehe ich, warum Janeik sich dafür entschieden hat, das Siegel zu nutzen. Und ich muss nur an die hasserfüllten grauen Augen denken, um für diesen Schutz aus dem Reich der Schatten dankbar zu sein. Der Wind hat gedreht, die Trommeln schweigen für einige Momente. Ich höre nur noch das Knistern von Schnee, der gegen mein Kleid weht.

»Beschütze auch Liljann!«, sage ich in den Raum.

Ich hatte keine Chance. Dieser schreckliche alte Söldner mit dem Flammenzeichen am Schädel hatte mir beide Arme auf den Rücken gedreht und hielt meine Handgelenke so fest umklammert, dass ich keinen Bann legen konnte, während er mich zu der Kammer schleifte. »Lass mich los!«, schrie ich. »Ich muss zu Tajann …«

»Halt den Mund, Hexe! Du hast schon genug angerichtet.« Er stieß mich mit solcher Wucht in den Raum, dass ich fiel und über den Boden schlitterte. Die Tür fiel mit einem Donnern zu, das Schloss schnappte. Draußen hörte ich, wie der Flammenmann den Soldaten befahl, die Tür zu bewachen. Der Raum war schon dunkel, das letzte Licht fiel nur durch ein schmales Fenster, eher eine verglaste Scharte, die ganz von Eisblumen überwuchert war. Keuchend rappelte ich mich auf. In mir hallte immer noch die Warnung, die mir mein Gespenstermädchen in Worten aus Blättern und Zweigen hinterlassen hatte:

Lauf! Er ist hier!

Die Wilen waren mit dem Windwirbel voller Panik geflüchtet und hatten meine Schwester tatsächlich allein zurückgelassen. Und hinter Tajann hatte ich etwas ganz deutlich gesehen: Stein, der weich zu werden schien wie Stoff. Etwas war daran entlanggestrichen, als würde es nach der dünnsten Stelle suchen. Ich rannte zur Tür und trommelte gegen das Metall, rief nach den Wachen. Aber es war sinnlos wie damals, als ich nach dem Tod meiner Mutter gegen die verschlossene Tür gehämmert hatte. Doch das hier war noch schlimmer: Unter meinen ans Metall gepressten Fäusten und meiner Stirn knisterte eisige Kälte, strömte durch meine Arme und wollte nach mir greifen. Der Schatten zuckte vor mir hoch. Die Tür schien nicht mehr standzuhalten, ich konnte Erhebungen sehen, dort, wo Spitzen wie von Klauen sich durchdrückten, direkt über meinen Fingern. Als wäre das Eisen nur noch eine Membran, die jeden Moment zerreißen würde. Ich riss mich von der Tür los und stolperte zurück, während das Wesen, das nur noch durch einen hauchdünnen Schleier von mir getrennt war, verharrte. Hinter Tajann hatte es sich noch in einem schwammigen Umriss verborgen, aber hier bei mir zeigte das Echo der anderen Seite höhnisch langsam seine wahre Gestalt: die Silhouette, die ins Riesenhafte wuchs, lange Beine, mächtige Schultern, zu Klauen gebogene Hände und die knochigen Erhebungen, Ansätze dunkler Schwingen. *Er ist es also wirklich!* Selbst wenn ich es versucht hätte, ich hätte nicht schreien können. Mit zitternder Hand versuchte ich, den Bannzauber auf diese Schwelle zu legen, aber es fühlte sich nur an, als würde Glas in meiner Hand zerbrechen.

Keine Grenze ist sicher, hallte mir Naveens Warnung im Ohr. Verzweifelt sah ich mich um. Hier hatte ich keine Schwelle, geschweige denn eine Waffe, die mir wirklich gegen Volok nützen konnte. Nur der Splitter von Naveens Schwert lag an seinem Platz neben meinem Bett. *Das Fenster hat eine Schwelle! Wenn ich nach draußen klettere …* Der Riegel war vereist, also stieß ich mit dem Splitter zu und hebelte mit aller Kraft. Eiswind fegte mir ins Gesicht, als ich mich aus dem schmalen Fenster zwängte. Schneekristalle brannten in meinen Augen. Halb blind schob ich mich nach draußen. Und hier draußen funktionierte es. Mein Bannzauber fiel wie eine von Eleyns Sternschnuppen und glühte sich in das Fensterbrett. Erst jetzt wagte ich über die Schulter zu blicken, verdreht und völlig verkrampft in die Nische gekauert. Es war unmöglich, hier zu klettern. Die

Außenmauer war eine einzige Eisfläche, meine Füße rutschten bereits vom schrägen Sims ab. Unter mir trieb Hochnebel, verführerisch weich und nah, aber ich wusste genau, wie tief der Abgrund am Südhang war.

Und jetzt? Das Einzige, was mich hielt, waren meine in die Ritzen gekrallten Finger, die jetzt schon an Kraft verloren. Viel zu weit links von mir konnte ich das Fenster einer von Tajanns Kammern erkennen.

Von hier aus wirkte es, als würden Nebelfetzen am Fenster hängen, aber dann wandten sich mir verhärmte Gesichter zu. Die Wilen drängten sich hier draußen, eine Traube transparenter Geister auf der Flucht, so wie ich.

»Ich muss zu Naveen!« Der Wind riss mir das Flüstern vom Mund und trug es zu den Feen. »Helft mir, ihn zu finden, um Tajanns willen! Sie hat bei der Schlucht Volok verwundet. Wenn er den Schleier zerreißt, wird er sich an ihr dafür rächen. Naveen ist der Einzige, der sie beschützen kann!« Die Wilen bekamen noch größere Augen, dann schlüpften sie durch das geschlossene Fenster ins Innere der Festung. Ich wusste nicht, ob sie vor mir flohen oder mir tatsächlich einen Weg zeigen wollten. *Jetzt muss ich nur noch fliegen lernen*, dachte ich verzweifelt.

Ich sah mich um – und entdeckte über mir eine Bewegung. *Rosenranken.* Ich hatte keine Wahl, obwohl mir übel vor Angst war. In dem Moment, in dem eine Bö mich fast vom Eis riss, stieß ich mich ab und packte eine Ranke. Dann pendelte ich über dem Abgrund neben dem Fenster, das im Wind nun auf- und zuschlug. Ich wartete auf den Schmerz von Rosendornen, aber diese Ranken waren glatt. »Danke«, flüsterte ich in den Wind. Als wollte das Geistermädchen mir antworten, zog sich eine Ranke um mein Knie zu einer Schlinge zusammen, an der ich Halt finden konnte. Mit zusammengebissenen Zähnen klammerte ich mich fest und stemmte mich gegen die vereiste Wand. Mein ganzer Körper war taub vor Angst, aber ich schaute nicht zurück, während ich versuchte, wie ein Pendel zu dem nächsten Fenster zu schwingen.

Meine Schritte hallen scharf wie Schüsse in den Glasgängen. Überall erstarrt das Leben, Menschen verharren, lebende Fragen zwischen stummen Atemzügen und Herzschlägen. Lady Jamala hat mir beigebracht, dass eine Lady nicht lächeln darf, aber hier entfacht mein beruhigendes Lächeln Erleichterung auf den Mienen. Mir wird warm ums Herz, bei jedem Blick in jedes so vertraute Gesicht. Die Frauen, mit denen ich auf dem Herbstfest getanzt habe, die Männer, deren Hände schwielig sind von der harten Arbeit der letzten Wochen, und die Beamten, die mit ihren unrasierten Gesichtern längst nicht mehr höfisch und glatt wirken. Sie sind meine Leute und ich bin ihr Leitlicht in diesem Nebel, mein fester, selbstsicherer Schritt sagt, dass ich die Richtung kenne, meine Gelassenheit gibt ihnen Sicherheit. Im Vorbeigehen teile ich Befehle zu, berate, sehe nach dem Rechten. Beruhige die Handwerker, die sich darum sorgen, dass die Wasserrohre durch die Rosen viel zu früh beschädigt werden könnten, und versichere ihnen, dass alles unter Kontrolle ist. Zum Glück wirkt es tatsächlich so, denn im Inneren der Festung sind die Ranken zum Stillstand gekommen. Mir ist aber auch klar, dass das sicher mit Liljanns Verhaftung in Verbindung gebracht werden wird. Für die Menschen hier bin ich die Lady, die ihrer Hexenschwester das Handwerk gelegt hat.

Monn wartet schon am Nordtor auf mich, an der von außen kaum sichtbaren Fensterscharte, die zwei Stockwerke hoch direkt über dem Tor liegt. Ich weiß, Monn nimmt es nicht wahr, aber noch nie war die Kammer an der Wendeltreppe so schattig. Ich erinnere mich an Liljanns Worte: *»Nur Naveen kann uns gegen diese*

Magie beschützen.« Liljanns Geliebter ist also wirklich einer, der Magie beherrscht. Das ist der Kern der Verschwörung. Deshalb der Zauber mit den Rosen und sicher auch der Plan, den Wächter mittels Magie außer Gefecht zu setzen. Nun, bisher ist es nicht gelungen. Ich spüre das Frösteln, das die Nähe der Wächterseele wieder über meine Haut schickt. Er ist hier, überall um mich, stets in meiner Nähe wie ein Hund, der seine Herrin bewacht.

»Habt ihr den Aufrührer gefasst?«

Monn schüttelt den Kopf. »Zwei Einheiten durchkämmen immer noch das Labyrinth. Die anderen Gefangenen sind in einen Raum gebracht und gefesselt worden.«

»Gut. Draußen etwas Neues?«

»Alles wie immer. Die Hirsche waren wieder für einige Stunden im Wald, aber seit Anbruch der Nacht sind sie zurückgekehrt.«

Der Nebel ist dicht wie Watte, aber ich kann in der Dunkelheit dennoch die Hirsche erahnen. Sie liegen vor dem Tor, dösend oder schlafend, einige wenige Tiere wandern mit gesenkten Köpfen träge herum, vielleicht suchen sie unter dem Schnee nach Flechten und Gräsern. Von oben sind sie schwarzes Treibholz in einem milchig-weißen Meer. Ihre Gegenwart beruhigt mich. Langsam lerne ich die magischen Zeichen zu lesen. Solange die Hirsche die Festung so friedlich bewachen, nähert sich von außen keine Gefahr. *Und noch sind die Trommeln fern.*

»Hast du dich entschieden?«, will Monn wissen.

»Wir warten noch.«

»Wie lange denn noch?«

Ich schlucke. Eben hatte ich mich noch sicher gefühlt, geschützt von Schatten und Hirschen. Aber mit einem Mal ist es, als würde ein Flüstern mich umgeben, kühle Hände an mir zupfen, als würde sich etwas um mich drängen und mich fast ersticken. *Janeik wird nicht zurückkommen,* hallt es irgendwo in mir. *Rette dich und die Menschen der Festung. Jetzt sofort!*

Ich beiße die Zähne so fest zusammen, dass es schmerzt, und setze das Fernglas an die Augen. »Noch nicht«, sage ich laut. Und ich korrigiere mich hastig für Monn: »Wie schnell könnten wir aufbrechen?«

»In einer Stunde, spätestens in zwei. Sie fangen gerade noch die letzten Pferde ein.«

Monn hebt ebenfalls sein Fernglas. Der Blick in die Ferne zeigt uns nur Nacht und die Ahnung schwarzer Baumspitzen. In der Vergrößerung schweifen Wolken und Nebel vorbei, Unterholz und fallender Schnee, aber kein vertrautes Gesicht. Wir halten stumm Ausschau, aber es ist so, als würden wir im Gleichklang schwingen – *so, wie ich es von Janeik nicht kenne, wenn es um Entscheidungen und Zitadellen geht.* Ich will nicht so bitter sein, aber noch nie habe ich mich so verlassen gefühlt wie jetzt. Wir sollten gemeinsam entscheiden, als Herr und Herrin der Festung. *Bleiben oder fliehen?* Die Uhr tickt mahnend mit jedem fernen Trommelschlag. Jeder Schlag ein Schritt, den wir schneller gehen müssen, um Lady Jamalas Tross auszuweichen. Schon jetzt ist es fast schon zu knapp. Wenn wir es schaffen, auszuweichen, bleibt immer noch das Risiko, schutzlos am Meer zu stranden. *Oder die Chance, alles zu gewinnen.* Und auf der anderen Seite: bleiben im Schutz der dunklen Magie, was bedeutet: Jamalas Belagerung standhalten, bis Janeik und Lord Marids Truppen uns zu Hilfe kommen und unser Schicksal in einer großen Schlacht entscheiden. *Wie lange halten wir mit den Vorräten durch? Und mit den Aufständischen, von denen einer magische Kräfte hat?* Das Risiko, auch hier: zurückzubleiben, wenn keine Hilfe von Janeik kommt. Es ist wie eine Niederlage, dass ich tatsächlich in Erwägung ziehe, was meine panischen Stimmen mir schon seit Tagen einflüstern.

Denk nach, Tajann!

Beide Möglichkeiten bergen dieselbe Chance und dasselbe Risiko. Aber einen Unterschied gibt es. Bleiben wir und Janeik kommt nicht zu unserer Rettung, dann fallen meine Leute Lady

Jamala früher oder später in jedem Fall in die Hände. Stranden wir am Meer, haben die Menschen, für die ich verantwortlich bin, zumindest die Möglichkeit, zu flüchten. Diese winzige Chance für diese Leben ist das Einzige, was zählt. Meine Arme sind schwer vom Halten des Fernglases, aber noch schaffe ich es nicht, das Glas zu senken. *Gebt ihn mir wieder,* flehe ich die leeren Wälder an. Ich weiß, was ich tun muss, aber ich sehne und sorge mich so sehr, dass Tränen in meinen Augen brennen. *Tajann und Firan. Wo sind wir? Wann haben wir einander verloren?*

»Wie würden wir Janeik benachrichtigen?«, frage ich leise.

»Drei Leute, die in seine Richtung reiten und ihn abfangen«, erwidert Monn, ohne zu zögern.

»Wäre es Verrat?«

Monn lässt sich mit der Antwort lange Zeit. »Kommt ganz drauf an, für wen«, sagt er schließlich.

Ich schlucke, aber ich muss trotz allem lächeln. »Ja für das Jägermädchen, nein für die Lady«, murmle ich. »Aber mein Herz darf nicht länger meine verwundbare Stelle sein.«

Die Stimmen hören schlagartig auf zu wispern, der Drache, den ich reite, hält still, und endlich kann ich das Fernglas senken. »Wir verlassen die Festung nach Plan. Gib den Befehl, die Pferde zu satteln und die ersten vier Wasserleitungen zu zerstören, vom Keller zum Festsaal, die Gänge sollen langsam volllaufen«, sage ich so laut, dass es auch die Soldaten vor der Kammer hören. »Schick mir die Kommandanten.«

»Jawohl, Mylady«, antwortet mein Vertrauter. Und die tiefe, respektvolle Verbeugung, die er vor mir macht, ist mehr als eine Förmlichkeit. Jamala sagte mir stets, Verantwortung sei eine Last, aber mich trägt und stützt sie. *Vielleicht bin ich erst jetzt die Lady der Festung,* denke ich. Bevor Monn den Raum verlässt, begegnen sich unsere Blicke. »Janeik wird mit deinem Schachzug rechnen«, sagt er beruhigend. »Jamalas Trommeln hört er längst. Er hätte ebenso entschieden.« Er zeigt mir ein verschlagenes Taschenspielergrinsen und wieder sehe ich den jungen Monn vor mir, einen Piraten und Draufgänger, den ruppigen Kommandanten, der vorgibt, kein Herz zu haben. *Und den aufrichtigsten und treuesten Freund, den ich je hatte.* »Monn?« Er verharrt, schon halb abgewandt. »Dein Mädchen hatte keine Ahnung, wen sie gehen ließ. Auch mit dir kann man Reiche stürzen und neue erbauen.« Ich meine das aus ganzem Herzen.

Monn kontert mit einem rauen Lachen. »Noch spielen wir auf Risiko, Jägermädchen«, sagt er spöttisch. »Also heb dir deine sülzigen Reden für unsere Schiffsfahrt über das Graumeer auf.«

Damit spuckt er aus und geht.

Tänze

Ich weiß nicht mehr, wie es mir gelungen war, mich zum Fenster zu hangeln, in meiner Erinnerung höre ich nur meinen eigenen keuchenden Atem und das Knistern der wachsenden Rosen. Das Fensterglas hatte Risse, mit dem Schwertsplitter brach und hebelte ich die Scheibe heraus und konnte mich schließlich ins Innere des Raumes ziehen. Die Wilen enttäuschten mich wieder einmal. Sie waren spurlos verschwunden. »Feige Bande«, murmelte ich. Aber auch mein Gespenstermädchen war nirgends zu sehen. Nun, ich konnte ihr nicht verübeln, dass sie vor Volok flüchtete. Durch den Sternenraum, in dem meine Schwester mich verhört hatte, pfiff einsamer Wind und von irgendwoher hörte ich Trommeln. *Denk nach, Liljann. Wenn Naveen frei ist, wird er alles daransetzen, um wieder zu seinem Kerker zu kommen, dorthin, wo er die Grenze sichern kann.* Wenn Tajanns Männer immer noch dabei waren, die Rosen im Ruinenfeld zu zerstören, musste ich versuchen, auf einem Umweg an ihnen vorbeizukommen, geschützt von den ehemaligen Türschwellen und Begrenzungen. Obwohl ich allein war, warf ich an jeder Tür hinter mir den Bann.

Jede Stufe, die ich übersprang, jede Nische, an der ich vorbeihuschte, sicherte ich mit meinem Zauber. Meine Hände waren warm und ich hörte das feine Sirren meines eigenen Zaubers. Mit einem Satz rettete ich mich schließlich zu der Treppe, die hinunter zu den Gefängnissen und dem Labyrinth führte, und rannte, so schnell ich konnte.

Monn ist fort, die Maschinerie setzt sich in Gang. Stiefelschlagen nähert sich, in Gedanken treffe ich schon die nächsten Entscheidungen. »*Geh!*«, drängt es in mir. Und ich will meinen Stimmen gehorchen und mich einfach von dem Fenster abwenden, aber jetzt kann ich nicht anders, als wenigstens einen letzten Blick zu den Hirschen vor dem Nordtor zu werfen.

Ich brauche beide Hände, um mich auf dem Fensterbrett abzustützen, so sehr geben meine Knie nach und so heftig fange ich an zu zittern. Aber ich wage nicht zu atmen aus Angst, dass mein gefrorener Atemhauch das Trugbild vertreiben könnte. Doch es ist kein Trugbild. Sechs Leute zähle ich auf Anhieb, eine Eskorte, die gerade aus dem Wald in Richtung Nordtor stürmt. Die Pferde dampfen nach einem scharfen Ritt in der kalten Luft. Schnee klebt an den Mänteln der Reiter und tarnt sie in dieser Winternacht so gut, dass ich im ersten Moment gefürchtet hatte, Geister zu sehen, die mit dem Nebel verschmelzen. Fünf Reiter bleiben in einiger Entfernung zurück, wohl aus Angst vor den Hirschen, aber einer der Reiter stürmt im Galopp mitten durch die ruhende und wandernde Herde, prescht bis direkt vor das Tor und springt vom Pferd. Die magischen Tiere bleiben völlig ruhig, auch als er seine Taschenlampe anmacht und ein Blinkzeichen zu meiner Scharte sendet. *Die Hirsche kennen ihren Herrn.* Mein Herz singt diese Worte. Als hätte er meinen stummen Ruf gehört, hebt er den Kopf und schaut zu mir hinauf. Er hat sich den Schal über den Mund und die schneeverkrustete Kapuze tief ins Gesicht gezogen. Aber unter der Kapuze ragen ein paar blonde vereiste Strähnen hervor, und als er den Mundschutz herunterstreift und ich in sein Gesicht sehen kann, macht mein Herz einen Satz. *Firan!* Sein schiefes Wolfslächeln blitzt auf. Dann rennt er schon zwischen den Hirschen hindurch zum Nordtor.

Schon von Weitem hörte ich die Befehle und das Scharren von Stiefeln, alles sammelte sich in der Nähe der Ställe. Pferde wurden in den Gängen gesattelt, es sah aus, als wäre der Befehl für den Aufbruch gegeben worden. *Ist Janeik also zurück?* Ich konnte mich gerade noch in den Schatten einer Nische drücken, als ein paar Leute um die Ecke eilten. Es war der Widerling, der mich verhaftet hatte, Tajanns Hauptmann, und er sah so grimmig und finster aus, dass ich mich noch tiefer hinter meinem Schwellenbann zurückzog. Er war so nah, dass ich den Geruch von Waffenöl, verschwitzter Haut und speckigem Leder wahrnehmen konnte. Er schaute direkt in meine Richtung, ohne mich wahrzunehmen, aber trotzdem schlug mein Herz schneller. Auf seinen Befehl hin scharten sich sofort ein paar Männer um ihn. Ich erkannte die Soldaten, die heute Morgen den Schachtgarten durchkämmt hatten. An ihren Äxten klebte noch der dunkle Pflanzensaft der Rosenstöcke. »Die Leitungen vier bis acht zuerst«, sagte der Flammenschädel. »Los!« Die Männer stürzten davon, zur Treppe, die nach unten führte. *Also ist das Ruinenfeld nicht mehr bewacht*, dachte ich. Fieberhaft schätzte ich die Wege ab. Ich musste es schaffen, zum Gang mit dem zerbrochenen Fenster zu kommen – ohne die Treppe zu benutzen. *Ein Stück in Richtung Nordtor*, dachte ich. *Dann kann ich im alten Fahrstuhlschacht ungesehen ins nächste Stockwerk klettern.* Aber ich musste schnell sein, immer mehr Leute drängten mit Gepäck in

Richtung der Ställe. Ich wartete auf den richtigen Augenblick, um davonzuschlüpfen, zur nächsten Nische und dem nächsten Bann. Um ein Haar hätte ich übersehen, dass die Dunkelheit mich eingeholt hatte. Hinter mir spürte ich das Schaben von Klauen an Schleiern zwischen meinen Schulterblättern. Ich spürte Voloks Gegenwart so deutlich, dass meine Haut in seinem Atem kalt wurde. Mit einem Schrei sprang ich auf den Gang, durchbrach den Schwellenbann. Die Leute wandten sich mir zu, dem Gespenst, das in einem Fingerschnippen auf dem Gang auftauchte. »Da ist die Hexe!«, brüllte jemand. Und dann brach der Tumult los.

Ich weiß nicht, wie es mir gelingt, nach unten zu kommen, ohne mir auf der steilen Wendeltreppe den Hals zu brechen. Morgen werde ich wieder eine Lady sein, aber jetzt bin ich nur eine Liebende, Tajann, die Firan entgegenfliegt.

»Macht das Nordtor auf!«, rufe ich den zwei Wachsoldaten zu. »Und dann holt Monn!« Ich selbst habe das Tor verbarrikadieren lassen, damit keiner unserer Leute trotz des Verbots nach draußen geht. Jetzt knirscht das Holz unter Stemmeisen und Hammerschlägen, die Stützen werden weggeschlagen. Dann stürzen die Soldaten davon. Das ist gut, ich will diesen Moment für mich. Wie immer wird die Klinke unangenehm kalt, als ich sie berühre. Dunkelheit zieht sich um mich zusammen. Ich spüre, wie etwas unter meinen Fingern zuckt, ein eigener Wille, ein Fauchen wie von einem dressierten Raubtier, das nur widerwillig gehorcht und die Schwelle freigibt. Aber heute fröstle ich nicht, alles in mir singt, als ich die Tür aufreiße. Zuerst pralle ich zurück. Schwarze Rosen versperren die Sicht, sie scheinen zu zischen wie Schlangen, die Janeik den Einlass verwehren wollen. Selbst jetzt wendet sich diese fremde Clansmagie gegen mich.

Aber diesmal hat kein Verschwörer eine Chance. Ich nehme eines der Schlageisen und ziehe es mit der scharfen Kante durch die Ranken. Pflanzensaft tropft wie schwarzes Blut in den Schnee. Janeik rennt auf mich zu, schützt sein Gesicht mit dem Ärmel vor den restlichen Dornen, und dann, endlich, nehme ich seine Hand und ziehe ihn über die Schwelle in meine Arme. Er umarmt mich so stürmisch, dass ich den Halt verliere und mich gegen das Tor lehnen muss, er vergräbt seine Hand in meinem Haar und ich lache und weine zur gleichen Zeit. Ich müsste sofort nach den Namen seiner Eskorte fragen, um sie auch über die Schwelle rufen zu können, aber alles, was ich will, ist, ihn endlich zu küssen. Wind fegt den Schnee an uns vorbei. Ich schließe die Augen, als sich unsere Lippen finden – seine sind noch fremd, denn sie sind so kalt wie der Wind und seine Haut nass vom Nebel. Seine linke Hand umschließt meine, unsere Finger verflechten sich. Irgendwo in weiter Ferne brüllt eine tiefe Männerstimme meinen Namen. Und im selben Moment, in dem ich begreife, dass der Ruf ein Nein ist, wird auch mir klar, dass ich einen Fehler gemacht habe. *Das ist nicht Firans Kuss!* Ich zucke zurück und reiße die Augen auf – und blicke in ein Männergesicht, das Janeik nur ein wenig ähnlich ist. *Aber es ist ein anderer Mann!*

»Wache!«, brülle ich, aber da reißt schon ein Ruck am Haar meinen Kopf zurück. Der Kerl presst meine Hand auf die Klinke, so stark, dass ich vor Wut und Schmerz aufschreie.

»Das Tor ist offen, los!«, brüllt er nach draußen.

Ich wehre mich mit aller Kraft, aber da ist schon ein weiterer Eindringling über die Schwelle gelangt und nimmt mich in die Zange, presst meine Hand noch fester gegen das fauchende Metall. Draußen ertönen dumpfe Schläge, dann wird es blendend hell. Aus meiner verrenkten Position sehe ich aus dem Augenwinkel, wie brennende Speere direkt vor dem Tor einschlagen, eine flammende Markierung für nachfolgende Reiter.

»Zugriff«, höre ich den Befehl. Fassungslos vor Überraschung sehe ich, dass die Hirsche sich bewegen. Aber sie greifen nicht an, um die Eindringlinge in Stücke zu hacken. Sie verwandeln sich. Zumindest sieht es so aus, als Soldaten die Tarnung abwerfen. Die liegenden Hirsche waren nur Holzgestelle, wie umgekehrte Boote, unter denen sich je zwei Männer verbergen. Die Felle und Geweihe waren darübergebreitet, schlafende Hirsche vortäuschend. Ein paar Tiere leben aber und wandern nun davon – doch es sind mit Hirschhäuten getarnte Pferde, die nur von oben im Nebel echt wirkten und mit ihrer Bewegung die Illusion perfekt machten. Um den Eindruck des Grasens zu verstärken, hat man ihnen die Köpfe mit kurzen Seilen an einem Vorderbein fixiert, sodass sie nur kleine Schritte machen können. Der Plan ist so perfide und genial, dass er nur von Jamala stammen kann. Ich schreie, vor Enttäuschung und Wut, unfähig mich loszureißen, weil die Kerle zu stark sind. Meine Hand auf der Klinke hält das Tor offen und setzt die tödliche Magie außer Kraft. Bewaffnete stürmen über die Schwelle, zwei Reiter preschen an mir vorbei. Schnee fällt von schwarzen Hirschfellmänteln und engen Kapuzen mit Mundbinden ab. Einer der Reiter trägt eine Armbrust quer über dem Sattel. Eine Axt blitzt direkt über meinem Kopf auf. Ich schließe die Augen, überzeugt davon, dass der Kerl mir den Schädel spalten wird, aber die Hufschläge entfernen sich. Schüsse peitschen durch das Gemäuer, der zweite Mann, der mich in der Zange hat, zuckt und sackt zusammen, zwischen den Augen eine rote quellende Blume. Monn zielt erneut, aber diesmal bin ich schneller. Bevor die Kugel den falschen Firan niederstreckt, klafft schon ein rotes Lächeln unter seinem Kinn. Blitzschnell habe ich mit der linken Hand mein kleines, verstecktes Messer gezückt. Ich empfinde kein Bedauern, ihn getötet zu haben. Nur grenzenlosen Zorn – auch auf mich selbst. Wie konnte ich Janeik nur mit diesem Kerl verwechseln?

Seine Hand fällt von meiner und ich lasse die Klinke los. Immer noch drängen die Eindringlinge von draußen herein. Ein

Pferd mit einem bewaffneten Reiter spannt sich schon zum Sprung über die Schwelle. Das Tier bemerkt sofort, dass sich etwas verändert hat. Mit einem panischen Quieken strauchelt es und prallt zurück, rettet sich in letzter Sekunde vor der Schwelle, die nun, nachdem ich die Klinke nicht mehr berühre, wieder zur Todesfalle geworden ist. Für den Reiter ist es zu spät. Er wird aus dem Sattel katapultiert, fällt über die Schwelle – und erschlafft mitten im Sturz. Er stirbt lange, bevor er auf dem Boden aufkommt, getötet von der Wächterseele meines Palastes. Sein Körper überschlägt sich und bleibt liegen wie eine Puppe. Sein Gewehr rutscht in meine Richtung, ich packe es und lade durch, feuere nach draußen. Dort ballen sich die nachrückenden Reiter, Pferde scheuen und gehen rückwärts, als würde ein Wind sie von der Schwelle wegtreiben. *Besser für euch,* denke ich grimmig. Ich verriegle das Tor, befehle den heranstürmenden Wachen, es wieder zu verbarrikadieren, und renne zu Monn. Am Ende des Ganges ist er nicht mehr, vermutlich ist er den Reitern auf den Fersen und holt sie von den Pferden. *Wie viele sind eingedrungen? Vier? Fünf?* Mit denen werden wir fertig. Ich höre schon Schüsse. Das Echo von Hufschlägen hallt tausendfach verstärkt in den Hallen, fernes Wiehern aus der Richtung der Ställe erklingt. Vermutlich geraten die angebundenen Pferde in Panik, denn die Ranken sehen aus, als hätte man Feuer in eine Schlangengrube geworfen. Sie sind überall, peitschen auf den Wegen, fangen alles, was an ihnen vorbeiwill. Ich muss springen, damit sie mich nicht zu Fall bringen. Einer der Reiter hatte weniger Glück. Als ich um die Ecke renne, wälzt sich vor mir ein Pferd und versucht sich wieder auf die Beine zu stemmen, während Dornen es an der Mähne nach unten zerren. Und über die Ranken springt gerade der Schwarzmantel, der eben noch im Sattel saß. Es ist ein schlanker, schneller Läufer, er wirft noch einen Blick über die Schulter, die Kapuze tanzt auf dem Rücken, aber auch über den Kopf hat er sich eine Hirschlederkappe gezogen, über die Stirn, den Mund. *Ich werde das Auge treffen müssen wie bei den Hirschen.* Er rennt erstaunlich schnell. Aber nicht schnell genug. Anlegen, zielen und abdrücken ist eins. Natürlich schützt den Kerl das Leder, aber der Aufprall des Geschosses lässt ihn straucheln und stürzen. Doch ich habe ihn unterschätzt, er rollt sich ab und kommt in einer einzigen schnellen Bewegung wieder auf die Beine. Jagdfieber peitscht in mir hoch, so unvermittelt und süß, dass ich fast lächeln muss. *Nun kann ich deine Schnelligkeit einschätzen.* Ich bin nicht so leichtsinnig, dem Flüchtenden nachzurennen. Er kennt das Labyrinth nicht, ich schon. Ich werde ihn dort abpassen, wo ich ihm in die Augen sehen kann.

»Treibt sie in die Enge«, hörte ich den Befehl. *Keine Schwelle.* Eine Rosenranke riss über eine Hand, die nach mir griff, und ich duckte mich und konnte entwischen – aber es gab nur einen Weg, der mir jetzt noch blieb, und der führte zu dem gläsernen Saal, in dem sich der alte Aufzugschacht befand. Ich dachte nicht mehr nach, ich rannte nur, und wie durch ein Wunder hinderten mich die Rosen nicht daran, sondern wichen zurück, dafür verfingen sich meine Verfolger in den Ranken. Aber dann riss mich ein Ruck von den Beinen, Leute sprangen mir von vorne in den Weg, Hände packten mich, Stoff riss unter Dornen. »Hab sie!«, brüllte ein Mann. Es war nicht Tajanns Flammensöldner, der war verschwunden. Ich kam nicht einmal dazu, meinen Schwertsplitter zu zücken, so schnell wurde ich überwältigt und zu Boden gedrückt. Meine Wange presste sich an Stein, ein Knie bohrte sich zwischen meine Schulterblätter und fixierte mich am Boden, die Hände wurden auf meinen Rücken gedrückt. »Los, gib mir ein Seil!« Der Boden unter mir bebte, und dann hörte ich Hufgetrappel und das Quieken panischer

Pferde, die sich wohl losrissen. Und in diesem Chaos Tajanns Stimme. Überall hätte ich sie erkannt, sie brüllte irgendwo beim Nordtor nach den Wachen – kehlig und voller Zorn. Ein Schuss peitschte in der Ferne, dann begann die Festung zu kochen. Die Echos von Galoppschlägen, Gewehrlärm und Brüllen wurden zu einer ohrenbetäubenden Kakofonie. »Aus dem Weg!«, rief jemand. Plötzlich war ich frei – und wäre um ein Haar der Horde flüchtender Pferde unter die Hufe gekommen. Im letzten Moment konnte ich mich auf die Seite werfen. Sie stürmten mit halb vom Rücken gerutschten Sätteln und zerrissenem Zaum in Panik durch den Gang, scheuten vor den Rosenranken, schlugen aus, als sie aufeinanderrutschten, stürmten weiter, sprangen und stolperten. Ein Huf streifte meine Schulter und ich rollte mich zu einer Kugel zusammen, barg den Kopf in den Armen. Mein Herz stolperte, als mich etwas berührte, ein heißer Atemstoß schnaubte in mein Ohr. Ich schrie auf, aber dann spürte ich samtige Lippen an meinem Handrücken. Vor mir stand meine Stute! Vor Freude und Erleichterung hätte ich am liebsten geweint. Rosen peitschten an den Wänden hoch, aber meine Stute lief als Einzige nicht in Panik davon wie die anderen Pferde. Mit gespitzten Ohren sah sie mich an und schnaubte mir ihre Wiedersehensfreude ins Gesicht. »Kyzar!«, flüsterte ich. Aus dem Augenwinkel konnte ich erkennen, wie die Soldaten fassungslos zusahen, wie die Hexe aufsprang und sich auf den Pferderücken zog. Ich duckte mich, als ein Schuss durch den Gang pfiff, dann preschte ich schon davon. Kyzar schlitterte und fing sich, als wir um die Ecke stürmten. Hinter mir schoss eine Rankenwand nach oben, als wollte sie mich vor den Blicken meiner Verfolger abschirmen, doch einige Ranken tasteten sich zu dem geborstenen Aufzugschacht, der nirgendwo mehr hinführte. Doch jetzt ebneten mir die Rosen den Weg nach oben, schossen knisternd in die Höhe in das nächste Stockwerk. Dornen fielen ab und regneten in den Schacht. Ich zögerte keine Sekunde mehr, ich lenkte Kyzar ganz dicht zum Schacht, hangelte mich aus dem Sattel zu den hochstrebenden Ranken und begann zu klettern.

Ich renne auf Wegen, die ich in unserer ersten Nacht mit Janeik gegangen bin. Die Wächterseele hüllt mich in Schatten, schützt meinen Schritt und macht mich unsichtbar, indem sie mich mit der Dunkelheit verschmelzen lässt. Der Eindringling huscht vorbei, ohne mich zu bemerken, verschwindet so flink in einen weiteren Gang, als hätte jemand ein schwarzes Tuch vom Boden gerissen. *Und rechts wird er in einen Blindgang kommen, und sitzt in der Falle.* Ich höre Monn den Befehl »Deckung!« brüllen. Eine Detonation holt mich fast von den Beinen, die Erde bebt, Rosenblätter fallen wie schwarzer Schnee und die Druckwelle presst mir alle Luft aus den Lungen. Weitere Explosionen folgen, eine, zwei, viel zu nah. *Die Eindringlinge kämpfen mit Sprengstoff.* Ein Teil von mir analysiert ganz sachlich. *Die Glaswände. Die Wasserleitungen.* Prompt schwillt Wasserrauschen an – *über mir?*

Und in der Nähe ertönt ein scharfer, knackender Laut, als würde etwas brechen.

Gerade will ich losschnellen, als ein Stoß mich beinahe umwirft. Es ist ein anderes Beben, eines, das aus dem tiefsten Punkt des Berges kommt. Es schleudert mich gegen die Wand. Meine Haare sträuben sich, Kälte fließt, Klänge verzerren sich, als würde die Zeit sich verlangsamen. Die Ranken erstarren, die Festung scheint auszuatmen. Staub rieselt von der Decke wie ein Schleier. Ich kann spüren, wie alle Magie abfällt, wie die Mauer an meinem Rücken erstarrt und zu gewöhnlichem Stein wird. Wind faucht durch das Labyrinth und trägt die letzten Schatten davon. *Mein Wächter! Er ist fort.* Was bedeutet, dass unsere Schwellen nicht mehr geschützt sind.

Ich will zum Nordtor zurückrennen, aber ein Schatten überholt mich, der Umriss eines bärenhaft großen Mannes. Ich fahre herum und schnappe nach Luft. Liljann hatte recht, er ist nicht tot. Aber diesen Volok kenne ich nicht. Er ist älter, viel älter, Falten furchen seine Züge, aber es ist ein anderes Alter als das von Menschen. Er ist nicht hinfällig, nicht schwach, nur auf eine Art verwittert, die kein zählbares Alter kennt. Sein Haar und seine Kleidung sind nass, Staub hüllt ihn ein und er schüttelt sich wie ein Wolf im Regen, bevor er sich ganz aufrichtet. Sein noch unversehrtes Auge glüht in einem fahlen, knochenhellen Licht. Das andere, das Liljann ihm mit dem Schwertsplitter an der Schlucht ausgestochen hatte, ist eine schlecht vernarbte Scharte.

Noch hat er Menschengestalt, aber sein Fletschen und seine Klauen verraten ihn. Hornige Krallen, scharf wie Messer. Er schließt und öffnet sie, bernsteinartige Brocken fallen auf den Boden. Unter seinen Sohlen knirscht es und jetzt erkenne ich, aus welcher Nische er gekommen ist. Auf dem Boden liegen Mauersteine und das zerschmetterte Siegel. Trockenes Harz, in den der Bann eingewebt war, Janeiks und mein Haar. *Das war das Knacken. Volok hat das Siegel zerbrochen.* Und damit auch die Magie, die Janeik gerufen hatte.

Die Jägerin in mir reagiert schneller als die Lady. Ich ziele wieder und diesmal auf den Hals, dort, wo keine Kleidung Volok schützt. Der Schuss hallt so laut, dass es schmerzt, Volok zuckt und holt scharf Luft. Seine Augen werden matt vor Wut. Es ist die Wut eines Tieres, das sich gegen den Schmerz stemmt, notfalls mit Zähnen und Klauen. Für einen Moment glaube ich seine wirkliche Gestalt zu erahnen, aber er fängt sich, bleibt stehen. Blut fließt aus der Wunde, doch dann werde ich voller Entsetzen Zeuge, wie die Wunde aufhört zu bluten und in Sekundenschnelle heilt. Mein Gewehr sinkt herab.

»Dachtest du wirklich, Metall und Menschenhände können

mich töten, Lady Tajann?« Sein Zischen schickt mir einen Schauer über den Rücken. Und auch sein heiseres, schabendes Lachen.

»Menschenhände können dir zumindest die Augen ausstechen«, antworte ich mit fester Stimme. Seine Miene verdüstert sich. »Nicht jede Hand«, sagt er bedrohlich leise. »Aber Magie ist immer ein zweischneidiges Schwert. Deine Schwester sollte das noch besser wissen als Janeik. Du hast mir bei unserem Handel sehr geschickt verschwiegen, mit wem ich es zu tun habe. Dafür sollte ich dir auch ein Auge nehmen.«

Ich will nicht feige sein, aber jetzt weiche ich doch zurück. »Ich verstehe nicht, was du meinst.«

Volok lächelt ohne jede Menschlichkeit und dann macht er Liljanns Geste mit der Hand. Das gedankenverlorene Zwirbeln der Finger, als würde sie ein Fädchen vom Kleid zupfen und fallen lassen.

»Magische Hände, magisches Blut, sie hat es geerbt, weiß der Henker von wem«, sagt er. »Und sie weiß es verdammt gut zu verbergen, sogar vor mir. Solche wie sie sind für uns gefährlich, von ihrer Hand können wir sterben oder verletzt werden. Ich hätte mein Auge noch, wenn eine Gewöhnliche wie du mich angegriffen hätte – aber diesmal wird deine Hexenschwester dafür bezahlen. Für das Auge – aber noch viel mehr für mein Herz.«

Längst habe ich das Gefühl, endlos zu stürzen. *Liljann ist eine von den Magischen?* Als hätte mir jemand eine Augenbinde abgerissen, verstehe ich plötzlich so vieles. Deshalb konnte sie auftauchen und verschwinden, ohne dass es jemand bemerkte. Und deshalb hatte ich sie so oft stundenlang vergessen. *Weil sie vergessen werden wollte.*

Volok scheint sich über meine Bestürzung zu amüsieren. Er zieht den linken Mundwinkel hoch, eine menschliche Geste der Verachtung, die in der schattigen Fratze seltsam fehl am Platz wirkt.

»Schade«, sagt er. »Du bist fremdes Eigentum und ich muss

dich unversehrt abliefern. Aber vorher hole ich, was mir gehört.« Er geht einfach, wendet mir den Rücken zu.

Liljann! Sie ist oben eingesperrt. Lenk ihn ab!

»Hat dich Jamala auch diesmal gut bezahlt?«, rufe ich ihm nach. »Wessen Herz wird diesmal deine Prämie sein, Menschtier?«

Volok dreht sich langsam um und schnaubt verächtlich. »Deines will ja leider Jamala haben, um es am Feuer zu rösten. Aber vielleicht willst du sie ja überbieten?« Er tritt auf mich zu. Ich muss den Kopf weit in den Nacken legen, um ihm ins Gesicht zu sehen. Aber um nichts in der Welt würde ich mich ducken und zurückweichen. »Sie hat damals ihr Auge dafür gegeben, damit ich ein Siegel breche und ihr die Tore zu König Jars Burg öffne. Pech für König Jar, der mich vorher dafür bezahlt hat, seine Burg sicher zu machen – derselbe Handel, den Janeik mit mir machte. Leider ist dein Janeik ein Lügner und dachte, er kann mich betrügen. Mich!«

Ich fröstle. *Er ist alt, vielleicht älter als Jamala und sogar älter, als König Jar es gewesen war.*

Rufe hallen durch die Gänge und immer lauteres Rauschen. Die Explosionen haben weitere Leitungen beschädigt. Nasse Finger tasten sich von der Decke zu uns herunter, kriechen zwischen den Rosen herab, ferne Schläge donnern am Nordtor. Jamalas Leute versuchen das Tor zu stürmen. Ich müsste zu den Wachen, sofort, aber ich schaffe es nicht, Volok den Weg zu Liljann frei zu machen. Die Maschinerie der Verteidigung läuft, ich höre die Befehle, das Tor mit weiteren Holzstützen zu verbarrikadieren.

»Aber ich lasse immer mit mir handeln«, sagt Volok. »Vor allem, wenn schöne Frauen mich darum bitten. Und du bist die Schönste von allen.« Seine Stimme bekommt den heiseren Unterton rauer Sehnsucht. Jetzt weiche ich doch zurück.

»Warum wolltest du dann Liljann?«, sage ich.

»So viele Fragen, Tajann?«, sagt er amüsiert. »Wie wär's, wenn wir ein Spiel daraus machen? Antwort gegen Antwort?«

Das Echo aus meiner Kindheit lässt mich zusammenzucken. Antwort gegen Antwort – das war ein Spiel, das meine Mutter erfunden hatte. Sie spielte es nur mit mir. Und später, als sie den Geheimnamen Azur trug, war es der Geheimcode zwischen Lady Jamala und ihr.

»Warum Liljann?«, sagt er dann. Er atmet tief ein und hebt den Kopf. Seine Nasenflügel beben, als würde er wittern. »Weil sie etwas ist, was ich verloren glaubte. Wenn ich die Augen schließe, ist es *ihr* Duft, wenn ich sie berühre, *ihre* Haut. Und wenn ich mit Liljann tanze, ist es *unser* Tanz. Sie tanzt nämlich genau wie Lida, mit derselben Leidenschaft und Anmut. Darin ähnelt sie eurer Mutter viel mehr als du, Tajann. Sie hat alles, was ich an Lida am meisten geliebt habe.«

Das Gewehr zittert in meinen Händen, ich muss mich an die Wand lehnen, um nicht zu fallen. *Nein, nicht er!*

Aber Volok lächelt – wenn man das Fletschen so nennen kann. Das grässliche Bild scheint im Gang aufzuleuchten. Der zerfetzte Jagdmantel meiner Mutter und Lady Jamalas Aussagen, dass sie bis heute nicht wisse, wer der heimliche Geliebte meiner Mutter gewesen sei, und sich nicht erklären könne, wie ausgerechnet meine Jägerin-Mutter von einem Bären getötet werden konnte. *Nur, dass es kein Bär gewesen war.* Sondern ein Ungeheuer, das sie mit seiner Menschengestalt getäuscht hatte. *Magie ist ein zweischneidiges Schwert? Und sie hat Zähne und Klauen.*

»Du glaubst mir wohl nicht?«, knurrt er. »Lida hat mich zum Tanzen aufgefordert, damals, bei einem Fest der Roten Nacht. Die Lady hatte mich wie immer zu den Soldaten auf den Richtplatz gejagt, aber Lida kam zu den Feuern – alle Männer verschlangen sie mit Blicken, aber ich war es, dem sie die Hand reichte. Niemand wagte mit mir zu sprechen, kein Mann wagte sich mir zu nähern und die Frauen fürchteten sich vor mir. Lida dagegen liebte die Gefahr, sie lachte und zog mich in einen Tanz. Niemals hatte ich zuvor getanzt. Tanzen ist etwas für Menschen, aber mit Lida war es, als würde ich zu einem anderen. Niemals zuvor hatte ich gewusst, dass ich ein Herz habe. Sie erweckte es zum Leben.«

»Du hast kein Herz!«, rufe ich. »Du hast sie ermordet!«

Voloks Auge verengt sich, es sieht aus, als würde er lächeln, aber das täuscht mich nicht.

»Geliebt habe ich sie«, sagt er fast sanft. »Und sie liebte mich auch, zumindest sagte sie mir das, als wir einander küssten – heimlich im Wald, weil ihre Lady nichts erfahren und euer Taugenichts von Vater es nicht wissen durfte. Ich glaubte Lida. Nur wegen ihr wollte ich menschlich sein, wusstest du das? Aber dann wollte sie mich verlassen. Kalt, grausam, von einem Tag auf den anderen.« Seine schrecklichen Hände sind zu Fäusten geballt, seine Kiefer mahlen, ein Geräusch wie Schaben von Stein. »Ich dachte, Liljann wäre anders als Lida«, setzt er heiser hinzu. »Ohne ihre Grausamkeit und ihre Falschheit. Ich dachte, Liljann hält ihr Wort. Doch ihr VanTorra-Frauen habt einfach kein treues Herz. Ihr verdient euer Schicksal.«

Ich kann nicht mehr anders, ich hole mit dem Gewehr aus und springe ihn an. Der Kolben trifft mit voller Wucht seine Schläfe. Vielleicht kann ich ihn nicht töten, aber den Schmerz fühlt er. Er brüllt auf. Schneller als er zurückschlagen kann, habe ich mein Messer gezückt. Aber so blitzartig, dass ich der Bewegung nicht folgen kann, schnellt er hoch und stößt sich an der Wand ab, springt mich an wie ein Raubtier. Es ist wie ein kalter Windstoß, der Schmerz zuckt durch meinen Rücken. Mein Ärmel reißt unter scharfen Klauen und hängt in Fetzen, mein Messer ist zerbrochen, als wäre die Klinge aus Holz. An Rücken und Brust trage ich das undurchdringliche Leder, aber Voloks Krallen reißen so hart darüber, dass ich mich noch im Stürzen frage, ob meine Rippen gebrochen sind. Ich komme zwischen Rosenblättern auf,

Ranken federn und brechen. Dornen fahren mir über die Wange, ich bekomme keine Luft. Für ein oder zwei Sekunden verschwindet die Welt in Schwärze. Als ich mich gewaltsam zurückkämpfe, höre ich berstendes Holz und Hufgeklapper. *Das Nordtor. Sie haben es durchbrochen und stürmen die Festung.*

»Schade«, sagt Volok. »Die Frist für einen Handel mit mir ist abgelaufen. Und ich hoffe, das Feuer, das Jamala für dich schon auf dem Richtplatz schürt, wird sehr langsam brennen.«

Ich habe keine Waffe mehr, aber ich packe eine Handvoll Rosenranken. *Das Auge,* denke ich. *Ich muss ihn blenden und so wenigstens etwas Zeit gewinnen, bis die Wunde heilt.* »Monn!«, brülle ich. »Wachen!« Ich erwische Volok an der Biegung des nächsten Ganges, springe ihn an, drücke ihm die Kehle zu. Er strauchelt und wir fallen beide, überschlagen uns. Er windet sich mühelos aus meinem Griff und wirft mich ab. Wasser spritzt, als ich zum zweiten Mal in unserem Kampf falle. Der Gang läuft mit dem Wasser aus den warmen Quellen voll, Dampfschwaden verschleiern die kalte Luft. Und aus dem Nebel schält sich Monn, das Gewehr erhoben. »Schieß!«, rufe ich. »Bring ihn zu Fall!«

Aber Monn sieht mich nur mit zusammengezogenen Brauen an und schwankt – dann sackt er auf die Knie und lässt die Waffe los, ballt die Hände an der Brust. Blut quillt zwischen seinen Fingern hervor, fließt über das Hirschleder, das keine Verletzung zulassen dürfte. *Nein!,* schreit es in mir. *Das ist unmöglich.* Aber er ist tödlich verwundet, so schlimm, dass seine Lunge keinen Atem mehr hat. Er kippt gegen die Wand und sackt zusammen. Das Blut fließt nicht mehr, seine Hände fallen herunter. Aus seiner Brust ragt die Spitze eines Armbrustpfeils, der zwei Schichten Hirschleder durchbohrt hat, seine Brust, sein großes, raues Räuberherz. Es ist, als würde etwas in mir zerbrechen. Volok lacht und jagt davon, aber ich kann nur auf die Spitze des Armbrustpfeils starren. Es ist der schneeweiße Zahn einer Mondzahn-Fledermaus. Es ist die bitterste Ironie, dass ich selbst es war, die Jamala diese Waffe gegen die Hirsche zugespielt hat. Ich weiß, ich muss Volok verfolgen und wenigstens meine arme Liljann retten, mühsam komme ich wieder auf die Beine, stolpere zu Monns Waffe, die an der Wand lehnt, als hätte mein Soldat sie dort abgestellt.

»Zurück!«, zischt eine leise, scharfe Stimme. Das Gewehr packen und herumwirbeln ist eine Bewegung. Ich ziele – und blicke auf die Spitze eines Armbrustpfeils, auf mich gerichtet und bereit loszuschnellen. Die Waffe hält der schnelle Läufer in schwarzem Hirschleder, den ich verfolgt hatte, eine Frau, das erkenne ich nun trotz der engen Kappe, die den Kopf umschließt und auch über Mund und Nase liegt. *Jamala,* denke ich grimmig. Aber als ich ziele und abdrücke, erkenne ich, dass die Frau noch beide Augen hat. Es sind die ausdruckslosen hellgrauen Augen der Meeresprinzessin. Antija löst den Armbrustpfeil nicht aus, sondern reißt nur den Arm hoch, schützt ihre Augen, die einzige verwundbare Stelle. Und mein nutzloser Schuss explodiert im selben Moment, in dem hinter mir die Welt auseinanderbricht und eine Flut von brüllendem Wasser mir das Gewehr aus den Händen spült und den Boden unter den Füßen wegreißt.

Messers Schneide

Mühsam hatte ich mich im nächsten Stockwerk aus dem Fahrstuhlschacht gezogen. Irgendwo unter mir ertönte Lärm wie von Explosionen oder Schüssen, aber hier oben rauschte Wasser so laut, dass ich meine eigenen Schritte nicht hörte. *Hat Tajann schon den Befehl gegeben, die Leitungen zu zerstören? Aber was soll dann der Lärm? Ein neuer Aufstand der Gefangenen?* Und irgendetwas war passiert. Die Rosen hatten aufgehört zu wachsen, manche verloren ihre Blätter. Unter meinen Sohlen knackten vertrocknete Ranken, während ich rannte, so schnell ich konnte. *Hoffentlich bedeutet das, Naveen hat die Grenzen wieder geschlossen.*

»Alle nach unten zum Nordtor!«, hörte ich in der Nähe einen der Handwerker brüllen. »Lasst die Feuer und holt die Klemmen für die Leitungen. Die Ställe laufen voll!«

Kein Schatten folgte mir, nur das leichte Beben im Berg erinnerte mich daran, dass ich nicht unbeobachtet war. Die Luft brannte bereits in meiner Lunge, als ich endlich im Mitteltrakt ankam, bei dem zerbrochenen Fenster, durch das ich noch heute Nacht heimlich in den Schachtgarten geklettert war. Mir bot sich ein Bild der Verwüstung. Die Rosen hatten den Fensterrahmen ausgehebelt und zerbrochen, Steine waren in den Gang gefallen, als hätte eine Druckwelle sie aus der Mauer gerissen. Und draußen erhellte Feuerschein die Nacht. Irgendjemand hatte einen Teil des Ruinengartens in Brand gesetzt. Als ich hinauskletterte, wehte mich Hitze an, und unter meinen Füßen rutschten lose Steine weg. Halb sprang, halb fiel ich auf den Rand einer Mauer und hangelte mich weiter. Die Soldaten hatten ein Schlachtfeld hinterlassen. Zerhackte Rosenstöcke stapelten sich wie Feuerholz, überwachsen von neuen Trieben. Und an einigen Stellen war der Boden eingebrochen, vielleicht von Explosionen oder berstenden Leitungen in den Räumen darunter. Wasser rauschte und würde die Brände bald löschen. Ich holte Naveens Schwertsplitter hervor und kämpfte mich weiter, dorthin, wo nichts mehr brannte, sondern nur noch Inseln von Glut Licht spendeten. Ich fand das Silberkatzenfell, auf dem Naveen und ich die Nacht verbracht hatten, mit Ascheflocken bedeckt, aber unversehrt. Mein Nacken kribbelte, als würde ich beobachtet, hinter mir knackte es, als würde sich ein schweres Tier durch das Gestrüpp kämpfen, aber sicher waren es nur die letzten Rosenstöcke, die im Feuer brachen. Ich musste husten, als ich zur Öffnung kam, so dicht wehte der Rauch hier über den Boden. »Naveen?«, rief ich in den Kerker. Als keine Antwort kam, nahm ich ein Stück halb brennendes, halb glimmendes Holz und warf diese Fackel voran, bevor ich mich in den Raum hangelte. Sogar der Wurzelstock war trocken und morsch geworden, er brach auf halber Strecke und mit einem Schrei landete ich hart auf einem Haufen Gestrüpp – mitten in einem Strudel kochender Schatten. Um mich herum pulsierten die Grenzen, als stünde ich zwischen wehender schwarzer Seide. Dennoch war ich erleichtert. Volok tauchte nicht neben mir auf, aber ich *spürte*, dass Naveen ganz in der Nähe war. Meine Haut erschauerte, als würde seine Hand zärtlich darüberstreichen. Ich hob die Fackel auf und drehte mich um mich selbst. »Wo bist du?« Es war wie ein Echo der gestrigen Nacht, als ich nach Naveen gesucht hatte. Jetzt kam es mir vor, als wären seitdem Jahrhunderte vergangen. *Und alles, alles ist anders.* Mein Herz schlug schneller bei der Erinnerung an die Nacht unter den Sternen, und als würde dieses warme, weiche Glühen vergangener Küsse die Schatten vertreiben, wurde der Feuerschein plötzlich heller. Wände schälten sich aus den Schatten, und ich stand nicht länger zwischen Schleiern, sondern in einem Kerker, der nichts Magisches, Bedrohliches mehr hatte. Ich atmete ein zweites Mal auf. *Die Grenze ist geschlossen.* Ich leuchtete in jede Ecke, rannte durch das ganze Gewölbe, flüsterte seinen Namen, dann rief ich ihn, so laut, dass das Echo das Rauschen in den Leitungen übertönte. Aber alles, was ich fand, waren Wände; jeder Schatten, in dem ich voller Hoffnung seine Gestalt zu erkennen glaubte, wurde vom Licht vertrieben. Langsam bekam ich Angst. Und noch etwas irritierte mich: Irgendetwas stimmte nicht mit diesem Raum, aber so sehr ich auch suchte, ich fand nicht heraus, was es war. Als ich wieder an die Stelle zurückkehrte, an der ich mit der Suche begonnen hatte, war auch hier nur gewöhnlicher Stein. Und kein Naveen weit und breit. Also musste er wieder gegangen sein – vielleicht suchte er mich? Es war wieder wie ein Echo der gestrigen Nacht, als ich hinter mir eine Bewegung wahrnahm, dort, wo der Schacht war und wo inzwischen ein paar Ranken Feuer gefangen hatten und aufloderten. Doch meine Erleichterung wich eiskaltem Schrecken, als ich den federnden Aufprall eines zu schweren Körpers hörte – und das Scharren, das ich überall sofort wiedererkannt hätte. *Krallen auf Stein*. Und wie in meinem schlimmsten Albtraum kroch an der Wand *sein* Schatten hoch. Knochige Schwingen füllten die ganze Wand aus. Nur dass Volok nicht länger hinter den Schleiern der Welt gefangen war. Denn das hier war ein echter Schatten. Und hinter mir hörte ich raspelnden, gierigen Atem. Ich warf meine verlöschende Fackel weg und fuhr herum, beide Hände um Naveens Schwertsplitter gekrampft. Jedes Härchen in meinem Nacken stellte sich auf, als würde ein eisiger Hauch darüberstreifen. Volok war hier. Und wie damals, als ich in dem halb zerfallenen Tempel vor ihm geflohen war, zeigte nur seine schattige Silhouette an der Wand seine wahre Gestalt. Er selbst behielt seine menschliche Gestalt, die Maske aus Menschenhaut und Menschengesten, die mich nicht mehr täuschen konnte. Aber es schien ihn Mühe zu kosten, diese Form zu bewahren, seine Hände waren bereits Klauen und seine Augen glühten in diesem verräterischen Licht. Und darin war kein Funken Zuneigung mehr.

Wir hatten keine Worte mehr, alles war gesagt, hier gab es nur noch Leben oder Tod. Seltsamerweise war mein Blut kühl und alles in mir von einer kristallinen Schärfe und Klarheit. *Vielleicht muss ich sterben*, dachte ich. *Aber dann wird Volok nur als Blinder weiterleben*. Und irgendwo in mir zitterte der Gedanke: *Bitte lass Naveen in Sicherheit sein, lass ihn nicht herkommen*. Mein Herz hämmerte gegen meine Kehle. *Ich habe nur einen einzigen Versuch. Und ich muss näher zum Schacht*. Die trockenen Ranken dort loderten jetzt lichterloh. Vielleicht würde ich eine Chance haben, wenn ich eine glühende Fackel zu fassen bekam. Voloks Schatten folgte mir, als ich zur Seite wich, und Volok bewegte sich lautlos, eine lauernde, gleitende Kraft, bereit, loszuschnellen. Aber ich hatte sehr wohl gemerkt, dass der Splitter in meinen Händen ihn zögern ließ. Dann sah ich das Geistermädchen. Sie erschien wie aus dem Nichts. Ihre Augen waren vor Angst weit aufgerissen, und sie hielt sich hinter Volok, als fürchte sie, dass er sie sehen könnte. Sie schlug mit der Faust gegen die Wand und ein paar Mauersteine prasselten auf ihn herunter, trafen ihn am Kopf, am Genick. Er brüllte auf, der Laut eines zornigen Tieres, der mich zurückstolpern ließ. Mein Fuß verfing sich in etwas, das auf dem Boden lag, fast wäre ich gestürzt. Mit einem Keuchen fing ich mich – während Volok aufstand und Stein und Staub abschüttelte. Das Mädchen huschte mit einem stummen Schrei zu mir, schlüpfte hinter mich. *Als könnte ausgerechnet ich dich beschützen*, dachte ich. Volok zog die Lippen weit über die Zähne, Fänge blitzten im Fackelschein. Dann schnellte er auf mich zu. *Weg von der Wand!*, schrie es irgendwo in mir. *An ihm vorbei zum Feuer!* Ein heißer Strom durchfuhr mich und mit dem Mut der Verzweiflung sprang ich ihm entgegen. Offenbar hätte er nicht damit gerechnet. Sein Hieb streifte mich nur, mein Schwertsplitter zuckte wie von selbst nach vorn und ritzte quer über die Knöchel der Klaue. Ich entwischte mit knapper Not. Irgendwo am Rande meines Sichtfeldes klirrte etwas. Ein Schlag warf mich zur Seite, Zähne schnappten so knapp an meiner Kehle, dass ich den Luftzug spürte und modrigen Atem roch. Der schwarze Schwertsplitter glühte im Licht des Feuers auf, dann stieß ich ein zweites Mal zu. Es gab ein hässliches Geräusch und einen Ruck, der mir durch das Handgelenk fuhr, diesmal war es ein langer Schnitt, der Voloks Auge knapp verfehlte. Volok wurde herumgerissen, als hätte der Splitter eine ganz eigene Kraft, die ihn zurückwarf. Mit einem Poltern fiel er zwischen die Steine. Ich rannte aus der Ecke, in die er mich fast gedrängt hätte, stürzte zu einer lodernden Ranke und riss sie hoch. Doch dann stutzte ich. An der Wand, genau dort, wo das Mädchen stand, als wollte sie meinen Blick dorthin lenken, lag das, worüber ich eben gestolpert wäre. *Naveens Halsring?*, dachte ich. Volok rappelte sich auf. Und ich reagierte. Aber es gibt Momente im Leben, da lebt man in zwei Zeiten, zwei Welten zugleich, das lernte ich damals. In einer davon war ich Liljann, die verzweifelt kämpfte und keinen Raum für Gedanken hatte. Diese Liljann mit Fackel und Dolch war, das erkannte ich nun, blinder, als Volok es jemals sein würde. Doch die andere Liljann *sah*. Vor mir lag tatsächlich Naveens Sklavenring, der um seinen Hals geschmiedet worden war. Er war nicht zerbrochen. Und plötzlich wurde mir klar, was an diesem Kerker nicht stimmte. *Keine Tür. Nur Mauern. Naveen war die ganze Zeit in diesem Kerker eingemauert gewesen!* Und in dieser anderen Zeit, in der Schleier und Erinnerungen sich verwoben und durchdrangen, hörte ich Naveens sanfte Stimme, die Sehnsucht darin, als er mir im Wald das Märchen von der Sternenprinzessin und den Schleiern der Welten erzählte. *»Vielleicht sind in Wahrheit ja wir die Schatten und die Dämonen sind Wirklichkeit?«* Und während die kämpfende Liljann aufschrie und mit der Fackel nach Volok stieß, fanden sich weitere Bruchstücke in einem einzigen Wimpernschlag zu einem Bild. Jetzt hätte ich weinen und lachen können. *Volok ist gar nicht der Corent! Er war es nie. Wie konnte ich so dumm und blind sein?*

Der Dolch schien in meiner Hand zu brennen, Volok sprang wieder und flog auf mich zu. Doch statt mich ihm entgegenzustellen, wirbelte ich zur Wand herum. Mit aller Kraft schlug ich den schwarzen Schwertsplitter in die Mauer, mitten in die Silhouette des Totenwesens. Und dann führte ich mit zorniger Entschlossenheit den Schnitt quer über den Schatten.

Ich weiß nicht mehr, wer schrie – vielleicht ich, vielleicht auch das Mädchen. Daran erinnere ich mich: ihre angsterfüllten Augen und die Hände, die sie voller Entsetzen vor den Mund geschlagen hatte. Sie flüchtete so schnell, als wären alle Dämonen hinter ihr her. Und dann verdichtete sich die Zeit zu einer einzigen ewigen Sekunde. Die Wand riss an meinem Schnitt auf, als bestünde sie aus Seide. Wie schwarzes Wasser brach die Dunkelheit aus dem Schnitt, Stein zerstob zu Staub und dann brach das Totenwesen aus seinem Kokon aus Fels. Die Wucht schleuderte mich in die Ecke. Keinen Moment zu früh. Eine Schwinge streifte mich, scharf wie Sensenklingen waren die Knochen. Ohrenbetäubendes Gebrüll ließ den Stein erzittern. Zum ersten Mal sah ich das Totenwesen ganz. Und schlimmer noch, ich spürte, wie mein Herzschlag in seiner Gegenwart langsamer wurde, wie mein Atem in meinen Lungen versickerte, als würde der schwarze Sog mir Stunden und Jahre stehlen. Stein brach, als Volok und der Corent aufeinandertrafen. Klauen rissen durch Flügelhaut, Zähne schnappten, dann brachte der Corent Volok zu Fall. Meine Kehle war rau, daran merkte ich, dass ich schrie, und dann konnte ich nicht länger hinsehen, ich kroch in die Ecke und barg den Kopf in den Armen. Irgendwo barst wieder Stein, Wasser rauschte, aber erst nach einer Ewigkeit spürte ich, dass warmes Wasser mich umfloss. Neben mir war die Wand eingefallen, vielleicht durch den Druck geborstener Rohre eingedrückt, vielleicht auch durch die rohe Gewalt des Kampfes. Und vom Flur aus starrte mich Tajanns alter Söldner aus blicklosen, gebrochenen Augen an. Er lehnte an der gegenüberliegenden Wand, in der Brust einen Pfeil, und sogar im Tod sah er noch grimmig aus. Das Tosen des Wassers war abgeebbt, plötzlich hörte ich nur noch das Echo von fallenden Tropfen, und als ich mich zitternd umdrehte, sah ich durch Wasserdampf und Staub auf einen zitternden Spiegel, der in bläulichem Licht glühte. Das Wasser stand nur noch knöchelhoch und versickerte bereits. Und zurück blieben zwei Gestalten. Ich presste mich noch fester an die Trümmer und schnappte nach Luft. Zum ersten Mal sah ich Volok in seiner wirklichen Gestalt. Mir wurde schlagartig übel. Nein, er war kein geflügeltes Wesen, sondern ganz und gar Fell und Zähne, eine schreckliche Chimäre, halb Mensch, halb Bärendämon. Seine Züge wirkten verformt durch das aufgerissene Maul, doch immer noch konnte ich den Abglanz seiner menschlichen Züge erahnen. Er lag hingestreckt auf dem Bauch, die Krallen in den Boden gegraben. Blut mischte sich mit Wasser und kein Atem hob und senkte den gewaltigen Brustkorb.

Die andere Gestalt war... menschlich und saß mit dem Rücken zu mir, reglos, mit gesenktem Kopf. Der nackte Rücken schimmerte nass und erinnerte mich daran, wie ich Naveen einmal am See beobachtet hatte. Schon damals waren mir die sichelförmigen Narben an seinen Schulterblättern aufgefallen. *Dort, wo in seiner wirklichen Gestalt die Schwingen ansetzen*. Naveen drehte sich nicht zu mir um, als ich durch Wasser und Dampf zu ihm kroch. Ich hätte weinen können, so glücklich war ich, dass er lebte. *Aber lebt er wirklich?*, dachte ich. *Jedenfalls nicht auf dieselbe Weise wie ich*. Er atmete nämlich nicht, aber als ich zu ihm kam, wandte er den Kopf und sah mich an, mit einer traurigen Zärtlichkeit, die mir die Kehle zuschnürte.

»Du bist der Corent«, flüsterte ich.

Er senkte den Blick und betrachtete sich im Spiegel des Wassers. Sein Lächeln bekam etwas Bitteres. »Woher wusstest du es?«, sagte er tonlos.

»Dein Sklavenring«, erwiderte ich ebenso leise. »Du hast dich davon befreit – mit Magie, sonst müsste er geborsten sein. Und... dieser Kerker. Ich hätte von Anfang an genauer hinsehen müssen. Hier gibt es keine Ausgänge, nur Mauern. Ich musste an die Geschichte denken, die Kalima mir am See erzählt hatte. Von dem alten Brauch, magische Wesen in das

Fundament eines Hauses einzumauern, um das Haus vor Eindringlingen zu schützen. Janeik hat dich gefangen genommen und eingemauert, damit du … die Wächterseele dieses Palastes bist?«

Naveen schwieg, nur seine Hände ballten sich zu Fäusten.

»Ich hätte besser zuhören müssen«, fuhr ich fort. »Auf deine Art hast du mir immer die Wahrheit gesagt. Als ich dich damals im Wald fragte, wo dein Clan lebt, nanntest du mir keinen Ort, du sagtest nur: *auf der anderen Seite*. Das Märchen von Prinzessin Meda ist also wahr. Sie und ihr Sternenvolk haben diese Festung erbaut, um vom Menschenleben zu kosten. Auch daran habe ich mich erinnert, als ich deinen Sklavenring sah – und den Splitter von deinem Schwert. Er ist aus einem schwarzen Material, so wie die Waffen des Medasvolkes. Auch das erzählte dein Märchen: *›Mit ihrem schwarzen Dolch durchschnitt Meda den Schleier, der ihre Welt von unserer trennt, und trat an dieser Stelle in Menschengestalt aus dem Himmel.‹* Das hier war ihr Palast, erbaut an der Grenze zu ihrem Reich. Und du warst … ihr Wächter?«

Naveen schien mit sich zu ringen. »Ich sagte dir damals auch, es gibt immer mehr als eine Wahrheit«, sagte er schließlich. »Und oft auch mehr als eine Wirklichkeit. Mehr darfst du als Lebende nicht wissen.«

»Nicht einmal, warum du nach unserer Nacht verschwunden bist? Warum bist du auf die Seite der Schatten gegangen und konntest die Grenze zu mir nicht mehr durchschreiten?«

Naveen wehrte sich nicht, als ich seine Faust mit der Hand umfasste. Er zögerte, aber dann entspannte sich seine Hand und wir verflochten die Finger ineinander. »Weil solche wie wir unsere Versprechen halten, Liljann«, sagte er. »Ich habe bei deinem Leben auf das magische Siegel geschworen, dass ich Janeik und Tajann als meinen Herren gehorche und sie als Wächter der Burg beschütze. Als Janeik die Festung verließ, war ich nur noch Tajann allein Gehorsam schuldig. Sie entdeckte uns im

Rosengarten und befahl mir, mich von dir fernzuhalten. Sie verbot mir, dich anzufassen, und befahl mir, zu verschwinden. Solange das Siegel wirkte, war ich also machtlos und musste ihr gehorchen.«

»Du hast es bei meinem Leben geschworen?«

Ein Schatten huschte über Naveens Miene. »Volok suchte mich im Grauland, auf Befehl des Junglords. Janeik hatte von Anfang an vor, die Festung mit einem Totenbann zu sichern. Volok allein wusste, wie er mich aufspüren kann. Wir Halbwesen kennen einander, aber bisher sind Volok und ich uns aus dem Weg gegangen. Doch dann wagte er sich in mein Gebiet, zu der Zeit, in der ich die Grenze überschritten hatte, um die Sommertage bei den Hirschweiden zu verbringen. Ich dachte anfangs, du arbeitest mit Volok zusammen, als Köder, der mich in Menschengestalt zu ihm locken sollte. Deshalb habe ich dir anfangs misstraut. In meiner wahren Gestalt kann niemand mir etwas anhaben, nicht einmal meinesgleichen, aber sobald ich als Mensch eure Welt betrete, bin ich durch Wesen wie Volok verwundbar. Und an dem Morgen, an dem Volok uns an der Schlucht aufgespürt hat … Ich habe mich verwandelt, um dich ein Stück fortzutragen. Ich konnte dich nicht mitnehmen hinter die Schleier – dort wärst du gestorben, also wollte ich dich wenigstens weit genug von der Höhle entfernt absetzen. Aber Volok hatte Soldaten bei sich, Janeiks Spähtrupp, und es gelang ihnen, mich mit Wurfseilen und Haken zu Fall zu bringen. Und dann hatte ich keine Wahl mehr. Du warst bereits bewusstlos. Ich musste mich zurückverwandeln, denn wo das Totenwesen ist, schlägt kein Herz – und deines hatte schon fast aufgehört zu schlagen. Also blieb mir nichts anderes übrig, als dich am Rand der Schlucht loszulassen und wieder Menschengestalt anzunehmen. Und dann war es zu spät. Volok gelang es, zu dir zu kommen, und er legte dir das Messer an die Kehle.«

Ich griff nach meinem Hals, wo die Narbe saß. »Er hat mich als Geisel für dein Versprechen benutzt?«

Naveen nickte. »Du warst das Pfand für meinen Schwur. Er hätte dir die Kehle durchgeschnitten, hätte ich nicht geschworen, der Hüter der Festung zu sein und dem Siegel zu gehorchen. Er hätte dich getötet, vor meinen Augen, dein Blut floss bereits.«

Ich wusste, er hatte recht. *Volok hätte mich geopfert, für diesen Preis ja. Weil er nicht wusste, was wirkliche Liebe ist.*

»Aber mir war klar, dass Janeik den Plan hatte, seinen Mitwisser und Verschwörer nicht am Leben zu lassen«, fuhr Naveen fort. »So gut kenne ich die Strategien eurer Herrscher inzwischen. Aber Janeik konnte Volok nicht töten, auch wenn dieser Junglord, der sich einbildete, die Magie zu beherrschen, das glaubte. Ich wusste, Volok würde nicht sterben, aber ich wusste auch, deine Schwester würde dich retten und in die Festung bringen, die unter meinem Schutz stehen würde. Also – schwor ich auf das Siegel und zerbrach meine Waffe zum Zeichen, dass mein Wort gilt.« Er schluckte. »Nicht dass Janeik mein Wort allein genügt hätte. Er hat versucht, mich zu demütigen, nachdem er mir den Ring an den Hals schmieden ließ. Er befahl, mir auch noch ein Flammenzeichen in die Haut zu brennen – aber das habe ich ihm mit seinem eigenen Messer ausgetrieben. Doch mein Versprechen habe ich gehalten – bis zuletzt.«

»Das hast du für mich getan?« Es tat weh, sich auszumalen, was es ihn gekostet hatte, mein Leben zu retten.

Naveen nickte ernst. »So hatte ich wenigstens die Hoffnung, dich in der Festung vor Volok beschützen zu können. Das hatte ich ohnehin vor, als ich dich hierher begleitete, Schlaflos.«

Die Zärtlichkeit, mit der er meinen Kosenamen aussprach, brachte mich zum Lächeln.

»Du hättest mich den Winter über also hier beschützt?«

»Als Wächter in meiner Heimat zwischen den Schleiern,

ohne dass du mich gesehen und bemerkt hättest«, erwiderte Naveen. »Das ist meine Aufgabe. Ich hüte die Grenzen und sorge dafür, dass niemand von eurer Seite in unsere Wirklichkeiten eindringt. Aber ich kann auch Wesen wie Volok von den Mauern fernhalten, ohne die Schatten rufen zu müssen. Werde ich allerdings zu lange in eurer Welt festgehalten, dann kann ich nur leben, indem ich die Schatten der anderen Seite rufe. Die Grenzen verschieben sich, die Festung wird zu einem Teil des Totenreiches. Das ist das Spiel, das Janeik zu spielen bereit war. Nichts und niemand kann das Totenreich lebendig betreten. Das war einst die dunkle Magie der Könige: Sie nahmen Wächter wie mich mithilfe von Verrätern der magischen Welt, wie Volok es war, gefangen und verwandelten ihre Paläste auf diese Weise in einen Teil des Totenreiches, uneinnehmbar und unbesiegbar.«

»Aber du bist menschlich! Du warst im Seental, du hast Tuons Clan vor den Hirschen beschützt und du hast gelacht und getanzt ...« *... und mich geküsst und geliebt.*

Sehnsucht machte sein Gesicht so schön und weich, dass ich für einige Sekunden vergaß, wer Naveen wirklich war.

»Für kurze Zeit, ja«, murmelte er. »Aber das sind gestohlene Stunden und Herzschläge. Ich muss zurückkehren, Liljann. Ich dürfte längst nicht mehr hier sein.«

»Du willst gehen?« Meine Stimme gellte in dem Raum. »Das lasse ich nicht zu.«

Naveen lächelte, und es tat gut, zumindest den Spott in seinen Augen wieder aufblitzen zu sehen.

Aber dann wurde er wieder ernst. »Selbst wenn ich bleiben könnte, es hätte keinen Sinn. Du hast ein Leben«, sagte er mit rauer Stimme. »Ich dagegen gehöre der anderen Seite.« Er wollte mir seine Hand entziehen, aber ich umschloss sie nur umso fester.

»Dann gehöre ich auch dorthin«, beharrte ich. »Wir sind

beide von einer Art, Zweigänger, das hast du selbst gesagt. Und wir sind Liljann und Naveen, die sich zwischen den Rosen liebten. Wir vertrauen einander und wir gehören zusammen, auf welcher Seite der Schleier auch immer …«

»Nein, Liljann!« Erschrocken keuchte ich auf, so schmerzhaft schnell hatte er mir seine Hand entrissen. Bläuliche Wasserspiegelungen huschten über die Gewölbedecke und die Wände, als Naveen aufstand. Mit einem Frösteln bildete ich mir ein, dass die Spiegelungen ein eigenes Leben hatten, Bewegungen wie von anderen Schwingen, Funkeln von Nässe an der Wand, das mich an Augen erinnerte.

»Heißt das, wir sehen uns nie wieder?«, rief ich.

Schmerz verdüsterte seine Miene. »Alles hat seine Zeit«, sagte er kaum hörbar.

Ich sprang auf. »Du denkst, so einfach kannst du mich verlassen?«

Naveen entwand sich meiner Umarmung mit einer so schnellen Bewegung, dass ich sie kaum wahrnahm. Zumindest versuchte er es. Aber diesmal hatte ich seine Reaktion richtig eingeschätzt. Nun standen wir einander gegenüber, er mit dem Rücken zur Wand, ich vor ihm, die Hand so fest um sein Handgelenk geschlossen, das sich meine Nägel tief in seine Haut bohrten.

»Lass mich los«, sagte er gequält. »Es ändert nichts.«

»Damit du ohne Abschied gehen kannst, wie du es bei Ona und den anderen Clansleuten gemacht hast – indem du einfach aus meinem Leben verschwindest? Nein, so leicht ist es nicht, Naveen. Sieh mich an und sag mir, dass du mich nicht liebst. Dann lasse ich dich gehen.«

»Begreifst du immer noch nicht? Ich lasse dich zurück, *weil* ich dich liebe!«

Er riss meine Hand hoch und drückte meine Faust schmerzhaft fest gegen seine Brust. Unter meinen Knöcheln schlug sein

Herz – genau im selben Takt wie meines. »Ich kann nur ein Mensch sein, wenn ich fremdes Leben trinke«, sagte Naveen zornig. »Ich lebe von gestohlenem Atem, geraubten Herzschlägen. Manchen Menschen nehme ich zehn Atemzüge, manchen hundert, und dir habe ich schon viel zu viele genommen, um noch länger bei dir sein zu dürfen.«

Ich holte erschrocken Luft, als ich spürte, wie sein Herz langsamer wurde – und meines im selben Takt schwächer schlug. Mir wurde schwindelig. *»Ich sehe nichts, ich spüre nur, wenn du hier bist – diese Dunkelheit, die Gier, Hunger nach deinem Atem und deinem Herzschlag.«* Auch an diese Worte von Naveen erinnerte ich mich nun.

»Ich bin der Tod, so wie du das Leben bist«, hörte ich Naveen mit einer anderen, raueren Stimme sagen. »Für mich ist deine Welt die Welt hinter den Schleiern. Wenn ich bleibe, kostet es dich das Leben. Und wenn du mir folgst, kannst du nie wieder zurück.«

Ich würgte an einem Schlucken, der Atem fehlte mir und ich rang nach Luft. Und ich hasste mich dafür, dass trotz allem Angst in mir aufstieg.

»Und glaube mir, Liljann«, setzte Naveen mit harter Stimme hinzu. »Du liebst kein Ungeheuer.«

Mein Blick fiel auf Volok. Das Geistermädchen war zurückgekehrt, aber sie drängte sich hinter dem Leichnam an der Wand, so weit von mir entfernt wie nur möglich, furchtsam und blass wie ein Nebelstreif.

»Volok war das Ungeheuer«, flüsterte ich. »Du bist keines – in welcher Gestalt auch immer.«

Naveen holte scharf Luft. »Ach wirklich?« Schlagartig schien es kühler zu werden. »Dann sieh genau hin!« Bei den letzten Worten begann er sich zu verändern. Haut spannte sich und dunkelte nach wie Papier, das im Feuer liegt. Knochen knackten und die Hand, die meine Faust immer noch an seine Brust presste, wurde zur Klaue. Ich rang nach Luft, als ich in Naveens Augen blickte. Glühende Totenaugen und ein Gesicht, dessen Anblick mir einen Angstschauer über den Rücken jagte. Das Schlimmste aber war mein Herz. Es flatterte wie ein verwundeter Vogel und dann hielt es inne, wie damals, als Naveen mich in der Corentgestalt von den Höhlen weggetragen hatte. Alles Leben schien aus mir gesaugt zu werden, Schwärze griff nach mir. Und dennoch riss ich meine Hand nicht weg. Doch es war Naveen, der mich von sich stieß. »Geh!«, sagte er mit einer fremden, rauen Stimme, die wie Wind war oder wie Asche, die im Sturm verweht. Dann trat er einen Schritt zurück, wurde zu einem Schatten an der Wand – und begann zu verblassen. Ich hatte kaum gespürt, wie ich auf die Knie gesackt war. Keuchend holte ich Luft, während mein Herz plötzlich wieder raste wie ein panisches Tier, das seinem Tod entronnen war. Aber gleichzeitig wusste ich, dass ich ihn nicht gehen lassen konnte. Taumelnd kam ich auf die Beine.

»Warte!« Doch meine Faust traf nur Wand. Jetzt schäumte Wut in mir hoch, ich stürzte zu der Ecke, wo immer noch der schwarze Schwertsplitter lag, und rannte zurück, dorthin, wo das letzte schwarze Flackern von Naveens Schattengestalt gerade verlosch.

»*Genug!*«

Es war ein tonloses Wort, das dennoch von den Wänden widerhallte wie Donner. Heißer, schneidender Schmerz zuckte durch meinen Arm, der Schwertsplitter prallte mit einem Sirren von der Wand ab und sprang über den Boden, bis direkt zu Volok. Ich stolperte zurück und hielt mir die pochende Hand.

Vor mir wallte die Dunkelheit auf wie schwarzer Samt im Wind. Wasserglanz wurde zu Augen, die mich kritisch musterten. Rauschen umfloss mich, Körper lösten sich aus den Schatten, bekamen die Form von schlanken Frauen und traten auf mich zu. Der Halbkreis wurde zur Arena, ich sah mich umschlossen von strengen, maskierten Gestalten. Lange Mäntel, aus Millionen von Falterflügeln zusammengesetzt, hüllten die Todesfrauen ein. Es waren sicher zwölf, eher mehr. Eine von ihnen trug einen Mantel aus leuchtend blauen Schmetterlingsflügeln, eine andere schimmerte im matten rotbraunen Glanz von Pfauenaugen. Starre Masken wandten sich mir zu, aus Kupfer und Silber, aus Holz und aus geschliffenem Stein. Es beruhigte mich kein bisschen, dass ich auch die Todesfrau aus meinen Träumen mit ihrem schwarz-weißen Mantel aus Schachbrettfaltern und der dunklen Maske aus Ebenholz entdeckte.

»*Das ist sie also.*«

Es war eine Stimme, die klang und doch nicht klang, aber sie erfüllte den Raum. Sonnenlicht blendete mich plötzlich und ich musste blinzeln.

»*Ja, Lady Mar*«, hörte ich meine Todesfrau antworten. Als ich die Augen wieder öffnete, fielen matte, gleißende Strahlen einer steilen Wintersonne in den Raum. Es war wie damals in Voloks Tempelruine, die in meinem Traum plötzlich sonnendurchflutet und nicht mehr zerstört war. *Aber träume ich?*

Jedenfalls schmerzte meine Hand immer noch. Mäntel wallten, als die Frauen Platz für eine neue Gestalt machten. Und diese erkannte ich sofort. *Die Frau, die auf dem Mosaik in Voloks Tempel dargestellt war.* Ihr Mantel war durchsichtiger Glanz, Millionen von winzigen, durchsichtigen Flügeln wie von Eintagsfliegen schillerten. Sie trug eine Eisenmaske, die von roten Locken umrahmt wurde. Ihre Augen waren von einem transparenten Grau und sogar hinter der Maske konnte ich das verärgerte Funkeln erkennen, als sie mich musterte. *Lady Mar.* Auf dem Mosaik im Tempel hatte ich sie für eine Schutzgottheit gehalten, die ihren Mantel über Kinder, Mädchen, Männer, reife Frauen und Greise hielt. Aber jetzt wusste ich, dass es die Darstellung des Todes selbst war, der seinen Mantel ohne Unterschied über alle Menschen breitete und jeden mit seinem Kuss aus dem Leben riss. Mein Mund wurde ganz trocken, und ich senkte den Blick, während die Gestalt um mich herumging. Es war gespenstisch still, das Wasser war verschwunden, ich hörte keinen Schritt, aber ich sah Füße unter dem Mantelsaum. Knochen unter gläsern anmutender Haut. *»Frau Tod hat dünne Knochenbein …«* Milas Lied hallte in mir.

»Wie heißt sie?«, hörte ich die Herrin des Todes fragen.

»Liljann VanTorra, Herrin«, antwortete die Schachbrettfrau.

Kälte strömte mir entgegen, als die Lady vor mir stehen blieb. »Zeig mir deine Hände, Mädchen!«

Ich wagte einen Seitenblick zu der schwarz-weißen Todesfrau und sie gab mir einen warnenden Wink, zu gehorchen. Also hob ich die Hände – und zuckte zurück. Meine Handflächen hatten einen Glanz, den ich noch nie an ihnen gesehen hatte. Blaue Flüsse und Verzweigungen, die mit meinem Herzschlag pulsierten.

»Auch das noch«, sagte die Herrin des Todes unwillig. »Sie trägt das blaue Mal der Menschenmagie. Sie ist tatsächlich eine von den Moreno-Nachkommen.«

»Aber sie weiß nichts von ihrem Erbe«, sagte die schwarzweiße Todesbotin. »Und sie hat die Gabe nicht dafür eingesetzt, die Grenzen zu verletzen.«

»Natürlich nicht«, erwiderte Lady Mar mit unverhohlenem Sarkasmus. »Sie hat nur eine Waffe missbraucht, um in die Grenzwelt einzudringen. Und um dieses Ziel zu erreichen, hat sie meinen Wächter verführt.«

Jetzt hob ich doch den Kopf. »Das ist nicht wahr! Von einem Erbe weiß ich nichts. Und ich wollte nirgendwo eindringen, sondern Naveen folgen.«

Meine Stimme hatte hier einen Hall, als stünde ich an einer Schlucht. Ich konnte spüren, wie die Atmosphäre sich veränderte. Die Luft knisterte, Kälte umströmte mich und ließ mich frösteln. Die Todesfrauen standen noch regloser und aufrechter. Die Frage nach dem Warum stand im Raum, ohne dass jemand sie gestellt hatte. Ich schluckte und sah mein Gespenstermädchen an, als ich leise antwortete: »Ich liebe ihn. Deshalb will ich … muss ich zu ihm.«

Lady Mar schüttelte den Kopf. »Liebe also«, sagte sie spöttisch. »Natürlich. Und wenn nicht Liebe euer Grund ist, dann geht es um Hass, Macht, Sieg und Unterwerfung. Was ist das für eine Leidenschaft, dass ihr Menschen immer Grenzen überschreiten wollt, sobald ihr welche findet?«

»Das … macht uns Menschen wohl aus«, erwiderte ich leise. »Wenn wir tanzen, dann tanzen wir, bis unser Herz überquillt. Wenn wir lieben, dann so sehr, dass die Welt zu leuchten beginnt – und mit dem Hass ist es ebenso. Wir kosten alles bis zur Neige aus und wir geben uns mit Grenzen nicht zufrieden.« Tuscheln wallte auf. Aus dem Augenwinkel betrachtete ich mein Mädchen. Sie drückte sich hinter dem Zirkel der Todesfrauen an die Wand und lauschte mir. »Wir wollen leben und alles auskosten«, sagte ich laut. »Und jeder brennt für etwas anderes. Manche für den Kampf, manche für das Lachen. Und manch einer für die Rache.« Die Schachbrettfrau sah nun ebenfalls zu dem Gespenstermädchen. Es biss sich auf die Unterlippe und betrachtete Voloks Leichnam. Zwischen den Mänteln erhaschte ich nur einen Blick auf seine Klaue und wunderte mich, dass sie wie verdorrt wirkte, als läge Volok schon viel länger dort.

»Und du lebst also für die Liebe zu einem Wesen von der anderen Seite«, bemerkte Lady Mar spöttisch.

Ich hob den Kopf und straffte die Schultern. »Prinzessin Meda hätte mich verstanden«, sagte ich leise. »Sie fühlte ähnlich wie ich – sie hat sogar diesen Palast erbaut, um genau das zu erfahren: was wir Menschen fühlen …«

»Sie hat dafür einen hohen Preis bezahlt«, erwiderte die Todesfrau scharf. »Und ausgerechnet du wagst es, dich auf Meda zu berufen, Moreno-Mädchen?«

Langsam, ganz langsam, rief der Name Moreno doch ein vages Wiedererkennen in mir wach. *Unsere Urstadt Ghan*, dachte ich. *Dort hatten mehrere mächtige Familien geherrscht.* Und eine davon hatte vor der Zerstörung der Stadt und dem Untergang dieses Urreiches den Namen Moreno getragen. *Und ich stamme von ihnen ab?*

»Deine Vorfahren waren es doch, die Meda ermordeten«, fuhr Lady Mar mit schneidender Stimme fort. »Deine Ahnen spannen die Intrige, um die Sterne vom Himmel zu holen und sich Gaben anzueignen, die einem Menschen nicht gebühren. Und dafür habt ihr eure Magie missbraucht. Sieh mich nicht so an, als wüsstest du nicht, wovon ich rede, Menschenmädchen! Einige aus deiner Ahnenlinie hatten sehr alte Magie in den Adern, auch wenn sie längst verschüttet ist. Aber manchmal geschieht ein Wunder und in einer Generation bricht diese verlorene Gabe wieder auf. Dann kommt ein Kind zur Welt, das Magie besitzt. Echte Magie, die im Blut liegt – so wie bei dir. Aber wenn man Menschen wie dir Gelegenheit gibt, missbraucht ihr eure Talente, ihr holt die Sterne vom Himmel, raubt Gaben, die euch nicht gehören dürfen, oder tötet unsere Wächter.«

Ich machte schon den Mund auf, aber die Schachbrettfrau deutete ein warnendes Kopfschütteln an, also schwieg ich und blickte auf meine Hände. *Echte, ererbte Magie?* Und langsam fand sich auch das letzte Bild zu einem ganzen: meine Vorfahren, die Magie entfesselten, die letztendlich zu ihrem Untergang führte. *Und meine Vorfahren haben Prinzessin Meda ermordet?* Hastig verbarg ich meine Hände, denn obwohl es in meiner Zeit nur noch ein Märchen aus ferner Vergangenheit war, fühlte ich mich schuldig.

»Dann seid ihr … dann war Meda auch eine von euch Todesfrauen?«, fragte ich zaghaft.

Trotz der Maske konnte ich erkennen, wie die Schachbrettfrau sich über diese Vorstellung amüsierte. Doch Lady Mars

Augen verengten sich, als würde sie überlegen, ob ich mich über sie lustig machte.

»Wir sind Zorya«, sagte sie kühl. »Wir kommen auf Flügelschwingen zu euch, wenn ihr uns im Sterben ruft und schenken euch den Tod mit einem Kuss. Wir haben diese Grenze erschaffen und den Wächter, der verhindern soll, dass sich die Geschichte eurer Raubzüge in unseren Wirklichkeiten wiederholt. Das Medasvolk dagegen schenkt euch nicht den Tod. Ihr Kuss bringt euch im Schlaf die entscheidende Inspiration für eine Idee, einen neuen Gedanken, der die Welt verändern kann. Besucht euch eines von Medas Lichtern im Wachen, dann leiht es euch die Gaben und Talente, die jedem Menschen nur für gewisse Zeit gehören dürfen. Wo lebst du, dass du das nicht weißt?«

Ich schluckte und hielt dem Blick aus zornigen grauen Augen stand. Und etwas schien zu geschehen. Die Spannung löste sich im Raum, das blaue Glühen in meinen Händen verlosch.

»Sie weiß es ja wirklich nicht«, sagte Lady Mar mehr zu sich selbst als zu meiner schwarz-weißen Vertrauten. Es klang verwundert. Eine Weile betrachtete sie mich, als wäre sie unschlüssig, was sie nun mit mir anfangen sollte.

»Weißt du, ich lebte nach Medas Tod lange Zeit unter Menschen«, fuhr sie dann fort. »Ich wollte euch verstehen, eure Gier, eure Kriege, eure Lieben, eure Listen und Lügen – wobei das eine das andere nie ausschließt. Aber inzwischen habe ich es aufgegeben. Geh, Mädchen!«

Sie wandte sich ab. Die Todesfrauen begannen unscharf zu werden und zu verschwimmen. Meine Wirklichkeit kehrte zurück wie eine Realität, die ein Traumbild zu überlagern begann. Schon konnte ich wieder Schnee riechen und auch die Geräusche kehrten zurück – Wind und das ferne Rauschen von Wasser. »Wartet, Herrin!«, rief ich. »Bitte lasst mich zu Naveen.«

Die Todesfrau drehte sich zu mir um. Ihr Mantel wirbelte und fiel an ihr herab.

»Du weißt nicht, was du verlangst!«, sagte sie scharf. »Verlass diese Festung. Draußen wartet das Leben auf dich – und irgendeine neue Liebe, davon findet ihr Menschen doch immer genug.«

»Ich habe meine Liebe gefunden! Sie wartet hinter den Schleiern auf mich.«

»Naveen wartet?« Lady Mar lachte und es war kein angenehmes Lachen. »Er hat dich verlassen. Und das ist auch besser so.«

»Lasst mich entscheiden ...«

»Was für ein zähes Ding du bist, Liljann«, unterbrach mich die Todesfrau verärgert. Sie deutete auf die Schachbrettfrau. »Wären doch alle so erpicht darauf, ihren Herzschlag zu verschenken, dann müsste diese Zorya hier nicht immer und immer wieder herkommen, um eine eurer Unschlüssigen zu fragen, ob sie ihr nicht doch endlich folgen will.«

Es klang tadelnd und alle maskierten Gesichter wandten sich meinem armen Gespenstermädchen zu. Sie wich ängstlich zurück, eine Hand nach hinten ausgestreckt, als könnte ihr die Wand tatsächlich Halt geben.

Lady Mar schüttelte den Kopf. »Nein, Liljann. Die Toten laden keine Lebenden auf die andere Seite ein. Und ich verschließe dieses Tor für dich, eines Tages wirst du mir dankbar sein. Geh und lebe, tu das, was Menschen so tun – hilf von mir aus deiner Schwester. Sie wurde gefangen genommen und ist schon auf dem Weg zur Zitadelle. Oder verliebe dich in einen Soldaten oder in einen Lord, heirate oder bleibe allein, bekomme Kinder oder nicht, aber verschwinde von meiner Grenze! Strecke deine Moreno-Hände nie wieder nach den Schleiern aus, du wirst dich daran verbrennen.« Ihr Tonfall ließ keinen Zweifel daran, dass ich die Wahl hatte, freiwillig zu gehorchen oder auf schmerzhafte Weise zu erfahren, wer von uns beiden die Herrin war. *Und Tajann ist gefangen genommen worden?*, hallte es irgendwo in mir. Mäntel rauschten auf, Dunkel fiel auf mich – und als ich blinzelte und die Augen öffnete, war ich wieder ganz und gar in meiner eigenen Welt. Mit staubigen Sonnenstrahlen – und Schachbrettfaltern, die mich umflatterten.

Die schwarz-weiße Zorya war als einzige noch hier, wirklicher, als ich sie jemals gesehen hatte.

»Hilf mir!«, flehte ich sie an.

»Du hast meine Herrin gehört«, erwiderte die Zorya sanft. »Die Toten laden niemanden ein.« Seelenruhig nahm sie die schwarze Maske ab und lächelte mich an. Ich fröstelte. Die Haut war transparent und gläsern. Unter den Lippen zeichneten sich Zähne ab, unter den Wangen Knochen und das Grinsen eines Totenschädels. Aber dann verschwanden die Knochen, die Haut wurde weiß und matt und ich blickte in ein schmales Frauengesicht. »Und selbst wenn es dir gelingen würde, Lady Mar irgendwie zu überlisten – woher willst du wissen, dass Naveen dich auf der anderen Seite der Schleier überhaupt noch erkennen würde? Er ist unser Wächter. Er muss jeden Eindringling töten. Und du wärst einer, wenn du gegen Lady Mars Befehl handelst.«

Das Gespenstermädchen sah mich sehr aufmerksam und ernst an. Und irgendwo in meinem Kopf begann sich fieberhaft ein Plan abzuzeichnen, eine Chance, der Hauch einer Möglichkeit.

»Er würde mir niemals etwas antun!«, rief ich.

»Wie kannst du so sicher sein?«, fragte die Zorya.

»Wir vertrauen einander«, erwiderte ich. »Und wir kennen einander in jeder Gestalt, in Niederlage und im Triumph. Er ist kein Ungeheuer.« Wieder sah ich das Mädchen bei diesen Worten an, nicht die Zorya. »Er hat auf mich verzichtet, damit ich leben kann.«

»Selbst wenn er dich liebt – du würdest alles hinter dir lassen. Und du könntest nie wieder zurück.«

Ich dachte an Tajann. Und es war die schwerste Entscheidung meines Lebens. Tränen stiegen mir in die Augen. *Kann ich sie retten?* Ich kannte die Antwort. *Nicht allein.* Aber diese Überlegung war nicht der Grund, warum ich nun nickte. Manchmal hat man nur eine Wahl, das lernte ich nun.

»Das weiß ich«, sagte ich mit fester Stimme. »Aber vielleicht muss man alles verlieren für die Chance, etwas zu gewinnen.«

Bitte, flehte ich in Gedanken. Ich wagte mein Mädchen nicht anzusprechen, aber ich sah sie bittend an und sie verstand. Ihr Blick fiel ein letztes Mal auf Voloks Leiche, die jetzt nur noch ein verdorrter Körper war. *Wie viel Zeit ist vergangen?*, dachte ich.

Die Zorya seufzte. »Tja«, sagte sie. »Das klingt, als würdet ihr einander wirklich lieben. Wie schade, dass es nicht sein darf.«

Sie machte Anstalten, die Maske wieder aufzusetzen. Aber ich hatte den Eindruck, sie ließ sich viel Zeit damit. »Leb wohl, Liljann«, sagte sie und ging an mir vorbei auf die Wand zu.

»*Roha?*«

In meiner Wirklichkeit hatten Geister keine Stimmen, aber jetzt hörte ich das Mädchen zum ersten Mal sprechen. Und als sie nun in weitem Bogen um Volok herumging, hörte ich sogar das Rascheln ihres Kleides.

Die Zorya hatte sich umgewandt. »Das ist der Name, den du deinem Tod gegeben hast«, sagte sie. »Mir. Du bist also endlich bereit, mit mir zu kommen?«

Das Mädchen nickte. Mit gesenktem Blick trat sie vor die Todesfrau. So stand sie da, mit dem Rücken halb zu mir. Sie schaute über die Schulter und streckte mir die Hand hin. »Ich … kann jetzt gehen«, sagte sie.

Mein Herz machte einen schmerzhaften Satz, als ich verstand.

Es war, als würde ich Eis und Feuer zugleich berühren, aber unsere Hände umschlossen sich so fest, dass mir der Atem stockte. Die Zorya seufzte. »Du musst es ja wissen«, sagte sie zu mir und breitete den Mantel über uns beide. Mein Mädchen lächelte mir zu.

»Wie heißt du?«, fragte ich leise.

»Kira«, antwortete sie. »So *hieß* ich, als ich noch lebte. Wenn ich die Todesfrau küsse, lass mich nicht los, Liljann!«

Ihre Stimme verhallte und die Zorya beugte sich über sie. Feuer und Wasser schlugen über mir zusammen, Schachbrettfalter erhoben sich in einem Wirbel um mich – und ich …

Hexenjagd

Lady Jamala ist immer noch eine Meisterin der Bilder. Mein Haar wurde nicht kurz geschoren, wie es bei Gefangenen üblich ist, und ich trage auch kein sackartiges Büßergewand, selbst jetzt nicht, als ich in meinem Gefängnis im Felsenherz sitze. Die Lady lässt mich in blauem Samt mein Schicksal erwarten, ein bitterer Hohn, dass es die Lieblingsfarbe meiner Mutter ist. Aber Antija ist inzwischen Jamalas beste Schülerin. Auf ihren Befehl hin musste ich die Rückreise nach Taris in meinem goldenen Festkleid antreten. Das ist das Bild, das sie mir zugedacht hat: die verführerische, schöne Hexe, die ihren geliebten Junglord zu ihrem willenlosen Sklaven gemacht hat. Im Waldlager, in das ich nach der Eroberung der Festung geschleppt wurde, wartete etwas, das ich erst für einen gläsernen Sarg hielt. Eine transparente Kiste, eine Art Sänfte, die zwischen zwei Pferde geschnallt war. Darin wurde ich durch das Grauland zurückgetragen, stumm hinter Glas. Meine Leute mussten den ganzen Weg zurück laufen, aneinandergekettet in langen Kolonnen bildeten sie das Ende des Trosses. Als Letzter schleppte sich der alte, gebrechliche Richter, der Janeik und mich getraut hatte, mühsam voran. Fiel ein Gefangener oder konnte er vor Erschöpfung nicht weitergehen, mussten die anderen ihn tragen, es gab keine Gnade und keine Rast. Ich dagegen schwebte in Gold und Glanz vor ihnen in meinem gläsernen Sarg, als Hohn ihrer Hoffnungslosigkeit und Erschöpfung – und der Grund, warum sie dem Scheiterhaufen entgegengehen mussten. Ich verstehe, dass viele Augen nach wenigen Tagen einen hasserfüllten Glanz bekamen. In dieser schrecklichen Zeit weinte ich nur nachts, während ich vorgab zu schlafen, ich trauerte um Monn und um meine Mutter. Ich trauerte, weil ich Liljann nie wiedersehen würde, und versuchte, nicht daran zu denken, dass ich auf Janeiks Spuren ritt, dass er schon gefangen genommen wurde, während ich ihn am Morgen nach dem Herbstfest noch schlafend neben mir in unserem Bett wähnte.

Es fällt mir immer noch schwer, mir das ganze Ausmaß von Janeiks Heimlichkeiten einzugestehen. Ich höre noch, wie er mir versichert, dass Voloks Überreste mit den Soldaten begraben wurden. Dabei wusste er, dass Volok entkommen war und Lady Jamalas Truppen schon Tage später vom Westkurs abgebracht und zu uns geführt hat.

In grausamer Logik fächert sich der Plan auf. Wie der Tross sich von zwei Seiten näherte – einmal als Ablenkungsmanöver auf dem Südweg mit Feuern und Trommeln, während Antija und Volok im Nordwald alles vorbereiteten. *Volok kann die Hirsche vertreiben oder rufen.* Er hat sie vom Nordtor weggeholt, damit Antija und ihre Leute sie im Wald mit Mondzahnpfeilen töten konnten. Sie müssen schon seit Wochen daran gearbeitet haben, die Hirschfelle zu präparieren und das Theater vorzubereiten. Und dann mussten sie unsere Aufmerksamkeit nur noch auf Feuer im Süden lenken und auf eine besonders neblige Nacht warten. Aber eines verstehe ich immer noch nicht. Wie konnte ich den blonden Soldaten mit Janeik verwechseln? Noch jetzt bin ich absolut sicher, vom Fenster aus Janeiks Gesicht gesehen zu haben.

Antijas Soldaten beobachteten mich den ganzen Rückweg über voller Misstrauen, und oft ertappte ich einen von ihnen, wie er verstohlen ein Bannzeichen machte, wenn ich ihm zu lange in die Augen sah. Das bin ich nun: ein Exempel für die Gefährlichkeit von Magie, eine Dämonin, die man fürchtet. Antija dagegen ist die heldenhaft Liebende, die ihr eigenes Leben riskierte, um ihren jungen Feuerlord aus meinen Krallen zu befreien. Noch jetzt sehe ich sie vor mir, wenn ich hier in meinem Kerker die Augen schließe: Als Anführerin des Trosses reitet sie voraus, ein helles Banner mit wehendem Haar und einem Wettermantel aus weißem knisterndem Fischleder, das in der Wintersonne einen Regenbogenglanz bekommt. In der Stadt, durch die ich im Triumphzug zur Zitadelle getragen wurde, hat man die Nordprinzessin mit Jubel begrüßt. Eine wunderbare Geschichte für die nachfolgenden Generationen – wenn es nicht einen Haken daran gäbe. Janeik wird der Heirat niemals zustimmen. Und niemals wird er Lady Jamala meine Hinrichtung verzeihen.

Es bricht mir das Herz, mir vorzustellen, wie verzweifelt mein Geliebter sein muss, verrückt vor Sorge um mich. Und noch schlimmer ist die Vorstellung, dass er jetzt hier ist – vielleicht nur wenige Mauern von mir getrennt, in einem anderen Kerker. In solchen Momenten lege ich die Hand an den Stein, als könnte ich seine Gegenwart erspüren. Aber die einzige Antwort ist das Scharren meines eigenen Atems.

Der einzige Trost ist die Hoffnung, dass Liljann entkommen sein könnte. Sie war nicht unter unseren Gefangenen und die Clansleute hat Antija alle freigelassen. Ich hoffe so sehr, dass Liljann mit ihnen in den Wäldern untergetaucht ist. Und diesmal habe ich Voloks Leiche mit eigenen Augen gesehen, als Antija mich abführen ließ. Gebogene Krallen hatten sich tief in den Stein gegraben, doch die Haut löste sich schon in Ascheflocken und Staub auf. Wer weiß, wie alt dieses Wesen war, das sich so danach sehnte, menschlich zu sein. Und es war sterblich, wenn die richtige Hand das Messer hielt: Auf dem Boden hatte der Splitter gelegen, den Liljann als Dolch benutzte. *Meine Schwester und ihre magischen Hände.* Mein Herz beginnt vor jäher Zärtlichkeit zu zittern. Immer noch kann ich es nicht fassen, mit wem ich all die Jahre mein Leben geteilt habe. »*Jemanden wirklich zu lieben heißt auch, ihn ohne Masken zu sehen, seine Schwächen zu kennen – und sie ebenfalls zu umarmen.*« Nichts würde ich lieber tun, als Liljann zu umarmen, und noch nie habe ich sie so sehr geliebt wie jetzt, als ich weiß, wie einsam sie mit ihrem Geheimnis gewesen sein muss. In einem einzigen Punkt hat meine magische Liljann sich allerdings getäuscht: Volok war kein geflügelter Dämon. Ich muss nur nach rechts blicken, um den direkten Vergleich zu haben. Es ist Lady Jamalas Henkerhumor, dass sie mich ausgerechnet in diese Zelle gesteckt hat, wo ich mit diesem mumifizierten Corent ausharren muss. Die gleichen eisernen Handschellen ketten mich an seiner Seite an die Wand. In den ersten Tagen fürchtete ich, dass dieses verdorrte Wesen nur kauert und wartet, um sich doch noch zu rächen, aber alles, was ich hier spüre, ist Stille und Vergangenheit. Vielleicht ist von all den Geschichten diese eine nicht wahr: dass ein Totenwesen unsterblich ist.

… mache den Schritt auf die andere Seite.

Ich hatte gedacht, es würde wirklich nur ein Schritt sein, aber nie hätte ich damit gerechnet, zu fallen. Mein Gespenstermädchen krallt sich in meine Hand, ein Ruck scheint alles Leben aus mir zu reißen, und dann werde ich fortgesogen, mein Atem, mein Herzschlag und mit ihm alles, was lebendig ist. Panik peitscht in mir hoch, das Gefühl zu ersticken. Ich spüre kaum, wie das Mädchen meine Hand loslässt, dann stürze ich allein, aber gleichzeitig stürze ich nicht, denn meine Hände krallen sich in einen seltsam wolkigen Boden und ich atme, atme krampfhaft, obwohl mein Herz nicht mehr schlägt. Eine beängstigende Leere hallt in meiner Brust. Aber immer noch fühle ich – und langsam, mit jedem Atemzug, werde ich ruhiger. Und als ich nach einer weiteren Ewigkeit die Augen aufschlage, *sehe* ich. Zum ersten Mal. Es ist, als wären die Wirklichkeiten transparent geworden wie das Antlitz einer Zorya. Ich durchblicke Sphären und schimmernde Häute, ich sehe Mauern und Sterne zur gleichen Zeit. Kerker und Himmel, Erde und Wasser – und *Naveen*. Noch hat er mich nicht bemerkt, er kauert mit geschlossenen Augen direkt vor mir auf den Knien, den Kopf gesenkt, die Schwingen um sich gebreitet wie den Mantel eines dunklen Königs. *Ein trauriger König*, denke ich. Immer noch schaudere ich beim Anblick seiner Dämonengestalt, aber obwohl mein Herz auf dieser Seite der Schleier nie wieder schlagen wird, blüht in mir alle Liebe auf, warm und fließend. Er schlägt die Augen auf, als ich ihn berühre. Die kalte Glut in seinem Blick macht mir trotz allem Angst, unter uns ruckt der Boden, das Beben des Berges ist wie das Knurren eines Raubtiers, aber er greift nicht an, er verharrt nur, angespannt bis in die letzte Faser seines Körpers. *Tar, der Drache*, denke ich. *Und Eleyn, die ihn küsst*. Auch dieses Märchen ist wahr. Aber ich bin nicht Eleyn, denn ich bin nicht länger blind. Und als ich die Arme um ihn lege und ihn küsse, so, wie er ist, in seiner wirklichen, schrecklichen Gestalt, schließe ich meine Augen nicht.

Naveen zuckt bei meiner Berührung zurück, aber diesmal lasse ich mich nicht vertreiben, ich lege alles in diesen Kuss, was ich empfinde, und mit jeder Sekunde fließen wir mehr zusammen, finden einander. Es ist ein Wiedererkennen auf jeder Ebene unseres Seins. Und dann schließe ich die Augen doch, nicht um blind zu werden, nur, um zu fühlen. Noch nie war ich so glücklich und so sicher, am richtigen Ort zu sein, in den Armen des richtigen Mannes. Naveens Lippen werden weich, seine Haut ist nicht länger Asche und Staub, sondern duftet nach frischem Moos und Harz, seine Arme verlieren die Härte und die Haut ist nicht länger verdorrte Drachenhaut. Meine Finger streichen über Sichelnarben auf seinem Rücken. Wir schmelzen zusammen und als ich die Augen wieder öffne, liegen wir eng umschlungen auf trockenen schwarzen Rosenblättern, blinzelnd in roter Abendsonne, die durch den Deckenschacht von Naveens Kerker fällt. Und es ist wieder mein Naveen, *die helle Seite des Mondes*, denke ich.

»Du bist verrückt, Liljann«, sagt er zärtlich. Aber diesmal klingt es nicht mehr zornig.

»Und du hast mich damals schon beobachtet, als ich unter dem Wasserfall stand – nackt!«

»Auch die Grenze zwischen Wasser und Luft ist mein Reich«, sagt er. »Gewöhne dich daran. Du hast es ja nicht anders gewollt, als hierherzukommen.«

Mir wird ganz warm, als ich den spöttischen Naveen wiederfinde.

»Ich musste dir folgen«, sage ich. »Du warst mir noch einen Kuss schuldig.«

Er lacht und richtet sich auf, zieht mich in seine Arme. Es ist gespenstisch still um uns. Alle Rosen sind verdorrt, als wären Wochen vergangen. Voloks Leiche ist verschwunden, als hätte sie sich in Staub und Asche aufgelöst. Wir sind in unserer Festung, aber dennoch scheint es eine andere Zeit zu sein, eine andere Welt.

»Sind wir immer noch auf deiner Seite der Schleier?«

Naveen nickt und wird ernst. »Willkommen in meiner Einsamkeit.«

»Jetzt bist du nicht mehr einsam.«

Ich schließe die Augen, als er mir mit der Hand das Haar aus der Stirn streicht. Ich mag keinen Herzschlag mehr haben, aber ich spüre, als wäre meine Haut ein einziger, flirrender Puls.

»Naveen? Du hast mir auch misstraut, weil ich von Medas Mördern abstamme, nicht wahr?«

»Anfangs ja«, murmelt er. »In deinen Adern fließt das Blut der Moreno. In der alten Sprache bedeutet das Hautwanderer. Ihr konntet durch die Schleier der Welt blicken. Ein Mädchen namens Vida war deine Urahnin. Sie gehörte zu einer der Familien der Stadt Ghan, die einst Medas Lichter versklavten. Sie gewannen dadurch Gaben, durch die sie sich über die anderen Menschen erheben und das, was allen gehören sollte, an sich reißen konnten. Seitdem sind wir wachsam, was Menschen angeht.«

Jetzt muss ich lächeln. »Und dennoch hast du dich in mich verliebt.«

»Es gibt immer mehr als eine Wahrheit. Und Küsse lügen nicht«, erwidert Naveen mit rauer Zärtlichkeit. Dann schluckt er. Ein Schatten huscht über seine Miene. »Du weißt, was du aufgegeben hast?«

»Weniger, als ich gewonnen habe.«

Sein Lächeln ist ein dunkler Glanz in dem gleißenden Licht, das etwas Unwirkliches hat.

»Die Rosen sind verblüht«, sage ich. »Ist so viel Zeit vergangen?«

»Zeit ist etwas, das sich Menschen bauen, hübsche Häuser aus Minuten und Stunden, Straßen aus Jahren und Seen aus Momenten. Aber hier existiert Zeit nicht. Hier geschieht etwas, wenn es geschehen muss.«

»Aber wie viel Zeit ist draußen verstrichen?«

»In der Menschenwelt? Zehn Tage.«

Jetzt erschrecke ich doch. »Dann ist Tajann schon in der Zitadelle. Sie wurde gefangen genommen.«

»Ich weiß.«

»Kannst du sie sehen? Durch die Schleier?«

Naveen zieht die Augenbrauen zusammen. »Dazu müsste ich zur Zitadelle. Worauf willst du hinaus?«

Schwarze Rosenblätter wirbeln schwerelos wie Ascheflocken

auf, als ich aufstehe. »Kannst du mich zu ihr bringen? Es gibt doch einen Zugang zu König Jars alter Burg …«

»Es gab ihn«, erwidert Naveen. »Aber ich war niemals dort. Vielleicht haben die Zorya den Zugang damals nach König Jars Tod verschlossen. Schließlich wurde dort einer von uns ermordet.«

»Aber wir können zur Zitadelle gelangen – zwischen den Schleiern? Bitte. Ich muss Tajann wenigstens noch einmal sehen!«

Naveen runzelt die Stirn, alles in ihm scheint sich zu sträuben und ich verstehe ihn nur zu gut.

»Du liebst deine Schwester sehr«, stellt er fest.

Ich schlucke, denn obwohl ich so glücklich bin, dass es schmerzt, steigen mir die Tränen in die Augen.

»Mehr als die Sonne«, sage ich.

Meine Gefängniswärter sehe ich nie. Niemand spricht mit mir, ich werde behandelt, als sei ich eine lebende Tote, nur bei den Verhören richten die Beamten das Wort an mich. Wenn ich wieder zu einer Gerichtssitzung gebracht werde, muss ich mit verbundenen Augen gehen. Ich glaube, manchmal Kaeled in der Nähe zu spüren, auch wenn er das Wort nicht an mich richten darf. Einmal, als ich in den Aufzug trete, streift eine Hand zart, wie zufällig, über meine. Und als ich in die Zelle zurückkomme, finde ich statt des üblichen abgestandenen Wassers einen Krug mit frischem Schnee. Er duftet nach Himmel und Tannen, jeder Schluck dieses Schmelzwassers bringt mir den Wald zurück. Es ist ein Geschenk, das mich trotz allem zum Lächeln bringt. Natürlich geht Kaeled nicht das Risiko ein, mir Nachrichten auf Papier zu hinterlassen, aber bei jeder Rückkehr von einem Verhör finde ich ein anderes vergängliches Zeichen, unauffällig mit blasser Kreide an die schartigen Wände oder den glatten Boden gemalt. Einen Stern, Symbol der Hoffnung. Ein Falkenkreuz, das Zeichen der Zuneigung, das Freunde unter Briefe setzen, oder zwei verschlungene Linien, die dafür stehen, dass ich nicht allein bin. Jedes Mal, wenn ich ein neues Zeichen entdecke, ist es wie eine Umarmung.

Lady Jamala hebt sich unser Wiedersehen wohl für den Scheiterhaufen auf. Bei jedem Termin im Gerichtssaal wird mir mit grausamer Klarheit bewusst, dass ich längst schon auf dem Richtplatz stehe. Jamala sammelt nur noch pro forma Papier für die Akten. Jeden Tag stellen mir die Richter und Anwälte dieselben Fragen.

»Wie hast du den Junglord verhext, Tajann? War es ein Liebestrank? Ein gesprochener Zauber? Oder ein Bannzauber mittels einer ketzerischen Holzfigur des Hirschkönigs, an der du mit Harz eine Locke seines und deines Haars befestigt hast?«

Als Beweis berufen sie sich auf die im Harz erstarrten Haarsträhnen des zerbrochenen Siegels. Die Protokollanten schreiben eifrig, während ich schweige, es werden nicht meine Worte sein und nicht meine eigene Unterschrift unter diesen Geständnissen. Vor jeder Sitzung lesen sie mir die neuesten Zeugenaussagen meiner Leute vor. Bei jedem Namen sehe ich das Gesicht vor mir: Der Stalljunge berichtet, dass die Pferde meine dunkle Magie spürten, sobald ich die Ställe betrat, und dass die Tiere dann mit Schaum vor dem Maul ausschlugen und sich wie wild gebärdeten. Die Soldaten schwören, dass ich ihnen jede Nacht im Traum erschienen bin wie eine Nachtdämonin und ihnen den Atem von den Lippen saugte, sodass sie willenlos und ohne Lebenskraft erwachten und halb wahnsinnig wurden. Alle Zeugen haben unterschrieben, dass ich sie in dieser düsteren Festung gefangen hielt und sogar mithilfe meiner Hexenschwester die Hirsche rief, um jede Flucht zu verhindern. Dass Rosenranken mir folgten wie zahme Schlangen und dass ich die Tore verbarrikadieren ließ, damit niemand die Festung verlässt. Es ist bitter, aber ich nehme ihnen diesen Verrat nicht übel, zu gut verstehe ich, dass sie ihr nacktes Leben retten wollen. Ich bin sicher, Lady Jamala hat ihnen Amnestie versprochen. Ob sie das Versprechen halten wird, ist die andere Frage. Der Einzige, der wohl standhaft bleibt und keine Aussage gemacht hat, ist der alte Richter, der Janeik und mich im Wald traute und unsere Verbindung juristisch besiegelte.

Wir stehen am Sternfenster, unter uns ein Abgrund, in dem Schatten wie dunkle Brandung gegen die Mauern schlagen. In meiner eigenen Welt hätte mein Herz nun angefangen zu rasen, nun lerne ich, wie es ist, Angst ohne mein Herz zu empfinden. Ein kaltes Knistern tief in meiner Brust, Kälte auf der Haut. Ich liebe Naveen für die Behutsamkeit, mit der er seine Arme um mich legt. »Schließ die Augen«, sagt er zärtlich. Aber seine Stimme verändert sich bereits, wird tonlos und rau wie Wind, der über Mauern streicht. Ich spüre die Verwandlung, Haut zu Knochen und Knorpel, Glätte zur Sichelform gebogener Rippen, das Aufrichten und Wachsen und die zitternde Spannung von Muskeln und diaphaner Flügelhaut.

Der Ruck nach vorn reißt mich von den Füßen, und ich schreie vor Schreck auf, doch der Sog des Fallens reißt mir den Schrei aus den Lungen, nimmt meinen letzten Atem mit. Jetzt reiße ich doch die Augen auf – und finde mich in einer glühenden, formlosen Welt, ein Chaos von Bildern, die wie Wetterleuchten an uns vorbeihuschen. Und dann breitet der Corent, das Totenwesen, die Schwingen aus und alles wird anders. Ich hatte gedacht, es würde wie Fliegen sein, aber es ist ein Treiben wie durch Wasser und Strömungen. Die Bilder wabern und ziehen weiter. Schleier streichen über mein Gesicht, und oft muss ich die Augen schließen, so grell und blau leuchten die Grenzen, manchmal zwischen Licht und Dunkel, manchmal zwischen Wasser und Land. Die Stille ist so tief, dass ich sie als endloses Echo in mir widerhallen höre, dort, wo kein Herzschlag mehr sitzt. Ich umklammere Naveen und schmiege meine Wange an seine Drachenhaut, spüre seine Arme um mich und werde eins mit seinen Bewegungen. Manchmal verharren wir hinter den Schleiern. Sterne glänzen dahinter, gefrorene Bilder des Lebens, das uns nur noch für kostbare kurze Zeiten gehören wird – *mein Menschenleben lang*. Einmal blicke ich in ein vertrautes Gesicht und muss lächeln. *Ona!* Das Mädchen, das seine Feinde umarmt und das mich bei ihrem Clan aufgenommen und beschützt hatte, betrachtet sich im Spiegel des Sees, der noch nicht gefroren ist – und auf der anderen Seite sind wir, ein Schatten auf dem Wasser, der sie verwundert zum Himmel blicken lässt im Glauben, ein Adler würde über sie hinwegfliegen. Verdutzt schaut sie wieder auf den Seenspiegel, aber wir gleiten schon weiter und lassen sie zurück. Wieder reißt Naveen und mich ein greller Wirbel davon, Winter wird zum Spätherbst meines Vaterlandes, ich kann es riechen, schwere nasse Erde und Tannen. Und als ich das nächste Mal die Augen öffne, steigen mir die Tränen in die Augen. Ich hatte gedacht, es wäre einfacher, alles zurückzulassen, aber als ich unser altes Haus im grellen Mittagslicht sehe, ist es wie ein Schnitt sirrender Sehnsucht, mitten durch mein stummes Herz. Der Wald ist abgeholzt und gerodet worden, wie der letzte Krieger einer Zerstörungsschlacht hält sich mein Vaterhaus noch aufrecht. Es ist blind geworden, denn alle Fensterscheiben sind zerbrochen, die Tür steht offen und der Schlamm vor der Schwelle ist voller Tierspuren. Das Dach fehlt und die Wände sind brandgeschwärzt.

Es ist mitten in der Nacht, als mich schwere Soldatenschritte wecken. Die Tür fliegt auf und ich werde ohne ein Wort von meinem Schlaflager hochgerissen. Diesmal ist kein Kaeled in meiner Nähe, dessen Gegenwart mich trösten und beruhigen könnte, keine Hand, die als Zeichen unserer Verbundenheit über meine Haut streicht, nur rohe Kerle, die mich mehr schleppen als führen. Sofort weiß ich, dass der Weg heute nicht in den Gerichtssaal führt. Rosenduft schlägt mir entgegen, ich höre Frauen tuscheln und zucke zurück, als ein Kamm durch mein Haar gezogen wird. Mit verbundenen Augen und gefesselten Händen werde ich gewaschen und neu angekleidet. Das Kleid wird mir auf den Körper genäht, es raschelt wie Seide, und es hat ein Korsett, das so eng sitzt und so tief ausgeschnitten ist, dass ich wie eine Sirene wirken werde. *Oder wie eine Hure.* Ich soll also vorgeführt werden.

Und richtig: Gemurmel brandet auf, als man mich ins Freie führt. Trotzdem singt mein Herz, denn endlich, nach so vielen Tagen in der Zelle, atme ich gierig frische Winterluft, meine bloßen Schultern sind nur noch Gänsehaut, aber selbst der eisige Nachtwind ist ein Geschenk. Ich blinzle, als mir die Augenbinde weggerissen wird. Der Innenhof von König Jars alter Burg ist taghell beleuchtet. Und es drängen sich hier doppelt so viele Menschen wie bei Janeiks Verlobung. Der scharfe Wind bringt die Schatten im Fackelschein in Bewegung, als würden die Menschen tanzen. Dabei sind sie wie erstarrt, und die meisten sehen aus, als würden sie liebend gerne davonlaufen, um einen Abstand zwischen sich und die Hexe zu bringen. Ich entdecke aber auch vertraute Gesichter. Dimad, die rothaarige Gefängnisaufseherin, versucht vergeblich zu verbergen, dass sie schon jetzt um mich weint, und die beiden alten Bibliothekare sehen mich mitfühlend und bekümmert an. Auch andere Freunde meiner Mutter trösten mich mit Blicken und traurigem Lächeln, obwohl es keinen Trost gibt. Soldaten führen mich ins Innere der alten Burg. Im Vorübergehen sehe ich mich in einer der verglasten Lücken in den Wänden gespiegelt. Ich zucke zusammen, denn auf den ersten Blick scheint meine Mutter an meiner Stelle zu gehen. In blauer Seide und mit den hochgesteckten Haaren bin ich die Kopie ihres Porträts aus unserem einstigen Stadthaus. Allerdings schmückt meine Frisur keine Seidenlilie, sondern eine Rose aus schwarzem Samt. Das Festkleid ist mit Rosenranken bestickt, schwarze Samtblüten machen den Rock schwer, Dornen aus schwarz angelaufenem Silber säumen mein Dekolleté. So werde ich also im Gedächtnis der Menschen bleiben: als Hexenlady der schwarzen Rosen, Herrin der Nacht und der Schatten. Aber das Schlimmste ist die Hoffnung und die Furcht, Janeik zu sehen – und das überwältigende Gefühl seiner Gegenwart, als ich König Jars alten Thronsaal betrete. Das war unser Raum, unser Versteck. *So wie für Liljann der Rosengarten.* Und sobald mein Fuß den Marmorboden berührt, auf dem wir uns manches Mal im Mondschein geliebt haben, blühen alle Erinnerungen an unsere blauen Nächte jäh auf. Jamala weiß, wie man jemanden im Innersten trifft. Mein Drache, der mir längst die Zügel aus den Händen gerissen hat, windet sich und schnappt bereits über seine schuppige Schulter nach meinem Bein, um mich von seinem Rücken zu reißen und zu verschlingen. Aber ich werde der Lady nicht das Schauspiel bieten, auf das sie wartet. Mein Zorn hilft mir auch diesmal dabei. Mein Blut wird kühl, ich atme aus wie bei der Jagd und dränge die Verzweiflung zurück. Dann straffe ich die Schultern. Jamala sitzt auf dem Hirschthron; natürlich gibt ihre Miene keine Regung preis, doch ihre Augenklappe leuchtet feuerrot mit dem Flammenzeichen aus Rubinen. Über die Geweihe des Throns hat sie die schimmernde weiße Haut des Eisenhais gebreitet. Ich erinnere mich daran, wie Antija es Lady Jamala als Geschenk ihres Volkes überbracht hat. Die Richter stehen hinter langen Tischen. Die Einzige, die das Privileg hat, zu ihrer Rechten zu sitzen, ist Antija, heute ganz und gar in die dunkle Hoftracht gekleidet. *Heuchlerin*, denke ich.

»Akte 34/16, Prozess 56A«, beginnt die Lady. »Taris gegen Tajann von Caila. Bringt die Angeklagte an ihren Platz.«

Von Caila. Das ist allerdings eine Überraschung. *Die Lady schätzt unsere Verbindung also immer noch als rechtsgültig ein?* Das heißt, der alte Richter ist standhaft geblieben. Oder aber Jamala konnte die Boten, die mit der Nachricht unserer Hochzeit zu Lord Marid unterwegs waren, nicht abfangen und kann die Verbindung nicht für ungültig erklären. *In jedem Fall macht es das schwieriger für sie.*

Meine Ketten klirren, als ein Gerichtsdiener mich grob zu einem abgeteilten Bereich zieht und auf ein eingezäuntes Podest zwingt. Ich hebe das Kinn. Wie in einer Arena stehe ich nun umgeben von einem Eisengitter, der Lady und dem Publikum zugewandt. Es besteht aus handverlesenen Höflingen, die der Lady nahestehen.

»Du bist der Hexerei und zauberischen Verführung angeklagt, des Hochverrats und somit der Verletzung des Kodex in den Punkten 4a, 18b, 78a ...« Ich höre kaum, wie ein Richter die lange Liste meiner Untaten herunterleiert. Und plötzlich bin ich froh um das Eisengitter. Denn als sich jetzt die Tür öffnet und Schritte auf dem Marmor hallen, brauche ich jeden Halt. Aber es ist nicht Janeik, der den Thronsaal betritt. Es ist mein Vater! Ich hätte ihn beinahe nicht erkannt. Er erscheint mir ebenso gealtert wie Volok, aber er hat sich als Edelmann herausgeputzt. Samt und Leder, sein weiß gewordenes Haar fällt in ordentlichen Wellen auf seine Schultern, und er trägt den Bart unter dem Kinn geteilt und gestutzt, wie es bei Würdenträgern der Stadt Mode ist. Silberbeschläge glänzen an seinen Stiefeln und an seinem Gürtel hängt ein fein gearbeiteter Schlüssel mit einem Ziersmaragd – solche, wie die Städter sie haben. Seine nervösen Hände sind weich und weiß, als hätte er niemals schwere Arbeit verrichtet. Als er mich sieht, stockt sein Schritt, er wird aschgrau im Gesicht. Ich weiß, was er auch diesmal sieht: Lida, seine treulose Frau, die mit einem Soldaten davonritt. *Wenn du wüsstest, wer dieser Soldat in Wahrheit war,* denke ich.

»Wir hören den Hauptbelastungszeugen«, höre ich den Richter sagen. »Velender VanTorra, Vater der Beklagten. Beamter ersten Grades der Jagdverwaltung.«

Beinahe hätte ich gelacht. *So lautet also der Pakt. Dein Recht, wieder ein ehrbarer Bürger der Stadt zu sein. Gegen das Leben der Tochter, der du für ihren Verrat den Tod gewünscht hast.*

»Worauf wartest du? Tritt vor«, sagt die Lady so freundlich, dass sich in mir alles sträubt. Es tut weh, wie willig mein Vater der Frau, die er vor wenigen Wochen noch hasste, gehorcht. Und mir ist, als würde ich einem Fremden zuhören, der über Treulosigkeit und Lügen erzählt, den Faden verliert, Zeiten vertauscht und mir die Schuld daran gibt, dass er zwei Töchter verloren hat. Er deutet auf mich. »Lida war schon immer eine Hexe«, sagt er zur Lady. »Sie konnte die Hirsche rufen und vertreiben, wie sie wollte. Und mit Männern machte sie es ebenso, auch mich hat sie mit einem Liebeszauber betört. Wenn sie tanzte und sang, dann waren es Zauberlieder. Sogar ich war dann willenlos wie ein verhexter Hund, ich konnte nicht einmal ihr ehebrecherisches Tun unterbinden und sie zur Ordnung rufen.«

Ich kralle mich fester an das Eisengitter. *Hat er den Verstand verloren?* Auch die Richter wechseln stirnrunzelnde Blicke.

»Du meinst Tajann, oder nicht?«, fragt die Lady.

»Ich meine diese hier!«, ruft Vater. »Die Angeklagte, die monatelang ihren Plan schmiedete, auch den Junglord zu verhexen und sich einen Platz in der Zitadelle zu erschleichen. Lida wollte den Thron für sich! Sie rief dafür dunkle Mächte zu Hilfe und machte uns alle zu willenlosen Marionetten. Ich sah sie eines Nachts an der Waldquelle im Mondlicht tanzen – nackt, mit Wildländern, die sich Hirschgeweihe aufgesetzt hatten. Sie beschwor den Hirschkönig, auf dass er die Lady stürze, und nachts krochen Dämonen durch unser Jagdhaus, angelockt von den Bannzeichen, die sie auf die Schwelle gemalt hat ...«

»Das sind doch alles Lügen, Vater!«, rufe ich.

Das Gesicht meines Vaters verzerrt sich, und ich erkenne voller Beklemmung, dass er tatsächlich verrückt geworden ist. »Schweig, Lida!« Seine Stimme überschlägt sich. Er wird blass, schnappt nach Luft. Trotz allem tut er mir leid, verirrt im Labyrinth von Lügen und Einflüsterungen, Vergangenheit und Gegenwart, Realität und Wahn.

»Habe ich der Hexe erlaubt zu sprechen?«, sagt die Lady.

»Die Zweitgeborene spricht, Mylady«, erwidere ich ebenso scharf. »Denn offenbar habt Ihr übersehen, dass jedem Angeklagten ein Anwalt zusteht. Lord Marid und die anderen Herrscher der Kernländer, denen Ihr verpflichtet seid, werden diese Farce von einem Gerichtsprozess ahnden.«

Zu meiner Überraschung deutet Antija ein warnendes Kopfschütteln an. Die Lady zieht nur die Mundwinkel hoch. Es ist das Lächeln einer Echse.

»Sie ist Velenders Fleisch und Blut«, sagt sie zu den Richtern. »Niemand kennt Tajann besser als ihr Vater, seine Unterschrift unter dieser Aussage genügt als endgültiges Siegel.«

Das heißt, Janeik hat die Aussage verweigert, denke ich. *Sonst könnte sie sich diesen Hauptbelastungszeugen sparen.* In all diesem Chaos ist wenigstens das wie ein tröstliches helles Licht.

»Ich fühle mit dir, Velender«, sagt die Lady. »Wir verlieren beide eine Tochter, denn das war Tajann einst für mich, bevor sie mich betrog – eine Tochter des Herzens. Und vor dem Gesetz ist sie nach wie vor meine Schwiegertochter. Aber auch als wohlmeinende Eltern und als gesetzestreue Menschen sind wir nicht gegen die tragischen Verderbnisse von Magie und Verrat gefeit. Ich spreche dich lebenslang von jedem Verdacht und jeder Schuld frei, Velender, Hexerei wird nicht über das Blut verschenkt, man muss sich der Magie verkaufen, und zerstören kann man sie nur auf eine Weise …«

Ich weiß, dass es sinnlos ist, sich zu wehren, aber ich kann nicht länger schweigen, sonst ersticke ich an meinem Zorn. »Die einzige Hexe bist du, Jamala! Und eine Heuchlerin dazu! Wie viele Aussagen und Unterschriften wirst du diesmal fälschen, um den Kodex zu veruntreuen?«

»Schweig!«, schreit ein Richter. Antija schluckt und krallt ihre weißen Finger in die Lehne ihres Thronsessels.

»Janeik und ich sind Zweitgeborene. Wir haben mit unserer Heirat nichts Unrechtes getan, es ist unser Geburtsrecht, frei zu wählen. Du trittst dieses Recht mit Füßen. Auf dem Vertrag mit Antija steht nicht Janeiks Name. Du kannst mich töten lassen, aber Janeik wird dieses Spiel nicht mitspielen, und er wird dich für jede Lüge bezahlen lassen.«

»Bringt sie hinaus!«, donnert Jamala.

Aber ich bin noch lange nicht fertig. »Du bist schlimmer als jede Chimäre, Jamala, denn du hast kein Herz, du bist eine leere Hülle und dein Drache ist ein Menschenfresser, den du mit dem Fleisch Unschuldiger fütterst! Du bist es, die mit Magie spielt, deine Macht ist mit einem Blutpakt erkauft, du hast ein Menschtier mit deinem Auge und mit dem Leben unschuldiger Mädchen bezahlt, sogar mit dem Blut meiner Schwester wolltest du Volok …«

Weiter komme ich nicht, ein Soldat packt mich und hält mir den Mund zu, während zwei weitere mich davonschleppen. Es nützt nichts, in die Hand zu beißen, er trägt Handschuhe aus dem schwarzen Leder, das ich erjagt habe. Und während ich hinausgezerrt werde, höre ich mein Urteil aus Lady Jamalas Mund: »Wir warten nicht bis zum Abend. Richtet sie jetzt bei Sonnenaufgang hin.«

Sinahe

Mir wird schwindelig, als der Sog des nächsten Flügelschlags an mir reißt, Töne werden tiefer und langsamer, verzerren sich und plötzlich spüre ich wieder Boden unter den Füßen. Ich gleite aus Naveens Umarmung. Fackelschein blendet mich und dann hätte ich am liebsten vor Freude gejubelt. Die Wilen treiben jenseits des Schleiers, inmitten einer stummen Menschenmenge, jammernd und weinend. Sie sind Schatten ihrer selbst, Greisenfrauen, zerfallen und ohne Hoffnung, schwindsüchtig wie Mondstrahlen bei Anbruch des Morgens. Ein alter, gebeugter Höfling mit weißem Haar hetzt gerade vom Hof, als wären alle Dämonen hinter ihm her. Ich sehe ihn nur von hinten, wie er durch das Tor verschwindet und flieht. Die Menge starrt ihm hinterher, dann wendet sie sich König Jars alter Burg zu. Nun weiß ich, warum die Wilen so unglücklich sind. Meine Kehle wird eng. Meine Schwester wird in den Hof geführt, gebunden mit Handschellen und schweren Ketten. Sie ist zurechtgemacht wie eine dunkle Königin, aber ihre Augen sind die eines gefangenen Tieres, das vergeblich nach einem Fluchtweg sucht. »Tajann!« Als hätte sie meinen stummen Ruf gehört, sieht sie zu uns herüber.

»Was ist mit dem Durchgang?«, flüstere ich Naveen zu. »Hast du ihn gefunden? Ist er noch offen?«

Aber die Tatsache, dass er mir nicht antwortet, sondern stumm weitergleitet, fieberhaft suchend, ohne zu finden, lässt meine Haut vor Angst flirren.

Mein Urteil ist mir wohl vorausgeeilt, in den Mienen der Schaulustigen im Burghof lese ich Entsetzen und bei einigen Gaffern auch Sensationsgier. Immer noch ist es dunkel, Feuerschein und Schatten züngeln wie eine fürchterliche Vorahnung über die Wände. Meine inneren Stimmen haben sich längst von Warnerinnen in Stimmen des Wahnsinns verwandelt, sie schreien, dass ich fliehen muss. *Wie?*, denke ich verzweifelt. Mit einem Schaudern bilde ich mir ein, das Zucken riesiger Schwingen zu sehen, als würde mich bereits ein Todesengel umkreisen, aber es ist wohl nur der Schatten eines wehenden Banners. Eine andere Silhouette erinnert mich an meine Schwester, ihre zarte Gestalt, ihr langes wehendes Haar, aber es muss eine Hofdame sein, die davoneilt. Ihr Schattenriss verschwindet, verschmilzt mit dem Dunkel eines Winkels. Die letzte Illusion von Liljann. Jetzt habe ich doch Tränen in den Augen, ich hoffe, die Menge bemerkt es nicht.

In den Kerkern geht etwas vor, ich höre Befehle und Rufe und ein fernes Donnern und Rauschen wie von einem Wasserfall. Aber meine Augen sind wieder verbunden, erst kurz bevor ich wieder angekettet werde, reißt der Soldat mir den Lederstreifen ab.

Es ist unwirklich, wieder hier zu sein. Fast schon freundlich erscheint mir das Ungeheuer. Und Kaeled hat mir ein letztes Geschenk gemacht. Diesmal wagt er viel, auf dem Boden neben dem Krug ist eine vergängliche Schrift aus Kreide angebracht. »*Es tut mir so leid, Tajann*«, schreibt Kaeled. »*Wenn ich könnte, würde ich dich retten. Verzeih mir.*« Der Schnee im Krug ist erst halb geschmolzen, in dem Nass treiben blaue Winterblüten, kleine, zarte Sterne, selten und kostbar wie Gold. Ich weiß, was man über diese Blüten sagt: dass sie süß schmecken und ein Symbol dafür sind, dass nicht einmal der Tod uns unsere Seele rauben kann. Und auch nicht die Süße des Lebens, das wir gelebt haben. Ich liebe Kaeled für dieses Zeichen des Mitgefühls. *Der letzte Mensch auf meiner Seite.* Ob ich ihn wenigstens noch einmal sehe, bevor sie mich holen? Ich tauche beide Hände in das eisige Wasser, schaufle es in mein Gesicht, trinke gierig die Kälte, die meine Zähne und meinen Hals pochen lässt, hole noch einmal den Winterwald zurück und die Freiheit. Aber kaum setze ich den Krug ab, fange ich wieder am ganzen Körper an zu zittern. Die Ketten klirren, als ich zu Boden sacke. Mein Rock bauscht sich um mich und sinkt, ein See aus blauer Seide, in dem ich am liebsten ertrinken würde. *Wie lange noch bis Sonnenaufgang? Eine Stunde?*

Als die Tür aufgeht, setzt mein Herz einen Schlag lang aus. Aber es sind nicht meine Henker, noch nicht, in den Raum schlüpft eine Gestalt in einem grauen Mantel.

Ich weiß, dass sie es ist, noch bevor Antija ihre Tarnung abwirft. Hinter ihr schließt sich die Tür so sacht und leise, dass mir klar wird, dass jemand draußen steht und Wache hält. Und Antija ist außer Atem, als wäre sie gerannt.

»Es gab ein Unglück bei der Felspassage«, sagt sie hastig. »Ein Damm ist gebrochen und hat den Reiterweg nach draußen geflutet. Meine Ladymutter schickt mich zur Begutachtung. Viel Zeit habe ich also nicht.«

»Und da kommst du ausgerechnet zu mir, um mir noch meine Lebenszeit zu stehlen?«, fauche ich. Die Ketten klirren wieder, als ich aufstehe, mit dem Rücken an die raue Felswand gelehnt. »Dir ist es ja gut gelungen, dich bei der Lady von der Barbarin zur Vertrauten hochzuarbeiten.«

Wie immer sehe ich in ihren fischkalten Augen keine Regung, keinen Zorn, kein Mitleid, nicht einmal Triumph. »Du hast *mir* etwas gestohlen, Tajann«, sagt sie kühl. »Ich habe dich viel zu oft unterschätzt, das bedaure ich.«

»Du hast Monn hinterrücks ermordet!«, stoße ich hervor. »Was willst du jetzt hier, du Bestie? Dich am Anblick meiner Ketten freuen?«

Offenbar habe ich getroffen. Sie schluckt sichtlich. Aber ihre kühle Arroganz bricht nicht. »Ja, ich durfte mit Monn kein Risiko eingehen«, sagt sie sehr sachlich. »Aber du bist nicht besser als ich. An meiner Stelle hättest du ganz genauso gehandelt. Jede von uns beiden hat getan, was sie tun musste. Mit einem Unterschied: Du liebst Janeik. Das war mein Vorteil, denn wer liebt, macht Fehler.«

Jetzt würge ich an einem Schlucken. »Geht es ihm gut?«, bringe ich hervor. »Hast du ihn gesehen?« Es ist demütigend, ausgerechnet bei ihr um Informationen zu betteln, um ein Lebenszeichen, aber ich kann nicht anders. Noch nie habe ich mich so sehr nach meinem Geliebten gesehnt. Und plötzlich verändert sich etwas.

Die Fischprinzessin beißt sich auf die Unterlippe und sieht sich nach der Tür um. »Die Einzige, die seine Zelle betritt, ist Jamala«, erwidert sie dann leise. »Aber er hält an dir fest, er hat nicht ausgesagt, verhext worden zu sein. Und das schriftliche Geständnis hat er nicht unterschrieben.« *Das wird schon Jamala für ihn tun.* Aber die Nachricht gibt mir einen schmerzlich-warmen Stich. Das ist mein Geliebter. Fast könnte ich vergessen, dass er mich belogen hat, in so vieler Hinsicht.

»Jamala kommt damit nicht durch. Es wird Krieg geben«, sage ich heiser. »Lord Marid wird diesen Scheinprozess aufrollen und Janeik wird dafür sorgen ... «

»Die Boten wurden abgefangen, Tajann«, sagt Antija sanft, fast bedauernd. »Lord Marid hat nur die beglaubigte Kopie eures Heiratsvertrages erhalten. Der Richter, der euch traute, starb überraschend, noch bevor er die Zitadelle betreten konnte, so kann Lady Jamala das Dokument nicht wegen Hexerei annullieren lassen. Du wirst als Lady Tajann in die Geschichte eingehen und Janeik als Lord, der das Pech hatte, eine Frau zu heiraten, die sich heimlich der Hexerei verschrieben hatte.«

Wenn du wüsstest, wer sich von uns beiden besser mit Magie auskennt!

»Und ich werde die Geschichte weiterschreiben«, ergänzt Antija. »Als zweite Frau des verwitweten Junglords.«

Jetzt hätte ich gute Lust, sie mit meinen Ketten zu erwürgen, aber Antija hat das wohl vorausgesehen und hält sich sehr bewusst außerhalb meiner Reichweite.

»Er wird dich niemals heiraten!«

»Oh doch, das wird er. Das ist Jamalas Bedingung: Er verlässt den Felskerker als mein Gemahl – oder gar nicht. Sie hat ihm die dunkelste und primitivste Zelle gegeben. Kälte, Kummer und Einsamkeit zermürben jede Seele und die von Janeik besonders. Ich habe ihn beobachtet, er erträgt keine Fesseln. Und er liebt dich zwar bis zum Wahnsinn, Tajann, aber er ist nicht so stark wie du. Er wird nachgeben, früher oder später.«

»Eher wird er sterben!«

Antija seufzt und blickt auf ihre Hände. »Das ist das, was du an seiner Stelle tun würdest, Tajann. Aber du bist unbeugsam und stark, für deine Liebe stehst du ein bis in den Tod. Janeik dagegen ...«

Ich müsste ihr widersprechen, aber das Schlimme ist, dass ich die Wahrheit tief im Herzen längst kenne, auch wenn es wehtut, sie mir einzugestehen. Ja, er liebt mich. Aber es ist, als könnte ich die Zukunft sehen, in einem unbarmherzig grellen Licht. Er wird diesen einzigen Weg nutzen und sich einreden, er tue es nur, um mich rächen zu können. Die Vorstellung, dass er Antija einen Ring an den Finger stecken wird, und sei es nur als Schlüssel aus dem Gefängnis, nimmt mir alle Luft. Meine Fäuste sind geballt und meine Wangen glühen.

»Er wird dich niemals lieben!«

»Nicht so wie dich«, sagt Antija sanft. »Aber auf eine ganz andere Weise wird er es tun. Ich werde die Einzige sein, die ihn im Kerker besuchen wird. Angeblich werde ich es heimlich tun. Ich werde zu seiner Verbündeten werden, zum einzigen Halt. Die Einzige, die seine Trauer verstehen wird und die sogar mit ihm gemeinsam um dich weinen wird. Er wird mir dankbar sein, denn dein Name wird aus den Mündern der Menschen, aus den Dokumenten und Erzählungen in Schande getilgt werden, jedes Porträt von dir vernichtet. Aber unsere gemeinsamen Erinnerungen werden der einzige, heimliche Ort sein, an dem du noch lebendig sein wirst, das wird unser Band für Janeik kostbar machen. Und auch die Tatsache, dass Janeik und ich dasselbe Schicksal teilen – beide Spielfiguren in der Heiratspolitik unserer Familien –, wird ein starkes Band sein. Das stärkste Band aber ist Jamala. Ein gemeinsamer Feind schweißt noch mehr zusammen als eine Liebe. Die Lady weiß es noch nicht, sie ist geblendet von ihrer eigenen Macht, aber ihre Tage auf dem Thron von Taris sind längst gezählt. Janeik und ich werden sie stürzen, Hand in Hand. Und der Schlüssel dazu bist du.«

»Freu dich nicht zu früh. Du machst jetzt schon Fehler. Du dürftest nicht hier sein.«

Antija lacht leise auf. »Du denkst, ich spiele mit dem Feuer? Die Wahrheit ist, Lady Jamala spielt mit dem Wasser.«

Sie sieht sich nach der Tür um. Vielleicht bilde ich es mir ein, aber das Rauschen draußen wird so laut, dass es sogar durch die Tür dringt. Antija gleitet etwas näher an den toten Corent heran und betrachtet ihn. Ja, heute hat ihr Schritt etwas Fließendes, Geschmeidiges, das ich an ihr nur dann gesehen habe, wenn sie rannte. *Es ist, als würde sie vergessen, dass sie sich wie ein sprödes Mädchen bewegen muss.* Und plötzlich muss ich an das Wasser denken, das mir in der Festung den Boden unter den Füßen wegriss. *Und all das Rauschen und Flüstern in den Leitungen, die Träume vom grünen Fluss …*

»Hast du den Damm zerstört, um zu mir kommen zu können?«, flüstere ich. »Mit … Magie?«

Antija hebt einen Mundwinkel. »Einen offiziellen Grund musste ich haben, um in die unteren Etagen der Zitadelle gehen zu dürfen. Wenn sich jemand mit Schleusen und Dämmen auskennt, dann ist es eine Küstenprinzessin, zumindest konnte ich das Lady Jamala weismachen. Denn sie hätte mir niemals die Erlaubnis gegeben, ohne Grund in den Felskerker zu gehen.«

»Was bist du?«, stoße ich hervor.

»Das habe ich dir schon erzählt«, erwidert sie ernst. »Ich bin eine von sieben Schwestern, von denen die jüngste nicht mehr lebt. Sie hieß Sereda und ich liebte sie mehr als meine anderen Schwestern. Ich sollte an ihrer Stelle verheiratet werden, aber der alte Lord wollte sie und keine andere. Durch ihn kam sie zu Tode. In gewisser Weise schulde ich ihr also mein Leben.« Ihre Augen geben immer noch keine Regung preis, aber ihre Stimme zittert. »Außerdem bin ich die Tochter einer Stadt, in der Märchen wahr sind. Erinnerst du dich an die Geschichte meiner Stadt? Nur wie das Märchen endet, habe ich dir damals nicht erzählt.«

Ich schnappe nach Luft und dränge mich näher an den Fels. Denn hinter Antija beginnt Wasser unter der Tür hindurchzukriechen. *Der Felskeller läuft voll.* Aber Antija kümmert sich nicht darum. »Einst lebte ein Volk am Meer und am Wilafluss«, sagt sie fast flüsternd. »Man nannte sie die Tandraj, in ihren Adern floss das Wasser des grünen Flusses und ihre Seelen gehörten dem Meer. Doch eines Tages eroberte eine Lady das Land, sie fuhr auf einer goldenen Barke und verbarg ihr Gesicht hinter einer Eisenmaske. Zwölf Lords waren an ihrer Seite, alles Zweitlinge, wie ihr es nennt, machthungrig und gierig erstürmten sie das Flussdelta und rissen die Stadt an sich, sie töteten die Tandraj-Könige und löschten das helle Volk aus. Doch einige Tandraj hatten überlebt. Eine junge Rebellin führte den Aufstand an, stürzte die Lords und vertrieb die Lady ohne Gesicht. Die Rebellin gab die Stadt den Tandraj zurück – aber auch den Menschen, denn sie selbst war die Erste einer neuen Art, halb Tandraj, halb Mensch. Manche sagen, es gibt heute keine wahren Tandraj mehr, die Völker vermischten sich und die Tandraj-Nachkommen verloren von Generation zu Generation immer mehr Eigenschaften des hellen Volkes. Es fließt kein Kristallblut mehr in ihren Adern, sondern ebenso viel Menschenblut, sie vereinigen sich nicht mehr mit dem Wasser, denn das menschliche Erbe zwingt ihnen einen Körper auf, der sich nicht verwandeln kann. Werden sie getötet, sterben sie und können sich nicht, wie ihre Ahnen, in Spiegelungen flüchten und aus dem Wasser wieder neu erstehen. Auch wenn sie immer noch Spiegelmagie beherrschen, können sie selbst nicht in Spiegeln existieren. Erst nach ihrem Tod kehren sie in ihr Element zurück.« Sie macht eine Bewegung mit der Hand, so ähnlich wie Liljann es immer tat. Es beginnt im Krug zu schwappen, er kippt in dem Schwung um und das Schneewasser ergießt sich auf den Boden, bildet einen transparenten, kriechenden Spiegel, auf dem die kleinen blauen Winterblüten treiben. »Ein Ozean ist die Summe seiner Tropfen«, sagt Antija nachdenklich. »Unser Volk ist die Summe seiner Seelen. Wir sind eins und nur gemeinsam zählen wir. Niemand von uns geht ganz verloren.« Sie lächelt traurig das Spiegelbild zu ihren Füßen an. Und diesmal sehe ich es ganz deutlich. Das Bild verändert sich, es sind die zarten Züge eines jungen Mädchens, fast noch ein Kind. *Ein weißes Kind,* denke ich. Das Mädchen hat das gleiche helle Haar wie Antija. Aber sie hat die Augen geschlossen und das verhaltene Lächeln ist schmal und schüchtern. Ein Wimpernschlag und ich sehe wieder Antijas Spiegelbild. Jetzt fühle ich mich endgültig wie das Opfer eines Gauklers.

»Spiegelmagie also«, sage ich bitter. »Deshalb glaubte ich in dem blonden Soldaten Janeik zu erkennen.«

»Sind wir nicht alle flüchtige Spiegelbilder auf Wasser?«, fragt Antija. »Jede Bewegung zerstört uns, wir sind leicht zu trüben, nichts an uns ist beständig. Darin sind wir Tandraj und ihr Menschen einander gleich. Der Hauptmann hatte ein wenig Ähnlichkeit mit Janeik und sein Gesicht war nass vom Nebel, so konnte ich die Illusion schaffen. Und Nebel zu rufen ist meine leichteste Übung.« Wieder streicht Antija vorsichtig über den Arm des Corent. »Sieh ihn dir an«, sagt sie. »Wir müssen uns gut verbergen. Solchen wie uns misstraut man, man fürchtet oder tötet uns – in dieser Welt ebenso wie auf der anderen Seite der Grenze.«

»Aber wie konntest du verheimlichen, dass du zu den magischen Wesen gehörst?«

»Man sieht nur, was man zu sehen erwartet. Ihr Menschen aus Taris seid blind für Magie, die mehr ist als nur Ritual und etwas Alltagszauber. Wirklich täuschen mussten wir lediglich Volok. Jamala schickte ihn als Eskorte für mich. In Wirklichkeit sollte er uns natürlich prüfen, denn Jamala kann sich vieles leisten, nur nicht noch mehr Magie in ihrem Reich. Aber wir haben gelernt, uns zu tarnen, über viele Jahrzehnte hinweg. Kein Menschtier kann Kristallblut wittern, davor schützt uns unser menschliches Erbe. Wir sind Fleisch und Blut geworden. Und alles andere …«

Sie streicht sich über die Augen und hält mir die Hände hin. Auf ihren Handflächen liegen zwei matte hellgraue Schalen, halb transparent und winzig wie Iriden. Und als sie den Blick hebt, habe ich das Gefühl, dass der Boden unter mir weich wird und nachgibt wie Wasser. Zum ersten Mal blicke ich in Antijas wahres Gesicht, in Augen, die türkis und grün sind – nein, die alle Farben von Flüssen und Meeren vereinen und so tief sind, dass ich glaube, mich darin zu verlieren. Ihre Haut scheint zu leuchten, und als sie lacht und sich einmal um sich selbst dreht, wirbelnd, schnell, mit dieser ungezähmten Anmut, die nichts Menschliches mehr hat, findet sich alles zu einem Bild. Sie ist nicht mehr blass und hässlich, ich bin geblendet von dieser Art von fremdartiger, kristalliner Schönheit. Der Wasserspiegel vervielfältigt diesen irisierenden, betörenden Glanz. Und sogar ihre Stimme hat einen anderen Klang, voller, melodischer, als würde sie sich nicht länger verstellen.

»Ich bin *Sinahe*«, sagt sie leise. »In der Sprache meines Volkes bedeutet das ›eine von uns‹. Und das ist unsere Strategie: Wir kämpfen nicht mit Waffen, wir erobern ohne Kampf und Blutvergießen – Name für Name, Thron für Thron, mit jeder Generation gewinnen wir neue Gebiete, die uns zu den Meeren führen, denn nur dort ist unsere Magie stark. Wir herrschen ohne Krieg, nur durch die Verbindung mit euch. Jedes unserer Kinder ist *Sinahe* und führt unser Erbe fort. Die Lords und Ladys eures Bundes werden nicht merken, wie die Magie der Verborgenen sie unterwandert. Erinnerst du dich an die Haut des Eisenhais, die ich Lady Jamala als Geschenk überreichte? Vor vielen hundert Jahren gab es solche Haie noch. Sie waren Wandelwesen, sie konnten an Land gehen und Menschengestalt annehmen. So gaben sie vor, etwas zu sein, was sie nicht sind. Wir haben von den Wandelwesen gelernt. Ihr merkt nicht, dass die Magie längst dabei ist, stärker denn je zu werden – auch zu eurem Wohl. Ich werde die Feuer der Scheiterhaufen löschen. Es wird ein besseres Leben sein, wenn wir die Geschicke der Welt wieder bestimmen, ein friedlicheres, ein Leben ohne das Joch von solchen Herrschern wie Lady Jamala – und ein Leben ohne Ketten und Tod für Wesen wie uns.«

Sie wird wieder ernst, ihr Leuchten scheint etwas zu verblassen. Und zum ersten Mal sehe ich Schmerz über ihre Miene huschen. *Es sind die Augen,* denke ich. *Sie hat ihre Seele hinter den Schalen verborgen.*

»In gewisser Weise bist du mir vorausgegangen, Tajann. Du wärst eine gute Herrscherin geworden. Gerecht, mit einem großen Herzen. Und sogar unsere Wege führten in dieselbe Richtung, denn das nächste Meer, das mir gehören wird, ist der Ozean hinter dem Grauland. Dort werden Janeik und ich unser Eheversprechen, das er mir im Kerker geben wird, nach dem Brauch meines Volkes wiederholen.«

Sie lächelt traurig und diesmal lese ich alles in diesen oszillierenden Augen. Überbordendes Gefühl, Mitgefühl und Härte, Trauer und Entschlossenheit und so viel Weichheit und Zuneigung, dass es mich trotz allem in tiefster Seele berührt. »Manchmal kann man nicht gewinnen, so gut man auch kämpft«, sagt sie. »Und du hast gut gekämpft, Tajann. Wäre es nur um Jamala gegangen, dann hättest du gewonnen. Es tut mir leid, dass ich dich so getäuscht habe.«

»Mir auch«, sage ich bitter. Es ist seltsam. Ich hasse sie, natürlich, was sonst soll ich tun? Und dennoch gibt es irgendeinen Teil in mir, der auch ihre Seite versteht und ihr einen erstaunten Respekt zollt.

»Ich werde bei Janeik nicht lügen müssen, denn ich bedauere wirklich, dich zu verlieren, Tajann. Gäbe es Janeik nicht, wären wir Freundinnen geworden, Gefährtinnen, Mächtige, die Seite an Seite stehen. In vieler Hinsicht sind wir einander völlig gleich.«

Ich kann nicht antworten, dazu ist es zu wahr.

Jemand klopft warnend an die Tür, ein Signal, ein Code – und ich ahne, dass es Kaeled ist, der draußen Wache hält.

Die Bewegung, mit der Antija die kleinen Schalen wieder über die Augen gelegt hat, habe ich kaum wahrgenommen, so schnell war sie. Aber jetzt scheint sie zu erstarren, ist schlagartig wieder die spröde Menschenfrau, ihre Bewegungen sind hölzern und ungelenk. Alles an ihr ist wieder farblos und hässlich, als hätte sie sich einen matten grauweißen Schleier übergeworfen.

»Ich muss gehen«, sagt sie sanft. »Aber ich werde es nicht zulassen, dass du qualvoll im Feuer stirbst. Das Wasser ist ein gnädiger, sanfter Henker, zumindest das kann ich für dich tun, Tajann.«

Die Tür geht auf und ein Schwall Wasser dringt hinein, eilt auf mich zu, als wären die Wellen lebendig. Ich schnappe nach Luft. »Du willst mich in Ketten ertrinken lassen wie eine Katze im Käfig?«

Antija hat sich schon zum Gehen gewandt. »Du hältst mich immer noch für eine Barbarin«, sagt sie über die Schulter, dann lässt sie mich einfach in meinem nassen Grab zurück. Ich denke nicht mehr an den Scheiterhaufen, ich habe nur noch Panik. Ich stemme mich gegen die Ketten an der Wand, reiße an den Handschellen. Das Wasser schäumt mir bereits bis zu den Knien. Draußen rufen Menschen nach Sandsäcken und Dämmmaterial. Ich höre Antijas Stimme, die den Befehl gibt, zu den Fahrstühlen zu laufen. Die Tür schließt sich langsam, als würde sie jemand von außen mit aller Kraft gegen den Wasserdruck zuziehen.

»Nein!«, rufe ich. » Kaeled! Bitte!«

Und dann zeigt er sich mir, mein Freund in der Not, Liljanns sanfter Tänzer. Ich weiß nicht, ob ich weinen oder lachen soll.

»Mach mich los! Lass mich hier nicht zugrunde gehen. Lass mich frei, dann kann ich versuchen zu fliehen …«

Aber Kaeled schüttelt den Kopf, die Hand an der Tür und Tränen in den Augen.

»Du weißt, warum ich das nicht tun kann, Tajann«, sagt er mit erstickter Stimme. »Es tut mir leid.« Er sieht sich nach dem Flur um, er muss sich beeilen und Antija folgen. *Seiner neuen Herrin.*

»Feigling!«, rufe ich. »Verräter!«

»Hab keine Angst«, sagt er sanft, dann beginnt er mit aller Kraft die Tür zu schließen.

»Nein!«, schreie ich, aber dann schlägt mir etwas den Atem aus der Lunge. Es ist, als würde ein Eisschauer mich am Rücken treffen, der Stein hinter mir knirscht und verschiebt sich, ich spüre einen flammenden Biss an meinen Handgelenken. Aber es ist nicht Hitze, es ist Kälte, die mir durch die Knochen strömt und den Atem fortsaugt. Dunkle Schwingen schlagen neben mir, Schatten füllt die Kammer. Mein Herz wird langsamer, als würde das Blut dickflüssig wie Honig und schließlich zu Eis. Dann steht es still. Ich sacke zusammen, Wasser umrauscht meine Hüfte. *Ich sterbe!*, schreit es mit allen Stimmen in mir. Irgendwo verklingt Kaeleds entsetzter Schrei, ich sehe sein angstverzerrtes Gesicht. Dann scheint ein mörderischer Ruck alles Leben aus mir herauszupressen. Das Letzte, was ich sehe, während ich rückwärts durch die Wand gerissen werde, in einen Abgrund ohne Laut und Substanz, sind meine leeren Handschellen, die mit den Ketten durch Wasser zu Boden sinken, und Winterblüten, die auf den Fluten treiben. Mein Drache wirft mich ab und ich falle in seinen schwarzen Schlund.

Teil V

Tajann und Liljann

Vielleicht bin ich gefallen oder gesunken, hundert Jahre oder nur eine Sekunde lang, ich weiß es nicht. *Bin ich wirklich tot?* Aber da ist eine aufgeregte Stimme, die ich kenne. »Tajann, hol Luft!«

Liljann? Ich gehorche, aus Schreck und Überraschung. Es tut weh, Atem in die Lungen zu saugen, und mit einem Stolpern beginnt mein Herz wieder zu schlagen. Meine Hand krallt sich in Schnee und als ich die Augen öffne, blicke ich in das Gesicht meiner Schwester, die sich über mich beugt. Wenn ich nicht nach Luft ringen müsste, würde ihr Anblick mir den Atem verschlagen, so gleißend schön ist sie. Ihr Haar ist silbriger denn je und ihre Augen verschattet, aber sie leuchtet in einem fremden Glanz, der mich einschüchtert und sprachlos macht. Vor allem aber strahlt sie vor Glück, ihre Augen sind schöner als die von Antija, und ihr Lachen ist das einer Fee. Sie umarmt mich, übersät meine Wangen, meine Stirn, meinen Mund mit ungestümen Küssen. Aber ich bin noch zu kraftlos, um ihre Umarmung zu erwidern.

»Was ist passiert?«, murmle ich. »Antija wollte mich ertränken …«

»Ich weiß!«, ruft sie und lacht wie ein Dieb. »Ich dachte schon, wir würden zu spät kommen, aber Naveen hat gerade noch rechtzeitig König Jars alten Zugang zu dem Kerker gefunden. So konnten wir dich auf die andere Seite ziehen und dich hier unten wieder in die Welt zurückbringen.«

Naveen?, denke ich benommen. *Der Aufrührer aus dem Clan? Andere Seite?*

Ich blinzle verwirrt und Liljann lacht über mein Gesicht, nimmt meine kalte Hand, haucht sie an, reibt sie zwischen ihren warm. »Ich weiß, es fühlt sich schlimm an, wenn das Herz wieder zu schlagen beginnt«, sagt sie. »Man weiß nicht mehr, wo oben und unten ist. Aber es wird gleich besser.«

Erstaunt bemerke ich die roten Linien um meine Handgelenke. Auf irgendeine magische Weise habe ich die Handschellen abgestreift. Langsam beginne ich zu begreifen.

»Du hast mich mit Magie gerettet?«

Liljanns Augen blitzen noch mehr. »Wir sind doch Schwestern«, sagt sie verschmitzt. »Und ich lasse meinen Clan niemals im Stich.«

Das bringt mich zum Lächeln. Aber noch bin ich zu verblüfft, um einfach nur glücklich zu sein. Langsam nehme ich auch die Umgebung wahr. Schneeflocken fallen vom Himmel. Wasser rauscht direkt neben mir und ich erkenne, wohin Liljann mich gebracht hat. Weit über uns spannt sich die schmale Brücke, die zur Zitadelle führt, über die Schlucht. Wie lange ist es her, seit wir über diese Brücke zum Fest der Roten Nacht gegangen sind! Die Zitadelle glimmt im ersten Licht des Morgenrots wie Glut. Ich liege am tiefsten Punkt der Schlucht, direkt neben dem Karstfluss. Und ein paar Meter flussabwärts …

»Keine Angst!« Liljann packt mich an den Schultern, bewahrt mich davor, vor Schreck aufzuspringen und das Gleichgewicht zu verlieren, schon jetzt wird mir schwindelig, und das Wesen, das am Flussufer kauert, scheint vor meinen Augen zu tanzen. Schwarze Schwingen, sie sich wie ein Mantel auf dem Schnee ausbreiten, die dämonischen Züge des Corent, die Krallen ….

»Das ist Naveens wirkliche Gestalt«, erklärt Liljann. »Er gehört zur anderen Seite, aber er lebt zwischen den Schleiern beider Welten. Er war dein Wächter der Festung. Er hat das Totenreich in die Festung gebracht und dich so beschützt, solange das Siegel nicht gebrochen war. Und er rettet jetzt dein Leben, obwohl es gegen die Gesetze der Zorya verstößt – weil er mich liebt.«

Wieder dieses Strahlen in ihren Augen, das Lächeln, das tief in mir etwas zum Schwingen bringt. *Sie ist wirklich glücklich! Mit einem Ungeheuer?*

Aber als ich wieder hinsehe, hat sich das Ungeheuer in den Gefangenen aus dem Rosengarten verwandelt. Er steht barfuß im Schnee und trägt die gleiche schwarze Kleidung wie Liljann. Bei ihm betont die Kleidung, wie schlank und muskulös er ist. Ich dachte immer, Liljann würde sich am ehesten in jemanden wie Kaeled verlieben. Aber an Naveen ist alles dunkel. Er hat die Arme verschränkt und auch heute mustert er mich feindselig. Ich fröstle. Und dennoch kann ich verstehen, was Liljann an ihm gefällt. Sein schmales, umschattetes Gesicht wirkt hart – aber die Art, wie er meine Schwester anblickt, verwandelt es. Die Zärtlichkeit darin berührt mich und plötzlich finde ich ihn auf eine wilde Weise schön.

»Liljann?« Seine Stimme ist sanft, eine vorsichtige Mahnung.

Meine Schwester zuckt zusammen. »Ich weiß!«, ruft sie über die Schulter. Dann wendet sie sich wieder zu mir um. »Ich muss gehen«, sagt sie leise.

»Wohin?«

»Zurück auf die andere Seite. Ich gehöre nun dorthin – zu ihm. Aber du bleibst in der Menschenwelt – du bist frei, Tajann.«

Dann verliere ich auch dich?

»Du bist ihm gefolgt? So sehr liebst du ihn, *Mirahar?*«

Liljann wird tatsächlich rot. Sie umfasst mein Gesicht mit den Händen und flüstert in mein Ohr. »Mehr als meinen Herzschlag, mehr als den Winter und den Sommer. Mehr als die helle und die dunkle Seite des Mondes, Tajann!«

Mir wird warm. Ich muss lächeln und hier, im Herzen der Schlucht, am Grund meines eigenen Lebens, bin ich trotz allem froh und getröstet. *Dann war es alles wert,* denke ich. *Liljann hat ihre Liebe gefunden und sie wird glücklich sein.*

Ich will sie ein letztes Mal umarmen, aber meine Arme sind zu schwer, und ich bin so müde, dass mir die Augen zufallen. Meine Schwester bemerkt es nicht, sie schaut über mich hinweg, mit diesem schweifenden Blick, der mir die Liljann von früher zurückbringt. Dann wird sie blass. »Tajann!«, sagt sie mit furchtsamer Stimme. »Sie verlassen dich!«

»Wer?«, flüstere ich.

»Deine Feen! Oh Himmel, Tajann – du stirbst!«

Aber da spüre ich es längst. Meine Augen fallen zu, mein Körper wird taub und schwer, ich sehe Bilder vor mir wie an der Schwelle des Schlafs. Mein Kopf sinkt auf meine Schulter, so schnell schwindet die Kraft aus meinen Gliedern. Und dann verstehe ich.

Der Zorn wallt in mir auf, aber aus meinem Mund kommt nur noch ein Flüstern. »Das Wasser!«, hauche ich. »Kaeled, es war im Krug ... Gift ... sie hat mich vergiftet.«

Deshalb wollte Kaeled die Tür schließen. Damit mir genug Zeit bleibt, ohne Leiden einzuschlafen. Und Lady Jamala hätte nur noch eine tote Hexe gehabt.

»Wer hat dich vergiftet?« Der Ruf meiner Schwester ist ein Schluchzen.

»Antija!«, hauche ich.

»Ist das der Name, den du deinem Tod gibst?«

Erst denke ich, Liljann hat diesen Satz gesagt, aber diese Stimme klingt wie Asche im Wind. Und alles ist anders. Als ich die Augen wieder aufschlage, ist Liljann fort. Nein, nicht ganz, ich erahne ihre Silhouette, irgendwo in einer anderen Wirklichkeit. Sie wirft sich über mich und Naveen stürzt zu ihr, hebt sie auf und nimmt sie in die Arme. Ich aber liege immer noch im Schnee und über mich beugt sich eine weißhaarige, schlanke Frau mit einem asketischen, aber freundlichen Gesicht. Ihr langer Mantel besteht aus Schmetterlingsflügeln, schwarz und weiß, wie das Schachbrett, auf dem ich das Spiel meines Lebens verloren habe.

»Was geschieht hier?« Auch mein Flüstern verweht im Wind.

Sie lächelt. Fältchen breiten sich um ihre Augen. »Du stirbst nur«, erwidert sie beruhigend. »Deshalb hast du mich gerufen, und ich bin auf Flügelschwingen zu dir gekommen, um dich mit meinem Kuss über die Grenze zu führen.«

Ich blinzle und staune. Sphären überlagern sich, als würde sich das Licht an unsichtbaren Schleiern brechen. Und flussabwärts, mitten auf dem Wasserspiegel, entdecke ich eine Gruppe von Gespenstern. Weiße Frauengestalten, die sich von mir fortbewegen. Doch ihr vertrautes Flüstern höre ich bis hierher. *Meine Feen. Liljann hat sie immer gesehen. Wie blind war ich nur?*

»Als sie noch lebten, waren sie wie du«, sagt die Todesfrau. »Sie liebten und kämpften, sie wollten erobern und einen besonderen Weg gehen. Wir Zorya nennen sie die Gescheiterten. Alle starben jung, durch Intrige, Verrat, durch falsche Entscheidungen und die Fallstricke der Macht.«

Ich kann die Augen nicht von ihnen lassen. Eben waren sie noch gebeugt und alt, aber mit jedem Schritt richten sie sich mehr auf, werden jünger. »Wohin gehen sie?«

»Zu einer Wiege«, antwortet die Todesfrau. »Zu einem neugeborenen Mädchen, das eines Tages eine besondere Liebe suchen und einen gefährlichen Weg gehen wird. Die Wilen begleiten diejenigen, die dasselbe Licht in sich tragen, das einst auch in ihnen brannte. Sie versuchen ihnen Warner und Führer zu sein. Aber auch wohlmeinende Geister sind nicht immer weise, wie du leider erfahren musstest. Schlaf nun ein, Tajann.« Und sie küsst mich.

Ich hatte immer gedacht, Sterben sei Verlöschen. Aber es ist eher wie ein sanftes Vergessen, fast eine Liebkosung. Mein ganzes Leben flackert durch mich hindurch und weht davon. Wie ein Baum im Herbst seine Blätter verliert, verliere ich mit jeder Erinnerung ein Stück mehr von mir: Liljann und mich als Kinder, meinen Vater, der mir zärtlich über den Kopf streicht, als ich sieben Jahre alt bin, den wilden Tanz mit meiner Mutter, das Jagdhaus. Den ersten Hirsch, den ich allein erlegt habe, das Fest der Roten Nacht – und Janeiks ersten Kuss … *Nein!* Ich bäume mich auf und reiße mich von den Lippen der Todesfrau los. Keuchend springe ich auf, renne durch den Schnee. Und als ich mich umdrehe, sehe ich, dass ich keine Spuren hinterlassen habe. Die Todesfrau folgt mir nicht, sie kniet immer noch am Ufer und sieht mich nur an. Und vor ihr liegt Tajann, blass und reglos, nur noch ein Körper. Die Samtrosen auf dem Kleid blühen im ersten Schnee dieses Taris-Winters, ein paar Strähnen meines Haars hängen ins Wasser, treiben wie schwarze Wasserpflanzen.

Wie schön ich bin, denke ich wehmütig. *Wie schön ich war.* Jetzt sind meine Hände und mein Haar so nebelweiß, dass sie mit dem Schnee zu verschmelzen scheinen, und mein Körper leicht und schwerelos, ein Atemhauch könnte mich davonwehen.

Es ist fast zum Lachen, dass ich nun wirklich als Hexe in die Geschichte eingehen werde – eine, die spurlos aus dem Kerker verschwindet und leere Handschellen zurücklässt. Man wird mich die Lady der Nacht nennen, seltene schwarzrote Rosen in den Gärten von Lords und Ladys werden meinen Namen tragen. Wird Janeik sich eines Tages vielleicht tatsächlich fragen, ob ich ihn einst verzaubert habe?

Die Feen haben in der Mitte des Flusses innegehalten. Sie sind nun so alt wie ich. Und in jedem Gesicht lese ich die Erinnerungen, die diese Mädchen nicht aufgeben können – so wie ich auf ewig mit Janeiks Verlust und dem verlorenen Kampf um meine Festung hadern werde. Aber eine andere Frau, die heute irgendwo auf der Welt geboren wird, wird in ihrem Leben klüger handeln, wachsamer sein und mehr Glück haben als ich. Denn ich werde von ihrem ersten Atemzug bis zu ihrem letzten an ihrer Seite sein, die Stimme, die sie warnt und ihr rät. Vorsichtig setze ich den Fuß auf das Wasser. Es trägt mich ohne Mühe. Die weißen Frauen warten auf mich, eine streckt mir die Hand hin, und ohne mich noch einmal nach meiner Todesfrau umzusehen, lasse ich alles zurück und gehe Schritt für Schritt meiner neuen Bestimmung entgegen.

Selbst in meiner Grenzwelt, in der Minuten und Stunden nicht existieren, habe ich lange Zeit um Tajann geweint. Naveen wiegte mich in seinen Armen, während die Tage und Nächte vorbeihuschten und der Schnee dahinschmolz. Ich liebte ihn dafür, dass er meine arme Schwester behutsam in den Fluss gebettet hatte, tief in eine unterirdische Karsthöhle, wo niemand ihren Körper jemals finden würde. Lady Jamala sollte sie nicht bekommen. Die Wilen habe ich bis heute nicht wiedergesehen, sie waren über den Fluss davongehuscht. Ich bildete mir ein, dass es mehr Wilen waren als sonst, aber sicher spielte das Schimmern der Schleier mir Streiche. Einen Trost hatte ich dennoch: Im Schnee saß ein Schachbrettfalter, dort, wo Tajann gelegen hatte. Als hätte mein Blick ihn aufgeschreckt, gaukelte er über den Fluss davon und verschwand. Die Todesfrau zeigte sich mir nicht, aber ich wusste, dass sie meine Schwester in den Armen hielt und sie behütete auf dem Weg, auf dem ich sie nicht mehr beschützen konnte. Naveen und ich dagegen kehrten zurück in die Welt zwischen den Grenzen. Und etwas lernte ich in diesen kurzen und dennoch ewigen Zeiten ohne Herzschlag und Menschenstimmen. Auch hier, so nah am Reich der Todesfrauen und der Sterne, währt Trauer nicht ewig. Es ist tatsächlich möglich, traurig und glücklich zugleich zu sein. Und ich bin glücklich, in jedem Augenblick, wenn ich aus dem Schlaf erwache und Naveen neben mir finde. *Tar, mein Drache*, denke ich auch heute. Unsere Nacht klingt noch in mir nach, mein Körper erinnert sich und seine Küsse scheinen noch wie die Spuren von Sternschnuppen auf meiner Haut zu glimmen. Naveen schläft noch in seiner Menschengestalt, seine Haut duftet nach Harz und nach Wald und mir wird heiß vor Sehnsucht und Vorfreude. »Wohin, Schlaflos?«, murmelt er, als ich versuche, mich vorsichtig aus seinen Armen zu ziehen und mich davonzustehlen.

»Es wird Sommer«, antworte ich. Er lächelt und öffnet die Augen, aber er folgt mir noch nicht, als ich an das zerbrochene Sternfenster trete. Menschen würden mich nicht sehen, aber vielleicht wahrnehmen, wie die Rosen sich bewegen, weil ich an ihnen entlangstreife. Vielleicht würden sie auch denken, dass ich ein Gespenst bin, ein kalter Hauch, ein Schatten. Bei den Clans sagt man schließlich, die Toten wandern in diesem alten Palast und die Gespenster flüstern.

Doch die schwarzen Rosen des Totenreichs und der Schatten gehören der Vergangenheit an, aus den vertrockneten Ranken sprossen neue Triebe und Blätter, wucherten Knospen, die sich schließlich zu salzweißen Blüten öffneten. Unser Palast, der für eine kurze Weile Lady Tajanns Trutzburg war, wird zur Beute der Natur. Das zerbrochene Nordtor steht immer noch offen, nachts klappern geborstene Fenster im Sturm. Der Wind singt in den durch die Explosionen zerstörten Gängen und Kammern. Aber jeder Tod schafft Leben und jede Zerstörung Platz für Neues. Das Labyrinth ist zu einem unterirdischen See geworden, Wasser aus den geborstenen Leitungen ist auch im Mitteltrakt in Ritzen und Spalten gesickert, ein Wasserfall ergießt sich aus dem Fenster, durch das ich einst in den Ruinengarten kletterte. Der Wind trägt Erde und Staub in die Winkel, zusammen mit Samen von Blüten und Büschen, die bereits in den alten Hallen wuchern. Wenn ich durch meine Festung wandere, kann ich Winterbeerensträucher und Teppiche von Veilchen betrachten, so blau wie Tajanns Augen. Aber berühren kann ich in unserem Reich nur meine weißen Rosen, magische Grenzgänger, die in beiden Wirklichkeiten wachsen. Ich bin die Königin zweier Reiche, von denen ich eines mit Naveen zusammen nur für kurze Zeit im Sommer betreten kann. Umso mehr freue ich mich darauf, zurückzukehren zu den Sommerweiden der schwarzen Hirsche, ins Seental zu Onas Clan. Ich freue mich unbändig, das Mädchen mit den Sommersprossen wiederzusehen, und sogar auf die alte Kalima. Für eine kostbare Zeit lang werden wir einfach nur Menschen unter Menschen sein. Schon spüre ich, wie mein Herz darauf wartet, wieder für eine Weile zu schlagen – wenn es auch geliehenes Leben sein wird. Mein Blut singt vor Erwartung und unter mir lockt und leuchtet das Smaragdgrün der Wälder. Ich lächle, als Naveen die Arme um meine Taille legt und mich auf den Hals küsst, dort, wo die Narbe des Messerschnitts endet. Ich lehne mich an ihn und schließe die Augen im selben Moment, als der erste Sonnenstrahl durch die Scherben des Sternfensters fällt. Sogar durch den Schleier fühle ich die Wärme des Sommers und Naveens Verwandlung. Ich öffne die Augen nicht, als er mich hochhebt. Meine Finger streifen über raue Flügelhaut, eisiger Atem zerschellt an meiner Wange und ich schlinge meine Arme fest um seinen Nacken. Unter uns kann ich die Tiefe spüren wie einen Sog.

»Bereit, Eleyn?«, raunt mein Drache mir mit seiner Stimme aus Wind und Schatten zu.

»Ja!«, antworte ich aus ganzem Herzen. »Und in diesem Sommer werden wir tanzen!«

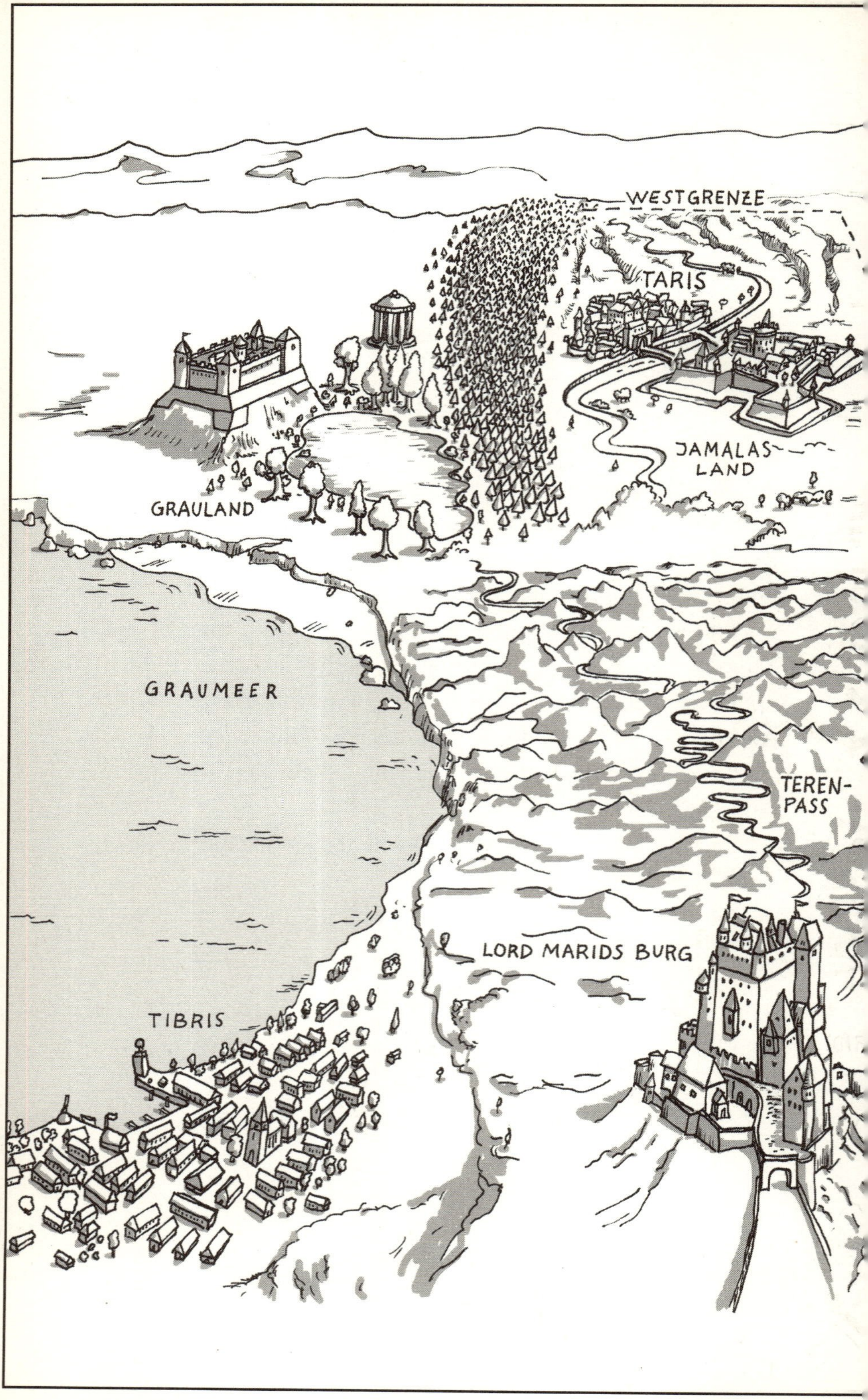
WESTGRENZE
TARIS
GRAULAND
JAMALAS LAND
GRAUMEER
TEREN-PASS
LORD MARIDS BURG
TIBRIS

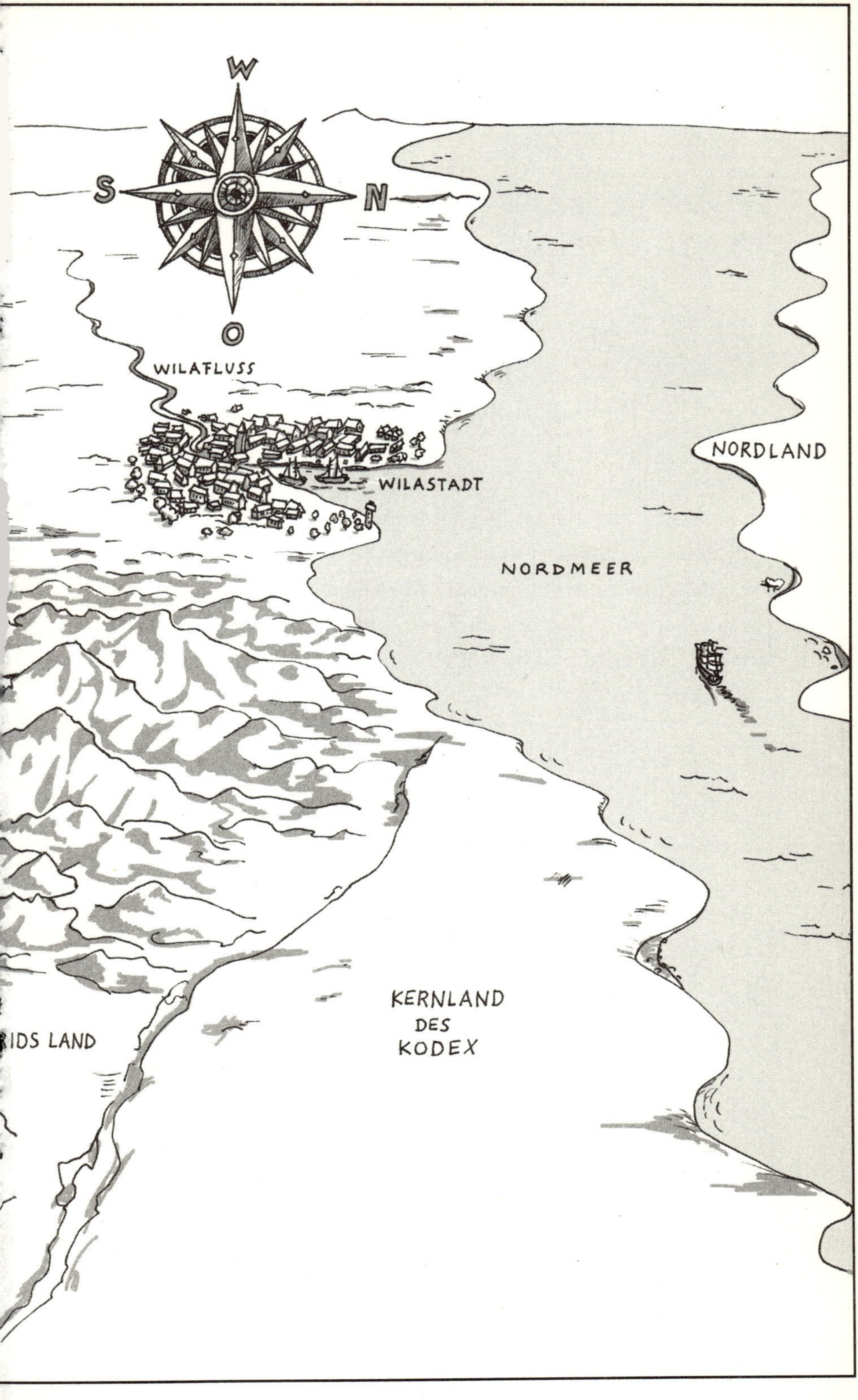
W
S
N
O
WILAFLUSS
WILASTADT
NORDLAND
NORDMEER
KERNLAND
DES
KODEX
RIDS LAND

NINA BLAZON, geboren 1969 in Koper bei Triest, aufgewachsen in Neu-Ulm, las schon als Jugendliche mit Begeisterung Fantasy-Literatur. Selbst zu schreiben begann sie während ihres Germanistik-Studiums – Theaterstücke und Kurzgeschichten –, bevor sie den Fantasy-Jugendroman *Im Bann des Fluchträgers* schrieb, der 2003 mit dem Wolfgang-Hohlbein-Preis und 2004 mit dem Deutschen Phantastik-Preis ausgezeichnet wurde. Seither haben Nina Blazons Bücher zahlreiche Auszeichnungen erhalten. Die erfolgreiche Kinder- und Jugendbuchautorin lebt in Stuttgart.